Kuno Fischer

Immanuel Kant und Seine Lehre

Erster Teil

Kuno Fischer

Immanuel Kant und Seine Lehre
Erster Teil

ISBN/EAN: 9783741183997

Hergestellt in Europa, USA, Kanada, Australien, Japan

Cover: Foto ©Raphael Reischuk / pixelio.de

Manufactured and distributed by brebook publishing software
(www.brebook.com)

Kuno Fischer

Immanuel Kant und Seine Lehre

Immanuel Kant

und

seine Lehre.

Von

Kuno Fischer.

Erster Theil.

Entstehung und Grundlegung der kritischen Philosophie.

Dritte neu bearbeitete Auflage.

München.

Verlagsbuchhandlung von Fr. Bassermann.

1882.

Vorwort.

Die neue Bearbeitung dieses Werkes hat mich weit länger beschäftigt, als ich vor dem Beginn der Arbeit vermuthet habe; es ist mir deshalb unmöglich gewesen, diesen seit geraumer Zeit im Buchhandel fehlenden Theil meiner Geschichte der neuern Philosophie früher erscheinen zu lassen. Das Studium Kants und die auf ihn bezügliche Literatur ist während der letzten Decennien in fortwährendem Wachsthum begriffen, und seitdem die entwicklungsgeschichtliche Betrachtung sich dieses Themas bemächtigt hat, ist die Detailforschung bemüht, immer genauer in die Entstehung der kantischen Schriften einzubringen, wobei sie Gefahr läuft, das Ganze aus den Augen zu verlieren, und durch das Bestreben, immer neues vorzubringen, auf Abwege gelenkt wird. Bei der unvergleichlichen, in der Gegenwart fortwirkenden Bedeutung der Lehre Kants ist die Er-kenntniß ihrer Entstehung und darum das Studium der vorkritischen Schriften, unter denen die naturwissenschaftlichen eine sehr wichtige Stelle einnehmen, von hohem Interesse, und es ist eine lohnende Auf-gabe, diesen Abschnitt in dem Entwicklungsgange des Philosophen mit gründlichem Fleiße zu erforschen. In dem vorliegenden Werke habe ich mir dieses Problem von neuem gestellt und durch die eingehende Dar-stellung namentlich auch der naturwissenschaftlichen Schriften ausführ-licher, als in den beiden früheren Auflagen, zu lösen gesucht. In der zweiten hatte eine Reihe zerstreuter Anmerkungen, die ich damals den Einwürfen eines bedeutenden Gegners zur Abwehr entgegenstellen mußte, vielen Raum gekostet, den ich jetzt sparen konnte; ich habe jene Aus-führungen sämmtlich weggelassen und die streitigen, Kants Lehre betref-fenden Punkte kurz im Texte selbst erörtert, wobei ich meine Ansicht von der Sache in nichts zu ändern gefunden.

In der Masse der heutigen Kantliteratur, worin Spreu genug ist, die mit dem Winde kommt und geht, giebt es auch anerkennenswerthe Schriften, die mir hie und da zur Berichtigung oder Vertheidigung meiner Ansichten gedient haben. Redliche Forschung ist immer lehrreich, sei es daß sie uns belehrt oder zur Widerlegung auffordert. Ich bin, wie man in diesem Buche finden wird, solchen Entgegnungen stets zugänglich und dankbar. Polemische Ausfälle, die gewöhnlich um so breister gemacht werden, je unbegründeter sie sind, muß man der Industrie gewisser strebsamer Anfänger gönnen, die sich dadurch zu vergrößern suchen und die Anmaßung für ein profitables Geschäft halten. Ich habe Versuche solcher Art, die bisweilen mehr Race als Gründe zur Schau tragen, kennen gelernt und lasse sie stets unerwidert, bis die passende Gelegenheit kommt, sie zu beleuchten, wenn es zur Klärung der Sache und zur Charakteristik der Kantliteratur beiträgt.

Es ist zu wünschen, daß die Aussicht auf eine Herausgabe ungedruckter Briefe Kants durch R. Reicke's bewährte Hand sich bald erfülle. Ich muß bedauern, daß E. Arnoldt's jüngst erschienene Schrift über „Kants Jugend und die fünf ersten Jahre seiner Privatdocentur" mir zu spät zugekommen ist, um einige ihrer lehrreichen Beiträge zur Lebensgeschichte des Philosophen noch in diesem Werke erwähnen zu können. Jede Arbeit ist dankenswerth, die durch zuverlässige Forschung die dürftigen und unsicheren Berichte über das Leben unseres größten Philosophen ergänzt und berichtigt.

Heidelberg, 30. März 1882.

Kuno Fischer.

Inhaltsverzeichniß.

———

Erstes Buch.
Entstehung der kritischen Philosophie.

Erstes Capitel.

Dreizehntes Capitel.

Vierzehntes Capitel.

Zweites Buch.

Grundlegung der kritischen Philosophie.

Erstes Capitel.

XVIII

Sechszehntes Kapitel.

Erstes Buch.

Entstehung der kritischen Philosophie.

Erstes Capitel.
Die Epoche der kritischen Philosophie.

I. Die neue Stellung der Philosophie.

1. Speculation und Erfahrung.

Bevor wir in die Entwicklungsgeschichte Kants und seiner Lehre eingehen, versuchen wir, so weit es der Standpunkt der Einleitung gestattet, einen Vorblick auf den Charakter, die Bedeutung und Tragweite seiner Epoche zu gewinnen. Ein Jahrhundert ist seit der Erscheinung der Vernunftkritik abgelaufen, und heute streitet man von neuem über den Sinn der kantischen Lehre, als ob sie von gestern wäre, und die Reihe der Systeme, die aus ihr hervorgegangen, nicht zu den Früchten gehörten, woran der Baum erkannt wird, als ob jetzt erst eine „philologische" Interpretation seiner Sätze das Verständniß des Philosophen herbeiführen könnte, das ein von den Ideen Kants bewegtes und erfülltes Jahrhundert verfehlt habe. Aber das Werk eines großen Denkers läßt sich auch im Einzelnen nur richtig verstehen, wenn uns die Aufgabe und der innerste Gedanke des Ganzen einleuchtet.

Auf einem noch unbetretenen Wege suchte Kant die Philosophie von Grund aus zu erneuern, denn er fand, daß ihre Erkenntnißgebäude hinfällig und erschüttert waren. Die Art, wie er seine Aufgabe faßte, ist der Punkt, auf den es ankommt; gerade in dieser Fassung sah er selbst den ersten eigenthümlichen Grundzug seines Werkes. Vor ihm wollte alle Speculation eine Erklärung der Dinge sein, jede strebte in ihrer Weise nach einem Weltsystem und gab einen mehr oder weniger ausgeführten Entwurf, der das All der Erscheinungen umfaßte. So lange es nun neben einer solchen universellen Erkenntniß noch keine besonderen, in die Einzelgebiete der Dinge verzweigten Wissenschaften gab, herrschte die Philosophie ohne mächtige Widerrede und erstreckte sich

1*

4

über ein weites Reich, deſſen Provinzen herrenlos waren. Aber ſobald
die beſonderen Wiſſenſchaften ſich einſtellten und jene Provinzen anbauten,
erhoben ſich in immer ſtärkerer Zahl die Gegner, die der Philoſophie
mit der Herrſchaft auch das Recht der Exiſtenz ſtreitig machten. Im
Alterthum hatte die Metaphyſik, im Mittelalter die Theologie, die deren
Stelle vertrat, gut reden, denn die beobachtenden Wiſſenſchaften waren
noch unmündige und unreife Kinder. Durch die Entdeckungen, welche
die Epoche der neuen Zeit ausmachten und unſere Weltanſchauung auf
allen Gebieten umgeſtalteten, wurden ſie groß; die Specialforſchung
erſtarkte; in demſelben Maß als in dem Gebiete der menſchlichen Er=
kenntniß die Territorialhoheit zunahm, ſank das kaiſerliche Anſehen der
Philoſophie, und ſollte ihr Reich nicht zu Grunde gehen, wie weiland
das römiſch=beutſche, ſo mußte ſie ſich eine neue, feſte, von Seiten der
Erfahrungswiſſenſchaften anerkannte und unbeſtreitbare Stellung erobern.
Sie war überflüſſig, wenn ſie nur den Doppelgänger der Erfahrungs=
wiſſenſchaften machte und nachſprach, was dieſe entdeckt und erkannt
hatten; ſie war vom Uebel, wenn ſie unabhängig von aller Erfahrung
dieſelben Gegenſtände ergründen wollte und mit unſicheren oder falſchen
Speculationen ſicheren Ergebniſſen widerſprach; ſie mußte der Erfahrung
aus dem Wege gehen und durfte ſie nie aus dem Auge verlieren: ſie
mußte zunächſt das Feld der Erfahrungsprobleme, das Feld der Er=
kenntniß der Dinge verlaſſen und die Möglichkeit der Erfahrung ſelbſt,
die Möglichkeit der Erkenntniß der Dinge überhaupt zu ihrem Problem
nehmen, aus deſſen Löſung ſich die neue Weltanſicht ergab. Dies war
der einzige, nothwendige, von dem Erkenntnißberuf des menſchlichen
Geiſtes geforderte Ausweg. Man ſieht ſogleich, wie in der Reform der
Philoſophie, die Kant begründen ſollte, das Verhältniß der Speculation
zur Erfahrung eine der Grundfragen ausmachen mußte, die den Charakter
und die Richtung ſeiner Lehre entſchieden.

2. Die kritiſche Frage.

Die Grundfrage heißt nicht: wie ſind die Dinge und ihre Erſchei=
nungen möglich, die Thatſachen, deren Inbegriff man Natur oder Wirk=
lichkeit nennt? Sondern ſie heißt: wie iſt die Thatſache der Erfahrung
und der Erkenntniß der Dinge überhaupt möglich? So wenig die Er=
fahrung ſich ſelbſt Gegenſtand iſt und ſein kann, ſo wenig kann dieſe
Frage durch die Erfahrung gelöſt werden. So nothwendig ſie gelöſt
werden muß, ſo nothwendig iſt eine wiſſenſchaftliche, von der Erfahrung

unterschiedene und doch unverwandt auf dieselbe gerichtete Untersuchung. Hier nahm Kant seinen Standpunkt; auf diesen Punkt stellte er die Philosophie und brachte einfach genug das Ei zum Stehen, was vor ihm so viele Hände versucht hatten, aber das Ei war immer wieder umgefallen.

Die Frage nach der Möglichkeit der Erkenntniß war als solche nicht neu; es gab in der Geschichte der Philosophie Erkenntnißtheorien die Menge. Man hatte vor Kant in der alten wie neuen Zeit diese Frage oft genug gestellt und untersucht, aber stets so beantwortet, daß die Bedingungen, woraus die Thatsache unserer Erkenntniß hervorgehen sollte, bei Licht besehen, selbst schon das volle Factum der Erkenntniß waren, wenn auch in der einfachsten Gestalt. So war die fragliche Thatsache nicht erklärt, sondern vorausgesetzt, gleichviel ob diese Voraus= setzungen in dem Factum angeborener Ideen oder sinnlich gegebener und verknüpfter Eindrücke bestanden, gleichviel ob diese Verknüpfung der Eindrücke Causalzusammenhang oder Succession genannt wurde. Die Philosophen vor Kant erklärten die Erkenntniß durch eine Art Er= kenntnißstoff, wie vordem die Physiker die Wärmeerscheinungen durch den Wärmestoff oder die Verbrennung durch das Phlogiston. So blieb die Thatsache der menschlichen Erkenntniß unerklärt, und da die gemach= ten Voraussetzungen nicht zufällig waren, sondern aus der Beschaffenheit und Richtung ihrer Systeme nothwendig folgten, blieb sie auch uner= klärlich. Sie galt als ein Dogma, welches selbst die Skeptiker trotz aller Verneinung bestehen ließen und brauchten.

Diesen dogmatischen Zustand der Philosophie durchschaute Kant und machte ihm mit der sehr einfachen und einleuchtenden Forderung ein Ende: daß die Bedingungen zur Erkenntniß und Erfahrung nicht selbst schon Erkenntniß oder Erfahrung sein dürfen, sondern derselben vorausgehen müssen, wie in der Natur die Ursachen den Wirkungen. Es ist ein großer Unterschied zwischen dem, was über unsere Erkenntniß hinausgeht oder dieselbe übersteigt (transscendirt), und dem, was ihr vorausgeht und von Kant mit dem Wort „a priori" oder „trans= scendental" bezeichnet wurde: das erste liegt jenseits unseres Erkenntniß= horizontes, das letztere diesseits. Auf dieses Diesseits der Erfahrung richtet sich die kantische Untersuchung; in dieser Richtung ist sie neu und von aller früheren Philosophie unterschieden: sie verhält sich zu den Bedingungen der menschlichen Erkenntniß nicht voraussetzend, son= dern untersuchend, prüfend, sichtend, d. h. nicht dogmatisch, sondern kritisch. In dem kritischen Geist seiner Untersuchung und Lehre liegt die epochemachende That.

3. Das kritische Zeitalter.

Um die Bedeutung und Tragweite dieser Epoche richtig zu wür=
digen, ist es gut, sich gleich hier die Frage zu beantworten: was heißt
überhaupt kritisch denken, abgesehen von der eigenthümlichen Fassung
des kantischen Problems? Man kann sich zu allen Objecten dogmatisch
oder kritisch verhalten: dogmatisch, wenn man sie als gegeben voraus=
setzt und ihre vorhandenen Eigenschaften erkennt; kritisch, wenn man
die Bedingungen untersucht, woraus sie und ihre Beschaffenheiten her=
vorgehen, d. h. ihre Entstehung erforscht und ihre Entwicklungszustände
verfolgt. Die Entstehung und Entwicklung der Objecte sind die Probleme
des kritischen Denkens; die entwicklungsgeschichtliche Vorstellung der Dinge
ist dessen Arbeit und Frucht. Wenn wir das Weltgebäude als gegeben
und fertig annehmen und die Gesetze seiner vorhandenen Einrichtung
zu erkennen suchen, so verhalten wir uns zur Sache dogmatisch, kritisch
dagegen, wenn es sich um die Frage handelt: wie ist das Weltall ent=
standen und aus welchen Veränderungen ist sein gegenwärtiger Zustand
allmählich hervorgegangen? Ebenso steht es mit der Betrachtung der Erde
und alles irdischen Lebens in der ganzen Mannichfaltigkeit seiner For=
men und Arten, mit der Betrachtung der Menschheit und ihrer Racen,
der Völker und ihrer Geschichte, der Religionen und Religionsurkunden,
der Dichtung und Kunst, mit einem Wort der gesammten Culturwelt.
Ich brauche blos die Namen Kant und Laplace, Lamarck und Darwin,
Fr. A. Wolf und G. Niebuhr, D. Fr. Strauß und F. Chr. Baur u. a.
zu nennen, um den Anblick eines Jahrhunderts hervorzurufen, das von
allen Seiten auf den Wegen kritischer Forschung der entwicklungsgeschicht=
lichen Weltansicht zustrebt. Ich spreche nicht von diesem oder jenem
Ergebniß der Forschung, sondern von der kritischen Geistesrichtung,
in welche auch die Gegner eingehen müssen, um die Resultate, denen sie
abgeneigt sind, zu bekämpfen. Jede unserer wissenschaftlichen Größen
seit den Tagen Lessings darf als ein Beispiel gelten, wie man sich im
Erkennen der Dinge kritisch verhält; auf dem Gipfel steht Kant, weil
er sich zum Erkennen selbst kritisch verhielt und dadurch der philo=
sophische Begründer eines Zeitalters wurde, das man mit Recht das
kritische genannt hat. Darin liegt die Bedeutung und Tragweite seiner
Epoche, die in dieser Geltung niemals ausgelebt werden kann.

II. Die kritische Philosophie.

1. Vernunftkritik und Sinnenwelt.

Die Bedingungen, die aller Erfahrung vorausgehen und deren erzeugende Factoren sind, können nicht selbst Erkenntniß, sondern nur Erkenntnißvermögen sein, bloße Vermögen, die Kant unter dem Namen „reine Vernunft" zusammengefaßt und zum Gegenstand seiner Erforschung gemacht hat. Daher bildet die „Kritik der reinen Vernunft" das eigentliche Thema seiner Entdeckungen und die Grundlage seines Systems. Aus der Fassung der Aufgabe läßt sich schon eine Vorstellung ihres Umfangs gewinnen, der über den Bezirk aller früheren Erkenntnißtheorien weit hinausgeht. Ich muß zur einleitenden Charakteristik des kantischen Werkes meinen Lesern diese Tragweite der Aufgabe vor Augen stellen und werde später noch oft und nachdrücklich auf diese Sache zurückkommen, deren Nichtbeachtung oder Nichtverständniß die Einsicht in den Geist der kantischen Lehre völlig verhindert. In den Bedingungen zur Erfahrung liegt die Möglichkeit der letzteren. Ohne die Möglichkeit der Erfahrung giebt es auch keine Gegenstände möglicher Erfahrung, keine Erfahrungsobjecte, keinen Inbegriff derselben, den wir mit dem Worte Sinnenwelt bezeichnen. Daher muß in einem gewissen Sinn die Frage nach der Möglichkeit der Erfahrung, nach der Entstehung der Erkenntniß zusammenfallen mit der Frage nach der Entstehung der Sinnenwelt. Die kantische Philosophie muß bei der Art, wie sie ihre Aufgabe gefaßt hat, einen Gesichtspunkt fordern und ergreifen, unter dem die Sinnenwelt nicht mehr als etwas Gegebenes, sondern als etwas kraft der Vernunft Hervorgebrachtes erscheint: einen Gesichtspunkt, unter dem die Entstehung der Sinnenwelt aus den Bedingungen der Vernunft und ihrer Thätigkeit einleuchtet.

2. Kant als der Kopernikus der Philosophie.

Jetzt erst erkennen wir die ganze Kluft zwischen der dogmatischen und kritischen Denkweise und die ungemeine Geistesanstrengung, welche die Entdeckungen und das Verständniß der letzteren fordern. Die Schwierigkeiten, welche neue Lebens- und Erkenntnißzustände zu überwinden haben, sind allemal so groß, als der Abstand beider von dem gewohnten Gange des Lebens und Bewußtseins. Sie erscheinen in der hartnäckigsten Stärke, wenn wir genöthigt werden, den natürlichen und gleichsam eingewurzelten Gesichtspunkt unserer Vorstellungen aufzugeben. So verhält es sich mit der kritischen Denkart gegenüber der dogmatischen. Ich will die Schwierigkeiten, um die es sich handelt, durch eine Ver= gleichung, die mit unserer Sache eine tiefere als nur bildliche Ver= wandtschaft hat, zu verdeutlichen suchen. Unter dem natürlichen Gesichts= punkt, auf den wir uns gestellt finden, erscheint uns das Weltgebäude als ein vorhandenes, gegebenes Object, als ein Kugelgewölbe, in dessen Mittelpunkt die Erde ruht, um welche Himmel und Sonne, Mond und Planeten in verschiedenen Umlaufszeiten ihre Kreise beschreiben. Auf dieser Grundanschauung ruht die alte Astronomie, die in ihrem Fort= gange zur Auseinandersetzung der gegebenen Phänomene, der gemein= samen und eigenthümlichen Umläufe der Weltkörper einer künstlichen Sphärenmaschinerie, zur Erklärung des scheinbar verwickelten Planeten= laufes jener ptolemäischen Annahme der Epicykeln bedurfte, die am Ende doch nicht ausreichten, um die Thatsachen der planetarischen Be= wegungserscheinungen aufzulösen. Die Phänomene blieben unerklärt. Kopernikus durchschaute den unhaltbaren Zustand der alten Astronomie und die Wurzel ihres Irrthums: er lag in der geocentrischen Vorstel= lung. Um die Planetenwelt zu verstehen, mußte dieser natürliche Gesichts= punkt der ersten, sinnlich nächsten Betrachtung aufgegeben und der helio= centrische ergriffen werden, von dem aus der menschliche Geist die Erde in seinen Horizont faßt, unter den Planeten entdeckt und auf seinen irdischen Standort herabsieht. Jetzt leuchtet ein, daß der Erdbewohner die Achsendrehung und Centralbewegung des eigenen Weltkörpers nicht wahrnimmt, daß aus dieser Nichtwahrnehmung, diesem Nichtwissen der eigenen Thätigkeit jener nothwendige Schein hervorgeht, der uns den täglichen Umschwung des Firmaments, die jährliche Bewegung der Sonne um die Erde und die Unregelmäßigkeiten im Lauf der Planeten, die mit der Erde dasselbe Centrum umkreisen, sehen läßt; das kopernika= nische System widerlegt und stürzt das ptolemäische, es erkennt dessen Grundirrthum und erklärt aus dem geocentrischen Standpunkt alle jene scheinbaren Bewegungen, die demselben als unumstößliche Thatsachen des Augenscheins gelten und gelten müssen; es setzt an die Stelle künstlicher und unzureichender Hypothesen die einfachste und naturgemäßeste Lösung. Wie sich in der Astronomie das kopernikanische System zum ptolemäi= schen, wie sich in der Vorstellung der Planetenwelt der heliocentrische Standpunkt zum geocentrischen: so verhält sich überhaupt die kritische Betrachtungsweise zur dogmatischen, der transscendentale Gesichtspunkt zum natürlichen.

Unwillkürlich giebt uns das Beispiel und die Lehre des Kopernikus einen bedeutsamen Fingerzeig. Wie es sich mit unserer Vorstellung der Körperwelt im Großen, des Planetensystems im Besonderen verhält, so kann und wird es sich wohl mit der Sinnenwelt im Ganzen verhalten. Es ist vorauszusehen, daß ähnliche Grundirrthümer ähnliche Folgen haben werden: daß wir, unbewußt der eigenen Geistesthätigkeit in der Ausbildung unserer gesammten sinnlichen Vorstellungswelt, diese letztere für ein gegebenes Object nehmen und das eigene Thun für den Zustand und die Eigenschaften der Dinge außer uns halten, wie wir im Universum statt der Bewegung des eigenen Weltkörpers die Bewegungen und Bewegungszustände fremder Weltkörper erblicken, weil wir die des unsrigen nicht wahrnehmen. Eine ähnliche Selbsttäuschung, als welche der geocentrische Standpunkt mit sich führt, beherrscht unsere gesammte Weltvorstellung und bedarf, um erleuchtet und in ihrer Geltung zerstört zu werden, einer ähnlichen Selbstbesinnung und Selbsterkenntniß, nur daß ihre Grundlagen weit umfassender und verborgener, deshalb schwieriger zu entdecken und erforschen sind, als die unserem kosmischen Wohnort anhaftende Wurzel des geocentrischen Irrthums.

Um die Ordnung der Planetenwelt und in ihr die Bewegung der Erde zu erkennen, mußte Kopernikus den heliocentrischen Standpunkt in die Astronomie einführen. Um die Ordnung der Sinnenwelt und in ihr unsere eigene Vernunftthätigkeit zu erkennen, mußte sich die Philosophie auf den kritischen (transscendentalen) Standpunkt erheben, von dem aus die Welt aller Erscheinungen in Raum und Zeit erblickt wird. Wie sich der heliocentrische Standpunkt zum menschlichen Wohnort, so verhält sich der kritische zur menschlichen Vernunft; der Erkenntnißhorizont des ersten reicht so weit als das Gebiet der Weltkörper, der des andern so weit als Raum und Zeit, als die Vernunft und ihre Grenzen. Kant wurde der Kopernikus der Philosophie und wollte es sein. Unsere Vergleichung ist ihm aus Seele und Mund gesprochen, er hat sein Werk gern und wiederholt mit dem des Kopernikus verglichen, wie Bacon das seinige mit dem des Columbus.*)

3. Kant und Sokrates.

Wir haben vorhin den Unterschied der dogmatischen und kritischen Denkweise so ausgedrückt, daß dort die Objecte als gegeben vorausgesetzt sind, hier dagegen gefragt wird: wie sind sie entstanden? Nun ist klar,

*) Vgl. Bd. I. Th. 1. 3. Aufl. (1878). S. 113—116.

daß in unserer Vernunft kein Object erscheinen und zu Stande kommen kann, ohne unsere eigene erzeugende Thätigkeit. Daher ist die Ansicht, nach welcher die Dinge uns von außen gegeben sind, nur möglich, wenn man die eigene hervorbringende Thätigkeit nicht einsieht, nicht kennt, oder vergißt. Der Zustand der Unbewußtheit oder Selbstvergessenheit charakterisirt den Dogmatismus der Denkart. Nicht wissen, was man thut und deshalb das eigene Product für ein fremdes ansehen: darin besteht und daraus erklärt sich alles dogmatische Verhalten. Entspringt jene Thätigkeit tiefer als unser Bewußtsein oder, was dasselbe heißt, geht sie dem letzteren vorher, so geschieht sie unbewußt, und die dogmatische Ansicht der Objecte ist dann die natürlichste Sache der Welt, sie ist die erste und nächste Vorstellungsart, deren Widerlegung nur möglich ist, wenn die unbewußte Production erleuchtet und ins Bewußtsein erhoben wird. Darin besteht eine der schwierigsten Aufgaben des kritischen Denkens. Ist die erzeugende Thätigkeit eine bewußte, so kann sie nur durch einen völligen Mangel an Selbstbesinnung in Vergessenheit kommen, aber die Folge wird die gleiche sein: wir werden im Zustande einer solchen Selbstvergessenheit das eigene Werk für ein fremdes ansehen, nur daß in diesem Fall sogleich die Thorheit der dogmatischen Vorstellung in die Augen springt. Niemand findet die geocentrische Weltanschauung, bevor deren Ungrund erkannt war oder ist, thöricht, aber jeder lacht über den Mann, der sich nicht genug darüber wundern konnte, daß man entdeckt habe, wie die Sterne heißen. Und doch ist der erste Irrthum eben so dogmatisch als der zweite, sie folgen beide nothwendig aus dem Nichtwissen des eigenen Thuns, nur daß wir die Erdbewegung nicht wahrnehmen können, wohl aber wissen, daß alle Namengebung ein Werk menschlicher Erfindung ist. Wer dies nicht weiß oder vergißt, dem müssen die Namen der Sterne als ein fremdes Product, als von außen gegeben, gleichsam als die Signatur der Sterne selbst erscheinen, und dann hat er freilich Recht sich über die teleskopische Entdeckung derselben zu wundern.

Das Nichtwissen des eigenen Thuns ist der innerste Grund alles dogmatischen Verhaltens, aller Selbsttäuschung, Verblendung und Thorheit, auch in der Wahl unserer Lebensziele und Lebensrichtung. Das Wissen des eigenen Thuns ist die durchgängige Aufgabe des kritischen Denkens, der Weg der Selbsterkenntniß und Selbstbesinnung, gerichtet auf das Ziel ächter Wissenschaft und Lebensweisheit. Man hat Kant wohl mit Sokrates verglichen: in dem eben ausgesprochenen Charakter liegt der Vergleichungspunkt. Selbsterkenntniß, Wissen des eigenen Thuns in Absicht auf Lebensweisheit war das Thema, womit Sokrates im Alterthum, Kant in der neuen Zeit die Epoche der Philosophie ge= macht hat. In der Hervorhebung dieser Aufgabe sind sie einander ähn= lich, in der Art der Lösung grundverschieden.

III. Dogmatische und kritische Philosophie.

1. Die Voraussetzung der kritischen.

Wir haben das Verhältniß der dogmatischen und kritischen Denk= art in einer Weise erörtert, daß aus dem Gegensatz beider auch ihr nothwendiger Zusammenhang erhellt. Unsere Weltvorstellung ist unbe= wußt entstanden und darum von Geburt dogmatisch, auf diesem Punkte steht und beharrt das natürliche Bewußtsein, auf dieser Grundanschau= ung ruht die dogmatische Philosophie, die ihre Systeme in allen mög= lichen Richtungen ausgebildet und erschöpft haben muß, bevor der kri= tische Umschwung eintreten kann. Daher ist es nicht befremdlich, daß sich der Zeitpunkt des letzteren so spät erfüllt, nachdem in dem Ideen= gange der Menschheit mehr als zwei Jahrtausende abgelaufen waren. Die dogmatische Philosophie ist die entwicklungsgeschichtliche Voraus= setzung der kritischen, wie das ptolemäische System die des kopernika= nischen.

Es giebt in dem Entwicklungsgange jedes Menschen, auch derer, die zu den höchsten wissenschaftlichen Entdeckungen berufen sind, ein Lebensalter, worin das dogmatische Verhalten das völlig naturgemäße ist und das kritische geradezu unmöglich. Man muß eine Fülle von Ob= jecten kennen gelernt und einen Reichthum von Vorstellungen erworben haben, um ein Interesse an ihrer Erzeugung fassen und die Frage stellen zu können: wie sind diese Objecte entstanden? Wenn dem Kinde eine Geschichte erzählt wird, die es mit Begierde und Spannung anhört, um sein Vorstellungs= und Einbildungsbedürfniß zu sättigen, so fällt es ihm nicht ein zu fragen: woher diese Geschichte? wer ist ihr Ge= währsmann und Urheber? Es frägt wohl, ob die Geschichte auch wahr sei, aber nicht aus irgend einem Interesse der Erkenntniß, sondern weil es diese Wahrheit wünscht, denn die wirkliche Begebenheit macht auf die Phantasie des Kindes einen ganz anderen und weit stärkeren Ein= druck als die erfundene. Um einen solchen Eindruck ist es dem Kinde zu thun, wenn es gläubig einer Erzählung lauscht, keineswegs um eine Prüfung, die seinen Glauben erschüttern könnte. Daher ist es gleich und gern zufrieden, wenn ihm versichert wird, die Sache sei wahr. Aus eben demselben Grunde fordert in religiösen Dingen der kindliche, darum auch der volksthümliche Glaube die Wirklichkeit der heiligen Geschichte und empfindet jede Abminderung der historischen Realität als eine Ab= schwächung des erhabenen Eindrucks und einen Verlust des Glaubens. Bei dem Anblick eines Bildes ist unser erstes Interesse ganz und aus= schließend auf den stofflichen Inhalt gerichtet; das Kind will wissen, was dargestellt ist, wenn ihm ein Bild, z. B. die Madonna Raphaels, gezeigt wird. Es fragt nicht: ächt oder unächt? Copie oder Original? Meister oder Schule? Solche Fragen kritischer Art liegen völlig außer seinem Sinn und Horizont, sie setzen Vorstellungen voraus, die das Kind nicht hat und haben kann. Das Beispiel lehrt, wie nothwendig und unentbehrlich in der Ausbildung unserer Vorstellungswelt das dogma= tische Verhalten ist, wie ungereimt und lächerlich die Forderung wäre, von vornherein kritisch zu denken. Eben so nothwendig und unentbehr= lich ist die dogmatische Philosophie im Ideengange der Menschheit; eben so unmöglich ist die kritische im Beginn der philosophischen Welt= betrachtung.

2. Das Object der kritischen.

Und nicht blos die Voraussetzung, sondern der Gegenstand selbst des kritischen Denkens ist unsere Erkenntniß der Dinge in ihrer gleich= sam angeborenen dogmatischen Verfassung. Die Thatsache der Erkennt= niß muß vorhanden sein, bevor und damit die Möglichkeit und Berech= tigung derselben erforscht wird; sie muß gegeben, auf reflexionslosem, unkritischem Wege entstanden sein, um die Frage hervorzurufen: wie ist sie gegeben? Die kritische Philosophie verhält sich demnach zu unserer natürlichen (dogmatischen) Erkenntniß der Dinge, — die letztere in ihrem ganzen Umfange genommen, der auch die dogmatische Philosophie in sich schließt — wie die Physiologie zum Leben, die Optik zum Sehen, die Akustik zum Hören, die Grammatik zum Sprechen u. s. f. Durch eine falsche Umkehrung der Dinge könnte man leicht der kritischen Phi= losophie eine Thorheit zuschreiben, die dem Unsinn gleichkäme: als ob sie meinte oder meinen müßte, daß mit der Erkenntniß der Dinge zu warten sei, bis sie mit der Erklärung und Begründung derselben ins Reine gekommen; daß man erst ergründen müsse, wie man erkennt, bevor man sich mit dem Erkenntnißvermögen in den Strom der Dinge wagt! Dann freilich würde Kant, wie Hegel gespottet, dem thörichten Manne gleichen, der nicht eher ins Wasser gehen wollte, als bis er

schwimmen gelernt. Um in demselben Bilde die Sache richtig auszu=
drücken, so verhält sich Kant zu unserem natürlichen Erkennen, nicht wie
zum Schwimmen jener Thor, sondern Archimedes! Die Reihenfolge
unserer Wahrnehmungs= und Erkenntnißzustände ist einleuchtend : erst das
natürliche Sehen, dann die Optik, dann das unterrichtete, urtheilende, kri=
tische Sehen, wobei wir uns aller unvermeidlichen optischen Täuschungen,
aller Trugbilder des Augenscheins wohl bewußt sind; das natürliche
Sehen ist der Gegenstand, das kritische die Folge der Optik. Ganz ähn=
lich ist die Reihenfolge in den Entwicklungszuständen der Philosophie :
erst das natürliche Erkennen und die dogmatischen Systeme, dann die
Vernunftkritik, aus der ein kritisch geschultes und berichtigtes Erkennen
hervorgeht, das die Selbsttäuschungen der Vernunft, die dogmatischen
Trugbilder durchschaut und alle darauf gegründeten Erkenntnißsysteme
und Erkenntnißkünste vermeidet. Wenn Kant in diesem Sinne dem Fort=
bau und den Versuchen einer gewissen Metaphysik sein Halt zurief, so
wollte er, um das vorige Bild noch einmal zu brauchen, nicht vor dem
Schwimmen im Wasser, sondern vor einem halsbrechenden Flug durch
die Lüfte gewarnt haben.

Es ist dem kritischen Unternehmen der Einwurf gemacht worden,
es sei im Grunde unmöglich, denn es mache die richtige Anwendung
der Erkenntnißvermögen abhängig von deren Erforschung, die doch nur
durch eben jene Vermögen bewirkt werden könne. Wir sollen unsere
Vernunft untersuchen, um sie zu brauchen : dies fordert Kant. Aber wir
müssen unsere Vernunft brauchen, um sie zu untersuchen : dies ist der
Einwand der Gegner. So drehe sich die Sache im Zirkel und rücke
nicht von der Stelle; der Gegenstand unserer Erkenntniß könne nie diese
letztere selbst sein, das zu erkennende Object könne alles andere sein,
nur nicht das erkennende Subject. Demnach wäre alle Selbsterkenntniß
und alles Selbstbewußtsein unmöglich. Aber sie sind; das Unternehmen
der kritischen Philosophie scheint eben so unmöglich und ist eben so
nothwendig, als die Selbsterkenntniß, ermöglicht und gefordert durch
das Selbstbewußtsein, das den Charakter und die Wesenseigenthümlich=
keit unserer Vernunft ausmacht. Uebrigens gilt bei dem obigen Einwurf
nicht einmal jener Schein der Unmöglichkeit, der sich auf die Identität
des erkennenden Subjects und des zu erkennenden Objects gründet. Denn
die Vermögen, kraft deren die Vernunft ihre Erkenntniß der Dinge
untersucht, sind keineswegs dieselben als jene, kraft deren sie die
Erkenntniß der Dinge bewirkt. Indessen liegt dieser Punkt schon zu

tief in dem Syſteme ſelbſt, um in der Einleitung ausführlicher behandelt zu werden.

Zunächſt beſchäftigt uns die Frage nach der Entſtehung der kriti= ſchen Philoſophie. Wir müſſen uns den geſchichtlichen Zuſtand der dog= matiſchen vergegenwärtigen, woraus ſie hervorging, das Leben und den Charakter des Mannes kennen lernen, durch den ſie begründet wurde, und den philoſophiſchen Entwicklungsgang verfolgen, in welchem Kant ſelbſt zu ſeiner Epoche gelangte.

Zweites Capitel.
Die Standpunkte der neuern Philoſophie vor Kant.
I. Empirismus und Rationalismus.
1. Gegenſatz und gemeinſamer Charakter.

Die vorurtheilsfreie, von aller Ueberlieferung unabhängige Er= kenntniß der Dinge durch die menſchliche Vernunft war die durchgängige Aufgabe der neuern Philoſophie, deren Löſung von zwei entgegengeſetzten Ausgangspunkten, darum im Widerſtreit zweier Erkenntnißrichtungen geſucht wurde. Die erſte, nächſtgelegene, ſchon in den letzten Phaſen der Scholaſtik vorbereitete nahm den Erfahrungsweg und ſtellte ſich unter den Grundſatz, der ihre Richtſchnur ausmachte: daß alle wahre Erkenntniß nur in richtigen Wahrnehmungen und den daraus gezogenen richtigen Folgerungen beſtehe. Verglich man das Thema der Aufgabe mit dieſer Art der Löſung, ſo mußte ſich der Einwurf erheben: daß durch bloße Erfahrung die Dinge nur ſo weit erkennbar wären, als ſie uns erſchienen und auf unſere Sinne einwirkten, dagegen in ihrer eige= nen, von unſerer Wahrnehmung unabhängigen Natur unerkennbar blie= ben. Was die Dinge in Wahrheit oder an ſich ſind, ihr eigentliches Weſen könne nicht der ſinnlichen Erfahrung, ſondern nur dem klaren und deutlichen, d. h. nach dem Geſetz von Grund und Folge wohlgeord= neten Denken einleuchten. Damit war innerhalb der neuern Philoſophie der Gegenſatz erklärt zwiſchen Empirismus und Rationalismus, die Antitheſe zwiſchen Bacon und Descartes. (Die beiden grundlegenden Werke des erſten, die Encyklopädie und das neue Organon, fielen in die Jahre 1605 und 1620, die beiden grundlegenden Werke des anderen, die Meditationen und die Principien, in die Jahre 1641 und 1644.) Der Streit dieser beiden Richtungen erfüllt die neuere Philosophie: die Erkenntniß der Dinge durch die Kräfte der menschlichen Vernunft ist ihre gemeinsame Forderung; die Möglichkeit einer solchen Erkenntniß ist ihre gemeinsame Voraussetzung, die Annahme, daß uns die Dinge als erkennbare Objecte gegeben sind, ihr gemeinsamer dogmatischer Charakter, und die dadurch gebotene Folgerung, daß aus der gegebenen Natur der Dinge (unter denen auch der menschliche Geist sich befindet) die Erkenntniß hervorgeht, ihre gemeinsame naturalistische Richtung.*)

2. Der Streit zwischen Erfahrung und Metaphysik.

Der Empirismus fordert und sucht die Erkenntniß der Dinge nach der alleinigen Richtschnur der Erfahrung; der Rationalismus will dieselbe Aufgabe aus Principien oder letzten Gründen lösen und macht daher die Metaphysik (Principienlehre) zum Fundament seiner Lehrgebäude. Der Widerstreit beider Erkenntnißrichtungen trägt demnach den Gegensatz zwischen Metaphysik und Erfahrung in sich: diese Antithese bildet einen durchgängigen Charakterzug und ein durchgängiges Thema der gesammten neuern Philosophie, und da aus der gemeinsamen Voraussetzung, von der beide Parteien dogmatisch beherrscht sind, ihr Streit unmöglich ausgemacht werden kann, so erwartet derselbe die Entscheidung und den Richterspruch von einem höheren, überlegenen Standpunkt, der erst eintreten kann, nachdem die Streitfrage vollkommen entwickelt und durch alle ihre Positionen hindurchgeführt ist. Erst vor dem Forum der Vernunftkritik ließ sich der Stand der Parteien gründlich untersuchen und ihr Streit austragen. Kant fühlte sich als dieser unparteiische und gerechte Richter, er verglich seine kritische Aufgabe gern mit der richterlichen und den Streit der philosophischen Richtungen mit einem Proceß, worin es sich um die Rechtsansprüche der Vernunft und ihrer Vermögen in Ansehung der Erkenntniß der Dinge handelte. Das umfassende Problem, welches er vorfand und lösen sollte, war jener fortgesetzte Streit zwischen Metaphysik und Erfahrung, der durch die Versuche eklektischer Ausgleichung nicht zu schlichten war. Sehen wir, wie sich auf beiden Seiten der Stand der Parteien entwickelt hatte, und welches Resultat daraus hervorging.

*) Vgl. meine Gesch. d. neuern Philos. Bd. I. Theil I. (3. neu bearb. Aufl. 1878) Einleitung; Cap. VII. S. 141—144.

II. Die Standpunkte des Empirismus.

1. Bacons Empirismus.

Bacon hatte die neuere Philosophie begründet, indem er alle mensch=
liche Erkenntniß auf die Erfahrung zurückführte, die Methode der letz=
teren feststellte und den Umfang ihrer Einsichten und Entdeckungen, ihrer
Leistungen und Aufgaben, so gut er es vermochte, beschrieb; er behan=
delte die Sache des Empirismus mehr wegweisend als systematisch, er
zeigte den Weg der Erfahrung zur Erfindung und ließ ununtersucht,
wie die Erfahrung selbst zu Stande kommt und aus welchen Elementen
sie besteht. Hobbes systematisirte den Empirismus, indem er ihm die
naturalistische Grundlage gab, die Bacon gefordert, aber nicht ausge=
führt hatte.

Es ist uns an dieser Stelle wichtig, die Haltung ins Auge zu
fassen, die der Empirismus gleich bei seinem ersten Auftritt der Meta=
physik gegenüber einnahm. Bacon hatte alle Erkenntniß gleich gesetzt
unserer natürlichen, durch Beobachtung und Versuche richtig geleiteten
Erfahrung, die keine anderen Erklärungsobjecte kennt, als die natür=
lichen Dinge; er setzte daher die Erfahrungswissenschaft gleich der Na=
turwissenschaft und verneinte die Erkenntniß des Uebernatürlichen, des
göttlichen, wie des menschlichen Geistes, so weit der letztere von den
natürlichen Dingen unterschieden war oder sein sollte. Damit fiel die
rationale Theologie und Psychologie. Die Metaphysik wurde in die
Naturphilosophie verwiesen, wo sie der Physik theils zur Grundlage,
theils zur Ergänzung dienen sollte. Die Physik hatte die Naturerschei=
nungen lediglich durch wirkende Ursachen zu erklären. Nun sollte der
Metaphysik einerseits die Erkenntniß der allgemeinsten Naturkräfte, gleich=
sam der physikalischen Principien zufallen, andererseits die Erklärung
der Dinge durch Endursachen oder Zwecke, d. h. durch nicht physikalische
Ursachen vorbehalten sein. Als Erkenntniß der wirksamen Grundkräfte
der Natur ist sie Physik unter anderem Namen; als teleologische Be=
trachtung der Dinge ist sie in Bacons Augen selbst wissenschaftlich un=
gültig, in der Physik verwerflich, außerhalb derselben ein im Grunde
überflüssiges Spiel der Ergänzung.

Das Verhältniß der Erfahrungsphilosophie zur Metaphysik steht
bei Bacon demnach so, daß er sie auf dem Gebiete der Theologie und
Psychologie verneint und in der Naturphilosophie an einer von der
Physik abgesonderten Stelle duldet, damit das Kind noch einen Namen

behalte; er mediatisirt die Metaphysik durch die Erfahrung und läßt
ihr, um sie nicht ganz zu vernichten, eine naturphilosophische Sinekur;
sie führt in dem neuen Lehrgebäude der Philosophie ein klösterliches
Dasein und beschäftigt sich wie zum Zeitvertreib mit der Zweckmäßigkeit,
welche die mechanisch erfolgten Wirkungen der Naturkräfte zeigen, mit
der Betrachtung der Endursachen, die Bacon aus der Physik verbannt
und von denen er gesagt hatte, sie seien gottgeweiht und unfruchtbar,
wie die Nonnen.*)

2. Locke's Sensualismus.

Bacon hatte die Erfahrung zur alleinigen Richtschnur aller Erkenntniß genommen, aber nicht analysirt. Wenn unsere Erkenntniß der
Dinge nur möglich ist durch Erfahrung, so muß weiter gefragt werden:
wie ist die Erfahrung selbst möglich? Die Elemente derselben sind unsere
Eindrücke oder Ideen, einfache Vorstellungen, deren wir keine hervorbringen, die wir sämmtlich empfangen durch unsere äußere und innere
Wahrnehmung (Sensation und Reflexion), sei es daß diese elementaren
Vorstellungen blos aus dem äußeren oder blos aus dem inneren Sinn
oder aus beiden gemeinsam entspringen, sei es daß die äußeren Eindrücke blos durch eines unserer Sinnesorgane oder durch mehrere zugleich bewirkt werden. In jedem Fall ist die alleinige Quelle der Erfahrung die Wahrnehmung oder der empfängliche Sinn: dies ist der
Standpunkt des Sensualismus, den Locke in seinem „Versuch über
den menschlichen Verstand" ausführte (1690).

Die sensualistische Ansicht mußte unserem Erkenntnißhorizont engere
Grenzen setzen als Bacon gethan hatte: jetzt dürfen nicht mehr alle
natürlichen, sondern nur noch die sinnlichen Dinge für einleuchtend
gelten. Etwas kann in der Natur und ihrer Wirksamkeit enthalten und
doch unseren Sinnen unerreichbar, also natürlich, aber nicht sinnlich
sein. Das Unerkennbare gilt jetzt gleich dem Uebersinnlichen, dem Un-
wahrnehmbaren. Wahrnehmbar sind nur die Erscheinungen, die Beschaffenheiten und Aeußerungen der Dinge, nicht deren Träger, nicht
das Wesen der Dinge, und zwar bleibt das Wesen der Körper eben so
verborgen, als das Gottes und der Seele. Es giebt überhaupt keine
Erkenntniß der Dinge an sich, sie ist im Gebiete der Kosmologie eben

---

*) Zu vergl. mein Werk über „Francis Bacon und seine Nachfolger. Ent-
wicklungsgeschichte der Erfahrungsphilosophie". (2. völlig umgearbeitete Aufl. Leipzig
F. A. Brockhaus 1875.) Buch II. Cap. X. S. 329—335.

so wenig möglich, als in dem der Psychologie und Theologie. So steht, abgesehen von ihren Schwankungen, die lockesche Lehre in ihrer folge= richtigen Fassung.*)

Auf der Grundlage des Sensualismus tritt die Erfahrungsphilo= sophie in ihren vollen Gegensatz zur Metaphysik und sieht sich vor die Frage gestellt: worin bestehen die Wahrnehmungen oder Eindrücke, diese Elemente aller Erkenntnißobjecte? Die Antwort muß zwiespältig aus= fallen. Entweder sind die Eindrücke blos körperlicher oder blos geistiger Natur: blos körperlicher, denn sie sind Eindrücke oder Impressionen; blos geistiger, denn sie sind Perceptionen oder Ideen. Im ersten Fall sind sie Bewegungszustände in unserem Centralorgan, hervorgerufen durch die Einwirkung äußerer Körper auf unsere Sinneswerkzeuge; dann ist der Mensch durchgängig Maschine und eben so das Universum, es giebt in Wirklichkeit nichts als Stoff und stoffliche Veränderungen: dies ist der Standpunkt des Materialismus, den schon Hobbes angelegt hatte und den die französische Philosophie des vorigen Jahrhunderts bis zu dem sogenannten „System der Natur" durchführte. Das Buch erschien 250 Jahre nach Bacons neuem Organon, in demselben Zeit= punkt, wo Kant das erste Fundament zur kritischen Epoche legte (1770). Im andern Fall sind die Eindrücke nur Vorstellungen oder Ideen, die als solche unmöglich auf materiellem Wege entstanden und uns ein= geprägt sein können: dies ist der Standpunkt des Idealismus, den Berkeley in seinen „Principien der menschlichen Erkenntniß" begründete (1710), zwei Jahrzehnte nach Lockes Versuch über den menschlichen Verstand.

3. Berkeleys Idealismus.

Der Empirismus hatte die Erkenntniß auf die natürlichen, der Sensualismus auf die sinnlichen Objecte beschränkt; nun giebt es in den letzteren offenbar nichts, das nicht sinnlich oder wahrnehmbar wäre, alle Wahrnehmungen aber sind Eindrücke in uns oder Vorstellungen, die in der damaligen Philosophie, bei Descartes wie bei Locke, Ideen hießen. Demnach bestehen die sinnlichen Dinge aus Ideen, sie sind nach Abzug der Ideen (d. h. der Eindrücke oder Wahrnehmungen) gleich nichts. Mithin existiren nur wahrnehmende und wahrgenommene Wesen, jene sind Geister, diese Ideen: „es giebt daher nur Geister und Ideen". Aber die Ideen sind Eindrücke, nicht Fictionen; jene empfangen, diese

---

*) Ebendas. Buch II. Cap. IV. S. 534—564.

machen wir. Die Ideen sind gegebene Thatsachen, die wir percipiren, aber nicht bewirken; ihre Ursache kann nur Gott sein, denn es giebt außer den Ideen nur Geister und außer den wahrnehmenden Geistern nur den schöpferischen. Gott schafft in den Geistern die Ideen (Eindrücke), die wir als gegebene Objecte oder als Dinge außer uns (Sinnenwelt) wahrnehmen. In Wahrheit sind keine Dinge außer uns, nichts von der Vorstellung Unabhängiges außer der vorstellende Geist, es giebt kein Ding an sich, das im Gegensatz zu Geist und Vorstellung nur das absolut ungeistige, undenkende und unvorstellbare Wesen sein könnte, „das Unding“, das man „Materie“ nennt. Diese Grundzüge enthalten die Summe der Lehre Berkeleys und bezeichnen in voller Stärke ihren Gegensatz zum Materialismus. Die Antithese ist von Seiten beider Lehren bewußt und ausgesprochen, jede erscheint der anderen als der Gipfel des Unsinns, nur daß die Urheber des „Systems der Natur“ im Unsinn Berkeleys „Methode“ fanden, dieser dagegen in der Lehre des Materialismus nichts als Unsinn. Es ist eine sehr beachtungswerthe und lehrreiche Thatsache, daß diese beiden feindlichen Vorstellungsarten eine gemeinsame Abstammung haben, daß es der von den Materialisten hochgerühmte Sensualismus ist, aus dessen Mitte folgerichtig der Standpunkt hervorgeht, der allein „Idealismus“ genannt zu werden verdient. Berkeley ist vollendeter Locke. Aus dem Sensualismus folgt, daß die Dinge an sich unerkennbar sind, aus dem Idealismus folgt, daß sie überhaupt nicht sind: jener beweist ihre Unerkennbarkeit, dieser ihre Unmöglichkeit, jener verneint die Metaphysik, dieser die Realität der Materie. Wenn man unter Dingen an sich etwas versteht, das unabhängig von Geist und Vorstellung existirt, so kann dieses Etwas nur die Materie sein. Wenn der Dogmatismus mit der Erkennbarkeit der Dinge zugleich voraussetzt, daß sie unabhängig von aller Vorstellung und allem Geistesvermögen gegeben sind, so fällt er mit dem Materialismus genau in dem Sinne zusammen, in welchem Berkeley die Lehre des letzteren verneint und für widersinnig erklärt hat. Darum wird durch Berkeley und die Grundrichtung seiner Antithese schon der Dogmatismus in einem seiner Fundamente erschüttert.*)

Indessen ist der Standpunkt dieses Idealismus selbst noch dogmatisch, denn nach ihm sind unsere Erkenntnißobjecte zwar durchgängig und ohne Rest Vorstellungen oder Ideen, aber gegebene: sie sind Ein-

---

*) Ebendas. Buch III. Cap. XII. S. 702—718.

2*

brücke, deren erzeugende Ursache Gott ist. Die Thatsache unserer Er=
kenntniß erscheint demnach unergründlich, wie der Wille Gottes, also
aus menschlichen Vermögen unmöglich: das Problem derselben ist auf
den Punkt gekommen, der rationeller Weise keine andere Fassung und
Entscheidung übrig läßt als den Skepticismus Humes.

4. Humes Skepticismus.

Es steht fest, daß die Möglichkeit der Erkenntniß sich auf das
Gebiet unserer Wahrnehmungen einzuschränken hat; daß nicht mehr
gefragt wird, ob es Dinge außer uns und unabhängig von unseren
Vorstellungen giebt, sondern, wie die Idee oder Einbildung solcher Dinge
in uns entsteht? Setzen wir die Einbrücke (Impressionen) und deren
Abbilder (Ideen) als die einzig erkennbaren Objecte, so ist es nicht die
Vereinzelung, sondern der Zusammenhang derselben, der den Charakter
und die Tragweite der Erkenntniß ausmacht. Die Frage ist: ob es
einen solchen einleuchtenden und nothwendigen Zusammenhang in unseren
Einbrücken giebt?

Wenn sich gegebene Vorstellungen so zu einander verhalten, daß
aus ihrer bloßen Vergleichung ihr Zusammenhang einleuchtet, so ist der
letztere selbstverständlich, und das Urtheil, welches Vorstellungen dieser
Art verknüpft, hat den Charakter unwidersprechlicher Nothwendigkeit.
Solche Urtheile entstehen durch Analyse des Inhaltes gegebener Vor=
stellungen: sie sind daher analytisch. Zu einer solchen Zergliederung
ist nichts weiter nöthig, als das bloße, vorhandene Ideen auflösende
und vergleichende Denken: darum nannte Hume Einsichten dieser Art
„Vernunfturtheile"; ihre Grundform ist die Gleichung, sie bildet den
Typus aller logischen und mathematischen Erkenntniß, die den Charakter
demonstrativer Gewißheit hat und durch die Entstehung ihrer Urtheile
rechtfertigt.

Anders und schwieriger steht die Sache, wenn es sich um die Ver=
knüpfung verschiedenartiger Einbrücke handelt, wie sie uns in den That=
sachen der Wahrnehmung vorliegen. So weit die Wahrnehmung reicht,
erstreckt sich das Gebiet der Erfahrung, in der Verknüpfung ihrer That=
sachen besteht das Erfahrungsurtheil, in der Nothwendigkeit dieser Ver=
knüpfung die Erfahrungserkenntniß. Die Frage heißt: giebt es eine
solche Erkenntniß? Giebt es ein nothwendiges Erfahrungsurtheil?
Da in dem fraglichen Fall sich die gegebenen Vorstellungen nicht wie
A zu A, auch nicht wie A zu einem seiner Merkmale, sondern wie

A zu B verhalten, so können sie nicht durch die Form der Gleichung, sondern wollen als verschiedene Glieder durch ein besonderes Band verknüpft werden. Eine solche Verknüpfung heißt Synthese. Jedes empirische Urtheil ist synthetisch. Giebt es eine nothwendige Synthese? In dieser Frage liegt Humes Problem.

Wäre das Band, welches verschiedene Thatsachen verknüpft, eben so gegeben wie diese selbst, so hätte die Lösung der Frage keinerlei Schwierigkeit: dann wäre das empirische Urtheil ebenfalls analytisch, denn es folgt aus dem uns gegebenen Vorstellungsinhalt. So ist es nicht. Jenes Band ist uns nicht gegeben, sondern entsteht durch uns; die nothwendige Verknüpfung der Eindrücke und Ideen (wenn es eine giebt) geschieht nach Gesetzen unserer psychischen Natur, diese Gesetze können nicht die logischen des Denkens sein, denn das Denken verfährt blos vergleichend und analysirend; daher müssen jene Gesetze in der Art und Weise gesucht werden, wie die Bilder (Ideen) der Eindrücke unwillkürlich verkettet oder zu einander gesellt werden. Die Untersuchung Humes richtet sich demnach auf die Gesetze der „Ideenassociation", nach welchen die Einbildung handelt.

Unwillkürlich verknüpfen wir in unserer Einbildung Objecte, die einander ähnlich oder die in Raum und Zeit einander benachbart sind, oder die sich zu einander verhalten wie Ursache und Wirkung, d. h. wir verknüpfen nach den Gesetzen der Aehnlichkeit Contiguität und Causalität. Diese Gesetze haben als Richtschnur der menschlichen Einbildung eine blos psychische und particulare Bedeutung; nur eines davon beansprucht nothwendige und allgemeine, von den Zufälligkeiten individueller Einbildung unabhängige Geltung: das der Causalität. Ist dieser Anspruch gerechtfertigt? Diese Frage bildet den Kern der Untersuchung Humes und fällt mit der Frage nach dem Erkenntnißwerth der Erfahrung zusammen.

Wie kommen wir zu der Vorstellung der Causalität? Da alle Vorstellungen entweder Eindrücke sind oder daraus entstehen, so muß die Causalität entweder ein gegebener Eindruck oder ein durch die Zergliederung der Eindrücke dem bloßen Denken einleuchtende Idee sein: im ersten Fall ist sie ein Erfahrungsbegriff, im zweiten ein Vernunftbegriff. Sie ist keines von beiden. Gegeben sind uns einzelne Eindrücke, nie deren Verknüpfung oder Zusammenhang: wir sehen Blitz und Donner, aber weder sehen noch hören wir im Blitz die Ursache des Donners. Ursache ist kein Eindruck, kein Erfahrungsbegriff. In diesem

Punkte hatte selbst Locke noch oberflächlich genug gedacht, um sich zu täuschen, denn er hielt die Kraft für eine gegebene einfache Idee und die Wirkung für ein unmittelbares Wahrnehmungsobject. Hume vernichtet diesen Schein durch seine tiefer bringende Untersuchung. Die Causalität ist auch kein Vernunftbegriff, sonst müßte sie auf analytischem Wege dem logischen Denken ohne weiteres einleuchten. Aber wir können noch so genau die Vorstellung A zergliedern und werden doch nie die Vorstellung B darin finden, also auch nicht, daß A die Ursache von B ist, also überhaupt nicht, daß A Ursache oder Kraft ist, die anderes bewirkt. Es ist durch bloße Vernunft schlechterdings nicht zu begreifen, daß, weil etwas ist, anderes auch ist.

Die Vorstellung der Causalität ist weder ein Erfahrungs= noch ein Vernunftbegriff, sie folgt unmittelbar weder aus der Wahrnehmung noch aus dem Denken: sie kann daher nur im Wege der Einbildung entstehen und keine davon unabhängige Geltung beanspruchen. Wie entsteht sie? Gegeben sind uns verschiedene Eindrücke und deren Zeitfolge; die gleichen Eindrücke kehren in gleicher Zeitfolge wieder und zwar so oft, daß wir uns an die Thatsache dieser Folge gewöhnen und unter dem ersten Eindruck unwillkürlich den zweiten erwarten. Erst A, dann B. Die häufige Wiederholung macht, daß dieses „post hoc" sich uns einprägt, selbst Eindruck wird und als beharrliche Folge erscheint. Unter diesem nicht gegebenen, sondern gewordenen (weil gewohnten) Eindruck glauben wir, daß B immer auf A folgt und halten nun A für die nothwendige Bedingung oder für die Ursache von B. Gegeben ist die Thatsache: A, dann B. Die Gewohnheit macht daraus den Glauben: A, dann immer B. Auf diesen Glauben gründet sich das Urtheil: A, darum B. So wird aus dem „post hoc" ein „propter hoc"; so entsteht die Vorstellung der Causalität. Wenn alle Ideen sich zu den Eindrücken verhalten, wie die Abbilder zu den Originalen, so ist das Original zur Idee der Causalität der gewordene Eindruck einer gewohnten Succession. Alle sogenannte Erfahrungserkenntniß gründet sich auf einen durch Einbildung und Gewohnheit entstandenen Glauben und darf daher nicht den Charakter allgemeiner und nothwendiger Geltung beanspruchen. In dieser Einsicht besteht Humes Skepticismus, der nicht den Thatbestand unserer Erfahrung angreift, sondern nur die dogmatische Art ihrer Begründung.

Wie mit dem Begriff der Ursache, so verhält es sich mit dem der Substanz, mit der Vorstellung eines selbständigen, von aller Wahrnehmung unabhängigen Daseins der Dinge: der Substantialität der körperlichen und geistigen Wesen.

Gegeben ist uns eine Reihe von Eindrücken, die den höchsten Grad der Aehnlichkeit haben, deren Verknüpfung deshalb so leicht und un= gehindert von Statten geht, daß sie uns identisch oder ein einziges Object zu sein scheinen, welches beständig dasselbe bleibt. Die Association der gegebenen Ideen ist in diesem Fall eine so ununterbrochene, so häufig wiederkehrende und darum gewohnte, daß wir das Uebergehen von einer Vorstellung zur andern, dieses Thun unserer Einbildung nicht mehr beachten und nun das so entstandene Object nicht für unser Compositum, sondern für ein gegebenes, von dem Wechsel unserer Vorstellungen, also auch von diesen selbst unabhängiges Ding außer uns halten. So ent= steht die Vorstellung einer materiellen Außenwelt, die zu ihrem Correlat die Vorstellung der Seele als der denkenden Substanz fordert, die allen inneren Erscheinungen zu Grunde liegt.

Es genügt unser Vorblick auf den Charakter der kritischen Philo= sophie, um sogleich zu erkennen, wie nahe ihr der Geist der Untersuchungen Humes kommt. Es handelt sich schon um die Einsicht, wie die That= sache der Erkenntniß entsteht und wie aus der Nichtwahrnehmung unseres eigenen gewohnten Thuns die dogmatische Ansicht der Dinge hervorgeht. Der geocentrische Standpunkt der Philosophie wird schon durch Hume erschüttert; den Forschungen Kants ist so weit vorgear= beitet, daß ihm die Wege in zwei entscheidenden Punkten gewiesen sind: im Hinblick auf den Begriff der Causalität und auf den der Substanz. Der Begriff der Causalität kann nicht erklärt werden, ohne sein Ver= hältniß zur Zeitfolge festzustellen; der Begriff der Substanz kann nicht zu Stande kommen ohne die Vorstellung eines beharrlichen Objects.

In Rücksicht der Metaphysik urtheilt Hume schroffer als seine Vor= gänger; er verneint sie nicht blos, sondern er verdammt sie: „die Bücher der Theologie und der Metaphysik gehören ins Feuer, denn sie können nichts als Sophistereien und Täuschungen enthalten".

Indessen gilt auch von Hume, was von der gesammten dogmati= schen Philosophie gilt: er setzt voraus, was er erklären will; das Ele= ment, woraus er die Erfahrung erklärt, ist schon Erfahrung, nämlich Verknüpfung von Eindrücken. Er will zeigen, wie Eindrücke verknüpft werden, und setzt voraus, daß sie verknüpft sind, daß ihre Zeitfolge gegeben ist, also der Zeitpunkt eines Objects zu dessen Eigenschaften gehört und die Zeit selbst zu den gegebenen Eindrücken; sie ist keine Vorstellungsart, sondern eine Eigenschaft der Dinge. In diesem Punkte läßt Humes Ergebniß der Zeit eine Geltung zukommen, welche die Metaphysiker vor ihm längst verneint hatten, da sie die Zeit für einen „modus cogitandi" erklärten.*)

III. Die Standpunkte des Rationalismus.

1. Descartes' Dualismus.

Unter der Voraussetzung, daß die Erkenntniß der Dinge, wie sie an sich oder unabhängig von unserer Sinneswahrnehmung sind, nur möglich sei durch das klare und deutliche Denken, entsteht die rationalistische Richtung der neuern Philosophie, die sich in einer Reihe metaphysischer Systeme entwickelt. Das klare und deutliche Denken ist das einleuchtende, das in genauer Stetigkeit von Folgerung zu Folgerung fortschreitet, darum erste Gründe von unmittelbarer Gewißheit fordert und die zweifellose Geltung des Gesetzes der Causalität, nämlich des Zusammenhanges von Grund und Folge, Ursache und Wirkung. Daher dient dieser Metaphysik die mathematische Ordnung der Sätze und Beweise zur Richtschnur und zum Vorbild ihrer Methode: es entsteht Metaphysik nach dem Vorbilde der Mathematik, sei es in freier oder förmlicher Nachahmung.

Descartes hatte die Richtung begründet und den Satz der Selbstgewißheit des eigenen Denkens an die Spitze gestellt, woraus die Selbstständigkeit (Substantialität) des Geistes, das Dasein der denkenden Substanz unmittelbar einleuchtete; er hatte im Fortgange seiner Folgerungen bewiesen, daß es Dinge giebt außer dem Geist, von diesem unabhängig und ihm entgegengesetzt: Substanzen, die blos ausgedehnt sind, oder Körper. Dieser Gegensatz zwischen Geist und Körper macht jenen Dualismus, den er selbst für die Grundlage seiner Lehre, für den Charakter seiner Metaphysik erklärte. Daraus folgt, daß in der Körperwelt nichts existirt als die kraftlose, träge Materie in dem ihr anerschaffenen Zustande der Bewegung und Ruhe, dessen Gesammtgröße constant bleibt, und innerhalb dessen alle Veränderungen oder Bewegungen aus äußeren Ursachen nach rein mechanischen Gesetzen erfolgen. Aus metaphysischen

---

*) Ebendas. Buch III. Cap. XIV. S. 746 - 775. — Vgl. über Descartes' Ansicht von der Zeit: dieses Werk, Bd. I. Buch II. Cap. VI. S. 329 flgd.

Gründen mußte diese mechanische Naturlehre die materielle Kraft als solche verneinen und doch zur Erhaltung der Bewegungsgröße den Körpern ein Beharrungsstreben oder eine Widerstandskraft einräumen, die nicht im Stande war die Bewegungsphänomene zu leisten, die Galilei entdeckt und erklärt hatte: eine Antithese der Metaphysik gegen die erfahrungsmäßige Physik, die zu Ungunsten der ersteren ausfiel.

Im Menschen sind Geist und Körper vereinigt. Daß sie es sind, bezeugt die Thatsache der sinnlichen Vorstellung (Empfindung) und willkürlichen Bewegung. Aber wie sie es sind und sein können, ist schlechterdings unbegreiflich, so lange Geist und Körper für entgegengesetzte Substanzen gelten, die von Natur nichts miteinander gemein haben. In keinem Fall darf, wie Descartes gewollt hatte, zwischen diesen Substanzen ein natürlicher Verkehr und wechselseitiger Einfluß stattfinden. Entweder sind Geist und Körper Substanzen und ihre Vereinigung ein Wunder, das sich durch die göttliche Assistenz jedesmal erneut, so oft der Anlaß eintritt; oder ihre Vereinigung ist vollkommen naturgemäß, dann aber sind Geist und Körper keine Substanzen, und der cartesianische Dualismus wird hinfällig. Den ersten Weg nehmen die Occasionalisten; den zweiten, den der Rationalismus gebietet, ergreift Spinoza.

Die lebendige Kraft in der materiellen Natur und die Einheit von Geist und Körper in der menschlichen sind Thatsachen der Erfahrung. Die Lehre Descartes' ist so gerichtet, daß sie vermöge ihrer Grundbegriffe diesen Thatsachen nicht gerecht werden kann, sie ist unvermögend sie zu erklären und folgerichtigerweise genöthigt sie zu verneinen. Dies ist die Antithese zwischen Metaphysik und Erfahrung, von Seiten der Metaphysik aus gesehen und zwar von ihrem ersten Standpunkt.*)

2. Spinozas Monismus.

Der Rationalismus fordert die Erkennbarkeit der menschlichen Doppelnatur: die Vereinigung von Seele und Körper ist keine wunderbare, sondern eine naturgemäße Wirkung Gottes; sie wird nicht gelegentlich durch seinen Willen bewerkstelligt, sondern folgt nothwendig aus seinem Wesen. Daher muß Gott gleich der Natur der Dinge gesetzt und als die eine und einzige Substanz erkannt werden, die Denken und Ausdehnung als ihre Attribute vereinigt. So entsteht Spinozas

*) Zu vergl. dieses Werk: Bd. I. Th. I. (3. Aufl. 1876) Buch II. Cap. VIII. S. 343—357. Cap. XI. S. 423 flgb.

Monismus oder Alleinheitslehre, die den cartesianischen Gegensatz der Substanzen (Geist und Körper) verneint, den der Attribute (Denken und Ausdehnung) bejaht und erhält. Aus dem Wesen Gottes folgt von Ewigkeit der Inbegriff und die Ordnung aller Dinge, dieselbe Ordnung, constant und unwandelbar, wie Gott selbst; diese Weltordnung ist gleich dem Causalzusammenhang, innerhalb dessen alles aus wirkenden Ursachen erfolgt, nichts durch Selbstbestimmung und Zwecke: wir sehen ein in seiner Grundanschauung deterministisches, mechanisches, aller teleologischen Ansicht der Dinge völlig und ausdrücklich entgegengesetztes Erkenntnißsystem, welches das rationale Abbild der Welt nicht blos in der Denkungsart, sondern in der förmlichen Nachahmung der mathematischen Methode „more geometrico" ausführt.

Wenn alle Dinge nothwendig aus dem zugleich denkenden und ausgedehnten Wesen Gottes folgen, so muß die Natur jedes Dinges zugleich denkend und ausgedehnt, zugleich Geist und Körper, also die gesammte Körperwelt beseelt und die Gesammtordnung aller Dinge von Ewigkeit her gedacht und erkannt sein. Mit dem Weltsystem ist hier auch das wahre Erkenntnißsystem von Ewigkeit gegeben und in ihm enthalten. Die Erkenntniß entsteht nicht, sie ist. In der Beschränkung des menschlichen Geistes ist sie verdunkelt, sie entsteht auch hier nicht durch Erzeugung, sondern durch Erhellung des Dunkels, durch Aufklärung des Irrthums, den Spinoza als einen den Affecten unterworfenen Zustand der Verworrenheit und Unseligkeit faßt, welchen das naturgemäße Streben nach Erhaltung und Steigerung des eigenen Daseins, wenn es sein Gesetz erfüllt, nicht zu ertragen vermag und überwinden muß. Besteht der Dogmatismus darin, daß er die Thatsache der Erkenntniß voraussetzt und in der Natur der Dinge gegeben sein läßt, so ist kein reineres Beispiel desselben denkbar, als die Lehre Spinozas. Soll der Gegensatz zwischen Denken und Ausdehnung bejaht und zugleich die Erkennbarkeit, die durchgängige Einheit und der Causalzusammenhang der Dinge nach dem Gesetz der wirkenden Ursachen anerkannt werden, so kann aus solchen Bedingungen folgerichtigerweise kein anderes System als diese Lehre hervorgehen.*)

Der Gegensatz zwischen Denken und Ausdehnung, die wechselseitige Ausschließung der geistigen und körperlichen Natur gilt bei Spinoza,

---

*) Ueber die Lehre Spinozas vgl. das genannte Werk: Bd. I. Th. II. (3. neu bearb. Aufl. 1880) Buch III. Cap. XIII. S. 530—537.

wie bei Descartes, gleichviel in dieser Rücksicht, ob Denken und Aus=
dehnung Attribute entgegengesetzter Substanzen oder entgegengesetzte At=
tribute der einen und einzigen Substanz sind, ob Geister und Körper
Substanzen oder Modi heißen. Es muß hier für unmöglich gelten, daß
geistige Vorgänge durch körperliche Ursachen bewirkt werden und um=
gekehrt; beide Philosophen haben diese Unmöglichkeit auch erkannt und
ausgesprochen. Dann aber ist schlechterdings unerklärlich, wie die That=
sache der Empfindung und sinnlichen Vorstellung, also auch der Wahr=
nehmung und Erfahrung stattfinden kann. Wir haben die Sache früher
ausführlich erörtert und nachgewiesen, wie alle Erklärungsversuche beider
Philosophen an dieser Stelle gescheitert sind und scheitern mußten.*)
Das metaphysische Erkenntnißsystem in seiner dualistischen wie monisti=
schen Form streitet nicht blos mit gewissen Thatsachen, welche die Er=
fahrung lehrt, sondern mit der Thatsache der Erfahrung selbst
und ihren Elementen. Die Antithese zwischen Metaphysik und Erfahrung
erscheint hier von Seiten der Metaphysik in ihrer ganzen Stärke.

3. Leibniz' Monadenlehre.

Leibniz kam, die Philosophie aus dieser widerspruchsvollen Stellung
zu erlösen und durch eine Umgestaltung ihrer Metaphysik der erfahrungs=
mäßigen Natur der Dinge besser anzupassen. Gegen Descartes verneinte
er das Dasein entgegengesetzter Substanzen, den Dualismus zwischen
Geist und Körper; gegen Spinoza die Lehre von der Einzigkeit der
Substanz und der göttlichen Alleinheit; gegen beide den Dualismus
zwischen Denken und Ausdehnung: er bejahte Descartes gegenüber die
durchgängige Wesenseinheit und Analogie der Dinge, Spinoza gegen=
über die Vielheit der Substanzen, beiden gegenüber die Einheit von
Denken und Ausdehnung in dem Begriff der zweckthätigen, vorstellen=
den, jedem Dinge innwohnenden und selbsteigenen Kraft, die er dem
Wesen der Substanz gleichsetzte und als Krafteinheit oder Monade
bezeichnete. Die Welt ist der Inbegriff zahlloser Monaden, die sämmt=
lich das All vorstellen, jede in ihrer Art, d. h. in dem ihr eigenthüm=
lichen Grade der Klarheit, deren Reihe daher von der dunkelsten bis
zur hellsten Stufe der Vorstellung fortschreitet und zwar in unendlich
kleinen Abstufungen oder Differenzen, denn bei der unendlichen Fülle

---

*) Vergl. darüber Bd. 1. Th. I. Buch II. Cap. XI. S. 423—431. Th. II.
Buch III. Cap. XIII. S. 549—553.

der Monaden giebt es keine unbesetzte Stelle d. h. keinen möglichen Grad, der nicht realisirt wäre. Die Weltordnung bildet demnach ein lückenloses oder continuirliches Stufenreich vorstellender Kräfte, deren keine aus der anderen hervorgeht, sondern jede in voller Unabhängigkeit ihre naturgemäße Bestimmung erfüllt, ihre Anlage entwickelt und dadurch im Universum der Dinge die ihr zugehörige Stufe ausmacht. Kein Wesen bringt das andere hervor, sie sind alle gleich ewig, ihre Ordnung besteht demnach nicht in einer natürlichen Abhängigkeit oder Gemeinschaft, wie sie das Causalgesetz fordert, sondern in einer ewigen Uebereinstimmung, die Leibniz Harmonie nannte: „präformirt", sofern sie in der Natur der Dinge angelegt und gegeben ist, „prästabilirt", sofern der göttliche Wille ihre letzte schöpferische Ursache bildet. Aus der Selbständigkeit der Urwesen (Monaden) folgt ihre wechselseitige Ausschließung, die sich als Repulsivkraft äußern und als Coexistenz kraft=erfüllter Sphären, d. h. als räumliche Körperwelt erscheinen muß, die von den scheinbar leblosen Massen zu den organisirten Körpern und in dem Reiche der letzteren zu immer höheren und reicheren Organi=sationen emporsteigt. Raum und Materie gelten hier für Kraftphänomene, für die Erscheinungsform der Monaden, die sich auf deren wechselseitige Ausschließung, auf die beschränkte und dunkle Natur der vorstellenden Kräfte gründet. Daher sagte Leibniz, die Materie sei eine „dunkle oder verworrene Vorstellung".*)

Die Monadenlehre verneint, was die Erfahrung bejaht: den Cau=salzusammenhang und die natürliche Entstehung der Dinge. Hier ist der Widerstreit zwischen der leibnizischen Metaphysik und Erfahrung. Diese Metaphysik erkennt in der Natur der Körper nur die Repulsivkraft und bestreitet daher die Kraft der Attraction: dies ist die Antithese zwischen Leibniz und Newton, abgesehen von ihrem persönlichen Streit über die Erfindung der Unendlichkeitsrechnung. Die klare und deutliche Er=kenntniß folgt nach der Monadenlehre aus der Natur und Ordnung der Dinge, aus dem Stufenreich der vorstellenden Kräfte, aus der gegebenen Weltharmonie: sie ist im Wesen der Dinge als Aufgabe enthalten, in der fortschreitenden Lösung dieser Aufgabe besteht das Thema der Welt; sie folgt aus der Natur des menschlichen Geistes durch die Entwicklung seiner Anlagen, durch die Erhebung seiner angeborenen oder unbewußten Ideen ins Bewußtsein; sie entsteht nicht durch äußere Eindrücke, denn

---

*) Vgl. Bd. II. b. Werkes (2. neu bearb. Aufl. 1867) Buch II. Cap. VII—VIII. S. 457—512.

diese selbst sind bei dem Verhältniß der Monaden von Grund aus un=
möglich: hier ist der Widerstreit zwischen Leibniz und dem Empiris=
mus, woraus die von ihm selbst polemisch ausgeführte Antithese gegen
Locke hervorgeht. Innerhalb der Welt kann das Reale weder vermehrt
noch vermindert werden. Da nun die Monadenlehre das Reale gleich=
setzt dem Vorrath der Kräfte, so mußte Leibniz lehren, daß in der
Körperwelt (nicht die Größe der Bewegung, sondern) die Summe oder
Größe der Kraft constant bleibt: es ist die Lehre von der Erhal=
tung der Kraft im Gegensatz zu Descartes, der vermöge seiner
Principien die lebendige Kraft verneint und im Widerspruch mit der
Erfahrung die Erhaltung der Bewegungsgröße in der Körperwelt bejaht
hatte: daraus entstand jener Streit über das Maß und die Schätzung
der Naturkräfte, den Kant in seiner ersten Schrift zu entscheiden suchte.
Nach der Monadenlehre sind die Grundkräfte der Welt vorstellender
und zweckthätiger Art; daher ist die mechanische Wirksamkeit der physi=
kalischen Ursachen von Endursachen abhängig und bedingt: hier begegnen
wir von neuem der Antithese zwischen Leibniz und Spinoza. Was
dieser grundsätzlich verneint hatte, wird von jenem grundsätzlich bejaht:
die Geltung der Zwecke. Den Streit der mechanischen und teleologischen
Weltansicht zu untersuchen, auseinander zu setzen und zu entscheiden,
bildet eine der tiefsten und schwierigsten Aufgaben der kritischen Philo=
sophie. Es war in der systematischen Ordnung ihrer Aufgaben die letzte.

4. Wolfs eklektisches System.

Leibniz selbst hielt die Einwürfe gegen sein System für nichtig
und besiegt, er wollte im glücklichsten Einklange mit den Forderungen
des Denkens und der Erfahrung die Erkenntniß der Dinge an sich
geleistet und durch seine Monadenlehre das Wesen der Seele, der Welt
und Gottes erleuchtet haben; seine Metaphysik enthielt alle die Lehren,
die der Empirismus seit Bacons Tagen für unmöglich erklärt hatte:
rationale Psychologie, Kosmologie und Theologie. Indessen hatte dieser
erste deutsche Philosoph der neuen Zeit seine Ideen weder in der Form
des Systems noch in der Sprache seines Volks ausgeführt. Die Lösung
dieser doppelten Aufgabe didaktischer und sprachlicher Verdeutlichung,
den Ausbau der neuen Philosophie zu einem förmlichen und umfassen=
den Lehrgebäude, ihre durchgängige Einschulung in die Form der de=
monstrativen Methode, zugleich ihre Einführung in die deutsche Literatur
unternahm Chr. Wolf und gründete dadurch seinen Ruhm. Im Jahre

1726 konnte er auf die Reihe der deutschen Lehrbücher zurückblicken, die er im Jahre 1712 begonnen und in denen er die Darstellung aller Theile des neuen Systems vollendet hatte. Das erste dieser Lehrbücher war die Logik: „Vernünftige Gedanken von den Kräften des mensch= lichen Verstandes" (1712), das zweite die Metaphysik: „Vernünftige Gedanken von Gott, der Welt, der Seele, auch allen Dingen überhaupt" (1719). Und da Wolf mit seiner Weltweisheit nicht blos ein deutscher Professor, sondern Lehrer der Menschheit sein wollte, so gab er dasselbe System in breitester Ausführung auch in der gelehrten Weltsprache und ließ seinen deutschen Lehrbüchern die Reihe der lateinischen folgen (1728—1753).

Er hat die Metaphysik, wie sie von Leibniz herkam und im An= fange des vorigen Jahrhunderts stand, lehr= und lernbar gestaltet und dadurch jene Schule deutscher Philosophie begründet, die nach Bilfingers Ausdruck die „leibniz=wolfische" hieß und den Weg der deutschen Aufklärung bahnte. Diese Schule war die erste, welche Kant durchlaufen mußte, und die seine Anfänge bestimmt hat.

Der Charakter der wolfischen Lehre ist durch jenen Namen, den einer der besten Schüler ihr gab, aber der Meister selbst nicht gebilligt hat, keineswegs treffend bezeichnet. Schon das Bestreben nach größter und gemeinfaßlichster Verständlichkeit mußte zur Folge haben, daß Wolf nach allen Seiten, woher sich Einwürfe und Widersprüche erhoben, Aus= gleichungen suchte und daher einen eklektischen Weg nahm ganz an= derer Art als Leibniz, der dem Gegner das Feld abgewann, während Wolf es ihm einräumte. Was in der Metaphysik, die er empfing, zu tief gedacht war, um der Erfahrung zugänglich gemacht oder in eine leicht verständliche Beweisform aufgelöst zu werden, das gab er preis: es war nicht weniger als der eigentliche und originelle Charakter der Monadenlehre, wonach das Wesen der Dinge in vorstellenden Kräften besteht. Was von Seiten der Metaphysik die vorhandenen Antithesen bis zur Unversöhnlichkeit schärfte und zuspitzte, das stumpfte er ab und brachte so ein System zu Stande, worin der Rationalismus mit dem Empirismus, Descartes mit Leibniz Hand in Hand ging und, was die Beweisart betraf, selbst die Forderungen Spinozas erfüllt scheinen konn= ten. Die Metaphysik sollte aus dem Wesen der Dinge ableiten, was in den Thatsachen der Erfahrung gegeben war; diese sollte bestätigen, was jene aus letzten Gründen bewies: so ergänzten sich in seinem System rationale und empirische Kosmologie, rationale und empirische Psycho=

logie, die Gegner erschienen im besten Einklang und die Antithese zwi=
schen Metaphysik und Erfahrung wie aus dem Wege geräumt. In der
Metaphysik bejahte er die leibnizische Lehre von den einfachen kraft=
begabten Substanzen, nur daß diese Krafteinheiten nicht alle geistiger
oder vorstellender Natur sein sollten. Die Monadenlehre trat zurück und
räumte an dieser Stelle dem cartesianischen Dualismus wieder das Feld;
nun konnte die thatsächliche Uebereinstimmung zwischen Seele und Kör=
per nur noch als „prästabilirte Harmonie" genommen werden; an dieser
Stelle mußte daher wieder Leibniz eintreten, um mit dem Schein seiner
Lehre, der die Spitze abgebrochen war, den Dualismus gerade da zu
erhalten, wo er ihn widerlegt hatte.*) Und dieses Coalitionssystem car=
tesianischer und leibnizischer Metaphysik wurde nach derselben logischen
Methode, die in der Mathematik herrschte, Satz für Satz geordnet und
ausgeführt; nur daß die Geltung der Zwecke keineswegs verneint, viel=
mehr die göttlichen Absichten in der Einrichtung der Weltmaschine und
der Nutzen der Dinge für den Menschen zum Thema einer eigenen
philosophischen Betrachtung erhoben wurden, die sich zur rationalen
Theologie ähnlich verhalten sollte, als die empirische Psychologie zur
rationalen und die experimentelle Physik zur dogmatischen. Der leibni=
zische Begriff der inneren Zweckmäßigkeit, der sich aus der Monaden=
lehre ergab und dem mechanischen Causalitätssystem die Spitze bot,
verlor hier seine Kraft und Bedeutung; an die Stelle derselben trat
der Begriff der äußeren Zweckmäßigkeit oder Nützlichkeit der Dinge.

Man darf sich über den Charakter und die Herrschaft der Lehre
Wolfs nicht wundern, wenn man den Zustand der Philosophie, aus
dem sie hervorgeht, richtig zu beurtheilen und im Ganzen zu nehmen
weiß. In dem Zeitpunkt, wo sie auftritt, sind die Standpunkte des
Empirismus und Rationalismus und damit der Widerstreit beider Er=
kenntnißrichtungen in der Hauptsache völlig entwickelt: Descartes steht
gegen Bacon, Locke gegen Descartes, Leibniz gegen Locke; der Sen=
sualismus verzweigt sich in den Gegensatz des Idealismus und Ma=
terialismus und geht dem Skepticismus entgegen. Wenn Gegensätze in
der Natur des menschlichen Geistes so tief begründet sind, wie jene
Erkenntnißrichtungen, und so vollkommen ausgeprägt und entwickelt, wie
es mit beiden nach Locke und Leibniz der Fall ist, dann folgt aus der
erschöpften Antithese ein Bedürfniß nach Ausgleichung und damit der

---

*) Ebendaselbst. Bd. II. Buch II. Cap. IV. S. 379—398.

Verſuch, das angeſtrebte und nicht erreichte Univerſalſyſtem auf eklek=
tiſchem Wege herzuſtellen. Dieſer Verſuch konnte nur von Seiten des
Rationalismus ausgehen und wurde durch Wolf gemacht.

Nicht anders verhält es ſich mit den Standpunkten und Gegen=
ſätzen innerhalb der Metaphyſik. In jedem ihrer Syſteme herrſcht eine
Grundanſchauung, die ſich aus der Verfaſſung der Welt dem unbe=
fangenen Sinn mit der Gewalt einer Naturwahrheit aufbrängt. Dieſe
Wahrheiten ſind 1) der Gegenſatz zwiſchen den bewußtloſen und be=
wußten Weſen, 2) der nothwendige und durchgängige Zuſammenhang
der Dinge trotz jenes Gegenſatzes, 3) die fortſchreitende Stufenordnung,
die in der Natur der Dinge keine Entzweiung verträgt und deren Gegen=
ſätze durch allmähliche Uebergänge vermittelt. Die erſte Idee erfüllt
und regulirt das Syſtem Descartes', die zweite das Spinozas, die
dritte das unſeres Leibniz.*) Dies ſind gleichſam die drei Worte der
naturaliſtiſch geſinnten Metaphyſik vor Kant. Es giebt kein viertes. Die
Standpunkte und Antitheſen ſind erſchöpft und laſſen nur das Beſtreben
nach Annäherung und Vereinigung übrig. Dieſen Verſuch macht die
leibniz=wolfiſche Philoſophie, indem ſie den carteſianiſchen Dualismus
zwiſchen Geiſt und Körper, zwiſchen denkenden und nichtdenkenden Na=
turen erneuert und in der logiſchen Ausübung der Methode der De=
buction mit dem Vorbilde der Mathematik, alſo auch unwillkürlich mit
Spinoza wetteifert.

Die ſchulmäßige Form des Syſtems verbirgt wohl dem erſten An=
blick den innerlich unſyſtematiſchen und incohärenten Charakter des Gan=
zen, doch kann ſie nicht hindern, daß dieſer letztere immer unverhohlener
zu Tage tritt und aus der wolfiſchen Schule Männer hervorruft, die
ganz offen Eklektiker ſind, indem ſie die deutſche Metaphyſik mit dem
engliſchen Empirismus, Leibniz mit Newton und Locke, Wolf mit den
engliſchen Deiſten und Moralphiloſophen, mit Shaftesbury und Rouſſeau
zu vereinigen ſuchen. J. H. Lambert erſcheint in ſeinen „Kosmologiſchen
Briefen" (1761) als Vermittler zwiſchen Leibniz und Newton, in ſeinem
„Neuen Organon" (1764) und ſeiner „Architektonik" (1771) als Ver=
mittler zwiſchen Leibniz und Locke; ähnliche Beſtrebungen zur Ver=
knüpfung rationaliſtiſcher und ſenſualiſtiſcher Erkenntniß= und Seelen=
lehre zeigen ſich in D. Tiedemanns „Unterſuchungen über den Menſchen"
(1777) und N. Tetens' gleichzeitigen „Verſuchen über die menſchliche

---

*) Vgl. Bd. I. (3. Aufl.) Th. 1. Buch II. Cap. XI. S. 435 flgb.

Natur". Indeffen hatte Kant fchon den Schauplatz der Philofophie be=
treten und die fritifche Epoche angebahnt.

Von Seiten der offenbarungsgläubigen Theologie orthodoxer wie
pietiftifcher Richtung findet das wolfifche Syftem Gegner und Anhänger;
jene bekämpfen in ihm die rationaliftifche, deterministifche, mechanifche
Welterflärung, die Lehre von der durchgängigen Geltung des zureichen=
den Grundes und von der vorherbeftimmten Harmonie zwifchen Seele
und Körper; diefe nützen feine logifche Lehrform und nehmen fie in den
Dienft ihrer Dogmatik, wie die Kirchenlehre die Scholaftik. Wolf felbft
fand gewöhnlich, daß ihn die Nichtgegner am beften verftanden hätten,
denn ihm lag, wie es der eklektifche Charakter mit fich brachte, an der
Verbreitung feiner Lehre mehr als an ihrer Folgerichtigkeit. Befannt=
lich waren feine erften und heftigften Feinde die halle'fchen Pietiften,
die feine Vertreibung aus Preußen bewirkten (1723). Einer der Haupt=
gegner orthodoxer Art war Chr. A. Crufius in Leipzig (1712—76),
der Wolfs Rationalismus philofophifch zu bekämpfen fuchte und befon=
ders den Satz vom zureichenden Grunde angriff (1743). Indeffen gab
es auch fromme und pietiftifch gefinnte Theologen, die fich mit Wolfs
Lehrart befreundeten, wie Fr. A. Schultz in Königsberg, dem wir in
Kants Leben wieder begegnen werden, und es traten Phyfiker auf, die
Wolfs Metaphyfik mit Newtons Naturphilofophie und der gläubigen
Theologie zu vereinigen wußten, wie M. Knutzen in Königsberg, der
unter Kants akademifchen Lehrern für ihn der wichtigfte wurde. Um
folche Anpaffungen zu ermöglichen, mußte der fchwerfte Stein des An=
ftoßes, die Lehre von der vorherbeftimmten Harmonie zwifchen Seele
und Körper, aus dem Syftem weggeräumt und die natürliche Wechfel=
wirkung beider an deren Stelle gefetzt fein. Daß aber die wolfifche
Philofophie mit der offenbarungsgläubigen Theologie fich vertragen und
zugleich einer fo gründlichen Verneinung aller Wunder und Offenbarungen,
wie fie H. S. Reimarus in feiner Bibelkritik ausführte, zur Grund=
lage dienen konnte, ift einer der augenfcheinlichften Beweife, wie die
Metaphyfik und ihre Schule fchon in voller Auflöfung begriffen war.

IV. Die Philofophie des gemeinen Menfchenverftandes.

Die Syfteme der vorkantifchen Zeit in ihren fchulmäßigen Formen
wie in ihren Gegenfätzen find ausgelebt, und ihr gemeinfames Refultat,
das aus dem eklektifchen Geift der Lehre Wolfs hervorgeht, erfcheint

in der deutschen Aufklärung und Popularphilosophie, die sich in der zweiten Hälfte des vorigen Jahrhunderts entwickelt und die geistige Atmosphäre dieses Zeitalters ausmacht. Sie ist kein so charakterloses und künstlich entstandenes Gemisch heterogener Weltansichten, wie es auf den ersten Blick scheinen könnte; sie hat ihren Compaß, der sich nicht durch alle Gegenden der Windrose dreht, sondern eine bestimmte Rich= tung nimmt, die den Gang, die Aufgaben und auch die Darstellungsart dieser Zeitphilosophie bestimmt. Was in den vorhandenen Systemen dem unbefangenen, natürlichen Sinn von selbst einleuchtet, wird bejaht; was ihm widerstreitet, verneint. Jedes dieser Systeme ruht auf einer Grundwahrheit, die es ausschließend geltend macht, in dieser Geltung folgerichtig entwickelt und dadurch mit einer anderen ebenso natürlichen und einleuchtenden Wahrheit in unversöhnlichen Gegensatz bringt. Ein solcher Widerstreit ist falsch und erscheint als eine naturwidrige, durch die Einseitigkeit des Systems verschuldete Gewaltthat. Es ist unbestreit= bar, daß wir der sinnlichen Wahrnehmung und Erfahrung zur Er= kenntniß der Dinge bedürfen, aber man versündigt sich an der natür= lichen Wahrheit, wenn daraus folgen soll, daß nun überhaupt nichts Objectives existire, als blos Eindrücke oder Ideen, keine Dinge außer uns, keine Körper, keine Materie; ebenso verhält es sich mit der ent= gegengesetzten Folgerung, die zu Gunsten der sinnlichen Erkenntniß keine andere Wirklichkeit anerkennt, als Materie und Bewegung. Es ist gewiß, daß Geist und Körper verschiedene Naturen sind, aber deshalb ist der natürliche Zusammenhang zwischen Seele und Leib, diese augenschein= liche Thatsache unserer täglichen Erfahrung, nicht in Abrede zu stellen. Mit vollem Recht wird der gesetzmäßige Causalzusammenhang der Dinge bejaht, aber mit vollem Unrecht deshalb die Existenz zweckthätiger, in unserer eigenen Natur offenkundiger Kräfte verneint. Daß die Welt= ordnung ein Stufenreich zunehmender Vollkommenheit bildet, wird man der leibnizischen Lehre gern einräumen, aber daß sie deshalb jede natür= liche Gemeinschaft der Dinge, jede natürliche Entstehung und Erzeugung derselben für unmöglich erklärt, wird dem gewöhnlichen Bewußtsein nie einleuchten. So verderben die Systeme ihre wahren Einsichten durch unnatürliche, unter der Folter der Denkschraube erpreßte Folgerungen. Das einfache ungekünstelte Denken urtheilt anders und richtiger als das in den Schulsystemen künstlich gezüchtete und dressirte, das jede naturgemäße Wahrheit überspannt und dadurch in Unnatur und Un= wahrheit verwandelt. Mit solchen Betrachtungen kehrt die dogmatische

Philosophie, die im vollen Vertrauen auf das natürliche Licht der Vernunft ihren Lauf angetreten hatte, gleichsam in ihre Anfänge zurück, nachdem sie die getrennten Wege des Rationalismus und Empirismus durchmessen, die Standpunkte derselben erprobt und durch deren folge= richtige Ausbildung Ergebnisse gewonnen, die jenes natürliche Licht ver= dunkeln und darum dem gesunden Menschenverstand widerstreiten. Diesen nimmt jetzt die Philosophie zu ihrem Compaß und Führer. Seiner Richtschnur folgen und den natürlichen Wahrheiten, die der gemeine Verstand nicht erst erzeugt, sondern besitzt, gemäß denken, heißt richtig und aufgeklärt philosophiren, unabhängig von dem Streit der Systeme und Schulen, gesichert gegen die Verirrungen und Abwege des aus= gelebten Dogmatismus, die sämmtlich in den Abgrund des Skepticismus geführt haben.

Diese Philosophie des „gemeinen Verstandes", die unserer natür= lichen Erkenntniß ihre ursprüngliche und ungetheilte Grundlage zurück= geben möchte, wurde von den Schotten, die nach Hume kamen und durch ihn geweckt wurden, Thomas Reid (1710—1796) an ihrer Spitze, schulmäßig begründet. Sein Hauptwerk betraf die Untersuchung der Grundwahrheiten des „common sense" (1764). Die deutschen Aufklärungsphilosophen, die aus dem Eklekticismus der wolfischen Schule hervorgingen, nahmen dieselbe Richtung. Wir nennen als einen ihrer bedeutendsten Denker und Schriftsteller Christian Garve (1742—1798), der durch seine Uebersetzung und Erklärung der Moralphilosophie Fer= gusons (1772) und des berühmten Hauptwerks von Adam Smith die Geistesverwandtschaft, die er mit den Schotten empfand, beurkundete. Die Abhandlung über die Principien der Sittenlehre, die Garve seiner Uebersetzung der aristotelischen Ethik vorausschickte (eine seiner letzten Arbeiten), darf durch die Art und Weise, wie hier die verschiedenen Moralsysteme dargestellt und beurtheilt werden, als ein mustergültiges Beispiel der Aufklärungsphilosophie nach der Richtschnur des sogenann= ten gesunden Verstandes gelten. Sein „Ferguson" hat auf unseren Schiller, noch als Zögling der herzoglichen Militärakademie, einen höchst anregenden und auf die erste Ausbildung seiner philosophischen Ideen bemerkenswerthen Einfluß geübt. Er ist der erste gewesen, der Kants Vernunftkritik öffentlich beurtheilte (1782) und eine Auffassung der neuen Lehre an den Tag legte, die dem Begründer der letzteren zwar ganz verfehlt, aber doch wichtig genug erschien, um ihre Einwürfe in seiner Erläuterungsschrift wie in der zweiten Ausgabe des Hauptwerks

3*

zum Gegenstand der Widerlegung zu machen. Die Vertreter dieser eklektisch gesinnten, den Forderungen des gewöhnlichen Bewußtseins an= gepaßten Denkart sind und wollen nicht mehr Philosophen für die Schule, sondern „für die Welt" sein, die jeden Widerspruch mit dem gemeinen Verstande für ungereimt, jeden Zwiespalt zwischen Kopf und Herz für ein Zeichen der Verirrung ansehen, daher die Klarstellung der natürlichen Wahrheiten für das eigentliche Thema der Aufklärung, die Verbreitung der letzteren in der Menschheit für einen der wesentlichsten Zwecke der Literatur, die Gemeinverständlichkeit und Schönheit der belehrenden Rede, die gleichmäßig auf Gemüth und Verstand einwirken soll, für die stylistische Aufgabe der philosophischen Schriftsteller halten. Es ist anzuerkennen, daß Männer, wie Moses Mendelssohn (1729 —1786), seiner Zeit der berühmteste unter diesen „Weltweisen" unserer Aufklärung, der begabte, frühverstorbene Thomas Abbt (1738—1766), der nach dem Vorbilde der Franzosen und Engländer dem Geschmacke des Zeitalters gemäß die Form der Essays mit großem Erfolge aus= zubilden begann, endlich Johann Jacob Engel (1741—1802), Garves Zeitgenosse und Freund, der schönwissenschaftliche Wortführer des gesun= den Verstandes, den Beruf der Aufklärung in der von uns geschilderten Weise erkannt und erfüllt haben. Um sich die beschriebenen Grundzüge zu vergegenwärtigen, wird man kaum ein besseres Zeugniß finden, als jene Sammlung kleiner Aufsätze, die Engel zum größten Theil selbst geschrieben und unter dem charakteristischen Titel: „Der Philosoph für die Welt" veröffentlicht hat (1775—77). Das durchgängige, bald in bildlicher, bald in erörternder und dialogischer Rede ausgeführte, auch gern als leichte Erzählung behandelte Thema ist die praktische Lebens= weisheit, die sich in der goldenen, dem natürlichen Bewußtsein con= formen Mitte der Lebens= und Weltansichten hält und alle Extreme vermeidet durch deren richtige, dem gesunden Verstande gemäße Vereini= gung. Gegenüber den Extremen der Philosophie, jenen Gegensätzen zwischen Dogmatismus und Skepticismus, zwischen Rationalismus und Empirismus, zwischen Idealismus und Materialismus u. s. w. verhält sich der Philosoph für die Welt, wie sein Tobias Witt zu jenen drei Paaren in seiner Nachbarschaft, die ihre Sache allemal dadurch ver= derben, daß sie in ihrer Art zu reden oder zu handeln immer nach entgegengesetzten Richtungen extravagiren. „Ich, der ich zwischen den beiden Redensarten mitten inne wohnte", sagt Tobias Witt, „ich habe mir beide Redensarten gemerkt, und da spreche ich nun nach Zeit und

Gelegenheit, balb wie der Herr Grell und balb wie der Herr Tomm".

Unsere unverfünstelte Natur gewährt sichere Ueberzeugungen theoretischer wie praktischer Art, die dem gesunden Verstand und Gefühl weder Skep= ticismus noch Materialismus, diese Auswüchse einer übertriebenen Auf= flärung, zu entreißen vermögen. Beide Denkarten verwirft „der Philo= soph für die Welt", er bekämpft sie wiederholt und eifrig als falsche Aufflärerei, die der Richtschnur des naturgemäßen Denkens zuwiderlaufe und das Zeitalter, wie die Erfahrung der Gegenwart zeigt, dem Aber= glauben von neuem in die Arme treibe. Der unächten Aufflärung setzt unser Philosoph die ächte entgegen. Es handle sich nicht weiter um eine Steigerung oder „Erhöhung", als vielmehr um „die Verbreitung der Aufflärung", um die Rückfehr vom Stepticismus zu einem „ver= nünftigen, bescheidenen Dogmatismus".*)

So bekennt sich die deutsche Aufflärung im Bunde mit der schottischen Schule die natürliche dogmatische Weltansicht, worin das gewöhnliche Bewußtsein sich heimisch fühlt, die als seine Richtschnur der gemeine Verstand festhält und das philosophische Denken festhalten sollte, wenn es nicht den Boden unter den Füßen verlieren will. Kein Zweifel, daß dieses gewöhnliche Bewußtsein thatsächlich gilt und allen Systemen und Zweifeln der Philosophen zum Troß die Welt beherrscht. Das volle Gewicht und die Anerkennung dieser Thatsache kann nicht mehr fraglich sein. Wohl aber ist die Frage, von deren Entscheidung der Fortgang der Philosophie abhängt: ob mit der Anerkennung des gemeinen Ver= standes die Begründung desselben ausgeschlossen oder nicht vielmehr gefordert ist? Ob unser gewöhnliches Bewußtsein das letzte aller Fun= damente oder nicht vielmehr das erste aller Probleme der Philosophie sein soll? Die Männer der schottischen Schule wie der deutschen Auf= flärung nahmen den „common sense" zum Fundament und erflärten seine Wahrheiten für die Grundthatsachen und die Richtschnur alles Philosophirens; sie wollen bis zu dem Punkt zurückfehren, der im Ur= sprung der neuen Philosophie dem Zwiespalt zwischen Empirismus und Rationalismus vorausging. Ein solcher Rückgang der Dinge ist überall unmöglich und erscheint, wo er angestrebt wird, als ein erfünstelter und verfehlter Versuch. Der nächste Fortschritt der Philosophie fordert: daß

*) J. J. Engel: Der Philosoph für die Welt. St. III.: Die Höhle auf Anti= paros (wider den Materialismus). St. VI.: Tobias Wltt. St. XXXVII.: Ueber den Werth der Aufflärung. St. XXXVIII.: Ueber die Furcht vor der Rückfehr des Ueberglaubens (wider den Stepticismus).

der gemeine Verstand mit seinen sogenannten natürlichen Einsichten, diese Voraussetzung aller dogmatischen Erkenntniß, aufhört als die Grundlage der Philosophie zu gelten und zum ersten ihrer Probleme, zum Gegenstand ihrer Erforschung gemacht wird. Dies geschieht durch Kant. Wie ist die Thatsache unseres gemeinen oder natürlichen Bewußtseins möglich? Aus der Grundthatsache der dogmatischen Philosophie wird die Grundfrage der kritischen. Einfacher und dem geistigen Entwicklungsgesetz gemäßer läßt sich dieser Fortschritt nicht fassen. Die dogmatische Philosophie mit allen von ihr ausgeprägten Gegensätzen und die eklektisch gerichtete Aufklärung mit allen von ihr angestrebten Ausgleichungen lassen uns auf das Deutlichste nicht blos die Aufgabe der kritischen Philosophie, auch die Richtung und Zielpunkte der Lösung erkennen.

Drittes Capitel.

Biographische Nachrichten. Kants Lebensrichtung und Zeitalter. Jugendgeschichte und akademische Laufbahn.

I. Vorbemerkungen.

1. Biographische Nachrichten.

Bevor wir auf den inneren Entwicklungsgang des Philosophen eingehen, worin allmählich die kritische Epoche reifte, wollen wir den Mann selbst nach seinen Lebensschicksalen und in seiner Charaktereigenthümlichkeit kennen lernen, soweit es möglich ist, aus den spärlichen Quellen, die wir haben, das Bild seiner Persönlichkeit zu gewinnen. Leider giebt es keine autobiographische Aufzeichnung. Die nächsten Nachrichten finden sich in einigen Berichten von geringem Umfange, die im Todesjahre Kants erschienen und dadurch wichtig sind, daß sie von Männern niedergeschrieben wurden, die aus eigener Anschauung, zum Theil aus vieljährigem Umgang den Philosophen persönlich kannten. Eine dieser Schriften ist durch einen besonderen Umstand begünstigt. Borowski (der einzige evangelische Erzbischof, den Preußen gehabt hat) gehörte als Student zu Kants ersten Schülern, er verkehrte als Pfarrer in Königsberg viel mit seinem ehemaligen Lehrer (1782—92) und entwarf im Jahre 1792 eine Lebensskizze desselben, die er der königsberger beutſchen Geſellſchaft vorleſen wollte. Zuvor theilte er bieſen Aufſaß bem Philoſophen mit unb bat um beſſen Einwilligung unb Prüfung. Kant gewährte bie Durchſicht, wünſchte aber, baß vor ſeinem Tobe kein öffentlicher Gebrauch von bieſer Schrift gemacht werbe, auch nicht ber eines münblichen Vortrags; er ſchickte ſie mit Ranbbemer= kungen zurück unb ſagte in bem Begleitſchreiben mit weiſer Beſcheiben= heit, baß er ſich bie zugebachte Ehre verbitten möchte, weil er alles, bas einem Pomp ähnlich ſehe, aus natürlicher Abneigung vermeibe, zum Theil auch, weil ber Lobrebner gemeiniglich ben Tabler aufſuche.*) Um Mißbeutungen zu vermeiben, hat er einige Stellen geſtrichen, bie Borowski, weil ihre thatſächliche Richtigkeit außer Zweifel war, in ber Form von Anmerkungen wieberhergeſtellt hat. Die Skizze, bie vor ber Herausgabe vervollſtänbigt wurbe, iſt bürftig, in einzelnen Angaben oft fehlerhaft unb bei aller Bewunberung ber Größe Kants ohne ein= bringenbes unb treffenbes Urtheil. Sie hat ben Vorzug, von bem Phi= loſophen ſelbſt (theilweiſe) geleſen unb geprüft zu ſein. Zwei anbere Berichte, bie gleichzeitig mit Borowskis Schrift veröffentlicht wurben, ergänzen bie leßtere, ohne jenen Vorzug zu theilen. Jachmann, ber in bem Jahrzehnt, worin Kant ben Gipfel ſeines Ruhms erſtieg, ſein Schüler unb Amanuenſis war (1784—94), gab in „Briefen an einen Freund“ weniger eine Lebensbeſchreibung bes Philoſophen, als Beiträge zu einer Charakteriſtik ſeiner Lebens= unb Denkart. Die leßte Lebenszeit ſchilbert uns ber Prebiger Waſianski, ber zehn Jahre vor Jachmann Kants Amanuenſis geweſen (1774), ſeit 1790 zu ſeinen Hausfreunden unb Tiſchgenoſſen gehörte unb, als ben Philoſophen zuleßt bie Alters= ſchwäche überwältigt hatte, alle ſeine Angelegenheiten beſorgte; ihm hatte Kant auch bie Ausführung ſeines Teſtaments anvertraut. Die voll= ſtänbigſte Lebensbeſchreibung hat Schubert in ber erſten Geſammtaus= gabe ber Werke Kants gegeben.**)

---

*) Kants Brief an ben Kirchenrath Borowski iſt vom 24. October 1792. — **) Lubwig Ernſt Borowski: „Darſtellung bes Lebens unb Charakters Im= manuel Kants. Von Kant ſelbſt genau revibirt unb berichtigt.“ (Der von K. geleſene Theil reicht bis S. 104.) Reinhold Bernharb Jachmann: „J. Kant geſchilbert in Briefen an einen Freund“. Ehregott Anbr. Chriſtoph Waſianski: „Kant in ſeinen leßten Lebensjahren. Beiträge zur Kenntniß ſeines Charakters unb häus= lichen Lebens aus bem täglichen Umgange mit ihm.“ Alle brei Schriften ſinb in Königsberg 1804 erſchienen. Dazu kommen: „Fragmente aus Kants Leben“. Königsberg 1802 (von bem Philoſophen geleſen, aber nicht näher gewürbigt). Joh. Gottfr. Haſſe: „Merkwürbige Aeußerungen Kants. Von einem ſeiner Tiſch=

2. Lebensrichtung: Kant und seine Vorgänger.

Kants Leben hat nichts nach außen Glänzendes, ausgenommen den Ruhm, den er nicht suchte, aber in vollstem Maße verdiente und erfuhr. Kaum ist je unter einem so weithin leuchtenden Namen ein so stilles und einfaches Leben geführt worden. Unter den Philosophen der neuen Zeit war ihm die schwierigste Aufgabe zugefallen. Wenn wir die Kräfte der Denker nach der Macht und Widerstandsgröße der Schwierigkeiten messen, die sie besiegen müssen, waren die seinigen ohne Zweifel die stärksten. Auch als Charaktererscheinung ist er einzig in seiner Art. Wir werden dieselbe später würdigen und wollen hier nur flüchtig einen ver-gleichenden Blick auf ihn und seine Vorgänger werfen. Welcher Contrast in dieser Rücksicht zwischen Kant und Bacon! Die höchsten Würden des Staats, Ehren und Reichthümer vereinigte dieser erste Begründer der neuen Philosophie mit einer begehrlichen Liebe zum Schein, einer Prunk-und Gewinnsucht, die den Lordkanzler von England bis zur verbrecherischen Unehrlichkeit verführten und einem schimpflichen Richterspruch preisgaben. Kant, der nie mehr als ein deutscher Professor war und sein wollte, ist in seiner Denk- und Handlungsweise die Einfachheit und Redlichkeit selbst. In seiner schlichten bürgerlichen Existenz giebt es keinen Raum für die hastigen Wechsel zwischen Einsamkeit und Gesellschaftstrubel, für jene ungestüme Wander- und Reiselust, die Descartes' Jugend so mächtig bewegte und in das Treiben der Welt warf. In sich gesammelt, schreitet das Leben unseres Philosophen langsam und sicher vorwärts mit vollkommener Regelmäßigkeit, in zunehmender Selbstvertiefung; es bedarf und begehrt keine zerstreuenden Eindrücke von Seiten der Außen-welt, es haftet gleichsam an der Scholle und erinnert uns auch in dieser Hinsicht an Sokrates, den der Trieb der Selbsterforschung in Athen festhielt. Kant ist beinahe achtzig geworden und hat seine Heimath-provinz niemals, seine Vaterstadt nur nothgedrungen für einige Jahre verlassen. Sein dem philosophischen Nachdenken gewidmetes Dasein ließe sich mit Spinoza vergleichen, doch fehlt ihm jenes Schicksal schwerer Verfolgungen, das dem Leben des verstoßenen Juden eine gewisse tra-gische Größe verliehen hat. Wir finden bei Kant nichts von der genialen

genossen". Königsberg 1804. Friedr. Theodor Rink: „Ansichten aus Kants Leben". Königsberg 1805. J. Kants Biographie. 2 Bde. Leipzig 1804 (ganz werth-los). Fr. Wilh. Schubert: „J. Kants Biographie, zum großen Theil nach hand-schriftlichen Nachrichten dargestellt". (J. Kants sämmtliche Werke, herausgegeben von K. Rosenkranz u. Fr. W. Schubert. Bd. XI. Abth. 2. Leipzig 1842.)

Vielgeschäftigkeit, die Leibniz nach allen Richtungen hin entfaltete, nichts von den äußeren Ehren, die jener gern empfing, noch weniger von dem Ehrgeiz, der solchem Glanze nachgeht. In der bescheidenen, mühsam und spät errungenen Stellung eines akademischen Professors, die Leibniz frühzeitig haben konnte und verschmähte, ist der anspruchslose Kant durch die Macht seiner Werke das für alle Zeiten geworden, was Wolf zu sein glaubte und mit ruhmredigen Worten sich vermaß: ein Lehrer nicht blos der akademischen Jugend, sondern der Menschheit.

3. Zeitalter.

Mit Leibniz hatte sich die neuere Philosophie in Deutschland ein= heimisch gemacht und schon dem Staate zugewendet, der nach dem west= phälischen Frieden durch die Kraft und Weisheit seiner Regenten empor= stieg und den mächtigsten Einfluß auf unsere nationalen Geschicke gewann. Leibniz sah die Gründung des preußischen Königthums, erfreute sich einer Vertrauensstellung am Hofe von Berlin und wurde der geistige Stifter der dortigen Akademie. Auf dem Lehrstuhl einer preußischen Universität, der bedeutendsten, die es damals gab, entwickelte Wolf seine Philosophie und erlebte hier jene effectvollen Schicksale der schmählichsten Vertreibung und der ehrenvollsten Wiederherstellung. Kants Heimath ist die preußische Krönungsstadt: sie bleibt für immer der Schauplatz seiner Wirksamkeit; hier erlebt er die Epochen eines vierfachen Thron= wechsels, die sich auch in dem Gange und der Wendung seiner Geschicke sehr bemerkbar ausprägen. Jugend und Erziehung fallen in das Zeit= alter Friedrich Wilhelms I. und zeigen uns jenen haushälterischen, strengen Geist bürgerlicher Zucht und Ordnung, der damals von oben her die Schichten der Bevölkerung maßgebend und wohlthätig durchdrang. In demselben Jahre, wo Friedrich II. den Thron bestieg und Wolf nach Preußen zurückkehrte, begann unser Philosoph die akademischen Studien. Seine Laufbahn als philosophischer Lehrer und Schriftsteller von den ersten Anfängen bis zur Höhe seiner welterleuchtenden Werke gehört in die Zeit des großen Königs und bildet in dem Charakter derselben einen der erhabensten und glorreichsten Züge. Dem äußeren Fortkommen Kants trat der siebenjährige Krieg hemmend in den Weg; in den fol= genden Friedensjahren reifte langsam das kritische Werk, die Haupt= grundlagen der neuen Lehre waren ausgeführt, als das Zeitalter Friedrichs zu Ende ging. Unter dem folgenden Könige, den die Feinde der Auf= klärung gewannen, erfolgte der wider Kant und seine Lehre gerichtete

Angriff, der das vollendete Werk nicht mehr zu hindern, nur den Urheber, der schon die ehrwürdige Last von siebzig Jahren trug, zu be-
drücken vermochte. Doch war es dem Greise vergönnt, wieder aufzu-
athmen in der neuen und besseren Zeit Friedrich Wilhelms III.

II. Jugendgeschichte (1724—1755).

1. Abstammung und Familie.

Immanuel Kant wurde den 22. April 1724 zu Königsberg als
das vierte Kind einer rechtschaffenen Handwerkerfamilie von kleinen
Vermögensverhältnissen geboren. Unter den Schotten, die am Ende des
17. und am Anfange des 18. Jahrhunderts in Menge ihr Vaterland
verließen und theils nach Schweden, theils nach Preußen auswanderten,
war auch sein Großvater, der sich in Tilsit ansiedelte. So erscheint
unser Philosoph in einer gewissen nationalen Verwandtschaft mit David
Hume, dessen Untersuchungen einen epochemachenden Einfluß auf die
seinigen ausüben sollten. Der Vater Johann Georg Cant, seines Zei-
chens ein Sattler, führte noch in seinem Namen die schottische Schreibart, erst der Sohn änderte den Anfangsbuchstaben, um die falsche
Aussprache (Zant) zu vermeiden. Die Mutter hieß Anna Regina Reuter,
sie starb, nach zweiundzwanzigjähriger Ehe und elf Geburten, den 18. December 1737, als ihr zärtlich geliebter und bei seinem schwächlichen
Körper ihrer Pflege besonders bedürftiger Immanuel im 13. Lebensjahre
stand. Von seinen zahlreichen Geschwistern wurden sechs frühzeitig hin-
weggerafft, ihn selbst überlebte nur die jüngste Schwester (Katharina
Theuer), eine Handwerkersfrau, die Pflegerin seiner letzten Tage. Der
einzige ihm gebliebene und elf Jahre jüngere Bruder Johann Heinrich
starb in seinem Pfarramt vier Jahre vor ihm.

Beide Eltern waren in schlichter und durchaus frommer Weise dem
damals herrschenden Pietismus ergeben. Dem entsprach völlig Kants
Erziehung; „sie war", wie Jachmann berichtet, „sowohl im väterlichen
Hause, als auch in der Schule ganz pietistisch. Er pflegte dies öfter
von sich anzuführen und diese pietistische Erziehung als eine Schutzwehr
für Herz und Sitten gegen lasterhafte Eindrücke aus seiner eigenen
Erfahrung zu rühmen."*) Borowski schildert diese häusliche Zucht etwas
näher und gewiß sehr treffend durch die Charaktere der Eltern: „Der

---

*) Jachmann, Br. I. S. 6.

Vater forderte Arbeit und Ehrlichkeit, besonders Vermeidung jeder Lüge, die Mutter auch Heiligkeit dazu. Dies mag", fügt er hinzu, „bei Kant dahin gewirkt haben, in seiner Moral eine unerbittliche Strenge zu beweisen."*) Dieser Einflüsse, namentlich des mütterlichen, blieb sich Kant stets bewußt. Von ihr wollte er nicht blos die Aehnlichkeit der Gesichtszüge geerbt, sondern auch die wohlthätigsten und nachhaltigsten Einwirkungen auf seine Gemüthsart empfangen haben. Noch im späten Alter sprach er davon mit tiefer Rührung. „Ich werde meine Mutter nie vergessen, denn sie pflanzte und nährte den ersten Keim des Guten in mir, sie öffnete mein Herz den Eindrücken der Natur, sie weckte und erweiterte meine Begriffe und ihre Lehren haben einen immerwährenden heilsamen Einfluß auf mein Leben gehabt." Wir besitzen von ihm selbst ein eigenhändiges Zeugniß über seine Abstammung, die Umstände und den Charakter seiner Eltern. Als der berühmte Philosoph auch für einen wohlhabenden Mann zu gelten anfing, meldeten sich unterstützungsbedürftige Leute seines Namens aus Schweden. Dem Bischof Lindblom, der ihm angebliche Verwandte dieser Art empfohlen hatte, antwortet Kant: „Von lebenden Verwandten väterlicher Seite ist mir fast keiner hier bekannt, und außer den Descendenten meiner Geschwister ist (da ich selbst ledig bin) mein Stammbaum völlig geschlossen: von dem ich auch weiter nichts rühmen kann, als daß meine beiden Eltern aus dem Handwerkerstande in Rechtschaffenheit, sittlicher Anständigkeit und Ordnung musterhaft, ohne ein Vermögen (aber doch auch keine Schulden) zu hinterlassen, mir eine Erziehung gegeben haben, die, von der moralischen Seite betrachtet, gar nicht besser sein konnte und für welche ich bei jedesmaliger Erinnerung an dieselbe mich mit dem dankbarsten Gefühle gerührt finde." So schrieb der Philosoph in seinem 74. Jahre.**)

2. Fr. A. Schulz und das collegium Fridericianum.

Die pietistische Glaubensrichtung fand in der Jugendzeit und Vaterstadt unseres Philosophen einen der würdigsten und erfolgreichsten Vertreter in der Person des Dr. Franz Albert Schulz***), der 1731 (damals ein Mann von 39 Jahren) als Prediger und Consistorialrath nach Königsberg gekommen war, im folgenden Jahr Professor der Theologie wurde und im nächsten die Leitung des zur öffentlichen Er-

---

*) Borowski S. 23. — **) J. Kants Briefe u. s. w., herausg. von Fr. W. Schubert. Sämmtl. Werke. Bd. XI. Abth. 1. S. 174 flgb. Der Brief des Bischofs ist v. 13. Aug. 1797. — ***) 1692—1763.

ziehungsanstalt erhobenen „collegium Fridericianum“ übernahm. Er
hatte sich das Vertrauen des Königs in hohem Maß erworben und übte
während der letzten Regierungsjahre desselben auf das seiner Aufsicht
und Verwaltung anvertraute Kirchen= und Schulwesen Preußens den
größten Einfluß. In seiner Person vereinigten sich der Prediger und
Schulmann, der Dogmatiker und Katechet, die Kraft der erbaulichen
und die der pädagogischen Wirksamkeit, für welche letztere eine Lehr=
kunst, wie die wolfische Philosophie sie besaß und darbot, ein sehr will=
kommenes Werkzeug sein mußte. Sein Studiengang in Halle hatte ihn
gleichzeitig mit den Lehren der pietistisch gesinnten Theologen und Wolfs
Vorlesungen bekannt gemacht, jene fesselten sein religiöses, diese sein
bidaktisches Interesse. Die Zeiten der Verfolgung Wolfs waren vorüber
und mildere Stimmungen selbst an höchster Stelle eingetreten, als
Schulz nach Königsberg kam. Und da auch die wolfische Philosophie
keineswegs eigensinnig, sondern zu allerhand Einräumungen geneigt war
und auf ihre Lehrart größeres Gewicht legte, als auf gewisse anstößige
Lehrsätze, so war die Annäherung von beiden Seiten leicht und der
Pietismus konnte sich jetzt mit der einst so verhaßten Philosophie wohl
vertragen. Schulz in Königsberg gab, wie schon oben erwähnt, das
Vorbild einer solchen Vereinigung, und Wolf selbst hatte ihn als einen
vorzüglichen Kenner seiner Lehre gerühmt.*)

Unter den Familien der Stadt, mit denen der gefeierte Prediger
als hülfreicher und wohlthätiger Freund verkehrte, war auch die unseres
Kant. Sobald die Zeit des höhern Unterrichts gekommen, wurde der
fähige Knabe jener von Schulz geleiteten Anstalt anvertraut, obwohl
sie von seinem elterlichen Hause am weitesten entfernt lag. Nach der
Erzählung Borowskis hegte die Mutter diesen bei ihrer Verehrung für
den Director der Friedrichsschule so natürlichen Wunsch.**) Eben so
natürlich erscheint es, daß von beiden Seiten für die Zukunft Imma=
nuels das Studium der Theologie in Aussicht genommen wurde.***)
Stets nannte der Philosoph den Namen Fr. A. Schulz mit wärmster
Dankbarkeit, und es blieb sein oft geäußerter, leider unerfüllter Vorsatz,
diesem Lehrer und Wohlthäter seiner Jugend ein öffentliches Denkmal
der Pietät zu widmen.†)

Von seiner siebenjährigen Schulzeit (1733—1740) läßt sich wenig
Bemerkenswerthes berichten. Er war ganz das Gegentheil eines früh=

---

*) S. oben Cap. II. S. 33. — **) Borowski, S. 24 flgb. — ***) Schubert:
Kants Biographie, S. 18. — †) Borowski S. 150—152.

reifen Genies. Die Schule war der Schauplatz nicht, auf dem seine Fähigkeiten und außerordentlichen Geisteskräfte sich schon glänzend und in erstaunlicher Weise offenbaren konnten. Von Haus aus ein schwäch= licher Knabe, von zartem, unkräftigem Körperbau, mit einer platten, eingebogenen Brust und von einer etwas schiefen Haltung, mußte sich Kant erst durch einen starken Aufwand der Willenskraft energisches Selbstgefühl und geistige Spannkraft erringen. Besonders waren es zwei Hindernisse, womit er zu kämpfen hatte und die bei seiner körper= lichen Verfassung zusammenhingen: die Schüchternheit und die Vergeß= lichkeit, zwei Mängel, die schon genug sind, um die Talente eines Knaben zu verbergen. Bis auf einen gewissen Grad ist Kant diese ihm ange= borene Schüchternheit nie losgeworden; sie wurde noch durch seine Be= scheidenheit vermehrt. Daneben zeigte er schon früh Züge schneller Geistesgegenwart, die ihm bei den kleinen Gefahren, wie sie Knaben zu begegnen pflegen, zu Gute kam. Er war schüchtern, nicht furchtsam. Man konnte wohl sehen, daß er so viel Willenskraft und Verstand besaß, um jene lästigen Hindernisse zu bezwingen, welche die Natur ihm in den Weg gelegt. Je weiter er auf der Bahn der Schule vorwärts schritt, um so bemerkbarer wurden auch seine Fähigkeiten, mit denen der Eifer im Lernen Hand in Hand ging. Was den Unterricht selbst betraf, so war dieser in den alten Sprachen, namentlich im Lateinischen durch Heydenreich am besten, dagegen in der Mathematik und Philo= sophie sehr kümmerlich bestellt. So kam es, daß sich Kant damals mit Vorliebe den classischen Studien zuwendete und von dem künftigen Philosophen auf der Schule nichts wahrzunehmen war. Besonders wurden die römischen Schriftsteller eifrig gelesen und Styl wie Gedächtniß daran geübt. Er lernte die lateinische Sprache richtig und mit Leichtigkeit schreiben, so daß er später auch die spröden Materien der Metaphysik in einem geübten Schullatein wohl auszudrücken verstand; sein Gedächt= niß war in die römischen Dichter so eingelebt, daß er bis in sein Alter ihre vorzüglichsten Stellen, namentlich des Lucretius Gedicht von der Natur der Dinge, auswendig wußte. Damals war Kant entschlossen, sich ganz der classischen Philologie zu widmen. Schon sah er sich im Geiste als künftigen Philologen, der lateinische Bücher schreibt und auf deren Titel den Namen „Cantius" setzt. In diesen Bestrebungen und Plänen für den künftigen Lebensberuf traf er mit zweien seiner Mit= schüler zusammen, deren einer jenes ersehnte Ziel erreicht hat: David Ruhnken aus Stolpe, der als „Ruhnkenius" in der philologischen Welt einen berühmten Namen erwarb; der andere war Martin Kunde aus Königsberg, dessen Talente, von der Noth des Lebens niedergehalten, in einer kleinen Stellung verkümmerten, er starb als Rector der Schule zu Rastenburg. Die drei Jünglinge wetteiferten im Stubium der Phi= lologie, lasen zusammen ihre Lieblingsschriftsteller und machten gemein= schaftlich Pläne für die Zukunft. Seitdem waren viele Jahre vergangen, Ruhnken und Kant waren beide berühmte akademische Lehrer geworden, der eine in Leiden, der andere in Königsberg. Da schrieb Ruhnken den 10. März 1771 an Kant und erinnerte den alten Freund in einer classi= schen Epistel an die gemeinschaftliche Jugendzeit auf dem collegium Fridericianum. Von dem Philosophen Kant wußte Ruhnken damals nicht mehr, als er von Hörensagen und hie und da aus Recensionen über seine Schriften erfahren hatte, eine derselben hatte ihm der Zufall zugeführt; er wußte soviel, daß Kant es mit der englischen Philosophie halte und auf deren Untersuchungen den größten Werth lege. Nun bittet er ihn, seine Bücher lateinisch zu schreiben, damit auch die Holländer und Engländer sie lesen können; es müsse ihm leicht werden, da er ja latein zu schreiben von der Schule her vortrefflich verstehe. Ueberhaupt muß Kant, als er mit Ruhnken die oberste Classe besuchte, unter die besten Schüler gezählt haben; wenigstens als solcher ist er dem Freunde im Gedächtniß, der von ihm schreibt: „Erat tum ea de ingenio tuo opinio, ut omnes praedicarent, posse te, si studio nihil inter- misso contenderes, ad id, quod in literis summum est, pervenire." Die lateinische Rhetorik mag in dieser Stelle jene Erwartungen viel= leicht vergrößert haben. Die erste Jugenderinnerung gleich im Anfange des Briefes gilt den pietistischen Lehrmeistern, deren Zucht in dem An= benken des classischen Philologen beinahe wie ein böses Abenteuer er= scheint, das die beiden Freunde glücklich und zu ihrem Besten bestanden haben: „Anni triginta sunt lapsi, cum uterque tetrica illa quidem, sed utili nec poenitenda fanaticorum disciplina continebamur".*)

Die philosophischen und mathematischen Wissenschaften hatten auf der Schule keinen Heydenreich gefunden. Der Unterricht in diesen Fächern blieb ohne jede Wirkung. So oft Kant später an diese Lehrstunden zurückdachte, kam er mit seinem Freund Kunde überein, daß ihre dama= ligen Lehrer auch nicht einen Funken Philosophie in ihnen zur Flamme bringen, sondern höchstens ausblasen konnten.

---

*) Schubert: Kants Biographie, S. 21—22.

3. Die akademischen Lehrjahre. M. Knutzen.

Gerade umgekehrt verhielt es sich mit der Universität. Die Wissen=
schaften, die auf dem Fridericianum am meisten vernachlässigt waren,
fanden sich auf der Universität mit den besten Lehrkräften ausgerüstet.
Philosophie und Mathematik las der talentvolle, jugendliche Martin
Knutzen, Physik Gottfried Teske. Hier ging unserem Kant eine neue
Welt auf, die seine Heimath werden sollte. Jener Funke in ihm, den
die Schule nicht hatte erwecken können, entzündete sich nun zur hellen
Flamme, die später für die denkende Welt eine erleuchtende Sonne
wurde. Den wichtigsten Einfluß auf Kant übte M. Knutzen, der ihn
in das Studium der Mathematik und Philosophie einführte, mit den
Werken Newtons bekannt machte und als Lehrer und Freund den Ler=
nenden mit Rath und That unterstützte. Er war, wie sein großer
Schüler, in Königsberg geboren (14. December 1713) und schien eine
glänzende akademische Laufbahn zu beginnen, als er mit 21 Jahren
bereits eine außerordentliche Professur der Logik und Metaphysik erhielt
(1734), doch ist er durch die Ungunst der Verhältnisse, trotz des Um=
fangs und der Erfolge seiner ausgezeichneten Lehrwirksamkeit nicht zu
höheren Stellen gelangt; er starb noch in der Blüthe des männlichen
Alters, kurz nachdem er sein 37. Lebensjahr vollendet hatte (29. Ja=
nuar 1751). Sein philosophischer Standpunkt war Wolfs Lehre und
Lehrart in jener eklektischen Verfassung, die es ihm möglich machte, auf
theologischem Gebiet seinem Lehrer Fr. A. Schultz zu folgen und die
Wahrheit der christlichen Religion wider die englischen Deisten zu ver=
theidigen, während er auf naturphilosophischem die Richtung Newtons
einschlug. In seiner Habilitationsschrift über den Zusammenhang zwischen
Seele und Körper (1733) verwarf er die Lehre von der vorherbestimm=
ten Harmonie, deren Geltung Wolf beschränkt und aus der Kosmologie
in die Anthropologie versetzt hatte, und erklärte das Verhältniß zwischen
Seele und Körper durch den physischen Einfluß oder die natürliche
Wechselwirkung beider als eine nothwendige Folge der natürlichen Wechsel=
wirkung der Dinge überhaupt. Gilt aber die letztere, so tritt damit das
System der wirkenden Ursachen und demgemäß die mechanische Welt=
ansicht in volle Kraft und erhält nicht blos die phänomenale Bedeutung,
die Leibniz auf seine Monadologie gründete, sondern die reale, die ihr
Newton zuschrieb. In diesem Sinn hat Knutzen das Thema der Habi=
litationsschrift in seinem Hauptwerk: „Systema causarum efficientium"

erweitert und ausgeführt (1745).*) So lange die Kraft der Seele nur in die Vorstellung und die des Körpers nur in die Bewegung gesetzt wird, bleibt der wechselseitige physische Einfluß beider schwer begreiflich. Es wird daher vor allem gefragt werden müssen: worin besteht das Wesen und die Wirksamkeit der Kraft als solcher? Diese Frage wurde der Ausgangspunkt für Kants erste Schrift: „Gedanken von der wahren Schätzung der lebendigen Kräfte". Gleich im Anfange derselben bringt er darauf, daß die Kraft der Körper überhaupt nicht zu eng gefaßt und als wirkende, nicht blos als bewegende Kraft genommen werde. „Es hat einen gewissen scharfsinnigen Schriftsteller nichts mehr verhindert, den Triumph des physischen Einflusses über die vorherbestimmte Harmonie vollkommen zu machen, als diese kleine Verwirrung der Begriffe, aus der man sich leichtlich herausfindet, sobald man nur seine Aufmerksamkeit darauf richtet."**) Bei diesen Worten mochte er seinen Lehrer Knutzen vor Augen haben.

4. Kants Verhalten zum Studium der Theologie.

Im Lauf der Schulzeit und der fünf akademischen Lehrjahre (Mich. 1740 bis Mich. 1745) hatten sich die Wege Kants von der anfänglich ihm vorgezeichneten theologischen Bahn, deren Ziel das Pfarramt sein sollte, mehr und mehr entfernt. Auf der Schule fesselten ihn am meisten die alten Schriftsteller und er träumte sich als künftigen Philologen; auf der Universität erfüllte ihn vor allem das Studium der Philosophie, Mathematik und Naturwissenschaft. Er faßte endlich den Entschluß, dieser Richtung zu folgen und sich ein akademisches Lehramt zu erwerben. In dem Gewicht seiner Geistesinteressen lag, wenn auch nicht das einzige, doch das hauptsächlichste Motiv, das über den Gang seines weiteren Lebens entschieden hat. Daneben ist es eine fast müßige Frage von geringfügiger Bedeutung, ob Kant selbst Theologie zu studiren jemals ernstlich beabsichtigt, ob, wann und welcher Art theologische Vorlesungen er gehört, ob er geprebigt und sich als Candidat der Theologie um ein niederes Schulamt vergeblich beworben hat u. s. f.? Es ist nach vor=liegenden Zeugnissen nicht zu bestreiten, daß er bei der theologischen Facultät eingeschrieben wurde und während seiner Studienzeit blieb, daß er theologische Vorlesungen, insbesondere die bogmatischen bei seinem

---

*) B. Erdmann: Martin Knutzen u. s. f. (Leipzig 1876). — **) Gedanken von der wahren Schätzung u. s. f. Hauptst. I. § 5 u. 6.

Lehrer Schulz pünktlich besucht, nachgeschrieben, zu Hause repetirt, auch in den angestellten Prüfungsübungen die Fragen wohl zu beantworten gewußt hat. Sein Freund Heilsberg bezeugt diese letztere Thatsache als Mitgenosse der erwähnten Studien. Im Hinblick auf Kants Haus= lehrerzeit nach Abschluß der akademischen Lehrjahre berichtet Borowski: „Uebrigens bekannte er sich noch zur Theologie, insofern doch jeder studirende Jüngling zu einer der oberen Facultäten, wie man es nannte, sich bekennen muß. Er versuchte auch einigemale in Landkirchen zu predigen, entsagte aber, da er bei Besetzung der untersten Schul= collegenstelle bei der hiesigen Domschule einem anderen, gewiß nicht geschickteren,*) nachgesetzt ward, allen Ansprüchen auf ein geistliches Amt, wozu auch wohl die Schwäche seiner Brust mit beigetragen haben mag." Nun ist diese Stelle zwar unter denen, die Kant, als er die Handschrift las, gestrichen (keineswegs, wie Schubert aus Versehen meint, hinzu= gefügt) hat, aber Borowski hat seine Angabe dennoch aufrecht erhalten und mit der vorausgeschickten Bemerkung drucken lassen: „Ich weiß nicht, warum Kant sie durchgestrichen. Da der Inhalt doch wahr ist, so mag sie hier stehen."**) Daß Kant ohne jede sachliche Einsprache, für die ein Wort am Rande der Schrift oder in seinem Begleitschreiben genügt hätte, die Stelle getilgt wünschte, beweist nur, daß er ihre Ver= öffentlichung beanstandet hat, nicht eben so die Richtigkeit der Sache. Er hat auf dieselbe Art eine andere Stelle gestrichen, worin erzählt war, daß bei der Anwesenheit Friedrich Wilhelms II. in Königsberg der Minister von Herzberg unseren Philosophen besonders geehrt und sich gern seines Umgangs erfreut habe.***) Wer wird, daß es so war, bezweifeln? Nur mochte Kant solche Dinge nicht ausposaunt wissen. Das große Publicum brauchte nicht zu erfahren, daß er um einer fehl= geschlagenen Bewerbung willen der Theologie abtrünnig, noch daß er gelegentlich von einem Minister ausgezeichnet worden sei.

Um Borowskis Zeugniß zu entkräften, müßte man sehr gewichtige und schlagende Gründe anführen. Was man neuerdings in dieser Ab= sicht vorzubringen gesucht hat, ist keines von beiden. Daß den Studi= renden öffentlich zu predigen verboten war, beweist nichts. Ein solches Verbot bestand damals, wie heute; es gestattete damals wie heute ein= zelne von besonderer Erlaubniß abhängige Ausnahmen, denn es mußte

---

*) Dieser Mitbewerber wird als „ein ganz unfähiger und unwissender Can= bidat Namens Kahnert" bezeichnet (Schubert: Kants Biogr. S. 30). — **) Bo= rowski S. 31. Anmerk. S. 25 flgb. — ***) Borowski S. 39.

angehenden Theologen möglich sein, sich im öffentlichen Predigen ver=
suchen zu können. Auch war jenes Verbot dem königsberger Pfarrer
und Kirchenrath Borowski schwerlich unbekannt. Wir lesen, daß Kant
einmal eine Predigt ausgearbeitet, ein anderes mal eine entworfen hat.*)
Und er sollte nie eine gehalten haben? Ebensowenig ist seine fehl=
geschlagene Bewerbung um eine Lehrerstelle, die das Studium der Theo=
logie zur Voraussetzung hatte, wegzureden. Es ist nicht Borowski allein,
der sie berichtet. Aber Professor Kraus, einst Kants Schüler, später
sein College und Freund, fast ein Menschenalter jünger als der Philo=
soph, habe die Sache bezweifelt, weil dieser sie ihm nie erzählt habe.
Und nun wird uns zugemuthet, seinen Zweifel zu theilen. Was für
eine Sorte von Kritik! Glaubwürdigen Zeugnissen gegenüber sollen wir
eine Thatsache deshalb für ungeschehen halten, weil jemand, der sie
hätte erfahren können, aus zufälligen Gründen, dreißig bis vierzig Jahre
später, dieselbe nicht erfahren hat. Nachdem auf solche Art eine leere
Scheinkritik mit einer ebenso leeren Scheingründlichkeit an dem Factum
der theologischen Studien Kants nichts zu ändern vermocht hat, steht
die Sache, wie sie gestanden hat.**)

----

*) Hasse, S. 27. Jachmann, Br. VIII. S. 86 flgb. — **) B. Erdmann: Martin
Knutzen u. s. w. S. 133—139. In einer 5—6 Seiten langen Anmerkung entdeckt
der Verfasser, daß der Theologie studirende Kant ein Mythus sei, Stoff „einer wis=
senschaftlichen Mythenbildung", deren erste Schicht Borowski, die zweite Schubert,
die dritte ich geliefert haben soll. Dieses Gewebe von Täuschungen zu zerstören, hat
nun der Verf. keineswegs neue Thatsachen, sondern nur aus alten und bekannten
Thatsachen folgende neue Schlüsse geliefert: 1) „Es ist nicht unwahrscheinlich,
daß die Wünsche sowohl seiner Eltern als auch von Schulz ihn der theologischen
Laufbahn bestimmt hatten." Es ist auch „vermuthlich richtig, daß Kant sich
bei der theologischen Facultät inscribiren ließ". Daraus zieht der Verf. den Schluß,
daß Kant von der Schule her nicht für das theologische Fach bestimmt war, son=
dern diese seine Angabe Mythus in der dritten Potenz ist. 2) Der Verf. berichtet selbst
nach den Zeugnissen von Borowski und Heilsberg, daß Kant theologische Vorlesungen
sehr eifrig gehört habe und zieht daraus den Schluß: „beide Angaben beweisen zur
Evidenz, daß Kant während seiner Universitätsjahre nicht Theologie studirt hat!"
Die Behauptung, er habe Theologie studirt, rechnet er zur Mythologie. Mythus und
Kritik haben bis jetzt nie in einem bessern Verhältniß gestanden: beide stimmen
sachlich ganz überein. Was im „Mythus" als wahr erscheint, dasselbe gilt in der
„Kritik" als „nicht unwahrscheinlich". Was jener richtig findet, nennt diese „ver=
muthlich richtig". — Im Uebrigen hat der Verf. meine Darstellung in nichts, das
der Rede werth wäre, zu ändern und ihr nur den Schein dreister Phrasen entgegen=
zusetzen vermocht, die der Rede nicht werth sind.

Kant war, als er bie Universität bezog, für das theologische Fach bestimmt, er wurde baher (nicht bei der juristischen oder medicinischen, sondern) bei der theologischen Facultät eingeschrieben und blieb es während seiner Studienzeit, die Theologie sollte sein Berufs- und Brodstudium sein, das er auch nicht außer Acht ließ, aber keineswegs ausschließlich betrieb und zuletzt aus Gründen verschiedener Art aufgab, unter denen der mächtigste seine Liebe zur Philosophie, Mathematik und Naturwissenschaft, wie seine Abneigung wider den Buchstabenglauben und die äußerliche, amtliche Frömmigkeit war. Man darf seine späteren Werke auch als ein Zeugniß seiner theologischen Bildung und Gesinnungsart anführen. Daß er sich in den Materien der Theologie einheimisch gemacht hatte, beweist seine Religionslehre. Daß und wie sehr ihn von Seiten des Pietismus der religiöse Kern, die Herzensläuterung, Sittenstrenge und Willenszucht anzog, dagegen die Glaubensart abstieß, beweist eine seiner letzten Schriften: die tiefsinnige Abhandlung über Pietismus und Mystik im „Streit der Facultäten". Die ächte Frömmigkeit entsprach seiner Natur und hatte sich durch das Vorbild der Eltern und das Wort der Mutter seinem kindlichen Gemüth tief eingeprägt. Gerade deshalb widersprach ihm die bloße Scheinfrömmigkeit und war ihm schon auf der Schule zuwider. „An dem Schema von Frömmigkeit oder eigentlich Frömmelei, zu dem sich manche seiner Mitschüler und bisweilen nur aus sehr niedrigen Absichten bequemten, konnte er durchaus keinen Geschmack gewinnen." „Doch hätte es sich Kant", fügt Borowski ausdrücklich hinzu, „wohl nie zu Gute gehalten, diese Schule, wie Ruhnken, als „„fanaticorum disciplina"" zu bezeichnen."[*]) Ich behaupte daher in Uebereinstimmung mit den Zeugnissen seiner Biographen, seiner Bekenntnisse und Schriften: daß jener nachhaltige Einfluß, den der Pietismus auf Kant gehabt hat, nicht von der Glaubenslehre, sondern von der Moral und Disciplin ausging, daß seinem Sinne die Zucht des Pietismus mehr entsprach als dessen Dogmatik und die Forderung der Umwandlung des menschlichen Willens einleuchtender war als ihre dogmatische Begründung durch die Lehre von dem übernatürlichen Durchbruch der göttlichen Gnade.[**])

Nach alledem ist leicht und deutlich zu sehen, daß Kants Studiengang sich nicht auf das vorgezeichnete Geleis der theologischen Fächer

---

[*]) Borowski, S. 25 flgb. — [**]) Daß bei Kant „gerade das Umgekehrte der Fall sei" lasse ich als eine grund- und sinnlose Widerrede auf sich beruhen. B. Erdmann: M. Knuzen u. s. f. S. 138.

einschränkte, sondern seine eigenen, freien, nach innerster Neigung gerich=
teten Wege nahm, die fertige und vorausbestimmte Lebensziele zunächst
nicht erkennen ließen. Wenn man die Wege seiner Lieblingsstudien
beachtete, so konnte man nicht wissen, was Kant eigentlich werden wollte;
und wenn man seine Studien nur nach dem beurtheilte, was er werden
wollte, so konnte man nicht sagen, was er eigentlich studirte. Aehnlich
verhielt es sich bei Lessing. Kant hat vielleicht nicht sämmtliche zum
Fach der Theologie gehörigen Vorlesungen und sicher nicht diese allein
gehört, wie die Pfarrer in Dorf und Stadt. Wem ein solches Schema
zur Bestimmung der Studien Kants vorschwebt, der mag mit Heilsberg
sagen, daß er „kein vorgesetzter Studiosus theologiae“ war. Jachmann
berichtet gleich im Anfange seines zweiten Briefes: „Was Kant für
einen Studienplan verfolgte, ist seinen Freunden unbekannt geblieben.
Selbst sein einziger mir bekannter akademischer Freund und Dußbruder,
der schon längst verstorbene Doctor Trummer in Königsberg konnte
mir darüber keine Auskunft geben. Soviel ist gewiß, daß Kant auf der
Universität vorzüglich Humaniora studirte und sich keiner positiven Wis=
senschaft widmete, besonders hat er sich mit der Mathematik, Philosophie
und den lateinischen Classikern beschäftigt.“*) Man muß diese Angabe,
um sie richtig zu würdigen, durch Borowskis Zeugniß ergänzen.

II. Die Hauslehrerzeit.

Gewiß wäre unser Philosoph gern in seiner Vaterstadt und in der
Nähe der Universität geblieben, wenn er dort eine für seinen Lebens=
unterhalt ausreichende Stellung gefunden hätte. Was er durch Privat=
unterrichte verdiente, war dazu nicht genug. Die spärliche Quelle der
elterlichen Hülfe versiegte mit dem Tode des Vaters (24. März 1746),
dem der Rückgang seiner ökonomischen Verhältnisse schon die letzten
Jahre verkümmert hatte. Unter seinen Verwandten von mütterlicher
Seite fand sich ein Schuhmacher Richter, der bemittelt und freigebig
genug war, um seinem Neffen einige Unterstützungen zu gewähren; er
trug auch die Kosten der ersten Druckschrift, die Kant nach Abschluß
seiner akademischen Lehrjahre herausgab, und die sogleich zeigte, welche
Richtung seine Studien genommen hatten und welche Aufgaben er sich
setzte: es war die naturphilosophische Abhandlung „Gedanken von der

---

*) Jachmann, Br. II. S. 10 flgb.

wahren Schätzung der lebendigen Kräfte in der Natur". Diese Schrift bezeichnet den ersten Schritt auf seiner selbstgewählten Laufbahn, deren Ziel kein anderes sein konnte als das akademische Lehramt.

Um seine äußere Lage zu sichern und von fremden Unterstützungen unabhängig zu sein, sah sich Kant genöthigt, Königsberg zu verlassen und Hauslehrer zu werden. Er ist es neun Jahre hindurch (1746—1755) in drei verschiedenen Familien gewesen: zuerst bei dem reformirten Prediger Andersch in Judschen bei Gumbinnen, dann in der Familie von Hülsen auf Arensdorf bei Mohrungen, zuletzt im Hause des Grafen Kayserling zu Rautenburg, der den größten Theil des Jahres in Königsberg selbst lebte. Ueber diesen langen Zeitraum fehlen uns nähere biographische Nachrichten. Der Philosoph selbst bezeugt, daß er sich besser auf die Theorie als die Kunst der Erziehung verstanden und daß es bei richtigeren Grundsätzen kaum je einen schlechteren Hofmeister als ihn gegeben habe. Indessen waren Eltern und Zöglinge wohl anderer Meinung. Mit der Familie Hülsen und Kayserling blieb Kant befreundet und mit der letzteren namentlich in stetem gesellschaftlichen Verkehr. Einer der jungen Hülsen wurde ihm später als Pensionär anvertraut, und man hat bemerkt, daß diese Zöglinge Kants unter den ersten Guts=besitzern Preußens waren, welche die Grundunterthänigkeit der Bauern freiwillig aufhoben. Die Gräfin Kayserling (eine geborene Reichsgräfin von Truchseß zu Waldburg), die als eine sehr geistvolle Frau bekannt war, hat den Erzieher ihres Sohnes sogleich in seiner Bedeutung zu schätzen gewußt. In ihrem Hause, dessen stets willkommener Gast er blieb, hat Kant sich die feinen Sitten angeeignet, die von seiner Person und seinem Umgange gerühmt werden. Als Hausfreund der kaiser=lingischen Familie hat ihn Elise von der Recke kennen gelernt und aus ihrer Erinnerung gleich nach seinem Tone geschildert: „Ich kenne ihn durch seine Schriften nicht, weil seine metaphysische Speculation über den Horizont meines Fassungsvermögens ging. Aber schöne geistvolle Unterhaltungen danke ich dem interessanten persönlichen Umgange dieses berühmten Mannes, täglich sprach ich diesen liebenswürdigen Gesell=schafter in dem Hause meines Vetters, des Reichsgrafen von Kayserling zu Königsberg. Kant war der breißigjährige Freund dieses Hauses und liebte den Umgang der verstorbenen Reichsgräfin, die eine sehr geist=reiche Frau war. Oft sah ich ihn da so liebenswürdig unterhaltend, daß man nimmermehr den tief abstracten Denker in ihm geahnt hätte, der eine solche Revolution in der Philosophie hervorbrachte. Im gesell=

schaftlichen Gespräch wußte er bisweilen sogar abstracte Ideen in ein liebliches Gewand zu kleiden und klar setzte er jede Meinung auseinan= der, die er behauptete. Anmuthsvoller Witz stand ihm zu Gebote und bisweilen war sein Gespräch mit leichter Satyre gewürzt, die er immer mit der trockensten Miene anspruchslos hervorbrachte."*)

IV. Die akademische Laufbahn und Lehrthätigkeit.

Mit dem Jahr 1755 war endlich der Zeitpunkt zur Habilitation in Königsberg gekommen. Die politischen Verhältnisse standen ungünstig, denn es war ein Jahr vor dem Ausbruche des siebenjährigen Krieges. Mit einer Abhandlung über das Feuer, die sein früherer Lehrer Teske nicht blos lobte, sondern sich zur Belehrung gereichen ließ, promovirte Kant den 12. Juni 1755; mit einer zweiten über die Principien der metaphysischen Erkenntniß, die er am 27. September öffentlich vertheidigte, wurde er Privatdocent der Philosophie. Zufolge einer könig= lichen Verordnung vom Jahr 1749 sollte keiner zu einer außerordent= lichen Professur vorgeschlagen werden, der nicht vorher dreimal über eine gedruckte Abhandlung disputirt habe: diese letzte Bedingung erfüllte Kant im April 1756 mit einer Schrift über die physische Mona= dologie. Damit waren die ersten Stationen der akademischen Laufbahn glücklich zurückgelegt. Bis hierher konnte Kant sich selbst befördern und die Sache ging schnell. Von jetzt an mußten Schicksal und Umstände mit= helfen, und da diese ungünstig und schwierig waren, so ging es mit dem äußeren Fortkommen auf der betretenen Laufbahn außerordentlich lang= sam. Er sollte fünfzehn Jahre Privatdocent sein, bevor es ihm vergönnt wurde, in das ordentliche akademische Lehramt einzutreten.

Gleich an dieser Stelle wollen wir die Hindernisse anführen, die dem Philosophen in den Weg traten und den Fortgang seiner akade= mischen Laufbahn erschwerten. Gleich nach seiner dritten Disputation hatte er sich zu jener außerordentlichen Professur der Logik und Meta= physik gemeldet, die durch den Tod Knutzens schon seit 1751 erledigt war. Aber der Krieg stand vor der Thür, und die preußische Regierung hatte beschlossen, die außerordentlichen Professuren nicht mehr zu besetzen. Die Bewerbung schlug also fehl. Zwei Jahre später (1758) erledigte

*) Ueber C. F. Neanders Leben und Schriften (Berlin 1804). S. 109 flgb. Borowski, S. 149—150.

sich die ordentliche Professur der Logik und Metaphysik, die trotz des Krieges besetzt werden mußte. Kant bewarb sich um die Stelle und mit ihm ein anderer Privatdocent, Namens Buck, der dieselben Fächer und länger als Kant lehrte. Schon im Anfange des Jahres hatten sich die Russen der Provinz Preußen bemächtigt und am 22. Januar ihren Einzug in Königsberg gehalten; die ganze Verwaltung der Provinz, die militärische und bürgerliche, also auch die Besetzung der akademischen Aemter lag in der Hand eines russischen Generals. Kants Bewerbung wurde von seinem alten Lehrer Schulz unterstützt, der aber seine Fürsprache erst einlegte, nachdem er gewisse theologische Bedenken beschwichtigt und von Kant persönlich die Versicherung erhalten hatte, daß er ein gottesfürchtiger Mensch geblieben sei. Er ließ Kant zu sich rufen und frug ihn beim Eintritt in das Zimmer sehr feierlich: „Fürchten Sie auch Gott von Herzen?" Offenbar wollte er mit dieser Frage mehr, als nur ein Bekenntniß herausfordern, das ihm die Verschwiegenheit Kants verbürgen sollte. Die Frage scheint mir unverständlich, wenn sie in dieser Absicht gestellt war. Borowski meint es und beruft sich auf Kant selbst, der zu verschiedenen malen die Sache so erklärt habe.*) Auch diesmal war unser Philosoph nicht glücklich; der russische General von Korff schlug ihm die Stelle ab und gab sie dem Mitbewerber.

Gegen Ende des Kriegs besserten sich die Zeiten. Mit der Thronbesteigung Peters III. im Anfange des Jahres 1762 kam es zum Frieden zwischen Preußen und Rußland, die russische Feindschaft verwandelte sich in Bundesgenossenschaft, die eroberten Provinzen wurden zurückgegeben, und die Universität Königsberg kam wieder unter preußische Verwaltung. Kant hatte durch seine Vorlesungen und Schriften, deren eine gerade damals von der berliner Akademie mit dem zweiten Preise gekrönt wurde, die Aufmerksamkeit der preußischen Regierung auf sich gezogen. Er sollte die erste erledigte Professur erhalten. Nun wollte ein neues Mißgeschick, daß diese im Juli 1762 erledigte Professur die der Dichtkunst war. Natürlich dachte Kant nicht daran, sich um ein Amt zu bewerben, in dessen Pflichten es lag, alle Gelegenheitsgedichte zu censiren, zu allen akademischen Feierlichkeiten, zu Weihnachten, zum königlichen Krönungsfeste, zum Geburtstage des Königs u. s. f. officielle Gedichte zu machen. Als nun nach dem Friedensschlusse die Stelle besetzt werden sollte, richtete sich das Augenmerk der Regierung auf Kant.

---

*) Borowski, S. 85.

Der Minister, dem die Leitung der preußischen Universitäten anvertraut war, schrieb an das Curatorium von Königsberg und erkundigte sich nach einem gewissen dortigen Magister Namens Immanuel Kant, der dem Ministerium durch einige seiner Schriften, aus denen eine sehr gründliche Gelehrsamkeit hervorleuchtete, bekannt geworden sei: ob derselbe die nöthigen Gaben und auch die Neigung habe, Professor der Dicht= kunst zu werden? Kant lehnte diese ihm angebotene Stelle ab und empfahl sich der Regierung für eine bessere Gelegenheit. Der Minister verfügte, „daß der Magister I. Kant zum Nutzen und Aufnehmen der königsberger Akademie bei einer anderweitigen Gelegenheit placirt wer= den solle."*)

Die Gelegenheit kam im folgenden Jahre, aber noch war es kein akademisches Lehramt, sondern die bescheidene Stelle eines Unterbiblio= thekars an der königlichen Schloßbibliothek mit dem noch bescheideneren Gehalte von 62 Thalern jährlichen Einkommens. Diese Stelle wurde durch Kabinetsordre vom 14. Februar 1766 „dem geschickten und durch seine gelehrten Schriften berühmt gemachten Magister Kant" übergeben. Es war seine erste amtliche Stellung, er stand in seinem zweiundvier= zigsten Jahre, als sie ihm zu Theil wurde.

Endlich nach fünfzehnjährigem Zuwarten und so vielen vergeblichen Bemühungen gelangte Kant an das längst verdiente Ziel. Im Novem= ber 1769 erhielt er für sein besonderes Lehrfach den Ruf als ordent= licher Professor nach Erlangen, im Januar des folgenden Jahres eine Anfrage von Jena, die einer Berufung gleich kam. Er wäre nach Er= langen gegangen, wenn sich nicht eben jetzt in Königsberg selbst eine Aussicht eröffnet hätte, die seinen Wünschen vollkommen entsprach. Die Professur der Mathematik wurde erledigt; Buck, der damals jene Pro= fessur der Logik und Metaphysik erhalten hatte, welche der russische Gouverneur Kant abgeschlagen, kam an die erledigte Stelle, und Kant wurde an Bucks Stelle im März 1770 ordentlicher Professor der Logik und Metaphysik. Es war dasselbe Lehramt, um das er sich zwölf Jahre früher vergeblich bemüht hatte. Die Schrift, die er zum Antritte seiner Professur den 20. August 1770 öffentlich vertheidigte, handelte „Von der Form und den Principien der sinnlichen und intelligibeln Welt". Marcus Herz, einer seiner nächsten und reifsten Schüler, war bei dieser

---

*) Das erste Rescript ist vom 5. August, das zweite vom 24. October 1764. Vgl. Schubert: Kants Biogr., S. 49—51. Die Stelle erhielt I. G. Lindner, Rector der Domschule in Riga, bekannt als Freund I. G. Hamanns.

Gelegenheit Kants Respondent. Die Schrift selbst enthielt bereits die ersten Grundlagen der kritischen Philosophie. So bildet das Jahr 1770 einen großen Wendepunkt in Kants Leben, es ist epochemachend in Rücksicht sowohl seiner äußeren Lebensstellung als seiner inneren wissenschaftlichen Entwicklung.

Diese Stellung hat Kant bis zu seinem Tode eingenommen und mit gewissenhafter Pünktlichkeit, so lange er es vermochte, die Amtspflichten derselben erfüllt. Im Jahre 1772 gab er sein zeitraubendes und in mancher andern Rücksicht lästiges Amt bei der Bibliothek auf und widmete sich ganz seinen Vorlesungen und Studien. Die große Idee einer vollkommenen Umbildung und Reformation der Philosophie beschäftigte ihn während dieses Jahrzehnts unaufhörlich. Langsam stieg er in der Facultät aufwärts. Nur die vier ersten Mitglieder derselben waren zugleich Beisitzer des akademischen Senats; im Jahre 1780 rückte Kant in die vierte Stelle der Facultät und damit zugleich in den Senat ein. Im Sommer 1786 wurde er das erstemal Rector der Universität und hatte als solcher im Namen der Albertina den König Friedrich Wilhelm II. anzureden, als dieser bald nach seinem Regierungsantritte zur Huldigung nach Königsberg gekommen war. Im Sommer 1788 war er zum zweitenmale Rector und noch vor dem Jahre 1792 Senior sowohl der philosophischen Facultät als der gesammten Akademie.*)

Nachdem wir die äußere Geschichte der akademischen Laufbahn Kants kennen gelernt, müssen wir jetzt seine Lehrthätigkeit, die Art und den Umfang seiner Vorträge etwas näher ins Auge fassen. Im Wintersemester 1755/56 hielt er seine erste Vorlesung. Borowski war zugegen, als Kant dieselbe eröffnete. „Er wohnte damals", so erzählt dieser Zeuge, „im Hause des Professors Kypke auf der Neustadt und hatte hier einen geräumigen Hörsaal, der sammt dem Vorhause und der Treppe mit einer beinahe unglaublichen Menge von Studirenden angefüllt war. Dieses schien Kant äußerst verlegen zu machen. Er, ungewohnt der Sache, verlor beinahe alle Fassung, sprach leiser noch als gewöhnlich, corrigirte sich selbst oft, aber gerade das gab unserer Bewunderung des Mannes, für den wir nun einmal die Präsumtion der umfänglichsten Gelehrsamkeit hatten, und der uns hier blos sehr bescheiden, nicht furchtsam vorkam, nur einen desto lebhaftern Schwung.

*) Um seine ökonomische Stellung zu charakterisiren, genüge die Thatsache, daß Kant unter Friedrich Wilhelm II. eine Zulage von 220 Thalern erhielt und früher ein Jahrgehalt von 620 Thalern hatte.

In der nächſtfolgenden Stunde war es ſchon ganz anders. Sein Vor=
trag war, wie er es auch in der Folge blieb, nicht allein gründlich,
ſondern auch freimüthig und angenehm."*) So viele ihn gehört haben,
rühmen es ſeinen Vorträgen nach, daß ſie außerordentlich lehrreich und
anregend waren und bisweilen, wenn es der Gegenſtand mit ſich brachte,
ſogar ſchwungvoll und erhebend ſein konnten. Kant hatte in ſeinen
Vorträgen ſtets die wahre Aufgabe des akademiſchen, namentlich des
philoſophiſchen Lehrers vor Augen; er wollte weniger Gegebenes über=
liefern, als anregen und die Geiſter zur Selbſtthätigkeit und zum Selbſt=
denken wecken; er hat es unzähligemal auf dem Katheder ausgeſprochen,
daß man bei ihm nicht Philoſophie lernen ſolle, ſondern philoſo=
phiren. Darum war ihm die Ueberlieferung ausgemachter und fertiger
Reſultate keineswegs die Hauptſache, ſondern er machte ſelbſt vor den
Zuhörern die Unterſuchung, zeigte die wiſſenſchaftliche Operation, ließ
vor ihnen allmählich die richtigen Begriffe entſtehen, zog auf dieſe Weiſe
deren ſelbſtthätiges Denken mit in ſeinen Vortrag hinein und verlangte
bei dieſer Lehrmethode die Aufmerkſamkeit und volle Geiſtesgegenwart,
derer, die ihn hörten. Solche Vorträge waren freilich nicht für jeder=
mann, ſie waren auf die empfänglichen und guten Köpfe berechnet und
mußten ſich gefallen laſſen, daß der zahlreiche Mittelſchlag mit der Zeit
wegblieb. Schon die ſchreibenden Zuhörer fielen ihm unangenehm auf,
er wollte ſolche, deren Aufmerkſamkeit ganz und ungetheilt dem Vortrag
gehörte. Bei dieſem ſteten und glücklichen Beſtreben, die Zuhörer zum
Selbſtdenken zu bewegen, die Wahrheit weniger mitzutheilen als in den
andern entſtehen zu laſſen, hat ſich Kant auf dem Katheder und als
Lehrer der Philoſophie eigentlich niemals dogmatiſch verhalten. Er las,
wie es die Sitte mit ſich brachte, nach vorhandenen Lehrbüchern, und
bei den vielen Vorleſungen, die er hielt, war dieſes Hülfsmittel ſowohl
für ihn ſelbſt als die Zuhörer nöthig. Indeſſen ließ er ſich durch das
Lehrbuch nicht binden und ſetzte ſeinen Vortrag nicht herab zu einer
abhängigen Erklärung der gedruckten Paragraphen. Die Freiheit der
eigenen Gedankenentwicklung, die er in ſeinen Zuhörern wecken wollte,
nahm er ſich ſelbſt. So überließ er ſich oft ungezwungen dem Lauf
ſeiner Gedanken, und nur wenn dieſe zuletzt ſich zu weit von dem gege=
benen Thema entfernt hatten, ließ er den Faden plötzlich mit einem
„und ſo fortan" oder „und ſo weiter" fallen und lehrte mit dem

---

*) Borowſki, S. 185 flgd.

gewöhnlichen „in Summa, meine Herren!" schnell zu der eigentlichen
Untersuchung zurück. Was die Zuhörer besonders fesselte, auch die zum
Selbstdenken weniger fähigen und aufgelegten Köpfe, war neben jener
Freiheit seines Vortrags noch die belebte Stimmung desselben, die an=
muthigen, interessanten, bisweilen selbst poetischen Wendungen, die er
zu nehmen wußte, indem er aus der Fülle seiner Belesenheit Beispiele
aller Art, aus Poeten, Reisebeschreibungen, Geschichtswerken zur Ver=
anschaulichung der Gedanken herbeizog. Da bei dieser Art des Vortrags
seine ganze Aufmerksamkeit bei der Sache sein mußte, so waren ihm
Störungen sehr peinlich. Die geringste Kleinigkeit, die außergewöhnlich
war, wie z. B. die auffallende Tracht eines Studenten, konnte ihn
zerstreuen. Jachmann erzählt von dieser Art einen charakteristischen und
komischen Fall. Kant pflegte, um sich auch äußerlich zu sammeln, bei
seinem Vortrage gewöhnlich einen der nächsten Zuhörer genau ins Auge
zu fassen und gleichsam an diesen seine Demonstrationen zu richten.
Eines Tages sieht er einen Zuhörer vor sich, dem zufällig ein Knopf
fehlt; Kant bemerkt die augenscheinliche Lücke, unwillkürlich kehrt sein
Blick immer wieder auf die Stelle zurück, wo er den Knopf vermißt,
es ist ihm, als ob er eine Zahnlücke vor sich hätte, und er ist während
des ganzen Vortrags auffallend zerstreut.

Der engere Kreis seiner Vorlesungen umfaßte die Fächer, für
welche Kant sich habilitirt hatte: Mathematik, Physik, Logik und Meta=
physik; der weitere: Naturrecht, Moral, natürliche Theologie, physische
Geographie und Anthropologie. In den ersten Jahren beschränkte sich
Kant auf den engeren Kreis. Die Lehrbücher, nach denen er las, waren
in der Mathematik und Physik die von Wolf und Eberhard, in der
Logik der Leitfaden von Baumeister, später der von Meier, in der
Metaphysik zuerst Baumeister, dann Baumgarten.*)

Schon im Jahre 1757 eröffnete er seine Vorträge über physische
Geographie; seit 1760 dehnte er seinen Cyklus allmählich aus, um be=
lehrend und anregend auf weitere Kreise theils der akademischen Fach=
studien, theils der wissenschaftlichen Bildung überhaupt einzuwirken. So
las er für die Theologen Religionsphilosophie oder natürliche Theologie,
für die weitesten Kreise physische Geographie und Anthropologie (seit
1767). Nachdem er in den Jahren 1763 und 1764 seine Abhandlung
über den einzig möglichen Beweisgrund zu einer Demonstration vom

---

*) Ebendas. S. 32 flgb.

Dasein Gottes und seine Beobachtungen über das Gefühl des Schönen und Erhabenen geschrieben hatte, nahm er auch diese Gegenstände in den Cyklus seiner Vorlesungen auf: „Kritik der Beweise vom Dasein Gottes" und „die Lehre vom Schönen und Erhabenen".

Vierzig Jahre lang hat Kant sein Lehramt mit dem größten Eifer verwaltet. Dann traten Hemmungen ein, zuerst wurden ihm seine Vorlesungen durch den Conflict mit der Regierung verleidet, bald darauf durch die zunehmende Altersschwäche unmöglich gemacht. Im Jahre 1794 hörte er auf, über rationale Theologie, diesen der Regierung anstößigen Gegenstand, zu lesen; mit dem Sommer 1795 gab er alle Privatvorlesungen auf und hielt nur noch die öffentlichen Vorträge über Logik und Metaphysik; mit dem Herbst 1797 schloß er seine gesammte Lehrthätigkeit für immer.

Er las täglich zwei Stunden, die fest bestimmt waren, wie überhaupt seine ganze Eintheilung der Zeit. In früheren Jahren las er sogar vier bis fünf Stunden täglich. Viermal die Woche las er früh von 7—9, zweimal von 8—10, dazu kam Sonnabends von 7—8 das Repetitorium. Diese Stunden hielt er mit der größten Pünktlichkeit. Jachmann versichert, ihm sei in den neun Jahren, während deren er Kants Vorlesungen hörte, auch nicht ein Fall erinnerlich, daß jener eine Stunde hätte ausfallen lassen oder auch nur eine Viertelstunde versäumt hätte.*)

Es ist begreiflich, daß im Lauf der vierzig Jahre die Kraft des Vortrags allmählich erlosch, zumal derselbe niemals durch äußere Mittel begünstigt wurde. So lange die innere Lebendigkeit des Vortrags, der Name des Lehrers, die Neuheit der Sache auf die Zuhörer wirkten, wurden diese durch die schwache und leise Stimme Kants genöthigt, ihre Aufmerksamkeit um so lebhafter anzuspannen. Mit der Zeit mochte der Vortrag auch an jener innern Lebendigkeit einbüßen. In den ersten Jahren vermochte Kant sehr eindringlich auf die Zuhörer zu wirken und die empfänglichsten unter ihnen mit sich fortzureißen, besonders wenn er mit Hülfe seiner Lieblingsdichter, Haller und Pope, sich auch der Phantasie zugänglich machte. Es war ein solcher Vortrag, der einen der Zuhörer einst so mächtig ergriff, daß dieser den Inhalt desselben in einem Gedichte wiedergab, das er am andern Morgen Kant selbst überreichte. Dem Philosophen gefiel das Gedicht so sehr, daß er es im

---

*) Jachmann, Br. IV. S. 27.

Auditorium vorlas. Dieser poetische Zuhörer war Herder, der in den Jahren 1762—1764 zu Königsberg studirte und Kants Vorlesungen hörte. Er besuchte die erste den 21. August 1762. Im Rückblick auf jene akademische Jugendzeit hat Herder in den Briefen zur Beförderung der Humanität seinen damaligen Lehrer mit lebhaften und warmen Farben geschildert. „Ich habe das Glück genossen einen Philosophen zu kennen, der mein Lehrer war. Er in seinen blühendsten Jahren hatte die fröhliche Munterkeit eines Jünglings, die, wie ich glaube, ihn auch in sein greisestes Alter begleitet. Seine offene, zum Denken gebaute Stirn war ein Sitz unzerstörbarer Heiterkeit und Freude, die gedankenreichste Rede floß von seinen Lippen, Scherz und Witz und Laune standen ihm zu Gebot, und sein lehrender Vortrag war der unterhaltendste Umgang. Mit eben dem Geist, mit dem er Leibniz, Wolf, Baumgarten, Crusius, Humen prüfte und die Naturgesetze Newtons, Keplers, der Physiker verfolgte, nahm er auch die damals erscheinenden Schriften Rousseaus, seinen Emil und seine Heloise, so wie jede ihm bekannt gewordene Naturentdeckung auf, würdigte sie und kam immer zurück auf unbefangene Kenntniß der Natur und auf den moralischen Werth des Menschen. Menschen-, Völker-, Naturgeschichte, Naturlehre und Erfahrung waren die Quellen, aus denen er seinen Vortrag und Umgang belebte; nichts Wissenswürdiges war ihm gleichgültig; keine Kabale, keine Secte, kein Vorurtheil, kein Namensehrgeiz hatte je für ihn den mindesten Reiz gegen die Erweiterung und Aufhellung der Wahrheit. Er munterte auf und zwang angenehm zum Selbstdenken; Despotismus war seinem Gemüthe fremd. Dieser Mann, den ich mit größter Dankbarkeit und Hochachtung nenne, ist Immanuel Kant: sein Bild steht angenehm vor mir."*)

Dreißig Jahre später kam Fichte nach Königsberg, um den Philosophen kennen zu lernen. Nachdem er ihn gehört, schrieb er in sein Tagebuch: „ich hospitirte bei Kant und fand auch da meine Erwartungen nicht befriedigt. Sein Vortrag ist schläfrig." Fichte kam mit einer überspannten Vorstellung von Kant nach Königsberg, die der wirkliche Kant nicht erfüllte. Das ist kein Tadel für letzteren, im Gegentheil. Dabei kann Fichtes Urtheil in seiner Weise eben so richtig sein als das Herders: der von Herder beschriebene Vortrag war ein Menschenalter jünger, als jener, den Fichte gehört.**)

*) Herders Werke, Philosophie und Geschichte. Bd. XIV. Br. 49. Schubert, Kants Biogr. S. 41. — **) Vgl. Bd. V. dieses Werks. Buch II. Cap. II. S. 251.

Die zahlreichste Zuhörerschaft fanden seine Vorlesungen über Anthro=
pologie und physische Geographie, die auf den großen Kreis der Ge=
bildeten berechnet waren. Hier wollte Kant im Geiste einer wissen=
schaftlichen Aufklärung nützliche Kenntnisse verbreiten, brauchbares und
interessantes Wissen, Welt= und Menschenkenntniß, die er sich selbst in
erstaunlichem Maße angeeignet hatte. Die fortgesetzte Beschäftigung mit
der Länder= und Völkerkunde gehörte zu seinen wissenschaftlichen Er=
holungen. Von allen Seiten her war sein Nachdenken demselben Gegen=
stande gewidmet, in dem, wie in ihrem Mittelpunkte, alle seine Unter=
suchungen zusammentrafen: dieser Gegenstand war die menschliche Na=
tur. Um sie als solche zu erkennen, wie sie aller Erfahrung vorausgeht,
dieselbe erzeugt und unabhängig davon in ihrer Ursprünglichkeit besteht:
dazu gehört jene speculative Geisteskraft, welche die kritische Philosophie
hervorgebracht hat. Um sie kennen zu lernen, wie sie als Gegenstand
der Erfahrung sich darstellt und unter den gegebenen Weltverhältnissen
erscheint: dazu gehört eine gründliche und ausgebreitete Weltkenntniß.
Aus eigener Anschauung vermochte Kant, der keine Reisen machte, diese
Kenntniß der menschlichen Dinge nicht zu schöpfen. So ersetzte er das
Reisen durch Reisebeschreibungen, die er mit dem größten Vergnügen
und Eifer las. Neben einem sehr guten Gedächtniß besaß er eine rege
und sehr lebendige Vorstellungskraft, die den Schilderungen der Dinge
bis in die Einzelnheiten hinein folgen und sich dieselben so deutlich
einprägen und festhalten konnte, daß die Sachen selbst, als ob sie gegen=
wärtig wären, vor ihm standen. Man hätte ihn bisweilen für einen
Touristen halten können, so genau und lebhaft wußte er von den Eigen=
thümlichkeiten fremder Gegenden, Städte u. s. f. zu erzählen. Einst
schilderte er die Westminsterbrücke zu London, ihre Gestalt, Dimensionen,
Maßbestimmungen u. s. f. so deutlich und eingehend, daß ein Engländer,
der es hörte, Kant für einen Architekten hielt, der einige Jahre in
London gelebt haben müsse. In ähnlicher Weise sprach er ein anderes
mal von Italien, als ob er das Land aus eigener dauernder Anschau=
ung kennen gelernt. Man kann daraus schließen, wie anziehend und
lehrreich seine Vorträge über physische Geographie sein mußten, da sie
von diesem seltenen Vermögen einer unterrichteten, bis in das Einzelne
hinein schildernden Einbildungskraft belebt waren. Nicht blos Studirende,
sondern auch gebildete Männer reiferen Alters aus den verschiedensten
Ständen besuchten in Menge diese Vorträge. Ihr Ruf war so aus=
gebreitet, daß man selbst in der Ferne sich nachgeschriebene Hefte der=

selben zu verschaffen suchte. Zu diesen entfernten Zuhörern Kants gehörte
der damalige preußische Minister von Zedlitz, der im Geiste Friedrichs
die Aufklärung beförderte und besonders der kantischen Philosophie
günstig war. Ein Jahr, nachdem Kant sein ordentliches Lehramt ange=
treten, war Zedlitz an die Spitze des geistlichen Departements gestellt
und ihm die Oberaufsicht anvertraut worden über das gesammte preußische
Unterrichtswesen. Es sollte den Meinungen, insbesondere den gelehrten,
der freieste Spielraum gewährt sein, dabei aber dem Uebelstande vor=
gebeugt werden, daß veraltete und unbrauchbar gewordene Theorien
und Lehrbücher den akademischen Unterricht verkümmerten. In diesem
Sinne schrieb der Minister im December 1775 an die Universität Königs=
berg; den Professoren wurde untersagt, nach veralteten Lehrbüchern zu
lesen. Der Unterricht sollte philosophisch sein, die crusianische Philo=
sophie nicht mehr vorgetragen werden. Unter den rühmlichen Ausnahmen
war mit Reusch besonders Kant namhaft gemacht und den übrigen
Lehrern der Universität gleichsam zum Vorbilde aufgestellt worden. Den
verstockten Crusianern, wie Wegmann und Wlochatius, wurde gerathen,
über andere Objecte zu lesen. Das wohlmeinende Rescript ist allerdings
etwas commandoartig, wie es die Aufklärung dieses Zeitalters mit sich
brachte; man befiehlt den Professoren, daß sie aufhören sollen, beschränkt
zu sein.

Von Kant persönlich hatte Zedlitz die höchste Meinung und suchte selbst
bei ihm Belehrung. So schrieb er dem Philosophen den 21. Febr. 1778:
„Ich höre jetzt ein Collegium über die physische Geographie bei Ihnen,
mein lieber Herr Professor Kant, und das Wenigste, was ich thun kann, ist
wohl, daß ich Ihnen meinen Dank dafür abstatte. So wunderbar Ihnen
dieses bei einer Entfernung von etlichen achtzig Meilen vorkommen
wird, so muß ich auch wirklich gestehen, daß ich in dem Fall eines
Studenten bin, der entweder sehr weit vom Katheder sitzt oder der
Aussprache des Professors noch nicht gewohnt ist, denn das Manuscript,
das ich jetzt lese, ist etwas undeutlich und manchmal auch unrichtig
geschrieben. Indeß wächst durch das, was ich entziffere, der heißeste
Wunsch, auch das Uebrige zu wissen.“ Kant ließ die Abschrift anfertigen
und beauftragte Kraus, einen besonders geschätzten Zuhörer, der gerade
nach Berlin reiste, dieselbe dem Minister zu überbringen.*)

---

*) Briefe Kants an M. Herz vom 20. October und 15. December 1778.
Schubert: Kants Briefe u. s. f. S. 46 u. 48.

Seit dem 21. Juni 1777 war durch den Tod G. Fr. Meiers, eines der angesehensten Wolfianer, der philosophische Lehrstuhl in Halle erledigt. Zedlitz wünschte auf das Lebhafteste die Wiederbesetzung dieser ersten philosophischen Professur Preußens durch Kant. Er trug sie ihm zweimal an, schilderte ihm alle Vortheile einer Uebersiedelung nach Halle und schloß seine wiederholte Aufforderung mit den Worten: „Gewähren Sie mir meine dringende Bitte. Sie können mich dadurch über allen Ausdruck verbinden."*)

Indessen vermochte selbst diese Zurede nichts. Weder das bessere Klima noch die verdoppelte Besoldung mit der Aussicht auf einen un= gleich größeren Wirkungskreis noch weniger der Titel, den der Minister für ihn bereit hatte, konnten den Philosophen bewegen, Königsberg zu verlassen. Es war nicht blos die Liebe zur Vaterstadt, die ihn festhielt. Als er die zweite Zuschrift des Ministers erhielt, hatte er sich eben in einem Briefe an Herz über die Gründe seiner Ablehnung vertraulich ausgesprochen. Diese Erklärung ist so charakteristisch für seine Sinnesart, daß ich sie wörtlich anführe: „Gewinn und Aufsehen auf einer großen Bühne haben, wie Sie wissen, wenig Antrieb für mich. Eine friedliche und gerade meinem Bedürfniß angemessene Situation, abwechselnd mit Arbeit, Speculation und Umgang besetzt, wo mein sehr leicht afficirtes, aber sonst sorgenfreies Gemüth und mein noch mehr launischer, doch niemals kranker Körper ohne Anstrengung in Beschäftigung erhalten werden, ist alles, was ich gewünscht und erhalten habe. Alle Veränderung macht mich bange, ob sie gleich den größten Anschein zur Verbesserung meines Zustandes giebt, und ich glaube, auf diesen Instinct meiner Natur Acht haben zu müssen, wenn ich anders den Faden, den mir die Parzen sehr dünne und zart spinnen, noch etwas in die Länge ziehen will." Mitten in diesem Briefe unterbricht ihn das Schreiben des Ministers mit dem wiederholten Antrage der halleschen Professur. Er erzählt es dem Freunde und fügt hinzu: „Gleichwohl muß ich sie aus den schon angeführten unüberwindlichen Ursachen abermals verbitten."**)

Zu diesen unüberwindlichen Ursachen gehörte, wie wir alsbald sehen werden, das Gewicht einer Arbeit, die ihn damals ganz erfüllte und jeden Gedanken an eine äußere Veränderung verscheuchen mußte.

---

*) Das zweite Schreiben des Ministers ist vom 28. Mai 1778 (Schubert: Kants Biographie, S. 63—64). — **) Schubert: Kants Briefe u. s. f. S. 41—43.

Viertes Capitel.

**Ausarbeitung und Erscheinung der Hauptwerke. Die wöllnersche
Verfolgung und Kants letzte Jahre.**

I. Die epochemachenden Werke.

1. Kritik der reinen Vernunft.

Die Inauguralschrift vom Jahre 1770 enthielt in ihrem Thema
die Aufgaben, in ihren Ausführungen eines der Fundamente der kriti=
schen Philosophie und zwar das erste: die Begründung der sinnlichen
Erkenntniß durch die neue Lehre von Raum und Zeit. Was die Fragen
nach der Form und den Principien der intelligibeln Welt betraf, so
mußte diese Untersuchung weit umfassender und tiefer geführt werden,
als dort geschehen war. Denn es handelte sich hier nicht blos um die
begriffliche Erkenntniß der Dinge im Unterschiede von der anschaulichen
(mathematischen), sondern auch um die Principien des sittlichen und
ästhetischen Verhaltens, also um eine neue Grundlage der Metaphysik
im engeren Sinn, der Moral und Geschmackslehre: um eine solche
Grundlage, die mit der schon festgestellten Lehre von Raum und Zeit
übereinstimmte. Wir haben es jetzt nicht mit dem Inhalt und Zusam=
menhang dieser Probleme zu thun, sondern verfolgen nur den biogra=
phischen Faden der Entstehung und Ausbildung derjenigen Werke, wo=
durch Kant seine Epoche gemacht hat.

Langsam und sicher, wie es die Schwierigkeit der Sache und die
Gründlichkeit des Philosophen forderte, reifte allmählich die gewaltige
Geistesarbeit. So ausgedehnt und ungebahnt war das Feld der Unter=
suchung, daß sich im Fortgange der letzteren das Ziel zu entfernen
schien, und Kant mehr als einmal sich dem Abschluß weit näher glaubte,
als er war. Seine Briefe an Marcus Herz aus den Jahren 1770—81
sind die einzigen Nachrichten, die uns einen Einblick in die Werkstätte
des Philosophen und einigen Aufschluß über den Plan der Arbeit und
die Ursachen der Verzögerung gewähren.*) Unter den letzteren fehlt es

---

*) M. Herz (1749—1803) hatte den 20. August 1770 dem Philosophen bei der
Vertheidigung der Inauguraldissertation responsirt und war in den nächstfolgenden
Tagen nach Berlin gereist, wo er mit Mendelssohn bald in täglichem Verkehr trat
(Mendelssohn an Kant den 23. December 1770). Er gewann als Arzt und Philo=
soph eine angesehene Stellung, und nach seiner Heirath (1779) mit der durch Schönheit

auch nicht an Hemmungen körperlicher Art, wie sie Kants schwache Gesundheit und zunehmendes Alter mit sich brachte. „Ich bin gesund", schreibt er, „nachdem ich mich schon viele Jahre gewöhnt habe, ein sehr eingeschränktes Wohlbefinden, wobei der größte Theil der Menschen sehr klagen würde, schon für Gesundheit zu halten und mich, so viel sich thun läßt, aufzumuntern, zu schonen und zu erholen."*)

Wir sehen aus einem der ersten Briefe, wie Kant seine neue Aufgabe gleich an die Dissertation anknüpft: „Ich habe den Plan zu einer vollständigeren Ausführung in den Kopf bekommen". Auch die Bezeichnung des Themas erinnert an die Inauguralschrift: „Ich bin jetzt damit beschäftigt, ein Werk, welches unter dem Titel: die Grenzen der Sinnlichkeit und Vernunft das Verhältniß der für die Sinnenwelt bestimmten Grundbegriffe und Gesetze zusammt dem Entwurf dessen, was die Natur der Geschmackslehre, Metaphysik und Moral ausmacht, enthalten soll, etwas ausführlicher auszuarbeiten." Denn es sei von der größten Bedeutung nicht blos für die Weltweisheit, sondern für die wichtigsten Zwecke der Menschheit überhaupt, daß man zwischen dem, was zur Natur unserer Erkenntnißvermögen, und dem, was zur Natur der Gegenstände gehört, wohl zu unterscheiden wisse und genau erkenne, „was auf subjectivischen Principien der menschlichen Seelenkräfte nicht allein der Sinnlichkeit, sondern auch des Verstandes beruht".**) Die verschiedenen fundamentalen Aufgaben der kritischen Philosophie sind hier noch in dem Plan eines Werkes beisammen, das von den Grenzen der Vernunft und Sinnlichkeit handeln und unter diesem Titel alles befassen soll, was später im Laufe von zwanzig Jahren in den drei Kritiken der reinen Vernunft, der praktischen Vernunft und der Urtheilskraft gesondert hervortrat.

Von diesen Aufgaben rückt eine sogleich in den Vordergrund: die theoretische Frage, das metaphysische Problem, das die Erkenntniß der Dinge, den Grund der Uebereinstimmung zwischen unseren Vorstellungen und den Objecten, zwischen Begriff und Gegenstand betrifft. Eben diesen Punkt bezeichnet der Philosoph in einer sehr merkwürdigen Briefstelle als den eigentlichen Kern seiner Untersuchung. „Indem ich den theoretischen Theil in seinem ganzen Umfange und mit den wechselseitigen

und Geist ausgezeichneten Tochter eines portugiesisch-jüdischen Arztes wurde sein Haus durch Henriette Herz einer der gesuchtesten Mittelpunkte des schöngeistigen Berlins. — *) Br. an M. Herz vom 28. Aug. 1778. Vgl. Br. vom 7. Juni 1771. Schubert: Kants Briefe, S. 33 figb. S. 45. — **) Br. an M. Herz v. 7. Juni 1771.

Beziehungen aller Theile durchdachte, so bemerkte ich: daß mir noch etwas Wesentliches mangelte, welches ich bei meinen langen metaphy= sischen Unterfuchungen, so wie andere, außer Acht gelaſſen hatte, und welches in der That den Schlüſſel zu dem ganzen Geheimniß der bis dahin sich selbst noch verborgenen Metaphysik aus= macht. Ich frug mich nämlich selbst: auf welchem Grunde beruht die Beziehung desjenigen, was man in uns Vorstellung nennt, auf den Gegenstand?" Wären unsere Begriffe entweder die Ursachen oder die Wirkungen der Objecte, so ließe sich die Uebereinstimmung beider auf natürlichem Wege erklären. Sie sind keines von beiden. Die übernatürliche Erklärung aber führt zur Annahme entweder einer gött= lichen Erleuchtung (Plato, Malebranche) oder einer vorherbestimmten Harmonie (Leibniz) und nimmt in beiden Fällen ihre Zuflucht zur Wirk= samkeit Gottes. „Allein der Deus ex machina ist in der Bestimmung des Ursprungs und der Gültigkeit unserer Erkenntniſſe das ungereim= teſte, was man nur wählen kann." Die Unterfuchung richtet sich dem= nach auf „die Quellen der intellectualen Erkenntniß", ohne welche die Natur und Grenzen der Metaphysik nicht zu bestimmen sind. „Ich bin jetzt im Stande, eine Kritik der reinen Vernunft, welche die Natur der theoretischen sowohl als praktischen Erkenntniß, sofern sie blos in= tellectual ist, enthält, vorzulegen, wovon ich den ersten Theil, der die Quellen der Metaphysik, ihre Methode und Grenzen enthält, zuerst und darauf die reinen Principien der Sittlichkeit ausarbeiten und, was den ersteren betrifft, binnen etwa drei Monaten herausgeben werde." So schreibt Kant den 21. Februar 1772.*)

Was der Philosoph hier als den erſten Theil der Kritik der reinen Vernunft bezeichnet, sollte später den Inhalt der ganzen ausmachen. Aber aus den drei Monaten werden neun Jahre. Und es vergehen mehr als vier, bevor wir aus der Werkstätte des tief in seine Probleme versunkenen Denkers wieder einmal Nachricht über den Stand der Arbeit erhalten. Das künftige Lehrgebäude der Vernunftkritik erscheint in be= stimmteren Umrissen; wir hören, daß zu seiner Ausführung „eine Kritik, eine Disciplin, ein Kanon und eine Architektonik der reinen Vernunft" erforderlich sind: „eine förmliche Wiſſenſchaft, zu der man von denjeni= gen, die schon vorhanden sind, nichts brauchen kann, und die zu ihrer Grundlegung sogar ganz eigener technischer Ausdrücke bedarf." Das

---

*) Br. an M. Herz. (Schubert: Kants Briefe u. s. f. S. 25—28.)

5*

68

Werk, wie wir es kennen, theilt sich in „Elementar= und Methodenlehre". Was Kant hier „Kritik" nennt, ist das Thema der ersten; was er als „Disciplin, Kanon und Architektonik" bezeichnet, sind die Themata der zweiten. Er hofft im Sommer 1777 diese Arbeit vollenden zu können, doch will er wegen seiner stets unterbrochenen Gesundheit keine Erwar= tungen erregen; er fürchtet, wie es scheint, daß er nicht fertig wird. Und doch kann er im Rückblick auf die letzten sechs Jahre sagen, daß ihn diese Arbeit unaufhörlich beschäftigt habe. „Ich empfange von allen Seiten Vorwürfe wegen der Unthätigkeit, darin ich seit langer Zeit zu sein scheine, und bin doch wirklich niemals systematischer und anhaltender beschäftigt gewesen, als seit den Jahren, da Sie mich nicht gesehen haben."*)

Ueber das System der neuen Philosophie, die Idee des Ganzen, ist der Philosoph mit sich im Reinen. Aber vor allen systematischen Ausführungen muß die Grundlage fertig gestellt sein: die Vernunftkritik, welche, weil ihre Untersuchungen völlig neu sind, die angestrengteste Deut= lichkeit fordert und eben dadurch ihren Fortgang erschwert. „Meinen weiteren Arbeiten", schreibt Kant, „liegt das, was ich die Kritik der reinen Vernunft nenne, als ein Stein im Wege, mit dessen Weg= schaffung ich jetzt allein beschäftigt bin und diesen Winter damit völlig fertig zu werden hoffe. Was mich aufhält, ist nichts weiter als die Bemühung, allem darin Vorkommenden völlige Deutlichkeit zu geben, weil ich finde, daß was man sich selbst geläufig gemacht hat und zur größten Klarheit gebracht zu haben glaubt, doch selbst von Kennern mißverstanden werde, wenn es von ihrer gewohnten Denkungsart gänz= lich abgeht."**)

Kants Hoffnung schlug auch diesmal fehl; die Arbeit kam im Winter 1777/78 nicht zu Stande. „Sie rückt indessen weiter vor", schreibt er im nächsten Briefe, „und wird hoffentlich diesen Sommer fertig werden."

---

*) Brief an M. Herz vom 24. November 1776. Der Brief enthält einen Aus= spruch Kants, den ich meinen Lesern nicht vorenthalten möchte. Herz, ein begeisterter Verehrer Lessings, hatte Kant mit diesem verglichen. Der Philosoph erwiederte: „Der mir in Parallele mit Lessing ertheilte Lobspruch beunruhigt mich. Denn in der That, ich besitze noch kein Verdienst, was desselben würdig wäre, und es ist, als ob ich den Spötter zur Seite sähe, mir solche Ansprüche beizumessen und daraus Gelegen= heit zum boshaften Tadel zu ziehen." (Schubert: Kants Briefe, S. 35—37.) —
**) Brief an M. Herz vom 20. August 1777. In dieser Zeit machte Kant die per= sönliche Bekanntschaft Mendelssohns, der ihn in Königsberg besuchte, den 18. August in seinen Vorlesungen hospitirte und den 20. abreiste.

Da der undatirte Brief nach dem 28. Mai 1778 geschrieben sein muß, so ist die Frist, binnen welcher „das versprochene Werkchen" veröffent= licht werden soll, auf wenige Monate berechnet. „Die Ursachen der Ver= zögerung einer Schrift, die an Bogenzahl nicht viel austragen wird, werden Sie dereinst aus der Natur der Sache und des Vorhabens selbst, wie ich hoffe, als gegründet gelten lassen."*)

Der Sommer 1778 vergeht, ohne daß sich Hoffnung und Ver= sprechen unseres Philosophen erfüllen. Seine Vorlesungen über Meta= physik haben seit den letzten Jahren eine neue, von seinen vormaligen und den gemein angenommenen Begriffen sehr abweichende Gestalt ge= wonnen. Kant stellt dem berliner Schüler und Freunde, der seine Ideen bearbeitet und eine Nachschrift jener Vorträge wünscht, ein „Handbuch der Metaphysik" in Aussicht, woran er noch unermüdet arbeite und das er bald zu vollenden hoffe.**) Von der Vernunftkritik ist in diesem Briefe, wie in den drei nächsten (20. October 1778 bis 9. Februar 1779) nicht weiter die Rede. Nur aus einem Briefe an Engel, den Heraus= geber des „Philosophen für die Welt", erfahren wir, daß Kant gegen Ende des Jahres 1779 den Abschluß des Werkes zu erreichen hofft; vorher könne er den gewünschten Beitrag nicht liefern: „Ich darf eine Arbeit nicht unterbrechen, die mich so lange an der Ausfertigung aller anderen Producte des Nachdenkens gehindert hat."***)

Noch war es zu früh. Erst im Laufe des folgenden Jahres wurde das Werk druckfertig. Der nächste Brief an M. Herz vom 1. Mai 1781 beginnt mit den Worten: „Diese Ostermesse wird ein Buch von mir unter dem Titel: Kritik der reinen Vernunft herauskommen. Es wird für Hartknochs Verlag bei Grunert in Halle gedruckt." „Dieses Buch enthält den Ausschlag aller mannichfaltigen Untersuchungen, die von den Begriffen anfingen, die wir zusammen unter der Benennung des mundi sensibilis und des intelligibilis abdisputirten, und es ist mir eine wichtige Angelegenheit, demselben einsehenden Manne, der es für würdig fand, meine Ideen zu bearbeiten, und so scharfsinnig war, darin am tiefsten hineinzubringen, diese ganze Summe meiner Be= mühungen zur Beurtheilung zu übergeben."†)

---

*) Der Brief ist an dem Tage geschrieben, wo Kant das vom 28. Mai datirte Schreiben des Ministers von Zedlitz erhält. Vgl. voriges Cap. S. 64. — **) Br. an M. Herz vom 28. Aug. 1778. Herz hielt seit 1777 philosophische Vorlesungen vor einer gemischten Zuhörerschaft in Berlin. — ***) Br. an Prof. J. Engel in Berlin v. 4. Juli 1779 (Schubert: Kants Briefe, S. 76—77). — †) Ebendas. S. 49.

Was vor drei Jahren ein „Werkchen" hieß, „das an Bogenzahl nicht viel austragen werde", ist ein sehr corpulentes Werk geworden, dessen Bogenzahl zwei Alphabete übersteigt.*) Die beständige Rücksicht auf die einleuchtende Klarheit seiner Untersuchungen und das Verständniß der Leser mußte den Philosophen bewegen, die größte Deutlichkeit der Darstellung anzustreben und zugleich mit weiser Maßhaltung so einzurichten, daß nicht durch eine zu breite Ausführung der Theile die Ueberschauung des Ganzen gehindert werde. Das Maß der Kürze ist nicht blos die Bogenzahl des Autors, sondern auch die Zeit des Lesers, daher ist jede Kürze verfehlt, welche die Deutlichkeit verkürzt, wie jede Deutlichkeit, welche den Eindruck und die Vorstellung des Ganzen verdunkelt. Es giebt Bücher, die nach Terrassons treffendem Wort viel kürzer sein würden, wenn sie nicht so kurz wären, und andere, wie Kant hinzufügt, die viel deutlicher geworden wären, wenn sie nicht so gar deutlich hätten werden sollen. Weder nach der einen noch nach der anderen Seite zu fehlen, sondern die ächte Kürze mit der ächten Deutlichkeit zu vereinigen, war das Ziel, das Kant, wie er es in der Vorrede ausspricht, erreichen wollte. Nachdem die Schwierigkeiten der Untersuchung überwunden waren, kamen die der Darstellung und verzögerten das letzte Stadium der Arbeit, die der Philosoph mit dem Gefühle beschloß, daß er dem Werke die erstrebte Deutlichkeit und Popularität nicht zu geben vermocht habe, sei es, weil die Sache zu schwierig, oder er selbst zur Lösung dieser Aufgabe nicht Künstler genug war.

Man muß sich nicht vorstellen, daß Kant mehr als zehn Jahre gebraucht, um die Kritik der reinen Vernunft in der Gestalt, wie sie uns vorliegt, niederzuschreiben. Vielmehr ist diese Composition das Werk letzter im Abschreiben noch feilenden und ausführenden Hand: die für den Druck bestimmte Reinschrift, die binnen vier bis fünf Monaten zu Stande kam. So nämlich verstehen wir Kants eigene Angabe in einem Briefe an Mendelssohn, den die Vernunftkritik nicht fesseln konnte, sondern wegen ihrer Dunkelheit abstieß. Der Philosoph nahm die Schuld auf sich und schrieb sie den Mängeln seiner Darstellung zu: „Es dauert mich sehr, befremdet mich aber auch nicht, denn das Product des Nachdenkens von einem Zeitraum von wenigstens zwölf Jahren hatte ich innerhalb etwa 4—5 Monaten, gleichsam im Fluge, zwar mit der

---

*) Der bloße Text der Vernunftkritik beträgt in der 1. Ausgabe 856 Seiten, also 53½ Bogen.

größten Aufmerksamkeit auf den Inhalt, aber mit weniger Fleiß auf den Vortrag und Beförderung der leichten Einsicht für den Leser zu Stande gebracht, eine Entschließung, die mir auch jetzt noch nicht leid thut, weil ohne dies und bei längerem Aufschube, um Popularität hinein zu bringen, das Werk vermuthlich ganz unterblieben wäre, da doch dem letzteren Fehler nach und nach abgeholfen werden kann, wenn nur das Product seiner rohen Bearbeitung nach erst da ist." „Es sind wenige so glücklich, für sich und zugleich in der Stelle anderer denken und die ihnen allen angemessene Manier im Vortrage treffen zu können. Es ist nur ein Mendelssohn."*)

Die letzte, das Werk fertig stellende Arbeit fällt in die mittleren Monate des Jahres 1780. Aus J. G. Hamanns Briefen an Hartknoch und Herder geht hervor, daß schon in den ersten Tagen des October Hartknoch in Riga dem Philosophen angeboten hatte, sein Werk zu ver=legen, und daß im December wohl der Druck bereits im Gange war.**) Er schritt langsam vorwärts. Den 6. April 1781 hatte Hamann die ersten dreißig Bogen erhalten, die er am nächsten Tage in einem Zuge las; es dauerte bis zum 6. Mai, bevor er die folgenden achtzehn erhielt. „Ein so corpulentes Buch", schrieb er den 10. Mai an Herder, „ist weder des Autors Statur noch dem Begriffe der reinen Vernunft ange=messen, die er der faulen = meiner entgegensetzt." „Er verdient immer den Titel eines preußischen Hume." Sechs Wochen später beklagt sich Hamann, daß er und Kant selbst den Rest (Anfang und Ende) des Werks noch immer nicht haben.***) Aus der Hand des Philosophen empfing er das ihm gewidmete Exemplar erst in den letzten Tagen des Juli.†) Indessen muß Hamann den Text schon mehrere Wochen früher vollständig gelesen haben, wie aus seiner Anzeige erhellt, die er den 1. Juli schrieb und für die Königsberger Zeitung bestimmt hatte, aber nicht drucken ließ. Kant hatte in seiner Vorrede ein Wort des Abbé Terrasson citirt und ergänzt. Dasselbe thut Hamann am Schluß seiner Anzeige. „Das Glück eines Schriftstellers besteht darin, von einigen gelobt und allen bekannt — Recensent setzt noch als das Maximum

---

*) Br. an M. Mendelssohn vom 18. August 1783. (Schubert, S. 13 flgb.) — **) Hamann an J. F. Hartknoch v. 6. Oct. 1780 (Hamanns Schriften, herausg. v. Fr. Roth. Th. VI. S. 160 flgb.). H. an Herder den 18. December 1780 (S. 171). — ***) H. an Hartknoch den 8. April 1781 (S. 178). H. an Herder d. 10. Mai 1781 (S. 185 flgb.) H. an Hartknoch den 31. Mai 1781 (S. 189). H. an Hartknoch den 19. Juni 1781 (S. 197). — †) H. an Herder d. 5. Aug. 1781 (S. 201).

ächter Autorschaft und Kritik hinzu — von blutwenigen gefaßt zu werden."*)

Kant war sich dieses Schicksals wohl bewußt. In der Zueignung des Werks an den Staatsminister von Zedlitz findet sich eine Stelle, die in den späteren Ausgaben wegblieb: „Wen das speculative Leben vergnügt, dem ist unter mäßigen Wünschen der Beifall eines aufgeklär= ten, gültigen Richters eine kräftige Aufmunterung zu Bemühungen, deren Nutzen groß, obzwar entfernt ist und daher von gemeinen Augen gänzlich verkannt wird." Die Widmung ist den 29. März 1781 unter= zeichnet, die undatirte Vorrede wohl gleichzeitig verfaßt. Damals war von dem Text erst die größere Hälfte gedruckt; wir dürfen daher das Datum der Widmung nicht für den Geburtstag des Werks ansehen, das erst einige Monate später vor die Augen der Welt trat.

Die Erscheinung desselben macht in der Geschichte der Philosophie die kritische Epoche: es ist eines der schwierigsten und, was noch seltner ist, eines der reifsten und durchdachtesten Werke, die jemals erschienen sind. Aber in demselben Augenblicke, wo sich in diesem Werke die Phi= losophie vollkommen verjüngt und in ein neues Zeitalter eintritt, steht der Autor, ein siebenundfünfzigjähriger Mann, schon vor der Schwelle des Greisenalters. Unkräftigen Körpers von Natur und von leicht stör= barer Gesundheit, braucht er jetzt die ganze Willensstärke seines Geistes und zugleich die ganze ihm noch übrige Zeit, um das spätgeborene Kind zu erziehen. Die neuen Grundlagen sind gegeben. Ein neues Lehr= gebäude soll darauf errichtet werden. In dieser Aufgabe concentrirt Kant seine Kräfte, er wird noch sparsamer mit der Zeit, denn schon ist er in vorgerückten Jahren und hat noch so viel zu thun vor sich: Auf= gaben, die keiner lösen kann als er selbst; er wird seltener in der Ge= sellschaft, saumseliger im Briefschreiben, oft vergehen Jahre, ehe er ant= wortet, einen Theil seiner Zeit schuldet er seinem Lehramt, die Muße gehört der Ausbildung seiner neuen Lehre.

2. Die Prolegomena und die späteren Ausgaben der Vernunftkritik.

Mit jener wünschenswerthen Kürze, die der Deutlichkeit der Sache keinen Eintrag thut und dem Leser keinen unnützen Zeitaufwand kostet, können schwierige Gegenstände erst behandelt werden, nachdem sie mit

---

*) Recension der Kr. d. r. V. (Hamanns Schriften, IV. S. 45—54. Vergl. Br. an Herder, S. 201 flgb.)

eingehender Ausführlichkeit dargestellt worden sind. Auf dem Wege einer solchen Auseinandersetzung, die um der Deutlichkeit willen sich in die Länge dehnt, erfährt man alle die Hindernisse, die der Kürze im Wege stehen. Man muß sie erlebt haben, um sie überwinden zu können. Daher erst das Volumen, dann das Compendium! Gleich nach Veröffentlichung seines Hauptwerks fühlte Kant das Bedürfniß und die Kraft ein Com= pendium zu schreiben, das durch Kürze, durch intensive Erhellung der Hauptpunkte das Verständniß der Sache erleichtern und die Kritik populär machen sollte. Eine solche Schrift konnte ein Auszug aus dem Haupt= werk, auch wohl ein Handbuch der Metaphysik genannt werden, wie es Kant seit geraumer Zeit im Sinn und Versuche dazu unter der Feder hatte. Schon in dem oben erwähnten Briefe an Herder vom 5. Aug. 1781 berichtet Hamann, der aus der Hand des Philosophen erst seit wenigen Tagen ein Exemplar der Vernunftkritik besitzt: „Kant ist Willens einen populären Auszug seiner Kritik für Laien auszugeben". In den fol= genden Briefen ist von diesem „Auszug", der auch „ein Lesebuch über Metaphysik" heißt, wiederholt die Rede, und den 8. Februar 1782 wird Hartknoch zu dem neuen Verlage beglückwünscht.*)

Indessen handelte es sich bei dieser nächsten Aufgabe doch um etwas mehr als nur einen Auszug aus dem vorhandenen Werk. Die Sache der Kritik war, wie Kant vorausgesehen hatte und sehr bald zu erfahren bekam, theils so wenig, theils so falsch verstanden worden, daß sie einer Erläuterung bedurfte, die den elementaren Charakter ihres Themas und ihrer Probleme klar machte. Die Grundfragen der Vernunftkritik sind die Vorfragen aller Metaphysik, der gelehrten, die von den Schulen betrieben wird, wie der gemeinen, die dem gewöhnlichen Bewußtsein als selbstverständlich gilt. In diesem Licht einer Propädeutik oder Einleitung in die Philosophie sollte jetzt die Kritik erscheinen. Darum nannte der Philosoph seine Erläuterung „Prolegomena zu einer jeden künf= tigen Metaphysik, die als Wissenschaft wird auftreten können."

Hamann wollte in dem Werke Kants Skepticismus und Mystik ge= funden haben. Nachdem er die ersten dreißig Bogen gelesen, schien ihm alles „auf skeptische Taktik hinauszulaufen", er nannte den Verfasser „den preußischen Hume" und sagte diesem gelegentlich selbst, daß er seine Kritik billige, aber die darin enthaltene Mystik verwerfe. „Ich

---

*) Hamann an Herder den 5. Aug. 1781 (Hamanns Schr. VI. S. 202). Br. an Hartknoch v. 11. Aug., 14. Sept. 23. Oct. 1781, 8. Febr. 1782 (S. 206, 215, 222, 237).

74

hatte ihn damit ein wenig stutig gemacht. Er wußte gar nicht, wie er zur Mystik kam."*)

Während Kant die Prolegomena schrieb, erschien in der „Zugabe zu den göttingischen Anzeigen von gelehrten Sachen" den 19. Jan. 1782 anonym die erste öffentliche Beurtheilung der kantischen Kritik. Sie war von Garve verfaßt, aber von Feder, dem Redacteur der Zeitschrift, wegen des eng bemessenen Raumes dergestalt verändert und verkürzt, daß jener sie nicht mehr als sein Werk ansah, sondern sich nur „einigen Antheil" daran zuschrieb. Auf den Wunsch Kants, gegen den er sich brieflich über diesen seinen Antheil erklärte, ließ Garve nachher die vollständige Recension in der „Allgemeinen deutschen Bibliothek" ab= drucken.**) Zwischen beide Recensionen, deren erste das verstümmelte Fragment der zweiten war, fällt die Erscheinung der „Prolegomena". Hamann wußte nicht, daß beide Schriftstücke im Grunde dieselbe Quelle hatten. „Die göttingische Recension der Kritik der reinen Vernunft habe ich mit Vergnügen gelesen", schrieb er im April 1782 an Herder. „Wer mag der Verfasser sein?" „Der Autor soll gar nicht damit zufrieden sein; ob er Grund hat, weiß ich nicht. Mir kam sie gründlich und auf= richtig und anständig vor. So viel ist gewiß, daß ohne Berkeley kein Hume geworden wäre, wie ohne diesen kein Kant. Es läuft doch alles zuletzt auf Ueberlieferung hinaus."***) Als er später die Beurthei= lung in der allgemeinen deutschen Bibliothek zu Gesicht bekam, erkannte er doch nicht den eigentlichen Verfasser der göttingischen. „Vorige Woche", so schrieb er den 8. December 1783 an Herder, „habe ich erst Gelegen= heit gehabt, die garvesche Recension der Kritik zu erhalten, ungeachtet sie schon vor vielen Wochen Kant zugeschickt worden und ich ihn deshalb besuchte. Ich war aber zu blöde und zu schamhaft, ihn darum anzu= sprechen. Er soll nicht damit zufrieden sein und sich beklagen, wie ein imbécile behandelt zu werden. Antworten wird er nicht, hingegen dem göttingischen Recensenten, wenn er sich auch an die Prolegomena wagen sollte." Damals trug sich Hamann mit dem Plan, eine „Metakritik über den Purismum der reinen Vernunft" zu schreiben, die gründlicher ausfallen sollte als seine ungedruckte Recension vom 1. Juli 1781. „Ich

*) Br. an Herder vom 27. April, 10. Mai, 4. December 1781 (S. 181, 186, 227 flgb.). — **) Zugabe zu den göttingischen Anzeigen von gelehrten Sachen, Bd. I. St. 3 den 19. Jan. 1782 (S. 40–48). Anhang zu dem XXXVII—LII. Bde. der Allgem. deutschen Bibl., Abth. II. S. 838—862. — ***) Hamanns Schriften, Theil VI. S. 243 flgb.

hoffe seitdem ein wenig weiter mit dem Buche gekommen zu sein, doch
nicht so weit, wie ich sollte, um es aufzulösen. Aber mein armer Kopf
ist gegen Kants ein zerbrochener Topf — Thon gegen Eisen!"*) Garve
selbst, als er wenige Wochen vor seinem Tode noch einmal an Kant
schrieb (im September 1798) und ihm „als höchsten Beweis der Hochachtung" seine Abhandlung über die Principien der Sittenlehre zueig-
nete, gedachte mit einem Ausdruck edler Selbstverleugnung jener Recension, die vor sechszehn Jahren das erste öffentliche Urtheil über die
Vernunftkritik ausgesprochen hatte: „Es war in der That ein sehr mangel-
haftes, einseitiges und unrichtiges Urtheil".**)

Doch hat diese Recension, deren Kern darin lag, daß die kantische
Lehre dem berkeleyschen Idealismus in der Hauptsache gleich gesetzt und
der wesentliche Unterschied beider nicht genug zur Geltung gebracht
wurde, einen wichtigen Einfluß auf die Erläuterung und die spätere
Haltung der Vernunftkritik ausgeübt. In ihr sah Kant das erste Beispiel einer grundverkehrten Auffassung, gegen welche nun die Vertheidigung der neuen Lehre ihre schärfste Spitze zu kehren und die Prolegomena Front zu machen hätten. Zu diesem Zwecke wurden dem ersten
Theil drei „Anmerkungen" und dem Ganzen ein „Anhang" beigefügt,
die dem göttingischen Recensenten die Wege weisen und die Kritik einmal für immer wider alle Verwechselung mit jeder Art des dogmatischen
Idealismus, insbesondere dem berkeleyschen, schützen und sichern sollten.
In dieser Rüstung erschienen die Prolegomena 1783. Die Widerlegung
war im Ton einer sehr nachdrücklichen und unwilligen Polemik gehalten.
Die Auffassung des Gegners hieß „ein aus unverzeihlicher und beinahe
vorsätzlicher Mißdeutung entspringender Einwurf". „Meine Protestation
wider alle Zumuthung eines Idealismus ist so bündig und einleuchtend,
daß sie sogar überflüssig scheinen würde, wenn es nicht unbefugte Richter
gäbe, die, indem sie für jede Abweichung von ihrer verkehrten, obgleich
gemeinen Meinung gern einen alten Namen haben möchten und niemals über den Geist der philosophischen Benennungen urtheilen, sondern
blos am Buchstaben hängen, bereit ständen, ihren eigenen Wahn an die
Stelle wohl bestimmter Begriffe zu setzen und diese dadurch zu verdrehen
und zu verunstalten."***) Im „Anhange" wird die göttingische Recension

---

*) Ebendaselbst VI. S. 346 flgb. — **) Schubert: Kants Biogr. S. 150—53.
S. ob. Cap. II. S. 85 flgb. Ueber die göttingische Recension vergl. Garves Briefe an
Chr. F. Weiße, Th. I. Br. v. 31. Juli 1782 (S. 167 u. Anmlg. S. 455 flgb.). —
***) Proleg. Th. I. Anmlg. III. S. 65. S. 70.

als gedankenloses Machwerk behandelt, als „Probe eines Urtheils über
die Kritik, das vor der Untersuchung vorhergeht". Dieses Urtheil über
die Vernunftkritik beweise, daß jener angemaßte Richter auch nicht
das Mindeste davon und obenein sich selbst nicht recht verstanden habe.*)
Um jeden Schein eines Idealismus, der als Nachartung des ber=
keleyschen genommen werden könnte, von seiner Lehre fernzuhalten,
änderte Kant in einer Reihe wichtiger Punkte durch Weglassung, Umge=
staltung und Zusätze die Darstellung derselben im Hauptwerke selbst, als
er einige Jahre nach den Prolegomena die Vernunftkritik von neuem
herausgab (1787). Diese zweite Auflage blieb das Vorbild aller fol=
genden, deren bei Lebzeiten des Philosophen noch drei erschienen.**)
So entstand zwischen den beiden ersten Ausgaben der Vernunftkritik
jene bedeutsame Differenz, die seit den ersten Gesammtausgaben der
Werke Kants nicht aufgehört hat ein Gegenstand der Erörterungen und
Streitfragen zu sein. Wir werden in der Entwicklung der Lehre auf
diese Sache zurückkommen.

3. Das System der reinen Vernunft.

Die Vernunftkritik enthielt die Grundlage und auch den Grundriß
zu dem „System der reinen Vernunft", das die Principien der
Naturlehre, der Sittenlehre und der Geschmackslehre umfassen sollte.
Setzen wir statt Principienlehre den Ausdruck „Metaphysik", aber ohne
ihn auf die teleologische Betrachtung (zu welcher die ästhetische gehört)
anwenden zu dürfen, so handelt es sich um die Metaphysik der Natur,
die Metaphysik der Sitten und die teleologische Principienlehre oder die
Kritik der Urtheilskraft, wie Kant aus später darzulegenden Gründen
diese letztere genannt hat. „Ein solches System der reinen (speculativen)
Vernunft", sagte der Philosoph am Schluß der Vorrede zu seinem Haupt=
werk, „hoffe ich unter dem Titel: Metaphysik der Natur selbst zu lie=
fern, welches bei noch nicht der Hälfte der Weitläufigkeit dennoch ungleich
reicheren Inhalt haben soll als hier die Kritik, die zuvörderst die Quellen
und Bedingungen ihrer Möglichkeit darlegen mußte und einen ganz
verwachsenen Boden zu reinigen und zu ebenen hatte."***)

---

*) Ebendas. Anhang S. 202—216. — **) Die Zueignung der zweiten Aus=
gabe ist den 23. April, die Vorrede im Aprilmonat 1787 unterzeichnet; die folgenden
drei erschienen 1790, 1794 und 1799 (die Ausgabe von 1794 ist Nachdruck). —
***) Kritik der reinen Vernunft (1781), Vorwort, S. 15 flgb.

Dies waren die nächsten Aufgaben. Die Lösung derselben vollendete sich binnen einem halben Jahrzehnt (1785—1790) in einer Reihe von Werken, deren jedes eine entscheidende und folgenreiche That war. Die „Metaphysischen Anfangsgründe der Naturwissenschaft" (1786) begründen eine neue Naturphilosophie, die „Grundlegung zur Meta= physik der Sitten (1785) und die „Kritik der praktischen Ver= nunft (1788) eine neue sittliche Welt= und Lebensansicht, die „Kritik der Urtheilskraft" (1790) eine neue Auffassung der organischen und ästhetischen Natur, eine Umgestaltung sowohl der Naturphilosophie als der Aesthetik. Von diesen Aufgaben war die erste, die der Philosoph ergriff und bereits unter der Feder hatte, als die Prolegomena ihn noch beschäftigten, die neue Grundlegung der Moral. Die göttingische Recension der Vernunftkritik war noch nicht erschienen, als Hamann dem Verleger in Riga schon die Mittheilung machte: „Kant arbeitet an der Metaphysik der Sitten".*) Darunter ist jene „Grundlegung" zu verstehen, die unter den neuen Werken auch zuerst erschien; die „Meta= physik der Sitten" mit ihren beiden Theilen, den „metaphysischen An= fangsgründen der Rechts= und Tugendlehre" kam erst zwölf Jahre später (1797).

Das letzte Decenium des vorigen Jahrhunderts ist auch das letzte der wissenschaftlichen Thatkraft unseres Philosophen. Es war noch eine Aufgabe übrig: die Sittenlehre forderte eine Glaubens= oder Religions= lehre, die ohne ihre Unterscheidung von der kirchlichen Dogmatik und ohne eine kritische Beleuchtung der letzteren nicht ausgeführt werden konnte. Ueberhaupt mußte es, nachdem die Kritik und das System der reinen Vernunft zu Stande gebracht waren, zu einer Auseinandersetzung zwischen Kritik und Satzung, zwischen dem Rationalen und Positiven kommen. Und je reiner und folgerichtiger Kant mit seiner kritischen Kunst das Rationale ausgerechnet hatte, um so schärfer mußte sich der Gegensatz wider das Positive ausprägen. Dieser Gegensatz war inner= halb der kantischen Philosophie weit tiefer gefaßt und einer künftigen Versöhnung weit näher gerückt, als es in dem Aufklärungszeitalter vorher der Fall gewesen war. Wir werden sehen, wie aus seinem neuen, im Innersten der menschlichen Natur begründeten Standpunkte Kant von dem positiven Glauben selbst solche Elemente durchdringen und be= jahen konnte, welche die frühere Aufklärung, der sie verschlossen blieben,

---

*) Hamann an Hartknoch den 11. Januar 1782 (Hamanns Schr. VI. S. 296).

nur verneint hatte. Indeſſen war der Gegenſatz und Streit unvermeib=
lich. Und hier ſtand ihm gegenüber in erſter Linie der Glaube in der
Geſtalt der poſitiven Religion, in zweiter das Recht in der Form des
poſitiven, geſchichtlich gegebenen Staates, in der letzten die poſitiven
Wiſſenſchaften, verkörpert in den ſogenannten oberen Facultäten in ihrem
Unterſchiede von der philoſophiſchen. Es war ſein letzter kritiſcher Act,
dieſen „Streit der Facultäten“ auseinanderzuſetzen und zu ſchlichten
(1798), nachdem er einige Jahre vorher einen bedrohlichen Zuſammen=
ſtoß mit den Wächtern der poſitiven Religion erlebt hatte.

II. Wöllner und Kant.

1. Die Religionsedicte.

Wir müſſen etwas weiter ausholen, um dieſen widerwärtigen und
merkwürdigen Conflict zu erzählen. Es ſpielten dabei äußere Umſtände
und ſchlimme Zeitverhältniſſe mit, denn nur ſolche können es ſein, die
eine theologiſche Streitfrage in eine politiſche Verfolgung verwandeln.
Dem königsberger Philoſophen hätte unter dem großen Könige und
deſſen hochdenkendem Miniſter niemals begegnen können, was jetzt eine
natürliche Folge der veränderten Regierungsart war. Im Jahre 1786
war Friedrich der Einzige geſtorben. Sein Nachfolger, Friedrich Wil=
helm II., ein Mann von leicht beweglicher, keineswegs dogmatiſch ge=
bundener, aber für den Reiz magiſcher Eindrücke ſehr empfänglicher
Sinnesart, wäre von ſich aus unſerem Philoſophen nie bedrohlich ge=
worden. In den erſten Jahren ſeiner Regierung hatte er ihm ſogar
Beweiſe des Wohlwollens und der Achtung gegeben. Als er bald nach
der Thronbeſteigung zur Huldigung nach Königsberg kam (September
1786), mußte Kant, zum erſtenmal Rector der Univerſität, den König
feierlich anreden; dieſer dankte dem Redner und ließ in ſeiner Erwie=
derung den philoſophiſchen Ruhm desſelben nicht unberührt. Aber die
Wiſſenſchaft war kein Gegenſtand ſeiner geiſtigen Bedürfniſſe und Nei=
gungen; dieſe zogen allerhand myſtiſche und geheimnißvolle Dinge vor,
welche die ſinnliche Einbildungskraft feſſeln. Die Atmoſphäre der Auf=
klärung war etwas trocken und ein leidenſchaftlicher Durſt nach Aber=
glauben namentlich in der vornehmen Welt Europas dadurch rege ge=
worden, den die St. Germain und Cagliostro vollauf zu ſättigen mußten;
die Geiſterbeſchwörer wurden Mode und dienten mit ihren Gaukeleien
auch der kirchlichen Bekehrungspolitik in katholiſchen wie proteſtantiſchen

Ländern. Wir reden von den Zeit= und Sittenzuständen, die Schiller
vor sich sah, als er seinen „Geisterseher" schrieb (1786—89). Auf dem
Wege magischer Künste wurde auch der König von Preußen für eine
aller Aufklärung und rationalistischen Denkart feindliche Glaubens=
richtung gewonnen. Zu diesen Neigungen kamen die stärksten politischen
Beweggründe, die ihn aus monarchischen Interessen zur Reaction, ins=
besondere zur kirchlichen trieben, um durch den strengsten Glaubenszwang
den Geist der Unruhe und Neuerung zu unterdrücken. Diese Reaction
steigerte sich mit dem Ausbruch und Fortgang der französischen Revo=
lution.

Schon zwei Jahre nach dem Thronwechsel fiel das Ministerium
Zedlitz, und an seine Stelle trat am 3. Juli 1788 ein glaubenseifriger
und herrschsüchtiger Theologe, der frühere Prediger Johann Christian
Wöllner. Mit diesem Hand in Hand ging des Königs Generaladjutant
von Bischofswerder. Von hier aus wurde ein Feldzug gegen die
Aufklärung organisirt, der sie aus allen wirksamen Stellungen ver=
treiben sollte, von den Kanzeln, aus der Literatur, von den Kathedern.
Wenige Tage nach dem Amtsantritt des Ministers, den 9. Juli 1788,
erschien eine Verordnung, welche die Religionslehrer streng an die
Glaubensbekenntnisse als bindende Norm verwies und jeden Anders=
denkenden mit Amtsverlust bedrohte: das wöllnersche Religionsedict.
Eine zweite Verordnung desselben Jahres vom 19. December hob die
Preßfreiheit auf, die inländischen Schriften wurden unter Censur, die
ausländischen unter Aufsicht gestellt. Um diesen Befehlen die gehörige
Folge in der Durchführung zu geben, wurde im April 1791 eine beson=
dere Behörde errichtet, die das gesammte Gebiet der Kirche und Schule
im Geiste des Religionsedictes überwachen und beaufsichtigen sollte. Diese
Behörde bestand aus drei Oberconsistorialräthen: Hermes, Woltersdorf
und Hilmer. Sie hatten die ausgedehnteste Vollmacht über alle Kirchen=
und Schulämter, in ihrer Gewalt lag Anstellung und Beförderung,
Unterdrückung und Absetzung. Die Candidaten für die Kirchen= und
Schulämter wurden von dieser Behörde geprüft, die bereits angestellten
Prediger und Lehrer standen unter der genauesten Aufsicht und Censur.
Sie bereisten die Provinzen, untersuchten die Lehranstalten, bestimmten
Unterrichtsweise und Lehrbücher, die sie entweder selbst schrieben oder
von „Gutgesinnten" schreiben ließen. Jeden, der nicht ausdrücklich und
aus vollem Herzen in dieses Treiben einstimmte, traf der Verdacht der
inquisitorischen Behörde. Es wurde bemerkt, daß er nicht gutgesinnt sei.

Die Verdächtigen hießen Aufklärer, Feinde der Religion, Atheisten; sehr bald nannte man sie Jacobiner und Demokraten. In den Jahren 1792 und 1794 wurden die Religions= und Censuredicte noch geschärft; alle Aufklärer sollten als Empörer behandelt, alle neu anzustellenden Lehrer ohne Ausnahme auf die symbolischen Bücher verpflichtet werden.

2. Kants Religionslehre und die königliche Kabinetsordre.

Diese Zeit war es, in welcher Kants kritische Untersuchungen das Gebiet der Religion berührten. Die Kritik der praktischen Vernunft, die schon das Element der kantischen Religionslehre enthielt, war in demselben Jahre erschienen, als Wöllner das Ministerium antrat; die kritische Philosophie und mit ihr eine neue, tiefer begründete Aufklärung hatte bereits in weiten Kreisen die wissenschaftliche Welt ergriffen, sie war im besten Zuge, die Lehrstühle der deutschen Universitäten zu er= obern. Ihre innerste Denkweise war dem Geiste vollkommen zuwider, in welchem das Ministerium Friedrich Wilhelms II. die Herrschaft über das preußische Unterrichtswesen führte und die Denk= und Gewissens= freiheit nicht etwa in ihren Ausschreitungen, sondern an der Wurzel bedrohte. Eine solche mächtige Erscheinung, wie Kant und seine Philo= sophie, im Lager der Gegner mußten die berliner Censoren sehr bald als einen der ersten Gegenstände ihrer Angriffe und Maßregeln ins Auge fassen. Ein Brief Kiesewetters aus Berlin, der sich handschriftlich in Kants Nachlaß befindet, soll bezeugen, daß Woltersdorf gleich in den ersten Tagen seines Amts unmittelbar bei dem Könige darauf ange= tragen habe, dem Philosophen Kant das fernere Schreiben zu verbieten.*) Indessen unterblieb ein solcher Angriff. Ja es schien, als ob man den königsberger Philosophen gelten lassen wollte; war doch im Winter 1788, also schon unter Wöllners Ministerium, Kiesewetter auf königliche Kosten von Berlin nach Königsberg gesendet worden, um die kantische Philosophie an der Quelle zu studiren und später zu lehren. Und noch den 3. März 1789 wurde in einem königlichen, von Wöllner unterzeich= ten Decret „der Fleiß und die Uneigennützigkeit des so geschickten und rechtschaffenen Mannes, des professoris philosophiae K a n t , der ohne irgend eine Zulage von Verbesserung zu verlangen mit unermüdetem Eifer zum Besten der Universität arbeitet, mit wahrer Zufriedenheit bemerkt" und demselben eine Gehaltszulage ertheilt. Von seiner philo=

---

*) Schubert: Kants Biographie, S. 190.

sophischen Bedeutung ist allerdings gar nicht die Rede. Vielleicht wollte man auch durch dieses entgegenkommende Verfahren seine Zurückhaltung gewinnen.

Da bot Kant selbst den Glaubenswächtern in Berlin die Gelegenheit ihn zu fassen. Er hatte der berliner Monatsschrift eine Abhandlung „Ueber das radicale Böse in der menschlichen Natur" zur Veröffentlichung geschickt; die Zeitschrift wurde in Jena gedruckt, aber um allen Schein zu vermeiden, als ob er der berliner Censur aus dem Wege gehen und literarischen Schleichhandel treiben wollte, forderte Kant ausdrücklich, daß seine Schrift in Berlin censirt würde. Hilmer ertheilte die Erlaubniß zum Druck, „da doch nur", wie er zu seiner Beruhigung hinzusetzte, „der tiefdenkende Gelehrte die kantischen Schriften lese". Der Aufsatz erschien im April 1792. Bald darauf schickte Kant zu demselben Zwecke und mit derselben Forderung die zweite Abhandlung „Von dem Kampf des guten Princips mit dem bösen um die Herrschaft über den Menschen" nach Berlin. Als der biblischen Theologie angehörig, fiel dieser Aufsatz unter die gemeinschaftliche Censur von Hilmer und Hermes; dieser verweigerte das Imprimatur, jener trat dem Collegen bei und meldete dieses Urtheil brieflich dem Herausgeber der Monatsschrift. Auf dessen Gegenvorstellung wurde kurz erwiedert: das Religionsedict sei die Richtschnur der Censoren, weiter könne man sich darüber nicht erklären. Damit war die Veröffentlichung der Abhandlung in der berliner Monatsschrift unmöglich gemacht. Doch wollte Kant, nachdem der erste Aufsatz gedruckt war, die folgenden drei, die mit jenem unmittelbar zusammenhingen, nicht zurückhalten. Der einzige Ausweg war, daß eine theologische Facultät den Inhalt dieser Schriften prüfte und die Erlaubniß zum Druck ertheilte. Nach Göttingen als einer ausländischen Universität wollte sich Kant nicht wenden; an Halle konnte er nicht wohl denken, da die dortige theologische Facultät die Veröffentlichung der fichteschen Schrift „Kritik aller Offenbarung" kurz vorher beanstandet hatte. Er nahm den kürzesten Weg und unterwarf seine Abhandlungen der Censur der königsberger theologischen Facultät. Einstimmig wurde das Imprimatur ertheilt. Jetzt erschienen die vier Aufsätze als Gesammtwerk, unter dem Titel: „Religion innerhalb der Grenzen der bloßen Vernunft" (1793). Die kantische Schrift erregte so großes Aufsehen, daß schon im nächsten Jahre eine neue Auflage nöthig wurde und das berliner geistliche Gericht die Sache unmöglich ruhig mitansehen konnte. Den 12. October 1794 erhielt Kant folgende Kabinetsordre:

„Von Gottes Gnaden Friedrich Wilhelm König von Preußen u. s. s."
„Unsern gnädigen Gruß zuvor. Würdiger und Hochgelahrter, lieber
Getreuer! Unsere höchste Person hat schon seit geraumer Zeit mit großem
Mißfallen ersehen: wie Ihr Eure Philosophie zu Entstellung und Herab-
würdigung mancher Haupt= und Grundlehren der heiligen Schrift und
des Christenthums mißbraucht; wie Ihr dieses namentlich in Eurem
Buch: „Religion innerhalb der Grenzen der bloßen Vernunft", des=
gleichen in anderen kleinen Abhandlungen gethan habt. Wir haben Uns
zu Euch eines Besseren versehen; da Ihr selbst einsehen müsset, wie
unverantwortlich Ihr dadurch gegen Eure Pflicht als Lehrer der Jugend
und gegen Unsere Euch sehr wohlbekannte landesväterliche Absichten
handelt. Wir verlangen des ehesten Eure gewissenhafte Verantwortung
und gewärtigen Uns von Euch, bei Vermeidung Unserer höchsten Un-
gnade, daß Ihr Euch künftighin nichts dergleichen werdet zu Schulden
kommen lassen, sondern vielmehr Eurer Pflicht gemäß Euer Ansehen
und Eure Talente dazu anwenden, daß Unsere landesväterliche Intention
je mehr und mehr erreicht werde; widrigenfalls Ihr Euch, bei fort=
gesetzter Renitenz, unfehlbar unangenehmer Verfügungen zu gewärtigen
habt. Sind Euch mit Gnaden gewogen. Berlin, den 1. October 1794.
Auf Seiner Königl. Majestät allergnädigsten Spezialbefehl. Wöllner."
Zugleich wurden sämmtliche theologische und philosophische Lehrer der
Universität Königsberg durch Namensunterschrift verpflichtet, nicht über
kantische Religionsphilosophie zu lesen.

Damals stand unser Philosoph auf der Höhe des Alters und Ruhms;
er war siebzig Jahr, und die Welt feierte seinen Namen. Gegen die
Maßregel selbst verfuhr Kant mit der größten Vorsicht. Er hielt sie
streng geheim, so daß niemand, einen Freund ausgenommen, etwas
davon erfuhr, bis er selbst nach dem Tode des Königs die Sache ver=
öffentlichte. Eine Aenderung seiner Ansichten, die man ihm zumuthete,
war unmöglich; eine offene Widersetzlichkeit ebenso nutzlos als nach
Kants eigenem Gefühl ungebührlich. Der Rest war schweigen. Auf einen
kleinen, noch in seinem Nachlasse befindlichen Zettel schrieb er damals
folgende Worte, die seine Lage und Stimmung gleichsam monolo=
gisch ausdrücken: „Widerruf und Verleugnung seiner innern Ueber=
zeugung ist niederträchtig, aber Schweigen in einem Fall wie der gegen=
wärtige ist Unterthanenpflicht; und wenn alles, was man sagt, wahr
sein muß, so ist darum nicht auch Pflicht, alle Wahrheit öffentlich zu
sagen." In diesem Sinne erwiederte er das königliche Schreiben. Gegen

die ihm gemachten Vorwürfe rechtfertigte er sich, indem er sie als un=
begründet widerlegte; gegen die Zumuthung, seine Talente künftig besser
zu brauchen, verpflichtete er sich zum Schweigen. Er verbannte sich frei=
willig vom Katheder rücksichtlich aller die Religion betreffenden Lehr=
vorträge. „Um auch dem mindesten Verdachte vorzubeugen, so halte ich
für das Sicherste, hiermit als Ew. Königlichen Majestät getreuster
Unterthan feierlichst zu erklären: daß ich mich fernerhin aller öffent=
lichen Vorträge, die Religion betreffend, es sei die natürliche oder die
geoffenbarte, sowohl in Vorlesungen als in Schriften, gänzlich enthalten
werde." So schloß Kant seine Erwiederung. Die Worte: „als Ew.
Königlichen Majestät getreuster Unterthan" enthalten eine sehr vorsich=
tige Mentalreservation: er verpflichtet sich zum Schweigen, so lange der
König lebt. Er hat diese Wendung mit Vorbedacht gewählt, damit er
bei etwaigem früheren Ableben des Monarchen (da er alsdann Unter=
than des folgenden sein würde), wiederum in seine Freiheit zu denken
eintreten könne. So erklärt er selbst die in jenen Worten versteckte
Absicht.

3. Der Streit der Facultäten.

Diese Vorsicht hat den Erfolg für sich gehabt. Kant erlebte die
Genugthuung, in seine Freiheit zu denken wieder zurückzukehren, als
nach dem bald erfolgten Tode des Königs mit Friedrich Wilhelm III.
der Geist königlicher Toleranz von neuem in Preußen aufkam. Der
Streit zwischen Vernunft und Glauben, Rationalem und Positivem,
Kritik und Satzung, oder wie man diese Gegensätze sonst bezeichnen
will, hatte unsern Philosophen von der theologischen Seite aus sehr
empfindlich und sehr ungerecht getroffen. Es lag ihm daran, daß dieser
Streit ehrlich und sachgemäß geführt werde, nicht zur Vernichtung des
Gegners, sondern zur Förderung der Wissenschaft. Der Proceß schwebte
nicht blos zwischen Theologie und Philosophie, sondern die Streitfrage,
im Großen und Ganzen angesehen, betraf überhaupt das Verhältniß
der positiven Wissenschaften zur philosophischen oder der drei oberen
Facultäten zur unteren. Diese Frage auseinanderzusetzen und die recht=
mäßige Art des Kampfes im Reiche der Wissenschaft von der unrecht=
mäßigen zu unterscheiden, schrieb Kant den „Streit der Facultäten"
(1798). In der Vorrede erzählte er als ein zur Sache gehöriges und
die falsche Bekämpfung der Philosophie erleuchtendes Beispiel seine per=
sönlichen Erlebnisse unter dem Ministerium Wöllner.

6*

III. Kants letzte Jahre. Bestattung und Ehren.

Die außerordentliche Geisteskraft dieses Mannes, gestärkt durch
eine unerschütterliche Energie des Willens, immer von neuem angestrengt
und zu den schwierigsten Arbeiten aufgeboten, hatte den gealterten und
hinfälligen Körper so lange sich dienstbar erhalten. Jetzt war sie erschöpft und in schneller Abnahme versiegten die körperlichen Kräfte. Im
Gefühl der herannahenden Schwäche hatte sich Kant seit 1797 vom
Katheder ganz zurückgezogen; allmählich begab er sich auch des geselligen
Verkehrs außer seinem Hause, Einladungen, denen er sonst gern gefolgt
war, nahm er seit 1798 keine mehr an, er beschränkte sich auf den
Kreis seiner wenigen Hausfreunde. Immer mehr verengte sich seine
Lebenssphäre, er war seit 1799 genöthigt, seine Spaziergänge aufzu-
geben, selbst kleine Ausfahrten, die er in der letzten Zeit unternahm,
wurden ihm unerträglich.

Noch war er mit der Ausarbeitung eines umfassenden Werkes beschäftigt, das er mit der Vorliebe eines Greises für das späteste Kind
gern als sein Hauptwerk bezeichnete: es sollte den Uebergang der Metaphysik zur Physik darthun, er selbst nannte es „das System der reinen
Philosophie in ihrem ganzen Inbegriff". Bis in die letzten Monate
seines Lebens schrieb er daran, so emsig es ging. Man darf den Werth
dieser Schrift, was die Neuheit des Gedankens und die Schärfe und
Bündigkeit der Darstellung betrifft, ohne weiteres bezweifeln, wenn man
den hinfälligen Zustand des Philosophen erwägt und zugleich bedenkt,
bis zu welchem Abschluß er seine Lehre geführt hatte. Es ist nicht abzusehen, was Neues zu leisten ihm noch übrig geblieben war. Sach-
kundige Männer, welche die sehr umfangreiche Handschrift gelesen, haben
bezeugt, daß sie nur den Inhalt der früheren Schriften unter den
Spuren der Altersschwäche wiederholt habe. Die Schrift war verloren
gegangen und ist neuerdings wieder gefunden worden. Man hat die
Herausgabe in Aussicht gestellt. Vorläufige Berichte darüber stimmen
im Wesentlichen mit jenem älteren Zeugniß überein.*)

---

*) Wasianski berichtet, daß nach Schulzes Urtheil, dem Kant die Handschrift
gezeigt, die Arbeit nur der erste Anfang eines der Redaction nicht fähigen Werkes
war. Neuerdings haben die neuen preußischen Provinzialblätter (3. Folge. Bd. I.
Heft II. Kgsb. 1858) und die preuß. Jahrbücher (Bd. I. Berl. 1858) den Gegenstand
wieder zur Sprache gebracht. Der letzte und ausführlichste Bericht ist von Rudolf
Reicke in der altpreuß. Monatsschrift (Bd. 1. Heft 8. S. 724—749) nach einem
Verzeichnisse des handschriftlichen Nachlasses Kants im Besitze eines Verwandten des

Es war keine eigentliche Krankheit, die ihn verzehrte, sondern der Marasmus mit allen seinen Uebeln. Das Gedächtniß erlosch mehr und mehr, die Muskelkraft erschlaffte, der Gang wurde schwankend, er konnte sich kaum noch aufrechthalten und bedurfte fortwährender Wachsamkeit und Unterstützung. Dazu kam ein beständiger Druck auf den Kopf, den er die Grille hatte aus der Luftelektricität zu erklären, um das Leiden aus äußeren Umständen, nicht aus der Erkrankung seines Gehirns abzuleiten. Die Kraft der Sinne erlosch, namentlich minderte sich die Sehkraft des rechten Auges, während er die des linken (ohne es geraume Zeit hindurch zu merken) schon längst verloren hatte; die Eßlust verlor sich, er war so schwach, daß er seine ökonomischen Angelegenheiten nicht mehr verwalten, weder Geld zahlen noch erhaltene Zahlungen bescheinigen konnte. In seinem früheren Schüler Wasianski fand sich glücklicherweise ein ihm ergebener Freund, der Kants häusliche Angelegenheiten gern und sorgfältig in seine Hand nahm. Was das schwachgewordene Alter Lästiges mit sich bringt, mußte er langsam, Uebel für Uebel, an sich erfahren. Als er sein neunundsiebenzigstes Lebensjahr erfüllt hatte, schrieb er zwei Tage darauf (24. April 1803) auf einen seiner Gedächtnißzettel die biblischen Worte, die er, wie wenige, sich aneignen durfte: „Nach der Bibel, unser Leben währet siebzig Jahre, und wenn's hoch kommt, so sind es achtzig Jahre, und wenn's köstlich war, so ist es Mühe und Arbeit gewesen."

Das vollendete achtzigste Jahr sollte er nicht mehr erreichen. Von einem heftigen Anfall im October 1803 erholte er sich noch einmal für wenige Monate. Die Kräfte versiegten jetzt von Tag zu Tag. Er vermochte nicht mehr seinen Namen zu schreiben, die Buchstaben sah er nicht, die geschriebenen vergaß er in demselben Augenblicke, die Bilder waren seiner Vorstellung entfallen, selbst die gewöhnlichsten Ausdrücke des täglichen Lebens versagten ihm, die täglichen Freunde sogar vermochte er nicht mehr zu erkennen, sein Körper, den er oft scherzend „seine Armseligkeit" genannt hatte, war mumienartig vertrocknet. Er war vollkommen lebenssatt und lebensüberdrüssig. So erlöste ihn der wohlthätige Tod am Vormittag des 12. Februar 1804. Sein letztes Wort lautete: „Es ist gut".*)

Philosophen in Memel. Danach besteht das Ganze in 100 Bogen, die in 13 Convolute zerfallen. Was daraus mitgetheilt wird, bestätigt die obige Angabe. — *) Ueber Kants letzte Krankheitszustände im Zusammenhang mit seinem Körperbau vergl. H. Bohn: „Kants Beziehungen zur Medicin" (Königsb. 1873) S. 9—11.

Den 28. Februar 1804 wurde der Leichnam Kants in dem „Professorengewölbe" unter den Arkaden an der Nordseite der Domkirche bestattet. Montag den 23. April folgte die akademische Trauerfeierlichkeit, unmittelbar nach seinem 81. Geburtstage. Die Säulenhalle, unter der seine Gebeine ruhen, wurde ihm zu Ehren: „Stoa Kantiana" genannt. Ein Denkstein, von Freundeshand gesetzt, bezeichnete die Stelle. Den 22. April 1810 wurde an diesem Ort die Büste des Philosophen errichtet. Die Begräbnißstätte verfiel im Lauf der Jahre. Um sie in würdiger Weise zu erneuern, hat man neuerdings eine gothische Kapelle erbaut, in deren Gewölbe die wieder ausgegrabenen und aufgefundenen Reste Kants bestattet worden sind (den 21. November 1880).*)

Kant war Mitglied der Akademie der Wissenschaften von Berlin (1786), Petersburg (1794) und Siena (1798). Zum Mitgliede des Pariser Instituts war er vorgeschlagen, die Ernennung hat er nicht mehr erlebt.

Er ist abgebildet in Oelgemälden, Medaillen, Büsten und Statuen. Das älteste Originalgemälde von dem königsberger Maler Becker stammt aus dem Jahre 1768, das beste von dem berliner Maler Döbler aus dem Jahre 1791. Als das würdigste Denkmal gilt die Marmorbüste von der Hand Fr. Hagemanns aus dem Jahre 1802, die später das Grabmal des Philosophen zieren sollte; sie hat unter den drei Medaillen der gelungensten zum Vorbilde gedient, ihre Züge sind in der kleinen sitzenden Statue von Bräunlich nachgeahmt worden.**) Die vortrefflichste und glücklichste Abbildung ist Rauchs berühmte Statue.

Im nächsten Jahre, wenn er es erlebt, hätte Kant als Docent der königsberger Universität sein fünfzigjähriges Jubiläum feiern können. Ein Zeitgenosse und Unterthan Friedrichs des Großen, war und fühlte er sich auch geistig als einen ächten Sohn dieses Zeitalters. Unter den wissenschaftlichen Größen, die das Zeitalter Friedrichs erzeugt hat, ist er die erste, die mit vollem Recht neben den Feldherrn des Königs ihren Platz behauptet an dem Friedrichsmonumente zu Berlin.

Und der beinahe fünfzigjährige Zeitraum seiner akademischen Wirksamkeit, welche Fülle der größten weltgeschichtlichen Veränderungen begreifen diese Jahre in sich! Der siebenjährige Krieg mit seinem glänzenden Erfolge der Erhebung Preußens unter die Reihe der stimmführenden

---

*) F. Bessel-Hagen: Die Grabstätte Immanuel Kants u. s. f. (Kgsbg. 1880). — **) Schubert: Kants Biogr. S. 202—210.

Staaten Europas, der amerikanische Freiheitskrieg, die Erschütterungen
der französischen Revolution, die in dem Todesjahr des Philosophen
ihren ersten Lauf vollendet, indem sie nach so vielen Verwandlungen
aus der letzten republikanischen Phase des Consulats in die Alleinherr-
schaft des Kaiserreichs übergeht! Von diesen Begebenheiten war Kant
kein müßiger Zeuge. Neben seinen philosophischen Untersuchungen interessirte ihn nichts mehr als die politischen Weltgeschicke, er verfolgte
ihren Verlauf mit der lebhaftesten Theilnahme; er ergriff mit der ent-
schiedensten Sympathie die Sache Amerikas gegen England, noch leidenschaftlicher nahm er Partei für die Umgestaltung Frankreichs. Das
Gestirn Friedrichs des Großen stieg empor, als Kant seine akademischen
Studien anfing; es hatte seine glänzende Laufbahn vollendet, als Kant
seine glänzende Laufbahn eben begonnen hatte, und die letzten Lebens-
tage des Philosophen sahen das Gestirn Napoleons aufgehen. Die
Fremdherrschaft auf deutschem Boden und die deutschen Freiheitskriege
hat er nicht mehr erlebt. Aber der Geist seiner Philosophie ist mit der
deutschen Sache gewesen, und Kant, der die Unabhängigkeit fremder
Nationen mit so vieler Theilnahme sich begründen sah, würde unter
den Ersten gewesen sein, die Unabhängigkeit der eigenen Nation gegen
das Joch der Fremdherrschaft zu vertheidigen. Dem Kriege als solchem
war er im Innersten zuwider. Was sein ganzes Interesse erregte,
waren die Staatsveränderungen, die Verfassungsformen, die sich auf
Grund der Rechtsideen gestalten. Seine eigenen politischen Ansichten
sind durch die Zeitbegebenheiten, die er erlebte, mitbestimmt worden,
und man kann diese Ansichten in ihrer eigenthümlichen Färbung, in
ihren charakteristischen Widersprüchen nicht verstehen, wenn man sich
nicht die mächtigen Einflüsse jener Zeitverhältnisse und Kants Empfäng-
lichkeit dafür gegenwärtig erhält. Preußens Regierung unter Friedrich
dem Großen, Amerikas Unabhängigkeit, Frankreich vom Jahre 1789
haben von den verschiedensten Seiten her jene Einflüsse ausgeübt. Am
stärksten war Kants Anhänglichkeit an den Staat Friedrichs, seine Abneigung gegen England; der französischen Revolution redete er von
Seiten ihrer ursprünglichen Rechtsidee gern das Wort, sie war eine
Zeit lang das liebste Thema seiner Gespräche, bei aller Milde für
abweichende Ansichten war er in diesem Punkte am empfindlichsten für
den Widerspruch. Wir werden später sehen, welche gleichsam diagonale
Richtung unter solchen verschiedenen Einflüssen seine politische Theorie
nahm. Soviel ist gewiß, daß ihm als die beste Verfassung eine solche

erschien, welche die größtmögliche Freiheit mit der größtmöglichen Ge=
setzmäßigkeit, ohne die es keine Gerechtigkeit giebt, vereinigt. Wenn ihn
von Seiten ihrer Rechtsidee die französische Revolution mächtig anzog,
so mußte sie ihn von Seiten der Anarchie, ohne welche keine Revolution
ausgeht, auf das äußerste abstoßen. Diese zu billigen, hätte Kant nicht
blos seinen philosophischen, sondern auch seinen persönlichen Charakter
verleugnen müssen.

Fünftes Capitel.
Kants Persönlichkeit und Charakter.

I. Die kritische Lebensart.
1. Herrschaft der Grundsätze.

Die beiden Grundzüge, welche den Charakter Kants bis in seine
Einzelnheiten hinein ausprägen und sich in ihm auf eine seltene Weise
verbinden und vollenden, sind der Sinn für persönliche Unabhängigkeit
und zugleich für die pünktlichste Gesetzmäßigkeit. Fügen wir den Scharf=
sinn des Denkers hinzu, so konnte die kritische Philosophie keinen Cha=
rakter finden, der besser zu ihrem Begründer gepaßt hätte. Jene beiden
Züge sind die menschlichen Cardinaltugenden Kants, die sich im Großen
und Kleinen wiederholen und, wie es bei einer solchen Kernnatur nicht
anders sein kann, über die gewöhnlichen Grenzen hinausspielen. Er
kann im Interesse der Unabhängigkeit Rigorist, in dem der Gesetzmäßig=
keit Pedant werden; er verfährt mit sich selbst durchgängig rational, er
ordnet und regulirt sein Leben, als ob er es zur reinen Vernunft selbst
machen wollte.

Als Philosoph forscht er nach den letzten Bedingungen der mensch=
lichen Erkenntniß und schöpft daraus die Principien, welche unser Wissen
sowohl begründen als begrenzen. Als Mensch stellt er sein eigenes Leben
durchgängig unter die Herrschaft von Grundsätzen, die er sorgfältig und
genau ausbildet, nach denen er, als einer strengen Richtschnur, auf das
Pünktlichste handelt. Nach deutlich bewußten Grundsätzen zu erkennen,
jeden Act der Erkenntniß, jedes Urtheil mit dem vollen Bewußtsein
ihrer Begründung auszurüsten: dies ist der eigentliche Zweck der kan=
tischen Philosophie. Nach ebenso deutlich erkannten Grundsätzen in

allen Punkten zu leben, jede Handlung richtig zu vollziehen, jede mit dem Bewußtsein dieser Richtigkeit zu begleiten: dies ist der eigentliche Plan und Genuß seines Lebens. Nichts Zweckwidriges zu thun, alle seine Handlungen nach wohlbedachten Maximen zu bestimmen und mit dem Bewußtsein ihrer Zweckmäßigkeit auszuführen, ist ihm ein ebenso natür= liches als moralisches Bedürfniß, das er nicht anders kann als in allen Punkten befriedigen. Er ist überall in seiner Philosophie wie in seinem täglichen Leben der Mann der Principien und Grundsätze; er würde nie dieser Philosoph geworden sein, wenn er nicht selbst in den gering= fügigsten Kleinheiten des Lebens dieser Mensch gewesen wäre. Und darin besteht sowohl die Unabhängigkeit als die strenge Regelmäßigkeit seines Lebens: es ist unabhängig, weil es durchaus auf eigenen Maxi= men beruht; es ist vollkommen regelmäßig, weil es jede seiner Maximen pünktlich befolgt.

Die persönliche Unabhängigkeit im ächten Sinne des Wortes war unserem Philosophen von Haus aus nicht leicht gemacht, er mußte sie durch lange und ausdauernde Anstrengung erwerben, und der Grad, in dem er sie erworben hat, gilt uns zugleich als ein Maß für die Stärke seines Charakters. Von einer schwächlichen Gesundheit, die bei seinen Geistesarbeiten ihm Störungen und Schwierigkeiten aller Art bereitet, von geringen Vermögensumständen, die ihm keineswegs die Mittel einer unabhängigen Existenz gewähren, findet sich Kant zunächst sowohl nach der physischen als ökonomischen Seite in einem abhängigen und hülfsbedürftigen Zustande. Er muß sich selbst soviel körperliches und ökonomisches Wohlbefinden erst erwerben, als nöthig ist, um nach beiden Seiten seine Unabhängigkeit und Geistesfreiheit zu sichern.

2. Oekonomische Unabhängigkeit.

Um von dem Seinigen zu leben und nicht fremder Leute Hülfe zu brauchen, opferte Kant seinen Lieblingswunsch, in Königsberg zu bleiben, wurde Hauslehrer und blieb es neun Jahre, bis er im Stande war, die akademische Laufbahn zu betreten. Seine Einnahmen, auf Vorlesungen und Privatissima allein angewiesen, waren nicht bedeutend; aber was ihm die Glücksumstände versagt hatten, gelang der unver= drossenen Arbeit und vor allem seiner haushälterischen Kunst. Er war durchaus sparsam. Der Grundsatz, nichts Zweckwidriges zu thun, hieß ins Oekonomische übersetzt: gar keine unnützen Ausgaben zu machen. Diesen Grundsatz befolgte er auf das Allerpünktlichste. Er verschwendete buchstäblich nichts. Seine Sparsamkeit war eine wirkliche Tugend, von der Verschwendung eben so weit entfernt als vom Geize. Diese Tugend übte er ganz im Dienste seiner Unabhängigkeit. Er wollte von niemand etwas annehmen dürfen, sich nichts umsonst thun lassen, keinem etwas schuldig sein; er hat niemals einen Gläubiger gehabt und sprach davon in seinem Alter mit gerechtem Stolz. So wurde er zuletzt auf die beste Weise der Welt ein vermögender Mann, unterstützte seine armen Verwandten reichlich, nicht durch zufällige Almosen, sondern indem er ihnen jährlich eine bedeutende Summe aussetzte, und hinterließ ihnen bei seinem Tode ein beträchtliches, für die damalige Zeit sogar großes Capital.*) Jachmann berichtet: „Schon von Jugend auf hat der große Mann das Bestreben gehabt, sich selbständig und von jedermann unabhängig zu machen, damit er nicht den Menschen, sondern sich selbst und seiner Pflicht leben durfte. Diese seine Unabhängigkeit erklärte er auch noch in seinem Alter für die Grundlage alles Lebensglücks und versicherte, daß es ihn von jeher viel glücklicher gemacht habe, zu entbehren, als durch den Genuß ein Schuldner des Anderen zu werden. In seinen Magisterjahren ist sein einziger Rock schon so abgetragen gewesen, daß einige wohlhabende Freunde es für nöthig geachtet haben, ihm auf eine sehr discrete Art Geld zu einer neuen Kleidung anzutragen. Kant freute sich aber noch im Alter, daß er Stärke genug gehabt habe, dieses Anerbieten auszuschlagen und das Anstößige einer schlechten aber doch reinen Kleidung der drückenden Last der Schuld und Abhängigkeit vorzuziehen. Er hielt sich deshalb auch für ganz vorzüglich glücklich, daß er nie in seinem Leben irgend einem Menschen einen Heller schuldig gewesen ist. „Mit ruhigem und freudigem Herzen konnte ich immer: Herein! rufen, wenn jemand an meine Thür klopfte", pflegte der vortreffliche Mann oft zu erzählen, „denn ich war gewiß, daß kein Gläubiger draußen stand."

3. Gesundheitspflege.

Dieselbe kritische Sorgfalt und Vorsicht, womit er seine Vermögensverhältnisse geordnet hielt, widmete er mit gleichem Erfolge seinen körperlichen Zuständen. Unbemittelt wie er war, ist Kant lediglich durch seine weise und stetige Sparsamkeit ein wohlhabender Mann geworden und konnte sich rühmen, nie einen Gläubiger gehabt zu haben. Unkräftig, sogar leidend von Natur, erreichte er doch, bis auf die letzten

---

*) Die hinterlassene Summe betrug 21,539 Thaler.

Jahre im ungeschwächten Gebrauche seiner geistigen Kraft, die Höhe des Greisenalters und konnte von sich sagen, „daß er nie auch nur einen Tag krank gelegen oder der ärztlichen Hülfe bedürftig gewesen sei". Dieses körperliche Wohlbefinden, wie das ökonomische, war ein Werk allein seiner Umsicht. Seine kritische Gesundheitspflege überbot womöglich noch die ökonomische Ordnung. Aber wie er in der letzten Rücksicht von Geiz und Habsucht, so war er in der ersten weit entfernt von jeder Art der Verweichlichung; im Gegentheil ordnete er sein ganzes Leben auf das Strengste unter das System der Gesundheitsregeln, die er sich selbst ausgebildet und festgestellt hatte auf Grund einer fort= während, höchst sorgfältigen Beobachtung seiner körperlichen Stim= mungen. Er studirte förmlich seine Leibesverfassung, wie er als Philosoph die Verfassung der menschlichen Vernunft untersuchte; er beobachtete seinen Körper, wie ein sorgfältiger Meteorolog das Wetter beobachtet. Unter seinen Gesundheitsregeln war die oberste die Nichtverweichlichung des Körpers, die Enthaltsamkeit und Abhärtung, das „sustine" und „abstine". Die moralische Willenskraft galt ihm als das oberste Re= gierungsprincip des Körpers und unter Umständen für die wohlthätigste Arznei. Er brauchte so zu sagen die reine Vernunft zugleich als Me= dicin und Heilmethode. Es war eine auf reine Vernunft gegründete ärztliche Kunst, das menschliche Leben zu erhalten, zu verlängern, vor Krankheiten zu bewahren, von gewissen krankhaften Störungen sogar zu befreien. In diesem Sinne widmete er Hufeland, dem Verfasser der Makrobiotik, jenen Aufsatz, den er später in den „Streit der Facultäten" mit Hinblick auf die medicinische aufnahm: „Von der Macht des Ge= müths, durch den bloßen Vorsatz seiner krankhaften Gefühle Meister zu sein".

Diese Heilkraft des Willens hat er an sich selbst geübt und be= währt. Seine körperliche Verfassung hätte ihn sehr leicht zur Hypo= chondrie führen können. In Folge seiner engen und flachen Brust litt er an einer fortwährenden Herzbeklemmung, einem beständigen Druck, den kein äußeres, mechanisches Mittel heben konnte; dieses Leiden ver= ließ ihn eigentlich nie und machte ihn eine Zeitlang schwermüthig, bei= nahe lebensüberdrüssig. Da kein anderes Mittel half, so machte er sich diese seine Disposition klar und faßte den heilsamen Entschluß, sich nicht weiter um die Sache zu kümmern, da ja das beständige Denken an das Leiden selbst das Uebel nur verschlimmern könnte. Und gerade hierin lag die Gefahr der Hypochondrie; er besiegte dieselbe durch den bloßen Vorjatz, ihr nicht nachzugeben. Die Beklemmung der Brust, diesen mechanischen Zustand, konnte er zwar nicht beseitigen, aber er brachte Ruhe und Heiterkeit in den Kopf, und so war er trotz jenes körperlichen Drucks ungehindert im Denken, offen in der Gemüthsstimmung, heiter in der Gesellschaft. Auch bei anderen Empfindungen, die noch peinlicher waren, wußte er den störenden Einfluß dadurch zu bezwingen, daß er seine Aufmerksamkeit energisch davon ablenkte, bis ihn die Sache nicht mehr rührte. Auf diese Weise beherrschte er sogar die gichtartigen Schmerzen, die ihn während der letzten Jahre öfters am Einschlafen hinderten: durch eine freiwillig gewählte Vorstellung nicht aufregender Art gab er seinem Geiste geflissentlich eine andere Richtung, die er so lange verfolgte, bis sich der Schlaf einstellte. Selbst gegen Schnupfen und Husten kehrte er mit gutem Erfolg seine moralische Heilmethode. Er nahm sich fest vor, so lange bei geschlossenen Lippen zu athmen, bis er den vollen und freien Luftzug durch den gehemmten Kanal erobert hatt. Eben so nahm er sich vor, den Reiz, der den Husten verursachte, durchaus nicht zu beachten, und setzte es durch „mit einem recht großen Grade des festen Vorsatzes".

Bis in die kleinsten Dinge bildete er seine Gesundheitsregeln aus. Die Spaziergänge machte er gewöhnlich allein, um nicht durch die Unterhaltung zum Sprechen und dadurch zum Athemholen mit geöffneten Lippen genöthigt zu werden, wodurch er sich rheumatischen Affectionen aussetzte. Es war ihm sehr unangenehm, wenn von ungefähr ihm ein Bekannter begegnete, der an seinem Spaziergange Theil nahm. Um während des Arbeitens in seinem Zimmer nicht ohne Bewegung zu bleiben, hatte er grundsätzlich die Gewohnheit genommen, sein Taschentuch auf einem entfernten Stuhle liegen zu lassen, damit er bisweilen zum Aufstehen und Gehen genöthigt sei. Auf das Sorgfältigste war nach ausgedachten Regeln das System der ganzen Diät eingerichtet, das Maß und die Beschaffenheit der Speisen und Getränke, die Dauer des Schlafs, die Art des nächtlichen Lagers, sogar die Methode sich zu bedecken. So machte sich Kant selbst zu seinem Arzt und dadurch unabhängig von der gelehrten Medicin. Die verschriebenen Arzneimittel waren ihm zuwider, er hütete sich davor, ausgenommen die Pillen seines alten Universitätsfreundes Trummer. Doch interessirten ihn bei seiner kritischen Gesundheitspflege die verschiedenen Heilsysteme und Entdeckungen der wissenschaftlichen Medicin außerordentlich; das brownsche System hatte seinen Beifall, die Schutzblattern rechnete er unter die heroischen

Rettungsmittel, dagegen die jennerſche Impfungsmethode erklärte er für „Einimpfung der Beſtialität". Beſonders wichtig erſchien ihm die Chemie in ihrem Einfluß auf die wiſſenſchaftliche Heilkunde.*)

Man muß dieſe Geſundheitsrückſichten Kants, ſo kleinlich ſie ſcheinen, nicht unrichtig beurtheilen. Von einer ängſtlichen Sorge für das liebe Leben oder gar von Todesfurcht war er ganz frei; er beſorgte und bedachte ſeinen Körper wie ein Inſtrument, das er gern ſo lange als möglich brauchbar und tüchtig erhalten wollte. Seine Geſundheit, für welche die Natur wenig gethan, war gleichſam ſein eigenes wohlüber= legtes Werk geworden. Kein Wunder, daß er ſich mit der Vorliebe eines Autors für dieſes Werk intereſſirte, nichts darauf Bezügliches außer Acht ließ, gern darüber ſprach und es mit Selbſtzufriedenheit empfand, daß er ſich ſelbſt ſo zweckmäßig behandle. Seine Geſundheit war gleichſam ſein Experiment, und ſo war die Sorgfalt, die er darauf verwendete, nur die Umſicht, welche glückliche Experimente verlangen. Selbſt ſeine Lebensdauer ſuchte er aus Wahrſcheinlichkeitsgründen zu berechnen; darum las er ſtets mit großem Intereſſe die königsberger Mortalitätsliſten und ließ ſich dieſelben von der Polizeibehörde zuſchicken.

4. Lebensordnung.

In ſeinen Arbeiten, welche die größte Sammlung forderten, wollte er ſchlechterdings nicht geſtört ſein; er hielt daher ſorgfältig jede äußere Unruhe von ſich fern. Zu der Unabhängigkeit, deren er bedurfte, gehörte auch die möglich größte Ruhe von außen. Sollte die Wohnung ihm behagen, ſo konnte ſie nicht geräuſchlos genug ſein, und da ſich dieſe Bedingung in einer Stadt wie Königsberg nicht eben leicht erfüllen ließ, ſo wechſelte er häufig ſeine Wohnung: die eine in der Nähe des Pregel war dem Lärm der Schiffe und polniſchen Fahrzeuge ausgeſetzt; eine andere ließ er im Stich, weil ihm der Hahn des Nachbars zu oft krähte, um jeden Preis wollte er den Hahn kaufen, aber der Nachbar gab ihn nicht her, und Kant mußte weichen. Endlich kaufte er ſich ein beſcheidenes, am Schloßgraben gelegenes Haus.**) Indeſſen auch hier blieben die Störungen nicht aus. Unweit davon lag das Stadtgefängniß,

---

*) H. Bohn: Kants Beziehungen zur Medicin, S. 18 flgb. Borowski S. 113. — **) Von 1766—69 wohnte Kant bei dem Buchhändler Kanter, der im Jahre 1768 für ſeinen Laden das Bild des Philoſophen unter den zwölf Zierden Königs= bergs malen ließ. Von hier vertrieb ihn der Hahn des Nachbars. Das eigene Haus kaufte er 1783 und hielt ſeit 1786 auch ſeine eigene Oekonomie.

94

deſſen Bewohner zu ihrer Beſſerung und Erweckung geiſtliche Lieder ſingen mußten, die bei den offenen Fenſtern und den laut ſchreienden Stimmen Kant widerwärtig ins Ohr fielen. Sehr ungehalten über dieſe äußerſt unbequeme Störung, die er einen „Unfug“, „einen geiſt= lichen Ausbruch der Langeweile“ nannte, ſchrieb er an den ihm befreun= deten Hippel, der erſter Bürgermeiſter der Stadt und zugleich Auf= ſeher des Gefängniſſes war, folgende Zeilen, die wir wörtlich mittheilen, weil ſie Kants Gemüthsſtimmung bei dieſer Gelegenheit vortrefflich aus= drücken: „Ew. Wohlgeboren waren ſo gütig, der Beſchwerde der An= wohner am Schloßgraben wegen der ſtentoriſchen Andacht der Heuchler im Gefängniſſe abhelfen zu wollen. Ich denke nicht, daß ſie zu klagen Urſache haben würden, als ob ihr Seelenheil Gefahr liefe, wenn gleich ihre Stimme beim Singen dahin gemäßigt würde, daß ſie ſich ſelbſt bei zugemachten Fenſtern hören könnten (ohne auch ſelbſt alsdann aus allen Kräften zu ſchreien). Das Zeugniß des „Schützen“ (Gefängniß= wärters), um welches es ihnen wohl eigentlich zu thun ſcheint, als ob ſie ſehr gottesfürchtige Leute wären, können ſie deſſenungeachtet doch bekommen; denn der wird ſie ſchon hören, und im Grunde werden ſie nur zu dem Tone herabgeſtimmt, mit dem ſich die frommen Bürger unſerer guten Stadt in ihren Häuſern erweckt genug fühlen. Ein Wort an den Schützen, wenn Sie denſelben zu ſich rufen laſſen und ihm Obiges zur beſtändigen Regel zu machen belieben wollen, wird dieſem Unweſen auf immer abhelfen und denjenigen einer Unannehmlichkeit überheben, deſſen Ruheſtand Sie mehrmalen zu befördern gütigſt bemüht geweſen und der jederzeit mit der vollkommenſten Hochachtung iſt Ew. Wohlgeboren gehorſamſter Diener J. Kant.“*) Uebrigens war der Ge= ſang im Gefängniß nicht die einzige Störung. In der Nachbarſchaft gab es auch bisweilen Tanzmuſik zu hören, die unſerem Philoſophen Zeit und Laune verdarb. Dieſe Umſtände mögen das ihrige dazu bei= getragen haben, daß Kant gegen die Muſik überhaupt verſtimmt wurde und ſie eine „zudringliche Kunſt“ nannte; er hat ihr die Störung bis in die Aeſthetik nachgetragen.

Alles, was ſeinen gewohnten Lebenskreis unterbrach und veränderte, war ihm ſtörend. In der Dämmerungsſtunde pflegte er regelmäßig zu meditiren, und wie er die Gewohnheit hatte, bei ſcharfem Nachdenken irgend einen äußeren Gegenſtand zugleich feſt ins Auge faſſen, ſo blickte

---

*) Der Brief iſt vom 9. Juli 1784. (Schubert: Kants Biogr. S. 107.)

er während jener beschaulichen Stunde vom Ofen seines Studirzimmers aus unverwandt durch das Fenster nach dem gegenüberliegenden löbe= nichtschen Thurm. Er konnte sich nicht lebhaft genug ausdrücken, er= zählt Wasianski, wie wohlthätig seinem Auge der für dasselbe passende Abstand dieses Objects sei. Unterdessen stiegen zwischen dem Auge Kants und dem löbenichtschen Thurm die Pappeln im Garten des Nach= bars so hoch empor, daß sie den Thurm verdeckten, und nun empfand unser Philosoph diese Hemmung seiner gewohnten Aussicht so störend, daß er nicht abließ, bis der gefällige Nachbar die Wipfel seiner Bäume geopfert hatte. Jede Veränderung in seiner Häuslichkeit und in dem geläufigen Texte seiner Lebensordnung, auch die geringfügigste, fiel ihm schwer, und so lange als möglich hielt er sie fern. Seine gewohnte Lebens= und Hausordnung war gleichsam mit seinem Charakter ver= wachsen. In den letzten Jahren freilich, bei der überhandnehmenden Altersschwäche, mußte manches verändert und namentlich fremde Hülfe in Anspruch genommen werden. Nur mit Widerwillen wich er der un= umgänglich gewordenen Nothwendigkeit. Einen alten Diener, den er vierzig Jahre gehabt, der aber zuletzt nicht blos ganz untauglich, son= dern im äußersten Grade nichtswürdig sich benahm, entließ Kant erst nach langen inneren Kämpfen. Tagelang ging ihm die Sache nach, und die Entwöhnung von jenem Menschen wurde ihm so schwer, daß er sich ausdrücklich und mit einer gewissen Anstrengung vornehmen mußte, an den ganzen Vorgang nicht weiter zu denken. Um diesen Vorsatz sich einzuschärfen, schrieb er (den 1. Febr. 1802) auf einen jener Gedankenzettel, womit er damals seinem Gedächtnisse zu Hülfe kam: „Lampe" — so hieß der Diener — „muß vergessen werden."

Seine ganze Lebensweise war durch genaue Grundsätze und Ge= wohnheiten bis zur mathematischen Regelmäßigkeit ausgeprägt; jeder Tag war durch pünktlichste Eintheilung gleichsam liniirt, einer verfloß wie der andere. Die Zeit war Kants Hauptvermögen, das er so sorg= fältig und ökonomisch, wie seine Geldmittel, verwaltete. Der Schlaf durfte ihm nie mehr als sieben Stunden kosten. Pünktlich um zehn Uhr ging er zu Bett, pünktlich um fünf stand er auf; der Diener hatte die Weisung, ihn zu wecken und um keinen Preis länger schlafen zu lassen. Er ließ sich gern von seinem Diener bezeugen, daß er in dreißig Jahren auch nicht ein einziges mal den Zeitpunkt aufzustehen verfehlt habe. Die ersten Morgenstunden waren größtentheils den Vorlesungen gewidmet, die auch in der Tagesordnung Kants obenan standen. Punkt sieben Uhr begab er sich aus seinem Studirzimmer in den Hörsaal; nach den Vorlesungen, die gewöhnlich bis neun dauerten, kehrte er an seinen Arbeitstisch und in seine häusliche Bequemlichkeit zurück; jetzt kamen die wissenschaftlichen Arbeiten an die Reihe, die zum Druck bestimmten Schriften. Ohne Unterbrechung wurde bis gegen ein Uhr gearbeitet, dann kam der Mittagstisch, für Kant die Zeit der angenehmsten und genußreichsten Erholung; er liebte die geselligen Tafelfreuden, unter allen Lebensgenüssen sinnlicher Art waren sie ihm die liebsten, die einzigen, die er mit einer gewissen Behaglichkeit und Sorgfalt pflegte. Nur muß man sich den einfachen Mann nicht als einen ausgesuchten Feinschmecker vorstellen; von Kostbarkeit war hier so wenig als sonst in seinem Leben die Rede, aber in den bescheidenen Grenzen des bürgerlichen Maßstabes genoß er die Mittagsfreuden mit Wohlgefallen und sogar mit einem nicht geringen Aufwande von Zeit. In dem „coenam ducere" folgte er gern dem epikureischen Beispiele der Alten. Natürlich war es nicht das Essen, das so viel Zeit kostete, gewöhnlich drei, bisweilen fünf Stunden, sondern die Gesellschaft, die Kant nirgends lieber hatte als beim Gastmahl; hier war er selbst am gesprächigsten, am meisten mittheilsam. Er hatte die Gabe einer mannichfaltigen, interessanten und für alle möglichen Dinge geschickten Unterhaltung, und so machte er einen ebenso liebenswürdigen Wirth als einen überall willkommenen Gast. Niemand hätte in diesem heiteren, gemüthlichen Tischgenossen, der mit jedermann ein interessantes Gespräch zu führen wußte, mit Frauen über Küche und Kochkunst besonders gern sich unterhielt, den tiefsten und schwierigsten Denker des Zeitalters vermuthet. Bis in sein 63. Jahr brachte er die Mittagsstunden in einem Gasthause zu; später, als er eine eigene häusliche Einrichtung hatte, lud er sich täglich einige seiner guten Freunde ein, um seine Mahlzeit zu theilen, und diese Tischfreunde Kants spielen keine unwichtige Rolle in seinem Leben. Mit jener kritischen Sorgfalt, die ihm nirgends fehlte, verfuhr er förmlich systematisch in der Anordnung seiner kleinen Gastmahle; alles war überlegt und bis ins Einzelne geregelt, damit sämmtliche Umstände zu einander paßten: die Wahl der Speisen, die Zahl und Personen der Gäste, der Inhalt der Tischgespräche, selbst Form und Zeitpunkt der Einladung. Nie durften der Gäste weniger als drei, nie mehr als neun sein, seine Tischgesellschaft sollte „nicht geringer sein als die Zahl der Grazien und nicht größer als die der Musen". Auf die Mahlzeit folgte dann stets nach einer kleinen Pause der regelmäßige Spaziergang, der etwa eine Stunde, bei günstiger Witterung auch länger dauerte; gewöhnlich ging er den sogenannten Philosophen= weg, meistens allein, immer langsam, beides aus Gesundheitsrücksichten. Die Abendstunden in seinem Studirzimmer gehörten der Lectüre, die Dämmerungsstunden der Meditation. Um zehn Uhr war das so geregelte Tagewerk beschlossen.

Nicht leicht konnte ihn etwas bewegen, dieses gewohnte Geleis seiner täglichen Ordnung zu verlassen. Und war er je einmal unfreiwillig in die Lage einer kleinen Unregelmäßigkeit gekommen, hatte sich jene Ord= nung durch irgend einen Zufall einmal verschoben, so hütete er sich gewiß vor dem zweiten male, ja er setzte sich nach einer solchen Erfah= rung die ausdrückliche Maxime, in allen künftigen Fällen eine ähnliche Lage zu vermeiden. Dabei machte die Geringfügigkeit des Falls keines= wegs eine Ausnahme, so daß die strenge und allgemeine Form der Maxime mit der Kleinheit und Zufälligkeit des Inhalts oft komisch contrastirte. Jachmann erzählt als Beispiel dieser Art einen ergötzlichen Vorfall. „Eines Tags kommt Kant von seinem gewöhnlichen Spazier= gange zurück, und eben wie er in die Straße seiner Wohnung gehen will, wird ihn der Graf * * gewahr, welcher auf einem Cabriolet die= selbe Straße fährt. Der Graf, ein äußerst artiger Mann, hält sogleich an, steigt herab und bittet unsern Kant, mit ihm bei dem schönen Wetter eine kleine Spazierfahrt zu machen. Kant giebt ohne weitere Ueberlegung dem ersten Eindrucke der Artigkeit Gehör und besteigt das Cabriolet. Das Wiehern der raschen Hengste und das Zurufen des Grafen macht ihn bald bedenklich, obgleich der Graf das Kutschiren vollkommen zu verstehen versichert. Der Graf fährt nun über einige bei der Stadt gelegene Güter, endlich macht er ihm noch den Vorschlag, einen guten Freund eine Meile von der Stadt zu besuchen, und Kant muß aus Höflichkeit sich in alles ergeben, so daß er ganz gegen seine Lebensweise erst gegen zehn Uhr voll Angst und Unzufriedenheit bei seiner Wohnung abgesetzt wird. Aber nun faßte er auch die Maxime: nie wieder in einen Wagen zu steigen, den er nicht selbst gemiethet hätte und über den er nicht selbst disponiren könnte, und sich nie von jemand zu einer Spa= zierfahrt mitnehmen zu lassen. Sobald er eine solche Maxime gefaßt hatte, so war er mit sich selbst einig, wußte, wie er sich in einem ähn= lichen Falle zu benehmen habe, und nichts in der Welt wäre im Stande gewesen, ihn von seiner Maxime abzubringen."*)

*) Jachmann, Br. VII. S. 68—69.

So ging das Leben Kants durchgängig wie das regelmäßigste aller
Zeitwörter; alles war überlegt, durchdacht, nach Regeln und Maximen
bestimmt und festgesetzt, bis in die kleinsten Umstände, bis in den täg=
lichen Küchenzettel, bis in die Farbe jedes einzelnen Stücks seiner Klei=
dung. Er lebte in allen Punkten als der kritische Philosoph, von dem
Hippel im Scherz sagte, daß er eben so gut eine Kritik der Kochkunst
als der reinen Vernunft schreiben könnte.

II. Gesellige Verhältnisse.

Bei dieser Lebensverfassung nun, die einem vollkommen geschlos=
senen Systeme gleichkam und so genau und umständlich eingetheilt war,
wie ein kantisches Buch, bei dieser stereotypen Ordnung, die in allen
Punkten die persönliche Unabhängigkeit des Philosophen zum Zweck
hatte, erklärt sich von selbst, warum Kant in seinem häuslichen Leben
sich selbst genug war und keine Neigung hatte, dasselbe zu theilen.
In der That konnte der einförmige Kreislauf seines Lebens keinen
anderen Mittelpunkt haben als ihn selbst. Darin liegt der Grund,
warum Kant Hagestolz geblieben. Die Ehe paßte nicht zu seiner Lebens=
ordnung; in seiner ausschließlichen Liebe zur Unabhängigkeit lag die
Anlage zum Cölibatär. Auch waren jene Neigungen, die das eheliche
Leben begehren, in Kant niemals so lebhaft, daß ihm die Ehelosigkeit
eine große Entsagung gekostet hätte; es war in seinem Dasein kein leerer
Platz, den die Ehe hätte ausfüllen können, und je älter er wurde, um so
eingelebter und darum fester wurden die Gewohnheiten und sein ganzes
mit Grundsätzen belegtes Lebenssystem, um so unzugänglicher natürlich
wurde er selbst gegen die eheliche Gemeinschaft. Seine Biographen wol=
len wissen, daß er noch im späteren Alter zweimal nahe daran gewesen
sei zu heirathen, aber den günstigen Zeitpunkt verfehlt habe. Dies
beweist, daß ihm die Sache nicht Ernst war. Er war über den Ehestand
mit dem Apostel Paulus einverstanden, daß heirathen gut, nicht hei=
rathen besser sei, und berief sich dabei auf das Urtheil einer sehr ver=
ständigen Frau, welche ihm öfters gesagt habe: „Ist dir wohl, so bleibe
davon".*) Man darf ihn deshalb weder für gemüthlos noch für einen
Weiberfeind halten, er war in der That keines von beiden, vielmehr
liebte er sehr den geselligen Umgang mit Frauen, und man erzählt,
daß er sich gern und liebenswürdig mit ihnen unterhalten konnte; nur

*) Ebendaselbst, Br. VIII. S. 94.

durften die Gespräche nie gelehrt sein und überhaupt nicht Gegenstände
berühren, welche die Grenzen der geselligen Unterhaltung überschritten.
Die weibliche Anmuth, wo sie im geselligen Verkehr ihm entgegentrat,
empfand er lebhaft und mit großem Wohlgefallen; aber daß diese schöne
Hälfte der menschlichen Lebensvollkommenheit in seinem eigenen Dasein
fehlte, diesen Mangel hat er kaum ernsthaft oder gar schmerzlich gefühlt.
Den Wünschen seiner Freunde, die es an Zureden und selbst Hinweisungen nicht fehlen ließen, blieb er verschlossen, so gutmüthig er sie
aufnahm. Noch in seinem neunundsechszigsten Jahre setzte ihm ein königsberger Pfarrer sehr bringlich zu, daß er heirathen möge, und brachte
in ungewohnter Stunde Kant selbst eine zu diesem Zweck verfaßte Druckschrift: „Raphael und Tobias oder das Gespräch zweier Freunde über
den Gott wohlgefälligen Ehestand". Kant entschädigte den guten Mann
für die gehabten Druckkosten und erzählte oft mit dem besten Humor
von dieser erbaulichen Unterredung. Die Ehe gehört zu den Verhältnissen, die man nur kennen lernen kann, wenn man sie erlebt, und
weil Kant sie nie erlebt hat, so blieb ihm das Glück und die Tiefe
dieser Lebensgemeinschaft verborgen. Er betrachtete sie als ein dinglich-
persönliches Rechtsverhältniß und fand die nützlichste Seite der Ehe in
dem ökonomischen Umstande, daß eine vermögende Frau etwas Wesentliches beitrage zur Unabhängigkeit ihres Mannes. Solche ökonomisch
gesicherte, zugleich auf gegenseitiges Wohlwollen gegründete Ehen erschienen ihm als die wahrhaft glücklichen, als wirkliche Vernunftheirathen,
weil sie aus soliden Vernunftgründen geschlossen waren; dergleichen
praktische Heirathen pflegte er jüngeren Freunden oft mit ganz bestimmten Hinweisungen dringend zu empfehlen und sah es ungern,
wenn leidenschaftliche Neigungen seiner wohlmeinenden Absicht im Wege
standen. Man konnte nicht prosaischer, nüchterner, gewöhnlicher, nach
dem Sinne der meisten Menschen praktischer über die Ehe denken als
Kant, der für den poetischen, gemüthvollen Charakter derselben keinen
Sinn hatte: ein Mangel, den wir dem Philosophen so weit vergeben
wollen, als ihn der Hagestolz verschuldet hat. In einigen ihrer Heroen
ist die Philosophie der Ehe ungünstig gewesen; auch Descartes und
Hobbes, auch Spinoza und Leibniz waren Cölibatäre.

Gegen die Fähigkeit gemüthlicher Theilnahme ist übrigens Kants
der Ehe ungünstige und gleichgültige Stimmung kein Zeugniß, denn er
hatte für Freundschaft die lebhafteste und wärmste Empfindung. Der
tägliche vertraute Verkehr mit einigen zuverlässigen Freunden entsprach

7*

100

eben so sehr seinem gemüthlichen Bedürfniß als seinem Lebenssysteme. In diesem kleinen, heimischen Freundeskreise war ihm wohl und behag= lich, wie in seiner liebsten Gewohnheit. Der Verlust eines dieser Freunde war ihm unter allen schmerzlichen Lebenserfahrungen die schmerzlichste. So lange noch ein Schimmer von Hoffnung war, verfolgte er mit ängst= licher Theilnahme den Lauf der Krankheit; sobald er aber den Todesfall erfahren hatte, that er sich Gewalt an, zog seine Gedanken von dem unabänderlichen Verluste ab, sprach von der Sache nicht mehr, um sich nicht durch die erneute schmerzliche Vorstellung zu rühren und durch Rührung zu erschlaffen, und ging ruhig und in sich gefaßt zu seiner Tagesordnung d. h. zu seiner Arbeit über. „So ließ er sich nach Hippels Befinden während dessen letzter Krankheit auf das Sorgfältigste erkun= digen, fragte einen jeden darnach, der zu ihm kam, sagte aber den Tag nach seinem Tode in einer großen Mittagsgesellschaft, wo man über den Hingang Hippels ein Gespräch anknüpfen wollte: es wäre freilich schade für den Wirkungskreis des Verstorbenen, aber man müsse den Todten bei den Todten ruhen lassen."*)

Die Freundschaften Kants waren von seinem gelehrten Stande ganz unabhängig und keineswegs durch wissenschaftliche Zwecke oder akademische Amtsgenossenschaft vermittelt. Der Verkehr mit erfahrenen Männern aus ganz anderen Lebensgebieten, als das seinige, gewährte ihm eine wohlthuende Ergänzung. Seine meisten und liebsten Freunde waren praktische Geschäftsmänner der ehrenwerthen bürgerlichen Art, wie die Kaufleute Green und Motherby, wie der Bankdirector Ruff= mann, der Oberförster Wobser in Modbitten, bei dem sich Kant manchmal wochenlang während der Ferien aufhielt; in dem gastlichen Forsthause schrieb er seine Beobachtungen vom Schönen und Erhabenen und gab darin eine Charakteristik des deutschen Mannes nach dem Vorbilde Wobsers. Seine kaufmännischen Freunde standen ihm in der Verwaltung seines Vermögens mit Rath und That bei; was Kant haushälterisch und arbeitsam erworben hatte, wußten Green und Motherby zweckmäßig anzulegen und zu vermehren. Besonders vertraut und durch viele Jahre erprobt war seine Freundschaft mit dem Engländer Green, einem höchst originellen und besonders in seiner Pünktlichkeit bis auf die Minute unserem Philosophen sehr ähnlichen Manne. Wo möglich war er noch pünktlicher als dieser. Man behauptet, daß Hippels Lustspiel: „Der

*) Borowski: über J. Kant, S. 190.

Mann nach der Uhr" Greens Conterfei sei. Man kann sich von diesem ächten „whimsical man" eine Vorstellung machen, wenn man folgenden Zug hört: „Kant hatte eines Abends seinem Freunde Green versprochen, ihn am folgenden Morgen um acht Uhr auf einer Spazierfahrt zu begleiten; Green, der bei einer solchen Gelegenheit um dreiviertel schon mit der Uhr in der Hand in der Stube herumging, mit der fünfzigsten Minute den Hut aufsetzte, in der fünfundfünfzigsten seinen Stock nahm und mit dem ersten Glockenschlage den Wagen öffnete, fuhr fort und sah unterwegs Kant, der sich etwa zwei Minuten verspätet hatte und ihm entgegenkam, hielt aber nicht an, weil dies gegen die Abrede und gegen seine Regel war."*) Uebrigens muß Green neben der strengsten Rechtschaffenheit zugleich ein Mann vom schärfsten Verstande gewesen sein; soll doch Kant sogar versichert haben, daß er in seiner Kritik der reinen Vernunft keinen einzigen Satz niedergeschrieben, den er nicht zuvor Green vorgetragen und von diesem habe beurtheilen lassen.**) Viele Jahre hindurch hat der Philosoph seine Nachmittage bei Green zugebracht. Jachmann beschreibt diese Zusammenkünfte in einem köstlichen Genrebilde: „Kant ging jeden Nachmittag zu Green, fand diesen in einem Lehnstuhle schlafen, setzte sich neben ihn, hing seinen Gedanken nach und schlief auch ein. Dann kam gewöhnlich Bankodirector Ruffmann und that ein Gleiches, bis endlich Motherby zu einer bestimmten Zeit ins Zimmer trat und die Gesellschaft weckte, die sich dann bis sieben Uhr mit den interessantesten Gesprächen unterhielt. Diese Gesellschaft ging so pünktlich um sieben Uhr auseinander, daß ich öfters die Bewohner der Straße sagen hörte: es könne noch nicht sieben sein, weil der Professor Kant noch nicht vorbeigegangen wäre!"***)

---

*) Jachmann, Brief VIII. S. 80 flgb. — **) Ebendaselbst, S. 79 flgb. — ***) Ebendas. S. 82. Nach Jachmann soll die Freundschaft beider Männer aus einem politischen Zwist über die Sache der nordamerikanischen Unabhängigkeit entstanden sein, der Kant sehr eifrig das Wort redete, während Green als englischer Patriot deren leidenschaftlicher Gegner war. Eine zufällige Begegnung im böhhoffschen Garten habe das Gespräch, den Streit und zuletzt von Seiten des erzürnten Green eine Herausforderung zum Zweikampf herbeigeführt, Kant aber habe die letztere so ruhig und überlegen beantwortet, daß er dadurch das Herz seines Gegners gewonnen (Br. VIII. S. 77—79). Diese Erzählung ist unrichtig; Kant und Green waren zur Zeit des nordamerikanischen Krieges längst Freunde, ihr vertraulicher Umgang muß schon in den ersten Jahren, als Kant nach Königsberg zurückgekehrt war und seine Lehrthätigkeit begonnen hatte, bestanden haben. Wenigstens berichtet Borowski: „Am liebsten und öftersten befand sich Kant in den damaligen Jahren bei dem englischen

Unter seinen Amtsgenossen war ihm Professor Kraus der liebste, der auch eine Zeit lang zu seinen täglichen Tischgenossen gehörte. Von ihrer wohlthätigsten Seite zeigte sich Kants Freundschaft gegen die jüngeren Männer, die seine Schüler gewesen und als solche sein Vertrauen und damit seinen nähern Umgang gewonnen hatten. Gegen diese jungen Leute war er überaus theilnehmend, hülfreich, zu ihrer Unterstützung mit Aufopferung bereit, für ihre Zukunft mit väterlicher Sorgfalt bedacht. Konnte er ihnen ein Stipendium oder eine angemessene Stelle verschaffen, so war ihm keine Mühe zu viel, und der günstige Erfolg machte ihm die größte Freude. Bei solchen Gelegenheiten zeigte sich das Wohlwollen seines guten Herzens in der liebenswürdigsten Weise. Natürlich mußte er von der Würdigkeit seines Schützlings fest überzeugt sein. Seine Biographen erzählen von der Freundlichkeit Kants in dieser Rücksicht eine Menge anmuthiger Züge. Einem seiner jungen Freunde, den er besonders schätzt, wünscht er zu einer Feldpredigerstelle zu verhelfen; er empfiehlt ihn dem Chef des Regiments; nun muß aber der Candidat eine Probepredigt halten, und dem Philosophen liegt alles daran, daß er die Probe besteht. Was thut Kant? Er erkundigt sich nach dem vorgeschriebenen Texte der Probepredigt, entwirft im Stillen eine Disposition, läßt den Candidaten einige Tage vor dem Termin in ungewöhnlicher Morgenstunde zu sich kommen, lenkt das Gespräch geschickt auf den Text der Predigt und unterhält sich mit ihm über das Thema, auf das sich Kant förmlich vorbereitet hat, als ob er selbst die Predigt hätte halten sollen. Jachmann kann aus eigener Erfahrung dieses väterliche Wohlwollen des Philosophen nicht lebhaft und dankbar genug rühmen.

Pünktlich und wortgetreu, wie er selbst in jeder Hinsicht war, machte er diese Pünktlichkeit auch bei andern zur ersten Bedingung seines Vertrauens. Hier konnte man es leicht mit ihm verderben. Unzuverlässigkeit, namentlich bei jungen Leuten, mochte er am letzten verzeihen. Einem Studenten, der versprochen hatte, zu bestimmter Stunde bei Kant zu erscheinen und nicht erschienen war, machte er die ernstlichsten Vorwürfe und erlaubte ihm nicht, bei einem öffentlichen Disputationsacte, der eben

Kaufmanns Green" (S. 33 flgb.); in einem Briefe Hamanns an Herder aus dem Frühjahr 1768 ist gelegentlich davon die Rede, daß er vor wenigen Abenden bei seinem Freunde Green Kant getroffen habe: Beweise genug, daß die Freundschaft beider älter ist als der nordamerikanische Krieg, und Jachmann mit seiner Erzählung sich völlig geirrt hat.

stattfinden sollte, zu opponiren: „Sie möchten doch nicht Wort halten, sich nicht zum Disputationsacte einfinden und dann alles verderben".*) Bei ihm selbst galt ein Wort ein Mann. Der Sohn seines Freundes Nicolovius hatte den Entschluß gefaßt, Buchhändler zu werden; Kant billigte den Plan und ließ dabei von fern merken, daß er selbst dem künftigen Geschäft, wenn es zu Stande komme, sich gern nützlich beweisen wolle; diese Andeutung bewährte er wie ein festes Versprechen, er gab Nicolovius seine Schriften gegen ein Geringes in Verlag und lehnte die vortheilhaftesten Anerbietungen anderer Buchhändler ab aus Theilnahme für den Sohn seines Freundes.

III. Die sittlichen Grundzüge.

Eben dieselbe Pünktlichkeit und Ordnung bewies er in seinen Arbeiten. Erst machte er im stillen Nachdenken den Entwurf, durchdachte meistens auf seinen einsamen Spaziergängen den Gegenstand, den er behandeln wollte, dann zeichnete er die Entwürfe schriftlich auf einzelne Blätter auf, darauf folgte die zusammenhängende Bearbeitung der Sache im Einzelnen, und wenn diese vollendet war, die zum Druck bestimmte Abschrift, die bis zum letzten Punkte fertig sein mußte, bevor das Manuscript in die Presse wanderte. Daher die Reife und der durchdachte Charakter der kantischen Schriften, worin sie in der gesammten philosophischen Literatur eine so vorzügliche, in der deutschen Philosophie unbedingt die erste Stelle einnehmen.

Man hat Kant in seiner philosophischen Arbeit öfters mit einem Kaufmanne verglichen, der bei allem Großhandel, den er treibt, sein Vermögen pünktlich berechnet, die Grenze seiner Zahlungsfähigkeit genau kennt, diese Grenze nie überschreitet. So hat er das Vermögen der menschlichen Erkenntniß mit der größten Gewissenhaftigkeit, so genau er konnte, untersucht; und dürfen die Einsichten, die man erwirbt, mit Waaren verglichen werden, die man einhandelt, so hat Kant die ächten Waaren von den unächten gesondert, um als ehrlicher Mann keine Scheingüter zu verhandeln. Er hat den Vermögensstand der Philosophie festgestellt und genau unterschieden, was sie in Wahrheit besitzt, was sie noch zu erwerben vermag, was erworben zu haben und zu besitzen sie sich und andern trügerischer Weise einbildet. Man darf diesen Vergleich von der Philosophie Kants auf dessen Persönlichkeit ausdehnen. Auch)

---

*) Borowski, S. 127.

sein Charakter hat etwas von dem ehrenwerthen Kaufmann, und selbst seine Freundschaftsverhältnisse zeugen für diese von ihm selbst empfundene Verwandtschaft. Durchaus unverblendet und nüchtern, von einfacher unzerstörbarer Tüchtigkeit, der im Innersten alles Scheinwesen fremd ist, die sich instinctartig dem Aechten zuwendet, gehörte Kant zu den wenigen, denen mitten in einer Welt, die zum größten Theil vom Scheine lebt, der Schein nichts anhat: daher unter seinen Charakterzügen der mächtigste und größte, der alle übrigen in sich schließt, jener unbedingte Wahrheitssinn ist, den vor allem die Wissenschaft braucht, den sie aber unter den mächtigen Täuschungen der Welt nur sehr selten in jener Stärke und Reinheit empfängt, der es gelingt, die Nebel zu vertreiben. Denn es gehört zum Wahrheitssinn mehr, als nur der Wunsch ihn zu haben; den ehrlichen Wunsch und selbst die gute Ueberzeugung ihrer Wahrheitsliebe haben viele, während ihre Augen voll Schein und ihre Köpfe voll Einbildungen sind, die sie vollkommen unfähig machen für wahre Begriffe. In Kant war jener Sinn ursprünglich und von Natur mächtig, er bildete den Kern und Mittelpunkt seines ganzen Charakters. Das Scheinwesen, die Selbsttäuschung, die thörichten Einbildungen, diese schlimmsten Feinde der Wahrheit, haben ihn niemals verblendet, und die größten Beförderer der Wahrheit, der beharrliche Fleiß, die unermüdliche Anstrengung, die fortwährende Selbstprüfung haben ihn niemals verlassen.

Diese Wahrheitsliebe ist im Sittlichen die Gerechtigkeitsliebe. Ihm ging das gerechte Urtheil über alles, im Leben wie in der Wissenschaft: er wollte richtig und gründlich urtheilen, ohne allen rhetorischen Schein, ohne alle blendenden Wortkünste. Er mochte in der Redekunst die Satyre leiden mit ihrem scharfen, rücksichtslosen, die Dinge entblößenden Urtheil, aber nicht die Rhetorik, die dem Witz, der Antithese, der beredtsamen und effectvollen Wendung zu Liebe die Wahrheit und Richtigkeit der Sache opfert. Lessings ächte Wahrheitsliebe gefiel sich zuweilen in Paradoxen, um mit dem gewagten Widerspruch die Sache auf eine unerwartete Probe zu stellen, auch wohl um ein überraschendes Schlaglicht darauf zu werfen. Kant war darin strenger, er wollte auch nicht überraschen, sondern immer überzeugen. Und dieser pünktlich gerechten Denkweise ganz gemäß war seine Schreibart: niemals blendend, stets gründlich und deshalb, was bei Lessing der Fall nie war, oft schwerfällig. Um völlig gerecht zu sein, mußte alles zur Sache Gehörige auch ausgedrückt werden. So wurde die Last eines Satzes oft groß, manches mußte in Parenthesen verpackt werden, um noch in demselben Satze mit fortzukommen; solche kantische Perioden schreiten schwerfällig einher, wie Lastwagen, sie müssen gelesen und wieder gelesen, die eingewickelten Sätze müssen auseinandergenommen, mit einem Worte, die ganze Periode muß förmlich ausgepackt werden, wenn man sie gründlich verstehen will. Diese stylistische Schwerfälligkeit ist nicht eigentlich Unbeholfenheit, denn Kant vermochte auch leicht und fließend zu schreiben, wenn es der Gegenstand erlaubte; es ist die Gründlichkeit und Wahrheitsliebe des gewissenhaften Denkers, der in seinem Urtheile nichts zurückhalten will, das zu dessen Vollständigkeit gehört.

So vereinigen sich alle Charakterzüge Kants, denen wir absichtlich bis in ihre geringfügigen Aeußerungen nachgegangen sind, zu einer seltenen und wahrhaft classischen Uebereinstimmung: der tiefe Denker und der einfache schlichte Mensch! Ueberall pünktlich und genau, sparsam im Kleinen und, wo es noth thut, bis zur Aufopferung freigebig, stets überlegt, völlig unabhängig in seinem Urtheile und immer die Rechtschaffenheit, Redlichkeit und Pflichttreue selbst: so ist Kant im besten Sinne des Worts ein bürgerlich deutscher Mann jener soliden Zeit, von der unsere Großväter uns erzählt haben, ist er für uns eine ebenso vorbildliche und bewunderungswürdige als wohlthuende und heimliche Erscheinung.

Sechstes Capitel.
Gruppirung der Werke Kants.

Wir geben in diesem Abschnitt eine Gesammtübersicht der Werke des Philosophen und folgen dem Gange derselben nach der Richtschnur, die uns seine Lebensgeschichte vorschreibt. Die Reihe der von ihm selbst veröffentlichten Schriften erstreckt sich durch ein halbes Jahrhundert, sie beginnt mit dem Abschluß seiner akademischen Lehrjahre und endet mit dem seiner akademischen Lehrthätigkeit (1746—1798). Der Wendepunkt, der die vorkritische Periode von der kritischen scheidet, fällt in das Jahr 1770; die Schriften der vorkritischen Zeit erscheinen mit Ausnahme der ersten in den Jahren 1754—1768 und behandeln theils naturphilosophische und naturwissenschaftliche, theils erkenntnißtheoretische und anthropologische Themata. Die naturphilosophischen Fragen betreffen

106

den Begriff der Kraft, der Materie und der Bewegung; die natur=
wissenschaftlichen sind kosmologischer, geologischer und geographischer Art
und lassen uns den Forscher erkennen, den die Naturgeschichte des Him=
mels und der Erde beschäftigt. Doch wollen wir jetzt nicht dem Ideen=
gange des Philosophen nachgehen, sondern nur einen Ueberblick seiner
chronologisch und sachlich gruppirten Werke gewinnen.

Zur äußeren Geschichte der Schriften Kants bemerke ich, daß die
von ihm selbst herausgegebenen, mit Ausnahme der kritischen Haupt=
werke, bei königsberger Buchhändlern erschienen, unter denen besonders
Hartung (1755—83), Driest (1756—60), J. J. Kanter (1762—66)
und Nicolovius (1790—98) zu nennen sind; der Verleger der kritischen
Werke aus den Jahren 1781—88 war J. Fr. Hartknoch in Riga, die
Kritik der Urtheilskraft erschien bei Lagarde und Friedrich (Berlin
und Liebau) 1790. Einen großen Theil seiner Abhandlungen veröffent=
lichte der Philosoph in Zeitschriften: dies geschah während der vorkriti=
schen Periode in den „Königsberger Frage= und Anzeigungsnachrichten"
(1755—68) und in den „Königsberger gelehrten und politischen Zei=
tungen" (1764—71); später in der „Allgemeinen Literaturzeitung"
(1785—86), im „Deutschen Merkur" (1788) und vor allem in der
„Berliner Monatsschrift", die von Biester, dem früheren Secretär des
Ministers von Zedlitz, gegründet wurde und in den Jahren 1784—96
fünfzehn kantische Aufsätze brachte.

I. Schriften aus der vorkritischen Zeit (1740—70).
1. Vor der Habilitation (1746—55).

1. Gedanken von der wahren Schätzung der lebendigen
Kräfte und Beurtheilung der Beweise, deren sich Herr von Leibnitz und
andere Mechaniker in dieser Streitsache bedient haben, nebst einigen
vorhergehenden Betrachtungen, welche die Kraft der Körper überhaupt be=
treffen (Königsb., bei M. E. Dorn 1746). Kant widmete diese erste seiner
Schriften aus persönlicher Dankbarkeit dem königsberger Professor der
Medicin J. Chr. Bohlius und feierte damit zugleich seinen 24. Geburts=
tag: die Zueignung ist den 22. April 1747 unterzeichnet.

Zwei kleine Abhandlungen in den „Königsberger Nachrichten" vom
Jahr 1754: 2. Untersuchung der Frage, ob die Erde in ihrer Umdre=
hung um die Axe, wodurch sie die Abwechselung des Tages und der
Nacht hervorbringt, einige Veränderung erlitten habe? 3. Die Frage,
ob die Erde veralte, physikalisch erwogen.

4. Allgemeine Naturgeschichte und Theorie des Himmels oder Versuch von der Verfassung und dem mechanischen Ursprunge des ganzen Weltgebäudes, nach newtonischen Grundsätzen abgehandelt (anonym, Königsberg bei Petersen 1755). Das Werk ist Friedrich dem Großen gewidmet (14. März 1755), weil der Verfasser annehmen durfte, daß dieser erste Versuch einer mechanischen Kosmogonie das Interesse des Königs erregen würde. Indessen wollte ein ungünstiges Schicksal, daß die hochbedeutende und merkwürdige Schrift zunächst unbekannt blieb. Während sie gedruckt wurde fallirte der Verleger und sein Waarenlager kam unter gerichtliche Siegel.

2. Zur Habilitation (1755—56).

Die drei zur Begründung der akademischen Laufbahn gehörigen Schriften sind: 1. Meditationum quarundam de igne succincta delineatio, 2. Principiorum primorum cognitionis metaphysicae nova dilucidatio, 3. Metaphysicae cum geometria junctae usus in philosophia naturali, cujus specimen I. continet monadologiam physicam.*) Die erste überreichte Kant der philosophischen Facultät den 17. April 1755, die zweite vertheidigte er den 27. September 1755, die dritte (dem Präsidenten von Gröben gewidmete) den 10. April 1756. Die beiden letzten sind bei J. H. Hartung in Königsberg gedruckt, die Promotionsschrift ist erst in den Gesammtausgaben der Werke veröffentlicht worden (1838 und 1839).

3. Aus den Jahren 1756—1768.

A. Erste Gruppe naturwissenschaftlichen Inhalts.

Geologisch: 1. Von den Ursachen der Erderschütterungen bei Gelegenheit des Unglücks, welches die westlichen Länder Europas gegen Ende des vorigen Jahres betroffen hat. 2. Fortgesetzte Betrachtung der seit einiger Zeit wahrgenommenen Erderschütterungen. 3. Geschichte und Naturbeschreibung der merkwürdigsten Vorfälle des Erdbebens, welches an dem Ende des 1755. Jahres einen großen Theil der Erde erschüttert hat. Alle drei Schriften erschienen 1756, die beiden ersten in den „Königsberger Nachrichten", die letzte selbständig bei J. Fr. Hartung; die erste fehlte in den Sammlungen der Schriften Kants, bis auf die jüngste, deren Herausgeber sie wiederaufgefunden und nun zum erstenmale in die Werke aufgenommen hat (1867).

*) S. oben Cap. III. S. 54.

Zur physischen Geographie: 1. Neue Anmerkungen zur Erläuterung der Theorie der Winde. 2. Entwurf und Ankündigung eines Collegii über physische Geographie, nebst dem Anhange einer kurzen Betrachtung über die Frage: ob die Westwinde in unseren Gegenden darum feucht seien, weil sie über ein großes Meer streichen? Beide Schriften erschienen bei J. Fr. Driest in Königsberg, die erste 1756, die andere offenbar 1757, da sie eine Vorlesung ankündigt, die Kant nach eigenem Zeugniß im Winter von 1757—58 hielt.

Naturphilosophisch: Neuer Lehrbegriff der Bewegung und Ruhe und der damit verknüpften Folgerungen in den ersten Gründen der Naturwissenschaft. Diese kleine, in der kantischen Lehre sehr wichtige Schrift wurde als Programm der Sommervorlesungen 1758 (Königsberg bei Driest) veröffentlicht.

B. Nebenschriften.

In die beiden nächsten Jahre fallen zwei kleine Gelegenheitsschriften, die insofern zusammengehören, als in der ersten der Optimismus aus metaphysischen Gründen behauptet und in der zweiten diese Ueberzeugung von der bestgeordneten Welt bei dem frühzeitigen Tode eines hoffnungsvollen Jünglings in tröstlicher Absicht verwendet wird. 1. Versuch einiger Betrachtungen über den Optimismus (1759). 2. Gedanken bei dem frühzeitigen Ableben des Herrn J. Fr. v. Funk u. s. f. (1760). Beide Schriften erschienen bei Driest in Königsberg, die erste als Ankündigung der Wintervorlesungen von 1759—60, die andere als Sendschreiben an die Mutter des Verstorbenen.

C. Zweite Gruppe erkenntnißtheoretischen Inhalts.

Unter dieser Gruppe befassen wir folgende Schriften: 1. Die falsche Spitzfindigkeit der vier syllogistischen Figuren (1762). 2. Versuch den Begriff der negativen Größen in die Weltweisheit einzuführen (1762). 3. Der einzig mögliche Beweisgrund zu einer Demonstration des Daseins Gottes (1763). Alle drei erschienen bei J. J. Kanter in Königsberg. 4. Untersuchungen über die Deutlichkeit der Grundsätze der natürlichen Theologie und Moral. (Diese Schrift erschien zuerst anonym als Anhang zu M. Mendelssohns „Abhandlung über die Evidenz in metaphysischen Wissenschaften, welche den von der K. Akademie in Berlin auf das Jahr 1763 ausgesetzten Preis erhalten hat. Nebst noch einer Abhandlung über dieselbe Materie, welche die Akademie nächst der ersten

für die beſte gehalten hat". Berlin 1764). 5. Beobachtungen über das
Gefühl des Schönen und Erhabenen (1764). 6. Nachricht von der Ein=
richtung ſeiner Vorleſungen in dem Winterhalbjahr 1765—66. (Die
beiden letzten Schriften bei J. J. Kanter in Königsberg.) 7. Von dem
erſten Grunde des Unterſchiedes der Gegenden im Raum (Königsberger
Nachrichten 1768).

D. Dritte Gruppe anthropologiſchen Inhalts.

Hierher gehören: 1. Schreiben an Fräulein Charlotte von Knob=
loch über Swedenborg (1763), zuerſt von Borowski mit dem Datum
10. Auguſt 1758 veröffentlicht (1804), 2. Ueber den Abenteurer Jan
Pawlikowicz Zdomozyrskich Komarnicki, 3. Verſuch über die Krankheiten
des Kopfs. (Beide zuſammengehörige Aufſätze erſchienen anonym in den
Königsberger gelehrten und politiſchen Zeitungen 1764.) 4. Träume
eines Geiſterſehers, erläutert durch Träume der Metaphyſik (anonym,
Königsberg bei J. J. Kanter 1766).

II. Schriften aus den Jahren 1770—1780.

1. Hauptſchrift.

Die Inauguraldiſſertation, womit Kant den 21. Auguſt 1770 ſein
Lehramt antrat: De mundi sensibilis atque intelligibilis forma et
principiis (Regiomonti, typ. G. L. Hartungii). Die Schrift iſt Fried=
rich dem Großen gewidmet.

2. Nebenſchriften.

Anthropologiſche und pädagogiſche: 1. Recenſion der Schrift von
Moscati über den Unterſchied der Structur der Thiere und Menſchen
(anonym, Königsb. gel. u. pol. Zeitungen 1771). 2. Von den ver=
ſchiedenen Racen der Menſchen, zur Ankündigung der Vorleſungen
der phyſiſchen Geographie im Sommer 1775 (Königsb. bei G. L. Har=
tung), umgearbeitet und wieder veröffentlicht in Engels „Philoſoph für
die Welt" 1777. 3. Drei Aufſätze, betreffend das Baſedowſche Philan=
thropin und deſſen Monatsſchrift „Pädagogiſche Unterhandlungen" (Kö=
nigsberger gel. u. pol. Zeitg. v. 28. März 1776, 27. März 1777 und
24. Aug. 1778). Die Aechtheit des zweiten Aufſatzes: „An das gemeine
Weſen" iſt unfraglich, die der beiden andern, namentlich des letzten be=
ſtritten. Die unter 1. und 3. genannten Schriften hat R. Reicke in
ſeinen „Kantiana, Beiträge zu J. Kants Leben und Schriften" wieder
abdrucken laſſen (Königsb. 1860).

III. Schriften aus den Jahren 1780—1800.

1. Die kritischen Hauptwerke.

Die Gruppe der grundlegenden Werke erstreckt sich durch das Jahrzehnt von 1780—90 und enthält folgende Schriften: 1. Kritik der
reinen Vernunft. 1781. (Die 2. veränderte Ausgabe erscheint 1787,
die drei folgenden, der zweiten gleich, in den Jahren 1790, 1794 und
1799.) 2. Prolegomena zu einer jeden künftigen Metaphysik, die als
Wissenschaft wird auftreten können. 1783. 3. Grundlegung zur
Metaphysik der Sitten. 1785. (Die zweite von Kant revidirte Ausgabe erscheint 1786, die beiden folgenden ohne Veränderung in den
Jahren 1793 und 1797.) 4. Metaphysische Anfangsgründe der
Naturwissenschaft. 1786. (Die beiden folgenden Ausgaben ohne Veränderung 1794 und 1800.) 5. Kritik der praktischen Vernunft.
1788. (Die drei folgenden unveränderten Ausgaben in den Jahren
1792—97.) Alle unter 1—5 aufgeführten Werke erscheinen in Riga
bei J. F. Hartknoch. 6. Kritik der Urtheilskraft. (Berlin und Liebau
bei Lagarde und Friedrich 1790. Die zweite sorgfältig revidirte Ausgabe erscheint 1793, nach dieser unverändert die dritte 1799).

2. Kritische Nebenschriften.

Die wichtigste derselben ist die Abhandlung „Ueber den Gebrauch teleologischer Principien in der Philosophie, veranlaßt
durch eine anthropologische Frage, veröffentlicht im deutschen Merkur
(Januar 1788). Zur Unterscheidung der Vernunftkritik von der leibniz-
wolfischen Lehre schreibt Kant: „Ueber eine Entdeckung, nach der alle
neue Kritik der reinen Vernunft durch eine ältere entbehrlich gemacht
werden soll". (Königsberg, Nicolovius 1790. Die zweite unveränderte
Ausgabe 1791.) Zur Charakteristik der Schwärmerei verfaßte Kant für
Borowski, der in seiner Schrift über Cagliostro die Ansicht des Philosophen mitzutheilen wünschte, den kleinen Aufsatz: „Ueber Schwärmerei
und Mittel dagegen" (1790).

3. Naturwissenschaftliche Schriften.

Kosmologische: 1. Ueber die Vulcane im Monde. 2. Etwas über
den Einfluß des Mondes auf die Witterung. (Beide Aufsätze erschienen
in der Berliner Monatschrift, März 1785 und Mai 1794.) Anthropologische: 1. Bestimmung des Begriffs einer Menschenrace (Berliner

Monatsſchr. Nov. 1785). 2. Zu Sömmering über das Organ der Seele
(mitgetheilt in Th. Sömmerings Schrift: „Ueber das Organ der Seele.
Königsb. 1796). 3. Anthropologie in pragmatiſcher Hinſicht. (Königsberg, Nicolovius 1798. Die zweite in der Form vielfach veränderte
Ausgabe 1800).

4. Zur Sittenlehre und Geſchichtsphiloſophie.

In chronologiſcher Folge: 1. Recenſion von Schulz's Verſuch einer
Anleitung zur Sittenlehre für alle Menſchen ohne Unterſchied der Religion. (In Hartungs räſonnirendem Bücherverzeichniß, Königsb. 1783).
2. Idee zu einer allgemeinen Geſchichte in weltbürgerlicher Abſicht.
3. Beantwortung der Frage: Was iſt Aufklärung? (Beide Aufſätze in
der Berl. Monatsſchr. November u. December 1784.) 4. Recenſionen von
J. G. Herders Ideen zur Philoſophie der Geſchichte der Menſchheit,
Theil I. und II. (Allg. Literaturztg. 1785.) 5. Muthmaßlicher Anfang
der Menſchengeſchichte. (Berl. Monatsſchr. Jan. 1786.) 6. Recenſion von
Gottl. Hufelands Verſuch über den Grundſatz des Naturrechts (Allgem.
Literaturztg. 1786). 7. Ueber den Gemeinſpruch: Das mag in der Theorie
richtig ſein, taugt aber nicht für die Praxis. (Berl. Monatsſchr. Sept.
1793). 8. Zum ewigen Frieden. Ein philoſophiſcher Entwurf. (Königsberg, Nicolovius 1793. Zweite Ausgabe 1796.) 9. Das ſyſtematiſche
Hauptwerk der Sittenlehre: „Metaphyſiſche Anfangsgründe der Rechts-
lehre" und „Metaphyſiſche Anfangsgründe der Tugendlehre". (Königsberg, Nicolovius 1797. Die zweite Ausgabe der Rechtolehre erſchien 1798,
die zweite revidirte der Tugendlehre 1803. In dieſer Ausgabe erhielt
das Werk den Titel: „Metaphyſik der Sitten in zwei Theilen".)

Nebenſchriften zur Rechts- und Tugendlehre: 1. Von der Unrechtmäßigkeit des Büchernachdrucks. (Berl. Monatsſchr. Mai 1785.) 2. Ueber
ein vermeintes Recht, aus Menſchenliebe zu lügen (Berl. Blätter 1797).
3. Ueber die Buchmacherei. Zwei Briefe an Herrn Fr. Nicolai (Königsb.
Nicolovius 1798).

5. Zur Religionsphiloſophie.

Vor dem Hauptwerk erſchienen folgende Abhandlungen, welche die
Richtſchnur der kantiſchen Glaubenslehre bezeichnen: 1. Was heißt ſich
im Denken orientiren? (Berl. Monatsſchr. October 1786). 2. Einige
Bemerkungen zu B. H. Jacob's Prüfung der Mendelsſohn'ſchen Morgen-
ſtunden. (Von Kant den 4. Aug. 1786 niedergeſchrieben, dem Prof. Jacob
in Halle mitgetheilt und von dieſem in ſeiner Prüfung der M. Morgen-

ſtunden nach der Vorrede veröffentlicht. Leipzig 1786). 3. Ueber das Mißlingen aller philoſophiſchen Verſuche in der Theodicee. (Berl. Mo= natsſchrift, Sept. 1791).

Das Hauptwerk: Religion innerhalb der Grenzen der bloßen Vernunft. (Königsberg, Nicolovius 1793. Die zweite revidirte Aus= gabe erſchien im folgenden Jahr.)

Nach dem Hauptwerk: 1. Das Ende aller Dinge. 2. Von einem neuerdings erhobenen vornehmen Ton in der Philoſophie. 3. Verkün= digung des nahen Abſchluſſes eines Tractats zum ewigen Frieden in der Philoſophie. (Alle drei erſchienen in der Berl. Monatsſchrift: die erſte im Juni 1794, die beiden andern im Mai und December 1796). In der zweiten der angeführten Abhandlungen fand ſich eine Stelle über pythagoreiſche Zahlenmyſtik, worin J. A. Reimarus etwas falſch verſtanden und unnöthigerweiſe berichtigt hatte. Dies veranlaßte Kant zu der kleinen Schrift: „Ausgleichung eines auf Mißverſtand beruhenden mathematiſchen Streites“. (Berl. Monatsſchr. Oct. 1796).

Zu R. B. Jachmanns „Prüfung der kantiſchen Religionsphiloſophie in Hinſicht auf die ihr beigelegte Aehnlichkeit mit dem reinen Myſticis= mus“ ſchrieb der Philoſoph den 14. Januar 1800 eine kurze Vorrede, um das wider „die Afterphiloſophie“ gerichtete Werk zu billigen und „das Siegel der Freundſchaft gegen den Verfaſſer zum immerwährenden Andenken dem Buche beizufügen“.

6. Zur Religions= und Sittenlehre.

Um den Kampf zwiſchen Kritik und Satzung, beſonders in Rückſicht der Religions= und Rechtsphiloſophie, auseinander zu ſetzen und aus= zugleichen, ſchrieb Kant ſein letztes Werk: „Der Streit der Facul= täten in drei Abſchnitten“. (Königsb. Nicolovius 1798. Der dritte Abſchnitt: „Ueber die Macht des Gemüths, durch den bloßen Vorſatz ſeiner krankhaften Gefühle Meiſter zu werden“ erſchien das Jahr vorher in Chr. W. Hufelands Journal für praktiſche Heilkunde.)

IV. Ausgaben von fremder Hand.

1. Einzelwerke.

Unter den gruppirten Schriften waren drei, die Kant in fremden Büchern erſcheinen ließ: die akademiſche Preisſchrift vom Jahr 1763, die Bemerkungen zu Jacobs Prüfung der Mendelsſohn'ſchen Morgen= ſtunden und die zu Sömmerings Schrift über das Organ der Seele. In ähnlicher Weiſe ſendete er einen Aufſatz „über Philoſophie über=

haupt, zur Einleitung in die Kritik der Urtheilskraft" dem Prof. Jac.
Sig. Beck zur Benutzung, als dieser seinen „erläuternden Auszug aus
Herrn Prof. Kants philosophischen Schriften" herausgab. Im 2. Bande
desselben veröffentlichte Beck einen Auszug jener Schrift (1794).

Noch bei Lebzeiten des Philosophen wurden „auf Verlangen des
Verfassers aus seiner Handschrift herausgegeben und zum Theil be=
arbeitet": 1. J. Kants Logik. Von Gottl. Benj. Jäsche (Königsb.,
Nicolovius, 1800). 2. J. Kants physische Geographie. Von Fr.
Th. Rink (Königsberg, Göbbels und Unzer 1802). 3. Von demselben
Herausgeber erschien: J. Kant über Pädagogik (Königsb., Nicolovius
1803). Im Todesjahre des Philosophen wurde aus dessen nachgelassener
Handschrift von Rink herausgegeben: J. Kant über die von der K. Aka=
demie der Wissenschaften für das Jahr 1791 ausgesetzte Preisfrage:
welches sind die wirklichen Fortschritte, die die Metaphysik seit Leibniz'
und Wolfs Zeiten in Deutschland gemacht hat? (Königsb., Göbbels und
Unzer 1803).

2. Sammlungen.

Bei Lebzeiten des Philosophen erschienen mit seiner Bewilligung
zwei Sammlungen kleiner Schriften: 1. J. Kants vermischte Schriften.
Aechte und vollständige Ausgabe. Von J. H. Tieftrunk, 3 Bände
(Halle 1799). 2. J. Kant, Sammlung einiger kleinen Schriften, heraus=
gegeben von Fr. Th. Rink (Königsb. 1800). Nach dem Tode Kants kam
von der zweiten Sammlung eine neue durch Nicolovius vermehrte Aus=
gabe (Königsb. 1807).

3. Gesammtausgaben.

In dem Menschenalter von 1838—68 sind drei Gesammtausgaben
der Werke Kants in Leipzig erschienen, deren zwei G. Hartenstein besorgt
hat. 1. J. Kants Werke, sorgfältig revidirte Gesammtausgabe in zehn
Bänden. Von G. Hartenstein (Leipzig, Modes u. Baumann, 1838—39).*)
2. J. Kants sämmtliche Werke, herausgegeben von Karl Rosenkranz und
Fr. Wilh. Schubert. Zwölf Bände (Leipzig, Leopold Voß, 1838—42).
Die 2. Abth. des XI. Bandes enthält Kants Leben von Schubert (1842),
der XII. Band die Geschichte der kantischen Philosophie von Rosenkranz
(1840). Der Gesammttitel der Ausgabe paßt nicht für die letzten Bände.

Beide Ausgaben sind ohne Rücksicht auf die chronologische Reihen=
folge der Werke nach sogen. sachlichen Gesichtspunkten geordnet, wobei

*) In dem vorliegenden Werke wird den früheren Auflagen gemäß diese Aus=
gabe citirt.

einzelne Gruppen künstlich zurecht gemacht, einzelne Schriften falsch und willkürlich eingereiht werden und der literarische Entwicklungsgang des Philosophen selbst gar nicht hervortritt. Im Großen und Ganzen deckt sich die Zeitfolge der Schriften und die der Probleme, daher lassen sich beide Gesichtspunkte wohl vereinigen. Maßgebend ist der chronologische. Es ist nun Hartensteins rühmliches Verdienst, den angeführten Uebel= ständen durch seine jüngste Gesammtausgabe abgeholfen zu haben: „J. Kants sämmtliche Werke. In chronologischer Reihenfolge heraus= gegeben." Acht Bände (Leipzig, Leopold Voß, 1867—68).

4. Briefe.

Kants Briefwechsel ist theils aus der zerstreuten Veröffentlichung, theils aus der Verborgenheit gesammelt und in den drei Ausgaben der Werke mit zunehmender Vollständigkeit erschienen. Die erste (Bd. X. 1839) brachte, abgesehen von den beiden Schreiben an Ch. v. Knobloch und Fr. v. Funk, die von dem Briefwechsel füglich auszuschließen sind, 14 Correspondenzen mit 42 Briefen, von denen Kant 31 geschrieben; in der zweiten (Bd. XI. Abth. 1. 1842) betrug die Zahl der Correspondenzen 23 mit 80 Briefen, darunter 65 von der Hand des Philosophen. Die vollständigste Sammlung findet sich in der jüngsten Ausgabe (Bd. VIII. 1868): 27 Correspondenzen, 93 Briefe, darunter 75 von Kant. Die beiden an Kant gerichteten Zuschriften Schlettweins von denkwürdiger Curiosität hat nur die erste Ausgabe; den Briefwechsel mit Lam= bert bringen beide Ausgaben von Hartenstein, während Schubert ihn von seiner Sammlung ausschließt. Dagegen hat der letztere zuerst die wichtigen Briefwechsel mit M. Mendelssohn und M. Herz veröffentlicht, außerdem Kants Briefe an Engel, Spener, Lichtenberg, Sömmering, Meierotto, Kiesewetter, das Schreiben Lindbloms und die Antwort des Philosophen, er hat den Briefwechsel mit Fichte vermehrt und Kants Briefe an J. B. Erhard, sowie die Correspondenz mit Schiller in die Sammlung aufgenommen. Dazu hat Hartenstein in der jüngsten Ausgabe die bisher an zerstreuten Orten herausgegebenen Briefe des Philosophen an Reusch, Hippel und Maimon gefügt. In einem Zeitraum von 36 Jahren (1765—1801) hat Kant, so viel wir sehen, nur 75 Briefe geschrieben, darunter 19 an M. Herz. So spärlich war seine Correspondenz und so gering der Zeitaufwand, den sie ihn kostete. Die Zahl seiner Werke ist fast eben so groß als die seiner Briefe.

Siebentes Capitel.

Kants philosophischer Entwicklungsgang.

———

Dem Charakter Kants entspricht der Entwicklungsgang seiner Ideen: er schreitet in gemessenen Schritten vorwärts, bedächtig, fest und darum langsam; kein Schritt wird zurückgenommen, keiner übereilt; die aus=gelebten Gedanken werden nicht wieder erneuert, die neuen auf das gründlichste durchdacht und erwogen, bevor sie öffentlich auftreten; jedes neue Werk erscheint als die Frucht eines reifen, sich lange berathenden, tief nachdenkenden Verstandes. Giebt es in der Wissenschaft Genies, so war Kant sicherlich eines der größten; aber seine ganze Weise zu empfin=den, zu denken, zu leben, mit einem Worte seine ganze Geisteseigen=thümlichkeit hat nichts von dem, was genialen Naturen eigen zu sein pflegt. Seine philosophische Arbeit ist so geregelt, wie jeder Tag seines Daseins; nichts wird in ungestümer Eile vorausgenommen und wie eine Offenbarung verkündet, nichts voreilig geboren und verfrüht. Eine Menge von Problemen, Fragen und Untersuchungen aller Art drängen sich auf, sie werden geordnet und eine nach der anderen bearbeitet, aber keine dieser Arbeiten kostet dem haushälterischen Denker mehr Zeit, als ihr gebührt, nach dem Maß ihrer Bedeutung und dem der übrigen wissenschaftlichen Pläne, womit er sich noch trägt. Auch in seinen phi=losophischen Untersuchungen ist Kant ein großer Oekonom; jede wird genau und gründlich geführt, aber sie ist nicht umfangreicher, nicht kost=spieliger, was Zeit und Mühe betrifft, als sie sein darf, jede hat ihr richtiges Maß und ihren richtigen Zeitpunkt. Die chronologische Reihen=folge der kantischen Schriften ist in der Hauptsache zugleich die innere und sachliche, die Genesis der kantischen Philosophie in ihrer allmäh=lichen Entstehung und Ausbildung.

Kant beginnt seine Studien im Jahre 1740 und giebt das erste Zeichen seiner Epoche im Jahre 1770: es ist also gerade ein Menschen=alter, das er braucht, um aus einem Schüler der vorhandenen Philo=sophie der Gründer einer neuen zu werden. Die letzte Schrift vor seiner Entdeckung fällt in das Jahr 1768, die letzte nach derselben in das Jahr 1798: es ist wieder ein Menschenalter nöthig, um auf den ent=deckten Grundlagen das neue Lehrgebäude zu errichten, auszubilden und zu vollenden. Jedes Jahrzehnt hat seine besondere Aufgabe: die ersten drei nähern sich von Schritt zu Schritt immer mehr dem kritischen

8*

Gesichtspunkte, dessen Entdeckung die Grenzscheide bildet; die drei letzten folgen dieser Entdeckung und entwickeln daraus das System der neuen Philosophie. In den beiden ersten Decennien (1740—60) bewegt sich Kant noch innerhalb der leibniz=wolfischen Denkweise, womit er die Grundsätze Newtons verbindet nach dem Vorbilde seines Lehrers Knutzen, im dritten (1760—70) bestimmen ihn die Einflüsse der englischen Phi= losophie, insbesondere der Einfluß Humes; im Jahre 1770 erhebt er sich über die dogmatischen Metaphysiker und Erfahrungsphilosophen auf seinen eigenthümlichen Standpunkt; darauf folgt jene gedankenvolle Pause des vierten Decenniums, im Anfange des fünften erscheint die Kritik der reinen Vernunft, die Jahre von 1780—1790 sind die Periode der Grundlegung, die mit der Kritik der Urtheilskraft (1790) schließt; endlich im letzten wird das so begründete System der reinen Vernunft angewendet und auf den Gebieten der Religion und des Rechts zur Geltung gebracht.

Kant ist zu seinem neuen Standpunkte genau auf demselben Wege gekommen, als die Geschichte der Philosophie zu ihm selbst: er ist auf der großen geschichtlichen Heerstraße der Philosophie, die er vorfand, fortgeschritten und entdeckte, als er das äußerste Ziel derselben erreicht hatte, den kritischen Standpunkt; er war ein dogmatischer Philosoph, bevor er ein kritischer wurde, und durchlief auf dem Uebergange die Denkart des Skepticismus.

Wir unterscheiden in dieser vorkritischen Periode drei Stufen: auf der ersten steht Kant unter dem Einflusse der deutschen Metaphysik und newtonschen Naturphilosophie, auf der zweiten unter dem der englischen Erfahrungs= und Moralphilosophie, auf der dritten unter dem des er= fahrungsmäßigen Skepticismus und der idealnaturalistischen Richtung des genfer Philosophen. So bezeichnen Wolf und Newton, Locke und Shaftesbury, Hume und Rousseau die Standpunkte, die Kant durch= lebt, bevor er den eigenen findet.

Schon in diesem Zeitraum entfalten sich alle jene geistigen Cha= rakterzüge, denen die kritische Philosophie ihre Entstehung verdankt. Unter dem Einflusse der vorhandenen Systeme erscheint Kant als ein selbständiger und origineller Denker, soweit man originell sein kann, ohne im strengen Sinne neu zu sein. Der fremde Einfluß beherrscht ihn weniger, als er ihn anregt und weiter treibt. Man kann eigentlich nicht sagen, daß er einem fremden Systeme gegenüber sich jemals in einer schulmäßigen Unterordnung befunden habe, er war der Philosophie, welcher er anhing, ebenbürtig, er stand nur nicht über derselben; aber sobald er sie ergriff, stand er auf ihrer Höhe und beherrschte sogleich ihren ganzen Gesichtskreis.

In der deutschen Metaphysik herangebildet, wird er von den Erfahrungswissenschaften mächtig angezogen und von der Geltung des Empirismus ergriffen. Von hier aus sucht er, die Metaphysik umzubilden. Zuletzt von beiden entfernt, trifft er im Scepticismus mit Hume zusammen; aber er wird von diesem nicht überwältigt und fortgerissen, sondern stimmt von sich aus mit ihm überein; diese Uebereinstimmung ist ein bedeutsamer, doch schnell vorübergehender Durchgangspunkt in seiner Entwicklung. Die Schule fesselt ihn nirgends, er ist kein Höriger, kein schülerhafter Nachbeter, wie es die deutschen Wolfianer der gewöhnlichen Art waren; vielmehr steht er von Anfang an zur Schulphilosophie in einem freien Verhältniß, er wiederholt nicht die ausgemachten Sätze, sondern untersucht die streitigen: so beschäftigt ihn gleich zuerst in der Physik die wichtigste Streitfrage zwischen Descartes und Leibniz, in der Metaphysik der wichtigste Streitpunkt zwischen Wolf und Crusius. Er will das Vorhandene fortbilden und weiterführen, da er noch nicht im Stande ist, es zu verlassen; er will widerstreitende Ansichten durch die seinigen entweder versöhnen oder widerlegen. In allen seinen früheren Untersuchungen zeigt sich schon die männliche, besonnene Festigkeit, die jeden seiner Schritte sicher macht. Er achtet die wissenschaftlichen Autoritäten, ohne denselben blind zu gehorchen, untersucht vorsichtig deren Aussprüche und tritt ihnen kühn entgegen, sobald er ihren Irrthum einsieht; er wird sie wissenschaftlich entwerthen, aber niemals persönlich herabwürdigen, um sich persönlich zu vergrößern; sein reiner, schlichter Wahrheitssinn geht überall auf die Sache. Läßt sich diese entscheiden, so thut er es kühn, unbeirrt durch entgegenstehende Autoritäten; er ist den letzteren gegenüber immer furchtlos, niemals übermüthig. Läßt sich die Sache, die er untersucht, nicht ausmachen, so ist er weit entfernt, selbst eine Entscheidung zu geben, nur sollen auch unbegründete Urtheile nicht auf ihr Ansehen pochen. Er ist offen für alle bestehenden Lehrmeinungen, am meisten angezogen von den streitigen, die er am liebsten vereinigt, indem er ihre Einseitigkeiten widerlegt, am meisten abgeneigt allen voreiligen Entscheidungen, furchtlos in seinen Untersuchungen, vorsichtig in seinem Endurtheil. Waren auch seine Grundsätze eine Zeit lang dogmatischer Richtung, sein Geist war es niemals; seine wissenschaftliche Sinnesart war immer kritisch, und die Grundstimmung seines

Geistes stets der Forschungstrieb. Von diesem Dämonium geleitet mußte Kant ein kritischer Philosoph werden auf dem Wege des gründlichen und darum allmählichen Fortschritts.

Metaphysik und Erfahrungswissenschaft verhalten sich auf dem Schauplatz und im Fortgange der neuern Philosophie wie zwei negative Größen, deren eine abnimmt, wie sich die andere vermehrt. Die Metaphysik war die abnehmende Größe. Verglichen mit den exacten und erfahrungsmäßigen Wissenschaften, war sie eine verschwindende, als Kant auftrat. Es lag in der Aufgabe der kritischen Philosophie, die Metaphysik dem Angriffe der Erfahrungswissenschaften zu entrücken, für immer den Streit beider auseinanderzusetzen und zu schlichten. Diese Aufgabe zu lösen, hatte Kant die günstigsten Bedingungen, denn er lebte vom Anbeginn seiner wissenschaftlichen Laufbahn in beiden Gebieten; er war ein metaphysischer Denker und zugleich in den exacten und erfahrungsmäßigen Wissenschaften einheimisch. Für die abstractesten Untersuchungen im Felde der Philosophie geschaffen, hatte er das lebhafteste Interesse für Mathematik und Naturwissenschaft und war fortwährend darauf bedacht, den Kreis seiner empirischen Weltkenntniß zu erweitern. Neben Metaphysik und Logik beschäftigten ihn unausgesetzt Mathematik, Mechanik, Astronomie, physische Geographie und Anthropologie. Er wollte wirkliche Weltkenntniß empfangen und verbreiten in jenem fruchtbaren und unbefangenen Geiste, den Bacon gehabt und in der Philosophie erweckt hatte. Wir haben es früher unter den Charakterzügen Kants hervorgehoben, wie er die Neigung und Fähigkeit in erstaunlicher Weise besaß, das Bild der wirklichen Welt und ihrer Bewohner in sich aufzunehmen und in seinen Vorlesungen lebendig und anschaulich wiederzugeben. Mit Eifer und Genuß studirte er die lebensvolle Literatur der Reisebeschreibungen, ethnographische und historische Schriften. Von dieser Seite war er dem Geiste Bacons verwandt. In seiner wissenschaftlichen Verfassung vereinigten sich Leibniz und Newton, Wolf und Bacon, die deutsche und englische Philosophie, Metaphysik und Erfahrung. Und so konnte auch sein wissenschaftlicher Entwicklungsgang kein anderes Ziel haben, als diese beiden Richtungen ineinander zu arbeiten und ihren Streit zu versöhnen. Dazu trieb sein eigenes Bedürfniß, eben dasselbe forderte die Aufgabe des Zeitalters. Ja, es will uns scheinen, als ob sein Geist zunächst ungleich getheilt war zwischen Metaphysik und empirischer Weltkenntniß; jene war seine Profession, diese seine Liebhaberei. Mit überwiegender Neigung lebte er in

ben exacten und erfahrungsmäßigen Gebieten, alle seine größeren Schrif=
ten der ersten Periode nehmen ihre Gegenstände aus jenem Gebiete und
behandeln dieselben mit einer umfassenden Gründlichkeit, während der
metaphysischen Untersuchungen weniger sind, von geringem Umfange
und fast alle bewirkt durch äußere Anlässe. Es sind Gelegenheitsschriften;
die einen entstehen bei Gelegenheit seiner Habilitation, eine andere bei
Gelegenheit einer akademischen Preisfrage, und was er außerdem im
Gebiete der Logik und Metaphysik aus völlig freiem Antriebe leistet,
richtet sich schon gegen das Ansehen der Schullogik und Schulmetaphysik.

Auch in dem Entwickelungsgange Kants verhalten sich Metaphysik
und Erfahrungswissenschaft wie zwei negative Größen: je mehr diese
zunimmt, um so mehr vermindert sich jene; die Erfahrungsphilosophie
steigt bis zum Skepticismus, in demselben Augenblicke sinkt die Meta=
physik unter Null und erscheint dem Geiste Kants nicht blos als nichtig,
sondern als unmöglich.

Durch zwei Schriften lassen sich die Grenzen der vorkritischen Pe=
riode literarisch bestimmen: den Anfangspunkt bilden die „Gedanken
von der wahren Schätzung der lebendigen Kräfte", den Endpunkt die
Schrift „vom ersten Grunde des Unterschiedes der Gegenden im Raume".
Innerhalb dieser Grenzen verläuft die erste Periode. So sehr dieselbe
in fortschreitender Linie dem kritischen Wendepunkte zustrebt, bleibt sie
doch so weit davon entfernt, daß geradezu eine Entdeckung nöthig war,
um den letzten Schritt des Uebergangs zu machen. Die entscheidende
Wendung lag in der neuen Lehre von Raum und Zeit. Ich kann an
dieser Stelle nicht näher begründen, sondern nur erzählend vorweg=
nehmen, daß Raum und Zeit nicht als Dinge oder Verhältnisse außer
uns, sondern als Vorstellungsweisen in uns, als Formen nicht unseres
Verstandes, sondern unserer Sinnlichkeit, d. h. als ursprüngliche An=
schauungen erklärt wurden. Wie Kant diese Entdeckung gemacht und
was dieselbe bedeutet, werden wir später an seinem Orte ausführlich
erörtern. Hier fügen wir nur noch hinzu, daß mit diesem neuen Begriff
auch die kritische Philosophie im Entwurfe feststand. Gerade in diesem
Punkte zeigt sich die himmelweite Differenz zwischen Kants erster und
zweiter Periode. In der ersten nämlich gilt der Raum durchgängig als
in der Natur der Dinge gegeben; die dogmatischen Philosophen sämmt=
lich betrachteten den Raum als etwas Objectives, sei es daß sie denselben
mit Leibniz für die bloße Ordnung der Dinge oder mit Descartes und
Locke für deren Eigenschaft hielten, welche die Einen durch den bloßen

Verstand, die Andern durch die bloße Erfahrung erkennen wollen. Nach dieser Fassung war der Raum entweder ein metaphysischer oder ein empirischer Begriff, in beiden Fällen hatte er ein objectives, von unserer Anschauung unabhängiges Dasein. So sehr nun Kant schon im Verlaufe seiner ersten Periode der dogmatischen Metaphysik widerstrebt und sich mit jedem Schritte weiter von ihr entfernt: in Ansehung des Raumes denkt er dogmatisch, er glaubt an das objective Dasein desselben sowohl in seiner ersten Schrift von der wahren Schätzung der lebendigen Kräfte als in der letzten, die von dem kritischen Wendepunkte nur um zwei Jahre absteht. Darin stimmen beide Schriften überein, daß sie den Raum als etwas objectiv Gegebenes ansehen. Aber innerhalb dieser gemeinschaftlichen (dogmatischen) Vorstellungsweise bilden sie einen charakteristischen Gegensatz: das Verhältniß des Weltraums zur Materie faßt der Philosoph in seiner ersten Schrift ganz anders als in der letzten: dort verhält sich der Raum zur Materie wie die Folge zum Grund, so daß derselbe ohne Körper nicht begriffen werden kann; hier dagegen gilt der Raum als der Urgrund aller Materie. In seiner ersten Schrift sagt Kant wörtlich: „Es ist leicht zu erweisen, daß kein Raum und keine Ausdehnung sein würden, wenn die Substanzen keine Kraft hätten, außer sich zu wirken, denn ohne diese Kraft ist keine Verbindung, ohne diese keine Ordnung, ohne diese endlich kein Raum". In seiner letzten will er mathematisch beweisen: „daß der absolute Raum unabhängig von dem Dasein aller Materie und selbst als der erste Grund der Möglichkeit ihrer Zusammensetzung eine eigene Realität habe". Vergleichen wir diese Urtheile, welche Kants erste Periode begrenzen, so halten beide den Raum für etwas Objectives, aber im ersten erscheint der Raum als das Product der Körper, im zweiten als deren Voraussetzung. Vergleichen wir mit diesem letzten Urtheile die kritische Philosophie, so halten beide den Raum für etwas Ursprüngliches, aber nach jenem bildet der Raum eine ursprüngliche Realität, unabhängig von unserer Anschauung; nach dieser ist er nichts anderes als eine Grundform der letzteren. Kant endet seine vorkritische Periode damit, daß er die Ursprünglichkeit des Raumes behauptet und die Objectivität desselben festhält, wogegen die kritische damit beginnt, daß er die Ursprünglichkeit des Raumes festhält und die Idealität desselben entdeckt.

———

Achtes Capitel.

Kants naturphilosophische Untersuchungen. Kraft und Materie, Bewegung und Ruhe.

Von den Werken unseres Philosophen ist ein beträchtlicher Theil naturwissenschaftlichen Fragen und Forschungen gewidmet, der Zahl nach (mit Einschluß der Anthropologie) achtzehn, von denen zwei Drittheile im Laufe der vorkritischen Periode erschienen, das letzte in dem der kritischen. Indessen ist darunter nur eine einzige Schrift, die von der Vernunft= kritik unmittelbar abhängt und einen Bestandtheil des neuen Lehr= gebäudes bildet: die metaphysischen Anfangsgründe der Naturwissenschaft vom Jahre 1786. Die Anthropologie wurzelt in der vorkritischen Zeit, wo Kant bereits die Vorlesungen darüber begann und mit denen über physische Geographie verknüpfte. Die beiden Abhandlungen über die Menschenracen (1775 und 1785) gehören in die Anthropologie, und die beiden Abhandlungen über den Mond (1785 und 1794) haben nichts mit den kritischen Grundfragen zu thun, sondern sind kleine und gele= gentliche Monographien, die in das Gebiet der Kosmologie fallen. Mit einer einzigen Ausnahme behandeln demnach sämmtliche naturwissen= schaftlichen Werke Kants Themata aus der vorkritischen Zeit, die meisten entstehen während dieser Periode, sie erfüllen den Anfang derselben und erscheinen mit Ausnahme der ersten und frühsten in den fünf Jahren von 1754—58.

Wir unterscheiden sie, wie schon in der bibliographischen Grup= pirung angedeutet wurde, in naturphilosophische und naturge= schichtliche: jene betreffen die physikalischen Grundfragen nach dem Wesen und Begriffe der Kraft, der Materie, der Bewegung und Ruhe, diese haben zu ihrem Gegenstand die Naturgeschichte d. h. die Entstehung und Entwicklung des Weltalls, des Planetensystems, der Erde, der Menschheit, sie sind kosmologisch, geologisch und anthropologisch. Die Entwicklungsgeschichte der natürlichen Dinge ist der rothe Faden, der sie verknüpft, der einheitliche Plan, zu dem sie gehören, so wenig sie auch diesen Plan im Einzelnen ausführen. Ein großer Zusammenhang tritt uns in den Untersuchungen Kants entgegen: die naturgeschichtlichen stützen sich auf die naturphilosophischen und sind Glieder einer deutlich erkennbaren Kette; die naturwissenschaftlichen Werke überhaupt sind die

Vorbereitungen und Vorstufen der kritischen. Die Entstehung und Ent=
wicklung des Kosmos besteht in materiellen Kraftleistungen, die ohne
richtige Einsicht in das Wesen der Kraft und Materie unerklärlich bleiben.
Als Kant seine „Gedanken von der wahren Schätzung der lebendigen
Kräfte" niederschrieb, hatte er schon das Problem vor Augen, dessen
Lösung in der „Naturgeschichte des Himmels" neun Jahre später er=
schien. Die „metaphysischen Anfangsgründe der Naturwissenschaft" wur=
zeln nicht blos in der „Kritik der reinen Vernunft", sondern auch in
dem „neuen Lehrbegriff der Bewegung und Ruhe", einer Schrift, die
Kant fast ein Menschenalter früher herausgab. Die Frage nach der
Entstehung und Entwicklung der Dinge ist, wie in der Einleitung
dieses Werks gezeigt wurde, kritisch gerichtet; sie muß folgerichtig fort=
schreiten bis zu der Frage nach der Entstehung und Entwicklung der
Erkenntniß der Dinge: das erste Problem erfüllt die naturwissenschaft=
lichen Werke, das zweite die Vernunftkritik. Dies ist der einleuchtende
Zusammenhang beider.

I. Die Kraft und das Kräftemaß.

1. Die Streitfrage.

Als Kant seine „Gedanken von der wahren Schätzung der leben=
digen Kräfte" veröffentlichte, fühlte er sich zu einer Geistesthat berufen,
die mit völliger Unabhängigkeit eine wichtige Streitfrage lösen, schieds=
richterlich entscheiden und den Anfang einer großen, ihm beschiedenen
Laufbahn machen sollte. Er ist nie ruhmredig gewesen, aber das Ge=
fühl der eigenen Kraft und ihrer Tragweite hat sich in keinem seiner
Werke so vernehmbar und so kühn ausgesprochen, als in dieser Schrift
des dreiundzwanzigjährigen Jünglings. Hier vereinigte sich, wie nie
wieder, der Muth der Jugend mit dem der Wahrheit. „Nunmehro kann
man es kühnlich wagen", heißt es gleich in den ersten Worten der
Vorrede, „das Ansehen der Newtons und Leibnize für nichts zu
achten, wenn es sich der Entdeckung der Wahrheit entgegensetzen sollte,
und keinen anderen Ueberredungen als dem Zuge des Verstandes zu
gehorchen." „Wenn es vor dem Richterstuhle der Wissenschaften auf die
Anzahl ankäme, so würde ich eine sehr verzweifelte Sache haben. Allein
diese Gefahr macht mich nicht unruhig. Denn es ist die Menge der=
jenigen, die, wie man sagt, nur unten am Parnaß wohnen, die kein
Eigenthum besitzen und keine Stimme in der Wahl haben." „Es steckt
viel Vermessenheit in diesen Worten: die Wahrheit, um die sich die

größten Meister der menschlichen Erkenntniß vergeblich beworben haben, hat sich meinem Verstande zuerst dargestellt. Ich wage es nicht, diesen Gedanken zu rechtfertigen, allein ich wollte ihm auch nicht gern absagen." "Ich habe mir die Bahn vorgezeichnet, die ich halten will. Ich werde meinen Lauf antreten, und nichts soll mich hindern ihn fortzusetzen."*) Diese Kühnheit thut seiner Bescheidenheit keinen Eintrag. "Ich will mich der Gelegenheit dieses Vorberichts bedienen, eine öffentliche Erklärung der Ehrerbietigkeit und Hochachtung zu thun, die ich gegen die großen Meister unserer Erkenntniß, welche ich jetzo die Ehre haben werde, meine Gegner zu heißen, jederzeit hegen werde und der die Freiheit meiner Urtheile nicht den geringsten Abbruch thun kann."**)

Die Frage betraf das Maß oder die Schätzung der bewegenden Naturkräfte. Descartes schätzte die Größe der bewegenden Kraft gleich dem Product der Masse in die einfache Geschwindigkeit, Leibniz dagegen gleich dem Product der Masse in das Quadrat der Geschwindigkeit: darin bestand die Streitsache der beiden metaphysischen Richtungen und Schulen. Kant sah auf jeder Seite Wahrheit und Irrthum und suchte die schiedsrichterliche Entscheidung in einem Satz, der die Wahrheiten vereinigen und die Irrthümer vermeiden sollte. Diese Art der Entscheidung erschien ihm von vornherein als eine erprobte Regel für den Schiedsrichter. "Wenn Männer von gutem Verstande ganz wider einander laufende Meinungen behaupten, so ist es der Logik der Wahrscheinlichkeit gemäß, seine Aufmerksamkeit am meisten auf einen gewissen Mittelsatz zu richten, der beiden Parteien in gewissem Maße Recht läßt." "Es heißt gewissermaßen die Ehre der menschlichen Vernunft vertheidigen, wenn man sie in den Personen scharfsinniger Männer mit sich selber vereinigt und die Wahrheit, die von der Gründlichkeit solcher Männer niemals gänzlich verfehlt wird, auch alsdann herausfindet, wenn sie sich gerade widersprechen."***)

2. Die Vereinigung.

Nun gelangte der Philosoph zu seinem Mittelsatz dadurch, daß er zwei Hauptarten der Bewegungen und demgemäß zwei Arten der bewegenden Kräfte und des Kräftemaßes unterschieden wissen wollte: es

---

*) Vorrede. § I. III. VI. VII. (Bd. VIII. S. 7—11). — **) Ebendas. Vorr. § IX. (S. 13 flgd.) — ***) Ebendas. Hauptst. I. § 20. Hauptst. III § 125 (S. 35 u. 168).

gebe unfreie und freie Bewegungen, jene werden durch todte, diese durch lebendige Kräfte ausgeübt, für die todten Kräfte gelte das cartesianische Kräftemaß, für die lebendigen das leibnizische. Frei sei die Bewegung, die sich in dem Körper, dem sie mitgetheilt worden, selber erhalte und ins Unendliche fortdauere, wenn kein Hinderniß sich entgegensetze; die unfreie dagegen beruhe nur auf der äußerlichen Kraft und verschwinde, sobald diese aufhöre sie zu erhalten. Ein Beispiel der ersten Art seien die geschossenen Kugeln und alle geworfenen Körper, eines der zweiten die Bewegung der von der Hand sachte fortgeschobenen Kugel oder sonst alle Körper, die getragen oder mit mäßiger Geschwindigkeit gezogen werden.*)

Die cartesianisch=leibnizische Streitfrage hängt mit den Grund= begriffen beider Philosophen auf das Genaueste zusammen und wurzelt in ihrer Metaphysik. Nach den dualistischen Principien des ersten sind die Körper bloße Raumgrößen, nach den monadologischen des anderen dagegen Kräfte oder Krafterscheinungen; Descartes denkt den Körper geometrisch, Leibniz dagegen dynamisch (physikalisch); die mathematischen Körper sind kraftlos und nur von außen bewegbar, die physischen da= gegen energisch und selbstbewegt. Der Unterschied der todten und leben= digen Kräfte kommt gleich dem Unterschiede der mathematischen und natürlichen Körper. „Der Körper der Mathematik ist ein Ding, welches von dem Körper der Natur ganz unterschieden ist.“ „Die Mathematik erlaubt nicht, daß ihr Körper eine Kraft habe, die nicht von demjeni= gen, der die äußerliche Ursache seiner Bewegung ist, gänzlich hervor= gebracht worden. Also läßt sie keine andere Kraft in dem Körper zu, als insoweit sie von draußen in ihm verursacht worden, und man wird sie daher in den Ursachen seiner Bewegung allemal genau und in eben demselben Maße wieder antreffen. Dieses ist ein Grundgesetz der Mechanik, dessen Voraussetzung aber auch keine andere Schätzung als die carte= sianische stattfinden läßt. Mit dem Körper der Natur aber hat es eine ganz andere Beschaffenheit. Derselbe hat ein Vermögen in sich, die Kraft, welche von draußen durch die Ursache seiner Bewegung in ihm erweckt worden, von selber in sich zu vergrößern.“**)

8. Die Widerlegung.

Der mathematischen Betrachtungsweise kann nur die todte Kraft einleuchten, sie vermag nur diese zu erkennen und zu schätzen, daher

*) Ebendas. Hptst. I. § 15–16. — **) Ebendas. Hptst. III. § 114–15.

gilt für und durch sie nur das cartesianische Kräftemaß. „Die Gründe der Mathematik werden immer Cartesius' Gesetze bestätigen."*) Wäre der physische Körper nur geometrisch, so würde Descartes durchaus Recht haben. Dem aber ist nicht so. Der natürliche Körper ist dynamisch, er hat in sich eine eigene Kraftquelle, es giebt in der Natur lebendige Kräfte, die Descartes verneint hat und auf Grund seiner blos geometrischen Betrachtungsart verneinen mußte: darin besteht seine Einseitigkeit und sein Irrthum, er hat die Grenze der mathematischen Erkenntniß verkannt und überschritten. Daß Leibniz die Wirksamkeit lebendiger Kräfte, deren Maß das Quadrat der Geschwindigkeit ist, in den Bewegungserscheinungen der Körper erkannte, war seine unbestreitbar richtige Einsicht, aber sein Irrthum war, das Dasein und Maß dieser Kräfte auf mathematischem Wege ausmachen zu wollen. „Vor dieser Gattung der Betrachtung (nämlich der mathematischen) werden sich diese Kräfte ewig verbergen; nichts wie irgend eine metaphysische Untersuchung oder etwa eine besondere Art von Erfahrungen kann uns selbige bekannt machen. Wir bestreiten also", sagt Kant in Rücksicht auf die leibnizische Lehre, „nicht eigentlich die Sache selbst, sondern den modum cognoscendi."**) Unser jugendlicher Philosoph prüft schon die Art und Tragweite der Erkentniß, er findet, daß die mathematische nur bis zu den geometrischen Körpern und zu den todten Kräften reiche, darum mit Unrecht von Descartes auf die natürlichen Körper ausgedehnt und mit Unrecht von Leibniz auf die lebendigen Kräfte angewendet werde.

4. Der leibnizische Kraft= und Raumbegriff.

In den Grundbegriffen ist Kant gegen Descartes mit Leibniz einverstanden. Die Körper sind nicht kraftlos und der Raum (Ausdehnung) nicht ihr Attribut, vielmehr sind beide Krafterscheinungen oder Producte: im Körper erscheint das Kraftwesen in seiner ausschließenden Sphäre, im Raum erscheint die dadurch erzeugte Coexistenz oder Ordnung der Körper. „Es ist leicht zu erweisen, daß kein Raum und keine Ausdehnung sein würden, wenn die Substanzen keine Kraft hätten, außer sich zu wirken. Denn ohne diese Kraft ist keine Verbindung, ohne diese keine Ordnung und ohne diese endlich kein Raum."***) Kraft und Kraftwesen sind das Erste, Körper und Raum das Zweite; jene sind ursprünglich und primär, diese abgeleitet und secundär. Da nun die

---

*) Ebendas. Hauptst. II. § 28. — **) Ebendas. II. § 50. — ***) Ebendas. Hauptst. I. § 9. S. voriges Cap. S. 120.

126

bewegende Kraft das Dasein des Körpers voraussetzt, so sollte man die
wesentliche Kraft des Körpers, die ihm zu Grunde liegt, nicht bewe=
gend nennen, sondern „actio“. Man würde dann die wechselseitige
Einwirkung zwischen Seele und Körper (influxus physicus) wohl ver=
stehen können, was unmöglich ist, wenn dem Körper als solchem die
bewegende, von der vorstellenden grundverschiedene Kraft zukommen
soll.*) Da die Kraftwesen völlig unabhängig von einander sind und
ihre Coexistenz und Relation erst mit dem Raume hervorbringen, so ist
ihr Dasein nicht an den Raum noch an eine bestimmte Art des Raumes
gebunden, es sind daher viele von einander unabhängige Welten mög=
lich, was unmöglich wäre, wenn unser Raum mit seinen drei Dimen=
sionen die einzige Art des Raumes wäre. Deshalb sind „vielerlei
Raumesarten“ möglich, und „die Wissenschaft derselben wäre unfehlbar
die höchste Geometrie, die ein endlicher Verstand unternehmen könnte“.
Daß wir einen mehr als dreidimensionalen Raum nicht haben und
vorzustellen im Stande sind, muß in der besonderen Wirkungsart unserer
Weltkräfte und der besonderen Vorstellungsart unserer Seele seinen
Grund haben. Wir übersehen nicht, daß Kant hinzufügt: „Diese Ge=
danken können der Entwurf zu einer Betrachtung sein, die ich mir vor=
behalte.“**)

5. Die Probe der Welterklärung.

In einem Punkte waren die beiden in der Schätzung der Natur=
kräfte streitenden Metaphysiker einverstanden: sie anerkannten in der
Körperwelt nur die Wirksamkeit repulsiver Kräfte, Descartes stand
gegen Galilei und verneinte die Schwere, Leibniz gegen Newton in der
Verneinung der Attraction. Ohne die Gesetze der Gravitation ist die
Entstehung und Ordnung des Weltgebäudes nicht zu erklären. An der
Lösung dieser Aufgabe scheitert die Lehre von der Kraft in den bis=
herigen metaphysischen Systemen. Zur Frage der Kosmogonie verhalten
sich die metaphysischen Naturphilosophen, wie einst die ptolemäischen
Astronomen zur Frage der Planetenbewegung. In den gemachten Ver=
suchen vermißt Kant die einfache naturgemäße Wahrheit und findet ein
Gebäude künstlicher Hypothesen. Die Theorie der Wirbel erscheint ihm,
wie einst dem Copernikus die der Epicykeln. „Sie sind genöthigt wor=
den, ihre Einbildungskraft mit künstlich ersonnenen Wirbeln müde zu

*) Gedanken von der wahren Schätzung u. s. f. Hauptst. I. § 1—6. S. oben
Cap. III. S. 47 flgd. — **) Gedanken u. s. f. Hptst. I. § 7—11. (Bd. VIII. S. 23—28).

machen, eine Hypothese auf die andere zu bauen und anstatt daß sie uns endlich zu einem solchen Plan des Weltgebäudes führen sollten, der einfach und begreiflich genug ist, um die zusammengesetzten Erscheinungen der Natur daraus herzuleiten, so verwirren sie uns mit unendlich viel seltsamen Bewegungen, die viel wunderbarer und unbegreiflicher sind, als alles dasjenige ist, zu dessen Erklärung selbige angewandt werden sollen." „Aber endlich wird doch diejenige Meinung die Oberhand behalten, welche die Natur, wie sie ist, das ist einfach und ohne unendliche Umwege schildern. Der Weg der Natur ist nur ein einziger Weg. Man muß daher erstlich unzählig viel Abwege versucht haben, ehe man auf denjenigen gelangen kann, welcher der wahre ist." *)

6. Die bisherige Metaphysik.

Den wahren Weg erblickt Kant in der Einsicht: „wie ein Körper eine wirkliche Bewegung durch eine Materie empfangen könne, die doch selber in Ruhe ist". Der Ursprung der Bewegung in der Körperwelt und die Bildung des Kosmos bleibt unerklärt, wenn entweder bewegte Körper vorausgesetzt oder der göttliche Wille und seine Machtwirkung zu Hülfe gerufen werden. Man erkennt in dem kantischen Satz die Hinweisung auf die allgemeine Attraction der Materie. Es ist aber nicht genug, diese Lehre zu behaupten, sie muß, da es sich um eine Grundkraft der Materie handelt, aus dem Wesen derselben einleuchtend gemacht werden. Und dies ist eine Aufgabe der Metaphysik. „Es ist wahr, der Grund dieses Gedankens ist metaphysisch und also auch nicht nach dem Geschmack der jetzigen Naturlehrer, allein es ist zugleich augenscheinlich, daß die allerersten Quellen von den Wirkungen der Natur durchaus ein Vorwurf der Metaphysik sein müssen." **)

Offenbar hatte Kant besonders den Mangel dieser Einsicht im Auge, wenn er gleich in der Einleitung seiner Schrift der bisherigen Metaphysik vorwarf, daß ihr die gründliche Erkenntniß fehle. „Unsere Metaphysik ist, wie viele andere Wissenschaften, nur an der Schwelle einer recht gründlichen Erkenntniß; Gott weiß, wenn man sie selbige wird überschreiten sehen. Es ist nicht schwer, ihre Schwäche in manchem zu sehen, was sie unternimmt. Man findet sehr oft das Vorurtheil als die größte Stärke ihrer Beweise. Nichts ist hieran mehr Schuld als die herrschende Neigung derer, die die menschliche Erkenntniß zu erweitern

---

*) Ebendas. Hptst. II. § 51. — **) Ebendas. (Bd. VIII. S. 68.)

suchen. Sie wollten gern eine große Weltweisheit haben, allein es wäre zu wünschen, daß es auch eine gründliche sein möchte."*)

Unverkennbar trägt sich der jugendliche Philosoph mit großen Auf=gaben, die ihn weiter führen, als sein verfehlter Versuch, die Streit=frage des Kräftemaßes durch eine Vermittlung zwischen Descartes und Leibniz zu entscheiden. Er will verbessern, was er tadelt. Die mathe=matische Erkenntniß soll nicht über ihre Grenze erweitert, die Metaphysik nicht im Zustande ihrer ungründlichen Einsicht gelassen werden, die mit der Erfahrung und der Natur der Dinge streitet. Ohne den Namen zu nennen, zeigt sich Kant als ein Anhänger der Naturphilosophie und Attractionslehre Newtons, aber es fehlt derselben die metaphysische Begründung und die kosmogonische Anwendung: jene versucht unser Philosoph in der „physischen Monadologie", diese in seiner „Natur=geschichte des Himmels".

II. Zustände und Kräfte der Materie.

1. Das Feuer.

Daß die cartesianische Lehre von der Materie und bewegenden Kraft mit der Natur der Dinge streitet, erhellt auch daraus, daß sie nicht im Stande ist, die Verschiedenheit der körperlichen Aggregatzustände zu erklären; sie setzt den Grund der Festigkeit des Körpers in die durch=gängige Ruhe, den der Flüssigkeit in die durchgängige Bewegung seiner kleinsten Theile, daher dort der Zusammenhang und Widerstand gegen jede einbringende Bewegung der stärkste, hier dagegen der geringste sei.**) Diese Lehre widerlegt Kant gleich im Eingange seiner Promo=tionsschrift „de igne".***) Die Cohäsionszustände seien Wirkungen einer elastischen Materie, in deren undulatorischer oder schwingender Bewegung das bestehe, was man Wärme nenne; die schwingende Ma=terie sei der Aether (Licht), die Materie des Feuers sei die Wärme, die der Wärme der Aether, der die Zwischenräume des Körpers erfülle und durch die Attraction der materiellen Theile zusammengedrückt werde. In diesen seinen Auseinandersetzungen stützt sich Kant auf Newtons Lehre vom Licht.†)

---

*) Ebendas. Hptst. 1. § 19. — **) Vergl. dieses Werk Bd. I. Th. I. (3. Aufl. 1878.) Buch II. Cap. VIII. S. 349 flgd. — ***) S. o. S. 107. N. 2, 1. — †) De igne. Sect. I. Prop. I—IV. Sect. II. Prop. VI—VIII: Materia ignis = materia elastica, — ejusque motus undulatorius s. vibratorius id est, quod caloris nomine venit. Materia caloris — ipse aether (s. lucis materia).

2. Physikalische Monadologie.

So lange die Metaphysik in den Körpern keine andere Kraft erkennt als die der Repulsion, kann sie das Dasein der Materie, die
Existenz der Körper nicht erklären und steht in Widerstreit mit der
mathematischen Naturphilosophie, den Grundthatsachen der Physik und
Geometrie; sie verneint, was diese bejahen: die unendliche Theilbarkeit
des Raumes, die Leere, die allgemeine Attraction der Körper. „Greise
und Pferde lassen sich leichter unter ein Joch bringen als die Transcen-
dentalphilosophie (Metaphysik) mit der Geometrie.“ Nun setzt sich Kant
die Aufgabe, die leibnizische Monadenlehre mit der newtonschen Attractionslehre zu vereinigen. Der Körper ist eine zusammengesetzte Substanz,
die aus einfachen, untheilbaren Substanzen oder Monaden besteht, das
Element des Körpers ist eine physische Monas (Atom): daher nennt
Kant sein Thema „physische Monadologie“. Der Grundbegriff der leibnizischen Metaphysik sind die Monaden, der Grundbegriff der Geometrie
der Raum; jene sind untheilbar, dieser dagegen theilbar ins Unendliche. Wie können Monaden im Raum existiren? Wie läßt sich hier die
Metaphysik mit der Geometrie vereinigen? Die Auflösung dieser Frage
bezeichnet daher der Philosoph als „metaphysica cum geometria
juncta“ und seine physische Monadologie als die erste Probe ihrer Anwendung in der Naturphilosophie.*)

Jede Monade ist eine Kraft, die als solche eine ihr eigene, aus-
schließende Wirkungssphäre beschreibt und dadurch einen bestimmten Raum
erfüllt, unbeschadet ihrer Einfachheit. Zur Raumerfüllung gehört die
Undurchdringlichkeit und das bestimmte Volumen. Ohne die Kraft der
Repulsion keine Ausdehnung, keine Ausschließung, keine Undurchdringlichkeit; ohne die der Attraction (der wechselseitigen Annäherung der
Theile) kein begrenztes Volumen. Also sind nur durch die beständige
Wechselwirkung der Repulsion und Attraction in jedem Theil der Materie der raumerfüllende d. h. physische Körper möglich.**)

Diese Schrift enthält schon die Grundlage, worauf in der späteren,
kritischen Naturphilosophie Kants die „Dynamik“ beruht: die Construction der Materie als der gemeinsamen Leistung beider Grundkräfte der
Repulsion und Attraction.

---

*) S. oben S. 107. — **) Monadol. physica. Sect. I. Prop. I—III. V—VII.
Sect. II. Prop. X—XI.

3. Bewegung und Ruhe.

Aehnlich verhält es sich mit dem „Neuen Lehrbegriff der Bewe=
gung und Ruhe",*) worin einige der Grundbestimmungen entwickelt
sind, auf denen später die metaphysischen Anfangsgründe der Natur=
wissenschaft in ihrer „Phoronomie" und „Mechanik" fußen. Neu ist
weniger der Begriff der Bewegung, den Kant aufstellt, und den schon
Descartes mit gleichen Beispielen gelehrt hatte, als die Folgerungen,
die er daraus zieht, um die herkömmlichen Begriffe der Ruhe und
Trägheit zu entkräften. „Ich wage es", heißt es in der Vorbemerkung,
„die Begriffe der Bewegung und Ruhe, im gleichen der mit der letzteren
verbundenen Trägheitskraft zu untersuchen und zu verwerfen; ob ich
gleich weiß, daß diejenigen Herrn, welche gewohnt sind, alle Gedanken
als Spreu wegzuwerfen, die nicht auf der Zwangmühle des wolfischen
oder eines anderen berühmten Lehrgebäudes aufgeschüttet worden, bei
dem ersten Anblick die Mühe der Prüfung für unnöthig und die ganze
Betrachtung für unrichtig erklären werden." Er wünscht sich gleich im
Eingange seiner Schrift solche Leser, welche die cartesianische Forderung
des gründlichen Zweifels erfüllen, für einen Augenblick alle Vorurtheile
aufgeben, alle erlernten Begriffe vergessen und den Weg zur Wahrheit
ohne einen anderen Führer als die bloße gesunde Vernunft antreten
können.**)

Bewegung ist Ortsveränderung, und da der Ort eines Dinges nur
aus seiner Lage und äußeren Beziehung zu seiner Umgebung einleuchtet,
so besteht die Bewegung in der Veränderung der äußeren Beziehungen
oder räumlichen Relationen des Körpers: sie ist daher durchaus relativ.
Dasselbe gilt von der Ruhe. Daher kann ein Körper zugleich ruhend
und bewegt sein, wenn er in Rücksicht auf gewisse Körper seinen Ort
behält, während er denselben in Rücksicht auf andere wechselt. So ruht
z. B. im Schiff die auf einem Tisch liegende Kugel in Rücksicht des
Tisches und der Theile des Schiffsraumes, während sie mit dem Schiff
stromabwärts treibt in der Richtung des Stromes, es sei von Morgen
gegen Abend, und gleichzeitig in der entgegengesetzten Richtung an der
Bewegung der Erde um ihre Achse und um die Sonne Theil nimmt.
Wird nun nicht genau unterschieden, in welchen Beziehungen die Ruhe
und in welchen anderen die Bewegung stattfindet, so lassen sich die
gleichzeitigen Zustände der Bewegung und Ruhe in demselben Körper

---

*) S. ob. S. 108. — **) Neuer Lehrbegriff u. s. f. (Bd. VIII. S. 427).

nicht unterscheiden, und es entsteht eine völlige Verwirrung. Deshalb darf man den Ausdruck der Bewegung und Ruhe niemals in absolutem Verstande brauchen, sondern stets nur in relativem.

Genau so hatte auch Descartes geurtheilt und die definitive Be= stimmung der Bewegung und Ruhe davon abhängig gemacht, ob ein Körper seinen Ort in Rücksicht auf die ihm benachbarten Theile der Materie ändert oder nicht. Bewegung sei Ortsveränderung im Sinn der Ortsversetzung (Transport).*)

Diesen Lehrbegriff, der den relativen Charakter der Bewegung und Ruhe aufzuheben scheint, verwirft Kant. Wenn ein Körper B sich einem andern A nähert, während dieser in derselben Nachbarschaft beharrt, so sagt man: B bewege sich gegen den Körper A, welcher ruht. Dies ist falsch. A ruht in Rücksicht auf seine Umgebung, es ruht nicht in Rücksicht auf B. Bewegung ist Ortsveränderung. Wenn also B seinen Ort in Beziehung auf A ändert, so ändert A eben dadurch auch seinen Ort in Beziehung auf B, d. h. es bewegt sich in dieser Beziehung. Ruhe und Bewegung sind Relationen. Der Körper A bewegt sich, ab= gesehen von denjenigen Körpern, in Rücksicht auf welche er ruht. Jede Ortsveränderung ist, weil relativ, auch wechselseitig. Wenn B sich dem Körper A nähert, so ist die Annäherung wechselseitig, und A nähert sich dem Körper B mit demselben Grade der Bewegung. Daraus folgt: „1. Ein jeder Körper, in Ansehung dessen sich ein anderer bewegt, ist auch selber in Ansehung jenes in Bewegung, und es ist also unmög= lich, daß ein Körper gegen einen anlaufen sollte, der in absoluter Ruhe ist. 2. Wirkung und Gegenwirkung ist in dem Stoße der Körper immer gleich."**) Da der Bewegungs= und Ruhezustand eines jeden Körpers durchaus relativ ist, d. h. von andern Körpern abhängt, so kann weder von absoluter Ruhe noch von einer Trägheitskraft die Rede sein, ver= möge deren jeder Körper in dem Zustande, worin er ist, beharren soll.

Dieser neue Lehrbegriff von der durchgängigen Relation der Be= wegung und Ruhe wird uns später in den Constructionen der Phoro= nomie und die darauf gegründete Folgerung von der wechselseitigen Relation jeder Ortsveränderung als „Schlüssel zur Erläuterung der Gesetze des Stoßes" in der Mechanik wieder begegnen.***)

---

*) Vergl. Bd. I. Th. I. 3. Aufl. S. 340—42. — **) Neuer Lehrbegriff der Bewegung und Ruhe. (Bd. VIII. S. 432.) — ***) Ebendas. (S. 436 flgb.)

Neuntes Capitel.

Kants naturgeschichtliche Forschungen. A. Kosmogonie.

I. Die Aufgabe der Kosmogonie.

Durch seine „Allgemeine Naturgeschichte und Theorie des Himmels" ist Kant der Begründer der modernen Kosmogonie.[*]) Der Plan dieses seines zweiten Jugendwerkes war gefaßt, als er das erste schrieb und hier in den Kraftbegriffen der bisherigen Metaphysik das Unvermögen zur Erklärung des Weltgebäudes nachwies.[**]) Obwohl die Schrift erst 1755 erschien, ist sie früher entstanden, als die kleinen Abhandlungen, die der Philosoph ein Jahr vorher veröffentlichte, denn er gedenkt der Preisfrage über die Achsendrehung der Erde als eines Themas, das er demnächst behandeln werde.[***]) Eine ungünstige Fügung äußerer Umstände hat die Folge gehabt, daß dieses wichtigste und denkwürdigste der naturwissenschaftlichen Werke Kants in seiner Zeit so gut als unbekannt blieb, während heutzutage ihm keiner den Ruhm einer bahnbrechenden Geistesthat streitig macht. J. H. Lambert wußte nichts von seinem Vorgänger, als er seine „kosmologischen Briefe" herausgab (1761), worin er dieselbe Aufgabe in derselben Richtung zu lösen suchte; später führte ihre wissenschaftliche Uebereinstimmung beide Männer zu einem freundschaftlichen Briefwechsel (1765—70). Noch vierzig Jahre nach dem kantischen Werk hat Laplace in seiner berühmten „Exposition du système du monde" (1796) der Hauptsache nach dasselbe System mit denselben Gründen aufgestellt und weltkundig gemacht, ohne eine Ahnung von der Priorität des deutschen Philosophen. Giebt es doch deutsche Werke über „die Wunder des Himmels", worin die Lehre des französischen Astronomen von der Bildung der Weltkörper erzählt und gefeiert, aber der deutsche Begründer eben dieser Lehre nicht genannt wird. Mit Recht bezeichnet dieselbe Helmholtz in seinem Vortrage „über die Entstehung des Planetensystems" als „Kant-Laplace'sche Hypothese". Kant selbst gab in einer etwas späteren metaphysischen Schrift einen kurzen Abriß von den Grundgedanken seines, wie es schien, fast verlorenen Werks, doch konnte er dadurch die Verbreitung desselben nur

---

*) S. ob. Cap. VI. S. 107. — **) Vgl. Cap. VIII. S. 126—127. — ***) Allg. Naturgeschichte des Himmels u. s. f. Th. II Hauptst. IV. (Bd. VIII. S. 292).

in geringem Maße fördern, denn wer hätte mitten unter den Beweisen vom Dasein Gottes eine solche Art der Kosmogonie suchen sollen?*)

1. Der mechanische Welturſprung.

Die Aufgabe, die Kant ſich ſtellte und als der erſte zu löſen unter=
nahm, folgte aus dem Entwicklungsgange der neuen Aſtronomie und
hatte die Entdeckungen des Kopernikus, Galilei, Kepler und Newton zu
ihrer Vorausſetzung: das heliocentriſche Planetenſyſtem, die Geſetze des
Falls, der Planetenbewegung und der Gravitation. Die Verfaſſung des
Weltgebäudes mußte erkannt ſein, bevor die Frage nach ſeiner Ent=
ſtehung aufgeworfen und der Verſuch gemacht werden konnte, der mathe=
matiſchen Aſtronomie die phyſiſche hinzuzufügen. Es handelte ſich um
die Entſtehung des Weltſyſtems nicht im Sinn eines unmittelbaren gött=
lichen Schöpfungsactes, ſondern einer völlig naturgemäßen Entwicklung
durch die Kräfte der Materie ſelbſt, die nach nothwendigen Geſetzen aus
dem Chaos dieſes ſo geordnete und verfaßte Weltgebäude zu erzeugen
im Stande ſind. Wenn nach den Grundſätzen Newtons die mechaniſche
Verfaſſung des Syſtems der Weltkörper einleuchtete, ſo ſollte jetzt nach
eben dieſen Grundſätzen auch „der mechaniſche Urſprung des gan=
zen Weltgebäudes" erklärt werden: eine Sache, die Newton ſelbſt
für unmöglich gehalten, da er eine materielle Urſache, die den Umlauf
der Wandelſterne zu bewirken vermöge, in dem gegenwärtigen Welt=
ſyſtem nirgends entdecken konnte. „Er behauptete, die unmittelbare Hand
Gottes habe dieſe Anordnung ohne die Anwendung der Kräfte der Natur
ausgerichtet." Hier fand unſer Philoſoph ſeine Aufgabe. Er wußte
wohl, welchen Zweifeln von Seite der Wiſſenſchaft und welchen Ankla=
gen von Seite der Religion dieſer Verſuch einer mechaniſchen Kos=
mogonie begegnen werde, aber er war des Ungrundes beider gewiß
und von den neuen Ideen, denen er Bahn brach, durchdrungen. „Ich
ſehe alle dieſe Schwierigkeiten wohl und werde doch nicht kleinmüthig.
Ich empfinde die ganze Stärke der Hinderniſſe, die ſich entgegenſetzen,
und verzage doch nicht nicht. Ich habe auf eine geringe Vermuthung
eine gefährliche Reiſe gewagt und erblicke ſchon die Vorgebirge neuer
Länder."**)

----

*) Der einzig mögliche Beweisgrund zu einer Demonſtration des Daſeins
Gottes (1763). Abth. II. Betrachtung 7: Kosmogonie. (Bd. VI. S. 98—114.) —
**) Allg. Naturgeſch. des Himmels u. ſ. f. Vorrede. (Bd. VIII. S. 224.)

134

Der Versuch einer mechanischen Erklärung nicht blos der Verfas=
sung, sondern auch der Entstehung des Weltalls war als solcher nicht
neu. Im Alterthum hatten die atomistischen Philosophen Leucipp und
Demokrit, Epikur und Lucrez, in der neuen Zeit Descartes dieselbe
Aufgabe sich gesetzt und zu lösen gesucht: jene im Widerspruch mit den
Vorstellungen der Religion, dieser unbeschadet der Urwirksamkeit des
göttlichen Willens.*) Auch war in der atomistischen Lehre von der
chaotischen Zerstreuung des Urstoffs, von dem Fall und der Abweichung
der Atome, wie von der Entstehung kreisender Wirbelbewegungen man=
cherlei enthalten, was unser Philosoph seinen eigenen Ideen nicht un=
ähnlich fand. Aber das Ziel wurde verfehlt und die Aufgabe blieb
ungelöst. In der Lehre Epikurs regierte der Zufall die Weltbildung;
bei Descartes sollte alles durch repulsive Kräfte, durch Druck und Stoß
bewirkt werden, denn er verneinte die Schwere und kannte nicht die
Attraction und ihre Gesetze. So war es bisher unmöglich, aus der
Materie und ihrer Kraft die nothwendige und gesetzmäßige Entstehung
der Welt herzuleiten. Erst jetzt nach den Erleuchtungen, die von Newton
ausgingen, ließ sich ohne Vermessenheit sagen: „Gebet mir Materie,
ich will eine Welt daraus bauen! Das ist: Gebet mir Materie,
ich will euch zeigen, wie eine Welt daraus entstehen soll."**)

2. Die systematische Weltverfassung.

Die „systematische Verfassung des Weltbaues" ist die zu erklärende
Thatsache, der Erkenntnißgrund, woraus der gemeinsame, materielle,
mechanische Ursprung der Weltkörper einleuchten soll. Die Verfassung
unseres Planetensystems ist festgestellt, die Systeme höherer Sonnen=
welten (Firsterne und Nebelsterne) sind nach der Analogie der unsrigen
zu beurtheilen.

Unter der systematischen Verfassung unseres Weltgebäudes versteht
Kant die Ordnung und den Zusammenhang der sechs ihm bekannten
Planeten (Merkur, Venus, Erde, Mars, Jupiter und Saturn mit ihren
Monden). Zwischen diesen Planeten herrscht eine durchgängige Gemein=
schaft in Rücksicht 1. des Centralkörpers, den sie in elliptischen Bahnen
umkreisen, 2. der rechtläufigen Richtung sowohl ihres Umlaufs als ihrer
Rotation, 3. der Fläche, in welcher diese Umläufe stattfinden, und die

---

*) Ueber Descartes' Kosmogonie vergl. dieses Werk Bd. 1. Th. 1. (3. Aufl.)
S. 106—201, S. 350—57. — **) Allg. Naturgesch. u. s. w. Vorr. (S. 229—33).

von der verlängerten Aequatorialebene des Centralkörpers nur wenig abweicht. Je weiter die Planeten von ihrem gemeinsamen Mittelpunkte entfernt sind, um so geringer wird ihre Geschwindigkeit, um so größer ihre Excentricität, um so geringer ist ihre Dichtigkeit, um so größer Masse und Volumen. Es läßt sich annehmen, daß jenseits des Saturn und der vermuthlich noch höheren Wandelsterne die Excentricität der Bahnen dergestalt wächst, daß zuletzt der Lauf der Planeten in den der Kometen übergeht und auf diese Weise die Kluft zwischen beiden vermittelt wird. Diese Analogien sowohl ihrer Uebereinstimmung als ihrer stufenmäßigen, den Entfernungen vom Centralkörper proportionalen Verschiedenheit lassen uns den systematischen Charakter der Planetenwelt erkennen. Aus der Einheit ihres Systems erhellt die Einheit ihres Ursprungs. Nun ist der gemeinsame Ursprung noch nicht der materielle und mechanische; es könnte auch der göttliche Wille sein. Aber wir haben ein System vor uns, worin es Abweichungen von der Uebereinstimmung und Ausnahmen von der Regel giebt: diese Erscheinungen insgesammt werden sich durch das Zusammenwirken vieler materieller Ursachen, wobei auch wechselseitige Störungen eintreten müssen, zutreffender und zwangloser erklären lassen, als durch die unmittelbare Wirksamkeit göttlicher Wahl und Absichten.*)

Indessen scheint in einem wesentlichen Punkt die systematische Verfassung unseres Weltbaues der Annahme seiner mechanischen Erzeugung zu widerstreiten, ja dieselbe unmöglich zu machen. Die Umläufe der Planeten sind aus den Wirkungen zweier Kräfte zusammengesetzt: der Centripetal- und Centrifugalkraft ("der Gravität und der schießenden Kraft"). Jene folgt aus der Anziehung des Centralkörpers. Woher kommt diese? Woher der seitliche dem Planeten mitgetheilte Stoß, der den senkrechten Fall verhindert und in die kreisende Bahn des Umschwungs verwandelt? Um diese Schwungkraft auf natürlichem Wege zu erklären, fehlt die materielle Ursache, weil die Materie fehlt. Unsere Himmelsräume sind leer oder mit so dünnem Stoffe erfüllt, daß sich hier keine Quelle entdeckt, woraus jene Kräfte entspringen könnten. So sah Newton die Sache und darum erkannte er im Schwunge der Planeten die Grenze, "welche die Natur und den Finger Gottes, den Lauf der eingeführten Gesetze der ersteren und den Wink des letzteren von

---

*) Ebendas. Th. I. (Einleitung (Bd. VIII. S. 245—249). Th. II. Hauptst. 1. (S. 263—267.) Hptst. VIII. (S. 343—358).

einander scheidet". Es zeigte sich ihm kein anderer Ausweg, als „diese für einen Philosophen betrübte Entschließung".*)

Den Weg der Lösung entdeckt Kant. Er findet mit Newton, daß zur Mittheilung der Schwungkräfte d. h. zur Erzeugung der Planeten und ihrer Umläufe eine Quelle von Stoff vorhanden sein müsse, der in dem gegenwärtigen Zustande unseres Weltsystems fehlt, aber er faßt darum nicht jene „betrübte Entschließung". Unsere Himmelsräume sind (an einem solchen Stoff) leer: sie sind es geworden, sie waren es nicht von jeher; es gab einen Zustand, worin die Materie noch kein Kosmos war, sondern ein Chaos, ein völlig gestaltloser, dunstförmiger Urstoff, der sich durch die ganze Weite des Weltgebäudes erstreckte und aus dem kraft der Anziehung und Abstoßung nach rein mechanischen Gesetzen kosmische Sondermassen, centrale und peripherische Körper, Planeten und Kometen, Ringe und Monde sich entwickelt haben.

II. Die mechanische Weltentstehung.

1. Anfang der Weltbildung.

Im Urzustande, der aller Weltbildung vorausgeht, ist der Stoff in äußerster Disgregation durch den Raum zerstreut und verbreitet. In diesem kosmischen Nebel besteht das Chaos. Die Elemente des Grund= stoffs sind nur durch ihre größere oder geringere Dichtigkeit unterschie= den, ihre allein wirksamen Kräfte sind die der Zurückstoßung und An= ziehung. Je dichter die Elemente sind, um so weniger zerstreut, um so gesammelter und gedrängter ist ihr räumliches Dasein, um so größer ihr räumlicher Abstand von einander. Diese Sammelpunkte müssen so= gleich Mittelpunkte werden, die von allen Seiten her die leichteren Elemente anziehen. Dadurch wächst ihre Masse, dadurch die Größe ihrer Anziehungskraft. So entstehen „verschiedene Klumpen", die den chaotisch zerstreuten Stoff sammeln und das Material bilden, woraus die centralen Weltkörper hervorgehen. Hier ist der Anfang der Weltbildung. Wäre die Anziehung die einzig wirksame Kraft, so würde mit dem erreichten Gleichgewicht jener Massen die Ruhe eintreten und der Anfang der Weltbildung wäre zugleich deren Ende. Aber die entgegenwirkende Kraft der Zurückstoßung läßt die Elemente nicht zur Ruhe kommen. Durch den Streit dieser beiden Kräfte wird „das dauerhafte Leben der Natur" erzeugt und erhalten.**)

---

*) Ebendas. II. Hptst. VIII. (S. 351). — **) Ebendas. II. Hptst. I. (S. 265—68).

2. Die Entstehung der Sonne.

Sehen wir nun, wie von einem dieser Gravitationscentra aus der Gang der Weltbildung gesetzmäßig fortschreitet. Die leichteren Elemente senken sich gegen die schweren, die kleineren Massen gegen die größere, die dadurch vermehrt wird. Je größer die Masse, um so größer ihre Anziehungskraft. Die Senkung geschieht in der Linie und Richtung des Falls. Dieser Bewegung widerstrebt die Kraft der Zurückstoßung, die jeder Theil der Materie auf die benachbarten ausübt und von ihnen erleidet. Dadurch werden die Verticalbewegungen modificirt, seitlich abgelenkt und in Wirbelbewegungen verwandelt, die sich wechselseitig durchkreuzen und stören, aber eben so nothwendig ihren Streit auszugleichen bestrebt sind und ihre Bewegungen so lange einschränken, bis sie den Zustand der kleinsten Wechselwirkung erreicht haben und alle in derselben Richtung in horizontalen Linien d. h. in parallelen Zirkeln die Achse des Centralkörpers umkreisen. Dieser wird ein rotirender Ball, in welchem sich schwerere und leichtere Massen anhäufen, und der sich zuletzt in eine flammende Kugel verwandelt; die Hitze, die aus der Reibung der rotirenden Massen hervorgeht, erzeugt das Feuer; die leichteren Elemente, die fortwährend zuströmen, nähren und erhalten dasselbe. So entsteht die Sonne, welche die Welt um sich her erwärmt und erleuchtet.*)

3. Entstehung der Planeten und Kometen.

So weit die Wirkungssphäre des Centralkörpers reicht, werden die darin begriffenen Stoffe von dessen Anziehungskraft dergestalt beherrscht, daß sie entweder seine Masse durch ihren Fall vermehren oder in freien (parallelen) Zirkelläufen in derselben Richtung umkreisen müssen. Ist die Kraft des Schwunges geringer als die der Senkung, wie bei der größten Anzahl der zerstreuten Elemente des Grundstoffs, so folgt deren Fall; sind die beiden Kräfte einander gleich, so folgt der Umlauf. Diese Umläufe fordern nicht blos die gemeinsame Achse, sondern den gemeinsamen Mittelpunkt; nun ist unter den Parallelkreisen der Aequator der einzige, der durch den Mittelpunkt geht: daher müssen jene peripherischen Massen ihre Zirkelläufe in der verlängerten Aequatorialebene des Centralkörpers zu beschreiben suchen und sich deshalb nach den Gegenden des Weltraums drängen, die von beiden Seiten die bezeichnete Fläche so nah als möglich einschließen und den Centralkörper gleichsam gürtel-

*) Ebendas. II. Hptst. I. (S. 268 flgb.) Hptst. VII. Zugabe.

oder ringförmig umgeben. Wir sehen nicht mehr ein gestaltloses Chaos vor uns, sondern eine rotirende Centralmasse, um deren mittlere Zone sich nach Art einer Scheibe oder eines Ringes peripherische Massen gehäuft und gelagert haben, die das gemeinsame Centrum in derselben Richtung umkreisen.

Innerhalb dieser Rotationssphären bilden sich nun nach denselben Gesetzen, die den gemeinsamen Centralkörper erzeugt haben, neue Gravitationscentra, die den schwebenden Grundstoff, so weit ihre Kraft reicht, von allen Seiten anziehen und sammeln. So entstehen besondere Weltkörper, die denselben Mittelpunkt umkreisen: die Planeten. Jetzt hat es keinen Sinn mehr zu fragen: woher nehmen die Planeten jene Kräfte, die ihren Umschwung um die Sonne wie um ihre eigene Achse hervorbringen? Die Antwort heißt: sie brauchen Kräfte dieser Art nicht erst zu empfangen, sie bringen sie mit auf die Welt, sie sind schon in ihrem Ursprunge gegeben und gleichsam ihr Apriori, denn diese neuen Weltkörper entstehen aus Elementen, die eine solche kreisende Bewegung schon haben und sie nun im Umlauf wie in der Rotation des Planeten fortsetzen. Man kann auch nicht mehr fragen: wie kommt es, daß die Planeten mit ihren Umläufen auf eine gemeinsame Fläche bezogen sind? Ist doch die Zone des Weltraums, deren Mitte jene gemeinsame Fläche ausmacht, ihre Heimath und Geburtsstätte. So löst sich das bisherige Räthsel aus dem gemeinsamen, materiellen und mechanischen Ursprung der planetarischen Weltkörper, und es bedarf nicht mehr des wunderthätigen Eingriffs durch die Hand Gottes. Diese Erklärungsart hat der Philosoph als einen Charakterzug seines Systems ausdrücklich hervorgehoben: „Die Bildung der Planeten in diesem System hat vor einem jeden möglichen Lehrbegriffe dieses voraus, daß der Ursprung der Massen zugleich den Ursprung der Bewegungen und die Stellung der Kreise in eben demselben Zeitpunkte vorstellt." „Die Planeten bilden sich aus Theilchen, welche in der Höhe, da sie schweben, genaue Bewegungen zu Zirkelkreisen haben, also werden die aus ihnen zusammengesetzten Massen eben dieselben Bewegungen in eben dem Grade nach eben derselben Richtung fortsetzen."*)

Die Form der Planetenbahnen sind nicht genaue Zirkel, sondern Ellipsen von geringer und verschiedener Excentricität; die gemeinsame Fläche, in der diese Umläufe beschrieben werden, ist nicht genau die

---

*) Ebendas. II. Hptst. 1. (S. 268—271.) Vgl. Hptst. IV. (S. 291 flgd.)

Aequatorialebene der Sonne, sondern durchschneidet dieselbe und weicht von ihr nach beiden Seiten um einige Grade ab (Ekliptik); auch fallen die Planetenbahnen nicht genau in dieselbe Fläche, sondern sind etwas gegen einander geneigt: die Achse der Planeten steht auf ihrer Bahn nicht senkrecht, sondern schief, daher ihr Aequator nicht mit der Ekliptik zusammenfällt, sondern dieselbe in einem kleineren oder größeren Winkel schneidet (Schiefe der Ekliptik). Alle diese Abweichungen lassen sich füglich nicht aus Zwecken, wohl aber zur Genüge aus mechanischen Ursachen erklären, die theils im Ursprunge, theils in der Entwicklungsgeschichte der Planeten enthalten sind. Aus der örtlichen Lagerung und Häufung jener peripherischen Massen, welche die Kerne zur Planetenbildung in sich schließen, erklärt sich die Lage der Ekliptik, d. h. die Abweichung der planetarischen Umlaufsebene von der Aequatorialebene der Sonne. Die Stoffe, aus denen der Planet sich zusammensetzt, kommen aus verschiedenen Höhen oder Entfernungen vom Centralkörper, also mit verschiedener Geschwindigkeit, wodurch das Gleichgewicht der Central- und Schwungkraft gestört, also eine ungleichförmige Geschwindigkeit des Umlaufs d. h. die Excentricität der Bahn herbeigeführt wird. Da nun die Centralkraft um so schwächer wirkt, je weiter von deren Mittelpunkt die angezogenen Körper abstehen, so muß die Excentricität der Planetenbahnen mit den Entfernungen von der Sonne zunehmen und umgekehrt. Indessen sind die Bahnen des Merkur und Mars am meisten excentrisch. Die erste dieser Ausnahmen will Kant aus der Nachbarschaft der Sonne und den Folgen ihrer Achsenrotation, die zweite aus der Nachbarschaft des Jupiter und den Folgen seiner Anziehung erklären. Die Vielheit der Umstände, die an jeglicher Naturbeschaffenheit Theil nehmen, gestatten keine abgemessene Regelmäßigkeit.*)

Jenseits der Planeten wird mit den zunehmenden Entfernungen von der Sonne die Wirkung der Centralkraft so schwach und die Elemente des Grundstoffs, woraus sich neue Weltkörper bilden, so dünn und leicht, daß hier die Dunstkugeln der Kometen entstehen, die sich durch die Richtung, die Bahn und die Excentricität ihrer Umläufe von den Planeten unterscheiden und nicht mehr jene Regelmäßigkeit haben, die aus den gemeinsamen Bedingungen der letzteren folgte und ihren gemeinsamen Charakter bezeichnete.**)

*) Ebendaselbst II. Hauptst. I. (S. 271—73). Hauptst. III. (S. 283—85). —
**) Ebendas. II. Hptst. III. (S. 282 u. 285—88).

140

Es ist einleuchtend, daß die Theile des Urstoffs, je dichter und schwerer sie sind, um so tiefer gegen den Centralkörper vordringen und in um so größerer Nähe von demselben ihre Umläufe beginnen: daher müssen die Dichtigkeiten der Planeten sich umgekehrt verhalten, wie ihre Höhen oder Entfernungen. Es ist eben so einleuchtend, daß die Attractionssphäre der Planeten durch die der Sonne eingeschränkt wird und zwar um so mächtiger, je näher sie derselben stehen. Von der Weite der Attractionssphäre, die der Planet beherrscht, ist die Größe seiner Masse und seines Volumens abhängig: daher gilt der Satz, daß je größer die Entfernungen von der Sonne, um so größer Masse und Rauminhalt der Planeten sind. Daher sind Jupiter und Saturn größer als die unteren Planeten; doch ist der Jupiter größer als der Saturn und der Mars kleiner als die Erde: diese Ausnahme folgt aus eben demselben Grund als die Regel, denn die Attractionssphären werden in verschiedenen Graden nicht blos durch die des gemeinsamen Centralkörpers eingeschränkt, sondern beschränken sich auch gegenseitig.*)

Es wäre unrichtig, aus dem obigen Verhältniß der Dichtigkeiten zu schließen, daß der Centralkörper der dichteste sein müsse. Vielmehr sind in ihm alle Materien gehäuft, die der Centralkraft keinen Widerstand leisten konnten. Daher finden sich hier die Stoffe aller Art zusammen, während sie nach ihrer Dichtigkeit an die Planeten verhältnißmäßig (nach ihrer Entfernung von der Sonne) vertheilt sind. Die Erde ist viermal dichter als die Sonne. Und die Dichtigkeiten sämmtlicher Planeten müssen ungefähr der des Sonnenkörpers gleichkommen, wenn alle Weltkörper aus demselben Urstoff gebildet sind. Nun findet nach Buffons Rechnung ein solches Verhältniß (640 : 650) in der That statt. Diese Analogie bezeugt den gemeinsamen materiellen Ursprung der Sonne und Planeten: „sie ist genug", sagt Kant mit triumphirender Befriedigung, „um die gegenwärtige Theorie von der mechanischen Bildung der Himmelskörper über die Wahrscheinlichkeit der Hypothese zu einer förmlichen Gewißheit zu erheben."**)

4. Entstehung der Monde und Ringe.

Der Ursprung der Monde ist dem der Planeten völlig analog: sie entstehen in der Wirkungssphäre der letzteren aus Massen, die von der Centralkraft beherrscht werden, aber durch die Schwungkraft, die sie

*) Ebendas. II. Hauptst. II. (S. 273—76 u. 278—81). — **) Ebendas. II. Hptst. II. (S. 281).

erlangt haben, die Bewegung des Falls in die des Umlaufs verwan=
deln. Natürlich muß das Gebiet der planetarischen Attraction weit und
umfassend genug sein, um so viel Stoff und Spielraum zu besitzen, als
zur Bildung der Monde erforderlich ist: daher die großen Planeten
allein, wie Jupiter und Saturn, eine Mehrzahl von Trabanten haben,
während unter den kleineren nur die Erde von einem Monde begleitet
wird und blos von einem einzigen.*)

Die Geburtsstätte der Planeten, wie der Monde, sind die periphe=
rischen, um die mittlere Zone des Centralkörpers ringförmig angehäuf=
ten Massen. Einen solchen Ring, gleich einem Denkmal aus der Ur=
geschichte der Weltkörper, zeigt in unserem Planetensystem noch der
Saturn. Die Erscheinung desselben gehört unter die Thatsachen, welche
die Richtigkeit der kantischen Kosmogonie bezeugen. Sie gilt als eine
der seltsamsten und ist eine der begreiflichsten: „Ich getraue es mir zu
behaupten", sagt Kant, „daß in der ganzen Natur nur wenig Dinge
auf einen so begreiflichen Ursprung können gebracht werden, als diese
Besonderheit des Himmels aus dem rohen Zustand der ersten Bildung
sich entwickeln läßt." Es bedarf nur die Vorstellung einer rotirenden
Dunstkugel, um die mechanischen Ursachen zu verstehen, die jene Er=
scheinung erzeugt d. h. die Dunstmassen, die sich von der Oberfläche des
Planeten erhoben, in einen Ring umgestaltet haben, der nun in con=
centrischen Zirkelläufen seinen Centralkörper beständig umschwebt. Dieser
Ring ist ein Geschöpf des Planeten, aus der Atmosphäre desselben kraft
der Rotation entstanden. Mit der Geschwindigkeit des Umschwungs
wächst die Schwungkraft der atmosphärischen Theile; in der Aequatorial=
ebene des Centralkörpers ist ihr Umlauf nothwendig der schnellste: hier
erreichen die aufsteigenden Dunstmassen eine solche Höhe und Schwung=
kraft, daß sie nicht mehr an den Leib des Planeten gefesselt bleiben,
sondern sich losreißen und denselben in freien Zirkelläufen umkreisen.
So wird aus der atmosphärischen Dunstkugel eine Scheibe und aus
dieser ein Ring, da von beiden Hemisphären die Dunstmassen ihr
zustreben und sie umlagern.**)

5. Sonne, Mond und Erde.

Nicht blos die Entstehung, auch die Bildungsgeschichte der Welt=
körper geschieht auf analoge Weise. Ihr gemeinsamer Urzustand ist der
durch den Weltraum chaotisch zerstreute, dunstförmig ausgebreitete Stoff;

*) Ebendas. II. Hptst. IV. (S. 288—91). — **) Ebendas. II. Hptst. V. (S. 297—300).

142

dieſer kosmiſche Nebel braucht bei ſeiner äußerſten Disgregation einen
Vorrath gebundener Wärme; bei dem Uebergange in dichtere Zuſtände,
der mit der Wirkſamkeit der chemiſchen und mechaniſchen Attraction
eintritt, muß Wärme frei werden und zwar in Mengen, die der Größe
der Maſſen proportional ſind. Daher iſt mit dem Anfange der Welt=
bildung eine ungeheure Wärmeentwicklung nothwendig verbunden, und
zwar muß der Centralkörper, weil er die größte Maſſe ausmacht, alle=
mal auch die größte Hitze haben und erzeugen, d. h. er muß eine Sonne
werden.

Der Anfangszuſtand der beginnenden Weltkörper kann demnach
kein anderer ſein als der feuerflüſſige, ſie ſind auf ihrer erſten Bil=
dungsſtufe brennende Dunſtkugeln, die in Folge zunehmender Verdich=
tung Wärme ausſtrahlen, dadurch ihre Oberfläche allmählich abkühlen,
in den troſtbar flüſſigen Zuſtand verwandeln und zuletzt feſt machen.
So muß man ſich die Erde auf einer weiteren Bildungsſtufe als „ein
im Waſſer aufgelöſtes Chaos“ vorſtellen, als einen „Urſchlamm“, wie
die Alten ſagten, von dem die obere Atmoſphäre noch nicht geſchieden
war. Es gab damals nur eine unterirdiſche Atmoſphäre, elaſtiſche Dünſte
im Innern der Erde, deren Ausbrüche die Oberfläche umgeſtaltet und
die Unebenheiten derſelben erzeugt haben; die Urſachen unſerer Ur=
gebirge waren ſolche „atmoſphäriſche Eruptionen“, wie Kant ſie nennt,
die ſich durch den Umfang, die Beſchaffenheit und Geſtaltungsart der
Maſſen, die ſie gehoben haben, von den ſpäteren vulcaniſchen unter=
ſcheiden. Und der Bildungsgeſchichte der Erdoberfläche ſei die der Mond=
oberfläche analog. Daher beſtreitet unſer Philoſoph auch den vulcani=
ſchen Urſprung der Mondgebirge, als bei Gelegenheit einer Entdeckung
Herſchels dieſe Frage von neuem zur Sprache kam. Wir haben den
kleinen Aufſatz „Ueber die Vulcane im Monde“ hier in den Gang
unſerer Darſtellung eingefügt, weil er die kantiſche Kosmogonie ergänzt
und „in Anſehung derſelben von Erheblichkeit iſt“, obwohl er ein Men=
ſchenalter ſpäter erſchien.*)

Ein Ausſpruch Lichtenbergs veranlaßte Kant zu ſeiner letzten natur=
wiſſenſchaftlichen Schrift: „Etwas über den Einfluß des Mondes auf
die Witterung“ (1794). Der göttingiſche Phyſiker hatte geſagt: „Der
Mond ſollte zwar nicht auf die Witterung Einfluß haben, er hat aber
doch darauf Einfluß“. Dieſen Satz nahm der Philoſoph als eine Anti=

*) Ueber die Vulcane im Monde. 1785. (Bd. IX. S. 107—117.)

nomie, die er ausführte und dann so aufzulösen suchte, daß jener Ein=
fluß kein directer, wohl aber ein indirecter sein könne, indem der Mond
kraft seiner Anziehung die „imponderable Materie" bewege, die unsere
Atmosphäre bedecke und durch ihre Vermischung mit oder Trennung
von derselben die Elasticität und dadurch mittelbar auch das Gewicht
der Luft zu ändern vermöge.*)

6. Fixsterne und Nebelsterne.

In unserer Planetenwelt sind Jupiter und Saturn mit ihren Tra=
banten gleichsam Sonnensysteme im Kleinen; die Planeten, Monde und
Kometen sind Glieder e i n e s Systems, dessen Centralkörper unsere Sonne
ist; diese selbst aber ist auch nur Glied einer höheren nach denselben
Gesetzen entstandenen und geordneten Sternenwelt. Wir müssen uns ein
System von Himmelskörpern vorstellen, worin jedes Glied eine Sonnen=
welt ausmacht, alle durch ungeheure Entfernungen geschieden, aber auf
einen gemeinsamen Mittelpunkt und eine gemeinsame Fläche bezogen:
ein unendlich vergrößertes Planetensystem, dessen Glieder „Sonnen der
oberen Welt" und „Wandelsterne einer höheren Weltordnung" sind.
Da wir uns in derselben Fläche befinden, um welche diese höheren
Weltkörper sich gehäuft und gruppirt haben, so muß von unserem kos=
mischen Standpunkt, d. h. von dem unseres Sonnensystems aus jene
Sternenwelt als eine lichte, von einem weißen Schimmer erhellte Zone
der Himmelskugel in der Richtung eines größten Kreises erscheinen: so
erklärt sich das Phänomen der Milchstraße, die sich zu den Fixsternen
verhält, wie der Thierkreis zu den Planeten. Schon der Engländer
Wright hatte aus diesem Phänomen die Beziehung der Fixsterne auf
einen gemeinsamen Plan und daraus die systematische Verfassung der=
selben erkannt; Bradley wollte eine fortrückende Bewegung dieser so=
genannten Firsterne beobachtet haben, und Kant vermuthete aus Grün=
den der Lage im Sirius ihren gemeinsamen Centralkörper. (Die Fort=
rückung geschieht für unser Auge so unmerklich, daß sie bei dem Sirius
einem der nächsten Firsterne, nach Huygens' Berechnung binnen 4000
Jahren nur einen Grad ausmacht.)**)
Setzen wir nun, daß es Systeme von Gestirnen giebt, die von
dem der Milchstraße so weit entfernt sind, als diese von der Sonne,

---

*) (Etwas über den Einfluß des Mondes auf die Witterung (Bd. IX. S. 119—28).
— **) Allg. Naturgeschichte des Himmels u. s. f. Th. I. Vgl. Th. II. Hauptst. VII.
(Br. VIII. S. 250—57. S. 340 Anmkg.)

so werden uns diese Sternenwelten nicht mehr als helle Zone, son=
dern nur noch als kleine, schwach erleuchtete, elliptisch geformte Räum=
chen erscheinen können: so erklärt sich das Phänomen der Nebelsterne.
Unser Planetensystem ist eine Welt, worin die Größe der Erde wie ein
Sandkorn verschwindet; die Milchstraße ist eine Welt von Welten; die
Nebelsterne zeigen, daß es solcher Welten viele giebt. Hier eröffnet sich
der Blick in das unendliche Feld der Schöpfung, in einen Abgrund
wahrer Unermeßlichkeit, deren Größe zu fassen wir unvermögend sind.
Aber die erhabene Vorstellung, die wir von dem Weltall gewinnen, liegt
nicht blos in der unermeßlichen Zahl, Größe und Entfernung der Massen,
sondern vor allem darin, daß sie als die fortschreitenden Glieder eines
und desselben Systems erscheinen, das nach denselben nothwendigen
Gesetzen sich aus dem Chaos entwickelt.*)

7. Weltentstehung und Weltuntergang.

Die Weltbildung gehört zur Schöpfung; sie ist nicht das Werk
eines Augenblicks, sondern einer völlig naturgemäßen Entwicklung und
Geschichte, die ihren zeitlichen Anfang hat, von einem Mittelpunkte aus
beginnt und stetig in ungeheuren Zeiträumen fortschreitet, aber nie
fertig sein und darum nie aufhören wird, denn der Raum, den sie
beleben, wie das Chaos, das sie gestalten und ordnen soll, ist unermeß=
lich, darum auch die Zeit unbegrenzt, worin diese Ausbildung stattfindet.
Als Weltbildung (die den Stoff voraussetzt) ist die Schöpfung Natur=
geschichte, die zeitlich fortschreitet, darum auch zeitlich beginnt, aber
nicht endet. Diese Lehre von der „successiven Vollendung der
Schöpfung" bezeichnet der Philosoph selbst als den erhabensten Theil
seiner Theorie. Die gleichzeitigen Zustände der Weltkörper werden dem=
nach sehr verschiedene Entwicklungsstufen in der Ausbildung des Kosmos
darstellen, und das unermeßliche Chaos, das erst zum geringsten Theile
überwunden ist, birgt noch in seinem Schooße den Samen zahlloser
künftiger Welten, denn eine Welt und eine Milchstraße von Welten
verhält sich zur unendlichen Schöpfung, wie eine Blume oder ein Insect
zur Erde.

Die Weltentwicklung im Großen und Ganzen ist von endloser
Dauer, nicht der Bestand der einzelnen Weltkörper und Systeme. Wie
sie entstanden sind, müssen sie wieder untergehen und in das Chaos

---

*) Ebendas. Th. I. (S. 257—60.)

zurückkehren, aus dem sie hervorgingen. Die Umlaufsgeschwindigkeit der Wandelsterne wird mit der Zeit ermatten; von der Centralkraft über= wältigt, werden sie in die Sonne herabstürzen, die nächsten zuerst, und am Ende wird das ganze Planetengebäude in dem ungeheuren Welt= brande zerstört werden, worin zuletzt die Sonne sich selbst verzehrt. Es wird ein Zeitpunkt kommen, wo diese Erde, diese Planeten nicht mehr sind und die Sonne erloschen ist. Aber wie die Entstehung, ist auch der Untergang der Weltkörper weder plötzlich noch gleichzeitig; während alte Welten in der Nähe des Centralkörpers einstürzen, erzeugen sich neue aus dem Chaos jenseits der kosmischen Systeme, und so befindet sich die Weltbildung zwischen den Ruinen der zerstörten und dem Chaos der noch unentwickelten Natur.

Die Vergänglichkeit ist das nothwendige Schicksal aller endlichen Dinge, keines ist davon ausgenommen: dem Zusammensturz der Pla= netenwelt wird der Untergang auch der Fixsterne folgen. Aber das Chaos ist der Samen des Kosmos; daher ist die Rückkehr in dasselbe keineswegs Vernichtung, sondern Welterneuerung von Grund aus, und so erhält sich im Großen und Ganzen die Weltentwicklung in ewiger Dauer, indem gleichzeitig alte, ausgebildete und ausgelebte Welten in das Chaos zurückfallen und neue daraus hervorgehen. In dieser groß= artigen Anschauung finden jene kosmogonischen Ideen der alten Philo= sophen von der Succession zahlloser Welten und dem unaufhörlichen Wechsel zwischen dem Untergang der Welt und ihrer Wiedergeburt eine gewisse Bestätigung. Die Natur gleicht wirklich „dem Phönix, der sich nur darum verbrennt, um aus seiner Asche wiederum verjüngt aufzu= leben."*)

III. Die Grenzen der mechanischen Kosmogonie.

1. Mechanismus und Organismus.

Die Aufgabe einer rein mechanischen Welterklärung scheint ver= messener, als sie ist; nur muß man dieselbe in ihren gehörigen Grenzen halten und die Schranken beachten, die nicht zu überschreiten sind. Wo es sich blos um mechanische Erzeugungen handelt, wie die Entstehung, Bildung und Bewegung der Weltkörper, folgt alles einfach genug aus der Natur des Stoffs und der Wirksamkeit der ihm inwohnenden Kräfte.

---

*) Ebendas. Th. II. Hptst. 7. (S. 321—333. S. 338 flgb.)

146

„Denn wenn Materie vorhanden ist, welche mit einer wesentlichen At=
tractionskraft begabt ist, so ist es nicht schwer, diejenigen Ursachen zu
bestimmen, die zu der Einrichtung des Weltsystems, im Großen betrachtet,
haben beitragen können. Man weiß, was dazu gehört, daß ein Körper
eine kugelrunde Figur erlangen, man begreift, was erfordert wird, daß
freischwebende Kugeln eine kreisförmige Bewegung um den Mittelpunkt
anstellen, gegen den sie gezogen werden. Die Stellung der Kreise gegen
einander, die Uebereinstimmung der Richtung, die Excentricität, alles
kann auf die einfachsten mechanischen Ursachen gebracht werden, und
man darf mit Zuversicht hoffen, sie zu entdecken, weil sie auf die leich=
testen und deutlichsten Gründe gesetzt werden können." Dagegen ist die
innere Beschaffenheit der organischen Körper, auch der niedrigsten, viel
zu unbekannt und zu complicirt, um die mechanische Erklärungsweise
eben so leicht und erfolgreich auf sie anzuwenden. Hier ist die in der
Natur selbst gelegene Grenze, die zu überschreiten vermessen und unvor=
sichtig wäre. „Ist man im Stande zu sagen: gebt mir Materie, ich
will euch zeigen, wie eine Raupe erzeugt werden könne?" „Man darf
es sich also nicht befremden lassen, wenn ich mich unterstehe zu sagen:
daß eher die Bildung aller Himmelskörper, die Ursache ihrer Bewegungen,
kurz der Ursprung der ganzen gegenwärtigen Verfassung des Weltbaues
werden können eingesehen werden, ehe die Erzeugung eines einzigen
Krautes oder einer Raupe aus mechanischen Gründen deutlich und voll=
ständig kund werden wird."*) Wir erkennen den kritischen Denker, der
zwar die Möglichkeit einer mechanischen Entstehung der organischen
Körper nicht ausdrücklich verneint, aber die mechanische Erklärung
derselben für so schwierig, ja unmöglich erachtet, daß er dieser Erklä=
rungsart hier eine Grenze setzt und unverkennbar auf den Gebrauch der
Zweckbegriffe hinweist.

2. Die Gestirne und ihre Bewohner.

Die Organismen sind die Bewohner der Weltkörper, die erst nach
ihrer völligen mechanischen Ausbildung einen solchen Zustand der Frucht=
barkeit und Bewohnbarkeit erreichen, daß sie organische Körper erzeugen
und erhalten können. Die Beschaffenheit der letzteren, die leibliche und
psychische, ist durch die ihres kosmischen Wohnortes bedingt. Die Men=
schen sind Söhne der Erde. Wie verschieden Geist und Materie, die

---

*) Ebendas. Vorrede. (S. 239.)

Kraft des Denkens und die der Bewegung auch sein mögen, so ist es
doch gewiß, daß die alleinige Quelle aller unserer Vorstellungen und
Begriffe die Eindrücke sind, die das Universum durch unseren Körper in
unserer Seele erregt, daß demnach von der Beschaffenheit dieses Körpers
unsere Vorstellungs= und Denkkraft völlig abhängt.*) So wenig die
einzelnen Weltkörper die Zwecke der Schöpfung sind, so wenig sind es
deren Bewohner; sonst wäre jeder unbewohnte Weltkörper ein verfehlter
Schöpfungszweck und jeder untergegangene ein verlorener. Wenn sich
die Menschen für die Endzwecke der Schöpfung halten, so ist diese Ein=
bildung ein Vorurtheil, das im Anblick des Weltalls verschwindet. „Die
Unendlichkeit der Schöpfung faßt alle Naturen, die ihr überschweng=
licher Reichthum hervorbringt, mit gleicher Nothwendigkeit in sich. Von
der erhabensten Klasse unter den denkenden Wesen bis zum verachtetsten
Insect ist ihr kein Geschöpf gleichgültig, und es kann keines fehlen,
ohne daß die Schönheit des Ganzen, welche in dem Zusammenhang
besteht, dadurch unterbrochen würde." **)

Die Bewohner der Weltkörper sind deren Geschöpfe und in ihrer Be=
schaffenheit denselben analog: darum entspricht der Stufenfolge der Plane=
ten die ihrer Bewohner. Je dichter die Stoffe sind, woraus der Weltkörper
besteht, um so gröber die Organisationen, um so träger die Denkkraft,
mächtiger die Begierden, trüber und unklarer die Vorstellungen, zahl=
reicher die Irrthümer und Laster. Da nun die Planeten um so dichter
sind, je näher sie der Sonne stehen, so muß die körperliche wie geistige
Organisation der Planetenbewohner vom Merkur bis zum Saturn in
einer richtigen Grabfolge nach der Proportion ihrer Entfernungen von
der Sonne an Vollkommenheit wachsen und fortschreiten." Diese Regel
findet Kant durch die Natur der oberen Planeten, die Zahl ihrer Monde,
die Schnelligkeit ihrer Rotation und die Leichtigkeit ihrer Stoffe der=
gestalt bestätigt, „daß sie beinahe den Anspruch auf eine völlige Ueber=
zeugung machen sollte".***)

Da aber die mechanische Erklärungsweise überhaupt nicht im Stande
sein soll, das Wesen der Organisation zu ergründen, so liegt diese ganze
Theorie von der Stufenfolge der Planetenbewohner und der geistigen
Vollkommenheit der Bevölkerung des Saturn nicht mehr innerhalb der
Grenzen einer mechanischen Kosmogonie. Nachdem der Philosoph noch)

---

*) Ebendas. Th. III. (S. 367). — **) Ebendas. Th. III. (S. 362—66). —
***) Ebendas. Th. III. (S. 372 flgb.).

eben die völlige Abhängigkeit des Geistes von der körperlichen Organisation und dieser von der Beschaffenheit des Planeten behauptet hatte,
blieb ihm eigentlich kein Raum mehr für die Unsterblichkeit der menschlichen Seele und deren Aussichten ins Jenseits. Doch verlockte ihn seine
Idee von den planetarischen Entwicklungsstufen zu einem solchen Fern-
blick auf den Jupiter und Saturn: „Sollte die unsterbliche Seele wohl
in der ganzen Unendlichkeit ihrer künftigen Dauer, die das Grab selber
nicht unterbricht, sondern nur verändert, an diesen Punkt des Weltraums, an unsere Erde jederzeit geheftet bleiben? Sollte sie niemals
von den übrigen Wundern der Schöpfung eines näheren Anschauens
theilhaftig werden? Wer weiß, ist es ihr nicht zugedacht, daß sie bereinst
jene entfernten Kugeln des Weltgebäudes in der Nähe soll kennen lernen?" „Wer weiß, laufen nicht jene Trabanten um den Jupiter, um
uns bereinst zu leuchten?" Indessen wollte diese Betrachtung keineswegs
ein folgerichtiger, sondern nur ein erbaulicher oder ergötzlicher Beschluß
der Naturgeschichte des Himmels sein. „Es ist erlaubt", fügt der Philosoph sogleich hinzu, „es ist anständig, sich mit dergleichen Vorstellungen
zu belustigen, denn niemand wird die Hoffnung des Künftigen auf so
unsichere Bilder der Einbildungskraft gründen."*)

3. Schöpfung und Entwicklung. Gott und Welt.

Das Gebiet der mechanischen Kosmogonie erstreckt sich vom Chaos
bis zur Bildung der organischen Körper: der Ursprung des Stoffs von
der einen und der des Lebens von der andern Seite sind die nicht zu
überschreitenden Grenzen ihrer Erklärungstragweite; die erste Grenze
liegt vor, die zweite in der Natur der Dinge. Die Natur im Zustande des
Chaos grenzt, wie Kant sich ausdrückt, unmittelbar mit der Schöpfung.**)
Ist die Materie gegeben, so bildet sich der Kosmos in dem uns einleuchtenden Wege selbständiger mechanischer Entwicklung. In der Frage
nach dem Ursprunge des Stoffs scheidet der Philosoph den Begriff
der Schöpfung von dem der Entwicklung, die Schöpfungsthat von der
Schöpfungsgeschichte (Naturgeschichte) oder, was dasselbe heißt, die directe,
unmittelbare Schöpfung von der indirecten, durch natürliche Ursachen
vermittelten.

Wenn Kant „Naturgeschichte des Himmels" lehrt, wo Newton
Schöpfung sah, so will er damit die letztere nicht etwa verneint, auch

---

*) Ebendas. Th. III. (S. 379 flgb.) — **) Ebendas. Th. II. Hptst. I. (S. 266).

nicht verkürzt, sondern nur in der Geltung des Wunders eingeschränkt und das Gebiet ihrer naturgemäßen Entwicklung erweitert haben. Wenn er den atomistischen Philosophen des Alterthums darin beistimmt, daß die Welt aus den elementaren Grundstoffen lediglich durch die natür= lichen und mechanischen Ursachen der Bewegung entstanden sei, so theilt er deshalb nicht auch den atheistischen Charakter jener Lehre. Es ist dem tiefer denkenden Philosophen unmöglich, den Grundstoff für die unbedingt erste oder letzte Ursache der Welt anzusehen. Man muß zwi= schen Urzustand und Ursache wohl unterscheiden. Als Urzustand genom= men, ist die Vorstellung von dem chaotisch zerstreuten Grundstoff richtig und an ihrem Ort. Als letzte Ursache, als unbedingtes grundloses Dasein verstanden, ist sie Unsinn, und der Anfang der Weltgeschichte ähnelt dem der Kindergeschichte: „Es war einmal ein Mann"; hier heißt es: „Es war einmal ein großer, großer Nebel".

Die mechanische Kosmogonie erscheint in der Betrachtung unseres Philosophen so wenig als eine Begründung des Atheismus, daß sie ihm vielmehr als die nachdrücklichste Widerlegung desselben gilt. Weil sich die Welt aus eigener Kraft nach nothwendigen Gesetzen aus dem Chaos entwickelt und die natürlichen Ursachen hinreichen, um die Ord= nung und Uebereinstimmung der Dinge zu erklären, darum ist die Natur selbständig und bedarf keiner göttlichen Regierung und keiner Gottheit: so schließen die Naturalisten. Gerade entgegengesetzt schließt Kant: „es ist ein Gott eben deswegen, weil die Natur auch selbst im Chaos nicht anders als regelmäßig und ordentlich verfahren kann."*) Weil die Wirk= samkeit der Materie an Gesetze gebunden ist, die in ihr liegen, aber nicht von ihr stammen; weil die Mechanik blinder Kräfte nothwendige Folgen hat, die miteinander übereinstimmen, weil kurzgesagt aus dem Chaos ein Kosmos hervorgeht und die Unvernunft nie die Ursache der Vernunft sein kann: darum ist die tiefste Ursache der Welt nicht die Materie, sondern Gott. Er ist um so mehr der mächtige und weise Schöpfer der Welt, je weniger er nöthig hat, ihr Baumeister zu sein. „Er hat in die Kräfte der Natur eine geheime Kunst gelegt, sich aus dem Chaos von selber zu einer vollkommenen Weltverfassung auszu= bilden." Gerade die selbständige, freie und gesetzmäßige Entfaltung der Welt beweist, daß sie weder von der Willkür eines Despoten, noch von der blinden Macht des Zufalls beherrscht wird. Die Weltentwicklung ist

---

*) Ebendas. Vorrede (S. 230 flgb.).

in den Augen Kants der einleuchtende Erkenntnißgrund der Schöpfung, der deutlichste Beweisgrund der Existenz Gottes; daher auch die spätere Schrift über den „einzig möglichen Beweisgrund zu einer Demonstration des Daseins Gottes" auf unsere Kosmogonie zurückkommt und deren Grundgedanken in sich aufnimmt. Was er in diesem Sinn in der Vorrede zur „Naturgeschichte des Himmels" den Naturalisten und Freigeistern entgegenhält, genau dasselbe läßt Schiller seinen Posa dem Könige Philipp sagen:

> Sehen Sie sich um
> In seiner herrlichen Natur! Auf Freiheit
> Ist sie gegründet — und wie reich ist sie
> Durch Freiheit! — —
>   Er — der Freiheit
> Entzückende Erscheinung nicht zu stören —
> Er läßt des Uebels grauenvolles Heer
> In seinem Weltall lieber toben — ihn
> Den Künstler wird man nicht gewahr, bescheiden
> Verhüllt er sich in ewige Gesetze;
> Die sieht der Freigeist, doch nicht Ihn. Wozu
> Ein Gott? sagt er; die Welt ist sich genug.
> Und keines Christen Andacht hat ihn mehr
> Als dieses Freigeists Lästerung gepriesen.

Die systematische Verfassung der Planeten- und Sonnenwelten bezeugt ihren gemeinsamen Ursprung; die Uebereinstimmungen wie Abweichungen, die in einem System von Wandelsternen in Rücksicht ihrer Lage, Bewegung und Richtung stattfinden, bezeugen ihre gemeinsame und mechanische Abstammung von einem und demselben Urstoff. Aber daß die mechanische Wirksamkeit zweckmäßige Folgen und ein wohlgeordnetes Ganzes hervorbringt, daß die Dinge für einander sind, daß sie in einer durchgängigen Wechselwirkung stehen und zusammengehören: diese Zweckgemeinschaft beweist, daß sie in ihrem tiefsten und letzten Grunde nicht von der Materie, sondern von der Vernunft abstammen. Der Philosoph bezeichnet die materielle Erzeugung und zweckmäßige Einrichtung der Dinge als „einen unleugbaren Beweis von der Gemeinschaft ihres ersten Ursprungs, der ein allgemeiner höchster Verstand sein muß, in welchem die Naturen der Dinge zu vereinbarten Absichten entworfen werden." So gilt unserem Kant der teleologische Beweis an dieser Stelle noch in ungeschwächter Kraft, nicht etwa trotz seiner mechanischen Kosmogonie, sondern auf Grund derselben. „Ich erkenne den ganzen Werth derjenigen Beweise, die man aus der Schönheit und

vollkommenen Anordnung des Weltbaues zur Bestätigung eines höchst=
weisen Urhebers zieht. Wenn man nicht aller Ueberzeugung muthwillig
widerstrebt, so muß man so unwidersprechlichen Gründen gewonnen
geben."*)

Wir bemerken diese Stellen als ein ausdrückliches Zeugniß, wie
sehr damals der Philosoph noch mit der deutschen Metaphysik in An=
sehung der Beweise vom Dasein Gottes übereinstimmte und namentlich
die Geltung des teleologischen anerkannte, mit dem unsere Aufklärung
vorzüglich Staat machte, und den er selbst später entschieden verwarf.
Insbesondere finden wir in der Art und Weise, wie er die mechanische
und teleologische Weltanschauung zu vereinigen bestrebt ist, das Zeugniß
seiner Uebereinstimmung mit Leibniz. Er lehrt die mechanische Ent=
wicklung der Welt: seine mechanischen Lehrbegriffe stammen von Newton,
die Idee der Entwicklung, die als solche schon den Zweckbegriff in sich
trägt, stammt von Leibniz. In seiner ersten Schrift suchte Kant die
Vermittlung zwischen Descartes und Leibniz, in der zweiten die zwischen
Leibniz und Newton. Es ist ganz im Geiste der Monadenlehre gedacht,
wenn ihm die Ordnung der Dinge als eine unendliche Stufenreihe von
Wesen erscheint, die in ununterbrochener Grabfolge fortschreiten; in dieser
Reihenfolge hat jedes Glied seine innere Nothwendigkeit, nicht blos
seinen äußeren Nutzen; jedes ist eine durch sich berechtigte Stufe in
dem Continuum des Ganzen. Hier ist der Mensch, weit entfernt das
oberste Geschöpf zu sein, nur ein Mittelwesen und darum keineswegs
der Mittelpunkt oder Endzweck der Schöpfung.

Die Idee der mechanischen Entstehung und der fortschreitenden
Entwicklung des Weltalls herrscht in Kants Kosmogonie. Den mecha=
nischen Entwicklungsstufen der Planeten entsprechen die geistigen ihrer
Bewohner, und die Fortdauer der menschlichen Seele ist eine Fortent=
wicklung vielleicht auf höheren Planeten. Solche Analogien aufzufinden
und zu verfolgen lag in der Richtung der leibnizischen Lehre, und wir
wissen, welche fruchtbare und gewagte Anwendungen Herder von dieser
Art poetischer Speculation in seinen „Ideen zur Philosophie der Ge=
schichte der Menschheit" gemacht hat. Kant, der einen solchen „schwär=
menden Verstand", der sich leicht in das Gebiet eingebildeter und falscher
Analogien verstieg, ein Menschenalter später an dem Verfasser der
„Ideen" nachdrücklich und mit Recht tadelte, war in seiner Kosmogonie

---

*) Ebendas. Vorrede (S. 290, S. 224).

nicht frei von einer ähnlichen Neigung, obwohl er die Unsicherheit ihrer Gebilde einsah.

Aber sein wissenschaftlicher Forschungstrieb fesselte ihn in der dies= seitigen Welt und verweilte mit Vorliebe in der Betrachtung unseres Planeten. Die physische Astronomie führte ihn zur physischen Geographie und diese zur Anthropologie; der Entwicklungsgang der kantischen Phi= losophie läßt sich darin bei der griechischen vergleichen: sie steigt von der Betrachtung des Himmels herab zu der des Menschengeschlechts und vertieft sich zuletzt in die Erforschung der menschlichen Vernunft. In diesem Sinne darf auch von Kant gelten, was man von Sokrates gesagt: daß er die Philosophie vom Himmel auf die Erde herabge= führt habe.

Zehntes Capitel.
Kants naturgeschichtliche Forschungen. B. Geologie und Geographie.

I. Zustände und Veränderungen der Erde.

1. Achsendrehung.

Die Preisfrage, welche die Akademie der Wissenschaften zu Berlin für das Jahr 1754 gestellt hatte, forderte eine „Untersuchung der Frage, ob die Erde in ihrer Umdrehung um die Achse, wodurch sie die Ab= wechselung des Tages und der Nacht hervorbringt, einige Veränderung seit den ersten Zeiten ihres Ursprungs erlitten habe, und woraus man sich ihrer versichern könne?" Kants dritte, nach der Kosmogonie ver= faßte, aber vor ihr veröffentlichte Schrift war der Beantwortung dieser Frage gewidmet.*)

Da die Veränderung nur die Rotationsgeschwindigkeit betreffen und von einer Beschleunigung derselben nicht die Rede sein kann, so ist ihre mögliche Verminderung das in Frage stehende Thema. Nun giebt es außerhalb der Weltkörper keine Materie im Raum, die durch Widerstand und Reibung eine solche Verminderung bewirken könnte; es bleibt daher als die einzig mögliche Hemmungsursache nur die vereinigte Anziehungskraft der Sonne und des Mondes übrig. Die

---

*) S. oben Cap. VI, S. 106 (Bd. VIII. S. 207—215). Vgl. vor. Cap. S. 132.

Attraction des letztern bewegt die flüssigen Theile der Erdoberfläche und
bewirkt eine Erhebung oder Anschwellung des Meeres in allen gerade
unter dem Monde befindlichen Punkten auf der ihm sowohl zu= als
abgekehrten Seite der Erde; so entsteht der Wechsel von Fluth und
Ebbe, und da jene Punkte von Morgen gegen Abend fortrücken, so
erzeugt sich in eben dieser der Achsendrehung der Erde entgegengesetzten
Richtung eine beständige Meeresströmung, die nun auf die Rotations=
geschwindigkeit der Erde nothwendig einen hemmenden Einfluß ausübt.
Wie gering auch bei dem Größenverhältniß der bewegten Massen diese
Einbuße sein mag, so findet sie doch fortwährend statt und ohne jeden
Ersatz. Durch ihre beständige Summirung werden kleine Wirkungen
beträchtlich, und Kant will berechnen, daß die Jahreslängen, zwischen
denen zwei Jahrtausende abgelaufen sind, schon um $8\frac{1}{2}$ Stunden
differiren *)

Da uns der Mond immer dieselbe Seite zukehrt, so ist die Dauer
seiner Achsenrotation so groß als die seines Umlaufs um die Erde;
wir dürfen annehmen, daß die Geschwindigkeit der ersten einst weit
größer war und durch die Anziehungskraft der Erde bis zu diesem
Grade vermindert worden ist. Eine solche Einwirkung aber konnte die
Erde nur ausüben, so lange der Mond noch in flüssigem Zustande
war, und sie selbst mußte bereits in den festen Zustand übergegangen
sein, um nicht dasselbe Schicksal von Seiten des Mondes zu erfahren.
Hieraus erhellt, daß die Entstehung und Ausbildung des Mondes jünger
ist als die der Erde, daß also die Weltkörper nicht plötzlich, sondern
successiv entstanden sind im Wege einer naturgeschichtlichen Entwick=
lung. „Ich habe", sagt der Philosoph am Schluß seiner Abhandlung,
„diesem Vorwurf eine lange Reihe Betrachtungen gewidmet und sie in
einem System verbunden, welches unter dem Titel Kosmogonie in
Kurzem öffentlich erscheinen wird."

2. Veraltung.

Die Verminderung der Rotationsgeschwindigkeit der Erde ist eine
fortschreitende Veränderung ihrer Zustände und gehört als solche zur
Geschichte der Erde; doch hat der Philosoph bei dem Mangel historisch
einleuchtender Gründe die Sache physikalisch erwogen. Dasselbe gilt

*) Nach Hansens Berechnung würde dieser Unterschied nur $2\frac{1}{2}$ Stunden, nach
Adams und Thomson fast das Doppelte betragen. Vgl. Helmholtz: Pop. wissenschaftl.
Vortr. Heft II. (1871), S. 129 flg.

von der gleichzeitigen Behandlung einer zweiten Frage: „Ob die Erde veralte?" Nur daß hier die Untersuchung blos in der Prüfung der Ansichten besteht und ein definitives Resultat nicht ausmachen will.

Nachdem die Entwicklung unseres Weltkörpers so weit gediehen ist, daß sich die Oberfläche befestigt, Gebirge und Vertiefungen gestaltet, Meer und Land geschieden und die Betten der Flüsse und Ströme ausgehöhlt haben, befindet sich die Erde im Zustande der Fruchtbarkeit, sie steht „in der Blüthe ihrer Kraft", gleichsam „im männlichen Alter". Nun ist die Frage: ob diese Zeugungskraft sich allmählich verzehrt und die Erde veröbet, indem sie dem Zustande der Unfruchtbarkeit und Un= bewohnbarkeit entgegengeht? Ob sie, im Ganzen genommen, veraltet und abstirbt, wie ein Mensch?

Es sind vier Meinungen, welche diese Frage bejahen und die Be= dingungen des irdischen Lebens mit dem Untergange bedroht sehen in Folge: 1. fortschreitender Abnahme des Salzes, das aus dem Erdreich durch Regengüsse weggespült, den Flüssen und durch diese dem Meere zugeführt werde, 2. zunehmender Erhöhung der Meere und Ueber= schwemmung des festen Landes, 3. allmählicher Verzehrung der Meere, Austrocknung der Erde und Transformation des Flüssigen in's Feste, 4. wachsender Abnahme eines zum Leben und seiner Erhaltung noth= wendigen Elementes, das fortwährend verbraucht und nicht in gleichem Maße ersetzt werde.[*]

Von der ersten Ansicht zeigt Kant, daß sie falsch sei, vielmehr ihr Gegentheil richtig, von der zweiten, daß sie locale Ursachen für allge= meine halte, von der dritten, daß sie ebenfalls nur in einem beschränk= ten, für den Bestand des irdischen Lebens ungefährlichen Sinne gelte. Er verneint demnach die drei ersten Ansichten insgesammt, sofern aus ihren Gründen die Veraltung der Erde nicht folgt; er läßt die Rich= tigkeit der vierten dahingestellt. Die Veraltung der Erde selbst will er nicht verneint haben, und es stimmt diese Vorstellung auch völlig mit den uns bekannten Grundsätzen überein, wonach jedes Ding, wie es entstanden ist, auch vergehen muß und zwar durch dieselben Ursachen.[**] Daß die atmosphärischen Niederschläge fortwährend den Bau der Erd=

---

[*] Die Frage, ob die Erde veralte. 1754 (Bd. IX. S. 1—23). Unter dem „allgemeinen Weltgeist, einem unfühlbaren, aber überall wirksamen Principium, dessen subtile Materie durch unaufhörliche Zeugungen beständig verzehrt werde", ist nur gemeint, was später als Sauerstoff entdeckt wurde. (S. 12. S. 26 flgb.) —
[**] Ebendas. (S. 6).

oberfläche verändern, die Höhen abspülen und das Erdreich nivelliren, ist gewiß; es könnte sein, daß sie zuletzt den Erdboden dergestalt durch= weichen, daß sie seine bewohnbare Verfassung zernichten.*)

Indessen will er die Frage selbst nicht entschieden, sondern nur auf ihre Gründe geprüft haben. Diese Art der Untersuchung charakterisirt sein kritisches Verhalten. „Ich habe die aufgeworfene Frage von dem Veralten der Erde nicht entscheidend, sondern prüfend abgehandelt. Ich habe den Begriff richtiger zu bestimmen gesucht, den man sich von dieser Veränderung zu machen hat. Es können noch andere Ursachen sein, die durch einen plötzlichen Umsturz der Erde ihren Untergang zu Wege bringen könnten. Denn ohne der Kometen zu gedenken, so scheint in dem Inwendigen der Erde selber das Reich des Vulcans und ein gro= ßer Vorrath entzündeter und feuriger Materie verborgen zu sein, welche unter der obersten Rinde vielleicht immer mehr und mehr über Hand nimmt, die Feuerschätze häufen und an der Grundfeste der obersten Gewölbe nagt, deren etwa verhängter Einsturz das flammende Element über die Oberfläche führen und ihren Untergang in Feuer verursachen könnte. Allein", wirft sich der Philosoph mit Recht ein, „dergleichen Zufälle gehören eben so wenig zu der Frage des Veraltens der Erde, als man bei der Erwägung, durch welche Wege ein Gebäude veralte, die Erdbeben oder Feuersbrünste in Betracht zu ziehen hat."**)

II. Vulcanische Erscheinungen. Erdbeben.

Schon im nächsten Jahre sollte die Welt wieder einmal die Wirk= samkeit jener vernichtenden Mächte erfahren, auf welche Kant am Schluß seiner Schrift über die Veraltung der Erde hingewiesen hatte. Seit den Tagen von Pompeji und Herculanum hatte Europa keine so plötzliche und furchtbare vulcanische Verheerung erlebt, als das Erdbeben, welches Lissabon am 1. November 1755 zerstörte. „Eine große prächtige Resi= denz, zugleich Handels= und Hafenstadt, wird ungewarnt von dem furcht= barsten Unglück betroffen. Die Erde bebt und schwankt, das Meer braust auf, die Schiffe schlagen zusammen, die Häuser stürzen ein, Kirchen und Thürme darüber her, der königliche Palast zum Theil wird vom Meer verschlungen, die geborstene Erde scheint Flammen zu speien; denn überall meldet sich Rauch und Brand in den Ruinen. Sechszigtausend Menschen, einen Augenblick zuvor noch ruhig und behaglich, gehen miteinander zu

---

*) Ebendas. (S. 20). — **) Ebendas. (S. 23).

Grunde, und der glücklichste darunter ist der zu nennen, dem keine Empfindung, keine Besinnung über das Unglück mehr gestattet ist." „Vielleicht hat der Dämon des Schreckens zu keiner Zeit so schnell und so mächtig seine Schauer über die Erde verbreitet."*)

Diese Erscheinung, die keineswegs so plötzlich entstanden war, als sie erlebt und empfunden wurde, mußte das Interesse unseres Philo=sophen in höchstem Grade erregen; er hat ihrer Untersuchung drei Be=trachtungen gewidmet, welche die Ursachen erklären, die Thatsachen beschreiben und die im Laufe der nächsten Monate (vom 1. Nov. 1755 bis 18. Febr. 1756) noch fortgesetzten Erderschütterungen verfolgen soll=ten.**) Das Schicksal Lissabons war damals das Ereigniß und Gespräch des Tages. Um die von Furcht und Entsetzen ergriffenen Gemüther zu beruhigen und einem großen Publicum die von ihm gewünschte Beleh=rung so schnell als möglich zu ertheilen, ließ Kant die zweite jener Schriften „Geschichte und Naturbeschreibung der merkwürdigsten Vor=fälle des Erdbebens, welches an dem Ende des 1755. Jahres einen großen Theil der Erde erschüttert hat" besonders erscheinen und noch vor dem Abschluß der handschriftlichen Arbeit bogenweise ausgeben. Es war das einzige mal, daß er sich eine solche Ausnahme erlaubte.

Der Mensch ist nicht der Zweck der Dinge und die Glückseligkeit nicht der Zweck seines Daseins; er ist nicht geboren, um auf dieser Schaubühne der Eitelkeit ewige Hütten zu bauen, und er hat kein Recht, von den Gesetzen der Natur lauter bequeme Folgen zu erwarten. Es ist falsch, Naturerscheinungen teleologisch zu würdigen und Erdbeben, weil sie Städte und Menschen zerstören, für Uebel oder Strafen zu halten. In seinen Folgen erscheint der Menschenwelt ein solches Ereigniß an dem einen Orte als Unglück, an dem andern als Segen; dasselbe Erdbeben, das Lissabon vernichtete, bewirkte in Teplitz eine Vermehrung der Heilquellen. „Die Einwohner dieser Stadt hatten gut „Te Deum laudamus" zu singen, indessen die zu Lissabon ganz andere Töne an=stimmten." „Aber der Mensch ist von sich selbst so eingenommen, daß er sich lediglich als das einzige Ziel der Anstalten Gottes ansieht, gleich als wenn diese kein anderes Augenmerk hätten, als ihn allein, um die Maßregeln in der Regierung der Welt darnach einzurichten. Wir wissen, daß der ganze Inbegriff der Natur ein würdiger Gegenstand der gött=

---

*) Goethe: Aus meinem Leben. Wahrheit und Dichtung. Th. I. Buch I. (S. W. Bb. XVII. S. 24 flgb.) — **) S. oben Cap. VI. S. 107. No. 8.

lichen Weisheit und ihrer Anstalten sei. Wir sind ein Theil derselben und wollen das Ganze sein."*)

Die Betrachtungen unseres Philosophen sind ihrer Absicht gemäß nicht erbaulich, sondern lediglich physikalisch; sie wollen die mechanischen und chemischen Ursachen der Erdbeben nachweisen, die Bedingungen derselben aus der Entwicklungsgeschichte der Erde und ihrem vorhandenen Bildungszustande, ihrem inwendigen Bau, den darin befindlichen Höhlungen, die den Gebirgen und Strömen parallel laufen, und Stoffen, aus deren Mischung sich Dämpfe erzeugen, die bis zu einem solchen Grade erhitzt und ausgespannt werden, daß sie durch ihre Explosion den Grund der Meere und die Wölbungen der Erde bewegen. Daraus erklärt sich, warum solchen Ausbrüchen und Erderschütterungen hohe Gegenden mehr als niedere ausgesetzt sind, warum Lissabon in Folge seiner Lage, die sich der Länge nach am Ufer des Tajo erstreckte, dem Stoße des Erdbebens seiner ganzen Richtung nach preisgegeben war. Auch die heftige Wasserbewegung, die von der portugiesischen Küste bis zur holsteinischen mit abnehmender Stärke fortwirkte, erklärt sich aus der Bebung und Erschütterung des Meeresgrundes in Folge des plötzlich von unten her erhaltenen Stoßes.**)

Der Philosoph beschreibt und erklärt nun die Erscheinungen, die während der letzten Octoberwochen dem Erdbeben vom 1. November vorangingen, die dasselbe begleitet haben, und die ihm gefolgt sind. Die Vorspiele bestanden in röthlichen Ausdampfungen der Erde, in ungeheuern Regengüssen und heftigen Stürmen; unter den Erscheinungen, die gleichzeitig auftraten, erregte seine Aufmerksamkeit besonders jene Bewegung der Gewässer, die bis an die fernsten Küsten reichte und selbst binnenländische Seen ergriff; wir lernen die Zeitpunkte, Richtungen und Gebiete der Erderschütterungen kennen, die (in Intervallen von neun und zweimal neun Tagen) bis zum 18. Febr. 1756 wahrgenommen wurden. Da Kant in den engsten Höhlungen unter dem Meeresgrunde den Hauptherd der Entzündung vermuthet, so will er daraus zugleich erklären, warum mit solcher Heftigkeit die Ausbrüche namentlich auf Inseln und Küsten stattfinden. Er sucht die Einflüsse zu bestimmen, die einerseits die Jahreszeiten und atmosphärischen Niederschläge auf den Ausbruch der Erdbeben, andererseits diese auf die

*) Geschichte und Naturbeschreibung des Erdbebens u. s. f. (Bd. IX. S. 27. 31. S. 34. Schlußbetr. S. 61 flgb. — **) Ueber die Ursachen der Erderschütterungen u. s. f. (S. W. Hartensteins Ausgabe von 1867. Bd. I. S. 401—411.)

158

Veränderungen des Luftkreises und den Wechsel der Witterung ausüben
mögen. Jeden Versuch, die Erderschütterungen aus Einwirkungen der
Weltkörper, etwa der Anziehung der Planeten zu erklären, weist er als
völlig ungereimt zurück und läßt keine andere als rein geologische Er=
klärungsgründe gelten aus der Beschaffenheit und dem Zustand der
Erde. „Lasset uns also nur auf unserem Wohnplatze selbst nach der Ur=
sache fragen, wir haben sie unter unseren Füßen." In Franklin hat die
neue Zeit ihren Prometheus gefunden, der den Donner entwaffnen
wollte; ein zweiter Prometheus, der den Vulcan zu entwaffnen und in
seiner Werkstätte das Feuer auszulöschen im Staube wäre, wird sich
schwerlich finden.*)

III. Atmosphärische Erscheinungen. Die Winde.

1. Theorie der Winde.

„Neue Anmerkungen zur Erläuterung der Theorie der Winde" hieß
die kleine Schrift, mit der Kant im Sommerhalbjahr 1756 zu seinen
Vorlesungen einlud. Er schloß die Vorerinnerung mit den Worten: „ich
möchte nicht gern in so wenig Blättern sehr wenig sagen". Und es
war nichts Geringeres als das Drehungsgesetz der Winde, das in diesen
Blättern zum ersten male entdeckt und erklärt wurde. In fünf Anmer=
kungen giebt der Philosoph erst das Gesetz, welches die regelmäßige Er=
scheinung eines Windes bestimmt, dann die Bestätigung der Sache durch
die Erfahrung. Bei der britten Erklärung wird uns gesagt, daß sie
eine noch nie bemerkte Regel ausspreche, die als „ein Schlüssel zur
allgemeinen Theorie der Winde" gelten dürfe.**)

Das Luftmeer, das unsere Erde umgiebt, besteht aus Schichten
oder Säulen, die bei gleicher Höhe und Schwere sich ruhig gegen einander
verhalten. Sobald das Gleichgewicht gestört wird, müssen Bewegungen
entstehen, die es wieder herstellen. Diese Luftströmungen sind die Winde.
Die Ursachen des gestörten Gleichgewichts sind Temperaturdifferenzen.
Ungleiche Erwärmung bewirkt, daß die kühlere und schwerere Luft in
die benachbarte Gegend strömt, deren wärmere und dünnere Luft ent=

---

*) Geschichte und Naturbeschreibung des Erdbebens u. s. f. (Bd. IX. S. 25—63).
Fortgesetzte Betrachtung der seit einiger Zeit wahrgenommenen Erderschütterung
(Ebendas. S. 65—75). — **) Neue Anmerkungen u. s. f. (das Datum der Schrift
ist der 25. April 1756. Hartensteins Ausgabe von 1867. Bd. I. S. 473. In der
früheren Ausg. heißt der Titel: „Einige Anmerkungen u. s. f." (Bd. IX. S. 77—92.)

vorgestiegen ist und das Gewicht der Luftsäule vermindert hat. Ungleiche
Erhöhung bewirkt, daß die emporgehobene, wärmere Luft in die benach=
barte, kühlere Gegend abfließt, wo die Luftsäulen niedriger stehen. Je
nachdem gewisse Temperaturdifferenzen beständig oder periodisch herr=
schen, entstehen die regelmäßigen Winde der beständigen oder periodischen
Art. Beständige Ursachen ungleicher Erwärmung sind auf der Erdober=
fläche die physikalischen Unterschiede von Meer und Land, die klimati=
schen der tropischen und polaren Zonen. Beständige Winde sind die
Passate, periodische die Moussons.

Daß an den Küsten des Tages Seewind und des Nachts Landwind
weht, folgt im ersten Fall aus der größeren Erwärmung des Landes,
im zweiten aus der schnelleren Verkühlung des Meeres. Daß des Winters
auf der nördlichen Halbkugel Nordwinde herrschen und mit dem Anfange
des Frühjahrs Südwinde wehen, folgt im ersten Fall aus der gleich=
zeitig stärkeren Erwärmung der südlichen Halbkugel und im zweiten aus
der vermehrten Sonnenwärme in der nördlichen gemäßigten Zone.*)

Mit der Achsendrehung der Erde rotirt auch die Atmosphäre in der
Richtung von W. nach O.; die Rotationsgeschwindigkeit ist um so schneller,
je größer die Breitenkreise sind. Nun müssen die Luftströmungen, die
in der Richtung des Meridians vom Nordpol zum Aequator und um=
gekehrt fortschreiten, von der gemeinsamen Bewegung des gesammten
Luftmeers ergriffen und seitlich abgelenkt werden. Die Richtungen der
Winde verändern sich demnach in eine „Collateralbewegung“: der
Nordwind dreht sich östlich, der Südwind westlich; dort entsteht Nordost=,
hier Südwestwind. Die Ursachen sind einleuchtend. Da der Nordwind
von den kleineren Breiten in die größeren, also mit der langsameren
Rotationsbewegung in die Gegenden der geschwinderen vorrückt, so muß
derselbe hinter der letzteren zurückbleiben und als eine Luftströmung
erscheinen, die nicht von Westen her, sondern nach Westen hinweht; er
dreht sich, je größer die Breiten werden, immer mehr in die östliche
Richtung, er wird zwischen den Wendekreisen zu dem allgemeinen Ost=
winde, der die tropischen Meere beherrscht und muß unter der Linie
selbst in einen geraden Ostwind ausschlagen. Gerade umgekehrt verhält
es sich aus den entgegengesetzten Gründen mit dem Südwind. Dies ist
nun das Drehungsgesetz der Winde, das Kant zuerst in seinem Vor=
lesungsprogramm vom Sommer 1756 dargethan, als den Schlüssel zur

*) Ebendas. Anmerkung I. u. II. (S. 80—83).

allgemeinen Theorie der Winde bezeichnet und woraus er in den beiden letzten Anmerkungen sowohl die Erscheinung der beständigen Passate als die der periodischen Moussons (Wechselwinde) erklärt hat, welche letztere in der einen Hälfte des Jahres von Südwesten, in der andern von Nordosten wehen.*)

2. Feuchtigkeit des Westwindes.

Der gewöhnlichen Erklärung, daß uns die Westwinde deshalb Nässe bringen, weil sie über das westlich gelegene Meer streichen, stellt Kant seine Bedenken entgegen. Wenn das Meer die Ursache dieser Feuchtigkeit sein soll, warum sind die Winde trocken, die über die Nordsee kommen? warum ist nur der westliche Mousson feucht und der östliche trocken, während beide über dasselbe stille Weltmeer hinwehen? Die Ursache muß allgemeiner sein und in dem Charakter des Westwindes als solchen gesucht werden. Kant hat seine Ansicht nicht ausgeführt, sondern nur angedeutet. Da die Sonne in der Richtung von O. nach W. die Erde erwärmt, und aus der kühleren Gegend in die benachbarte wärmere eine beständige Luftströmung stattfindet, so zieht die Luft gleichsam der Sonne nach; es entsteht daher ein Gegenlauf zwischen diesem allgemeinen Luftzuge, der von Osten her weht, und dem Winde, der von Westen herkommt, die in der Luft enthaltenen Dünste sollen durch den Druck des Westwindes zusammengetrieben, verdichtet und dadurch die atmosphärischen Niederschläge verursacht werden.**)

IV. Naturbeschreibung und Naturgeschichte der Erde.

Man wird mit Interesse bemerken, wie der Philosoph gleich in der Einleitung seiner physischen Geographie von der Aufgabe der Naturbeschreibung die der Naturgeschichte unterscheidet. Gegenstand der ersten sind die gleichzeitigen, gegenwärtigen Zustände der Erde und ihrer Bewohner, Gegenstand der zweiten die Veränderungen oder die Zeitfolge der verschiedenen Zustände, woraus die Beschaffenheiten des jetzigen hervorgegangen. Die Geschichte der Erde ist „nichts anderes als eine continuirliche Geographie". Wir haben eine Naturbeschreibung, aber

---

*) Ebendas. Anmerkg. III., IV. u. V. (Bd. IX. S. 83—92). Vergl. Physische Geographie, Abschn. III. § 67—70, (Bd. IX. S. 299—303). — **) Entwurf und Ankündigung eines Collegii der physischen Geographie nebst dem Anhange einer kurzen Betrachtung über die Frage: ob die Westwinde in unseren Gegenden darum feucht seien, weil sie über ein großes Meer streichen? (1757.) (Bd. IX. S. 103—106). Vgl. Physische Geogr. Abschn. III. § 65 u. 67 (Bd. IX. S. 295 u. 299).

noch keine Naturgeschichte der Erde. „Wahre Philosophie aber ist es, die Verschiedenheit und Mannichfaltigkeit einer Sache durch alle Zeiten zu verfolgen." Wir erkennen den kritischen Denker, der die Entstehung und Entwicklungsgeschichte der Dinge erleuchtet sehen will. „Eigentlich haben wir noch gar kein systema naturae. In den vorhandenen sogenannten Systemen der Art sind die Dinge blos zusammengestellt und aneinander geordnet." Das wahre Natursystem fällt mit der Entwicklung zusammen, die wahre Naturgeschichte der organischen Körper ist genealogisch. In diesem Sinn fordert Kant eine Naturgeschichte der Pflanzen und Thiere. Die wenigen Andeutungen, die er giebt, zeigen uns, wie deutlich er die Bedingungen einsah, die in der organischen Natur zur Entstehung der Arten nothwendig sind, und die man heute nach dem Vorgange Darwins als die Entwicklungsgesetze der Anpassung, Zuchtwahl und Vererbung bezeichnet. Er braucht zwar nicht dieselben Worte, aber hat genau diese Factoren der Artbildung im Sinn, wo er beispielsweise von der Differenzirung der Hunde und Pferde und von der Züchtung einer weißen Hühnerrace redet.*)

Nach denselben natürlichen Entwicklungsgesetzen wird er die Entstehung der Menschenracen beurtheilen. Doch fallen die beiden diesem Thema gewidmeten Untersuchungen in eine spätere Zeit, und wir werden bei der Geschichte der Menschheit auf diese Frage ihrer Naturgeschichte zurückkommen.

Elftes Capitel.
Metaphysische Anfänge. Die Principien der Erkenntniß. Der Streit über den Optimismus.

I. Die Grundsätze der metaphysischen Erkenntniß.

1. Erkenntnißlehre und Naturlehre.

Es ist merkwürdig genug, daß Kant, der die vorhandene Metaphysik aus den Angeln gehoben und in Rücksicht auf unsere Erkenntniß der Dinge die kritische Epoche gemacht, dieses Thema selbst vor seinem 38. Lebensjahr nur in einer einzigen Schrift behandelt hat, noch dazu in einer akademischen Dissertation, die lateinisch geschrieben war und

---

*) Physische Geographie. Einl. § 4. Th. II. Abschn. I. § 3 (Bd. IX. S. 140—43. S. 326 flgb.).

über die Grenzen der Universitätskreise nicht hinausreichte. Diese schwie=
rige, bis auf die jüngste Zeit und die entwicklungsgeschichtliche Be=
trachtung des Philosophen wenig gewürdigte Abhandlung ist seine am
27. Sept. 1755 vertheidigte Habilitationsschrift, die sich eine „Neue Er=
läuterung der ersten Grundsätze der metaphysischen Erkenntniß" nannte.*)

Die Schrift besteht in drei Abschnitten, die im Ganzen dreizehn
Propositionen beweisen und ausführen: das Thema des ersten Abschnitts
ist der Satz des Widerspruchs, das des zweiten der Satz vom Grunde,
das des dritten die beiden aus dem Satz vom Grunde hergeleiteten
Principien der Succession und der Coexistenz: dies sind, wie der
Philosoph in seinem Vorwort bemerkt, zwei neue, beachtungswürdige
Principien der metaphysischen Erkenntniß, mit deren Begründung ein
Fortschritt auf dem Gebiet der bisherigen Erkenntnißlehre bezweckt werde.
Schon hieraus rechtfertigt sich die Bezeichnung seiner Schrift als „nova
dilucidatio".

Ueber die eigentliche Aufgabe und Absicht der Schrift wird der
prüfende Leser nicht im Zweifel sein können. Sie ist der erste Versuch,
den Kant machen mußte, die Naturlehre, innerhalb deren seine bisher
betrachteten Untersuchungen sich bewegt haben, mit der Erkenntnißlehre
in Uebereinstimmung zu bringen und die Grundsätze der newtonschen
Naturphilosophie mit denen der leibniz=wolfischen Metaphysik auseinan=
derzusetzen. Denn der Widerstreit der Attractionslehre, welche die durch=
gängige reale Wechselwirkung der Körper, die physische Gemeinschaft
der Dinge behauptet, und einer Metaphysik, die in ihren obersten Prin=
cipien einen solchen Zusammenhang der Dinge verneint, lag am Tage.
Es war nicht denkbar, daß Kant nach den Grundsätzen Newtons eine
neue Kosmogonie gab und im offenbarsten Widerspruch damit zugleich
die Erkenntnißgrundsätze der ihm überlieferten Schulmetaphysik festhielt.
Daher bedurften diese Principien einer Erläuterung neuer Art, die
berichtigend und erweiternd auch hier den Gegensatz zwischen Leibniz
und Newton auszugleichen suchte.

2. Das Princip der Identität und das des Grundes.

Schon Leibniz hatte in seiner Monadologie erklärt, daß alle unsere
Erkenntnisse auf zwei Principien beruhen, dem des Widerspruchs und
dem des zureichenden Grundes, daß sich auf das erste alle denkbaren

---

*) Principiorum primorum cognitionis metaphysicae nova dilucidatio.
(Vol. III. pag. 1—44.)

Wahrheiten überhaupt, auf das zweite alle thatsächlichen gründen.*) Man kann diese beiden Grundsätze auch so aussprechen: alles Denkbare muß widerspruchslos, alles Existirende begründet sein. Es will nicht viel heißen, wenn Kant das erste Princip dahin berichtigt, daß es sowohl positiv als negativ gefaßt werden müsse: Grundsatz aller bejahenden Wahrheiten sei der Satz der Identität, Grundsatz aller verneinenden der des Widerspruchs oder der Unmöglichkeit. Denn er setzt hinzu, daß beide gemeinsam „principium identitatis" heißen. Auch müsse dieses Princip, weil es positiv sei, dem Satze des Widerspruchs vorausgehen und als der erste und oberste Grundsatz gelten, von dem die Kette aller Wahrheiten abhänge.**)

Ungleich wichtiger ist seine Behandlung des Satzes vom Grunde, den er mit Crusius nicht „ratio sufficiens", sondern „ratio determinans" genannt haben will, weil man nicht wissen könne, wann ein Grund zureichend sei, wohl aber gelte ein Urtheil dann für wahr, wenn sein Prädicat dergestalt gesetzt werde, daß jedes andere ausgeschlossen sei. Ein solches Prädicat setzen heiße ein Subject determiniren, die Aus= schließung jedes anderen Prädicats sei der Grund dieser Setzung, daher „ratio determinans". Dieser Grund hat zwei Arten: er ist vorher= gehend (ratio antecedenter determinans), wenn er macht, warum die Sache so und nicht anders ist; er ist nachfolgend (ratio consequen= ter determinans), wenn er uns erkennbar macht, daß die Sache so und nicht anders ist. Die erste Art des Grundes heißt „ratio Cur", die zweite „ratio Quod"; jene ist „ratio essendi vel fiendi", diese „ratio cognoscendi". Hier ist die wichtige und folgenreiche Unter= scheidung zwischen Real= und Idealgrund oder zwischen Sach= und Er= kenntnißgrund. So ist z. B. die Beschaffenheit des Aether der Realgrund der Bewegung und Geschwindigkeit des Lichts, dagegen die Verfinsterung der Jupitermonde der Erkenntnißgrund, woraus wir die Succession und Geschwindigkeit in der Fortpflanzung des Lichts wahrnehmen. Wenn Wolf den Begriff des Grundes als dasjenige besinnt, woraus erkannt werde, warum etwas vielmehr sei, als nicht sei, so hat er zwischen Sach= und Erkenntnißgrund nicht unterschieden und eine nichtssagende Erklä= rung gegeben, die darauf hinausläuft: der Grund (d. h. dasjenige, warum etwas ist) sei dasjenige, warum etwas ist (d. h. Grund).***)

---

*) Vgl. Bd. II. dieses Werks (2. Aufl. 1867). Buch II. Cap. XI. S. 584 flgb. — **) Nova diluc. Sectio I. Prop. I—III. (pag. 4—9). — ***) Ibid. Sectio II. Prop. IV—V.

3. Das Dasein Gottes und die menschliche Freiheit.

Der Grund, warum etwas existirt, muß dem Dinge selbst noth=
wendigerweise vorhergehen oder dessen Realgrund sein. Es ist unmög=
lich, daß ein existirendes Ding den Grund seines Daseins in sich selbst
hat, denn sonst müßte es sein, bevor es ist, existiren, bevor es existirt,
was zu behaupten die offenbarste Ungereimtheit wäre. Was den Grund
seines Daseins außer sich hat, also von dem Dasein eines anderen
Wesens abhängt, das existirt nicht schlechterdings nothwendig, sondern
zufällig. Was dagegen von keinem anderen Wesen abhängt und absolut
nothwendig existirt, kann den Grund seines Daseins nicht außer sich
haben. Daraus folgt: daß es von dem Dasein Gottes keinen Realgrund,
sondern nur einen Erkenntnißgrund geben könne, wogegen jede zufällige
Existenz (contingenter existens) vorhergehende Gründe haben müsse,
wodurch sie zum Dasein bestimmt werde. Aber wie verhält es sich dann
im ersten Fall mit den Beweisen vom Dasein Gottes und im zweiten
mit der Möglichkeit der menschlichen Freiheit?*)

Darum ist der ontologische Beweis fehlerhaft, der aus dem Begriff
Gottes die Existenz desselben begründen will. Die Idee eines allerrealsten
Wesens, die wir uns bilden, schließt allerdings die Existenz in sich, d. h.
die gedachte, nicht die wirkliche. Ob ein solches Wesen nicht blos in
unserer Vorstellung, sondern in Wahrheit ist, bleibt dahingestellt. Daß
es in Wahrheit sei, wird vorausgesetzt, d. h. es wird in Ansehung seiner
Existenz nichts bewiesen, sondern alles vorausgesetzt. Dies ist die Kritik,
die Kant an dieser Stelle wider das cartesianische Argument richtet.
Es giebt nur eine einzige Art, das Dasein Gottes zu beweisen: der
Satz „Gott existirt" ist wahr oder begründet, sobald die Ausschließung
des gegentheiligen Prädicats feststeht. Aus der Unmöglichkeit seiner Nicht=
existenz erhellt die Nothwendigkeit seines Daseins. Dasjenige Wesen
existirt absolut nothwendig, dessen Nichtexistenz undenkbar oder unmöglich
ist. Hebe das Dasein eines solchen Wesens auf, und du hast alle
Möglichkeit aufgehoben: die Möglichkeit, daß überhaupt etwas ist, etwas
gedacht wird. Dasselbe anders ausgedrückt: es muß einen Grund der
Möglichkeit geben, einen Grund, dessen Aufhebung die baare Unmög=
lichkeit bedeutet, dessen Setzung daher das Gegentheil begründet, näm=
lich die Existenz eines absolut nothwendigen Wesens. Daß dieses Wesen
ein einziges und ein unendliches (Gott) sein müsse, folgt aus seinem

---

*) Ibid. Sect. II. Prop. VI—VIII.

Begriff. Also nicht aus der Denkbarkeit Gottes, sondern aus der Denk=
barkeit (Möglichkeit) der Dinge will Kant die Nothwendigkeit der gött=
lichen Existenz dargethan wissen. Hier finden wir bereits diejenige Faf=
sung des ontologischen Arguments, die Kant acht Jahre später als den
einzig möglichen Beweisgrund zu einer Demonstration für das Dasein
Gottes gab und ausführte.*)

Jetzt erst, nach den Unterscheidungen und Einschränkungen, die
wir kennen gelernt haben, soll der Satz vom bestimmenden Grunde end=
lich einmal bewiesen und in das volle Licht der Gewißheit gesetzt sein.**)
Das Princip des Realgrundes oder der vorhergehenden Bestimmungs=
gründe gilt, mit der einzigen Ausnahme des göttlichen Daseins, von
allem, was bedingter= oder zufälligerweise existirt; er gilt also aus=
nahmslos von allem, was in der Welt ist oder geschieht.***) Wo aber
bleibt dann die Freiheit, Verschuldung, Strafwürdigkeit, mit einem
Worte die Moralität der menschlichen Handlungen? Diesen Einwurf
hatte schon zwölf Jahre früher Chr. A. Crusius wider die wolfische Phi=
losophie und ihren Satz vom zureichenden Grunde gerichtet.†) Kant
behandelt diesen Gegner mit der größten Auszeichnung, denn es ist
doch mehr als die Höflichkeit der lateinischen Phrase, wenn er ihn
als „vir magnus" bezeichnet, der nicht blos unter den Philosophen
Deutschlands, sondern unter den Fortbildnern der Philosophie einen der
ersten Plätze behaupte. Man widerlege Crusius' Einwürfe nicht, wenn
man demselben, wie gewöhnlich geschehe, die Unterscheidung „absoluter"
und „hypothetischer Nothwendigkeit" entgegenhalte. So lange es ä u ß e r e
Bestimmungsgründe sind, wodurch die menschlichen Handlungen deter=
minirt werden, sind diese unfrei, gleichviel ob jene mit der Gewalt einer
unbedingten oder bedingten Nothwendigkeit wirken. Sind es dagegen
i n n e r e, in unserem Willen selbst gelegene Bestimmungsgründe, so
fallen sie mit unserer Selbstbestimmung zusammen, und unsere Hand=
lungen sind zugleich nothwendig und frei. Dann gilt der Satz des
Grundes in seinem vollen Umfange, unbeschadet der menschlichen Frei=
heit. Die inneren Bestimmungsgründe sind unsere Neigungen, die sich
nach unseren Vorstellungen richten. Der menschliche Wille ist spontan
und dann vollkommen frei, wenn die Vernunft selbst, die Idee des Guten
es ist, die alle anderen Neigungen überwiegt und seine Handlungsweise

---

*) Ibid. Sect. II. Prop. VI. Schol. Prop. VII. Schol. (pag. 13—16). —
) Ibid. Sect. II. Prop. VIII. Schol. — *) Ibid. Sect. II. Prop. VIII. Coroll.
— †) S. oben Cap. II. S. 33.

entſcheidet. Wir ſehen, wie Kant, um Cruſius' Bedenken wider den
Satz des Grundes zu entkräften und die Freiheit des Willens mit der
Nothwendigkeit der Handlungen in Einklang zu bringen, völlig mit
Leibniz zuſammenſtimmt: er läßt an die Stelle der phyſiko-mechaniſchen
Nothwendigkeit die pſychologiſche, an die der äußeren Beſtimmungsgründe
die inneren, an die der phyſikaliſchen Urſachen die Motive oder Be-
weggründe treten.*) Zuletzt werden alle Erörterungen für und wider
in ein Zwiegeſpräch gefaßt, worin Cajus nach Cruſius' Meinung dem
Standpunkte der grundloſen Freiheit, Titius dagegen nach der Anſicht
Kants dem der begründeten oder motivirten das Wort redet.**) So
weit war der Philoſoph damals von dem Begriffe der Freiheit entfernt, der aus ſeinen kritiſchen Unterſuchungen hervorging. In der
Kritik der praktiſchen Vernunft heißt es: „Wenn unſere Freiheit darin
beſtände, daß wir durch Vorſtellungen getrieben werden, ſo würde ſie
im Grunde nichts beſſer als die Freiheit eines Bratenwenders ſein, der
auch, wenn er einmal aufgezogen worden, von ſelbſt ſeine Bewegungen
verrichtet."***)

Noch giebt Kant dem theologiſchen und orthodox geſinnten Gegner
zu bedenken, daß es bei Gott kein Vorherwiſſen der menſchlichen Handlungen geben könnte, wenn die Freiheit der letzteren grundlos wäre,
daß jenes Vorherwiſſen nur dann möglich ſei, wenn dieſe durch vorhergehende Gründe determinirt ſind.†)

4. Der negative Beſtimmungsgrund.

In einer ſehr bemerkenswerthen Stelle ſeiner Schrift ſucht der
Philoſoph zu beweiſen, daß rückſichtlich der freien Handlungen eine
Begründung zu fordern ſei, die auch Cruſius einräumen müſſe, und die
der Determination gleichkomme, die jener verwerfe. Cruſius ſagt: jeder
freie Willensact geſchieht, weil er geſchieht, er iſt durchgängig determinirt blos durch ſich, ohne alle vorhergehende Gründe. Aber er würde
nicht exiſtiren, wäre er nicht vollkommen determinirt, und es würde
eine Determination fehlen, wenn der Zeitpunkt unbeſtimmt bliebe, wann
er ſtattfindet, warum er jetzt geſchieht und nicht früher. Es gehört
darum zu der durchgängigen Beſtimmtheit, die auch nach Cruſius den
Charakter jeder Exiſtenz ausmacht, der determinirte Zeitpunkt, der jeden

---

*) Nova dilucidatio. Sect. II. Prop. VIII—IX. (pag. 16—29). — **) Vergl.
dieſes Werk, Bd. II. Buch II. Cap. XII. S. 594 flgb. — ***) Kritik der pr. Vern.
(Bd. IV. S. 213.) — †) Nov. dil. Sect. II. Addit. probl. IX. (pg. 29—31).

anderen ausschließt. Nun ist durch die bloße Willensexistenz keineswegs bestimmt, warum die Handlung in diesem Zeitpunkt stattfindet und in keinem anderen, warum sie jetzt eintritt und nicht früher, sie bleibt in dieser Rücksicht unbestimmt, sie ist nicht durchgängig determinirt, also nicht existent. Sobald der Gegner dies einräumt, wie er muß, hat er sein Spiel verloren, denn dann gehören zur Existenz oder durchgängigen Bestimmtheit einer Handlung vorhergehende Gründe. Warum etwas, das jetzt geschieht, nicht früher geschehen ist, oder warum etwas, das vorher nicht existirt hat, jetzt ins Dasein tritt: diese beiden Sätze sind völlig identisch. Crusius behauptet: es giebt für die Existenz freier Handlungen keine vorhergehenden Gründe. Kant entgegnet: aber es giebt Gründe ihrer vorhergehenden Nichtexistenz, und das sind auch vorhergehende Gründe. Bei jenem gilt das Nichtsein des Grundes, bei diesem der Grund des Nichtseins: d. i. der Grund, warum etwas nicht ist, nicht geschieht oder nicht eher geschieht als in diesem bestimmten Zeitpunkt. Er fügt die Bemerkung hinzu: „Sollte diese Beweisführung wegen ihrer zu tiefen Analysis der Begriffe nicht verständlich genug (subobscura) scheinen, so begnüge man sich mit den Erörterungen, die ich vorausgeschickt habe."*)

Der Punkt, in den das ganze Gewicht dieser Untersuchung fällt, ist nicht zu verkennen. Was Kant dem Gegner begreiflich zu machen sucht, um ihn zur vollen Anerkennung der „ratio antecedenter determinans" zu nöthigen, ist der Begriff des negativen Grundes. Wo Crusius nicht mehr den positiven Grund sieht, warum etwas ist oder geschieht, da sieht er gar keinen und erklärt die Abwesenheit aller Gründe. Nun wird ihm gezeigt, daß der Grund, warum etwas ist oder geschieht, und der Grund, warum das Gegentheil nicht ist oder geschieht, vollkommen identisch sind. Da er die Geltung des negativen Grundes nicht bestreiten kann (nach dem Satz der durchgängigen Bestimmung), so muß er die des positiven einräumen. Und der Nerv der kantischen Beweisführung liegt darin, daß die Setzung jedes Prädicats bedingt ist durch die Ausschließung des Gegentheils, daß es keine Setzung giebt ohne Entgegensetzung: dies war der Punkt, den der Philosoph in seinen Erörterungen des Satzes vom Grunde an die Spitze gestellt und jener tieferen Analysis vorausgeschickt hatte. Aus der Nothwendigkeit der Entgegensetzung erhellt die des negativen Grundes. Diese Lehre ist in

---

*) Ibid. Sect. II. Prop. VIII. Schol. (pag. 17—18).

der „nova dilucidatio" nicht blos angedeutet, sondern ausgesprochen, aber in Kürze und nach dem Gefühle des Philosophen selbst etwas dunkel: sie wird acht Jahre später das Thema der Schrift über die nega= tiven Größen. Daß Kants Habilitationsdissertation vom Jahre 1755 eine solche Tragweite besitzt und schon gewisse Grundgedanken enthält, welche die Schriften von 1762 und 1763 ausführen, ist eine Thatsache, die sich übersehen und verkennen, aber weder bestreiten noch in ihrer be= wiesenen Geltung abmindern läßt.

Wir wollen festgestellt haben: 1. daß Kant, als er seine akade= mische Laufbahn begann, die menschliche Freiheit von dem Gebiet der vorhergehenden Determinationen keineswegs ausgenommen wissen wollte, vielmehr dachte er in diesem Punkte wie Leibniz; 2. daß er noch keinen Widerstreit zwischen der freien Willensthat und dem zeitlichen Geschehen, zwischen Freiheit und Zeit fand, vielmehr bewies er aus der zeitlichen Determination jeder wirklichen Handlung deren nothwendige Bestimmung durch vorhergehende Zustände (Gründe).

5. Das Verhältniß von Grund und Folge.

Kant unterscheidet zwischen Erkenntnißgrund und Sachgrund, aber in Rücksicht des letzteren unterscheidet er noch nicht zwischen Grund und Ursache (Begründung und Verursachung), logischer und realer Begrün= dung; das Verhältniß von Grund und Folge gilt ihm als logisch voll= kommen einleuchtend und erkennbar, ob es nun Begriffe oder Dinge sind, die dadurch verknüpft werden. Dieses Band zwischen Logik und Metaphysik, das für jetzt noch hält, wird sich im Fortgange des Philo= sophen lockern und auflösen.

Aus dem logischen Verhältniß von Grund und Folge ergiebt sich als ein selbstverständlicher Satz: daß in dem Begründeten nichts und nicht mehr enthalten sein kann, als im Begriff und Wesen des Grundes selbst: daß demnach nichts im eigentlichen Sinn des Wortes entsteht oder vergeht, daher die Summe des Realen in der Welt constant bleibt und auf natürlichem Wege weder wächst noch abnimmt.[*]

Setzen wir den Grund oder das Reale gleich den in der Welt wirksamen Kräften, so folgt der Satz von der Constanz ihrer Summe (Größe) oder von der Erhaltung der Kraft. Die Kraftvermehrung eines Körpers hat stets einen gleich großen Kraftverlust zur Folge;

---

[*] Ibid. Sect. II. Prop. X. (p. 31).

daher find in der mechanischen Bewegung, wie z. B. dem Zusammenstoß
der Körper, Wirkung und Gegenwirkung gleich. Aber die Erhaltung
der Kraft soll nicht blos von den körperlichen (bewegenden), sondern
auch von den geistigen (vorstellenden) Kräften gelten. Da die Seele,
wie Leibniz gelehrt hat, das gesammte Universum dunkel vorstellt, so
ist das Vorstellungsmaterial seinem ganzen Inhalte nach gegeben, und
es können daher nicht eigentlich neue Vorstellungen erzeugt, sondern
nur die vorhandenen verdeutlicht werden. Je mehr aber unsere Auf=
merksamkeit sich auf gewisse Objecte concentrirt, um so mehr zerstreut
sie sich in Rücksicht auf andere, und je heller jene in das Licht unseres
Bewußtseins treten, um so tiefer rücken diese in den Schatten. Und so
ist auch in der Verdeutlichung der Ideen Kraftzunahme immer zugleich
Kraftverlust. Diese Gedanken sind vollkommen leibnizisch, und wir werden
in dem Versuch über die negativen Größen denselben wieder begegnen.*)

Dagegen ist unser Philosoph keineswegs mit dem leibnizischen
„principium indiscernibilium" einverstanden: es ist falsch und durch
eine unrichtige Anwendung des Satzes vom Grunde entstanden. Wenn
nämlich, so lautet die Schlußfolgerung, zwei Dinge vollkommen dieselben
Merkmale hätten, so wären sie nicht zu unterscheiden, sondern ein und
dasselbe Ding an zwei Orten, was die baare Unmöglichkeit ist. Daraus
folgt, daß es in der Welt nicht zwei vollkommen gleiche oder nicht zu
unterscheidende Dinge geben könne: der Satz der durchgängigen Ver=
schiedenheit alles Existirenden. Die ganze Beweisführung ruht, wie man
sieht, auf der falschen Annahme, daß die räumlichen Unterschiede nicht
zu den Merkmalen der Dinge gehören. Wenn man die Zeitbestimmungen
nicht mit zu der durchgängigen Determination der Dinge rechnet, so
hat man es leicht, die Geltung des Satzes vom Grunde zu bestreiten,
wie Crusius, und wenn man es ebenso mit den Raumbestimmungen
hält, so hat man es leicht, den Satz der durchgängigen Verschiedenheit
aller Dinge zu beweisen, wie Leibniz.**)

6. Succession und Coexistenz.

Soll nun der Satz des Grundes, der so weit reicht als der Satz
der durchgängigen Determination und für alles, was in der Welt ist
und geschieht, uneingeschränkte Geltung beansprucht, in seinem vollen
Umfange gelten, so darf von den zeitlichen und räumlichen Determi=

---

*) Ibid. Sect. II. Prop. X. (pg. 31—33). — **) Ibid. Sect. II. Prop. XI.
(pg. 34—36).

nationen der Dinge so wenig abstrahirt werden, daß vielmehr beide d. h. Zeit und Raum oder das Princip der Succession und Coexistenz aus dem Satze des Grundes herzuleiten sind. Eben darin besteht die letzte Aufgabe und das Ziel unserer nova dilucidatio.

Es giebt in der Natur der Dinge kein Entstehen noch Vergehen, sondern nur Veränderung der vorhandenen Zustände, und da jeder wirkliche Zustand durchgängig bestimmt ist, so besteht alle Veränderung in einem Wechsel der Determinationen. Wird ein Ding vermöge seiner inneren Kraft und Thätigkeit bestimmt, so ist eben dadurch jede andere innere Determination ausgeschlossen, und wenn es für äußere unempfäng- lich ist, weil es in keiner Gemeinschaft mit den übrigen Dingen steht, so bleibt der Zustand, worin es sich befindet, unwandelbar derselbe. Hieraus erhellt, daß Veränderungen überhaupt nur stattfinden können, wenn die Dinge in einem äußeren Zusammenhange verknüpft sind, worin sie sich wechselseitig determiniren. Aus dem Satz des bestimmen- den Grundes erhellt die durchgängige Wechselwirkung der Dinge und damit die Veränderung, die nichts anderes ist als die Zeitfolge ver- schiedener Zustände oder Bestimmungen: „mutatio est successio de- terminationum". So folgt aus dem Satze des Grundes Succession und Zeit.

Es ist demnach unmöglich, daß, wie die wolfische Schule behauptet, in einer einfachen Substanz vermöge ihrer inneren Thätigkeit sich die Zustände unaufhörlich ändern. In unserer Seele würden keinerlei Ver- änderungen möglich sein, wenn nicht außer ihr Dinge existirten, mit denen sie in unmittelbarer Gemeinschaft verkehrte. Daraus erhellt die Realität der Körper, welche die Idealisten verneinen, und es giebt zur Widerlegung der letzteren keinen anderen zweifellosen Beweis als den eben geführten. Die Veränderungen unserer Seelen- und Vorstellungs- zustände beweisen die Gemeinschaft und Wechselwirkung zwischen Seele und Körper, die Leibniz verneinte, indem er die prästabilirte Harmonie an deren Stelle setzte. Kant verwirft diese Lehre nicht aus theologischen Bedenken, sondern wegen ihrer eigenen inneren Unmöglichkeit. Die prästabilirte Harmonie setzen heißt die Möglichkeit der Veränderung in der Natur der Dinge aufheben.*)

Die Dinge können aber nur dann ineinander wirken, wenn sie mit einander oder zusammen sind. Indessen reicht diese ihre Coexistenz

---

*) Ibid. Sect. III. Prop. XII. (pg. 36—39).

nicht hin, um ihre wechselseitige Determination und dadurch die Ver=
änderung in der Welt zu begründen; denn Substanzen, wie die Dinge
sind, verhalten sich selbständig gegen einander und können jede ohne
die übrigen sein und gedacht werden, daher aus der Natur der Dinge
selbst, für sich genommen, nur ihre wechselseitige Unabhängigkeit ein=
leuchtet. Woher rührt nun das thatsächliche Gegentheil: ihre wechsel=
seitige Abhängigkeit? Aus der bloßen Coexistenz folgt noch nicht das
Commercium, die Gemeinschaft, der äußere Zusammenhang der Dinge,
mit einem Worte der Raum.*)

7. Der Urgrund der Dinge.

Was Kant in seiner Naturgeschichte des Himmels von den Welt=
körpern, insbesondere den Planeten erklärt hat, daß aus ihrer Zusam=
mengehörigkeit ihre gemeinsame Abstammung, die Einheit ihres (zunächst
materiellen und mechanischen, im letzten Grunde göttlichen) Ursprungs
einleuchte, muß von allen Dingen gelten. Die Zusammengehörigkeit der
Dinge, die in ihrer Wechselwirkung erscheint und die Verfassung unseres
Weltalls ausmacht, läßt sich nur aus der Gemeinschaft ihrer Abstam=
mung, ihres Ursprungs (communio originis vel principii) erklären,
aus der Einheit ihres göttlichen Urgrundes, worin diese Dinge zu=
sammengedacht und auf einander bezogen sind. Es giebt unter den Be=
weisen für das Dasein und die Einheit Gottes keinen, der nach unserem
Philosophen so einleuchtend und zwingend wäre, als der durchgängige
Zusammenhang, die Gemeinschaft oder, was an dieser Stelle dasselbe
heißt, die Wechselwirkung der Dinge. Kant will der erste sein, der
für das Dasein Gottes diesen Erkenntnißgrund erleuchtet hat.**)

Der allgemeine Zusammenhang der Dinge, der in der Wechsel=
wirkung besteht, hat den Charakter der Einheit, der Harmonie, der
natürlichen, ihrem tiefsten Grunde nach in der göttlichen Vernunft ge=
setzten Gemeinschaft: dieser Lehrbegriff verneint die dualistische (mani=
chäische) Weltansicht, denn sie widerstreitet der Einheit; sie verneint das
System der prästabilirten Harmonie (Leibniz), denn hier gilt die Ueber=
einstimmung ohne Zusammenhang; sie verneint den Occasionalismus
(Malebranche), denn dieser verleugnet die natürliche Gemeinschaft; sie
ist endlich auch nicht mit dem gewöhnlichen System des „influxus

---

*) Ibid. Sectio III. Prop. XIII. Demonstr. (pag. 39—40). — **) Ibid.
Sectio III. Prop. XIII. Dilucid. (pag. 40—41) cf. Usus N. 2 (pag. 42).

172

physicus" einverstanden, denn diesem fehlt die Erkenntniß des gött=
lichen Welturfprungs.*)

Die Coexistenz der Dinge ist demnach reale oder natürliche Gemein=
schaft, worin die Seelen mit den Körpern und diese mit einander ver=
kehren; der Verkehr besteht in der wechselseitigen Determination, in
Wirkung und Rückwirkung (actio und reactio), die in der Körperwelt,
wenn sie als wechselseitige Annäherung erscheint, Anziehung oder all=
gemeine Schwere genannt wird. Mit der räumlichen und körperlichen
Existenz der Dinge tritt unmittelbar auch ihre gegenseitige Anziehung
in Kraft. Daß sie sich suchen und einander nähern, ist das Urphänomen
ihrer Gemeinschaft, deren letzter und tiefster Grund nichts anderes sein
kann als die Einheit ihres göttlichen Ursprungs. So nahm die Sache
auch Newton und seine Schule.**)

Hier ist der Punkt, worin die „nova dilucidatio" mit der „Natur=
geschichte des Himmels" zusammenhängt und ihr Ziel erreicht hat: näm=
lich die Uebereinstimmung der ersten Grundsätze der metaphysischen Er=
kenntniß, insbesondere des Satzes vom Grunde, mit Newtons Attrac=
tionslehre, auf deren Principien Kant seine Kosmogonie gebaut hatte.
Noch steht unser Philosoph zwischen Leibniz und Newton; doch hat er
dem ersten von seiner Lehre schon so viel streitig gemacht, als sich mit
den Grundsätzen des andern nicht verträgt; er neigt sich stärker auf
die Seite des letztern, wir sehen voraus, daß er diesem Zuge folgen,
in die Bahn der englischen Erfahrungsphilosophie einlenken und in der
Richtung auf Locke und Hume fortschreiten wird, indem er die deutsche
Metaphysik verläßt und ihre Grundlagen bestreitet.

II. Die Streitfrage des Optimismus.

Bevor wir diesen Fortgang ins Auge fassen, begegnet uns noch
ein Gelegenheitsschriftchen, worin Kant die optimistische Weltansicht unter=
sucht und im Wesentlichen mit den Sätzen und Beweisen der leibniz=
wolfischen Lehre übereinstimmt. Die Vertheidiger dieser Ansicht, nach
der die wirkliche Welt für die beste gilt, haben sich stets auf die gött=
liche Vernunft und Weisheit berufen, die Gegner stets auf die That=
sache der Uebel in der Welt; jene verweisen uns auf das Ganze, worin
die einzelnen Uebel wegen ihrer Kleinheit verschwinden und durch ihre

---

*) Ibid. Sect. III. Prop. XIII. Usus. N. 4 & 6 (pag. 42—44). — **) Ibid.
Sect. III. Prop. XIII. Usus. N. 5 (pag. 43).

heilſamen Folgen wieder gut gemacht werden, dieſe ſchildern uns die Leiden der empfindungsfähigen Weſen, insbeſondere die Qualen der Menſchen in ihrer erſchreckenden Ausdehnung und Gewalt. Der Streit zwiſchen Metaphyſik und Empirismus wird übrigens von dieſer Frage nicht betroffen, denn es giebt der Vertheidiger und Gegner auf beiden Seiten.

Das Schickſal Liſſabons war ganz geeignet, dieſen Streit wieder zu erregen, die Wortführer der peſſimiſtiſchen Weltanſicht ins Feld zu rufen und ihr neue Anhänger zu erwerben. Voltaire ſchrieb die Ge= dichte „sur le désastre de Lisbonne" und „sur la loi naturelle"; J. J. Rouſſeau richtete an und gegen ihn jenen Brief (vom 18. Auguſt 1756), der den erſten Grund ihres Zwieſpalts legte, und vertheidigte im ausdrücklichen Einklange mit Leibniz und Pope den Satz „le tout est bien". Pope und Haller hatten das Thema der leibniziſchen Theo= dicee in die Poeſie eingeführt, ſie waren Kants Lieblingsdichter, die er in Vorleſungen und Schriften oft und gern citirte, iſt doch der letzte Theil ſeiner Naturgeſchichte des Himmels mit ſolchen Anführungen reich genug ausgeſtattet; er nannte Haller, als er deſſen Verſe über die Unendlichkeit der Schöpfung wiedergab, „den erhabenſten unter den deutſchen Dichtern."[*]

Auch die akademiſchen Katheder blieben von der neu erregten und ſehr disputabeln Frage des Optimismus nicht unberührt. Als der Ma= giſter Weymann in Königsberg ſeine Schrift „de mundo non optimo" öffentlich vertheidigen wollte, bat er Kant, ihm zu opponiren. Dieſer lehnte es ab und ſchrieb ſtatt deſſen zur Ankündigung der Wintervor= leſungen von 1759/60 in Kürze und, wie er ſelbſt ſagt, mit einiger Eilfertigkeit ſeinen „Verſuch einiger Betrachtungen über den Optimismus" (den 7. October 1759).[**]

Mit einer treffenden Bemerkung wird die Schrift eingeleitet: die optimiſtiſche Weltanſicht ſei ſo geläufig geworden und ſo ſehr in den Mund aller Leute gekommen, daß ſie aufgehört habe Mode zu ſein. „Was hat man denn für Ehre davon, mit dem großen Haufen zu denken und einen Satz zu behaupten, der ſo leicht zu beweiſen iſt?" „Man ſchätzt gewiſſe Erkenntniſſe öfters nicht darum hoch, weil ſie richtig ſind, ſondern weil ſie uns was koſten und man hat nicht gern die Wahrheit guten Kaufs."

---

[*] Allg. Naturgeſch. des Himmels, Th. II. Hptſt. VII. (Bd. VIII. S. 324). —
[**] Bd. VI. (S. 1—10).

Seine Bejahung der optimiftischen Anficht gründet Kant auf lauter
metaphyfifche Sätze: es müffe in Gott eine Idee der vollkommenften
Welt geben, diefe könne nur eine fein, diefe eine befte Welt fei in der
wirklichen realifirt. Wer den erften Satz verneine, müffe behaupten,
daß immer noch eine beffere Welt denkbar fei, als jede (auch in Gott)
gedachte, daß demnach Gott nicht alle möglichen Welten vorftelle. Wer
den zweiten Satz in Abrede ftelle, müffe annehmen, daß es verfchiedene
Welten von gleicher Vollkommenheit geben könne; da nun mehrere voll=
kommene Wefen fich nicht durch die Befchaffenheit, fondern nur durch
den Grad ihrer Realität unterfcheiden laffen, fo müßten zwei verfchie=
dene Grade denkbar fein, die gleich find. Diefe Argumentation bezeichnet
der Philofoph als eine neue. Wer endlich den dritten Satz beftreite,
müffe erklären, daß Gott die Welt nicht nach der Wahl des Beften,
fondern aus grundlofer Willkür gefchaffen, daß er zwar die vollkom=
menfte aller möglichen Welten vorgeftellt, aber trotzdem, blos weil es
ihm fo beliebt, der befferen die fchlechtere vorgezogen habe. Indeffen
fei kein Unterfchied zwifchen dem, was beliebt, und dem, was gefällt
und mehr gefällt als ein anderes. Hat daher Gott das Schlechtere
lieber gewählt als das Beffere, fo muß ihm jenes mehr als diefes
gefallen, d. h. er muß das Gute für fchlecht und das Schlechte für gut
gehalten haben.

Die Ungereimtheiten der Gegenbeweife liegen am Tage. Daraus
erhellt die Nothwendigkeit der kantifchen Sätze, d. h. die Begründung
der optimiftifchen Weltanficht. Sie ruht nur auf metaphyfifchen Argu=
menten. Mit der Widerlegung der empirifchen Gegeninftanz, die auf
das Heer der Uebel in der Welt hinweift, nimmt es der Philofoph
etwas leicht und eilig. Das emphatifche Schlußwort der Schrift ift der
einzige Satz, der jener Inftanz das Gegengewicht halten foll: „Das
Ganze fei das Befte und alles fei um des Ganzen willen gut". Aehn=
lich lautete die Schlußbetrachtung feiner Gefchichte und Naturbefchrei=
bung des Erdbebens von Liffabon: „Wir wiffen, daß der ganze In=
begriff der Natur ein würdiger Gegenftand der göttlichen Regierung
und ihrer Anftalten fei. Wir find ein Theil derfelben und wollen das
Ganze fein." *)

Kants Betrachtungen über den Optimismus find auf zwei Voraus=
fetzungen geftellt und vollkommen hinfällig, wenn diefe nicht gelten. Es

---

*) S. vor. Cap. S. 156 flgd. S. W. Bd. IX. S. 61.

wird vorausgesetzt: daß die logischen Begründungen metaphysische Gel=
tung haben und daß der Mensch das Weltganze erkennt. Gilt keines
von beiden, so mag die optimistische Weltansicht immerhin Recht haben,
aber die kantischen Beweise derselben sind falsch.

Hamann, dem der Philosoph ein Exemplar seiner Betrachtungen
zugeschickt hatte, erkannte sogleich deren Schwäche und geißelte sie in
einem Briefe an Lindner (den 12. October 1759). „Seine Gründe
verstehe ich nicht, seine Einfälle aber sind blinde Junge, die eine eil=
fertige Hündin geworfen. Wenn es der Mühe lohnte ihn zu widerlegen,
so hätte ich mir wohl die Mühe geben mögen, ihn zu verstehen. Er
beruft sich auf das Ganze, um von der Welt zu urtheilen. Dazu
gehört aber ein Wissen, das kein Stückwerk mehr ist. Vom Ganzen auf
die Fragmente zu schließen ist ebenso als von dem Unbekannten auf
das Bekannte. Ein Philosoph, der mir besiehlt, auf das Ganze zu
sehen, thut eine eben so schwere Forderung an mich als ein anderer,
der mir besiehlt, auf das Herz zu sehen, mit dem er schreibt; das Ganze
ist mir eben so verborgen, wie mir dein Herz ist."*)

So mußte auch Kant urtheilen, nachdem er selbst durch die Ver=
nunftkritik jene beiden Voraussetzungen von Grund aus zerstört hatte.
In seinen vorkritischen Schriften ist keine, die den kritischen Denker so
wenig hervortreten und den noch dogmatischen Philosophen so abhängig
von der wolfischen Schulmetaphysik erscheinen läßt, als diese Betrach=
tungen über den Optimismus. Es ist nicht befremdlich, daß Kant sie
am liebsten der Vergessenheit überliefert hätte, und daß selbst das An=
denken daran ihm peinlich war. Borowski erzählt, er habe den Philo=
sophen einige Jahre vor dessen Tod um die Mittheilung jener Betrach=
tungen ersucht, in der Absicht, dieselben seinem Freunde Plank in Göt=
tingen zu senden. „Mit wirklich feierlichem Ernst bat mich Kant, dieser
Schrift über den Optimismus doch gar nicht mehr zu gedenken, sie,
wenn ich sie doch irgendwo auftriebe, keinem zu geben, sondern gleich
zu cassiren." Und wenn der Biograph hinzufügt, daß er wirklich nicht
wisse, was den Philosophen zu einer solchen Härte gegen sein eigenes
Erzeugniß bewogen habe, so verräth diese Bemerkung, wie wenig er
die Schrift über den Optimismus gekannt oder zu beurtheilen ge=
wußt hat.**)

---

*) Hamanns Schriften (Ausg. v. Fr. Roth). Th. I. S. 491. — **) Borowski:
Leben Kants. S. 58 flgb. Anmlg.

Zwölftes Capitel.
Fortgang vom Rationalismus zum Empirismus.

I. Die Gruppe der Schriften aus den Jahren 1762 und 1763.

1. Rückblick auf die Habilitationsschrift.

Zwischen den Betrachtungen über den Optimismus, die uns den Zusammenhang Kants mit der deutschen Metaphysik in der abhängigsten Form darstellen, und der Inauguraldissertation vom Jahre 1770, die den ersten Anbruch der kritischen Epoche bezeichnet, verläuft ein Jahrzehnt. Innerhalb dieses Zeitraums sehen wir den Philosophen die Richtung des Rationalismus verlassen, die Grundlagen der bisherigen Metaphysik aufgeben, der englischen Erfahrungsphilosophie die Hand reichen, bis zu Humes Skepticismus fortgehen und zuletzt in der Entwicklung des Erkenntnißproblems einen solchen Standpunkt nehmen, daß der nächste Schritt zur Lösung die Grundlagen aller bisherigen Philosophie angreifen und ändern mußte.

Wir beurtheilen Kants anfängliche Stellung zur leibniz-wolfischen Lehre nicht nach seinen Sätzen über den Optimismus, denn wir kennen die Differenzpunkte, die gleich in den ersten Schriften hervortreten. Er war ein Anhänger der Naturphilosophie Newtons und wollte in der Metaphysik und Erkenntnißlehre nicht sein Gegner sein. Um seinen damaligen Standpunkt auf diesem Gebiete richtig zu erkennen und zu beurtheilen, muß man sich an die einzige Schrift halten, worin Kant vor dem Jahre 1763 die Fragen der metaphysischen Erkenntnißlehre untersucht hat: das ist die von uns eingehend betrachtete nova dilucidatio. Er hat das System der prästabilirten Harmonie aufgegeben, ebenso den Fundamentalsatz der Monadenlehre, dem zufolge innere Veränderungen in der Natur der Dinge stattfinden sollen ohne äußeren Zusammenhang und natürliche Wechselwirkung; er hat in der Begründung der menschlichen Freiheit und der Existenz Gottes Wege eingeschlagen, die er als neu bezeichnet und selbst erst gefunden haben will: in der ersten Rücksicht hat er die Geltung der negativen Gründe, in der zweiten den Realgrund alles Möglichen erleuchtet, der den ontologischen Beweis, wie er bisher geführt wurde, umkehrt. Auch wird dem aufmerksamen Leser der Habilitationsschrift nicht entgehen, daß gerade in diesen Punkten Untersuchungen angesponnen sind, die fortgeführt werden müssen.

2. Die neue Gruppe und die Frage der Reihenfolge.

Die nächsten Schriften, die das Thema der logischen und meta=
physischen Erkenntniß betreffen, erscheinen in den Jahren 1762—64 und
sind folgende vier: 1. die falsche Spitzfindigkeit der vier syllogistischen
Figuren (1762), 2. Versuch, den Begriff der negativen Größen in die
Weltweisheit einzuführen (1763), 3. der einzig mögliche Beweisgrund
zu einer Demonstration für das Dasein Gottes (1763), 4. Unter=
suchungen über die Deutlichkeit der Grundsätze der natürlichen Theologie
und Moral (1764). Die berliner Akademie der Wissenschaften hatte auf
das Jahr 1763 die Preisfrage gestellt: ob die metaphysischen Wahr=
heiten derselben Evidenz fähig seien als die mathematischen und worin
die Natur ihrer Gewißheit bestehe? Die letztgenannte Abhandlung Kants
diente zur Beantwortung dieser Frage und erhielt den zweiten Preis,
während M. Mendelssohn der erste zuerkannt wurde.*)

Die Zeitfolge in der Veröffentlichung jener vier Schriften ist durch
die Jahreszahlen bezeichnet. Ein anderes ist die Frage nach ihrer Ent=
stehung und Abfassung. Hamann berichtet seinem Freunde Lindner den
26. Januar 1763, daß er in Weymanns handschriftlicher Widerlegung
der kantischen Schrift vom einzig möglichen Beweisgrunde geblättert
habe; er schreibt demselben den 17. Juni 1763: „Daß M. Mendelssohn
den Preis erhalten hat, werden Sie aus den Zeitungen wissen".**)
Hieraus erhellt, daß die Abhandlung vom einzig möglichen Beweis=
grunde zu Anfang des Jahres 1763 erschienen war und die Preisschrift
um dieselbe Zeit vollendet sein mußte, also die Abfassung beider in das
Jahr 1762 fällt, wenn die erstgenannte nicht noch früher ist. Wir wer=
den annehmen dürfen, daß alle vier Schriften demselben Jahre ange=
hören, denn auch der Versuch über die negativen Größen, der die
Jahreszahl 1763 trägt, wird wohl schon im vorhergehenden Jahre ver=
faßt sein. Es ist nun eine minutiöse, lediglich auf die Prüfung des
Inhalts angewiesene Frage, welche dieser Schriften einige Monate
früher oder später geschrieben wurde. Sollte sich zeigen, daß ihre
Grundgedanken wesentlich zusammengehören und nach längerem Nach=
denken im Kopfe des Philosophen mit gleichzeitiger Klarheit entwickelt
sein mußten, bevor er sie niederschrieb, daß demgemäß die Schriften
sich wechselseitig bedingen und Kant nicht erst nach Abfassung der einen

---

*) S. oben Cap. VI. S. 108 flgb. C. 1—4. — **) Hamanns Schriften (Ausg.
von Roth). Th. III. S. 179 flgb. S. 198 flgb.

auf den Gedanken der anderen gericht (was bei dem gründlichen und lang=
samen Gange seiner Untersuchung und den so geringen Zeitunterschieden
nicht anzunehmen ist), so würde jene minutiöse Frage in der Sache
völlig bedeutungslos sein. Auch haben sich aus den neuerdings ange=
stellten Erörterungen dieser Frage nur Meinungsverschiedenheiten er=
geben.*)

Will man den Entwicklungsgang der Ideen, die uns Kant in der
Gruppe der genannten Schriften vorträgt, nach historischen Daten und
nicht nach willkürlichen Combinationen beurtheilen, so muß man die
nova dilucidatio zum Ausgangspunkt nehmen und den weiteren Zeit=
raum der Jahre 1755—62, als worin sich die Succession jener Ideen
entfalten konnte, ins Auge fassen. Die in der Habilitationsschrift ent=
haltenen und von uns nachgewiesenen nächsten Themata betreffen die
negativen Größen und den einzig möglichen Beweisgrund. Diese Gegen=
stände sind wohl die ersten gewesen, die Kant weiter durchdacht und
für eine schriftliche Behandlung vorbereitet hat, während die Ausfüh=
rung der Preisschrift erst nach der im Jahre 1762 erfolgten Stellung
der Preisfrage stattfinden konnte. Um aber die neue und charakteristische
Richtung zu ergreifen, in der diese Abhandlungen ausgeführt sind und
als zusammengehörige erscheinen, mußte Kant die Schranke, worin er
in seiner nova dilucidatio noch befangen war, durchbrochen haben.
Ich nehme an, daß die kleine Schrift über die falsche Spitzfindigkeit
der vier syllogistischen Figuren diesen Durchbruch verkündet und darum
mit Recht an die Spitze der ganzen Gruppe gestellt wird.

8. Trennung zwischen Logik und Metaphysik.

In seiner Habilitationsschrift steht Kant, was die Grundfrage aller
Erkenntniß betrifft, noch ganz auf Seiten des Rationalismus: er ist
überzeugt, daß die Erkenntniß der Dinge durch das klare und deutliche
Denken erreichbar sei, daß die Metaphysik mit den Mitteln der Logik
hergestellt werden müsse, daß die logische und reale Begründung (Grund

---

*) Cohen: Die systematischen Begriffe in Kants vorkr. Schriften u. s. f. (1873)
S. 16. Fr. Paulsen: Versuch einer Entwicklungsgeschichte der kantischen Erkennt=
nißtheorie (1875) S. 73. Nach jenem ist die Reihenfolge: 1. Preisschrift, 2. Negative
Größen, 3. Beweisgrund; nach diesem: 1. Beweisgrund, 2. vielleicht die Preis=
schrift, 3. Negative Größen und falsche Spitzfindigkeit. Während der erste mit seiner
Entdeckung großen Staat macht, giebt der andere die besonnene Erklärung, daß er
„der Frage großes Gewicht überhaupt nicht beimesse".

und Urfache) identifch find oder, was daſſelbe heißt, daß das Berhältniß von Grund und Folge (gleichwerthig mit dem von Urfache und Wir= tung) die Dinge und Borgänge auf dieſelbe Art als die Begriffe und Urtheile verknüpft. Sobald ihm dieſe Ueberzeugung unficher und hin= fällig wird, ändert fich fein Standpunkt. Wenn alles logiſche Begründen blos nach dem Saße der Identität und des Widerſpruchs ſtattfindet, ſo iſt der logiſche Grund kein Realgrund, das logiſche Sein kein wirk= liches Sein (Exiſtenz) und eine auf bloße Begriffsbeſtimmungen ge= gründete Erkenntniß der Dinge eine falſche Metaphyſik. Hier iſt das neue vierfache Thema, das Kant in der Gruppe unſerer vier Schriften ausführt. In der Habilitationsſchrift beſteht noch das feſte Band zwi= ſchen Logik und Metaphyſik. Jeßt löſt es ſich auf und das logiſche Erkennen wird von dem metaphyſiſchen und realen geſchieden.

I. Die Mängel der Syllogiſtik.

1. Urtheile und Schlüſſe.

Alles logiſche Erkennen beſteht im Urtheilen und Schließen. In der einfachſten Form des Urtheils wird ein Ding durch eines ſeiner Merkmale vorgeſtellt, im Schluß durch das Merkmal des Merkmals: daher ſind alle Schlüſſe mittelbare Urtheile. Was dem Merkmale einer Sache widerſtreitet, ſtreitet auch mit dieſer ſelbſt. Anders ausgedrückt: was von der Gattung gilt, gilt von allen ihren Individuen; was ihr widerſtreitet, gilt von keinem: der erſte Saß iſt die Regel aller be= jahenden, der zweite die aller verneinenden Vernunftſchlüſſe („dictum de omni" und „de nullo").*)

2. Die wahre Schlußfigur und die falſchen.

Demgemäß beſteht die regelrechte und einfachſte Form des Ver= nunftſchluſſes, des bejahenden wie verneinenden, in drei Säßen. Dieſe einfache Form hat von den bekannten vier Schlußfiguren nur die erſte; die drei anderen müſſen auf jene zurückgeführt werden, um die ein= leuchtende Form der Regel zu erlangen, und dazu bedürfen ſie noch eines Zwiſchen= oder Nebenſchluſſes: daher ſind ſie nicht rein, ſondern „vermiſcht" (ratiocinium purum und hybridum). Sie ſind als Schlüſſe nicht unrichtig, aber weil ſie als logiſche Erkenntnißformen die größte

---

*) Die falſche Spißfindigkeit u. ſ. f. § 1 u. 2 (Bd. I. S. 2—6).

12*

Einfachheit und Deutlichkeit haben sollten und ohne Noth verwickelt sind, darum sind sie falsch und spitzfindig. Es giebt in Wahrheit nicht vier Schlußformen, sondern nur eine. Deshalb nennt Kant die Eintheilung in vier syllogistische Figuren eine falsche Spitzfindigkeit. Dasselbe gilt von den sogenannten Schlußmodi, jenen Schlußarten, die man innerhalb der einzelnen Figuren unterschieden hat.*)

3. Der empiristische Charakter der Schrift.

Die ganze Syllogistik, dieser verwickelte und künstliche Bau der Schullogik erscheint unserem Philosophen als eine müßige und unnütze Erfindung. „Derjenige, der zuerst einen Syllogismus in drei Reihen über einander schrieb, ihn wie ein Schachbrett ansah und versuchte, was aus der Versetzung der Stellen des Mittelbegriffs herauskommen möchte, der war eben so betroffen, da er gewahr ward, daß ein vernünftiger Sinn herauskam, als Einer, der ein Anagramm in einem Namen findet." Es ist der Geist des Empirismus, der Kant gewonnen hat und ihn gegen die Schullogik mit einer Geringschätzung erfüllt, deren Ausdrucksweise an Bacon erinnert.

Am liebsten, wenn er es vermöchte, würde Kant mit seinem Schriftchen „den Koloß umstürzen, der sein Haupt in die Wolken des Alterthums verbirgt und dessen Füße von Thon sind." In seinem logischen Vortrage, worin er nicht alles seiner Einsicht gemäß einrichten kann, sondern manches dem herrschenden Geschmack zu gefallen thun muß, wird er künftig diese logischen Materien kurz fassen, um die Zeit, die er dabei gewinnt, zur Erweiterung nützlicher Einsichten zu verwenden. Die Brauchbarkeit der Syllogistik läßt er nur für den gelehrten Wortwechsel gelten, für jene Disputirkunst, die Bacon das „munus professorium" genannt hatte und er selbst als „die Athletik der Gelehrten" bezeichnet: „eine Kunst, die sonst wohl nützlich sein mag, nur daß sie nicht viel zum Vortheile der Wahrheit beiträgt". Nicht blos in den Worten, auch in den Gründen, womit Kant die Schullogik verwirft, erkennen wir die baconische Art. Die Fülle interessanter Erfahrungsobjecte mehren sich von Tag zu Tag! Warum die Zeit mit unnützen Dingen vergeuden? „Es bieten sich Reichthümer im Ueberflusse dar, welche einzunehmen, wir manchen unnützen Plunder wieder wegwerfen müssen. Es wäre besser gewesen sich niemals damit zu befassen."**)

---

*) Ebendas. § 8—5 (S. 6—12). — **) Ebendas. § 5 (S. 13—14).

4. Der rationalistische Charakter der Schrift.

Indessen bezweckt der Philosoph nicht, wie es nach den angeführten Worten scheinen könnte, die Abschaffung, sondern die Reform und Vereinfachung der Logik: die ganze Syllogistik wird auf eine einzige Schlußfigur, die erste, als ihre natürliche Grundform, zurückgeführt. Da in der Form des Urtheils die Merkmale eines Dinges, in der des Vernunftschlusses auch die Merkmale der Merkmale (also alle Merkmale) auseinandergesetzt und vorgestellt werden, so giebt das Urtheil den deutlichen, der Schluß den vollständigen Begriff: weshalb in der Logik von den deutlichen und vollständigen Begriffen erst nach der Lehre von den Urtheilen und Schlüssen die Rede sein sollte. Und da schließen nichts anderes ist als mittelbares urtheilen, so ist es falsch, beide Thätigkeiten von einander zu scheiden, das Schließen für die besondere Leistung der Vernunft, das Urtheilen für die des Verstandes zu halten, Vernunft und Verstand aber als verschiedene Grundfähigkeiten der Seele zu nehmen. Das logische oder obere Erkenntnißvermögen ist demnach nur eines und besteht im urtheilen, d. h. in der Kraft, Vorstellungen nicht blos zu haben, sondern zu verdeutlichen oder, was dasselbe heißt, Dinge nicht blos zu unterscheiden, sondern diese Unterschiede zu erkennen. Darin liegt der wesentliche Unterschied zwischen dem sinnlichen und logischen Vorstellen, zwischen empfinden und denken, Eindrücken und Begriffen. „Es ist ganz was anders", sagt Kant, „Dinge von einander unterscheiden und den Unterschied der Dinge erkennen." Jenes thut die Sinnlichkeit, dieses der Verstand. Er bezeichnet diesen Unterschied als den wesentlichen der vernünftigen und vernunftlosen Thiere. „Wenn man einzusehen vermag, was denn dasjenige für eine geheime Kraft sei, wodurch das Urtheilen möglich wird, so wird man den Knoten auflösen. Meine jetzige Meinung geht dahin, daß diese Kraft oder Fähigkeit nichts anders sei, als das Vermögen des inneren Sinnes d. i. seine eigenen Vorstellungen zum Object seiner Gedanken zu machen. Dieses Vermögen ist nicht aus einem andern abzuleiten, es ist ein Grundvermögen im eigentlichen Verstande und kann, wie ich dafür halte, blos vernünftigen Wesen eigen sein."*)

5. Das Ergebniß.

Das Ergebniß der Schrift ist ein doppeltes: 1. alles Schließen ist urtheilen; dieses besteht im Verdeutlichen der Begriffe, daher durch das

---

*) Ebendas. § 6 (S. 17—18).

logiſche Urtheil unſere Vorſtellungen nur erläutert, aber nicht erweitert und nur ſo weit verknüpft werden, als ſie ſich verhalten, wie der Begriff zu ſeinem Merkmal oder ſeiner Theilvorſtellung. Der Unterſchied ana= lytiſcher und ſynthetiſcher Urtheile leuchtet aus dieſer Abhandlung hervor und iſt der Sache nach, wenn auch nicht buchſtäblich, in ihr enthalten. 2. Die Urtheilskraft gilt als „ein Grundvermögen im eigentlichen Ver= ſtande", ſie iſt „aus keinem andern abzuleiten", alſo urſprünglich, und da das logiſche Unterſcheiden (urtheilen) „ganz was anderes iſt, als das ſinnliche (wahrnehmen), ſo ſind dieſe beiden Vermögen nicht graduell, ſondern weſentlich verſchieden. Der Philoſoph ſagt es ausdrücklich, wenn er die Urtheilskraft (Denkvermögen) als „den weſentlichen Unterſchied der vernünftigen und vernunftloſen Thiere" bezeichnet. Da in Rückſicht der Sinne die Menſchen nicht weſentlich von den Thieren verſchieden ſind, ſo kommt „der weſentliche Unterſchied" beider gleich dem zwiſchen denken und empfinden, Verſtand und Sinnlichkeit.*) Daß Kant die Urtheilskraft als ein Grundvermögen und als etwas ganz anderes anſieht, denn das Vermögen der ſinnlichen Eindrücke, zeigt uns den noch fortwirkenden rationaliſtiſchen Factor ſeiner Betrachtungsweiſe, die dem Empirismus zuſtrebt.

Die Literaturbriefe fanden, daß der Verfaſſer unſerer Schrift auf gutem Wege ſei, die Theorie des menſchlichen Verſtandes zu vereinfachen,

---

*) Damit widerlegen ſich alle Einwürfe, die man an dieſer Stelle meiner Auf= faſſung der kantiſchen Schrift zu machen verſucht hat (Cohen: Die ſyſtematiſchen Begriffe u. ſ. ſ. S. 15 flgb.). — Hätte in den obigen Stellen Kant nach dem Vorbilde von Leibniz und Wolf den Unterſchied zwiſchen denken und wahrnehmen nur in den Grad der Vorſtellungsklarheit geſetzt, wie Paulſen meint, ſo würde er einen ſolchen Unterſchied nicht als einen „weſentlichen" bezeichnet, noch weniger ſeine Leſer haben veranlaſſen wollen, dieſem Unterſchiede „beſſer nachzudenken". Wenn er doch ſelbſt nur nachdachte, was andere ihm längſt vorgedacht hatten! Auch hätte er jenen blos graduellen Unterſchied keinen „Knoten" genannt, den man löſen werde, ſobald man eingeſehen, „was für eine geheime Kraft es ſei", wodurch das Urtheil erzeugt werde. Unmöglich konnte er dieſe geheime Kraft durch das Vermögen erklären, „ſeine eigenen Vorſtellungen zum Object ſeiner Gedanken zu machen" und dieſe Kraft als eine ſolche charakteriſiren, die „aus keiner andern abzuleiten" und „Grundvermögen im eigentlichen Verſtande" wäre. Wenn ſie doch aus einer andern hervorging, wie der höhere Grad aus dem niederen! Mit dieſer Bedeutung obiger Sätze, ſtreitet keineswegs, wie P. annimmt, daß Kant den leibniziſchen Satz bejaht, dem zufolge die Seele das Univerſum bunkel vorſtelle, denn das logiſche Vermögen der Verdeutlichung ſetzt voraus, daß es Vorſtellungen giebt, die zu verdeutlichen oder bunkel ſind. (Fr. Paulſen: Verſuch einer Entwicklungsgeſchichte der kantiſchen Erkenntmißtheorie, S. 87.)

woburch nicht allein die Anwendung desselben zur Erkenntniß der Wahr=
heit erleichtert, sondern auch der Weg gebahnt werde, „tiefer und sicherer
in die Natur der Seele einzubringen"; sie witterten schon „den ver=
wegenen Mann, der die deutschen Akademien mit einer schrecklichen Re=
volution bedrohe."*)

III. Die negativen Größen und der Realgrund.

1. Das Thema.

Mit dieser Ansicht vom Denken und der Denklehre ist nun der
Zusammenhang zwischen Logik und Metaphysik nicht mehr verträglich,
den Kant noch in seiner nova dilucidatio behauptet hatte. Wenn alles
Urtheilen blos im Verdeutlichen der Begriffe, im Auseinandersetzen ihrer
Merkmale, in ihrer Vergleichung und Verknüpfung nach dem Grundsatz
der Identität und des Widerspruchs besteht, so geschieht nach eben diesem
Princip auch alles logische Begründen, so ist der Satz vom Grunde,
sofern derselbe nicht mit dem der Identität und des Widerspruchs
zusammenfällt, sondern ein Verhältniß ausdrückt, wodurch die Vorstel=
lungen verschiedener Dinge verknüpft werden, nicht mehr dem bloßen
Denken einleuchtend oder logisch erkennbar. Daher muß jetzt zwischen
dem logischen Grunde und dem realen, zwischen Grund und Ursache
unterschieden und dieser Unterschied in das helleste Licht gesetzt werden.
Es ist zu zeigen: daß der Realgrund kein logischer Begriff ist, daß die
reale Beziehung von Grund und Folge nicht mit logischen Mitteln er=
kennbar oder deutlich gemacht, daher auch nicht durch ein Urtheil
ausgedrückt werden kann, denn das Urtheil ist der alleinige Ausdruck
deutlicher Begriffe. Wir haben zwei Aufgaben vor uns, eine negative
und eine positive: jene will erklärt sehen, was der Realgrund nicht
ist, nämlich kein logischer Grund; diese wird fragen müssen: was ist
der Realgrund und worin besteht demgemäß das wirkliche Erkennen?
Die erste Aufgabe zu lösen, schreibt Kant seinen „Versuch, den Begriff
der negativen Größen in die Weltweisheit einzuführen." Hier wird die
negative Entscheidung ausgeführt und zuletzt die positive Frage gestellt
ohne Entscheidung. Zu diesem Zwecke soll der Begriff der negativen

---

*) Briefe, die neueste Literatur betr. Bd. XXII. S. 147—57. Der mit der
Chiffre Ta bezeichnete Verfasser dieser Recension war nach Chr. J. Kraus' Zeugniß
N. Mendelssohn.

Größen erläutert, seine philosophische Geltung durch Beispiele veran=
schaulicht und endlich die Anwendung gemacht oder vorbereitet werden,
die das Problem des Realgrundes darthut und auf die Lösung hinweist.
Damit sind die drei Abschnitte bezeichnet, in welche die kantische Schrift
zerfällt.

<h2 style="text-align:center">2. Die negative Größe als Realgrund.</h2>

Fassen wir gleich den Punkt ins Auge, in welchem das Gewicht
des Problems liegt und der Begriff der negativen Größe den Charakter
des Realgrundes erleuchtet. Der letztere ist entweder positiv oder negativ.
Der Satz des positiven Realgrundes lautet: „weil etwas ist, darum ist
etwas anderes": der des negativen: „weil etwas ist, darum wird etwas
anderes aufgehoben". In beiden Fällen verhalten sich Grund und Folge,
wie etwas und anderes, wie A und B. Die beiden Sätze verhalten
sich zum Realgrunde, wie die Sätze der Identität und des Widerspruchs
zum logischen. Läßt sich beweisen, daß der negative Realgrund nicht
der logische Widerspruch, so ist bewiesen, daß der positive Realgrund
nicht die logische Identität, also der Realgrund nicht der logische Grund
ist und überhaupt kein logischer Begriff. Die Aufklärung dieses Punktes
ist das Ziel der kantischen Schrift.

Es leuchtet sofort ein, daß die Beziehung, welche der negative
Realgrund ausdrückt, mit der realen Entgegensetzung zusammenfällt,
vermöge deren eine Bestimmung durch eine andere ganz oder zum Theil
aufgehoben wird, also mit dem mathematischen Begriff der negativen
Größen. Darum wird der Nerv der kantischen Beweisführung in der
Einsicht liegen, daß die logische Entgegensetzung (Widerspruch) nicht die
reale, die logische Negation nicht negative Größe, die letztere also kein
logischer Begriff ist. Was von dem Begriff der negatigen Größe gilt,
muß auch von dem des negativen Realgrundes (also vom Realgrunde
überhaupt) gelten.

Es handelt sich daher im Ausgangspunkte der kantischen Schrift
um die Verwendung einer mathematischen Lehre in der Philosophie.
Diese würde besser gethan haben, sich die Einsichten der Mathematik
anzueignen, statt mit so vielem Pompe die geometrische Methode nach=
zuahmen und mit dieser äußeren Ausstattung „in mittelmäßigen Um=
ständen trotzig zu thun"; sie kann von den mathematischen Begriffen
des Raums, der Zeit, des unendlich Kleinen viel zu ihrem Nutzen lernen,
ebenso von dem der negativen Größen, der ihr eben so nöthig als fremd
ist. Sonst würde es Crusius nicht begegnet sein, die negativen Größen

für Negationen von Größen oder für Nichtgrößen zu halten und die reale Entgegensetzung mit der logischen zu verwechseln.*)

Wir bemerken, daß Kant auch in dieser Untersuchung von Newton ausgeht und auf ihn hindeutet, daß er offenbar die Attractionslehre im Sinn hat, wenn er die philosophische Naturlehre als den einzigen Theil der Weltweisheit bezeichnet, der bis jetzt die Mathematik zu seinem Nutzen verwendet habe, daß er den Gebrauch der mathematischen Methode von Seiten der Metaphysik als einen unächten Schmuck ansieht, womit die letztere ihre Blößen bedecke. In seiner nova dilucidatio hatte er diese Methode der Darstellung noch selbst gebraucht.

3. Logische und reale Entgegensetzung.

Die logische Entgegensetzung (Widerspruch) ist bloße Verneinung ohne Setzung, die reale dagegen ist Setzung einer positiven Bestimmung, die eine andere gleichfalls positive ganz oder zum Theil aufhebt; jene ist blos verneintes Etwas, diese dagegen verneinendes Etwas; die logische Verneinung von A lautet Nicht-A, die reale (mathematische) dagegen $+ A$ oder $— A$, je nachdem das zu verneinende A negativ oder positiv gesetzt ist. Es ist unmöglich, urtheilt die Logik, daß etwas zugleich A und Nicht-A ist; es ist wohl möglich, urtheilt die Mathematik, daß etwas zugleich $+ A$ und $— A$ ist: im ersten Fall entsteht das undenkbare, irrationale, im zweiten das denkbare, rationale Zero. Es ist nicht möglich, daß etwas zugleich in dieser Richtung und nicht in dieser Richtung bewegt ist; es ist wohl möglich, daß es zugleich nach verschiedenen oder entgegengesetzten Richtungen getrieben wird; es ist nicht möglich, daß jemand zugleich Vermögen und Nichtvermögen, zugleich Schulden und Nichtschulden hat; es ist wohl möglich, daß er zugleich Capitalien und Schulden, actives und passives Vermögen besitzt. Nach dem Satze des Widerspruchs müßte das zweite eben so unmöglich sein als das erste; es giebt also Wahrheiten, welche nach dem Satze des Widerspruchs unbegreiflich, also logisch unerkennbar sind: eine solche Wahrheit ist die Realentgegensetzung (Realrepugnanz). Die logische Verneinung drückt nichts aus, als Mangel oder Defect, die reale dagegen Beraubung oder Privation. Eine solche wirkliche Entgegensetzung kann nur zwischen zwei Bestimmungen stattfinden, die in demselben Subject dasselbe verneinen.**)

---

*) Versuch, den Begriff der negativen Größen in die Weltweisheit einzuführen (1763). Vorrede (Bd. I. S. 21—23). — **) Ebendas. Abschn. I. (S. 25—33).

186

Bei Crusius erscheint die logische Verneinung der Größe als Nicht=
größe; eben so galt bei ihm die Verneinung des Grundes als Nicht=
grund. Was Crusius für Nichtgrößen hält, sind negative Größen: dies
zeigt ihm Kant in der gegenwärtigen Schrift. Was er für Nichtgrund
oder Nichtsein des Grundes erklärte, war vielmehr negativer Grund
oder Grund des Nichtseins: dies zeigte ihm Kant schon in seiner nova
dilucidatio. Hier ist der Punkt, wo die beiden Schriften in einander
greifen und die Anwendung der negativen Größen auf die Lehre vom
Grunde nicht als ein Versuch vom jüngsten Datum, sondern als lange
durchdacht und vorbereitet erscheint; nur daß der Philosoph über den
logischen Charakter des Satzes vom Grunde damals anders dachte
als jetzt.*)

4. Die Geltung der negativen Größen.

Die negativen Größen gelten in der Natur der Dinge und ihre
reale Bedeutung muß in der Philosophie anerkannt werden, so wenig
die Regeln der Logik im Stande sind, dieselbe zu erklären. Es ist leicht,
diese Geltung in den Gebieten der Naturlehre, Psychologie und Moral
nachzuweisen. Was wir von den Kräften der Körper, den Affecten der
Seele, den Richtungen des Willens negativ zu bezeichnen pflegen, ist
nicht der Ausdruck logischer Verneinung, sondern negativer Größe, wie
die Begriffe der Undurchbringlichkeit, der Unlust, der Untugend. Als
logische Negation verstanden wäre die Undurchbringlichkeit nur die nicht
vorhandene Anziehung, die Unlust nur der Mangel der Lust, die Un=
tugend nur die Abwesenheit der Tugend; dagegen in der Natur ist die
Undurchbringlichkeit die Kraft oder Ursache, die der Anziehung Wider=
stand leistet, dieselbe bei gleicher Größe aufhebt, bei geringerer vermin=
dert; eben so verhält sich die Unlust zur Lust, die Untugend zur Tugend:
sie bezeichnen nicht Defecte, sondern Privationen, sie sind nicht alpha
privativum, sondern vis privativa. Darum nennt Kant die Undurch=
bringlichkeit negative Anziehung, die Unlust negative Lust, die Untugend
negative Tugend, die Verabscheuung negative Begierde, die Häßlichkeit
negative Schönheit, den Haß negative Liebe, den Tadel negativen Ruhm,
das Nehmen negatives Geben u. s. f. Wäre die Unlust nur Nichtlust,
so würde sie den vorhandenen Empfindungszustand z. B. des Geschmacks
lassen, wie er ist; sie würde, bildlich zu reden, wie Wasser schmecken,
nicht wie Wermuth. Lust und Unlust verhalten sich nicht wie Positives

*) S. oben Cap. XI. S. 166—68. Nov. Dil. Sect. II. Prop. VIII. Schol.

und Zero, sondern wie Positives und Negatives: jene wird in demselben Maße vermindert, als diese erzeugt wird. Wenn eine spartanische Mutter vier Grad Freude über die Heldenthaten ihres Sohnes empfindet und einen Grad Schmerz über seinen Tod, so ist ihre patriotische Mutter= freude nicht gleich vier, sondern gleich drei. Wenn ein Landgut jährlich 2000 Thaler einbringt und 450 kostet, so wird die angenehme Empfin= dung der Einnahme nicht gleich 2000, sondern nur gleich 1550 sein. Ist keine Entgegensetzung von Lust und Unlust vorhanden, sondern nur der Mangel beider, so verhalten wir uns gleichgültig; ist der Gegensatz beider in gleicher Stärke gegeben, so entsteht das Gleichgewicht der Empfindung; ist der Gegensatz ungleich, so ist die eine oder die andere im Uebergewicht. Wenn die Quantität aller Lust und Unlust in der Welt sich berechnen ließe, so würde man die Summe unserer Glück= seligkeit schätzen und bestimmen können, ob die Menschen mehr Lust oder mehr Unlust erleben. Maupertuis versuchte den Calcul und ent= schied sich für das negative Facit. Kant verwarf Facit und Rechnung, er erklärte die Aufgabe selbst für unlösbar, weil, wie er treffend be= merkte, nur gleichartige Empfindungen sich summiren lassen, „das Gefühl aber in dem sehr verwickelten Zustande des Lebens nach der Mannich= faltigkeit der Rührungen sehr verschieden erscheint."*)

Auch in unseren Handlungen und Gesinnungen zeigt sich die Gel= tung der entgegengesetzten Größen. Die Untugend ist nicht die Abwesen= heit der Tugend, sondern deren reales Gegentheil; die Unterlassung des Guten besteht nicht, wie Leibniz meinte, im Mangel der guten Motive, sondern im Gewicht der entgegengesetzten. Daher muß auch in moralischen Dingen sowohl die Unthätigkeit als der Werth der po= sitiven Handlung durch die Vergleichung entgegengesetzter Motive geschätzt werden. Entgegengesetzt z. B. sind Geiz und Wohlwollen. Setzen wir, daß sich die Triebfeder des Geizes zu der des Wohlwollens bei dem einen wie 10 zu 12, bei dem andern wie 3 zu 7 verhalte, so wird die Größe der wohlwollenden Handlung bei jenem gleich 2, bei diesem gleich 4 sein: der erste hat mehr Wohlwollen im Grunde seiner Hand= lung, der zweite mehr im Resultat. Hier versucht Kant zur Schätzung des sittlichen Werths ein Maß, das Helvetius in seiner Schrift de l'esprit (discours II.) gebraucht hatte. Dieser verglich die Liebe zur Tugend mit der Leidenschaft für eine Frau, die den Geliebten zu einem

---

*) Versuch u. s. f. Abschn. II. 1—2 (S. 33—37).

Verbrechen antreibt. Wenn nun die tugendhafte Gesinnung sich zu der Leidenschaft für das böse Weib bei dem einen verhält wie 20 zu 30, bei dem andern dagegen wie 10 zu 5, so wird jener zum Verbrecher und dieser nicht, obwohl der erste die Tugend mehr liebt als der zweite. So weit ist Kant an dieser Stelle von seiner späteren Freiheitslehre entfernt. Er zweifelt nicht, daß Wille und Handlungen vollkommen determinirt sind, daß die tugendhafte Gesinnung, wie deren Gegentheil ihren bestimmten Grad hat; er verneint nur, daß wir diesen Grad zu erkennen und über den sittlichen Werth der Menschen mit Sicherheit zu urtheilen im Stande sind. Darum fügt er hinzu: „Um deswillen ist es Menschen unmöglich, den Grad der tugendhaften Gesinnung anderer aus ihren Handlungen sicher zu schließen, und es hat auch derjenige das Richten sich allein vorbehalten, der in das Innerste der Herzen sieht."*)

Auf der anderen Seite sehen wir, wie Kant auch der leibnizischen Sittenlehre entgegentritt, indem er in der Moral die negativen Größen oder die Realrepugnanz zur Geltung bringt. Das Böse besteht nicht in der Abwesenheit des Guten, die Unterlassung nicht in der Unthätigkeit, es giebt darum keine eigentlichen „Unterlassungssünden", da deren Gründe immer Motive sind, die dem Guten zuwider handeln.**)

Wir wissen, daß Newton die beständige Wirksamkeit der Anziehung und Zurückstoßung, dieser beiden materiellen Grundkräfte, gelehrt und sie mit dem Verhältniß positiver und negativer Größen verglichen hatte; daß Kant auf diese Lehre seine Kosmogonie und physische Monadologie gegründet. Unmöglich kann eine dieser beiden Kräfte wirken ohne der anderen entgegenzuwirken: sie verhalten sich zu einander wie negative Größen. Das erste Beispiel, welches Kant von der Geltung der letzteren giebt, ist die Hinweisung auf jene Grundkräfte: er bezeichnet die Zurückstoßung als „negative Anziehung". Man darf mit Recht sagen, daß in dem Grundgedanken der kantischen Kosmogonie schon der Keim zu

---

*) Man hätte mir „diesen schlichten Satz" nicht unverständiger Weise entgegen halten sollen, als ob ich Unrecht gehabt, Kant an dieser Stelle mit Helvetius zu vergleichen und seinem eigenen späteren Standpunkt entgegenzusetzen. Nicht darum handelt es sich, ob der Grad der sittlichen Gesinnung uns erkennbar ist oder nicht, sondern darum, daß diese Gesinnung überhaupt gradueller Unterschiede fähig sein soll. Nach der späteren Freiheitslehre des Philosophen hat die sittliche Gesinnung so wenig einen Grad, als die Pflicht und Maxime. (Cohen, S. 35.) — **) Versuch u. s. f. Abschn. II. 3 (S. 37—39). Abschn. III. 3. (S. 57). Zu vgl. Kant: über die Fortschritte der Metaphysik seit Leibniz und Wolf (Bd. III. S. 442).

dem Versuch über die negativen Größen lag, daß in den Augen des Philosophen ihre Bedeutung stieg, ihre Tragweite immer umfassender wurde, je länger und tiefer er diesen Gegenstand durchdachte.*) Jede natürliche und eingeschränkte Kraft wirkt, indem sie einer anderen ent= gegenwirkt, sie erzeugt ihre Wirkung, indem sie die der entgegengesetzten aufhebt oder vermindert, sie hat zugleich eine positive und negative Wirksamkeit, einen positiven und negativen Pol, wie eine solche Po= larität die magnetische Kraft zeigt und Aepinus an der elektrischen nachzuweisen gesucht hat. Anziehung und Zurückstoßung verhalten sich wie positive und negative Anziehung; Wärme und Kälte wie positive und negative Erwärmung; in der magnetischen und elektrischen Wirksam= keit erscheint der Gegensatz in der Form der Polarität. Die allgemeinen Naturkräfte zeigen in ihrer Wirkungsart so viele Uebereinstimmungen, daß Kant schon die Entdeckung ihres Zusammenhangs voraussieht. „Die negative und positive Wirksamkeit der Materie, vornehmlich bei der Elektricität, verbergen allem Ansehen nach wichtige Einsichten, und eine glücklichere Nachkommenschaft, in deren schöne Tage wir hinaussehen, wird hoffentlich davon allgemeine Gesetze erkennen, was uns für jetzt in einer noch zweideutigen Zusammenstimmung erscheint."**)

Die Wirksamkeit der negativen Größen gilt nicht bloß in der Körperwelt, sondern auch auf dem psychischen Gebiet. Jeder unserer Vorstellungszustände hat seinen Entstehungsgrund und kann nur auf= hören, wenn dieser Grund durch entgegenwirkende Vorstellungen aufge= hoben wird. „Jedes Vergehen ist ein negatives Entstehen." Die Auf= merksamkeit erzeugt deutliche Vorstellungen, und wir können diese nur ändern oder verdunkeln durch eine Abstraction, deren Energie jene Auf= merksamkeit zerstört. Daher nennt Kant die Abstraction „negative Auf= merksamkeit". Wenn wir eine traurige oder lächerliche Vorstellung, die uns ganz erfüllt, los sein wollen, so gehört dazu ein energischer Kraft= aufwand, und die Unterlassung der Sache ist hier, wie in den morali= schen Fällen, nur durch Entgegensetzung möglich. Es giebt daher keine Veränderung und keinen Wechsel der Vorstellungen ohne fortdauernde Seelenthätigkeit, kraft deren die eine Vorstellung aufgehoben und die andere gesetzt wird. Diese Wirksamkeit kann völlig unbewußt stattfinden, wie alle jene Handlungen, die wir beim Lesen verrichten, ohne sie zu merken.***)

*) Konrad Dietrich: Kant und Newton (Tübingen 1877). S. 53. — **) Ver= such u. f. f. Abschn. II. 4 (S. 39—43). — ***) Ebendas. Abschn. III. 1. (S. 44 flgd.)

190

5. Actuale und potentiale Entgegensetzung.

Bevor der Philosoph den Begriff der negativen Größen auf die Metaphysik anzuwenden sucht, um zur Stellung seines Problems zu gelangen, begründet er noch einige Sätze, die er als äußerst wichtige bezeichnet. Er unterscheidet zunächst zwei Arten der Realentgegensetzung: die actuale und potentiale. Jene ist der vorhandene wirksame Gegensatz, wie er in jedem Körper zwischen Anziehung und Abstoßung, in dem Zusammenstoß zweier Körper zwischen Wirkung und Gegenwirkung, in unseren Affecten zwischen Lust und Unlust u. s. f. stattfindet; diese dagegen ist der in dem Zustande verschiedener Dinge angelegte, noch ruhende Widerstreit, dessen wirksamer Ausbruch von dem Eintritt gewisser Bedingungen abhängt. Der actuale Gegensatz ist der in der Thätigkeit, der potentiale der in der Spannung begriffene; in der ersten Art existirt der Gegensatz als lebendige Kraft, in der zweiten als Spannkraft. So schlummert im Pulver die Explosion, in Individuen verschiedener Art die Zwietracht, in den Völkern der Krieg. Nehmen wir zwei Menschen, die so beschaffen sind, daß dem einen Lust gewährt, was dem andern Unlust verursacht, oder daß der eine mit Freude zerstört, was der andere mit Freude hervorbringt: offenbar sind beide einander real entgegengesetzt, sie gerathen in actualen Gegensatz, sobald eine Veranlassung eintritt, die ihren Streit entzündet, sie stehen in potentialem, so lange dies nicht der Fall ist.

Was in der Welt geschieht, ist in der Natur der Dinge angelegt und in realer Entgegensetzung (entweder actualer oder potentialer) begriffen. Nichts entsteht, ohne daß etwas anderes vergeht, nichts vergeht, ohne daß etwas anderes entsteht: daher kann in allen natürlichen Veränderungen der Welt die Summe des Positiven weder vermehrt noch vermindert werden; also bleibt sie constant, wie schon die nova dilucidatio gelehrt hatte. Da nun alle Realgründe der Welt einander entgegengesetzt sind, so ist die Summe der positiven nach Abzug der Summe der negativen gleich Zero. „Alle Realgründe des Universum, wenn man diejenigen summirt, welche einstimmig sind, und die von einander abzieht, die einander entgegengesetzt sind, geben ein Facit, das dem Zero gleich ist. Das Ganze der Welt ist in sich selbst nichts, außer insofern es durch den Willen eines andern etwas ist."*) Diese

---

*) Ebendas. Abschn. III. 2. (S. 48—54). Nov. dil. Sect. II. Prop. X. S. oben Cap. XI. S. 168.

Säße sind es, die dem Philosophen „von äußerster Wichtigkeit" zu sein schienen. In der Habilitationsschrift hatte Kant für die Constanz der Summe des Realen in der Welt auch die psychische Geltung gefordert und dieselbe aus jener leibnizischen Lehre gerechtfertigt, daß die Seele den Inbegriff aller Dinge mit verschiedenen Graden der Deutlichkeit vorstelle und jede Kraftzunahme der letzteren einen gleichen Kraftverlust zur Folge habe.*) Er kommt in dem Versuch über die negativen Größen auf diesen Punkt zurück, um daraus zu begründen, daß die Seele die Realgründe aller Vorstellungen in sich trage. „Es steckt etwas Großes und, wie mich dünkt, sehr Richtiges in dem Gedanken des Herrn von Leibniz: die Seele befaßt das ganze Universum mit ihrer Vorstellungskraft, obgleich nur ein unendlich kleiner Theil dieser Vorstellungen klar ist. In der That müssen alle Arten von Begriffen nur auf der inneren Thätigkeit unseres Geistes als auf ihrem Grunde beruhen. Aeußere Dinge können wohl die Bedingung enthalten, unter welcher sie sich auf eine oder die andere Art hervorthun, aber nicht die Kraft sie wirklich hervorzubringen. Die Denkungskraft der Seele muß die Realgründe zu ihnen allen enthalten, so viel ihrer natürlicher Weise in ihr entspringen sollen, und die Erscheinungen der entstehenden und vergehenden Kenntnisse sind allem Anschein nach nur der Einstimmung oder Entgegensetzung aller dieser Thätigkeit beizumessen."**)

6. Das Problem des Realgrundes.
Crusius und Hume.

Der Begriff der negativen Größen hat in der Welt eine Geltung, die nicht umfassender sein kann, in der Logik hat er gar keine; die reale Entgegensetzung ist durch die logische Verneinung oder den Satz des Widerspruchs nicht zu verstehen, ohne dieselbe ist der Causalzusammenhang der Dinge nicht zu verstehen. Der logische Grund ist kein Realgrund: in jenem verhält sich der Grund zur Folge, wie A zu einem seiner Merkmale, in diesem dagegen, wie A zu B. Der Satz vom Realgrund ist demnach kein Denkgesetz, keine logische Regel, und da ohne ihn in der Natur der Dinge nichts erkannt wird, so leuchtet ein, daß die Regeln der Logik in der Metaphysik nichts ausrichten. Da aber alle Verdeutlichung der Begriffe auf logischem Wege geschieht, so entsteht

---

*) S. oben S. 168 flgb. — **) Versuch u. s. f. Abschn. III. 3. (S. 56 flgb.)

die Frage: wie ist der Begriff des Realgrundes zu verdeutlichen und zu erklären? Nachdem der Versuch über die negativen Größen bewiesen hat, daß die reale Entgegensetzung oder, was dasselbe heißt, der Real= grund in der Logik nichts, in der Welt alles bedeutet, ist es diese Frage, die Kant den Metaphysikern vor die Augen rückt. Sie brauchen den Begriff des Realgrundes ohne das darin enthaltene Problem zu ahnen, sie halten ihn für die einfachste und leichteste Sache der Welt und sich selbst für die gründlichsten Denker. Was für jeden, dem es ernstlich um Erkenntniß zu thun ist, die erste aller Fragen sein sollte, nämlich die Erklärung des Realgrundes, das ist für sie gar keine. Diese ihre gründliche Selbsttäuschung durchschaut Kant, wie einst Sokrates die seiner Zeitgenossen. Und mit einer Ironie, die in ihrem Ursprung und Ausdruck an die sokratische erinnert, wendet er sich an die Meta= physiker. „Ich, der ich aus der Schwäche meiner Einsicht kein Geheimniß mache, nach welcher ich gemeiniglich dasjenige am wenigsten begreife, was alle Menschen leicht zu verstehen glauben, schmeichle mir, durch mein Unvermögen ein Recht zu dem Beistande dieser großen Geister zu haben, daß ihre hohe Weisheit die Lücke ausfüllen möge, die meine mangelhafte Einsicht hat übrig lassen müssen."*)

Hier ist die Frage: „Ich verstehe sehr wohl, wie eine Folge durch einen Grund nach der Regel der Identität gesetzt werde, darum weil sie durch die Zergliederung der Begriffe in ihm enthalten befunden wird. So ist die Nothwendigkeit ein Grund der Unveränderlichkeit, die Zusammensetzung ein Grund der Theilbarkeit." „Diese Verknüpfung des Grundes mit der Folge kann ich deutlich einsehen, weil die Folge wirklich einerlei ist mit einem Theilbegriffe des Grundes." „Wie aber etwas aus etwas Anderem, aber nicht nach der Regel der Identität fließe, das ist etwas, welches ich mir gerne möchte deutlich machen lassen. Ich nenne die erstere Art eines Grundes den logischen Grund, weil seine Beziehung auf die Folge logisch, nämlich deutlich nach der Regel der Identität kann eingesehen werden, den Grund aber der zweiten Art nenne ich den Realgrund, weil diese Beziehung wohl zu meinen wahren Begriffen gehört, aber die Art derselben auf keinerlei Weise kann beurtheilt werden. Was nun diesen Realgrund und dessen Beziehung auf die Folge anlangt, so stellt sich meine Frage in dieser einfachen Gestalt dar: „wie soll ich es

---

*) Ebendas. Abschn. III. Allg. Anmrkg. (S. 59).

verstehen, daß, weil etwas ist, etwas anderes sei?" „Ich lasse mich auch durch die Wörter: Ursache und Wirkung, Kraft und Handlung nicht abspeisen. Denn wenn ich etwas schon als eine Ursache wovon ansehe oder ihr den Begriff einer Kraft beilege, so habe ich in ihr schon die Beziehung des Realgrundes zur Folge gedacht, und dann ist es leicht, die Position der Folge nach der Regel der Identität einzusehen."*)

In der Habilitationsschrift hatte Kant ganz im Sinne von Crusius zwischen Real- und Idealgrund unterschieden und beide für logisch erkennbar gehalten.**) Jetzt erklärt er sich gegen Crusius und unterscheidet zwischen dem logischen und realen Grunde ganz anders, als jener und er selbst acht Jahre früher gethan. „Gelegentlich merke ich nur an, daß die Eintheilung des Herrn Crusius in den Ideal- und Realgrund von der meinigen gänzlich unterschieden sei. Denn sein Idealgrund ist einerlei mit dem Erkenntnißgrunde, und da ist leicht einzusehen, daß, wenn ich etwas schon als einen Grund ansehe, ich daraus die Folge schließen kann. Daher nach seinen Sätzen der Abendwind ein Realgrund von Regenwolken ist und zugleich ein Idealgrund, weil ich sie daraus erkennen und voraus vermuthen kann. Nach unsern Begriffen aber ist der Realgrund niemals ein logischer Grund, und durch den Wind wird der Regen nicht zufolge der Regel der Identität gesetzt. Die von uns oben vorgetragene Unterscheidung der logischen und realen Entgegensetzung ist der jetzt gedachten vom logischen und Realgrunde parallel."***)

Die Entscheidung der Frage, welche Kant giebt, ist negativ; er will erklärt haben, was der Realgrund nicht ist. Nun möge man zu erklären suchen, was er ist. Der Philosoph ist sicher, wie man aus den letzten Worten seiner Abhandlung sieht, daß die bisherige Methode der Metaphysik in der Beantwortung dieser Frage nichts ausrichten wird. Er selbst hat bereits ein positives Resultat gewonnen, das er andeutet, aber nicht ausspricht. Das Schlußwort der Schrift lautet: „Man versuche nun, ob man die Realentgegensetzung überhaupt erklären und deutlich könne zu erkennen geben, wie darum, weil etwas ist, etwas anderes aufgehoben werde, und ob man etwas mehr sagen könne, als was ich davon sagte, nämlich lediglich, daß es nicht durch)

---

*) Ebendas. III. Allg. Anmkg. (S. 59 flgb.) — **) Nov. dil. Sect. II. Prop. X.
S. oben S. 168. — ***) Versuch u. s. f. III. Allg. Anmkg. (S. 60 flgb.)

ben Satz des Widerspruchs geschehe. Ich habe über die Natur unseres
Erkenntnisses in Ansehung unserer Urtheile von Gründen und Folgen
nachgedacht, und ich werde das Resultat dieser Betrachtung bereinst
ausführlich darlegen. Aus demselben findet man, daß die Beziehung eines
Realgrundes auf etwas, das dadurch gesetzt oder aufgehoben wird, gar
nicht durch ein Urtheil, sondern blos durch einen Begriff
könne ausgedrückt werden, den man wohl durch Auflösung zu ein=
facheren Begriffen von Realgründen bringen kann, so doch, daß zuletzt
alle unsere Erkenntniß von dieser Beziehung sich in einfachen und un=
auflöslichen Begriffen der Realgründe endigt, deren Verhältniß zur
Folge gar nicht kann deutlich gemacht werden. Bis dahin werden die=
jenigen, deren angemaßte Einsicht keine Schranken kennt, die Methoden
ihrer Philosophie versuchen, bis wie weit sie in dergleichen Fragen ge=
langen können."*)

Die Art und Weise, wie Kant sein Problem begründet, nämlich
durch den Begriff der realen Entgegensetzung und der negativen Größen,
ist ihm eigenthümlich und in dem Wege gelegen, der von seiner Kos=
mogonie und nova dilucidatio herkommt. In der Sache selbst oder
in dem Thema der Frage stimmt er völlig überein mit Hume und
unterscheidet zwischen Ideal= und Realgrund nicht mehr nach Art des
Crusius. Hume war der erste gewesen, der den Satz der Identität von
dem des Realgrundes auf das nachdrücklichste geschieden, dem logischen
Denken blos die Analysis der Begriffe zugewiesen und darum die Cau=
salverknüpfung verschiedener Vorstellungen für logisch unerkennbar und
unauflöslich erklärt hatte. Nie wird man im Wege logischer Urtheile
und Schlußfolgerungen begreiflich machen können, daß, weil etwas ist,
etwas anderes ist. Genau so hatte Hume in seinem Tractat über die
menschliche Natur (1739) und in seinem Essay über den menschlichen
Verstand (1748) die Frage gestellt. Genau so stellt sie Kant in seinem
Versuch über die negativen Größen. Wie etwas aus etwas anderem
folgt: das ist es, was er sich gern möchte deutlich machen lassen, da
es nach der Regel der Identität nicht zu verdeutlichen ist. Die sachliche
Uebereinstimmung liegt am Tage. Die Priorität Humes, was die Fas=
sung des Problems in dieser so einfachen Form und die Scheidung
des logischen und realen Erkennens betrifft, ist unzweifelhaft. Auch daß
unser Philosoph die Schriften des Schotten, namentlich dessen Versuch

*) Ebendas. III. Allg. Anmkg. (S. 61—62.)

über den menschlichen Verstand gelesen hatte, erscheint aus einer Reihe von Gründen unbestreitbar. Borowski, einer der frühesten Zuhörer Kants, berichtet: „In den Jahren, da ich zu seinen Schülern gehörte, waren ihm Hutcheson und Hume, jener im Fache der Moral, dieser in seinen tieferen Untersuchungen ausnehmend werth. Durch Hume besonders bekam seine Denkkraft einen ganz neuen Schwung. Er empfahl diese beiden Schriftsteller uns zum sorgfältigsten Studium."*) Es ist nicht möglich, daß Borowski über diesen letzten Punkt sich getäuscht hat. Hamann, der dem dogmatischen Rationalismus und den Schulsystemen gegenüber Humes Einsichten den höchsten Werth beilegte und sich mit ihm einverstanden wußte, sprach in seinem ersten Briefe an Kant (den 27. Juli 1759) von dem attischen Philosophen Hume, der aller seiner Fehler ungeachtet, wie Saul unter den Propheten sei.**) Und Herder, der in den Jahren 1762—64 Kants Vorlesungen besuchte, hörte dort, wie der Philosoph die Lehre von „Leibniz, Wolf, Baumgarten, Crusius, Hume prüfte".***) War es doch gerüchtweise bis zu Rußlen gedrungen, daß Kant auf die englische Erfahrungsphilosophie das größte Gewicht lege und sich die Anerkennung ihrer Vertreter zu erwerben wünsche. Nach jenem Briefe vom 10. März 1771 zu urtheilen, scheint diese Notiz es allein gewesen zu sein, was der leydener Philolog von seinem alten Schulfreunde im Laufe der Jahre gehört hatte.†)

Nachdem wir festgestellt haben, daß unser Philosoph in seiner Frage nach der Erkennbarkeit des Realgrundes, wie er sie in dem Versuch über die negativen Größen formulirt, völlig mit Hume übereinstimmt und dessen Untersuchungen kennen mußte, so fügen wir noch die Erklärung hinzu, die er selbst zwanzig Jahre später in der Vorrede der Prolegomena gab: „Ich gestehe frei: die Erinnerung des David Hume war eben dasjenige, was mir vor vielen Jahren zuerst den dogmatischen Schlummer unterbrach und meinen Untersuchungen im Felde der speculativen Philosophie eine ganz andere Richtung gab." Diese andere Richtung ist seine entschiedene Ablenkung vom Rationalismus und die Hinwendung zur Erfahrungsphilosophie. Wir sehen die ersten Schritte auf dem neuen Wege vor uns. Es ist vollkommen gerechtfertigt, daß wir in dieser Wendung auch die erste Spur der Einwirkung Humes erblicken. Die Abhängigkeit Kants ist nicht schülerhaft; er trifft mit

---

*) Borowski: J. Kants Leben und Charakter, S. 170. — **) Hamanns Schriften (Ausg. v. Roth). Th. I. S. 442 flgb. — ***) S. oben Cap. III. S. 61. — †) Ebendas. S. 46. Vgl. Schubert. Leben Kants, S. 22.

seinem Vorgänger auf einem Wege zusammen, den er sich selbst gebahnt hat und auf dem er fortschreiten wird, ohne Humes Fußstapfen nach-zutreten.*)

7. Die angedeutete Lösung.

Am Schluß seiner Schrift hat Kant mit einigen Worten, die mir nie räthselhaft erschienen sind, auf das positive Resultat der ganzen Untersuchung hingewiesen, als auf ein Thema, das er bereinst ausführ-licher behandeln werde. Er hat bewiesen, daß der Realgrund kein logi-scher oder deutlicher Begriff ist, und da, wie in der vorhergehenden Abhandlung gezeigt wurde, Urtheile verdeutlichte Begriffe sind, so folgt: „daß die Beziehung eines Realgrundes auf etwas, das da-durch gesetzt oder aufgehoben wird, gar nicht durch ein Ur-theil, sondern blos durch einen Begriff könne ausgedrückt werden." Natürlich ist dieser Begriff kein deutlicher, sondern ein solcher, der aller logischen Zergliederung d. h. allem Denken vorausgeht, also nicht durch den Verstand gemacht, sondern durch die Erfahrung gegeben ist. Daß etwas Ursache oder Kraft ist, können wir nicht erdenken, son-dern nur erfahren. Wir werden diese in den zusammengesetzten Erschei-nungen der Erfahrung uns gegebenen Begriffe auf einfachere zurück-führen können und müssen, wie z. B. die mannichfaltigen, besonderen Naturkräfte auf gewisse allgemeine Grundkräfte, aber der Begriff der Kraft oder des Realgrundes selbst ist nicht zu zerlegen und unauflös-lich, er ist ein durch Erfahrung gegebenes Vorstellungselement und bezeichnet die Grenze unseres Erkennens. Darum sagt Kant, daß die Causalverknüpfung sich blos durch einen Begriff ausdrücken lasse, „den man wohl durch Auflösung zu einfacheren Begriffen von Realgründen

---

*) Paulsen findet, daß die Form, in welche Kant sein Problem gefaßt hat, viel bestimmter an einen Satz der Vernunftlehre des Reimarus erinnere, als an einen Ausdruck Humes. Dieser Satz (Vernunftlehre § 122) lautet: „Wenn man setzt, daß etwas sei oder nicht sei, so muß auch etwas sein, woraus sich völlig ver-stehen läßt, warum es sei oder nicht sei" (Paulsen, Versuch, S. 68). Was bei Reimarus aus bloßer Vernunft „sich völlig verstehen läßt", gerade das läßt sich nach Kant gar nicht verstehen; was bei jenem eine logisch einleuchtende Behauptung ausmacht, gerade das ist bei diesem eine logisch unlösbare Frage: „Wie soll ich es verstehen, daß, weil etwas ist, etwas anderes sei?" Nun meint wohl P., daß Kant per anti-phrasin aus dem Satz des Reimarus seine Frage gemacht hat; aber in eben dieser Frage und deren Fassung war ihm Hume vorangegangen, und es ist weit wichtiger zu wissen, mit wem Kant in seiner Frage übereinstimmt, als wem er dieselbe ent-gegensetzt, namentlich da die Gegner Legio sind, der Vorgänger aber nur einer.

bringen kann, so doch, daß zuletzt alle unsere Erkenntniß von dieser Beziehung sich in einfachen und unauflöslichen Begriffen von Realgründen endigt, deren Verhältniß zur Folge gar nicht kann deutlich gemacht werden." Man sieht, daß die Worte Kants weder räthselhaft sind noch sein wollen. Auch folgt ihnen die eingehende Erklärung auf dem Fuße nach und findet sich in den nächstfolgenden Schriften, wenn man deren überlieferte und natürliche Ordnung festhält.

In der Fassung seines Problems sehen wir unseren Philosophen mit Hume völlig übereinstimmen, nicht ebenso in Rücksicht der Lösung, wenigstens nicht an der Stelle, wo wir jetzt uns befinden. Der Versuch über die negativen Größen enthält in seinem Ideengange eine Reihe fortbewegender Motive. Unter den Problemen Kants steht von nun an das des Realgrundes an der Spitze. Mendelsohn, der auch diese Schrift in den Literaturbriefen beurtheilte, sagte treffend: „Mein Geist hat mehr Nahrung in dieser kleinen Schrift gefunden, als in manchen großen Systemen".[*)]

Dreizehntes Capitel.
Versuch zur Umbildung der Metaphysik unter dem Einfluß des Empirismus.

I. Umbildung der rationalen Theologie.
1. Die Beweise vom Dasein Gottes.

Die Voraussetzung, daß die logische Begründung reale Geltung habe, diese Säule der dogmatischen Metaphysik, stand unserem Philosophen noch fest, als er seine Betrachtungen über den Optimismus schrieb. Jetzt ist sie gefallen. Was Kant in dem Programm seiner Wintervorlesungen von 1759/60 noch zuversichtlich gelten ließ, hat er schon in den beiden nächsten Schriften aus den Jahren 1762 und 63 selbst zerstört. In diesen kurzen Zeitraum von 1760—62 fällt demnach der Moment, wo ihm die Grundlage der Metaphysik von Descartes bis Wolf als eine fundamentale Täuschung erschien und der Schlummer des Dogmatismus zuerst unterbrochen wurde.

---

*) Briefe, die neueste Lit. betr. Bd. XXII. S. 159—76.

Nun ruht auf der Grundlage der bisherigen Metaphysik die ratio=
nale Theologie, die vernunftgemäße, auf eine Reihe von Beweisen ge=
stützte Ueberzeugung vom Dasein Gottes. Es ist zu fürchten, daß
diese Ueberzeugung wankt, sobald jene Beweise hinfällig werden; und
es ist schon einleuchtend, daß die letzteren von Grund aus erschüttert
sind. Wenn sich aus logischen Gründen überhaupt nicht einsehen läßt,
daß, weil etwas ist, etwas anderes sei, so ergiebt sich leicht die sehr
bedenkliche Anwendung auf die Beweisbarkeit des göttlichen Daseins.
Kant macht diese Anwendung selbst noch am Schluß seines Versuchs
über die negativen Größen: „Der Wille Gottes enthält den Realgrund
vom Dasein der Welt. Der göttliche Wille ist etwas. Die existirende
Welt ist etwas ganz anderes. Indessen durch das eine wird das
andere gesetzt.“ Es handelt sich nicht darum zu erklären, wie aus etwas
als dem Realgrunde ein anderes hervorgeht, sondern wie etwas Real=
grund ist. Im ersten Fall ist der Realgrund vorausgesetzt und die Folge
selbstverständlich, im zweiten liegt das Problem. „Z. E. durch den
allmächtigen Willen Gottes kann man ganz deutlich das Dasein der
Welt verstehen. Allein hier bedeutet die Macht dasjenige Etwas in Gott,
wodurch andere Dinge gesetzt werden. Dieses Wort aber bezeichnet schon
die Beziehung eines Realgrundes auf die Folge, die ich mir gern möchte
erklären lassen.“*)

Hieraus erhellt ganz deutlich das kantische Problem. Es ist sehr
leicht und vollkommen nichtssagend zu beweisen, daß Gott existirt, daß
er die Ursache der Welt ist u. s. f. Denn in dem Begriff Gottes ist
seine Existenz und Ursächlichkeit schon vorausgesetzt, weil er ohne diese
Bestimmungen gar nicht zu denken ist. Du sollst mir beweisen, daß
etwas Realgrund ist, nicht aber, daß aus dem Realgrunde etwas
folgt, denn dies liegt schon in seinem Begriff (Realgrund sein heißt
etwas hervorbringen oder eine Folge haben). Eben so sollst du beweisen,
daß etwas Gott ist, nicht aber, daß Gott (als das absolut höchste
Wesen) existirt, oder daß Gott (als absoluter Realgrund) die Welt
hervorbringt, denn beides sind selbstverständliche Prädicate, sobald der
Begriff Gottes als Subject feststeht. Alle bisherigen Beweise sind diesen
Weg gegangen und mußten ihr Ziel verfehlen, weil sie im Grunde gar
keines hatten, denn es war schon im Ausgangspunkt alles fertig und

---

*) Versuch, den Begriff der negativen Größen u. s. f. Abschn. III. Allg. Anmlg.
(Bd. I. S. 60).

erreicht. Es bleibt nur übrig, den Beweis in der umgekehrten Richtung zu suchen und Gott wirklich zum Ziel der Demonstration zu nehmen: es soll nicht mehr bewiesen werden, daß Gott existirt, sondern daß etwas existiren müsse, das nichts anderes sein könne als Gott. In diesem Punkte liegt der Beweisgrund, durch dessen Geltung das Dasein Gottes nicht blos wahrscheinlich gemacht, sondern mit mathematischer Evidenz demonstrirt werden soll. In seiner nächsten Schrift: „Der einzig mögliche Beweisgrund zu einer Demonstration des Daseins Gottes" will nun der Philosoph nicht den förmlichen Beweis selbst ausführen, sondern nur den neuen, von ihm gefundenen Beweisgrund dergestalt erhellen, daß er uns als vollkommen triftig, als der nützlichste und als der einzig mögliche einleuchtet: daher die drei Abtheilungen, in welche das Werk zerfällt. Es ist nicht zu zweifeln, daß diese Schrift sich an den Versuch über die negativen Größen unmittelbar anschließt, da sie 1. den Inhalt der letzteren summarisch wiederholt und 2. das Problem zu lösen sucht, das aus jener Untersuchung als die nächste Frage hervorgeht und darin auch als solche deutlich genug bezeichnet ist.

In dem bisherigen Ideengange des Philosophen ist uns der Gottes= beweis zu verschiedenen malen als ein Gegenstand ernster Prüfung ent= gegen getreten, sowohl in der Kosmogonie als in der nova dilucidatio: hier wurde der Mangel des ontologischen Beweises, den Kant den car= tesianischen zu nennen liebt, schon erörtert; in beiden Schriften sollte aus dem Zusammenhang und der Gemeinschaft der Dinge die Noth= wendigkeit und Einheit ihres göttlichen Ursprungs dargethan werden. Auf diesen Beweis, den er als den seinigen gab, legte Kant das größte Gewicht: es war weder der gewöhnliche kosmologische noch der gewöhnliche teleologische Beweis; vielmehr wurde die Betrachtungs= weise der letzten Art, wonach die Nützlichkeit oder Verderblichkeit der natürlichen Dinge in Rücksicht des Menschen als göttliche Veranstal= tungen gelten sollen, bei Gelegenheit der Beschreibung und Erklärung des Erdbebens von Lissabon sehr nachdrücklich zurückgewiesen.*) Alle diese Motive wirken fort und begegnen uns wieder in der Abhandlung vom einzig möglichen Beweisgrunde. Man könnte im Rückblick auf alle jene vorangegangenen Erörterungen unseres Themas die gegenwärtige Aufgabe Kants so fassen: es soll zur Demonstration der Existenz Gottes

---

*) S. oben Cap. IX. S. 148—51. Cap. X. S. 156 flgb. Cap. XI. S. 164—65. S. 171—72.

ein Beweisgrund gefunden werden, der 1. die fundamentale Täuschung der bisherigen Metaphysik vermeidet und 2. den wahrhaft kosmologischen Beweis mit dem wahrhaft ontologischen vereinigt. Wir erkennen im Ideengange unseres Philosophen den Weg, der zu diesem Ziele hinführt. Die nova dilucidatio hatte bewiesen: daß ohne den wirklichen Zu= sammenhang und die Gemeinschaft der Dinge keine Veränderung, auch keine innere stattfinden, also auch nichts gedacht werden kann; nun wurzelt die Gemeinschaft der Dinge in der Einheit des göttlichen Ur= grundes, wie die Kosmogonie und die nova dilucidatio fordern. Beide Gedanken vereinigen sich in dem Satz: daß nichts denkbar oder möglich ist ohne einen Realgrund, der mit dem göttlichen Urgrunde zusammen= fällt. Und dieser Satz enthält den Kern des neuen und einzig möglichen Beweisgrundes. Daß in der Ausführung desselben auch die Kosmogonie ihre Rolle spielt und noch einmal auftritt, wird man jetzt nicht mehr befremdlich finden.

Die Erkenntniß des Urgrundes ist das Ziel der Metaphysik, die bisherige hat dieses Ziel verfehlt, es muß daher auf einem neuen Wege gesucht werden, der sich nicht mehr nach der Leuchte richten darf, die den dogmatischen Rationalismus in die Irre geführt hat. Unser Phi= losoph kennt dieses Irrlicht. Zu jenem Ziele zu gelangen, „muß man sich auf den bodenlosen Abgrund der Metaphysik wagen. Ein finsterer Ocean ohne Ufer und ohne Leuchtthürme, wo man es, wie der See= fahrer auf einem unbeschifften Meere anfangen muß, welcher, sobald er irgendwo Land betritt, seine Fahrt prüft und untersucht, ob nicht etwa unbemerkte Seeströme seinen Lauf verwirrt haben, aller Behutsamkeit ungeachtet, die die Kunst zu schiffen nur immer gebieten mag." „Es giebt eine Zeit, wo man in einer solchen Wissenschaft, wie die Meta= physik ist, sich getraut alles zu erklären und alles zu demonstriren, und wiederum eine andere, wo man sich nur mit Furcht und Mißtrauen an dergleichen Unternehmungen wagt." Wer diese Worte seiner Vorrede liest, kann nicht zweifeln, daß der Philosoph den bisherigen Zustand der Metaphysik für immer verlassen und „eine ganz andere Richtung" ein= geschlagen hat.*)

2. Kritik der Beweise vom Dasein Gottes.

Zur Führung der Gottesbeweise unterscheidet Kant zwei Haupt= arten, deren jede in zwei Nebenarten zerfällt: entweder besteht der Be=

---

*) Der einzig mögliche Beweisgrund. Vorr. (Bd. VI. S. 14).

weisgrund in dem Verstandesbegriffe des blos Möglichen oder in
dem Erfahrungsbegriff des Existirenden; der erste ist rational oder
a priori, der zweite empirisch oder a posteriori; jener heißt ontolo=
gisch, dieser kosmologisch, beide Ausdrücke im weiteren Sinn ge=
nommen. Nun wird der ontologische Beweisgrund entweder in den
Begriff Gottes oder in den des Möglichen überhaupt, der kosmologische
entweder in die Existenz der Dinge überhaupt oder in die Eigenschaften
und den Zusammenhang der existirenden Dinge gesetzt: er heißt in der
ersten Fassung kosmologisch im engeren Sinn, in der zweiten physiko=
theologisch. So ergeben sich vier Beweise, von denen einer noch un=
versucht und neu ist, die drei übrigen sind bekannt. Als Vertreter des
ontologischen Beweises der herkömmlichen Art gilt unserem Philosophen
Descartes, als der des kosmologischen Wolf, als der des physikotheo=
logischen Reimarus; den noch ungebrauchten ontologischen Beweis=
grund bringt er selbst als den einzig möglichen.

Von den drei bekannten Beweisen sind der ontologische und kosmo=
logische falsch, denn sie setzen voraus, was sie beweisen sollen, und ihre
Voraussetzungen sind unrichtig. In dem Begriff Gottes sollen alle
Vollkommenheiten, also auch die Existenz enthalten sein; folglich existirt
Gott. So schließt der ontologische (cartesianische) Beweis; er steht in
der Einbildung, daß die Existenz unter die Merkmale eines Begriffs
gehöre und zu den logisch erkennbaren Prädicaten zähle. Diese Vor=
aussetzung ist grundfalsch. Man kann durch bloßes Denken oder zer=
gliedern der Begriffe so wenig finden, daß etwas existirt, als daß
etwas Grund eines anderen ist. Auf dieser zweifachen Täuschung über
die logische Erkennbarkeit des Realgrundes und des Daseins ruht der
kosmologische Beweis: er setzt voraus, daß etwas existire, was von
anderem abhänge, es müsse daher ein Wesen geben, das von keinem
anderen abhänge, also schlechterdings nothwendig sei und darum alle
Vollkommenheiten in sich vereinige; er schließt von dem Dasein der
Welt als Wirkung auf die Existenz Gottes als Ursache. Dieser Schluß
ist unmöglich, weil die Verknüpfung zwischen Ursache und Wirkung
(Realgrund) durch keinerlei logische Folgerung begreiflich gemacht wer=
den kann. Auch ist der Begriff eines schlechterdings nothwendigen
Wesens kein empirischer, sondern ein bloßer Begriff: daher endet der
kosmologische Beweis, wie der ontologische anfängt.*)

---

*) Ebendas. Abth. III 1—4 (S. 118—25).

202

Ganz anders verhält es sich in der Schätzung unseres Philosophen mit dem physikotheologischen Beweis, der aus den Eigenschaften und dem Zusammenhang der Dinge, aus der Ordnung, Schönheit und Harmonie der Welt auf die Einheit ihres Ursprungs, auf die Macht, Weisheit und Güte ihres göttlichen Urhebers schließt. Wir sehen auch, warum dieser Beweis den Philosophen sympathisch berühren mußte, obwohl er die Schwächen der teleologischen Betrachtungsart vollkommen durchschaute und preisgab. Aber seine eigene philosophische Ueberzeugung von der Einheit des göttlichen Welturprungs gründete sich allein auf seine Ueberzeugung von der Welteinheit und der durchgängigen Gemeinschaft der Dinge. In diesem Punkt hing seine Theologie mit seiner Kosmologie auf das innigste zusammen. Die Vorstellung der Einheit des Universums ergriff seinen Verstand mit einer unwillkürlich überzeugenden Gewalt und richtete seinen Tiefblick auf den Urgrund der Dinge; die Vorstellung von der Schönheit und Harmonie der Welt erfaßte mit ähnlicher Macht sein Gemüth, und er hat deshalb von dem physikotheologischen Beweise nie ohne Anerkennung und selbst Wärme geredet, die mit besonderer Stärke in der uns gegenwärtigen Schrift hervortritt. Es giebt keinen Beweis, der an Erhabenheit und Würde diesem gleichkäme, keinen, der so unmittelbar zu Vernunft und Herz spricht, „er ist so alt, wie die menschliche Vernunft selbst", keinen der wirksamer wäre, wenn es sich um die einfache Ueberzeugung vom Dasein Gottes handelt, unabhängig von allen Demonstrationen. „Es ist durchaus nöthig", sagt Kant am Schluß seiner Abhandlung, „daß man sich vom Dasein Gottes überzeuge, es ist aber nicht eben so nöthig, daß man es demonstrire."*) Ein bedeutungsvolles Wort, das auch bei dem kritischen Denker nichts von seiner Geltung verloren! H. S. Reimarus in seiner natürlichen Religion erscheint ihm als Repräsentant jener Physikotheologie, und nach dem Eindruck der letzteren beurtheilt Kant die Bedeutung des ersten mit einer glücklichen und treffenden Wendung: der hauptsächliche Werth dieses Mannes und seiner Schriften besteht in dem ungekünstelten Gebrauche einer gesunden und schönen Vernunft.**) Der physikotheologische Beweis ist in den Augen Kants der wahre kosmologische, durch seine unwillkürlich überzeugende Macht wirksamer und werthvoller als jeder metaphysische. In der Bewunderung, womit unser Philosoph von der Mannichfaltigkeit

*) Ebendas. Abth. III. 5 (S. 128). — **) Ebendas. III. 4 (S. 126).

und Größe der Welt redet, liegt ein Ausdruck von Frömmigkeit, die um so wohlthuender und rührender wirkt, als sie die Arbeit seiner tief eindringenden Forschung völlig unverblendet läßt und ihr nicht den mindesten Abbruch thut. „Wenn ich die Ränke, die Gewalt und die Scene des Aufruhrs in einem Tropfen Materie ansehe und erhebe von da meine Augen in die Höhe, um den unermeßlichen Raum von Welten wie von Stäubchen wimmeln zu sehen, so kann keine menschliche Sprache das Gefühl ausdrücken, was ein solcher Gedanke erregt, und alle meta=physische Zergliederung weicht sehr weit der Erhabenheit und Würde, die einer solchen Anschauung eigen ist."*)

Indessen handelt es sich um den Beweisgrund zu einer Demon=stration der Existenz Gottes, und ein solcher ist auch der physikotheo=logische nicht. Abgesehen von der ihm eigenthümlichen Stärke, womit er auf das menschliche Gemüth wirkt, theilt derselbe, was die Strenge und Sicherheit der Demonstration betrifft, die Fehler des kosmo=logischen und mit ihm die des ontologischen Arguments. Aber einge=räumt selbst, der Realgrund der Dinge wäre durch Schlüsse erkennbar, so würde man von der Weltordnung doch immer nur auf einen Welt=ordner, nicht auf einen Weltschöpfer, und nur auf einen solchen Weltordner schließen dürfen, der so viel Kraft besitzt, um die uns be=kannten Wirkungen zu erzeugen. Aber mit einer solchen den Eigen=schaften der Dinge proportionalen Ursache erreicht der Beweis noch lange nicht das vollkommenste aller möglichen Wesen. Wir kennen nur einen Theil der Wirkungen: daher entsteht, sobald wir auf den Urheber aller Dinge schließen, der unmögliche Schluß von Unbekanntem auf Unbekanntes. Und dürfen wir auch annehmen, daß alle uns noch un=bekannten Wirkungen den bekannten analog sein werden, so ist eine solche Annahme wohl zulässig, aber nicht bewiesen, und deshalb der darauf gegründete Analogieschluß nicht beweisend. Schon Hume hatte in dem XI. Abschnitt seines Versuchs über den menschlichen Verstand die kosmologischen Beweisarten vom Dasein Gottes verworfen, denn der Schluß von der Welt als Wirkung auf Gott als Ursache zeige nur die Gleichartigkeit von Gott und Welt, und was er auf Seiten Gottes mehr ausgemacht haben wolle, sei nicht bewiesen, sondern eingebildet und eine Fiction, die den Poeten besser stehe als den Philosophen. Den=

---

*) Ebendas. Abtheil. III. 4 (S. 124). Abtheil. II. Betr. V. 2 (S. 74 figb. Anmerkg.).

204

selben Einwand erhebt Kant in seiner Prüfung des physikotheologischen
Beweises.*)

Wenn es demnach überhaupt einen zur Demonstration der Existenz
Gottes möglichen Beweisgrund giebt, so kann es nur derjenige onto=
logische sein, der von „den Verstandesbegriffen des blos Möglichen"
ausgeht.

3. Der einzig mögliche Beweisgrund.

Der Grundirrthum des bisherigen ontologischen Beweises liegt
darin, daß die Existenz oder Realität (Dasein) für ein Merkmal des
Begriffs gilt, für eines unter anderen. Wenn ein Begriff dieses Merk=
mal hat, ist er wirklich; wenn er es nicht hat, ist er blos möglich; also
müßte die Wirklichkeit die Merkmale eines Begriffs vermehren oder die
Möglichkeit, wie Wolf lehrte, ergänzen. Unter Existenz versteht Kant das
wirkliche (von aller Vorstellung unabhängige) Dasein. Es ist unmöglich,
durch die bloße Zergliederung eines Begriffs etwas zu erkennen, was
unabhängig von ihm besteht, daher ist die Existenz kein logisches Merk=
mal, überhaupt kein logischer Begriff, so wenig als der Realgrund.
Der Satz der Identität und des Widerspruchs gilt für alles Denkbare, der
des Realgrundes für alles Existirende. Wird die logische Erkennbarkeit
des Realgrundes verneint, so trifft die Verneinung unmittelbar auch
die logische Erkennbarkeit der Existenz; denn im Begriff des Realgrundes
ist der Begriff des Daseins oder der Realität mitgesetzt und enthalten.
Was von dem ersten gilt, gilt auch vom zweiten. Ist der Realgrund
ein Erfahrungsbegriff, so ist dasselbe auch die Realität oder Existenz.
Hier ist der genaue Zusammenhang zwischen dem Versuch über die
negativen Größen und dem einzig möglichen Beweisgrunde: er besteht
darin, daß aus dem Inhalte der ersten Schrift der Ideengang der
zweiten unmittelbar hervorgeht.

Demnach ist die Täuschung, die dem bisherigen ontologischen Ar=
gument zu Grunde liegt, nichts Geringeres als die Verwechselung zwi=
schen logischem Sein und wirklichem Sein, zwischen dem Sein des
Prädicats und dem des Subjects, zwischen der relativen Setzung des
ersten und der absoluten Setzung des zweiten. Die relative Setzung
betrifft die Beziehung zwischen Ding und Merkmal, die absolute das
Ding selbst. „Wird nicht blos diese Beziehung, sondern die Sache an und
für sich selbst gesetzt betrachtet, so ist dieses Sein so viel als Dasein."

*) Ebendas. Abth. III. 4 (S. 125). Vgl. Abth. II. Beir. V. 3 (S. 80 fgb.).

„Das Dasein ist die absolute Position eines Dinges und unter=
scheibet sich baburch auch von jeglichem Präbicate, welches als ein solches
jederzeit blos beziehungsweise auf ein anderes Ding gesetzt wird." „In
einem Existirenden wird nichts mehr gesetzt, als in einem blos Mög=
lichen (benn alsbann ist die Rede von den Präbicaten besselben), allein
burch etwas Existirendes wird mehr gesetzt als burch ein blos Mögliches,
benn bieses geht auch auf bie absolute Position ber Sache selbst."*)

Daß der Begriff A in Wirklichkeit existirt, scheint zunächst auf
zwei Arten beweisbar zu sein: entweder wir folgern aus dem Begriffe
A sein Dasein ober wir beweisen, baß etwas existirt, bas alle Merk=
male bes Begriffes A enthält. „Das Thema der ersten Beweisart heißt:
„Begriff A = existirendes A; bas ber zweiten: „etwas Existirendes
= Begriff A. Nun ist gezeigt, baß die erste Beweisart unmöglich;
baher bleibt nur bie zweite übrig. Wirb biese Formel angewendet auf
den Gottesbeweis, so war bas bisherige, für unmöglich erkannte onto=
logische Argument: „Gottesbegriff = Gottes Existenz". Jetzt soll bewiesen
werden: „Etwas Existirendes = Gottesbegriff."

Den Beweisgrund soll der Verstanbesbegriff bes blos Möglichen
ausmachen. Etwas ist möglich d. h. es ist benkbar. Nun sind zwei
Bebingungen nöthig, bamit überhaupt etwas gebacht werden kann: eine
formale unb eine materiale. Etwas ist benkbar, wenn es sich nicht wiber=
spricht: bies ist die formale Bebingung. Etwas ist benkbar, wenn über=
haupt etwas existirt: bies ist die materiale Bebingung. Die formale ist
ber erste logische Grund der absoluten Möglichkeit, die materiale ist
beren erster Realgrund. Diese Bebingungen ober eine berselben auf=
gehoben: so ist nichts möglich, vielmehr bie absolute Unmöglichkeit gesetzt.
Also existirt etwas als ber Realgrund bes Möglichen überhaupt. Da
nun bie Nichtexistenz bieses Etwas schlechterbings unmöglich ist, so ist
seine Existenz schlechterbings nothwendig.**)

Die Möglichkeit aller anderen Dinge ist von ihm abhängig, baher
ist bieses nothwendige Wesen einig. Alles Zusammengesetzte ist von ben
Theilen abhängig, woraus es besteht: baher ist bas schlechterbings noth=
wenbige Wesen einfach. Die Möglichkeit jebes anderen Daseins und
jeber anderen Art zu existiren b. h. jeber Veränderung wird erst burch
ein schlechterbings nothwenbiges Wesen begrünbet: baher ist es selbst
unveränberlich; unb ba es unmöglich nicht sein kann, so kann es

weder entstehen noch vergehen, d. h. es ist ewig. Die Möglichkeit aller anderen Realitäten ist von ihm abhängig: mithin ist das Urwesen die höchste Realität, das allervollkommenste oder allerrealste Wesen, dessen Bestimmungen jeden Mangel, jede Beraubung, jeden Widerstreit (Real= repugnanz) von sich ausschließen. Daher darf man nicht sagen, daß es alle möglichen Realitäten in sich vereinige, denn diese heben sich gegen= seitig auf und stehen zu einander im Verhältniß negativer Größen. Weil die Realitäten, deren Möglichkeit das Urwesen begründet, andere, also von ihm verschiedene sind: eben darum sind sie unvollkommen und mangelhaft, in der Entgegensetzung und im Widerstreit begriffen; die eine ist, was die andere nicht ist, die eine setzt, was die andere aufhebt. Hier erscheint im einzig möglichen Beweisgrunde der Begriff und die Bedeutung der negativen Größen, so compendiarisch gefaßt, daß man deutlich sieht: diese Lehre steht nicht erst in Aussicht, sondern schon im Hintergrunde.*) Da der Urgrund mehr Realität enthalten muß als die Folgen, unter den letzteren aber erkennende und wollende Wesen d. h. geistige Naturen sind, so muß das Urwesen Geist sein, es muß Ver= stand und Willen in höchster Realität haben, und daraus allein folgt diejenige Uebereinstimmung der Dinge, die wir als Ordnung, Schönheit und Vollkommenheit bezeichnen. Die Vollkommenheit in der Welt wäre unmöglich, wenn der Urgrund der Möglichkeit aller Dinge erkenntniß= los und blind wäre, gleich dem „ewigen Schicksal". Daher ist die Welt nicht als „ein Accidens der Gottheit" und diese nicht als „die einige Substanz, die da existirt", zu betrachten. Wir bemerken, wie Kant durch diese Erklärung seine Gotteslehre von der des Pantheismus unterschieden wissen will, wobei ihm wohl die Lehre Spinozas vorschwebte. Doch hatte er von dieser nur eine unbestimmte und keineswegs richtige Vorstellung, sonst würde er an einer anderen Stelle nicht gesagt haben: „der Gott des Spinoza ist unaufhörlichen Veränderungen unterworfen".**)

4. Der Werth des einzig möglichen Beweisgrundes.

Der eben entwickelte Beweis, dem nicht die Gewißheit, nur die schulgerechte Förmlichkeit der Demonstration fehlen soll, ist ontologisch

---

*) Dagegen Pauljen: Versuch u. s. f. S. 64 flgb. — **) Einzig möglicher Be= weisgrund. Abth. I. Betr. III. 3—6 (S. 35—39). Betr. IV. 1—4 (S. 39—45). Ueber die Realrepugnanz: II. Betr. III. 6. Gegen den Pantheismus: II. Betr. IV. 4. Ueber Spinoza: Abth. I. Betr. I. 2. Ueber den Spinozismus Kants in der Schrift vom einzig möglichen Beweisgrunde vgl. K. Dietrich: Kant und Newton. S. 61—63.

und a priori. Wir wissen bereits, welche hohe Bedeutung der Philosoph
demjenigen kosmologischen Beweise zuschrieb, der aus Erfahrungsbe=
griffen oder a posteriori geführt wurde und dessen Beweisgrund die
wahrgenommene Einheit in der Natur der Dinge ausmachte. Es gab
eine Zeit, wo dieses Argument unserem Philosophen mit völliger Sicher=
heit feststand: so verhielt es sich in der Kosmogonie und der nova
dilucidatio. Eine solche Festigkeit wird dem Beweise jetzt nicht mehr
zuerkannt; doch gilt derselbe als der ächte kosmologische. Und nun be=
steht der Werth oder, wie sich Kant ausdrückt, „der weitläufige Nutzen"
des neuen Beweises darin, daß er das wahre kosmologische Argument
begründen und dessen Fehler verbessern soll.

Es ist bewiesen, daß es einen Realgrund aller Möglichkeit geben
und daß derselbe ein absolut nothwendiges und einziges Wesen sein
müsse, welches nur als Gott begriffen werden könne. Aus der be=
wiesenen Einheit des göttlichen Urgrundes folgt nun die Einheit des
Universums, die durchgängige Einheit und Uebereinstimmung in der
Natur der Dinge. Jetzt erscheint der Beweisgrund des kosmologischen
Arguments als Folgesatz des ontologischen. Eine Mehrheit unabhängiger
und von einander getrennter Welten ist nun nicht mehr denkbar. Noch
in seiner ersten Schrift hatte unser Philosoph diese leibnizische Lehre
vertheidigt und darum behauptet, daß es Räume anderer Art, als der
unsrige, geben müsse, Räume von mehr als drei Dimensionen, da unter
der Bedingung eines einzigen Raumes eine Mehrheit räumlicher und
von einander völlig unabhängiger Welten undenkbar sei. (In neuester
Zeit hat Zöllner diese Stelle aus Kants erster Schrift zu Gunsten des
vierdimensionalen Raumes angeführt). Jetzt behauptet der Philosoph die
Einheit des Raumes und zeigt aus seinen Eigenschaften „die Einheit
in dem Mannichfaltigen der Wesen der Dinge." „Ich zweifle", heißt
es in der Vorrede unserer Schrift, „daß einer jemals richtig erklärt habe,
was der Raum sei."*)

Setzen wir, daß die Möglichkeit oder das Wesen aller Dinge in
Gott als ihrem Urgrunde enthalten ist, so ergeben sich daraus ge=
wichtige Folgerungen: 1. „Es kann in der Welt nichts sein oder geschehen,
was von jenem Urgrunde unabhängig ist; nicht blos Form und Ord=
nung, sondern auch Stoff und Materie der Dinge müssen von ihm ab=
hängen, daher ist Gott nicht der Werkmeister, sondern in vollem Um=

---

*) Ebendas. Abth. II. Betr. I. 1. Vgl. Vorr. (S. 20).

fange der Schöpfer der Welt.*) 2. Die Schöpfung ist nicht blos eine That des göttlichen Willens, sondern eine Folge des göttlichen Realgrundes, eine nothwendige Folge, die aus der Möglichkeit oder dem Wesen der Dinge selbst hervorgeht, daher in einer naturgemäßen Entwicklung und nicht in einer unmittelbaren Einrichtung von der Hand Gottes besteht, wodurch gleich von vornherein alles in Reih und Glied gebracht, die Weltkörper geformt und bewegt, das Weltgebäude gestaltet worden. Der neue Gottesbeweis fordert die Entwicklung des Kosmos aus dem Chaos: daher wird der Grundriß der kantischen Kosmogonie in unserer Schrift nicht müßig wiederholt, sondern findet in der Verwerthung des einzig möglichen Beweisgrundes seine berechtigte und wichtige Geltung.**) 3. Alle Uebereinstimmung und Zweckmäßigkeit in der Verfassung der Dinge, die sogenannten Absichten oder Zwecke der Schöpfung werden nicht durch besondere Veranstaltungen und auf Kosten der naturgemäßen Entwicklung, sondern nach allgemeinen Gesetzen durch die nothwendigen Eigenschaften und Wirkungsarten der Dinge erreicht. Wenn z. B. gewisse Wirkungen der Luft, der Winde u. s. f. der Menschheit zu vielerlei Nutzen gereichen, so folgt diese Art Wirkungen aus den allgemeinen Eigenschaften und Bewegungsgesetzen unserer Atmosphäre eben so nothwendig als andere Erscheinungen, die nur mechanisch erklärt werden, und es ist verkehrt zu meinen, daß der Nutzen der Dinge durch die besondere Absicht und Lenkung Gottes veranstaltet werde. Eben dasselbe gilt von den schädlichen Wirkungen. Gott durchbricht nicht die Wirksamkeit der Natur um des Menschen willen, er trifft nicht besondere Vorkehrungen, um Wohlthaten zu erweisen oder Strafgerichte zu halten, er lohnt nicht durch Licht und Wärme, noch straft er durch Ueberschwemmungen und Erdbeben. Er höhlet nicht den Strömen ihr Bette und richtet nicht ihren Lauf, um die Erde wohnlich zu machen; vielmehr entstehen und bilden sich die Flüsse allmählich nach rein mechanischen Gesetzen. Und wollte man meinen, daß Gott zwar die Dinge ihren naturgemäßen Gang gehen läßt, aber im Hinblick auf die Sünden der Menschheit schon den Zeitpunkt berechnet hat, wo die verderblichen Ausbrüche stattfinden sollen, die das verhängte Strafgericht ausführen, so wird dadurch jene verkehrte Ansicht keineswegs besser. Der Mechanismus der Natur er-

---

*) Ebendas. Abth. II. Betr. VI. 2 (S. 83—84). — **) Ebendas. Abth. II. Betr. VII. 1—4 (S. 98—114).

209

scheint dann in der Hand Gottes, wie sich Kant bildlich und treffend ausdrückt, gleich einer Kanone, die durch ein Uhrwerk abgefeuert wird. In solchen falschen Ansichten besteht jene fehlerhafte Teleologie, die unter dem Einfluß der Lehre Wolfs in die deutsche Aufklärung einge= drungen war. Diese Fehler einsehen und vermeiden heißt „die Methode der Physikotheologie verbessern".*)

Sie ist falsch, sobald sie den mechanischen Entwicklungsgang der Natur aufhebt oder verkürzt; sie ist richtig, wenn sie mit ihm überein= stimmt, sie muß damit übereinstimmen, wenn sie den wahren Begriff Gottes kennt und diesen als den Grund nicht blos des Daseins, son= dern der Möglichkeit und des Wesens aller Dinge betrachtet. So aber muß Gott betrachtet werden, wenn er das schlechterdings noth= wendige Wesen ist, ohne welches nichts gedacht werden kann. Du ver= magst kein Dasein zu erdenken, aber du würdest überhaupt nichts denken können, wenn nicht Etwas wäre als Grund alles Denklichen, aller Möglichkeit: etwas, das unabhängig von allem Denken existirt. Dieses Etwas durchdenken heißt den einzig möglichen Beweisgrund erkennen, der zu einer Demonstration der Existenz Gottes führt.

5. Die Wirkung der kantischen Schrift.

Die rationale Theologie mit ihren bisherigen Beweisen vom Dasein Gottes sollte durch Kants einzig möglichen Beweisgrund widerlegt sein. In den Literaturbriefen wurde diese Schrift, wie die beiden vorher= gehenden, besprochen und dadurch der literarische Ruf des Philosophen begründet, denn seine früheren Schriften waren kaum in größere Kreise gedrungen. Daher durfte er mit einem gewissen Recht sagen, daß Mendelssohn ihn zuerst „in das Publikum" eingeführt habe, denn dieser war der Recensent. Es kann bei dem Standpunkt des letzteren nicht befremden, daß er Kants Widerlegung nicht gelten ließ und die alte Methode in Schutz nahm. Daß er aber den gewöhnlichen Weg des kosmologischen Beweises dem Philosophen als den besseren vorhielt, als ob ihn dieser eben so gut hätte einschlagen können: dies zeigt, wie sehr ihm der Grundgedanke der kantischen Schrift entgangen war. Nachdem Mendelssohn die Unterscheidung zwischen den nothwendigen und zufäl= ligen Ursachen in der Natur als eine scharfsinnige anerkannt, wirft er

*) Der einzig mögliche Beweisgrund u. s. f. Abth. II. Betr. V. 1—2. Betr. VI. 1—4 (S. 73—97).
Fischer, Gesch. d. Philosophie. 3. Bd. 3. Aufl. 14

die erstaunliche Frage auf: „Sollte es aber nicht besser gewesen sein wenn Kant umgekehrt verfahren und aus diesem erwiesenen Unterschiede der natürlichen Ursachen auf das Dasein und die Natur desjenigen Wesens analytisch zurückgeschlossen hätte, welches den Grund alles Noth= wendigen sowohl als Zufälligen in der Natur enthalten müsse?"*) Er wußte also nicht, worum es sich handelte; er hatte auch aus dem Ver= such über die negativen Größen nicht gemerkt, daß es Kant für un= möglich hielt, durch Schlußfolgerung etwas als Wirkung oder als Ur= sache eines anderen zu erkennen.

Daß Kant mit der rationalen Theologie aufräumen und zugleich das Dasein Gottes beweisen wollte, während dieses doch nur durch Offenbarung und Glauben uns einleuchten könne, erschien Hamann als ein verwerflicher und ungereimter Versuch. Er durchblätterte Wey= manns Widerlegung in der Handschrift und bemerkte darüber an Lindner (den 26. Januar 1763): „Kant hat Ursache, seinen Gegner zu fürchten, er verdient eine exemplarische Ruthe". Das Werk (unter den bisherigen Schriften des Philosophen nach der Kosmogonie, die unbekannt blieb, das umfänglichste) erregte einiges Aufsehen; es wurde in Tübingen zum Gegenstand einer Dissertation gemacht und in Wien verboten. Aber es hat wohl auf niemand einen größeren Einfluß ausgeübt, als auf Fr. H. Jacobi, der früh davon ergriffen und durch dasselbe zum Studium Spinozas bewogen wurde; es traf das Grundthema seiner Gedanken: wie kann Dasein erkannt werden, das von uns und unseren Vorstellungen unabhängige Sein an sich? Es ging ihm mit dieser kan= tischen Schrift ähnlich, wie einst Malebranche mit Descartes' Abhand= lung vom Menschen; er wurde von dem Inhalte der Untersuchung so gewaltig erregt, daß er vor Herzklopfen nicht weiter lesen konnte.**) Lassen wir nicht unbemerkt, daß Herbart, um das einfache, von allen Beziehungen unabhängige Sein an sich auszudrücken, dieselbe Bezeich= nung wählt, als Kant in unserer Schrift: er nannte die Setzung des= selben „absolute Position".

In dem Ideengange unseres Philosophen selbst zeigt dieses Werk eine Bedeutung von fortwirkender Kraft: es erscheint im Hinblick auf

---

*) Briefe, die neueste Lit. betr. Bd. XVIII. S. 102. — **) Hamanns Schrif= ten (Ausg. v. Roth). Th. III. S. 180. Die tübinger Dissertation „Observationes ad commentationem M. J. Kantii de uno possibili fundamento demonstrationis existentiae Dei" (Tub. 1763) wird ebendaselbst (Th. III. S. 317) erwähnt. — Jacobis Werke, Bd. II. S. 189—91. Vgl. meine Gesch. d. neuern Philos. Bd. V. S. 197 flgb.

die Kritik der reinen Vernunft als die wichtigste Vorarbeit zur völligen
Widerlegung der rationalen Theologie. Die kosmologischen Beweise
waren hier schon zurückgeführt auf den ontologischen, auch dieser war
in seiner herkömmlichen Form bereits widerlegt, und nur die Umkehrung
desselben galt noch als der einzig mögliche Ausweg. Wenn auch dieser
Weg aufhört zugänglich zu sein und sich der Erkenntniß verschließt, so
ist es um die rationale Theologie völlig geschehen. Und streng genom=
men ist diese Consequenz durch den Grundgedanken unserer Schrift
gefordert. Wenn aus keinem Begriff das Dasein erschlossen werden
kann, so folgt die Existenz auch nicht aus dem Begriff des Mög=
lichen; der neue ontologische Beweis ist im Grunde nicht besser als der
alte; jener schließt: „weil etwas gedacht werden kann, darum ist Gott";
dieser lautet: „weil Gott gedacht wird, darum ist Gott". Nun muß
es erlaubt sein, für das unbestimmte Etwas in der ersten Formel den
Begriff Gottes aus der zweiten,, sei es auch nur beispielsweise, zu setzen.
Wenn daher der neue ontologische Beweis richtig ist, so kann auch der
alte nicht falsch sein, und wenn dieser unmöglich ist, so ist es auch
jener. Der Gesichtspunkt, unter dem Kant den letzten Versuch zu einer
Berichtigung des ontologischen Beweises gemacht hat, enthält schon die
Unmöglichkeit dieses Versuchs.

Aber die Tragweite unserer Schrift reicht in ihren Folgerungen
weiter als das Gebiet der rationalen Theologie und erstreckt sich über
die gesammte Ontologie und Metaphysik. Es steht schon fest, daß die
Existenz kein logischer Begriff, sondern ein Erfahrungsbegriff ist, daß
durch bloßes Denken niemals Dasein zu erkennen, also niemals Er=
fahrungen zu machen sind. Was von dem Begriffe Gottes gilt, muß
von allen Begriffen gelten, die blos Gedankendinge sind, und es liegt
nahe genug, daß alle Erkenntnißobjecte der rationalen Metaphysik, alle
Dinge an sich im Unterschiede von den empirischen Erscheinungen, nichts
anderes sind als Gedankendinge. Wird der Grundgedanke unserer Ab=
handlung in diesem Umfange genommen, den er durch seine Fassung
beanspruchen muß, so trifft er vernichtend die Fundamente der meta=
physischen Erkenntniß und entwurzelt den gesammten bisherigen Ratio=
nalismus.

So weit schreitet nun unser Philosoph noch nicht fort; er will
den Rationalismus durch den Empirismus nicht stürzen, sondern berich=
tigen und verbessern: er steht noch zwischen beiden in einer Mittel=
stellung, wie sie der Uebergang von jenem zu diesem mit sich bringt,

14*

wie sie sein gründlicher und bedächtiger Fortgang forbert, und welche selbst ohne gewisse Schwankungen und Widersprüche nicht einzuhalten ist. Daß er die logische Erkennbarkeit des Realgrundes wie des Daseins verneint und doch noch die Nothwendigkeit des letzteren auf logischem Wege zu beweisen sucht, charakterisirt in seinem Entwicklungsgange genau die Stellung, worin wir ihn vor uns sehen.

II. Die Reform der Metaphysik.

1. Die falsche Methode der Philosophie.

Die Nachahmung der mathematischen Methode ist in der Philo= sophie fruchtlos, ja verberblich gewesen: dies erklärte Kant in der Vor= rede zu dem Versuch über die negativen Größen. Die Metaphysik ist bodenlos, ein finsterer Ocean ohne Ufer und Leuchtthürme, „es giebt eine Zeit, wo man in der Metaphysik sich getraut alles zu demonstriren, und wiederum eine andere, wo man sich nur mit Furcht und Mißtrauen an bergleichen Unternehmungen wagt": so hieß es in der Vorrede zum einzig möglichen Beweisgrunde. Diese andere Zeit ist für unseren Phi= losophen selbst schon gekommen, und es war ein bebeutsames Zusammen= treffen, daß gerade in diesen Zeitpunkt die Preisfrage der berliner Akademie fiel: „ob die metaphysischen Wahrheiten derselben Evidenz fähig seien als die mathematischen und worin die Natur ihrer Gewißheit bestehe?" Diese Frage kam unserem Phi= losophen wie gerufen und traf mitten in das Thema der Ideen, die ihn bewegten; er durfte sie nicht unbeantwortet lassen und schrieb seine „Untersuchung über die Deutlichkeit der Grundsätze der na= türlichen Theologie und Moral."*)

Da „die Metaphysik nichts anderes ist als eine Philosophie über die ersten Gründe unserer Erkenntniß",**) so wird diese, wenn sie in der Erkenntniß der Dinge einen falschen Weg ergreift, auch jene in die Irre führen. Nun hat die rationalistisch gerichtete Philosophie in ihrer Voraussetzung von der logischen Erkennbarkeit der Dinge (des Real= grundes und des Daseins) sich von Grund aus geirrt und zu der Nachahmung der mathematischen Methode verleiten lassen. Um die neue Betrachtung gleich an das Resultat der letzten Untersuchung anzuknüpfen:

---

*) S. oben Cap. VI. S. 108 flgb. Cap. XII. S. 177. — **) Untersuchung über die Deutlichkeit u. s. f. Betr. II. (Bb. I. S. 74).

man hat vorausgesetzt, daß die Existenz ein logisches Merkmal sei, ein Prädicat, welches man ohne weiteres durch Definition mit dem Begriff verknüpfen dürfe; man hat zwischen dem logischen und wirklichen Sein (zwischen der relativen und absoluten Position, der Setzung eines Präbicats und der des Subjects) nicht unterschieden, weil man den Begriff des Daseins nicht untersucht hat. Diese Art des Verfahrens führt auf den Irrweg. Die Philosophie verknüpft Begriffe, ohne sie untersucht zu haben, sie beginnt mit Definitionen unerforschter, unbekannter Begriffe und zieht daraus, als ob es die sichersten Wahrheiten wären, ihre Sätze und Folgerungen; sie sieht, daß die Mathematik es eben so macht, folgt ihrem Vorbilde und glaubt in der Nachahmung ihrer Methode den Weg unfehlbarer Gewißheit zu gehen. Eben darin besteht ihr Irrweg. Daß der Philosophie die Nachahmung der mathematischen Methode nicht zum Nutzen, sondern nur zum Schaden gereicht habe, erklärte Kant schon in der Vorrede zum Versuch über die negativen Größen; er wiederholte es in der Schrift über den einzig möglichen Beweisgrund, indem er ausdrücklich darauf hinwies, daß in der Metaphysik die Definitionen nicht an die Spitze zu stellen, sondern zu suchen seien. Gleich im Anfange seiner Abhandlung heißt es: „Man erwarte nicht, daß ich mit einer förmlichen Erklärung des Daseins den Anfang machen werde. Es wäre zu wünschen, daß man dieses niemals thäte, wo es so unsicher ist, richtig erklärt zu haben, und dieses ist es öfter, als man wohl denkt. Ich werde so verfahren als einer, der die Definition sucht und sich zuvor von demjenigen versichert, was man mit Gewißheit bejahend oder verneinend von dem Gegenstande der Erklärung sagen kann, ob er gleich noch nicht ausmacht, worin der ausführlich bestimmte Begriff desselben bestehe." „Die Methodensucht, die Nachahmung des Mathematikers, der auf einer wohlgebahnten Straße sicher fortschreitet, auf dem schlüpfrigen Boden der Metaphysik hat eine solche Menge Fehltritte veranlaßt, die man beständig vor Augen sieht, und doch ist wenig Hoffnung, daß man dadurch gewarnt und behutsamer zu sein lernen werde."*)

In diesen Worten liegt das Thema der gegenwärtigen Untersuchung, die nicht mehr einen Theil der bisherigen Metaphysik, sondern diese selbst ihrem ganzen Charakter nach ins Auge faßt. Unter einem Gesichtspunkte, der die gesammte Metaphysik des Rationalismus trifft,

*) Einzig möglicher Beweisgrund: Abth. I. Betr. I. (Bd. VI. S. 20).

hat Kant so eben die rationale Theologie untersucht und verbessert. Derselbe Gesichtspunkt wird jetzt auf die Beurtheilung der Metaphysik überhaupt angewendet, und die Untersuchung führt zu demselben Resultat in erweitertem Umfange. Im Hinblick auf die bisherigen Demonstrationen der Existenz Gottes sagte Kant in der Vorrede zum einzig möglichen Beweisgrunde: „Diese Demonstration ist noch niemals erfunden worden".*) Das gleiche Urtheil gilt jetzt wider alle vorhandene metaphysische Erkenntniß. In der Preisschrift heißt es: „Die Metaphysik ist ohne Zweifel die schwerste unter allen menschlichen Einsichten, aber es ist noch niemals eine geschrieben worden."**) Es ist demnach darzuthun, welche Methode in der Philosophie falsch und welche richtig ist; es soll die Natur der metaphysischen Gewißheit festgestellt und demgemäß die Grundlage der natürlichen Theologie und Moral bestimmt werden: dies sind die vier Fragen oder „Betrachtungen", in welche die Preisschrift zerfällt.

2. Mathematik und Metaphysik. Synthetische und analytische Methode.

Aus der Vergleichung der Mathematik und Philosophie wird begründet, daß die Methode der ersten keineswegs, wie bisher geschehen, der zweiten zum Vorbilde dienen darf, daß die Nachahmung der mathematischen Methode von Seiten der Philosophie von Grund aus falsch und zweckwidrig ist. Die Erkenntnißwege beider Wissenschaften müssen so verschieden sein als ihre Aufgaben und Objecte. In der Mathematik handelt es sich um die Erkenntniß der Größen, in der Philosophie um die der Dinge; dort entstehen die Objecte durch Construction, hier sind sie durch Erfahrung gegeben. Wenn wir den Gegenstand construiren oder erzeugen, wie z. B. ein Trapez, ein Dreieck, einen Kegel u. s. f., so sehen wir deutlich, wie und woraus diese Gegenstände entstehen, also auch worin sie bestehen: wir können sie deshalb sachlich und vollständig erklären. Mit dem Gegenstand zugleich entsteht sein Begriff und dessen Definition. Die Construction verfährt zusammensetzend oder synthetisch: daher gelangt die Mathematik zu allen ihren Definitionen auf synthetischem Wege und kann mit denselben beginnen. Umgekehrt verhält

---

*) Ebendas. Vorr. (S. 14). Kant fügt hinzu: „welches schon von anderen angemerkt ist". Wer sind diese anderen? Ich suche sie unter den Empiristen und finde keinen, dessen Name richtiger und genauer an der obigen Stelle paßt als Humes Vorbild. — **) Untersuchung über die Deutlichkeit u. s. f. Betr. I. § 4 (Bd. I. S. 74).

es sich in der Philosophie. Die Begriffe der Dinge sind ihr durch Er=
fahrung gegeben, daher keineswegs einleuchtend, sondern zunächst ver=
worren und unbestimmt; sie soll erkennen, was in diesen Begriffen
gegeben ist, daher muß sie dieselben, um sie erklären zu können, ver=
deutlichen und zergliedern b. h. analytisch verfahren: sie gelangt zu
allen ihren Definitionen auf analytischem Wege, sie muß dieselben
erst suchen und handelt verkehrt, wenn sie mit ihnen anfängt. Man
lasse sich nicht täuschen durch den Schein philosophischer Definitionen,
die häufig an die Spitze gestellt und durch Verknüpfung (Synthese)
gebildet werden, wie z. B. die Erklärung des Geistes dadurch entsteht,
daß wir mit dem Begriff Substanz den der Vernunft verbinden und
sagen: „unter Geist versteht man eine denkende Substanz". Das heißt
in der Sache nichts deutlich machen, sondern Worte durch Worte er=
klären: eine solche Definition ist daher nicht philosophisch, sondern
„grammatisch". Der Unterschied zwischen Mathematik und Philosophie
liegt am Tage: „Es ist das Geschäft der Weltweisheit, Begriffe, die
als verworren gegeben sind, zu zergliedern, ausführlich und bestimmt
zu machen; das Geschäft der Mathematik aber, gegebene Begriffe von
Größen, die klar und sicher sind, zu verknüpfen und zu vergleichen, um
zu sehen, was hieraus gefolgert werden könne."*)

Die Richtigkeit dieser Unterscheidung erhellt aus der Art und Weise,
wie beide Wissenschaften ihre Begriffe bezeichnen. Die Mathematik kann
ihre Gegenstände, die Größe und deren Verhältnisse unmittelbar ver=
anschaulichen durch algebraische Formeln, Zahlen und Figuren, woraus
einleuchtet, was vorgestellt ist; dagegen sind die Zeichen der philo=
sophischen Begriffe blos Worte, die eine Vorstellung im Allgemeinen
ausdrücken und die Bestandtheile der Begriffe, wie deren Verhältnisse
keineswegs erkennbar machen: die Mathematik bezeichnet ihre Begriffe
„in concreto", die Philosophie dagegen die ihrigen „in abstracto".**)

Die gegebenen und zusammengesetzten Begriffe sollen durch ana=
lytische Forschung in ihre Bestandtheile aufgelöst werden, die Unter=
suchung muß fortschreiten, bis sie die letzten, unauflöslichen Elemente
oder „Grundbegriffe" entdeckt hat. Bei der Gleichartigkeit der mathe=
matischen Objecte und der großen Verschiedenheit und Mannichfaltigkeit
der philosophischen ist vorauszusehen, daß solcher Grundbegriffe in der
Mathematik wenige, in der Philosophie dagegen sehr viele sein

---

*) Ebendas. Betr. I. § 1. — **) Ebendas. Betr. I. § 2.

216

werden. Dort giebt es einige Begriffe, die vorausgesetzt und von der Mathematik selbst nicht zergliedert werden, wie der Begriff der Größe überhaupt, der Einheit, der Menge, des Raums u. s. f.; hier dagegen finden sich sehr viele Objecte, die entweder „beinahe gar nicht" oder nur „zum Theil" sich auflösen und verdeutlichen lassen: Beispiele der ersten Art sind der Begriff der Vorstellung, das nebeneinander= und nacheinander Sein, die Gefühle des Erhabenen, Schönen, Ekelhaften u. s. f., die Empfindung der Lust und Unlust, der Begierde und des Abscheues. Es ist die Aufgabe der analytischen Untersuchung, daß sie wohl unterscheide, was in ihrem Objecte ursprünglich und was ab= geleitet ist; sie irrt, wenn sie ein abgeleitetes Merkmal für ein „uran= fängliches" hält; sie irrt, wenn sie der Grundbegriffe zu wenige annimmt. Was diesen letzteren Punkt betrifft, so befindet sich ihren Objecten gegenüber die Metaphysik in einem ähnlichen Irrthum als die alte Physik, die da meinte, daß alle Materie in der Natur nur aus vier Elementen bestehe.

Wie mit den Grundbegriffen, so verhält es sich auch mit den Grundurtheilen: in der Philosophie müssen solcher „unerweislicher Sätze" bei weitem mehr sein als in der Mathematik. „Ich möchte gern", sagt Kant im Hinblick auf die Metaphysik, „eine Tafel von den unerweislichen Sätzen, die in diesen Wissenschaften durch ihre ganze Strecke zum Grunde liegen, aufgezeichnet sehen. Sie würde gewiß einen Plan ausmachen, der unermeßlich wäre; allein in der Aufsuchung dieser unerweislichen Grundwahrheiten besteht das wichtigste Geschäft der höheren Philosophie."*)

Hieraus erhellt die ungemeine Schwierigkeit der Metaphysik. Die zusammengesetzten Begriffe der Mathematik sind weit einleuchtender und leichter zu erklären, als die der Philosophie. Man vergleiche den Begriff einer Trillion mit dem der Freiheit. Ist die Einheit gegeben, so ist die Trillion klar, denn sie besteht nur aus Einheiten, obwohl aus sehr vielen. Worin die Freiheit besteht, ist bis heute ein Räthsel. „Ich weiß", sagt an dieser Stelle unser Philosoph, „daß es viele giebt, welche die Weltweisheit in Vergleichung mit der höheren Mathesis sehr leicht finden. Allein diese nennen alles Weltweisheit, was in den Büchern steht, welche diesen Titel führen. Der Unterschied zeigt sich durch den Erfolg. Die philosophischen Erkenntnisse haben mehrentheils das Schick=

---

*) Ebendas. Betr. I. § 3 (S. 70—73).

fal der Meinungen und sind wie die Meteore, deren Glanz nichts für ihre Dauer verspricht. Sie verschwinden, aber die Mathematik bleibt. Die Metaphysik ist ohne Zweifel die schwerste unter allen menschlichen Einsichten, aber es ist noch niemals eine geschrieben worden. Die Auf= gabe der Akademie zeigt, daß man Ursache habe, sich nach dem Wege zu erkundigen, auf welchem man sie·allererst zu suchen gedenkt."*)

3. Die wahre Methode und die Gewißheit der Metaphysik.

Der wahre Weg der Metaphysik führt demnach von den gegebenen und dunklen Begriffen durch fortschreitende Zergliederung zu deutlicher und ausführlicher bestimmten; Definitionen können darum nie der An= fang, sondern nur das schwierig zu erreichende Ziel sein, die Philo= sophie kann wohl mit Worterklärungen, nie mit Sacherklärungen be= ginnen. Gerade darin besteht die Täuschung, daß man Bekanntes für erkannt hält und eine Sache zu wissen glaubt, die man nicht weiß und die noch niemand erklärt hat. So verhält es sich z. B. mit der Zeit. „Die Realerklärung derselben ist noch niemals gegeben worden." Es wird mit dieser alltäglichen Vorstellung jedem gehen, wie Augustin, der sagte: „ich weiß wohl, was die Zeit sei, aber wenn mich jemand fragt, weiß ich es nicht". Was in der Mathematik die Axiome, das sind in der Philosophie die unerweislichen Sätze, die aus den analytisch gefundenen Grundbegriffen hervorgehen; sie bilden die Grundlage aller weiteren Folgerungen. Und da Begriffe und Sätze durch Worte bezeichnet werden, diese aber verschiedene Bedeutungen haben können, so wird man die letzteren genau auseinander halten müssen, um Verwirrung und Irrthum zu vermeiden. So bedeutet das Wort „unterscheiden" sowohl „Unterschiede machen" als „Unterschiede erkennen", sowohl das sinnliche als das logische Unterscheiden (urtheilen); wird nun diese Distinction nicht beachtet, so gilt das thierische Unterscheidungsvermögen gleich dem vernünftigen. In der Schrift über die falsche Spitzfindigkeit hatte Kant gerade diese Distinction gelehrt und mit sehr gewichtigem Nachdruck geltend gemacht; in der Preisschrift erwähnt er die Nicht= beachtung derselben als ein Beispiel schlimmer Begriffsverwirrung. Daß der Philosoph hier anführt, was sich dort ausführlich dar= gestellt findet, ist schon ein sicherer Beweis, daß er jene Schrift hinter sich haben mußte, als er diese schrieb.**)

---

*) Ebendas. Betr. I. § 4. — **) Ebendas. Betr. II. (S. 76). Vergl. falsche Spitzfindigkeit, § 6 (S. 16—18). S. oben Cap. XII. S. 182.

Daß die Grundwahrheiten der Methaphysik unerweisliche Sätze sind, hatte auch Crusius behauptet, aber dieser wollte ihre Geltung logisch rechtfertigen, indem er als oberste Regel aller Gewißheit aussprach: „was ich nicht anders als wahr denken kann, das ist wahr". Diese Regel gründet sich auf die Einheit von Denken und Sein, auf das feste Band zwischen Logik und Metaphysik, sie beruht auf jener fundamentalen Voraussetzung des dogmatischen Rationalismus, die Kant noch in seiner Habilitationsschrift bejaht hatte und jetzt von Grund aus verwirft. Daher läßt er, um die unerweislichen Sätze der Metaphysik zu verificiren, die Regel des Crusius nicht gelten; sie tauge zu keiner Begründung und drücke nichts aus als ein Gefühl der Ueberzeugung: dies sei ein Geständniß, aber kein Beweisgrund.*)

Die Denkgesetze der Logik haben nur formale Geltung, die unerweislichen Sätze der Metaphysik dagegen materiale, sie können daher nicht durch Denkregeln begründet, sondern nur durch die Analyse der Erfahrungsbegriffe gefunden und festgestellt werden. Die Metaphysik soll ihre Grundsätze nicht willkürlich machen, sondern nach Art der Erfahrungswissenschaften entdecken; sie soll nicht die Methode der Mathematik, vielmehr die der Physik sich zum Vorbilde nehmen. Die Uebereinstimmung zwischen der Metaphysik und der Lehre Newtons war das Ziel, welches Kant seit lange gesucht hat. In seiner Habilitationsschrift wollte er dieser Lehre die Erkenntnißprincipien der Metaphysik anpassen, jetzt dagegen deren Methode. „Die ächte Methode der Metaphysik ist mit derjenigen im Grunde einerlei, die Newton in die Naturwissenschaft einführte und die daselbst von so nutzbaren Folgen war. Man soll, heißt es daselbst, durch sichere Erfahrungen, allenfalls mit Hülfe der Geometrie, Regeln aufsuchen, nach welchen gewisse Erscheinungen in der Natur vorgehen. Wenn man gleich den ersten Grund davon in den Körpern nicht einsieht, so ist gleichwohl gewiß, daß sie nach diesem Gesetze wirken, und man erklärt die verwickelten Naturbegebenheiten, wenn man deutlich zeigt, wie sie unter diesen wohlerwiesenen Regeln enthalten seien. Eben so in der Metaphysik: suchet durch sichere innere Erfahrung d. h. ein unmittelbares, augenscheinliches Bewußtsein diejenigen Merkmale auf, die gewiß im Begriff von irgend einer allgemeinen Beschaffenheit liegen, und ob ihr gleich das ganze

---

*) Untersuchung über die Deutlichkeit u. s. f. Betr. III. § 3 (S. 86—89).

Wesen der Sache nicht kennt, so könnt ihr euch doch derselben sicher bedienen, um vieles in dem Dinge daraus herzuleiten."*)

4. Grundsätze der natürlichen Theologie und Moral.

Von dieser Methode macht der Philosoph in dem letzten Theil seiner Untersuchung die Anwendung auf die Bestimmung der ersten Gründe der natürlichen Theologie und Moral. Die Existenz ist ein Erfahrungsbegriff, es muß etwas existiren, ohne welches nichts möglich ist oder gedacht werden kann: ein schlechterdings nothwendiges Wesen. Die Analyse dieses Begriffs führt zum Begriff Gottes, und „in allen Stücken, wo nicht ein Analogon der Zufälligkeit anzutreffen ist, kann die metaphysische Erkenntniß von Gott sehr gewiß sein", wogegen die Urtheile über seine freien Handlungen, seine Vorsehung, Gerechtigkeit und Güte nur moralische Gewißheit haben.**)

Mit wenigen Sätzen wird hier diejenige Art der Gotteserkenntniß bezeichnet, die Kant in der Abhandlung vom einzig möglichen Beweisgrunde mit der größten Ausführlichkeit entwickelt hatte und bei der Schwierigkeit der Sache an dieser Stelle der Preisschrift nothwendigerweise genauer erörtern mußte, wenn jene Abhandlung noch ungeschrieben gewesen wäre. Es kann deshalb, sobald beide Schriften verglichen werden, einem etwas kritischen Blicke nicht einen Augenblick zweifelhaft sein, welche die frühere war.

Das Princip der natürlichen Moral ist der Begriff der Verbindlichkeit, der das moralische Handeln bestimmt und von seinem Gegentheil unterscheidet. Dieser Begriff ist noch wenig bekannt und man ist auf dem Gebiet der Sittenlehre noch weit entfernt, „die zur Evidenz nöthige Deutlichkeit und Sicherheit der Grundbegriffe und Grundsätze zu liefern." Analysiren wir den Begriff der Verbindlichkeit, so ist klar: derselbe fordert, daß etwas geschehen oder nicht geschehen, gethan oder unterlassen werden soll. Das Sollen ist die Formel der Verbindlichkeit, der Ausdruck einer gewissen Nothwendigkeit in unserem Handeln. Analysiren wir den Begriff dieser Nothwendigkeit, so gilt sie entweder bedingt oder unbedingt, mittelbar oder unmittelbar; es soll etwas geschehen, entweder um etwas anderes zu erreichen, oder um seiner selbst willen: im ersten Fall ist die Handlung Mittel, im anderen selbst Zweck oder Zweck an sich. Es ist demnach klar, daß es zwei Arten

---

*) Ebendas. Betr. II. (S. 77 flgb.). — **) Ebendas. Betr. IV. § 1 (S. 90—91).

der Nothwendigkeit giebt: die der Mittel und die der Zwecke, und daß
die moralische Nothwendigkeit (Verbindlichkeit) nur von der zweiten Art
sein kann. Wenn eine Handlung Mittel ist, wodurch ein gewisser Zweck
erreicht werden soll, wie etwa die Lösung einer mathematischen Auf=
gabe, so ist sie aus dem Begriffe dieses Zweckes herzuleiten und begreif=
lich zu machen; wenn sie dagegen Zweck an sich ist, oder unbedingt
geschehen soll, so ist ihre Nothwendigkeit nicht näher abzuleiten oder zu
begründen, sondern unerweislich. Die bisherige metaphysische Sitten=
lehre hat den Begriff der Verbindlichkeit durch den der Vollkommen=
heit erklärt: „thue das Vollkommenste, was durch dich möglich ist;
unterlasse, was diese Vollkommenheit hindert." Dadurch wird nicht
gesagt, was geschehen soll. Dieser Grundsatz ist daher nur formal,
nicht material. Aus solchen formalen Grundsätzen folgt für das wirk=
liche Handeln eben so wenig als aus den formalen Denkgesetzen für
das wirkliche Erkennen, d. h. es folgt gar nichts. Die Moral ist in der
bisherigen Metaphysik eben so unfruchtbar als die Logik. Davon hat
sich unser Philosoph überzeugt, nachdem er lange über diesen Gegen=
stand nachgedacht hat, eine Erklärung, die er ausdrücklich auch an
dieser Stelle wiederholt. Der Charakter der sittlichen Nothwendigkeit ist
eins mit dem Guten. Was das Gute ist, sagt nicht die Erkenntniß,
sondern das einfache, nicht weiter aufzulösende moralische Gefühl:
der Inhalt desselben bildet den materialen, unerweislichen Grundsatz
der natürlichen Moral. „Und da in uns ganz sicher viele einfache
Empfindungen des Guten anzutreffen sind, so giebt es viele dergleichen
unauflösliche Vorstellungen."*)
      Der Philosoph hebt die Unabhängigkeit und Unterscheidung des
Guten vom Wahren nachdrücklich hervor und bezeichnet diese Grund=
legung der Moral als eine Einsicht der jüngsten Zeit. „Man hat es
nämlich in unseren Tagen allermeist einzusehen angefangen, daß das
Vermögen, das Wahre vorzustellen, die Erkenntniß, dasjenige aber,
das Gute zu empfinden, das Gefühl sei, und daß beide ja nicht mit
einander müssen verwechselt werden." Auch läßt Kant nicht unerwähnt,
wem er das Verdienst dieser Einsicht zuschreibt; denn er sagt am Schluß
seiner Untersuchung: „Hutcheson und andere haben unter dem Namen
des moralischen Gefühls hiervon einen Anfang zu schönen Bemerkungen
geliefert."**) Und hätte er es auch nicht ausdrücklich hinzugefügt, so

*) Ebendas. Betr. IV. § 2 (S. 92—95). — **) Ebendas. IV. § 2 (S. 93 u. 95).

müßten wir aus dem Inhalt seiner Schrift urtheilen, daß er sich wider die rationale Sittenlehre, insbesondere wider Wolf erklärt und mit den englischen Moralphilosophen übereinstimmt, die den Empirismus in der Sittenlehre vertreten und von Locke herkommen.

5. Der Zeitpunkt der Preisschrift.

Daß unsere Abhandlung mit den drei vorher betrachteten Schriften im genauesten, sachlichen wie zeitlichen Zusammenhange steht und in die Entwicklung desselben Themas eingreift, haben wir schon erörtert und den vollständigen Beweis jetzt durch die ausführliche Darlegung des Inhalts geliefert. Wenn wir den Inhalt dieser Schriften bidaktisch ordnen, von den Begründungen zu den Folgerungen fortschreitend, so kann ihre Reihenfolge keine andere sein als die überlieferte. Hier ist diese Ordnung: das logische Denken verfährt nur analytisch nach dem Satze der Identität und des Widerspruchs (falsche Spitzfindigkeit der vier syllogistischen Figuren); darum kann es weder erkennen, daß etwas Realgrund ist (Versuch über die negativen Größen), noch daß ein bloßer Begriff existirt (einzig möglicher Beweisgrund): daher ist auch die Erkenntniß der Dinge nicht durch logische Definitionen und daraus gefolgerte Sätze d. h. nicht nach der synthetischen Methode der Mathe= matik, sondern nur durch die analytische Erforschung der gegebenen Erfahrungsbegriffe zu leisten (Preisschrift). Will man diese Ordnung umkehren, so werden die vorhergehenden Schriften undeutlich und die nachfolgenden überflüssig.*)

Wie man aber auch die Reihenfolge ändern und damit spielen mag, so ist doch eines vollkommen unmöglich: daß man die Preisschrift an die Spitze stellt. Wir haben die Gründe im Einzelnen angeführt, warum diese Schrift nothwendig später ist als die Abhandlung über die falsche Spitzfindigkeit und die über den einzig möglichen Beweisgrund; auch wissen wir, warum der Versuch über die negativen Größen früher ist als der Beweisgrund. Die Preisschrift ist von allen die letzte, sowohl aus Gründen der bidaktischen Ordnung überhaupt als der kritischen Vergleichung im Einzelnen.**)

Dazu kommt, daß Kant nicht mehr Muße genug hatte, um sein Werk ausführlicher und in Rücksicht der Form sorgfältiger zu bearbeiten, denn er mußte eilen, um es noch zum festgesetzten Termin abliefern

---

*) S. oben Cap. XII. S. 177 flgb. — **) S. oben S. 206. Cap. XIII. S. 217 u. 219.

zu können. Er sagt in der „Nachschrift" selbst, daß er jene Vorzüge der genannten Art lieber habe verabsäumen wollen, als sich dadurch hindern lassen, seine Arbeit zur gehörigen Zeit der Prüfung zu über= geben. Noch einige Jahre später nennt er sie in dem Programm seiner Wintervorlesungen 1765/66 „eine kurze und eilfertig abgefaßte Schrift".*) Nun möchte ich wissen, was den Philosophen hätte zur Eile drängen sollen, wenn diese Abhandlung den anderen vorausging und er sie in voller Muße schreiben konnte. Wenn sie aber, wie es sich in Wahrheit verhielt, den anderen nachfolgte, so war die Zeit der Aus= führung allerdings sehr kurz gemessen.**)

III. Die inductive Lehrart.

Kant steht im Begriff, die deutsche Philosophie auf englischen Fuß zu bringen, der dogmatische Rationalismus soll durch den Empiris= mus, die Metaphysik durch die Methode der Induction reformirt wer= den, welche Bacon in die Philosophie, Locke in die Erkenntnißlehre und Newton in die Naturlehre eingeführt hat. Diese Methode gilt unserem Philosophen auch als die richtige Lehrart, die seinem aka= demischen Unterricht zur Richtschnur dienen und seine Vorträge über Metaphysik, Logik und Ethik leiten soll. Gerade über diesen Punkt erklärt sich Kant in dem schon erwähnten Programm der Wintervor= lesungen von 1765/66 auf eine Weise, die völlig mit den Erörterungen der Preisschrift übereinstimmt. Die Metaphysik sei deshalb noch so unvollkommen und unsicher, weil man das eigenthümliche Verfahren derselben verkannt habe, dasselbe sei nicht synthetisch, wie das der Mathematik, sondern analytisch. In der Größenlehre sei das Ein= fachste und Allgemeinste auch das Leichteste, in den Hauptwissenschaften aber das Schwerste; in jener müsse es seiner Natur nach zuerst, in dieser zuletzt vorkommen, dort könne man mit den Definitionen an=

---

*) Untersuchung über die Deutlichkeit u. s. f. (S. 95). Nachricht von der Ein= richtung seiner Winteralrvorlesungen von 1755—66 (Bd. I. S. 102). — **) Es heißt daher den bibaktischen und biographischen Gang jener vier Abhandlungen völlig verkennen, wenn man die Preisschrift für die erste derselben hält und diese verkehrte Ansicht wie eine Art Entdeckung mit großem Munde verkündet (Cohen: die syste= matischen Begriffe u. s. f. S. 6). Kant giebt seiner Schrift einen anderen Titel als den der Preisaufgabe, er nennt die Untersuchung über die Grundsätze der natür= lichen Theologie u. s. f. als sein Thema, was kann begreiflich wäre ohne den Rückblick auf die nächst frühere Abhandlung über den einzig möglichen Beweisgrund.

fangen, hier dagegen nur endigen. Er werde die Metaphysik mit der empirischen Psychologie und Zoologie beginnen, dieser Wissenschaft die Kosmologie oder die Lehre von den leblosen Körpern nebenordnen, dann zu der Ontologie emporsteigen und mit dem Verhältniß der geistigen und materiellen Wesen d. h. der rationalen Psychologie den Schluß machen. Er nennt die empirische Psychologie „die metaphysische Erfahrungswissenschaft vom Menschen" und bezeichnet die rationale als „die schwerste unter allen philosophischen Untersuchungen".*)

Dieser Weg analytischer Lehrart sei der einzig richtige zur Ausbildung des Verstandes; der Zuhörer solle nicht Gedanken lernen, sondern denken, man solle ihn nicht tragen, sondern leiten, damit er selbst zu gehen geschickt werde. „Wenn man diese Methode umkehrt, so erschnappt der Schüler eine Art von Vernunft, ehe noch der Verstand an ihm ausgebildet worden, und trägt erborgte Wissenschaft." „Dieses ist die Ursache, weswegen man nicht selten Gelehrte (eigentlich Studirte) antrifft, die wenig Verstand zeigen, und warum die Akademien mehr abgeschmackte Köpfe in die Welt schicken, als irgend ein anderer Stand des gemeinen Wesens." Aecht sokratisch sagt Kant: der studirende Jüngling solle nicht Philosophie lernen, sondern philosophiren. Die unterrichtende Methode sei „zetetisch d. i. forschend" und werde erst später „dogmatisch d. i. entschieden". Ganz in Uebereinstimmung mit Locke's Grundsätzen hält Kant für die richtige Bildungsregel „zuvörderst den Verstand zu zeitigen und sein Wachsthum zu beschleunigen, indem man ihn in Erfahrungsurtheilen übt und auf dasjenige achtsam macht, was ihm die verglichenen Empfindungen seiner Sinne lehren können". In der Sittenlehre seien die Versuche von Shaftesbury, Hutcheson und Hume, ob zwar unvollendet und mangelhaft, doch am weitesten in der Aufsuchung der ersten Gründe aller Sittlichkeit gelangt. Er will diese Versuche ergänzen und gleichsam zwischen der deutschen und englischen Moralphilosophie, zwischen Baumgarten und Hutcheson eine vermittelnde Stellung einnehmen. Die Kenntniß der menschlichen Natur gilt ihm als die wahre Grundlage der Sittenlehre: Menschenkenntniß im Sinne der Welterfahrung und Philosophie. „Indem ich in der Tugendlehre jederzeit dasjenige historisch und philosophisch erwäge, was geschieht, ehe ich anzeige, was geschehen soll, so werde ich die

---

*) Nachricht von der Einrichtung seiner Vorlesungen in dem Winterhalbjahre 1765—66 (Bd. I. S. 97—108, S. 102 flgb.).

Methode deutlich machen, nach welcher man den Menschen studiren muß, nicht allein denjenigen, der durch die veränderliche Gestalt, die ihm sein zufälliger Zustand eindrückt, entstellt und als ein solcher selbst von Philosophen fast jederzeit verkannt worden, sondern die Natur des Menschen, die immer bleibt, und deren eigenthümliche Stelle in der Schöpfung, damit man wisse, welche Vollkommenheit ihm im Stande der rohen, und welche im Stande der weisen Einfalt angemessen sei; was dagegen die Vorschrift seines Verhaltens sei, wenn er, indem er aus beiderlei Grenzen herausgeht, die höchste Stufe der physischen oder moralischen Vortrefflichkeit zu berühren trachtet, aber von beiden mehr oder weniger abweicht. Diese Methode der sittlichen Untersuchung ist eine schöne Entdeckung unserer Zeiten und ist, wenn man sie in ihrem völligen Plane erwägt, den Alten gänzlich unbekannt gewesen."*)

Die Sittenlehre ist darin von der Metaphysik unterschieden, daß ihre Sache nicht durch Vernunftgründe erst gefunden und ausgemacht wird, sondern vor denselben feststeht. Denn die Unterscheidung des Guten und Bösen in unseren Handlungen ist „durch dasjenige, was man Sentiment nennt", leicht und richtig zu erkennen. Dieses Ge=fühl ist aus der menschlichen Natur zu begründen. In dieser Aufgabe liegt die Schwierigkeit des ethischen Problems, denn man kann sich sehr leicht in der Art der Begründung täuschen. „Um deswillen ist nichts gemeiner als der Titel eines Moralphilosophen und nichts sel=tener als einen solchen Namen zu verdienen."**)

Als die ersten Vorgänger auf dem neuen Wege hat Kant an dieser Stelle die englischen Moralphilosophen ausdrücklich hervorgehoben und den Mann nicht genannt, der in seinen Augen den Culminations=punkt jener Richtung bezeichnet und erst „in der jüngsten Zeit" auf=getreten war. Es ist J. J. Rousseau mit seinem Wahlspruch: „le sentiment est plus que la raison". Kein Zweifel, daß unserem Phi=losophen bei den obigen Worten dieser Mann vorschwebte. Aus der Einheit und Ordnung der Dinge wollte Kant den göttlichen Urgrund der Welt erkannt wissen. Und gerade in dieser Rücksicht gab es einen Gesichtspunkt, unter dem er es wagen konnte, Newton und Rousseau nebeneinander zu stellen: jener galt ihm als der Entdecker der Einheit in der Körperwelt, dieser als der Entdecker der Einheit in der mora=lischen Menschennatur. Wir lesen in seinen Fragmenten folgenden

---

*) Ebendas. (S. 99—101, S. 106 flgb.). — **) Ebendas. (S. 100).

Ausspruch: „Newton sah zu allererst Ordnung und Regelmäßigkeit mit großer Einfachheit verbunden, wo vor ihm Unordnung und schlimm gepaarte Mannichfaltigkeit anzutreffen waren, und seitdem laufen die Kometen in geometrischen Bahnen. Rousseau entdeckte zu allererst unter der Mannichfaltigkeit der menschlichen angenommenen Gestalten die tief verborgene Natur des Menschen und das versteckte Gesetz, nach welchem die Vorsehung durch seine Beobachtungen gerechtfertigt wird." „Nach Newton und Rousseau ist Gott gerechtfertigt, und nunmehr ist Popes Lehrsatz wahr." *)

Vierzehntes Capitel.
Kant und Rousseau. Die ästhetischen und moralischen Gefühle. Die Ursprünglichkeit der moralischen Natur.

I. Rousseaus Einfluß auf Kant.

1. Die Schriften Rousseaus.

Wenn in den angeführten Worten unseres Philosophen Rousseau mit Newton verglichen und jenem eine ähnliche Bedeutung für die anthropologische Anschauung zugeschrieben wird, als dieser für die kosmologische gehabt hat, so erhellt schon daraus, daß in einem gewissen Zeitpunkte der Einfluß Rousseaus auf Kant epochemachend war. Nur mußte dieser Einfluß ganz anderer Art sein, als jene Macht wissenschaftlicher Erkenntniß, die der englische Mathematiker und Naturphilosoph ausübte. Es lassen sich kaum zwei in jedem Sinn so grundverschiedene Geister denken als Newton und Rousseau, und daß diese beiden in der Einwirkung auf Kant sich vereinigen und seinen Ideengang von Grund aus bewegen konnten, ist gewiß eines der merkwürdigsten und lehrreichsten Zeugnisse kantischer Geisteseigenthümlichkeit. Wer Newtons Weltanschauung in seinem Kopfe trug und fortbildete, konnte niemals ein blinder Anhänger Rousseaus werden und sich dem Einflusse des letzteren dergestalt hingeben, daß er sich ganz davon beherrschen ließ.

---

*) Schubert: J. Kants Briefe, Erklärungen, Fragmente aus seinem Nachlaß. (Sämmtliche Werke, herausg. von K. Rosenkranz und Fr. W. Schubert. Th. XI. Abth. I. S. 248.)

Und doch fühlte sich Kant, wie man es von dem kritischen und nüchternen Denker kaum vermuthen sollte, von den Schriften Rousseaus hingerissen, von ihrer Sprache gefesselt und in seiner Lebensanschauung von ihren Ideen auf einen neuen Weg geführt.*)

Er hatte im Gange der eigenen Forschung den Punkt erreicht, wo er mit Rousseau zusammentraf. Der dogmatische Rationalismus war erschüttert, die Metaphysik hatte in seinen Augen ihre bisherige Geltung verloren und aufgehört ein Erkenntnißsystem des Wesens der Dinge zu sein, sie sollte den analytischen Weg zur Begründung unserer Vorstellungen und Begriffe der Dinge einschlagen und demgemäß eine Erfahrungswissenschaft vom Menschen werden. Die Aufgabe des analytischen Verfahrens besteht in der Zergliederung der Objecte, in der Sichtung und Unterscheidung ihrer zufälligen und wesentlichen, ihrer abgeleiteten und ursprünglichen Eigenschaften; sie schreitet fort bis zu den Elementen, bis zu den letzten, nicht weiter aufzulösenden Bedingungen, die das Wesen des Gegenstandes ausmachen. Die Metaphysik, auf den Standpunkt dieser psychologischen Selbstbeobachtung gestellt, auf die Methode dieser analytischen Untersuchung hingewiesen, hat zu ihrem durchgängigen Thema die menschliche Natur, zu ihrem Ziel die Erkenntniß dieser Natur in ihrer Reinheit und Ursprünglichkeit nach Abzug alles dessen, was Kunst und Bildung aus dem Menschen gemacht haben: sie sucht den Menschen, wie er aus der Hand der Natur hervorgeht und in die der Erziehung übergeht. Nun gehört zu den ursprünglichen und wesentlichen Eigenthümlichkeiten der menschlichen Natur die Sympathie, die wohlwollende Empfindung, die natürliche Liebe, aus der einfache Selbstverleugnung und Hingebung hervorgehen, wie die unwillkürliche Billigung solcher Handlungen, die jenen Empfindungen gemäß sind. In diesem „moralischen Gefühl", welches die englischen Philosophen zuerst erleuchtet haben, besteht die Wesenseigenthümlichkeit der menschlichen Natur. Der Mensch ist von Natur gut und glücklich, er wird schlecht und elend gemacht durch eine Art der Bildung, der Gesellschaft und der Erziehung, die sein Wesen verfälscht und die natürlichen Triebe der Sympathie in Eigennutz und Selbstsucht verwandelt. Eine solche falsche Erziehung hat den Menschen verunstaltet und ins

---

*) Es gereicht dem Studium Kants zur Förderung, daß neuerdings das Verhältniß des Philosophen zu Newton und Rousseau von A. Dietrich in zwei monographischen Arbeiten behandelt worden ist: „Kant und Newton" (Tüb. 1877), „Kant und Rousseau" (Tüb. 1878).

Verderben gestürzt; es ist daher jetzt die höchste aller Aufgaben, die Menschheit durch eine naturgemäße Gesellschaft und eine naturgemäße Erziehung aus dem Zustand allgemeiner Verderbniß zu retten und sein wahres Wesen wiederherzustellen. Diese Ideen enthalten die Themata, die Rousseau in einer Reihe von Schriften während der Jahre 1750—62 mit der feurigen Kraft und dem zündenden Erfolge seiner Beredsamkeit ausführte. Daß die Cultur der Wissenschaften und Künste die Sitten nicht geläutert, sondern verdorben habe, erklärte die erste jener Schriften, der die Akademie von Dijon den Preis gab (1751). Daß die Gesell= schaft durch das Eigenthum die Ungleichheit eingeführt, den Eigennutz begründet und die Sympathie vernichtet habe, zeigte die zweite nicht gekrönte Preisschrift (1754). Die Natur und die wahren Bedürfnisse des menschlichen Herzens im Gegensatz zu der Verbildung und falschen Moralität einer naturwidrigen Erziehung zu erleuchten, schrieb Rousseau seine „Neue Heloise" (1761). Wie diesen Uebeln abzuhelfen sei durch die Heilmittel einer neuen, naturgemäßen Gesellschaft, Erziehung und Religion, sollte in den beiden letzten Schriften, die seine Hauptwerke sind, dargethan werden: dem Gesellschaftsvertrage und dem Emil (1762).*) Rousseau nannte dieses letzte Werk sein bestes Buch; es machte auf Kant einen außerordentlichen Eindruck und fesselte ihn so, daß er, was viel sagen will, über der Lectüre desselben seine gewöhn= liche Tagesordnung vergaß; das Bild des genfer Philosophen war der einzige Schmuck seines Studirzimmers; auch in den Vorlesungen dieser Zeit kam er oft und mit Vorliebe auf Rousseau und dessen Erziehungs= lehre zu sprechen. Er kannte jene Hauptwerke sämmtlich und sah ihren Zusammenhang so, wie wir denselben bezeichnet haben. In seiner Anthro= pologie, wo er „vom Charakter der Gattung" handelt, sagt Kant von Rousseau: „Seine drei Schriften von dem Schaden, den 1. der Aus= gang aus der Natur in die Cultur unserer Gattung durch Schwächung unserer Kraft, 2. die Civilisirung durch Ungleichheit und wechsel= seitige Unterdrückung, 3. die vermeinte Moralisirung durch natur= widrige Erziehung und Mißbildung der Denkungsart angerichtet hat: diese drei Schriften, welche den Naturzustand gleich als einen Stand der Unschuld vorstellig machten, sollten nur seinem Socialcontract, seinem Emil und seinem savoyardischen Vicar zum Leitfaden dienen,

*) Vergl. mein Werk über „Francis Bacon und seine Nachfolger" (2. Aufl.) Buch III. Cap. X. S. 688—693.

15*

aus dem Irrsal der Uebel sich heraus zu finden, womit sich unsere Gattung durch ihre eigene Schuld umgeben hat."*)

2. Kants Urtheile über Rousseau. (Fragmente.)

Kants Schriften aus dem Jahr 1764 tragen die Spuren der ersten und frischen Eindrücke, die der Philosoph von Rousseau empfangen, wie namentlich die „Beobachtungen über das Gefühl des Schönen und Erhabenen" und ganz besonders die dazu gehörigen „Bemerkungen", die den ersten und wichtigsten Theil der „Fragmente" bilden. Er stimmt mit Rousseau überein in der Bejahung des ungeschriebenen in der menschlichen Natur gegründeten Sittengesetzes, in dem Problem einer neuen, jenem Naturgesetz gemäßen Erziehung der Menschheit, aber nicht in der Art, wie Rousseau dieses Problem lösen wollte; er hat niemals die Ansicht getheilt, daß die Cultur und die Gesellschaft, wie sie sind, blos vom Uebel seien, und die wahre Erziehung nur darin bestehen könne, den Zögling vor diesen Uebeln und Gefahren zu schützen. Eine solche Erziehung ist schon darum unmöglich, weil aus einer sittlich entarteten Welt niemals jene unverdorbenen Erzieher hervorgehen können, die Rousseau fordert.**) Das Erziehungsproblem ist unauflöslich, wenn man dem Verfasser des Emil völlig beistimmt. Daher redet Kant in seinen „Beobachtungen" auch nach dem Emil von dem „noch unentdeckten Geheimniß der Erziehung".

Rousseau sah in dem Uebergange der Menschen aus dem Zustande der Natur in den der Cultur, die den Antagonismus der Interessen, den Wetteifer der Kräfte, den Kampf um das Dasein entfesselt, einen beklagenswerthen Abfall, Kant dagegen eine nothwendige Folge; dieser empfand den Gegensatz zwischen Natur und Cultur auch in seiner ganzen Stärke und mit dem Gefolge aller seiner Uebel, aber er beurtheilte ihn ganz anders als Rousseau. Der Naturmensch auf der Flucht vor den Weltzuständen der Gesellschaft und Cultur ist nicht der Mensch der realen Entwicklung, sondern ein Phantasieproduct, eine Dichtung, eine willkürliche Construction, die in der Philosophie nicht gelten darf. „Rousseau verfährt synthetisch und fängt vom natürlichen Menschen an, ich verfahre analytisch und fange vom gesitteten an."***) Kant hält

---

*) Anthropologie. Th. II. § 87 (Bd. X. S. 369 flgb.). — **) Ebendas. (S. 370). — ***) Fragmente. 1. Bemerkungen zu den Beobachtungen über das Gefühl des Schönen und Erhabenen (Schubert: J. Kants Briefe u. s. f. S. 226).

streng an seiner Methode und läßt sich durch die Zauber der Dichtung und Sprache Rousseaus nicht bestricken, so mächtig er davon auch erfaßt ist; mußte er sich doch geflissentlich wider diese magischen Einwirkungen abstumpfen, um sein Urtheil nicht gefangen zu geben. „Ich muß den Rousseau so lange lesen, bis mich die Schönheit der Ausdrücke gar nicht mehr stört, und dann kann ich allererst ihn mit Vernunft über= sehen."*) Er bedurfte seiner ganzen kritischen Energie, um bei diesem Schriftsteller Wahrheit und Irrthum zu unterscheiden und von den Blendungen der Beredsamkeit, gegen welche er sonst mit einer natür= lichen Abneigung gewaffnet war, sich nicht fortreißen zu lassen. Ich glaube, es ist für die Kraft des Wortes, womit Rousseau begabt war, kein höherer Triumph zu finden, als daß der größte und kritisch mäch= tigste Denker des Jahrhunderts von der Macht seiner Darstellung so tief, wie er es selbst bezeugt, ergriffen werden konnte. „Der erste Ein= druck, den ein Leser, welcher nicht blos aus Eitelkeit und zum Zeit= vertreib liest, von den Schriften des J. J. Rousseau bekommt, ist, daß er eine ungemeine Scharfsinnigkeit des Geistes, einen edlen Schwung des Genius und eine gefühlvolle Seele in einem so hohen Grade an= trifft, als vielleicht niemals irgend ein Schriftsteller, von welchem Zeit= alter oder von welchem Volke er auch sei, vereint mag besessen haben. Der Eindruck, der hiernächst folgt, ist die Befremdung an seltsamen und widersinnigen Meinungen, die demjenigen, was allgemein gangbar ist, so sehr entgegenstehen, daß man leichtlich auf die Vermuthung geräth, der Verfasser habe vermöge seiner außerordentlichen Talente und Zauber= kraft der Beredsamkeit nur beweisen und den Sonderling machen wollen, welcher durch eine einnehmende und überraschende Neuheit über alle Nebenbuhler des Witzes hervorstehe."**)

Aber die Macht der Rede, die sich in Rousseaus Schriften ergoß, würde auf unseren Kant niemals eine solche Wirkung gehabt haben, wäre sie nicht von einer Wahrheit erfüllt gewesen, die ihn traf, die in seine innerste Ueberzeugung eindrang und hier ihren eigentlichen fortwirkenden Sieg davon trug. Er hatte bis dahin etwas für das Höchste im Menschen gehalten, was unter Rousseaus Einwirkung auf= hörte ihm als solches zu gelten. Daß der sittliche Menschenwerth aus einer ursprünglichen Quelle unseres Wesens stammt, die unabhängig ist von aller intellectuellen Vereblung, von allen Fortschritten der Wissen=

---

*) Ebendas. S. 232. — **) Ebendas. S. 240.

230

schaft und Verstandesbildung, daß diese nicht im Stande sind, den
Menschen g u t zu machen, daß man in niederem und ungebildetem Stande
sein kann, was keine noch so hoch entwickelte Wissenschaft und Erkenntniß
zu geben vermag: diese Wahrheit, ich meine die Ursprünglichkeit und
Unabhängigkeit der Moralität, ist unserem Philosophen durch Rousseau
dergestalt erleuchtet worden, daß er sie festhielt und nie mehr daran
gezweifelt hat. Er hat sie später nur tiefer durchdacht und begründet.
Die Engländer, die von Locke herkamen, hatten Aehnliches behauptet,
aber ihre Lehre vom moralischen Gefühl und der natürlichen Sittlichkeit
zu einer begeisterten Ueberzeugung zu erheben: dies gelang erst Rousseaus
mächtigem Wort. Wir haben darüber aus dem Munde unseres Philo=
sophen ein höchst bedeutsames und charakteristisches Selbstbekenntniß.
„Ich bin selbst", sagt Kant, „aus Neigung ein Forscher. Ich fühle den
ganzen Durst nach Erkenntniß und die begierige Unruhe, darin weiter
zu kommen, oder auch die Zufriedenheit bei jedem Fortschritte. Es war
eine Zeit, da ich glaubte, dieses alles könnte die Ehre der Menschheit
machen, und ich verachtete den Pöbel, der von nichts weiß. Rousseau
hat mich zurecht gebracht. Dieser verblendende Vorzug verschwindet,
ich lerne die Menschen ehren und würde mich viel unnützer finden als
die gemeinen Arbeiter, wenn ich nicht glaubte, daß diese Betrachtung
allen übrigen einen Werth ertheilen könne, die Rechte der Menschheit
wieder herzustellen." „Wenn es irgend eine Wissenschaft giebt, die der
Mensch wirklich bedarf, so ist es die, welche ich lehre, die Stelle ge=
ziemend zu erfüllen, welche dem Menschen in der Schöpfung angewiesen
ist, und aus der er lernen kann, was man sein muß, um ein Mensch
zu sein."*)
Dies ist der Punkt, in dem sich Kant von Rousseau gleichsam be=
kehrt fühlte. Darum wog ihm auch der Schriftsteller so viel, weil die
feurigste Ueberzeugung, die sich ihm mittheilte, die Rede desselben durch=
drang; er hat ihn stets hochgehalten, auch als er längst über den
Standpunkt hinaus war, wo er Rousseaus Ideen einen Umschwung
seiner Lebensanschauung verdankte; und obwohl er dessen Irrthümer
und Schwärmereien gleich durchschaute, hat er diejenigen getadelt, die
ihn für einen Schwärmer ansahen. In seinen Augen galt Rousseau
nicht als ein Schwärmer, sondern als ein Enthusiast. Wir werden bald
dem Beispiel eines solchen Urtheils begegnen.

*) Ebendas. S. 240 u. 241.

II. Beobachtungen über das Gefühl des Schönen und Erhabenen.

1. Die Schönheit und Würde der menschlichen Natur.

Das moralische Gefühl war schon in der Lehre englischer Philo=
sophen mit dem ästhetischen unmittelbar verbunden und als eine Art
desselben bestimmt worden: es erschien als der sittliche Geschmack, als
der Sinn für das richtige Handeln. Shaftesbury nannte das harmo=
nische Verhältniß unserer Neigungen, die richtige Proportion zwischen
Selbstliebe und Wohlwollen, die Schönheit des Empfindens und ihren
Willensausdruck die Schönheit des Handelns. In diesem letzteren besteht
die Tugend, in dem Geschmacke für die Tugend der moralische Sinn,
der zu den Naturanlagen des Menschen gehört und, wie jede andere
Fähigkeit, der Ausbildung und Erziehung bedarf. Der ästhetische Sinn
ist das Gefühl des Schönen und Erhabenen; dieser Sinn ist mora=
lisch, sobald er die Schönheit und Würde der menschlichen Natur
empfindet; wir sind tugendhaft, wenn wir dieser Empfindung gemäß
handeln.

Genau so faßt Kant sein Thema. In den natürlichen Anlagen
des Menschen ist das ästhetische Gefühl enthalten, in diesem das mora=
lische: daher ist die Sittenlehre unabhängig von der Metaphysik und
eine Sache der Beobachtung und Erfahrung. „Die Grundsätze der
Tugend sind nicht speculativische Regeln, sondern das Bewußtsein eines
Gefühls, das in jedem menschlichen Busen lebt. Ich glaube, ich fasse
alles zusammen, wenn ich sage: es sei das Gefühl von der Schön=
heit und Würde der menschlichen Natur." Seine „Beobachtungen
über das Gefühl des Schönen und Erhabenen" sind aus unmittelbarer
Erfahrung geschöpft, leicht und anziehend geschrieben, nicht in der Studir=
stube, sondern in idyllischer Muße entstanden,*) lebensfrisch und mit
Humor behandelt, oft etwas keck und unbekümmert hingeworfen. Man
erkennt die Grundanschauung Rousseaus und in der Schreibart das
Vorbild englischer Schriftsteller. Zur Verdeutlichung dienen Beispiele
mehr als Begriffe. Es sind nicht kritische Untersuchungen, wie sie Kant
später zur Begründung der Aesthetik geführt hat, sondern Aphorismen
aus der anthropologischen Charakteristik der Gefühle, Temperamente,
Geschlechter und Nationaleigenthümlichkeiten. Die Gefühle des Schönen
und Erhabenen werden beschrieben und exemplificirt in Rücksicht sowohl

*) S. oben Cap. V. S. 100.

ihrer Gegenstände als der natürlichen Beschaffenheiten des Menschen,
wie sie sich an den verschiedenen Gemüthsarten, Geschlechtern und Völkern darstellen und äußern.*)

2. Die Arten des Schönen und Erhabenen. Die Temperamente.

Das Schöne und Erhabene sind angenehme Eindrücke reizender
und rührender Art, die erhabenen Objecte werden als schrecklich erhabene,
edle und prächtige unterschieden; der äußerste Gegensatz des Schönen
ist das Ekelhafte, der des Erhabenen das Lächerliche; die Entartung
beider, als menschliche Eigenschaften genommen, geht bei dem ersten ins
Läppische, bei dem andern ins Abenteuerliche und, wenn sie naturwidrig
ist, ins Fratzenhafte. Patriotische Kriege nennt Kant erhaben, die Kreuz-
züge abenteuerlich, Duelle fratzenhaft; die Liebe zur Einsamkeit erscheint
ihm als edel, das Eremitenthum als abenteuerlich, das Klosterleben als
Caricatur. In der Gedankenwelt sind die Betrachtungen der unendlichen
Größe und Ewigkeit erhaben, leere Spitzfindigkeiten dagegen, wie z. B. die
vier syllogistischen Figuren „Schulfratzen". Das Gefühl von der Schönheit und Würde der menschlichen Natur bildet Richtschnur und Grundsatz
der Tugend: auf dem ersten ruht die allgemeine Menschenliebe, auf
dem andern die allgemeine Menschenachtung. „Nur indem man einer
so erweiterten Neigung seine besondere unterordnet, können unsere gütigen
Triebe proportionirt angewandt werden und den edlen Anstand zu
Wege bringen, der die Schönheit der Tugend ist." Die ästhetischen
Werthgefühle erzeugen die moralischen, beide sind universell, sie gelten
für alle, also grundsätzlich, und machen darum den Charakter „ächter
Tugend", während Mitleid und Gefälligkeit nicht eigentlich tugendhafte,
sondern nur tugendähnliche Handlungen hervorbringen, und das Ehr-
und Schamgefühl, weil es von Scheinwerthen und fremden Meinungen

---

*) S. oben Cap. VI. S. 109. Die kantische Schrift erschien 1764 und wurde
in demselben Jahr von Hamann in der königsberger Zeitung angezeigt. Die beiden
folgenden Ausgaben erschienen 1766 und 1771 (Bd. VII. S. 377—439). — Vergl.
K. Dietrich: Kant und Rousseau. S. 9—24. Ich kann übrigens den „Beobachtungen"
nicht eine so umfassende und fortwirkende Bedeutung in dem Entwicklungsgange des
Philosophen zuschreiben, als Dietrich will; noch weniger kann ich dem letzteren in
der Bemerkung (S. 98) beistimmen, daß Kant in seinen „Betrachtungen über den
Optimismus" Voltaire gegen Rousseau habe unterstützen wollen. Vielmehr verhielt es sich in Betreff der optimistischen Weltansicht umgekehrt. (S. oben Cap. XI.
S. 173.) Auch in seinen Fragmenten nennt der Philosoph ausdrücklich Rousseau
als Begründer der Theodicee. (S. vor. Cap. S. 224—25.)

beherrscht wird, blos einen „Tugendschimmer" zur Folge hat. Kant unterscheidet die moralische Gesinnung von der moralischen Sympathie, jene ist das Gefühl für die Schönheit und Würde der menschlichen Natur, diese das Gefühl für deren Reize und Bedürfnisse; die erste Empfindung macht „das edle Herz" und den „rechtschaffenen Menschen", die zweite das sogenannte „gute Herz" und den „gutherzigen Menschen"; die Tugend der ersten Art ist ächt, die der andern „adoptirt". Die moralischen Gefühle sind beständig, denn sie sind universell, die Reiz= gefühle, weil sie von flüchtigen Eindrücken abhängen, zufällig und wechselnd. Das melancholische Temperament liebt die erhabenen, das sanguinische die reizenden und rührenden, das cholerische die prächtigen Eindrücke, die nicht den Ernst, sondern nur den Schein und Schimmer der Größe haben; der Melancholiker wird in seiner Entartung zum Schwärmer und Phantasten, der Sanguiniker zum Tändler, der Cho= leriker zum Prahler.*)

3. Die Geschlechter.

Werden die Geschlechter mit dem Schönen und Erhabenen ver= glichen, so ziemt dem männlichen Naturell der erhabene und tiefe Ver= stand, dem weiblichen dagegen der schöne. Die Weltweisheit der Frau ist nicht vernünfteln, sondern empfinden. Die Geschlechter sollen nicht ihre Eigenthümlichkeiten tauschen, sondern bewahren und naturgemäß entwickeln, keines von beiden soll sich die Art und Geschäfte des andern aneignen; die Männer sollen nicht nach Bisam und die Frauen nicht nach Schießpulver riechen, die letzteren können eben so gut einen Bart tragen als Mathematik studiren und griechisch lernen.**) „Es liegt am meisten daran, daß der Mann als Mann vollkommener werde und die Frau als ein Weib, d. i. daß die Triebfedern der Geschlechterneigung dem Winke der Natur gemäß wirken, den einen noch mehr zu veredeln und die Eigenschaften der andern zu verschönern." Ganz im Sinne Rousseaus sagt Kant: „Was man wider den Gang der Natur macht, das macht man jederzeit sehr schlecht."***) Die Schönheit und Würde der Geschlechter entfaltet sich in ihrem wechselseitigen Verhältniß, dessen naturgemäßer Ausdruck in der Geschlechtsliebe besteht. Der Inhalt der großen Wissenschaft der Frau ist der Mensch und unter den Men=

---

*) Beobachtungen, Abschn. I. (Bd. VII. S. 379—82). Vgl. Abschn. III. (S. 411). Abschn. II. (S. 387—400). — **) Ebendaselbst. Abschn. III. (S. 406—408). — ***) Ebendas. Abschn. III. (S. 421 flgd.).

schen der Mann. Es ist die Aufgabe der Frau geliebt zu werden, darum muß sie unwillkürlich gefallen wollen und ihre Reize beleben, was ohne Eitelkeit nicht geschehen kann; daher ist weibliche Eitelkeit zwar ein Fehler, aber ein schöner Fehler, den man nicht tadeln soll, weil er in der weiblichen Natur begründet ist; die Frau darf eitel, aber nie „aufgeblasen" sein, weil nichts ihren Geschlechtscharakter schlimmer verunstaltet, denn alle Aufgeblasenheit ist dumm und häßlich.*) In der Blüthe der weiblichen Jahre soll Natur und Schönheit wirken und die ganze Vollkommenheit der Frau in „der schönen Einfalt" bestehen. Wenn diese Reize dem Alter, diesem großen Verwüster der Schönheit weichen, dann sollen an die Stelle der schönen Eigenschaften allmählich die erhabenen und eblen treten, die Reize weiblicher Geistesart und Bildung. Im Leben der alternden Frau sollen die Musen ersetzen, was die Grazien verlieren, dann braucht keine die schreckliche Epoche des Altwerdens zu fürchten, sie gehört immer noch zum schönen Geschlecht. Die Frau liebt im Mann die eblen Eigenschaften, der Mann in der Frau die schönen: daher soll, wenn alles naturgemäß zugeht, die Geschlechtsliebe den Mann noch mehr veredeln, die Frau noch mehr verschönern. Aus jenem soll nie, was eine schlechte Mode und ein verdorbener Geschmack bisweilen mit sich bringt, „ein süßer Herr", aus dieser nie „eine Pedantin oder Amazone" werden.**)

Wenn man die Zauber, die das weibliche Geschlecht auf das männliche ausübt, bis in ihren Grund verfolgt und unverblendet beurtheilt, so zeigt sich als das eigentliche Factotum der Sache und aller zu ihr gehörigen Erscheinungen, der Geschlechtstrieb. Kant will in seinen „Beobachtungen" diese Erscheinungen nicht nach moralischer Strenge, sondern völlig naturgemäß betrachten. Er spricht darüber ähnlich, wie fünfundfünfzig Jahre später A. Schopenhauer, der in seiner „Metaphysik der Geschlechtsliebe" sich jener kantischen Beobachtungen hätte erinnern sollen. „Die ganze Bezauberung, die das schöne Geschlecht ausübt", sagt Kant, „ist im Grunde über den Geschlechtertrieb verbreitet. Die Natur verfolgt ihre große Absicht, und alle Feinigkeiten, die sich hinzugesellen, sie mögen noch so weit davon abzustehen scheinen, wie sie wollen, sind nur Verbrämungen und entlehnen ihren Reiz doch am Ende aus derselben Quelle." „Wenn dieser Geschmack gleich nicht fein ist, so ist er deswegen doch nicht zu verachten. Denn der größte Theil

*) Ebendas. Abschn. III. (Bd. VII. S. 408—411). — **) Ebendas. Abschn. III. (S. 419—421).

der Menschen befolgt mittelst desselben die große Ordnung der Natur auf eine sehr einfältige und sichere Art."*) Nur wird die Liebe, die blos vom Geschlechtstriebe bewegt ist, leicht in Zuchtlosigkeit ausarten und lüderlich werden, „weil", wie der Philosoph kurz und treffend bemerkt, „das Feuer, das eine Person entzündet hat, eine jede andere wieder löschen kann".**)

4. Die Völker und Zeitalter.

Was das Verhalten der Nationalcharaktere zu den ästhetischen Empfindungen betrifft, so redet Kant besonders von den Italienern und Franzosen, den Deutschen, Engländern und Spaniern; die beiden ersten Völker neigen mehr zu den Gefühlen des Schönen, die drei andern mehr zu denen des Erhabenen, während die Holländer, wie die phlegmatischen Temperamente, nicht merklich durch solche Eindrücke erregt werden. Unterscheidet man im Schönen das Bezaubernde und Rührende von dem Artigen und Gefälligen, so zeigen sich die Italiener besonders für jene erste, die Franzosen dagegen für diese zweite Art ästhetischer Gefühle gestimmt und veranlagt. Was man „guten Ton" nennt, ist eine französische Erfindung. Um artig und gefällig zu erscheinen, ist man leicht geneigt zu tändeln. Das Tändeln mit dem weiblichen Geschlecht ist eine französische Liebhaberei und ein Thema ihrer Lebenskunst. Man tändelt sonst nur mit Kindern. Rousseau hat gesagt, „daß ein Frauenzimmer niemals etwas mehr als ein großes Kind werde". Dieses Wort, das Kant ein sehr verwegenes nennt und um keinen Preis selbst ausgesprochen haben möchte, sei, wie er zur Erklärung desselben und gleichsam zur Entschuldigung Rousseaus bemerkt, in Frankreich geschrieben worden. Die Frauen sollen veredelnd auf die Männer wirken; daher könnte das schöne Geschlecht bei seiner Geltung in Frankreich die edelsten Handlungen des männlichen erwecken und einen mächtigeren Einfluß haben, als irgend sonst in der Welt, wenn man bedacht wäre, diese Richtung des Nationalgeistes ein wenig zu begünstigen. Aber die Frauen mögen hier wohl das Tändeln mehr begünstigen als das Arbeiten. Dies meinte Kant, aber er drückte seine Meinung artiger und witziger aus: „Es ist Schade", sagte er, „daß die Lilien nicht spinnen".***)

---

*) Ebendas. Abschn. III. (S. 414). — **) Ebendas. III. (S. 414, Anmerkung). — ***) Ebendas. Abschn. IV. (S. 424—429).

In dem Erhabenen hatte der Philosoph das schrecklich Erhabene, Edle und Prächtige unterschieden; nun findet er, daß sich in den erhabenen Gefühlen von der ersten Art die Spanier, in denen von der zweiten die Engländer, in denen von der dritten die Deutschen besonders hervorthun. Wenn er vom Engländer bemerkt, daß er im Kleinen nicht gefällig, aber in der Freundschaft zu großen Diensten bereit, standhaft bis zur Hartnäckigkeit, kühn und entschlossen bis zur Vermessenheit, grundsätzlich bis zum Eigensinn und aus Ungenirtheit Sonderling sei, so hat er diese Züge wohl in seinem Freunde Green vor Augen gehabt. Mit der Liebe zum Prächtigen, die er den Deutschen zuschrieb, hat Kant seinen Landsleuten und seinem Freunde Wobser (wenn er ihn dabei zum Vorbilde genommen) nicht eben geschmeichelt. Denn das Prächtige besteht nach ihm zum größten Theil in erhabenen Scheinwerthen, im Schein des Erhabenen, wofür im gesellschaftlichen Leben das Prunken mit Familie, Titel, Rang u. s. f. ein Beispiel abgiebt. Wer das Erhabene vorzugsweise im Prächtigen sucht, hat ein übertriebenes Gefühl für äußere Vorzüge und Ehren, er läßt sich durch fremden Glanz und fremdes Ansehen imponiren und ist daher von einer Nachahmungssucht erfüllt, die seiner eigenen Originalität den größten Abbruch thut. Kant bemerkt von dem Deutschen ausdrücklich: „wo etwas in seinem Charakter ist, das den Wunsch einer Hauptverbesserung rege machen könnte, so ist es diese Schwachheit, nach welcher er sich nicht erkühnt, original zu sein, ob er gleich dazu alle Talente hat, und daß er sich zu viel mit der Meinung anderer einläßt, welches den sittlichen Eigenschaften alle Haltung nimmt, indem es sie wetterwendisch, falsch und gekünstelt macht". Dieser Empfindungsart entspricht in den Steigerungen des Selbstgefühls die Hoffart, die Stolz mit Eitelkeit vereinigt. Der Beifall, den der Hoffärtige sucht, besteht in Ehrenbezeugungen. „Daher schimmert er gern durch Titel, Ahnenregister und Gepränge. Der Deutsche ist vornehmlich von dieser Schwachheit angesteckt. Die Wörter: gnädig, hochgeneigt, hoch- und wohlgeboren und dergleichen Bombast mehr machen steif und ungewandt und verhindern gar sehr die schöne Einfalt, welche andere Völker ihrer Schreibart geben können."*) Den gleichen Tadel hat Kant noch in seiner Sittenlehre dreiunddreißig Jahre später wiederholt. Es ist sehr bemerkenswerth, daß in eben dem Zeitpunkt, wo in unserer schönen Literatur der Mangel an Originalität

---

*) Ebendas. Abschn. IV. (S. 430 flgb.).

auf das Lebhafteste empfunden, das Bedürfniß darnach geweckt wurde, und die eigenartige Dichtung begann, unser Philosoph es als einen Charakterzug des Deutschen hervorhob, daß er alle Kraft, originell zu sein, nur nicht den Muth dazu besitze. Kants „Beobachtungen über das Gefühl des Schönen und Erhabenen" erschienen ein Jahr nach Lessings Minna von Barnhelm und zwei Jahre früher als der Laocoon. Am Schluß seiner Schrift richtet der Philosoph noch einen Blick auf die Wandlungen, die der Geschmack in den Zeitaltern der Geschichte erlebt hat. Die ächten Gefühle des Schönen und Erhabenen herrschten im classischen Alterthum, sie verfielen in der römischen Kaiserzeit und entarteten im Mittelalter bis zur äußersten Verkehrung; die Renaissance bezeichnet die Epoche der Wiedergeburt, die Gegenwart fordert eine dem wiederhergestellten Geschmack und der schönen Einfalt gemäße Erziehung. Wir sehen, wie Kant über die Wiedererneuerung der Wissenschaften und Künste, über deren Einfluß auf die Sitten, über den Charakter der Gegenwart und die Aufgabe der Erziehung schon hier ganz anders denkt als Rousseau. „Endlich nachdem das menschliche Genie von einer fast gänzlichen Zerstörung sich durch eine Art Palingenesie glücklich wiederum erhoben hat, so sehen wir in unseren Tagen den richtigen Geschmack des Schönen und Edlen sowohl in den Künsten und Wissenschaften als in Ansehung des Sittlichen aufblühen, und es ist nichts mehr zu wünschen, als daß der falsche Schimmer, der so leichtlich täuscht, uns nicht unvermerkt von der edlen Einfalt entferne; vornehmlich aber, daß das noch unentdeckte Geheimniß der Erziehung dem alten Wahn entrissen werde, um das sittliche Gefühl in dem Busen eines jeden jungen Weltbürgers zu einer thätigen Empfindung zu erhöhen, damit nicht alle Feinigkeit blos auf das flüchtige und müßige Vergnügen hinauslaufe, dasjenige, was außer uns vergeht, mit mehr oder weniger Geschmack zu beurtheilen." Kant erkennt den ästhetischen wie pädagogischen Werth der classischen Cultur und ihrer Wiedergeburt: „Die alten Zeiten der Griechen und Römer zeigten deutliche Merkmale eines ächten Gefühls für das Schöne sowohl als das Erhabene in der Dichtkunst, der Bildhauerkunst, der Architektur, der Gesetzgebung und selbst den Sitten." *)

*) Ebendas. Abschn. IV. (Bd. VII. S. 437 u. 438).

Fünfzehntes Capitel.

Kant und Swedenborg. Die gesunde und kranke Geistesverfassung. Geisterseherei und Metaphysik. Kant und Hume.

I. Die naturgemäße und naturwidrige Geistesart.

1. Der Ziegenprophet und das Naturkind.

Kants rousseaufreundliche Stimmung und sein lebhaftes Interesse für das Urmenschliche gaben sich bei einer merkwürdigen Gelegenheit öffentlich kund. Im Jahre 1764 erschien in Königsberg die abenteuerliche Figur eines Waldmenschen im Nomadenaufzuge, der in Begleitung eines achtjährigen Knaben eine Heerde Kühe, Schaafe, Ziegen umherführte und mit der Bibel in der Hand den Leuten, die in Menge herbeiliefen, Prophezeiungen machte. Im Munde des Volks hieß er der Ziegenprophet, Hamann nannte ihn „einen neuen Diogenes, ein Schaustück der menschlichen Natur." Es war ein seltenes Exemplar mitten in der Gesellschaft des achtzehnten Jahrhunderts, anziehend genug für die damalige, von Rousseaus Ideen angeregte und erfüllte Einbildungskraft. Auch Kant ließ sich über diese auffallende Erscheinung öffentlich hören.*) Vor allem interessirte ihn „der kleine Wilde, der in den Wäldern aufgewachsen, allen Beschwerlichkeiten der Witterung mit Fröhlichkeit Trotz zu bieten gelernt hat, in seinem Gesichte keine gemeine Freimüthigkeit zeigt und von der blöden Verlegenheit nichts an sich hat, die eine Wirkung der Knechtschaft oder der erzwungenen Achtsamkeiten in der feinen Erziehung wird, und, kurz zu sagen, ein vollkommenes Kind in demjenigen Verstande zu sein scheint, wie es ein Experimentalmoralist wünschen kann, der so billig wäre, nicht eher die Säße des Herrn Rousseau den schönen Hirngespinsten beizuzählen, als bis er sie geprüft hätte." So ergreift Kant die Gelegenheit, den genfer Philosophen öffentlich zu vertheidigen und zu bekennen, daß er dessen Ansichten über die Natur und Erziehung des Menschen keineswegs für Schwärmereien halte.

---

*) Raisonnement über den Abenteurer Jan Pawllowicz Zdomozyrskich Komarnicki. (Königsberg, gelehrte und politische Zeitung. 1764.) S. oben Cap. VI. S. 100. N. 2. (Bd. X. S. 1—4. Vergl. Hartensteins zweite Ausgabe. Bd. II. S. 207—209.)

2. Die Krankheiten des Kopfs.

Den Naturmenschen findet Kant in dem Fall, den er vor sich hat, nur in dem Kinde, das er einer rousseauschen Erziehungsweise gleich= sam als Probestück übergeben möchte; in dem Vater des Kindes, dem abenteuerlichen Ziegenpropheten, sieht er nichts als eine Art Schwär= mer, der ihm Gelegenheit giebt, seinen „Versuch über die Krankheiten des Kopfs" zu schreiben, einen seiner launigsten und lebendigsten Auf= sätze.*) Es ist ein Versuch, die Geisteskrankheiten in ihren verschiedenen Abstufungen zu classificiren, auf richtige Begriffe zu bringen und im Allgemeinen zu erklären, denn im Grunde will diese Schrift nur „eine kleine Onomastik der Gebrechen des Kopfs" ausführen, mehr zur Be= nennung als zur Erklärung der hierher gehörigen Fälle. Doch unterläßt es der Philosoph nicht, auch über den wirklichen Grund der Geistes= krankheiten seine bestimmte Meinung zu sagen.

Kant hatte, als er die Metaphysik umbilden wollte, in das erfah= rungsmäßige Denken gleichsam die richtige Diät gesetzt, bei der die Wissenschaft gesund bleibt und zunimmt. Ganz in diesem Sinne be= stimmt er hier die Geistesgesundheit überhaupt: der Kopf ist in richti= gem Zustande, er sitzt so zu sagen auf dem rechten Fleck, wenn die Functionen der Erfahrung ihren normalen Verlauf haben; der Geist ist gesund, wenn er erfahrungsmäßig empfindet, urtheilt, schließt; er ist krank, wenn diese Functionen nicht richtig vor sich gehen, wenn die Erfahrung an einer Stelle aus ihrem richtigen Gleise gerückt wird und nicht mehr in Fluß kommt; dann ist unser Erkenntniß= oder Geistes= vermögen verkehrt und in krankhafter Weise gestört. Nach diesem Kri= terium lassen sich die Geistesstörungen unterscheiden. Wenn wir verkehrt empfinden, so ist unser Geist verrückt; wenn wir verkehrt urtheilen und sich der Irrthum unauflöslich festsetzt, heißt die Verrücktheit Wahn= sinn; wenn wir verkehrt schließen und auf Unmöglichkeiten speculiren, wird der Wahnsinn zum Wahnwitz. In allen Fällen also ist der fest= gerannte Widerspruch gegen die Erfahrung, das naturwidrige Empfinden und Denken das Merkmal der Geisteskrankheit, deren mildere Grade von der Dummheit bis zur Narrheit, deren stärkere vom Blödsinn bis zur Tollheit fortgehen.

Wir empfinden verkehrt, wenn wir Dinge, die in Wirklichkeit nicht

---

*) Versuch über die Krankheiten des Kopfs (1764). S. oben Cap. VI. S. 109. D. 3. (Bd. X. S. 5—22.) Vergl. Borowski S. 210.

sind, wahrnehmen, also imaginäre Empfindungen haben, wie im Traume: wenn wir wachend träumen. „Der Verrückte ist ein Träumer im Wachen." Die verrückten Empfindungen sind rein chimärisch. Ein milder Grad solcher Verkehrtheit sind die übertriebenen Empfindungen; sie sind zum Theil chimärisch, sie sind nicht verrückt, aber können es werden; im Wachsen begriffen, erscheinen sie als angehende Verrücktheit. Solche Verkehrung wirklicher Empfindungen durch Uebertreibung macht den Phantasten. Phantastische Gemüthsbeschaffenheiten sind z. B. Hypochondrie, Schwermuth und Liebe, wenn diese letztere in Entzückungen geräth. Kant ist nicht weit entfernt, die Verliebtheit, namentlich die sentimentale, für einen gelinden Grad von Geisteskrankheit zu erklären. Doch muß man sich hüten, auch die großen moralischen Empfindungen für übertriebene und verkehrte zu halten. Man muß unterscheiden zwischen Enthusiasmus und Phantasterei. Dem gemeinen Verstande erscheint der Enthusiast leicht als Schwärmer, denn die niedere und selbstsüchtige Empfindung ist unfähig, die erhabene und tugendhafte zu theilen, und deshalb unfähig sie zu begreifen. Dem Egoisten gilt die Tugend für Schwärmerei. „Ich stelle den Aristides unter Wucherer, den Epiktet unter Hofleute, und Johann Jacob Rousseau unter die Doctoren der Sorbonne. Mich däucht, ich höre ein lautes Hohngelächter und hundert Stimmen rufen: welche Phantasten! Dieser zweideutige Anschein von Phantasterei in an sich guten moralischen Empfindungen ist der Enthusiasmus, und es ist niemals ohne denselben in der Welt etwas Großes geschehen."*) Dieser Ausspruch ist durchaus bezeichnend für Kants eigene Empfindungsweise. Ein Mann des nüchternen und schärfsten Verstandes, unerbittlich und satyrisch gestimmt gegen jede Phantasterei, war Kant durch sein ganzes Leben ein Enthusiast in dem von ihm bezeichneten Sinne; er sympathisirt mit jedem großen Aufschwunge der Menschheit und ist nie beredter, als in der Vertheidigung solcher Begebenheiten. Dieser moralische Enthusiasmus ist ein Charakterzug seines Gemüths und seiner Philosophie. Darum gab es viele, welche die kantische Philosophie für Mystik und Schwärmerei hielten. Vergleichen wir hier einen Augenblick Kant mit Hegel. Ganz dieselben Worte brauchen beide, der eine vom Enthusiasmus, der andere von der Leidenschaft: daß ohne sie niemals in der Welt etwas Großes geschehen sei. Hegel wollte mit seinem Ausspruch die heroischen

---

*) Versuch über die Krankheiten des Kopfs. (Bd. X. S. 16.)

Charaktere in der Weltgeschichte rechtfertigen gegen den schulmeister=
lichen Tadel der Moralisten; die persönlichen Leidenschaften wirken mit
in den großen Begebenheiten der Welt, nicht als die unvermeidlichen
Uebel der menschlichen Schwäche, sondern als die Hebel der Kraft,
ohne welche die Sache, um die es sich handelt, nicht durchbricht. Dies
ist Hegels richtiger Gedanke, übereinstimmend sowohl mit seiner psycho=
logischen als geschichtlichen Betrachtungsweise. Diese beiden scheinbar
gleichen Aussprüche gewähren, richtig verstanden, eine Einsicht in die
innerste Verschiedenheit beider Philosophen. Ihre Ansichten sind einan=
der entgegengesetzt: die kantische bejaht jene moralische Schätzung der
Charaktere und Handlungen, die Hegel als einen geschichtswidrigen und
menschenunkundigen Maßstab verwirft. Im Sinne Kants ist der Enthu=
siasmus jenes geläuterte moralische Gefühl, in welchem von den selbst=
süchtigen Regungen der menschlichen Natur nichts zurückbleibt. Gerade
deshalb ist Kant so übelgestimmt gegen die Helden des Alterthums,
die sich ihrer Leidenschaften so wenig entäußern. Aristides und Epiktet
sind seine Leute, nicht Herkules und Alexander. „Ein Mädchen nöthigt
den furchtbaren Alcides den Faden am Rocken zu ziehen, und Athens
müßige Bürger schicken durch ihr läppisches Lob den Alexander aus
Ende der Welt."*) Es ist besonders Alexander, den Kant von oben
herunter ansieht, Hegel dagegen wieder die moralisirenden Schulmeister
vertheidigt, die freilich nicht so ehrgeizig und stürmisch sind wie der
Held von Macedonien, aber auch Asien nicht erobern.

Der Enthusiasmus ist eine moralische Empfindungsweise, die mit
der inneren Erfahrung nicht streitet, aber die Schwärmerei ist verkehrt,
und zwar im höchsten Grade, wenn ihre vermeintlichen Wahrnehmun=
gen sogar mit der Möglichkeit der Erfahrung im Widerspruch stehen.
Dies ist der Fall bei den Fanatikern und Visionären, die sich göttlicher
Erleuchtungen und einer großen Vertraulichkeit mit den Mächten des
Himmels rühmen. Als Beispiele solcher Fanatiker nennt Kant Mahomet
und Johann von Leyden. Wenn diese Leute sich wirklich einbilden,
Günstlinge des Himmels zu sein, so sind sie geisteskrank; wenn sie
Gläubige machen, wird die Geisteskrankheit ansteckend; daher erscheinen
in den Augen Kants der Islam und das Reich der Wiedertäufer zu
Münster als epidemisch gewordene Kopfkrankheiten. Der erste Grund
solcher Störungen liegt in einem körperlichen Leiden. Von hier muß

*) Ebendaselbit. (Bd. X. S. 10.)

deshalb auch die Heilung ausgehen. Es ist nicht wahr, daß die Menschen aus Hochmuth verrückt werden, sondern sie werden hochmüthig, weil ihr Kopf sich nicht ganz in richtigem Zustande befindet, weil hier in Folge körperlicher Uebel, die ihren Hauptsitz wahrscheinlich mehr in den Verdauungsorganen als im Gehirn haben, Störungen eingetreten sind. Es sei gut, auch die milderen Grade der menschlichen Geistesgebrechen unter diesem ärztlichen Gesichtspunkte zu beurtheilen und zu behandeln. Mit launigem Ernst rechnet Kant auch die gelehrte Zanksucht und besonders die schlechte Poeterei, bekanntlich ein sehr verbreitetes Leiden, unter die Kopfkrankheiten, die vielleicht durch starke kathartische Mittel geheilt werden könnten. „Da nach Swift ein schlechtes Gedicht blos eine Reinigung des Gehirns ist, wodurch viele schädliche Feuchtigkeiten zur Erleichterung des kranken Poeten abgezogen werden, warum sollte eine elende grüblerische Schrift nicht auch dergleichen sein? In diesem Falle aber wäre es rathsam, der Natur einen anderen Weg der Reinigung anzuweisen, damit das Uebel gründlich und in aller Stille abgeführt würde, ohne das gemeine Wesen dadurch zu beunruhigen." Wollte man diesen kantischen Vorschlag befolgen, so würden unsere Buchhändler bei weitem weniger, die Aerzte aber um so viel mehr zu thun haben.

Um die Krankheiten des Kopfs an einem gegebenen Falle zu beobachten, dazu war der Ziegenprophet aus dem Walde Alexen im Grunde ein dürftiges und wenig hervorragendes Exemplar. Hamann und Kant haben durch ihre Beschreibungen das Andenken des Mannes, das sonst schnell erloschen wäre, aufbewahrt. Indessen hatte der Philosoph bei dieser Gelegenheit eine Studie gemacht, die er bald in größerem Maßstabe verwerthen sollte.

II. Kants Schriften über und wider Swedenborg.

1. Swedenborg.

Unter allen magischen Erscheinungen des menschlichen Seelenlebens stand damals schon seit zwei Jahrzehnten die merkwürdigste vor den Augen der Welt. Mitten in dem gebildeten Europa, aus dem Verkehre des praktischen und amtlichen Geschäftslebens, aus den Beschäftigungen mit den exacten und technischen Wissenschaften heraus war plötzlich in der Hauptstadt Schwedens ein Wundermann hervorgetreten, der mit seinen Gesichten und Prophezeiungen alle Welt in Erstaunen setzte, die Leichtgläubigen hinriß, die Zweifler verstummen machte und selbst die Spötter zwang, mit Zurückhaltung oder gar mit Beifall von ihm zu reden. Dieser Mann war Emanuel Swedenborg. Als Kant ihn zum Gegenstand seiner Satyre nahm, war er schon ein Greis von 78 Jahren. Seit 1716 von Karl XII. im Fache des Bergwesens angestellt, hatte er in diesem amtlichen Geschäftskreise über ein Menschenalter gewirkt, im Interesse des Bergbaus ausgedehnte Reisen unternommen und seinen Namen durch mechanische Erfindungen, wie durch eine Reihe mathematischer und physikalischer Schriften bekannt gemacht. Seine philosophischen und mineralogischen Werke waren 1734 erschienen. Gleichzeitig gab er, lateinisch wie jene geschrieben, eine Abhandlung über das Unendliche und über den Endzweck der Schöpfung heraus. Natur- und religionsphilosophische Schriften machten den Uebergang zu der mystischen oder magischen Periode, der ausschließend die amtsfreien und letzten fünfundzwanzig Jahre seines Lebens angehören (1747—72). Er war schon fünfundfünfzig, als er die ersten Visionen (Christuserscheinungen) gehabt haben wollte. Seitdem glaubte er sich himmlischer Offenbarungen theilhaftig und zu einer neuen tieferen Auslegung der heiligen Schriften berufen, kraft deren er den Anbruch des neuen Jerusalems und die apokalyptische Kirche verkündete; er fand Anhänger, die ihm eine Art apostolischer Bedeutung zuschrieben und mit der Zeit Gemeinden und Secten bildeten, die namentlich in Schweden, England und Amerika Ausbreitung gewannen und bis heute fortdauern. Das erste große Werk seiner mystischen Zeit sind die acht Bände der „arcana coelestia", die 1749—56 in London erschienen. Zehn Jahre später erschien Kants dagegen gerichtete Satyre.

2. Wundergeschichten Swedenborgs.

Man erzählte sich von Swedenborg eine Menge Zeichen und Wunder der erstaunlichsten Art; einige davon schienen durch glaubwürdige Zeugen und Berichte so ausgemacht zu sein, daß selbst skeptische Leute Anstand nahmen, sie für bloße Mährchen zu halten. Der Ruf seiner Wunderthaten ging von Mund zu Mund. Kraft der ihm verliehenen Wundergabe des inneren Gesichts schaute er in die räumliche und zeitliche, den äußeren Sinnen verschlossene Ferne, er war Visionär und Prophet, mit einem Worte ein Seher, der von oben herab erleuchtet zu sein schien, als ein von Gott erwähltes und begnadigtes Werkzeug. Auch das Reich der abgeschiedenen Geister lag offen vor seinem Blicke; er

mußte die Todten zu beschwören und verkehrte mit den Seelen Ver=
storbener wie mit Seinesgleichen: sie kamen, wenn er sie rief, ant=
worteten, wenn er sie fragte, erzählten ihm Dinge, die nur sie allein
wissen konnten, und der Erfolg bewies, daß Swedenborg die sichersten
Nachrichten unmittelbar aus dem Jenseits bezog. So konnten durch
seine gefällige Vermittlung die Lebenden mit den Seelen im Jenseits
verkehren. Selbst um einer geringfügigen häuslichen Sache willen
mußten die Todten herbei und auf seinen Wink Rede und Antwort
stehen. Es konnte der Fall sein, daß der Mann eine Rechnung bezahlt
und die Quittung verlegt oder verloren hatte, er war gestorben, und
die Frau hätte die Rechnung zum zweitenmale bezahlen müssen, wäre
ihr nicht Swedenborg zu Hülfe gekommen. Wir erzählen keine Dichtung,
sondern eine Begebenheit, die sich wirklich sollte zugetragen haben. Der
holländische Gesandte in Stockholm, Ludwig von Marteville, starb den
25. April 1760; einige Zeit nach seinem Tode kam der Goldschmied
Kroon und verlangte Bezahlung für ein von ihm geliefertes Silber=
service; die Frau wußte, daß die Schuld getilgt sei, doch wollte sich
die Quittung nirgends finden. Da half Swedenborg auf ihre Bitte,
er citirte den Verstorbenen und erfuhr von ihm, daß er die Rechnung
sieben Monate vor seinem Tode bezahlt und im verborgensten Fach
eines Schrankes im oberen Zimmer aufbewahrt habe; alles wurde auf
das genaueste beschrieben und der Frau mitgetheilt, drei Tage nachdem
sie sich an Swedenborg gewendet. Der Erfolg bestätigte die Aussage
des Nekromanten.

Die Königin von Schweden, Louise Ulrike (die Schwester Frie=
drichs des Großen), hatte diese Begebenheit erfahren; sie ließ Sweden=
borg kommen, um seine Wundergabe auf die Probe zu stellen, und
gab ihm einen geheimen Auftrag, der in seinen Verkehr mit den Seelen
der Abgeschiedenen einschlug; er sollte ihr eine Frage beantworten, die
kein Lebender, ausgenommen die Königin selbst, zu beantworten ver=
mochte. Nach einigen Tagen brachte Swedenborg zum größten Erstaunen
der skeptisch gesinnten Fürstin die vollkommen richtige Antwort. Sie selbst
hat die Sache weiter erzählt; der mecklenburgische Gesandte von Lützow in
Stockholm hat sie miterlebt und dem österreichischen Gesandten Dietrich=
stein in Kopenhagen zum öffentlichen Gebrauch brieflich mitgetheilt. Der
Zeitpunkt dieser Begebenheit fällt gegen Ende des Jahres 1761.

Zu dem übernatürlichen Privilegium, kraft dessen Swedenborg
mit der Geisterwelt in einen so intimen Verkehr gesetzt und in den

Einrichtungen des Jenseits so gut als in seinem eigenen Hause orientirt war, kam noch die Gabe des zweiten Gesichts, wodurch er die entlegensten Begebenheiten in der wirklichen Welt wahrnahm. Was sich in weiter Ferne zutrug, erschien ihm als Vision so genau und umständlich, als ob er in unmittelbarer Nähe Augenzeuge des Vorgangs gewesen. Er war auf der Rückkehr von einer seiner Reisen den 19. Juli 1759 in Gothenburg gelandet und sah hier die Feuersbrunst, die gleichzeitig den Södermalm von Stockholm in Asche legte; er verkündete der Gesellschaft, worin er sich befand, diese seine Vision, sagte genau, wann das Feuer ausgebrochen, wie es verlaufen, wo es gehemmt worden. Zwei Tage später kamen von Stockholm die Nachrichten über die Feuersbrunst und bestätigten Swedenborgs Angaben.

3. **Kants Satyre und sein Brief an Charlotte von Knobloch.**

Während der Ruf der Wunderthaten des schwedischen Magus durch die Welt ging und schon die Aufmerksamkeit unseres Philosophen beschäftigte, schrieb dieser seine Bemerkungen über den Ziegenpropheten und seine Abhandlung über die Krankheiten des Kopfs, worin den Visionären und Geistersehern ein so hervorragender Platz unter den pathologischen Erscheinungen des Seelenlebens angewiesen wurde. Wenn der unbekannte Nomade aus dem Walde Alexen zunächst jene Abhandlung veranlaßt hatte,*) so mußte die darin aufgestellte Theorie jetzt an dem gelehrten und berühmten Seher von Stockholm bewährt werden. Dieser war, wie sich Kant selbst ausdrückt, „der Erzgeisterseher aller Geisterseher, der Erzphantast unter allen Phantasten". Gewiß wurde damals der Philosoph von vielen Seiten um seine Meinung über Swedenborg bestürmt, und er konnte die an ihn ergangenen Fragen zuletzt nicht besser beantworten und loswerden als durch eine öffentliche Erklärung, die er unter dem Titel „Träume eines Geistersehers, erläutert durch Träume der Methaphysik" im Jahre 1766 veröffentlichte.**) Aus einer ähnlichen Veranlassung hatte er zehn Jahre früher seine Abhandlung über das Erdbeben von Lissabon geschrieben.

Als er die „Träume" dem Philosophen Mendelssohn zuschickte, nannte er sie in dem begleitenden Briefe „eine gleichsam abgedrungene Schrift". Der folgende Brief erklärt diesen Ausdruck. „Da ich einmal

---

*) Borowski. S. 210. — **) S. oben Cap. VI. S. 109, D. 4 (Bd. III. S. 45—112).

durch die vorwitzige Erkundigung nach den Visionen des Swedenborg
sowohl bei Personen, die Gelegenheit hatten ihn selbst zu kennen, als
auch vermittelst einer Correspondenz und zuletzt durch Herbeischaffung
seiner Werke viel hatte zu reden gegeben, so sah ich wohl, daß ich nicht
eher vor der unablässigen Nachfrage würde Ruhe haben, als bis ich
mich der bei mir vermutheten Kenntniß aller dieser Anekdoten entledigt
hätte."*) Es steht demnach fest, daß Kant, bevor er seine Satyre
schrieb, vielfältig über Swedenborg correspondirt hat, um theils selbst
Erkundigungen einzuziehen, theils die Nachfragen anderer zu beant=
worten. Um dann einmal für immer mit der Sache aufzuräumen und
einen ihm lästig gewordenen Briefwechsel loszuwerden, schrieb er die
in Rede stehende Schrift. Dies war nicht die einzige, noch weniger
die wichtigste Absicht, die er dabei hatte, wohl aber eine der nächsten.
Es ist schon darum höchst wahrscheinlich, daß Kant nach dieser Schrift
d. h. nach dem Jahre 1766 über Swedenborg nichts mehr geschrieben,
keine Nachfrage mehr erhalten, wenigstens keine mehr beantwortet hat.
Zwar erschien die Schrift ohne seinen Namen, doch war die Autorschaft
erkennbar genug und das Geheimniß derselben auch von dem Verfasser
keineswegs ängstlich gewahrt. Wer hätte nach einer solchen öffentlichen
und unzweideutigen Erklärung sich noch herausnehmen sollen, den Philo=
sophen um eine Privatbelehrung anzugehen?

Von den Briefen, die Kant geschrieben hat, um Sicheres über
Swedenborg zu erfahren, ist uns keiner bekannt, wohl aber seine
Antwort auf eine der Nachfragen. Diese letztere kam von einer Dame
seiner persönlichen Bekanntschaft: Fräulein Charlotte von Knobloch.
Die Antwort des Philosophen ist zuerst durch Borowski veröffentlicht
worden und jetzt in die Gesammtausgaben übergegangen.**) Wir ersehen
daraus, daß Kant, als er die Zuschrift der Dame erwiederte, noch be=
schäftigt war, sichere Nachrichten über Swedenborg zu gewinnen; er
hatte die umlaufenden Gerüchte gehört und sich bemüht, den Quellen
derselben so nah als möglich zu kommen. Ein dänischer Officier in
Kopenhagen hatte ihm, den Fall mit der Königin, wie denselben der
mecklenburgische Gesandte diplomatisch beglaubigt hatte, aus eigener
Kenntniß des Schreibens mitgetheilt und die Sache auf weitere Anfragen
wiederholt bestätigt, im Uebrigen rieth er dem Philosophen sich an

---

*) Briefe an Mendelssohn vom 7. Februar u. 8. April 1766 (Kants S. W.
Ausg. von Rosenkranz u. Schubert. Bd. XI. Abth. I. S. 6 flgb.). — **) Borowski.
S. 211—25. — J. Kants S. W. 1. Ausgabe von Hartenstein: Bd. X. S. 453—67.

Swedenborg selbst zu wenden. Dies geschah, aber der Brief Kants blieb unerwiedert; Swedenborg hatte geäußert, daß er in einer öffent= lichen Schrift, die er demnächst in London herausgeben wolle, die Fragen des Philosophen beantworten werde, aber auch diese Verheißung blieb unerfüllt. Daß Swedenborg sich die Wundergabe, mit den Seelen der Abgeschiedenen zu verkehren, wirklich zuschrieb, und daß er die Fragen Kants öffentlich beantworten wolle, erfuhr der letztere durch einen Eng= länder, den er in Königsberg kennen gelernt und bei dessen Reise nach Stockholm beauftragt hatte, ihm von dort über Swedenborg zu berich= ten. Der Engländer war auch nach Gothenburg gekommen, wo ihm die zuverläffigsten Zeugen Swedenborgs Vision vom Brande in Stockholm bestätigt hatten. In seinem Briefe an das Fräulein beschränkt sich nun Kant darauf, jene Wundergeschichten quellenmäßig wiederzugeben, mit Zurückhaltung des eigenen Urtheils. Er wolle „in einer so schlüpfrigen Sache" nicht aburtheilen, im Ganzen verhalte er sich zu dergleichen Dingen skeptisch und nach den Regeln der gesunden Vernunft vernei= nend; indessen wo er die Möglichkeit gewisser Erscheinungen nicht zu erklären vermöge, wolle er wenigstens auch die Unmöglichkeit derselben nicht behaupten; jedenfalls habe hier der Betrug offenen Spielraum. Was Swedenborg insbesondere angehe, so schienen die erzählten That= sachen freilich so wohl beglaubigt, daß es schwer sei daran zu zweifeln; doch sei er selbst nicht genau genug unterrichtet und sein Correspondent der Methoden nicht kundig genug, dasjenige abzufragen, was in einer solchen Sache das meiste Licht geben könne. „Ich warte mit Sehnsucht auf das Buch, das Swedenborg in London herausgeben will. Es sind alle Anstalten gemacht, daß ich es sobald bekomme, als es die Presse verlassen haben wird." Dieses Buch ist, wie schon bemerkt, nicht er= schienen.

In keinem Fall läßt sich der Brief Kants an Fräulein v. Knobloch als ein Zeugniß brauchen, daß der Philosoph je in seinem Leben an Swedenborg und dessen Wunderthaten geglaubt habe. Er verspottet sie nicht, das ist alles. Verglichen mit den „Träumen", ist der Skepticismus in diesem Briefe gelinder und vielleicht, da er sich an eine Dame wendet, galanter. Es kommt noch darauf an, wen Kant in diesem Briefe mehr schonen will: den Geisterseher oder das Fräulein. Dem Publicum gegen= über wollte er den Geisterseher nicht schonen; hier behandelte er als gemeine Sagen und Mährchen, was er dort als glaubwürdige Erzäh= lungen nicht etwa rechtfertigt, sondern blos aus glaubwürdigen Quellen

248

berichtet. Dieser Unterschied, so geringfügig er ist, wenn wir die Um=
stände beider Schriften erwägen, möchte dann bemerkenswerth sein, wenn
der Brief später geschrieben wäre als die Satyre, wie ein deutscher
Swedenborgianer unserer Zeit zu beweisen gesucht hat.*)

4. Der Zeitpunkt des Briefes.

Als Datum des Briefes findet sich bei Borowski und nach ihm in
den Gesammtausgaben der 10. August 1758. Diese Angabe ist offenbar
unrichtig, denn die in dem Briefe erzählten Begebenheiten fallen nach=
weislich in die Zeit vom 19. Juli 1759 bis Ende 1761. Nun behauptet
Tafel, jene falsche Zeitangabe sei durch „eine grobe Fälschung" ent=
standen und das Schreiben absichtlich zehn Jahre zurückdatirt worden,
damit es durch die späteren „Träume" als antiquirt erscheine und das
letzte Wort Kants über Swedenborg verwerfend ausfalle. Er selbst
will dagegen beweisen, daß jener Brief, worin er verblendeter Weise die
Anerkennung Swedenborgs findet, Kants letzte Ansicht über den Wunder=
mann ausspreche und im Jahre 1768 geschrieben sei. Seine Beweis=
gründe sind so ungereimt als seine Beweggründe. Weil die historischen
Angaben in den „Träumen" genauer und richtiger sind, als im Briefe,
daraus sollte man vernünftigerweise schließen, daß jene als die besser
unterrichtete Schrift die spätere sei; aber unser Swedenborgianer schließt
nach seiner Art der Logik gerade umgekehrt. Weil jener Correspondent,
der von Stockholm aus über Swedenborg berichtete, ein Engländer
war, mit dem sich Kant in Königsberg befreundet hatte, darum müsse
es Green gewesen sein, dessen Bekanntschaft der Philosoph erst im
Jahre 1768 gemacht habe. Aber Green war in Königsberg ansässig,
während jener ungenannte Engländer sich nur vorübergehend dort auf=
hielt, und Kants vertraute Freundschaft mit Green bestand 1768 schon
seit vielen Jahren.**) Weil Swedenborgs Wundergeschichten im Briefe
„glaubwürdige Erzählungen", in den Träumen dagegen „gemeine Sagen"
genannt werden, so müßte nach der Meinung des Swedenborgianers
Kant „sich einer frechen Lüge schuldig gemacht haben", wenn die Träume
später wären als der Brief. Als ob der vermeintliche Widerspruch

*) J. Tafel: Supplement zu Kants Biographie und zu den Gesammtausgaben
seiner Werke, oder die von Kant gegebenen Erfahrungsbeweise für die Unsterblichkeit
und fortdauernde Wiedererinnerungskraft der Seele, durch Nachweisung einer groben
Fälschung in ihrer Unverfälschtheit wiederhergestellt, nebst einer Würdigung seiner
früheren Bedenken gegen, sowie seiner späteren Vernunftbeweise für die Unsterblich=
keit (Stuttg. 1845). — **) S. oben Cap. V. S. 101 flgb. Anmerkung.

zwischen beiden nicht derselbe bliebe, wie es sich auch mit ihrer Zeitfolge verhalte! Als ob eine solche Verschiedenheit der Ansichten einer „Lüge" gleich sei! Aber ein Widerruf zu Gunsten Swedenborgs scheint in den Augen des verblendeten Anhängers so wenig ein Widerspruch zu sein als in den Augen der Kirche der eines Ketzers. Von seinem thörichten Fanatismus verführt, läßt sich der Verfasser des „Supplements" zu einem sinnlosen Ausbruche der Wuth gegen Kant hinreißen. Der Glaube an Swedenborg ist für ihn gleichbedeutend mit dem an das Uebersinn= liche. Weil sich Kant dem Glauben an Swedenborg widersetzt habe, darum sei „es sehr gerecht und natürlich, daß wir ihn, des Vermögens für das Uebersinnliche völlig beraubt, an den Folgen sinnlicher Gier sein Leben endigen sehen"! Dann hat also Kants vermeintliche Beleh= rung zum Glauben an Swedenborgs Wunder am Ende doch nichts geholfen. Aber in seinem Briefe hatte der Philosoph die Geschichte zwischen Swedenborg und der Frau von Marteville als eine glaub= würdige Erzählung berichtet. Damals also glaubte er an jene wunderbar geoffenbarte und wiedergefundene Quittung. Und was folgte nicht alles daraus? Hier war durch eine greifbare Thatsache bewiesen, was die Demonstrationen der speculativsten Köpfe niemals sicher genug hatten beweisen können: die persönliche Fortdauer der Seele in so individueller Art, daß sie nichts von ihrem diesseitigen Leben vergißt und sogar noch der Rechnungen wie der Quittungen sich erinnert! Das nennt man einen „Erfahrungsbeweis". Und daß Kant diese Geschichte (nicht etwa geglaubt, sondern nur) brieflich berichtet hat, ist dem Verfasser des Supplements als ein vollwichtiger Grund erschienen, auf dem Titel seiner Schrift „die von Kant gegebenen Erfahrungsbeweise für die Unsterblichkeit und fortdauernde Wiedererinnerungskraft der Seele" zu verkünden. — Ich würde diese Schrift keiner so eingehenden Beachtung gewürdigt haben, wenn sie nicht ein bemerkenswerthes Beispiel wäre, wie der Fanatismus die Kritik verdirbt und unbegreiflicher Weise so viel Beistimmung gefunden hätte, daß man ihre Behauptung, der Brief sei 1768 geschrieben, für bewiesen gehalten.

Vergleicht man den Brief mit den Begebenheiten, die er erzählt, so ist klar, daß er nicht vor 1762 entstanden sein kann; vergleicht man ihn mit den „Träumen", so erhellt, daß er früher sein muß als diese. Als Kant den Brief schrieb, hatte er von Swedenborg noch nichts gelesen; als er seine Satyre verfaßte, hatte er alles gelesen, dessen er habhaft werden konnte, so viel, daß er der Sache ganz überdrüssig war, er hatte für die „arcana coelestia" sieben Pfund bezahlt und war über den Unsinn, den er eingenommen, und das Geld, das er ausgegeben, so ärgerlich, daß der Unwille darüber wohl das Seinige beitrug, den Humor gegen Swedenborg zu salzen. Der Brief fällt demnach in den Zeitraum von 1762—65. Wer darüber in Zweifel sein kann, hat keine von beiden Schriften gelesen. Der Zeitpunkt läßt sich noch genauer bestimmen, wenn man einige im Briefe enthaltenen Daten näher verfolgt: sie betreffen den dänischen Officier, den ungenannten Engländer und Swedenborgs beabsichtigte Reise nach London. Der Officier schrieb dem Philosophen, daß er zur Armee unter dem General St. Germain abgehen müsse. Damals drohte gegen Dänemark ein Krieg von Seiten Peters III., der im Januar 1762 den russischen Thron bestiegen; die dänische Armee stand im Frühjahr dieses Jahres kriegs= bereit in Mecklenburg. Nun wendet sich Kant an Swedenborg selbst und erfährt von dem Engländer, der sich „verwichenen Sommer" in Königsberg aufgehalten und dann nach Stockholm gereist war, wo er den Wundermann kennen lernte, daß der letztere sich „im Mai dieses Jahres" nach London begeben und dort in einer öffentlichen Schrift Kants Fragen beantworten werde. Unter dem „verwichenen Sommer" kann nur der Sommer 1762, unter dem „Mai dieses Jahres" nur der Mai 1763 verstanden sein. Wir wissen außerdem, daß Fräulein Charlotte von Knobloch den 22. Juli 1764 sich mit dem Hauptmann Fr. von Klingsporn verheirathet hat.*) Also fällt der den 10. August batirte Brief in das Jahr 1763, aus welcher unleserlich geschriebenen Jahreszahl sich leicht die falsche Lesart 1758 ohne jede „Fälschung" erklärt.**)

III. Der Geisterseher und die Metaphysik.

1. Die Doppelsatyre.

Nach jenem Briefe wartet Kant ungeduldig noch auf das von Swedenborg in Aussicht gestellte Buch, im Stillen mit der vielbesprochenen

---

*) Die Thatsache dieser Heirath erfuhr ich zuerst aus dem Munde der ver= storbenen Frau von Krausened (Wittwe des Generals von Krausened, der als Chef des Generalstabs der preußischen Armee die Stelle einnahm, die zehn Jahre nach ihm Moltke erhielt), sie war die Urenkelin jener Frau von Klingsporn, die als Fräulein von Knobloch mit Kant über Swedenborg correspondirt hat. Das genaue Datum der Heirath hat Ueberweg aus den genealogisch=historischen Nachrichten (Lpzg. 1765, Th. XXVII. S. 384) festgestellt. — **) Vergl. J. Kants S. W. Neue Ausgabe von Hartenstein: Bd. III. Vorrede S. VIII—X.

und räthselhaften Erscheinung beschäftigt; er schreibt im folgenden Jahre seine Bemerkungen über den Ziegenpropheten und seinen Versuch über die Krankheiten des Kopfs; endlich kauft er sich das theure Werk über die „arcana coelestia" und verfaßt seine Satyre. Hamann theilte jene Lectüre und empfand denselben Widerwillen, er las auch die Schrift über das Unendliche, die ihm nicht magisch, sondern scholastisch vorkam, er verglich Swedenborgs Schreibart mit der Wolfs und nannte dessen Wundererscheinung „eine Art von transscendentaler Epilepsie". Im Jahre 1784 schrieb er darüber seinem Freunde Scheffner: „Bei der Uebersetzung des Swedenborg kann man sich keinen Begriff von dem Besondern seines lateinischen Styls machen, der wirklich etwas Gespenstermäßiges an sich hat. Wie unser Kant sich damals alle die Werke seiner Schwärmerei verschrieb, habe ich die Ueberwindung gehabt, das ganze Geschwader dicker Quartanten durchzulaufen, in denen eine so elle Tautologie der Begriffe und Sachen enthalten ist, daß ich kaum einen Bogen aufzuzeichnen fand. Im Ausland fand ich eine ältere Schrift von ihm de infinito, die ganz in wolfisch-scholastischem Geschmack geschrieben war. Ich erkläre mir das ganze Wunder durch eine Art transscendentaler Epilepsie, die sich in einen kritischen Schaum auflöst."*)

Wir kennen die Veranlassungen, die Kant zu einer öffentlichen Erklärung über Swedenborg hatte, und aus seinem Versuch über die Krankheiten des Kopfs auch die Gesichtspunkte, unter denen er die Visionäre zu betrachten geneigt war; wir dürfen voraussehen, daß die öffentliche Erklärung sich wider Swedenburg richten, mit dem Nimbus desselben in den grellsten Contrast treten und satyrisch ausfallen wird. Diese Erwartung rechtfertigt sich in vollstem Maße. Aber durch das Studium der arcana coelestia gewann die polemische Tendenz eine Erweiterung und Vertiefung, an die der Philosoph wohl zuerst selbst nicht gedacht hatte. Auch ihm, wie Hamann, kam der Einfall Swedenborg mit Wolf zu vergleichen, des Sehers himmlische Geheimnisse mit des Metaphysikers „vernünftigen Gedanken von Gott, der Welt, der Seele, auch allen Dingen überhaupt". So entstand die Doppelsatyre: „Träume eines Geistersehers, erläutert durch Träume der Metaphysik". Nichts konnte dem Philosophen gerade jetzt gelegener kommen als die Ausführung dieser Parallele. Swedenborg und die Metaphysiker waren für Kant, um mit dem Sprüchwort zu reden, wie zwei Fliegen, die

*) Hamanns Schriften (Ausg. von Roth), Th. VII. S. 178 flgb.

er mit einer Klappe schlagen konnte. Er schlug lachend zu. Die Ver=
gleichung selbst war schon in ihrer Anlage humoristisch empfunden, sie
stimmte den Philosophen so heiter, daß er sie in der besten Laune ver=
folgte und mit behaglicher Schonungslosigkeit nach beiden Seiten zur
Darstellung brachte; er ließ die Metaphysiker im Lichte der Visionäre
erscheinen, und indem er diese durch jene erläuterte, traf er mit dem
Pfeil seines Spottes das doppelte Ziel. Mit dem humoristischen Cha=
rakter der Schrift und ihren derben Späßen verträgt sich sehr wohl
ihre ernste Absicht, und es heißt die letztere keineswegs übersehen, wenn
wir die heitere und scherzende Art der Ausführung hervorheben. Man
braucht nur die Ueberschriften zu lesen, um sogleich an den Styl eng=
lischer Humoristen jener Zeit erinnert zu sein. Den Eingang des Ganzen
bildet ein „Vorbericht, der sehr wenig für die Ausführung verspricht";
der erste dogmatische Theil beginnt mit folgendem Thema: „Ein meta=
physischer Knoten, den man nach Belieben auflösen oder abhauen kann";
der zweite historische Theil bringt die uns bekannten Wundergeschichten
Swedenborgs unter dem Titel: „Eine Erzählung, deren Wahrheit der
beliebigen Erkundigung des Lesers empfohlen wird". So schreibt man
nicht über philosophische Materien, wenn man nur ernste Absichten ver=
folgt; so hat Kant auch nur in diesem einzigen Falle seine Ueberschriften
stylisirt. Gleich die ersten Sätze des Vorberichts enthalten eine beißende
Satyre, die mit Voltaire wetteifert und den gläubigen Interessen
aller Art wirklich „sehr wenig für die Ausführung verspricht". Das
Schattenreich sei das Paradies der Phantasten, dessen Grundriß die
Philosophen nach ihrer Willkür construiren und dessen Gebiet die Priester
zu ihrem Nutzen bewirthschaften. „Nur das heilige Rom hat daselbst
einträgliche Provinzen; die zwei Kronen des unsichtbaren Reichs stützen
die dritte, als das hinfällige Diadem seiner irdischen Hoheit, und die
Schlüssel, welche die beiden Pforten der andern Welt aufthun, öffnen
zugleich sympathetisch die Kasten der gegenwärtigen."*) Wenn es in
diesem Zuge fortgeht, erhalten wir nicht blos eine doppelte, sondern
eine breifache Satyre.

2. Die Gemeinschaft mit der Geisterwelt.

Das Schattenreich abgeschiedener Geister gehört, wenn es über=
haupt ist, zur Geisterwelt, und die erste aller hierher gehörigen Unter=

---

*) Träume eines Geistersehers u. s. f. (Bd. III. S. 47).

suchungen muß darum die Frage stellen, ob es überhaupt Geister giebt, deren Dasein und Wirksamkeit uns einzuleuchten vermöge: immaterielle Wesen oder einfache Substanzen denkender Art, zu denen wir auch die menschliche Seele rechnen? Wir stehen vor dem metaphysischen Problem, das den Mittelpunkt des psychologischen trifft. Die Erkennbarkeit der Geister fordert, daß sie im Weltganzen existiren, also mit der Körperwelt verknüpft d. h. im Raum gegenwärtig und thätig sind, aber sie dürfen denselben nicht erfüllen, denn sie sind immaterieller Natur, also haben sie weder Ausdehnung noch Figur. Wie solche Wesen, die den Raum einnehmen, ohne ihn zu erfüllen, die zugleich räumlich und nicht räumlich sind, existiren sollen, ist schwer einzusehen. Der Philosoph bemerkt an dieser Stelle, daß im Fortschritt der Untersuchung sich vor seinen Augen öfters Alpen erheben, wo andere einen ebenen und gemächlichen Fußsteig vor sich sehen, den sie fortwandern oder zu wandern glauben. Auch die menschliche Seele muß in der Körperwelt ihren Ort haben; ist es „der Ort, wo sie empfindet", so muß sie entweder „ganz im ganzen Körper und ganz in jedem seiner Theile sein" oder irgendwo im Gehirn ihren besonderen Sitz haben: im ersten Fall wirkt sie im Raum, ohne denselben zu erfüllen, im andern Falle folgt, daß sie selbst körperlicher Natur ist. Hier schlingt sich jener „metaphysische Knoten", den man nach Belieben entweder auflösen oder abhauen kann". Der Zusammenhang zwischen Geist und Körper ist unbegreiflich, die Gründe dieser Unerkennbarkeit sind unwiderleglich. „Wie wenig ich auch sonst dreist bin, meine Verstandesfähigkeit an den Geheimnissen der Natur zu messen, so bin ich gleichwohl zuversichtlich genug, keinen noch so fürchterlich gerüsteten Gegner zu scheuen, um in diesem Falle mit ihm den Versuch der Gegengründe im Widerlegen zu machen, der bei den Gelehrten eigentlich die Geschicklichkeit ist, einander das Nichtwissen zu demonstriren."*) Die Gegner sind in diesem Falle die Metaphysiker im Gebiete der Psychologie.

Nehmen wir, daß die Geister unabhängig von der Körperwelt für sich existiren und eine Vereinigung oder ein Ganzes für sich ausmachen, eine immaterielle oder intelligible Welt, so entsteht die Frage nach unserer Gemeinschaft mit dieser Geisterwelt. Wenn die letztere alle Wesen in sich schließt, die materiellen wie immateriellen, also auch dem Reich der Körper zu Grunde liegt und sich darin offenbart, so

---

*) Ebendas. Th. I. Hauptst. I. (S. 49 60).

erscheint das Universum als ein Stufenreich der Dinge, das von den niedrigsten Lebensformen bis zu den höchsten der sichtbaren Welt empor= steigt und jenseits derselben als Geisterreich im eigentlichen und engeren Sinn fortschreitet. Dann ist die menschliche Seele zugleich ein Glied der materiellen und immateriellen Welt, aber erst nachdem sie die Sinnen= welt verlassen, kommt sie in eine anschauliche Gemeinschaft mit dem jenseitigen Geisterreich. So lange sie hienieden lebt, vermag sie nur die sinnlichen Gegenstände klar zu empfinden. Diese metaphysische Welt= anschauung bildet den Grundzug der leibnizischen Lehre; sie ist eine Hypothese oder ein System von der geistigen Natur, das Kant zur „geheimen Philosophie" rechnet.*)

Wir wissen, wie die Einheit und systematische Verfassung der Körperwelt das erste große Problem war, das unseren Philosophen so tief und erfolgreich beschäftigt hatte. Jetzt sieht er sich vor die Frage gestellt: ob es auch eine Einheit und systematische Verfassung der Geister= welt giebt, eine erkennbare Geistergemeinschaft, eine solche, die nicht „gar zu sehr hypothetisch ist, sondern aus einer wirklichen und allgemein zugestandenen Beobachtung könnte geschlossen werden" d. h. eine erfah= rungsmäßige? Wir wissen auch schon, daß und wie der Philosoph diese Frage bejaht. Zur Auflösung des ersten Problems half ihm Newton, zu der des anderen Rousseau. Es giebt zwei Arten der Geistergemein= schaft: die moralische und die mystische; demgemäß finden sich zwei Wege, die uns die Gemeinschaft mit der Geisterwelt eröffnen: das moralische Gefühl und die übernatürliche Erleuchtung; jenen Weg ging Rousseau, diesen glaubte Swedenborg zu gehen. Von jenen beiden Arten und Wegen verhält sich Kant zu den ersten völlig bejahend, zu den zweiten völlig verneinend.

Die vernünftigen Wesen empfinden die Tendenz zu ihrer Vereini= gung; in dieser Empfindung besteht die einfache Thatsache des sittlichen Gefühls. Ein ähnliches Grundgesetz vereinigt die Körper wie die Geister: das der wechselseitigen Anziehung. Was in der Körperwelt die Gravi= tation macht, das vollbringt in der Geisterwelt die Liebe: in dieser Analogie liegt der tiefste Grund zu jener Parallele Kants zwischen Newton und Rousseau; und wir wollen es hier nicht unbemerkt lassen, daß eben dieselbe Parallele sich in den Jugendgedichten Schillers als

---

*) Ebendas. Th. I. Hptst. II. Ein Fragment der geheimen Philosophie, die Gemeinschaft mit der Geisterwelt zu eröffnen (S. 60—64).

ein feurig empfundenes Thema wiederholt. Gleich das erste seiner Lauralieder beginnt mit dieser Anschauung:

> Meine Laura! Nenne mir den Wirbel,
> Der an Körper Körper mächtig reißt,
> Nenne, meine Laura, mir den Zauber,
> Der zum Geist monarchisch zwingt den Geist.

Und ebenso das tiefsinnige Gedicht „Die Freundschaft":

> Freund! genügsam ist der Wesenlenker —
> Schämen sich kleinmeisterische Denker,
> Die so ängstlich nach Gesetzen spähn.
> Geisterreich und Körperweltgewühle
> Wälzet eines Rades Schwung zum Ziele,
> Hier sah es mein Newton gehn.
> Sphären lehrt es, Sclaven eines Zaumes,
> Um das Herz des großen Weltenraumes
> Labyrinthenbahnen ziehn —
> Geister in umarmenden Systemen
> Nach der großen Geistersonne strömen,
> Wie zum Meere Bäche fliehn.

So oft man Schiller mit unserem Philosophen vergleicht, sollte man diesen Punkt der Uebereinstimmung hervorheben. Lassen wir Kant selbst reden. Er sagt von jener Tendenz der geistigen Naturen zu ihrer Vereinigung: „Dadurch sehen wir uns in den geheimsten Beweggründen abhängig von der Regel des allgemeinen Willens, und es entspringt daraus in der Welt aller denkenden Naturen eine moralische Einheit und systematische Verfassung nach blos geistigen Gesetzen. Will man diese in uns empfundene Nöthigung unseres Willens zur Einstimmung mit dem allgemeinen Willen das sittliche Gefühl nennen, so redet man davon als von einer Erscheinung dessen, was in uns wirklich vorgeht, ohne die Ursachen derselben auszumachen. So nannte Newton das sichere Gesetz der Bestrebungen aller Materie sich einander zu nähern die Gravitation derselben, indem er seine mathematischen Demonstrationen nicht in eine verdrießliche Theilnehmung an philosophischen Streitigkeiten verflechten wollte, die sich über die Ursache derselben ereignen können. Gleichwohl trug er keine Bedenken, diese Gravitation als eine wahre Wirkung einer allgemeinen Thätigkeit der Materie in einander zu behandeln, und er gab ihr daher auch den Namen der Anziehung. Sollte es nicht möglich sein, die Erscheinung der sinnlichen Antriebe in den denkenden Naturen, wie solche sich auf einander wechselweise beziehen, gleichfalls als die Folge einer wahrhaft

thätigen Kraft, dadurch geistige Naturen in einander fließen, vorzu=
stellen, so daß das sittliche Gefühl diese empfundene Abhängigkeit
des Privatwillens vom allgemeinen Willen wäre und eine Folge der
natürlichen und allgemeinen Wechselwirkung, dadurch die immaterielle
Welt ihre sittliche Einheit erlangt, indem sie sich nach den Gesetzen
dieses ihr eigenen Zusammenhangs zu einem System von geistiger Voll=
kommenheit bildet?"*)

3. Träume der Empfindung und Träume der Vernunft.

Etwas anderes ist die Geistergemeinschaft kraft unserer moralischen
Empfindungen, etwas anderes die kraft der äußeren körperlichen Sinne:
jene ist Wahrheit, diese Täuschung. Die Geister der unsichtbaren Welt,
wie die Seelen der Abgeschiedenen, können nicht wahrgenommen werden,
sie können uns nicht erscheinen, wir können sie nicht sehen und hören;
daher bestehen Geistererscheinungen und Geistergesichte nicht in Wirk=
lichkeit, sondern nur in der Einbildung. Es ist möglich, daß geistige
Vorstellungen uns so lebhaft ergreifen, daß sie auch der Phantasie sich
bemächtigen und in Bilder verwandeln, wie sie dem Gange, der Er=
ziehung und Gewohnheit der Einbildungskraft des Individuums ent=
sprechen; es ist möglich, daß diese Phantasieproducte uns stärker beschäf=
tigen und anziehen, als die äußeren Dinge, und wir darüber gleichsam
uns selbst und die uns umgebende Sinnenwelt vergessen: dann sind
wir wie im Traum, wir träumen wachend, ohne deshalb die Gebilde in
uns für Dinge außer uns zu halten. Sobald das letztere geschieht, sind
wir im Zustande einer pathologischen Verwirrung, das Phantasiegebilde
mischt sich unter die äußeren Objecte, die Imagination wird zum Gegen=
stand der Sinne, das Hirngespinnst zum Gespenst. Nicht blos im wachen
Zustande, sondern mit den wachen äußeren Sinnen selbst zu träumen,
ist ein charakteristisches Merkmal der Geisterseher, die Kant an dieser
Stelle von „wachenden Träumern" nicht blos dem Grade, sondern der
Art nach unterschieden wissen will. Bei dem wachenden Träumer schlafen
gleichsam die äußeren Sinne und er lebt nur in seinen Gebilden, bei
dem Geisterseher dagegen wachen die äußeren Sinne und er sieht mitten
unter ihren Objecten seine Gespenster; dort träumet die Phantasie, hier
die Empfindung.**)

---

*) Ebendas. Th. I. Hptst. II. (S. 65—70). Vgl. damit ob. Cap. XIII. S. 224 flgb.
Cap. XIV. S. 225—30. — **) Träume u. s. f. Th. I. Hauptst. II. (S. 70—74).
Hptst. III. Antikabbala u. s. f. (S. 75—78).

Im normalen Zustande des Wachens erfahren wir, was außer uns vorgeht, was andere auch erfahren; im Traum sind es die eigenen Gebilde, die wir wahrnehmen. Wenn wir wachen, sagt Aristoteles, so haben wir eine gemeinschaftliche Welt; träumen wir aber, so hat jeder seine eigene. Kant findet diesen Satz so richtig, daß er ihn umkehrt: „wenn von verschiedenen Menschen ein jeder seine eigene Welt hat, so ist zu vermuthen, daß sie träumen". Die gemeinsame Welt ist die Sinnenwelt, das Gebiet unserer Erfahrung, worin keine Geistererschei-nungen auftreten. Wenn sich die Gebilde der Phantasie in Gesichte und Visionen, innere Wahrnehmungen in äußere verwandeln, so träumt die Empfindung. Wenn wir die Gebilde unserer Vernunft für Realitäten, Ideen für wirkliche Dinge halten, so träumt unsere Vernunft. „Es giebt „Träume der Empfindung", vielleicht giebt es auch „Träume der Vernunft". Die Geisterseherei gehört zu der ersten Classe, vielleicht gehört die Metaphysik zu der zweiten.

Die täuschende Einbildung, die ein Hirngespinnst in eine sinnlich wahrnehmbare Erscheinung verwandelt, läßt sich leicht als Folge einer krankhaften Gehirnstörung erklären. „Setzen wir, daß durch irgend einen Zufall oder Krankheit gewisse Organe des Gehirns so verzogen und aus ihrem gehörigen Gleichgewicht gebracht sind, daß die Bewegung der Nerven, die mit einigen Phantasien harmonisch beben, nach solchen Richtungslinien geschieht, die fortgezogen sich außerhalb des Gehirns kreuzen würden, so ist der focus imaginarius außer dem denkenden Subject gesetzt, und das Bild, welches ein Werk der bloßen Einbildung ist, wird als ein Gegenstand vorgestellt, der den äußeren Sinnen gegen-wärtig wäre." „Daher verdenke ich es dem Leser keineswegs, wenn er anstatt die Geisterseher für Halbbürger der anderen Welt anzusehen sie kurz und gut als Candidaten des Hospitals abfertigt und sich dadurch alles weiteren Nachforschens überhebt." So betrachtet der Philosoph die Adepten des Geisterreichs und empfiehlt zu ihrer Heilung seine schon aus dem Versuch über die Krankheiten des Kopfs bekannten kathartischen Mittel. „Da man es sonst nöthig fand, einige derselben zu brennen, so wird es jetzt genug sein, sie nur zu purgiren." Am Ende liegen die Gründe der Störung weit näher als man sie sucht, und ein derbes Wort des Hudibras aus jener Satyre, worin Samuel Butler vor einem Jahrhundert die englischen Schwärmer verspottet hatte, mochte Kant auf die Geisterseher anwenden: wenn ein hypochondrischer Wind in den Eingeweiden tobt, so kommt es darauf an, welche Richtung er nimmt; steigt er aufwärts, so wird daraus eine Erscheinung oder eine heilige Eingebung, aber, wenn er abwärts geht, etwas ganz anderes.*) Unter allen Geisterfehern ist Swedenborg der Erzgeisterfeher, unter allen Phantasten der Erzphantast. In jenen Wunderanekdoten, die Kant hier noch einmal, genauer und richtiger als in seinem Briefe erzählt, sei einiges, das man ungestraft nicht bezweifeln, anderes, das man nicht glauben dürfe, ohne ausgelacht zu werden. Zu den letzteren gehören die Wunder. Wenn man nichts Besseres zu thun habe, solle man auf Reisen gehen, um diesen Geschichten nachzuforschen und das Thatsächliche festzustellen. Sonst werde das Hörensagen mit der Zeit zum förmlichen Beweise reifen, und dann werde ein zweiter Philostrat aus Swedenborg einen zweiten Apollonius von Tyana machen.**) Die arcana coelestia nennt Kant „die wilden Hirngespinnste des ärgsten Schwärmers" und beschreibt sie als „ekstatische Reise eines Schwärmers durch die Geisterwelt".***)

Die Philosophie soll die Thatsachen begründen, welche die Erfahrung liefert. Es giebt zwei Arten der Gründe: Vernunftgründe und empirische, jene sind a priori, diese a posteriori; alle Erkenntniß hat diese beiden Enden, bei denen man sie fassen kann. Wer mit den letzteren beginnt, sucht „den Aal der Wissenschaft beim Schwanze zu erwischen", dies thut die Erfahrungswissenschaft und mit ihr die neuere Naturlehre. Die Metaphysik geht den Weg a priori, sie beginnt, man weiß nicht, wo, und kommt, man weiß nicht, wohin. Die Erfahrungswissenschaft führt in ihrem Fortgange sehr bald zu Fragen, welche die Philosophie beantworten soll und nicht kann; sie bleibt die Antwort schuldig und gleicht dem Kaufmann, der bei einer Wechselzahlung freundlich bittet, ein andermal wieder anzusprechen. Auf diese Weise kommen Metaphysik und Erfahrung nie zusammen, sondern laufen neben einander her, ohne sich je zu treffen, es sei denn, daß man die erste künstlich und unvermerkt auf die gewonnenen Ziele der anderen hinlenkt und dann sich freudig überrascht stellt, als ob man zu denselben Ergebnissen unerwartet gelangt wäre. „So haben verdienstvolle Männer auf dem bloßen Wege der Vernunft sogar Geheimnisse der Religion ertappt, wie Romanschreiber die Heldin der Geschichte in entfernte Länder fliehen lassen, damit sie ihrem Anbeter durch ein glückliches Abenteuer von

---

*) Ebendas. Th. I. Hptst. III. (S. 80—83). — **) Ebendas. Th. II. Hptst. I. (S. 88—93). — ***) Ebendas. Th. II. Hptst. II. (S. 93).

ungefähr aufstoße." Indessen giebt es auch eine ungesuchte Ueberein=
stimmung beider: wenn die Vernunftgründe der einen Scheingründe
und die Thatsachen der anderen Scheinerfahrungen sind, wie es
der Fall ist, wenn Objecte der übersinnlichen Welt dort erkannt und
hier wahrgenommen werden. Da nun eine solche Philosophie „ebenso=
wohl ein Mährchen ist aus dem Schlaraffenlande der Metaphysik,
so sehe ich", sagt Kant, „nichts Unschickliches darin, beide in Verbin=
dung auftreten zu lassen; und warum sollte es auch rühmlicher sein, sich
durch das blinde Vertrauen in die Scheingründe der Vernunft, als
durch unbehutsamen Glauben an betrügliche Erzählungen hintergehen
zu lassen?"*)

Hier liegt der bewegende Grundgedanke unserer Schrift: der Ver=
gleichungspunkt zwischen dem Visionär und den Metaphysikern. Diese
Philosophen bilden sich jeder sein eigenes System, das die der anderen
ausschließt, jeder lebt gleichsam in seiner eigenen Welt, die ihm als die
wahrhaft wirkliche erscheint. Hat Aristoteles Recht, so träumen unsere
Metaphysiker. Aus dem bloßen Begriff eines Wesens demonstriren sie
dessen Dasein, sie halten ihre Ideen für Dinge und die Verknüpfung
ihrer Sätze für die Ordnung der Dinge, sie nehmen logische Gründe
für wirksame Ursachen und logische Folgerungen für Effecte: dies ist
eine Art der Einbildung, die nichts anderes sein kann als ein Traum
der Vernunft. Einfache, immaterielle Substanzen werden als die Urwesen
aller Dinge gesetzt, daraus wird eine Welt gebaut, die aus lauter vor=
stellenden Kräften besteht, also unsere gemeinschaftliche Sinnenwelt nicht
ist und nirgends existirt als in den Ideen ihrer Urheber: diese Ge=
dankenwelt ist ein speculatives Hirngespinnst, diese Träume der Meta=
physik sind gleichsam eine speculative Geisterseherei, den Visionen eines
Swedenborg nicht unähnlich. Gäbe es eine Geisterwelt in einleuch=
tender Gemeinschaft mit uns und unserer Sinnenwelt, so wären Geister=
erscheinungen möglich, und man könnte sich nur wundern, warum sie
nicht häufiger stattfinden. Vermöchten die Metaphysiker Geister zu er=
kennen, warum sollte Swedenborg nicht im Stande sein, sie zu sehen?

Unsere gemeinsame Welt ist die sinnliche und deren Erkenntniß
die Erfahrung, die Vorstellung der übersinnlichen Welt ist ein Gebilde,
das jeder aus sich und in sich erzeugt; die vermeintliche Erkenntniß der=
selben ist ein Traum. Die Systeme der Metaphysik verhalten sich zu

---

*) Ebendas. Th. II. Hptst. II. (S. 93—97). Hptst. I. (S. 91).

den Einsichten der Erfahrung, wie eine eingebildete Welt zur wirklichen. Je fleißiger wir die letztere erforschen, um so weniger bekümmern wir uns um andere Welten und umgekehrt. „Die anschauende Kenntniß der anderen Welt allhier kann nur erlangt werden, indem man etwas von demjenigen Verstande einbüßt, welchen man für die gegenwärtige nöthig hat. Ich weiß auch nicht, ob selbst gewisse Philosophen gänzlich von dieser harten Bedingung frei sein sollten, welche so fleißig und vertieft ihre metaphysischen Gläser nach jenen entlegenen Gegenden hinrichten und Wunderdinge von da her zu erzählen wissen, zum wenigsten mißgönne ich ihnen keine von ihren Entdeckungen; nur besorge ich, daß ihnen irgend ein Mann von gutem Verstande und wenig Feinheit dasselbe dürfte zu verstehen geben, was dem Tycho de Brahe sein Kutscher antwortete, als jener meinte zur Nachtzeit nach den Sternen den kürzesten Weg fahren zu können: Guter Herr, auf den Himmel mögt ihr euch wohl verstehen, hier aber auf der Erde seid ihr ein Narr!"*)

Bisher hatte Kant zwischen Metaphysik und Erfahrungswissenschaft, zwischen Rationalismus und Empirismus eine Art vermittelnder Stellung gesucht, indem er die deutsche Schule verließ und der englischen zustrebte. Jetzt sieht er die beiden Grundrichtungen der neuern Philosophie gegen einander im Verhältniß negativer Größen: jede gilt nur auf Kosten der anderen. Er nimmt entschieden Partei wider die Metaphysik und geht im Wege des Empirismus bis zu den äußersten Folgerungen. Die deutschen Metaphysiker erscheinen ihm als „die Luftbaumeister bloßer Gedankenwelten": Wolf hat die Ordnung der Dinge aus wenig Bauzeug der Erfahrung, aber mehr erschlichenen Begriffen gezimmert, Crusius hat dieselbe durch die magische Kraft einiger Sprüche vom Denklichen und Undenklichen aus nichts hervorgebracht. „Wir werden uns bei dem Widerspruch ihrer Visionen gedulden, bis diese Herren ausgeträumt haben." Sie träumen, aber sie werden bald erwachen; es wird die Zeit kommen, wo die Philosophen eine gemeinschaftliche Welt bewohnen und die Philosophie eine so exacte Wissenschaft sein wird, als die Größenlehre von jeher gewesen. „Diese wichtige Begebenheit kann nicht lange mehr anstehen, wofern gewissen Zeichen und Vorbedeutungen zu trauen ist, die seit einiger Zeit über dem Horizonte der Wissenschaft erschienen sind."**) Den ersten Theil seiner

---

*) Ebendas. Th. I. Hptst. II. (S. 74—75). — **) Ebendas. Th. I. Hptst. III. (S. 75—76).

Schrift beschließt Kant mit dieser runden Erklärung: „Nunmehr lege ich die ganze Materie von den Geistern, ein weitläufiges Stück der Metaphysik, als abgemacht und vollendet bei Seite. Sie geht mich künftig nichts mehr an."*)

IV. Die Frage nach dem Werth und Unwerth der Metaphysik.

1. Die Erkenntniß der Vernunftgrenzen.

Das Wort der Verwerfung, womit sich der Philosoph von der Beschäftigung mit der Geisterwelt abwendet, trifft die gesammte bisherige Metaphysik, die eine Erkenntniß von dem Wesen der Dinge, also von der intelligibeln oder übersinnlichen Welt sein wollte. In dieser Einsicht bestand ihr Ruhm und der gepriesene Nutzen, den man ihr zuschrieb. Fortan müssen wir auf solche Belehrungen verzichten, denn sie haben sich als Täuschungen erwiesen. Es frägt sich, ob die Metaphysik nicht einen anderen Vortheil zu bieten hat, der den verlorenen ersetzt. Unser Philosoph wünscht ihre Erhaltung, wenn es nur nicht auf Kosten der Wahrheit geschieht. „Ich habe das Schicksal", sagt Kant, „in die Metaphysik verliebt zu sein, ob ich mich gleich von ihr nur selten einiger Gunstbezeugungen rühmen kann." Das Wort vergleicht, wie mir scheint, die Metaphysik einer ernsten und strengen Muse, deren Dienst schwierig sei und bis jetzt auf falsche Art geübt wurde. Es ist nicht ihre Schuld, daß die Metaphysiker geträumt haben, aber es soll ihr Verdienst sein, daß sie geweckt werden. Eben darin besteht der zweite und wahre Vortheil, den sie gewährt.**)

Müssen alle unsere Urtheile sich auf Erfahrungsbegriffe stützen, so ist es eine nothwendige Aufgabe: jede Frage der Erkenntniß in ihrem Verhältniß zu diesen Begriffen zu prüfen, sie mit den Kräften unserer Vernunft zu vergleichen und daraus zu entscheiden, ob ihre Lösung diese Kräfte übersteigt oder nicht. Dies sei die Aufgabe der Metaphysik. Nachdem sie die Ungültigkeit ihrer bisherigen Systeme eingesehen, verneint sie die Möglichkeit der übersinnlichen und bejaht die der sinnlichen Erkenntniß: sie werde demgemäß „eine Wissenschaft von den Grenzen der menschlichen Vernunft". Als solche ist sie nicht mehr eine besondere Wissenschaft, sondern die Richtschnur unseres intellectuellen

---

*) Ebendas. Th. I. Hptst. IV.: Theoretischer Schluß aus den gesammten Betrachtungen des ersten Theils (S. 87). — **) Ebendas. Th. II. Hptst. II. (S. 105).

Lebens, „die Begleiterin der Weisheit", die unsere Wißbegierde zügelt, vor jeder Ueberschreitung der Vernunftgrenzen warnt, auf den Weg der Erfahrung immer wieder hinweist und hinlenkt. In Uebereinstimmung mit den Bedingungen der menschlichen Natur wird die Wissenschaft selbst naturgemäß und einfach; sie bedarf einer solchen Vereinfachung, nachdem die Schulsysteme mit ihrer künstlichen Gedankendressur sie verfälscht, mit leeren Begriffen erfüllt und scholastisch gemacht haben. Die Rückkehr zur wahren Natur, die Herstellung einer „weisen Einfalt" auch in der Ausbildung und in den Bestrebungen des menschlichen Wissens gilt dem Philosophen als die große Aufgabe einer neuen, ächten, auf die Disciplin und Erziehung unserer Vernunft bedachten Metaphysik.*) Hier erscheint Kants Uebereinstimmung mit Rousseau, die wir auf dem moralischen Gebiete kennen gelernt, auch im Hinblick auf die Normen des wissenschaftlichen Lebens.

Zugleich eröffnet sich uns an dieser Stelle schon ein Ausblick auf die künftigen Forschungen des Philosophen. Die Wissenschaft von den Grenzen der menschlichen Vernunft fordert die Untersuchung der Vernunftvermögen; die Metaphysik ist nicht mehr eine Erkenntniß der Dinge, sondern eine Wissenschaft von dieser Erkenntniß. Sie ist in keinem Fall eine Erkenntniß der Dinge an sich, der intelligibeln Objecte, wie Wolfs „vernünftige Gedanken von Gott, der Welt, der Seele, auch allen Dingen überhaupt". Um die rationale Theologie, Kosmologie, Psychologie ist es geschehen. Von den Ergebnissen, zu denen die spätere Vernunftkritik auf ihrem Wege gelangt, tritt uns in den früheren Untersuchungen Kants dasjenige zuerst entgegen, welches dort zuletzt ausgeführt wurde: die Unmöglichkeit einer Metaphysik des Uebersinnlichen.

2. Der moralische Glaube.

Gegen die Ueberzeugung von der Unmöglichkeit einer Erkenntniß der übersinnlichen Welt wirken zwei Gegengewichte, um die alte Metaphysik zu stützen: das eine ist die Liebe zur eigenen Einbildung, also Selbstliebe, das andere die Hoffnung der Zukunft. Das erste dieser Gegengewichte ist in der Wagschale unseres Philosophen ohne jede Wirkung; alle Vorurtheile aus blinder Ergebenheit und Selbstgefälligkeit sind besiegt, sein Bekenntniß darüber erinnert uns an die Sprache

---

*) Ebendas. Th. II. Hptst. II. (S. 105). Hptst. III.: Praktischer Schluß aus der ganzen Abhandlung (S. 107).

Descartes' in den Meditationen. „Ich habe meine Seele von Vor-
urtheilen gereinigt, ich habe eine jede blinde Ergebenheit vertilgt, welche
sich jemals einschlich, um manchem eingebildeten Wissen bei mir Eingang zu schaffen. Jetzt ist mir nichts angelegen, nichts ehrwürdig, als
was durch den Weg der Aufrichtigkeit in einem ruhigen und für alle
Gründe zugänglichen Gemüthe Platz nimmt; es mag mein voriges
Urtheil bestätigen oder aufheben, mich bestimmen oder unentschieden
lassen. Wo ich etwas antreffe, das mich belehrt, da eigne ich es mir
zu. Das Urtheil desjenigen, der meine Gründe widerlegt, ist mein
Urtheil, nachdem ich es vorerst gegen die Schale der Selbstliebe und
nachher in derselben gegen meine vermeintlichen Gründe abgewogen und
in ihm einen größeren Gehalt gefunden habe."*)

Indessen ist unter den Neigungen, die das menschliche Gemüth
beherrschen und aller Prüfung vorausgehen, eine, die selbst unserem
Philosophen noch stärker erscheint, als jene Gründe, welche die Erkennbarkeit der übersinnlichen Welt widerlegt haben. „Die Verstandeswage
ist doch nicht ganz unparteiisch, und ein Arm derselben, der die Auf-
schrift führt: Hoffnung der Zukunft, hat einen mechanischen Vortheil, welcher macht, daß auch leichte Gründe, welche in die ihm an-
gehörige Schale fallen, die Speculationen von an sich größerem Gewichte
auf der anderen Seite in die Höhe ziehen. Dieses ist die einzige Un-
richtigkeit, die ich nicht heben kann und die ich in der That auch niemals
heben will. Nun gestehe ich, daß alle Erzählungen vom Erscheinen
abgeschiedener Seelen oder von Geistereinflüssen und alle Theorien von
der muthmaßlichen Natur geistiger Wesen und ihrer Verknüpfung mit
uns nur in der Schale der Hoffnung merklich wiegen, dagegen in der
Speculation aus lauter Luft zu bestehen scheinen."**)

Die Hoffnung der Zukunft ist es, die in unserem Gemüth die
Ueberzeugung von der Fortdauer der Seele nach dem Tode und von
der jenseitigen Vergeltung aufrecht hält und darum sowohl der Erkennbarkeit der übersinnlichen Welt als der Glaubwürdigkeit der Geister-
geschichten gern das Wort redet, um sich auf Gründe der Vernunft
wie der Erfahrung zu stützen. Dennoch muß es dabei bleiben, daß die
Erkenntniß des Uebersinnlichen in Scheingründen und die Erzählungen
von Geistern und Geistersehern in Scheinerfahrungen besteht. Niemand

---

*) Ebendas. Th. I. Hauptst. IV. (S. 83). — **) Ebendas. Th. I. Hauptst. IV.
(S. 84).

weiß, wie der Geist in die Welt kommt, noch auch, wie er darin gegen=
wärtig ober mit dem Körper verknüpft ist; darum sollte auch niemand
wissen wollen, wie er aus der Welt hinausgeht und nach dem Tode
fortbauert. Was hier verneint wird, ist nicht das Dasein der Geister
und der Geisterwelt, sondern deren Erkennbarkeit. Wir wissen nichts
von diesen Dingen. Daher wird man wohl thun, auch die Geister=
geschichten, im Ganzen genommen, nicht völlig zu verneinen, aber im
Einzelnen stets zu bezweifeln.*)

Was demnach die Hoffnungen der Zukunft betrifft, so verhält sich
unser Philosoph zu der Möglichkeit ihrer wissenschaftlichen Begründung,
sie sei metaphysisch oder empirisch, völlig verneinend. Jede Art einer
theoretischen Erkenntniß der übersinnlichen Welt, sei es aus bloßer
Vernunft oder aus Wahrnehmung, ist unmöglich. Aber solche Begrün=
dungen sind nothwendig, wird man einwerfen, sonst wären jene Hoff=
nungen grundlos. Kant läßt diesem Einwande keinerlei Geltung; jene
übersinnlichen Einsichten, welcher Art sie auch seien, erscheinen in seinen
Augen eben so unnöthig und entbehrlich, als sie unmöglich sind.
Wenn die ächte Metaphysik unser Wissen auf den naturgemäßen Weg
führen und vereinfachen soll, so muß sie darauf bedacht sein, auch den
Luxus loszuwerden. Alle Theorien von der übersinnlichen Welt gehören
zum Luxus des Wissens, dessen die weise Einfalt nicht bedarf. Die
wahre Metaphysik soll „die Begleiterin der Weisheit" sein und „die
wahre Weisheit ist die Begleiterin der Einfalt".

Man sagt: die Hoffnung der Zukunft gründet sich auf Beweise,
sonst wäre sie unbegründet; und unser sittliches Verhalten in der Welt
gründet sich auf jene Hoffnung, sonst wäre es unmotivirt. Beides ist
falsch: sowohl die Behauptungen als die Consequenzen. Es giebt noch
andere Gründe als die der Demonstration, und es giebt noch andere
Triebfedern des Guten als die der Hoffnung auf ein jenseitiges Leben.
Vielmehr ist die letztere keine moralische Triebfeder, denn sie bewegt
uns lediglich durch den Gedanken an die Vergeltung, sie lockt durch die
Aussicht auf Lohn und schreckt durch die Furcht vor Strafe: sie fällt
daher ganz in die Richtung der Selbstliebe und erzeugt im besten
Fall ein tugendähnliches Handeln, wobei man die Tugend haßt und
ihre Vortheile liebt und ebenso das Laster liebt, aber seine Nachtheile
fürchtet.

---

*) Ebendas. Th. I. Hptst. IV. (S. 85—86).

Die wahre Quelle des guten und uneigennützigen Handelns ist das menschliche Herz in seiner natürlichen Unverdorbenheit und Einfalt, es giebt dem Verstande die Vorschrift und enthält die sittlichen Antriebe, die wir erfüllen, „ohne die Maschinen an eine andere Welt anzusetzen".

Der Glaube an die Unsterblichkeit der Seele macht nicht moralisch, sondern gründet sich vielmehr selbst auf die Moralität der menschlichen Gesinnung; die Hoffnung der Zukunft ist nicht der Grund, sondern die Folge der letzteren. „Daher scheint es der menschlichen Natur und der Reinigkeit der Sitten gemäßer zu sein, die Erwartung der künftigen Welt auf die Empfindungen einer wohlgearteten Seele, als umgekehrt ihr Wohlverhalten auf die Hoffnung der anderen Welt zu gründen. So ist auch der moralische Glaube bewandt, dessen Einfalt mancher Spitzfindigkeit des Vernünftelns überhoben sein kann. Laßt uns demnach alle lärmenden Lehrverfassungen von so entfernten Gegenständen der Speculation und der Sorge müßiger Köpfe überlassen. Sie sind in der That gleichgültig, und der augenblickliche Schein der Gründe dafür oder dawider mag vielleicht über den Beifall der Schulen, schwerlich aber etwas über das künftige Schicksal der Redlichen entscheiden."*)

In diesen Auseinandersetzungen findet sich ein Punkt von fortwirkender Bedeutung und Tragweite: die Lehre vom moralischen Glauben. Unser Philosoph verneint die Erkenntniß der übersinnlichen Welt, nicht den Glauben daran; dieser Glaube ist unabhängig von der Erkenntniß, die Moral ist unabhängig vom Glauben, nicht umgekehrt. Daß die sittlichen Gesetze und Vorschriften unabhängig von aller theoretischen Einsicht bestehen und wirken: dieser Ansicht werden wir später in der Lehre vom „Primat der praktischen Vernunft" wieder begegnen. Daß der sittliche Glaube nicht von den Beweisen der theoretischen, wohl aber von den Geboten der praktischen abhängt: diese Idee trägt und durchdringt „die Religion innerhalb der Grenzen der bloßen Vernunft". Wenn Kant sich jemals skeptisch verhielt, so geschah es nie auf Kosten der Sittenlehre.

3. Kant und Hume.

Sein gegenwärtiger Skepticismus trifft die Erkenntniß. Es ist uns wichtig, die Gründe und Tragweite desselben genau zu bestimmen. Warum erklärt Kant die Erkenntniß der Geisterwelt und die Auflösung aller in dieses Gebiet einschlagenden Fragen für unmöglich? Weil die Gemein-

---

*) Ebendas. Th. II. Hptst. III. (S. 110 flgb.).

schaft der Geister und Körper, ihr Zusammenhang und wechselseitiger Causaleinfluß unbegreiflich ist; er ist es, weil wir den Causalzusammenhang überhaupt, dieses Grundverhältniß der Dinge, nicht zu erkennen vermögen. „Ist man bis zu den Grundverhältnissen gelangt, so hat das Geschäft der Philosophie ein Ende, und wie etwas könne eine Ursache sein oder Kraft haben, ist unmöglich, jemals durch Vernunft einzusehen, sondern diese Verhältnisse müssen lediglich aus der Erfahrung genommen werden. Denn unsere Vernunftregel geht nur auf Vergleichung nach der Identität und dem Widerspruche. Sofern aber etwas eine Ursache ist, so wird durch etwas etwas anderes gesetzt, und es ist also kein Zusammenhang vermöge der Einstimmung anzutreffen, wie denn auch, wenn ich eben dasselbe nicht als eine Ursache ansehen will, niemals ein Widerspruch entspringt, weil es sich nicht contrabicirt: wenn etwas gesetzt ist, etwas anderes aufzuheben. Daher die Grundbegriffe der Dinge als Ursachen, die der Kräfte und Handlungen, wenn sie nicht aus der Erfahrung hergenommen sind, gänzlich willkürlich sind und weder bewiesen noch widerlegt werden können." „Daß mein Wille meinen Arm bewegt, ist mir nicht verständlicher, als wenn jemand sagte, daß derselbe auch den Mond in seinem Kreise zurückhalten könnte; der Unterschied ist nur dieser, daß ich jenes erfahre, dieses aber niemals in meine Sinne gekommen ist."*) Ganz so hatte sich der Philosoph gleich im Anfange seiner Schrift geäußert. Die Ursachen, Kräfte und Wirkungen der Dinge sind in allen Fällen unerkennbar, sie sind nicht in allen undenkbar. Kräfte, die mir in der Erfahrung gegeben sind und meinen Sinnen einleuchten, kann ich vorstellen, so wenig ich im Stande bin, sie zu erkennen. Dies gilt von den Kräften der Materie, die im Raum wirken und denselben erfüllen, wie die Zurückstoßung und Anziehung der Körper, wogegen die Kräfte der Geister, die im Raum wirken, ohne ihn zu erfüllen, weder zu erkennen noch vorzustellen sind.**)

Es ist demnach die allgemeine Frage nach der Erkennbarkeit des Realgrundes, auf die Kant die besonderen Fragen, die der Geisterseher veranlaßt hat, zurückführt; denn es handelt sich in den letzteren um specielle Fälle der Causalität: nämlich um den Zusammenhang zwischen Geist und Körper, um die Gemeinschaft der Geister, um deren Kräfte

*) Ebendas. Th. II. Hptst. III. (S. 108). — **) Ebendas. Th. I. Hptst. I. (S. 53).

und Wirkungsart. So bezeichnet der Philosoph selbst den Gang und das Resultat seiner Untersuchung in jenem Briefe an Mendelsohn, worin er auf die Schrift über Swedenborg zurückblickt. Meiner Mei= nung nach kommt alles darauf an, die Data zu dem Problem aufzu= suchen, wie ist die Seele in der Welt gegenwärtig, sowohl den materiellen Naturen als den anderen von ihrer Art." Zur Auflösung dieser Frage muß man die Kräfte der Seele kennen, ihre Art zu wirken und zu leiden. Da nun eine solche Erkenntniß durch Erfahrung nicht möglich ist, so fragt sich: „ob es an sich möglich sei, durch Vernunfturtheile a priori diese Kräfte geistiger Substanzen auszumachen. Diese Frage löst sich in eine andere auf, ob man nämlich eine primitive Kraft b. i. ob man das erste Grundverhältniß der Ursache zur Wirkung durch Vernunftschlüsse erfinden könne, und da ich gewiß bin, daß dieses unmöglich ist, so folgt, wenn mir diese Kräfte nicht in der Erfahrung gegeben sind, daß sie nur gedichtet werden können."*)

Stammt aber unsere Vorstellung von dem Causalzusammenhang der Erscheinungen blos aus der Erfahrung, so kann von einer Erkennt= niß der Dinge im Sinne des bisherigen Dogmatismus überhaupt nicht mehr die Rede sein. Die Erfahrung liefert keine wirkliche, in das Wesen und die Natur der Dinge eindringende Erkenntniß; die Kräfte der Zurück= stoßung und Anziehung sind und bleiben unerkennbar, obwohl wir diesel= ben erfahren und ihre Wirksamkeit in der Körperwelt wahrnehmen: sie sind erfahrbar, aber nicht erkennbar. Darüber ist unser Philosoph sich vollkommen klar, er durchschaut auch die Grenzen der Erfahrung und täuscht sich nicht über deren Tragweite. Sein Empirismus ist bis zu einem Skepticismus fortgeschritten, der die gesammte dogmatische Philo= sophie trifft und nur das moralische Gebiet nicht berührt. Auch spricht er die Nothwendigkeit einer solchen skeptischen Ansicht in Betreff der Metaphysik gegen Mendelsohn unverhohlen aus. „Was den Vorrath an Wissen betrifft, der in dieser Art öffentlich feil steht, so ist es kein leichtsinniger Unbestand, sondern die Wirkung einer langen Untersuchung, daß ich in Ansehung dessen nichts rathsamer finde, als ihm das dog= matische Kleid abzuziehen und die vorgegebenen Einsichten skeptisch zu behandeln, wovon der Nutzen freilich nur negativ ist, aber zum

*) Kants S. W. (Ausgabe von Rosenkranz und Schubert). Bd. XI. Abth. I. S. 9 flgd.

positiven vorbereitet, denn die Einfalt eines gesunden, aber ununter=
wiesenen Verstandes bedarf, um zur Einsicht zu gelangen, nur ein
Organon, die Scheineinsicht aber eines verderbten Kopfes zuerst ein
Kathartikon."*)

Aus diesem skeptischen, im Empirismus begründeten Gesichts=
punkte sind die „Träume" geschrieben, und die ganze satyrische Haltung
der Schrift ist von dem skeptischen Charakter durchdrungen; beide passen
vortrefflich zusammen, und die eine würde ohne den anderen nicht zu
einer so leichten und' ungedrückten Ausführung gekommen sein. Ich
wüßte nicht, daß Kant in einer anderen seiner Schriften, sei es vorher
oder nachher, sich jemals skeptischer geäußert habe.

Hier finde ich nun unseren Philosophen in seiner größten Ueber=
einstimmung mit Hume. Er ist mit dem Schotten überzeugt, daß die
Metaphysik nur noch eine Wissenschaft von den Grenzen der menschlichen
Vernunft sein könne und müsse; daß unsere Erkenntniß in Mathematik
und Erfahrung bestehe, daß alles menschliche Wissen sich auf die Welt,
in der wir empfinden, zu beschränken habe, daß alle Wissenschaft des
Uebersinnlichen nicht blos unmöglich, sondern auch überflüssig und unnütz
sei, daß sie in Luftschlössern träume. Und zwar theilt Kant alle diese
Ueberzeugungen, weil er mit Hume darin einverstanden ist, daß unsere
Vernunft blos nach der Regel der Identität und des Widerspruchs
Vorstellungen vergleichen, also nur analytisch urtheilen könne; daß der
Begriff der Ursache oder Kraft kein Vernunftbegriff, kein Erkenntniß=
begriff, sondern ein Erfahrungsbegriff sei, der sich auf die gemeine
Wahrnehmung der Erscheinungen gründe. Hume wollte die Menschen
von allen unfruchtbaren Speculationen zu dem praktischen und erfah=
rungsmäßigen Leben zurückführen, dessen Führerin die Gewohnheit sei;
sie mögen nach der Richtschnur der Gewohnheit, die aus der Erfahrung
hervorgeht, denken und leben und sich aller Grübeleien entschlagen über
die Dinge jenseits der Erfahrung. Es scheint, als ob Kant in den
letzten Worten seiner Schrift auch diesem Ergebniß beistimme: „ich
schließe mit demjenigen, was Voltaire seinen ehrlichen Candide nach
so vielen unnützen Schulstreitigkeiten zum Beschlusse sagen läßt: laßt

---

*) Kants S. W. (Ausgabe von Rosenkranz und Schubert). Bd. XI. Abth. I.
S. 9—10. Die Lesart „meines gesunden aber ununterwiesenen Verstandes" ist
offenbar falsch, obwohl in allen Ausgaben zu finden; ich lese dem Sinne gemäß
„eines" statt „meines".

uns unſer Glück beſorgen, in den Garten gehen und ar=
beiten."*)

Der Einfluß Humes auf Kant iſt in dem Entwicklungsgange des
letzteren zur kritiſchen Epoche nach ſeinem eigenen Bekenntniß ſo wichtig
und entſcheidend geweſen, daß wir dieſen Punkt genau erforſchen und
unſeren Leſern darüber die beſtimmteſte Rechenſchaft geben müſſen. Wir
haben erklärt, daß dieſer Einfluß zuerſt in dem Verſuch über die nega=
tiven Größen deutlich hervortritt**) und in den „Träumen" culminirt,
alſo in die Jahre von 1762—65 fällt. Dieſe Anſicht iſt neuerdings
angezweifelt worden, insbeſondere hat Paulſen den bemerkenswerthen
Verſuch gemacht, ihr eine andere entgegenzuſtellen. Nach ihm habe ein
poſitiver Einfluß von Seiten Humes auf Kant niemals ſtattgefunden,
ſondern nur ein negativer: unſer Philoſoph habe von Hume nur ge=
lernt, auf welchem Wege es unmöglich ſei, die Metaphyſik zu begründen;
er ſei, wie er ſelbſt ſage, dadurch auf den Weg der allein möglichen
Begründung hingewieſen und zu ſeiner kritiſchen Richtung geführt wor=
den. Dieſe durch Hume beeinflußte Wendung bezeuge ſich erſt in der
Jnauguralſchrift vom Jahre 1770.***) Aehnlich wollte Paulſen auch
die Art und Weiſe, wie Kant in ſeinem Verſuch über die negativen
Größen das Problem des Realgrundes formulirt hat, nicht auf Hume,
ſondern lieber auf Reimarus zurückführen, weil dieſer mit ähnlichen
Worten gerade das Gegentheil behauptet.

Wir haben den literariſch ſichtbaren Einfluß der engliſchen Philo=
ſophie auf Kant in den Schriften des letzteren ſeit 1762 kennen gelernt
und ſeinen Fortgang vom Rationalismus zum Empirismus und weiter
zum Skepticismus genau verfolgt. Die Ausſprüche des Philoſophen
ſelbſt laſſen darüber keinen Zweifel. Es iſt den Thatſachen gegenüber
völlig ungerechtfertigt, wenn Paulſen ſchreibt: „Es wird der Annahme
nichts entgegenſtehen, daß Kant in der erſten Hälfte der ſechsziger
Jahre über ſeine Verwandtſchaft mit den engliſchen Philoſophen nicht
einmal annähernd klar ſieht". Dieſer Annahme ſteht in der That alles
entgegen. Und ſchon im Hinblick auf die Geiſtesart unſeres Philoſophen,
der in beſtändiger Selbſtprüfung begriffen war, hätte Paulſen nie ſagen
ſollen: „Kant iſt ein Empiriſt, er weiß es aber eigentlich ſelbſt nicht."†)

---

*) Träume u. ſ. f. Th. II. Hauptſt. III. (Bd. III. S. 112). — **) S. oben
Cap. XII. S. 195—197. — ***) Paulſen: Verſuch einer Entwicklungsgeſchichte der
kantiſchen Erkenntnißtheorie. S. 88—100. — †) S. oben Cap. XII. S. 196 Anmkg.

Er wußte es wohl und hat seinen Empirismus in einer Weise aus=
gesprochen, die nicht bewußter und schärfer sein konnte. Aber ich fürchte,
daß bei einer solchen Meinung über Kants Verhältniß zur englischen
Philosophie und über den Charakter seines Empirismus das Urtheil
über Humes Einfluß nicht mehr treffend ausfallen kann.

Kant neigte sich dem Empirismus zu und ergriff diese Richtung
mit völliger Entschlossenheit, er verfolgte sie bis zu dem skeptischen
Standpunkt, den wir kennen gelernt. Beides geschah unter Humes
Einfluß. Beides folgte bei Kant bewiesenermaßen aus der Einsicht:
daß der Begriff des Realgrundes kein Vernunftbegriff und kein Er=
kenntnißbegriff sei, sondern aus der gemeinen Erfahrung folge. Wer
diese Einsicht zuerst ausgesprochen und unserem Philosophen diesen Punkt
erleuchtet hat, der diente ihm auf dem Wege von dem Versuch über
die negativen Größen bis zu den Träumen des Geistersehers zum Führer
oder zur Leuchte. Dieser Mann war Hume, er allein, und zwar nach
Kants eigenem Zeugniß, das jeden Zweifel darüber ausschließt.

Ich lasse deshalb den Philosophen selbst reden. „Seit Lockes und
Leibniz' Versuchen oder vielmehr seit dem Entstehen der Metaphysik,
so weit die Geschichte derselben reicht, hat sich keine Begebenheit zu=
getragen, die in Ansehung des Schicksals dieser Wissenschaft hätte ent=
scheidender werden können, als der Angriff, den David Hume auf die=
selbe machte." „Hume ging hauptsächlich von einem einzigen, aber wich=
tigen Begriffe der Metaphysik, nämlich dem der Verknüpfung der
Ursache und Wirkung (mithin auch dessen Folgebegriffe der Kraft
und Handlung u. s. f.) aus und forderte die Vernunft, die da vorgiebt,
ihn in ihrem Schooße erzeugt zu haben, auf, ihm Rede und Antwort
zu geben, mit welchem Rechte sie sich denkt: daß etwas so beschaffen
sein könne, daß, wenn es gesetzt ist, dadurch auch etwas anderes noth=
wendig gesetzt werden müsse; denn das sagt der Begriff der Ursache.
Er bewies unwidersprechlich: daß es der Vernunft gänzlich unmöglich
sei, a priori und aus Begriffen eine solche Verbindung zu denken, denn
diese enthält Nothwendigkeit; es ist aber gar nicht abzusehen, wie
darum, weil etwas ist, etwas anderes nothwendiger Weise
auch sein müsse, und wie sich also der Begriff von einer solchen Ver=
knüpfung a priori einführen lasse." „Hieraus schloß er: die Vernunft
habe gar kein Vermögen, solche Verknüpfungen, auch selbst nur im All=
gemeinen, zu denken, weil ihre Begriffe alsdann bloße Erdichtungen sein
würden, und alle ihre vorgeblich a priori bestehenden Erkenntnisse wären

nichts als falsch gestempelte gemeine Erfahrungen, welches eben so viel sagt, als es gebe überall keine Metaphysik und könne auch keine geben."*) Wir haben die Stelle in ihrer ganzen Ausführung gegeben, denn sie beurkundet erstens: daß Kant das Problem des Realgrundes genau in der Fassung, wie er diese Frage in dem Versuch über die negativen Größen formulirte und aussprach, auf Hume zurückführte und auf keinen anderen. Sie bezeugt zweitens: daß Kant, als er die Träume des Geistersehers schrieb, genau so dachte, wie Hume, nach der von ihm selbst gegebenen richtigen Schilderung des humeschen Standpunktes. Er dachte damals, wie jener, in Ansehung nicht blos der Gründe, sondern auch der Folgerungen. Die Gründe bestanden in der Einsicht, daß die Causalität unerkennbar, die Folgerungen in der Einsicht, daß die Meta= physik als Erkenntniß der Dinge unmöglich sei. Er dachte damals, wie jener, nicht blos über den Unwerth der Metaphysik, sondern auch über deren Werth. Denn er bemerkt ausdrücklich: „Gleichwohl nannte Hume eben diese zerstörende Philosophie selbst Metaphysik und legte ihr einen hohen Werth bei. „Metaphysik und Moral, sagt er (im IV. Theil seiner Essays), sind die wichtigsten Zweige der Wissenschaft; Mathe= matik und Naturwissenschaft sind nicht halb so viel werth.""**) Un= gültig und unnütz ist die Metaphysik als Erkenntniß vom Wesen der Dinge; nothwendig dagegen und wichtig ist sie als „Wissenschaft von den Grenzen der menschlichen Vernunft".

Jetzt ist bewiesen, daß Kant in der Fassung, wie in der Lösung des Erkenntnißproblems oder der Frage nach der Erkennbarkeit des Realgrundes in der Mitte der sechsziger Jahre einen Standpunkt ein= nahm, in dessen Ausbildung Hume ihm voranging, in dessen Behaup= tung er mit jenem völlig übereinstimmte. Es ist noch nicht bewiesen, daß er darin auch von Hume abhängig und direct beeinflußt war. Hören wir auch über diesen Punkt sein eigenes Zeugniß. „Ich gestehe frei", sagt Kant, „die Erinnerung des David Hume war eben das= jenige, was mir vor vielen Jahren zuerst den dogmatischen Schlummer unterbrach und meinen Untersuchungen im Felde der speculativen Phi= losophie eine ganz andere Richtung gab."***) Damit ist jene Wendung bezeichnet, womit er die Richtung des Rationalismus und die dogma= tische Metaphysik verließ und zum Empirismus fortging, der ihn zum

---

*) Kants Prolegomena zu einer jeden künftigen Metaphysik u. s. w. Vorr. (Bd. III. S. 167—68). — **) Ebendas. Vorr. (S. 168 Anmlg.). — ***) Ebendas. Vorr. (S. 170).

Skepticismus führte. Es war zwanzig Jahre nach dieser Krisis (die in den Zeitraum von 1762—65 fällt), als der Philosoph jenes obige Bekenntniß ablegte, welches authentisch bezeugt, daß Hume nicht blos sein Vorgänger war, sondern auch sein Vorbild und Führer.

Allerdings fügt er hinzu: „Ich war weit entfernt ihm in Ansehung seiner Folgerungen Gehör zu geben, die blos daher rührten, weil er sich seine Aufgabe nicht im Ganzen vorstellte, sondern nur auf einen Theil derselben fiel, der, ohne das Ganze in Betracht zu ziehen, keine Auskunft geben kann". Diese Worte werden uns nicht mehr irre leiten, da wir bereits gezeigt haben, daß Kant in dem Zeitpunkt, von dem wir handeln, seinem Vorgänger auch in Ansehung der Folgerungen Gehör gab und zwar aller, auf die es hier ankommt.*)

Nun müssen wir fragen: welche Art der Folgerungen meint der Philosoph in seiner obigen Erklärung? Er meint, daß die Untersuchung nicht blos auf den Begriff des Realgrundes einzuschränken, sondern auf eine Reihe anderer gleichwerthiger Begriffe (die Kategorien) auszudehnen war, daß diese Begriffe nicht aus der Erfahrung, sondern aus dem reinen Verstande entspringen und ihre objective Gültigkeit aus dem letzteren zu deduciren sei; daß eine solche Deduction sich niemand außer Hume habe einfallen lassen, und daß sie diesem, seinem „scharfsinnigen Vorgänger" unmöglich geschehen; daß sie „das Schwerste sei, das jemals zum Behuf der Metaphysik unternommen werden konnte". Dies alles sind Fragen und Untersuchungen, die sich erst dem kritischen Gesichtspunkt eröffnen. In Kants vorkritischem Entwicklungsgange gab es eine Zeit, wie wir urkundlich nachgewiesen, wo er, wie Hume, das Erkenntnißproblem mit der Frage nach der Erkennbarkeit des Realgrundes identificirte, wo ihm dieser Begriff als der entscheidende galt, wo er denselben, wie Hume, blos aus der Erfahrung abgeleitet wissen wollte, wo er, wie sein scharfsinniger Vorgänger, die Deduction dieses Begriffs aus bloßer Vernunft für unmöglich und darum die Systeme der Metaphysik für „Träume der Vernunft" hielt. Der Standpunkt, mit welchem als dem Ergebniß seiner Untersuchungen Hume endete, wurde für Kant der Ausgangspunkt einer neuen Forschung: nicht etwa so, daß er demselben, wie Paulsen meint, von vornherein widersprach, sondern er ergriff

---

*) Wenn man mir, wie Cohen, einwendet, daß ich in den früheren Auflagen dieses Werkes den Einfluß Humes auf Kant zu ausgedehnt gefaßt habe, so ist dieser Einwurf so verfehlt, daß sein Gegentheil richtiger wäre: ich halte jenen Einfluß nicht ausgedehnt genug dargestellt.

diesen Standpunkt, machte ihn zu dem seinigen und schritt dann vorwärts in der Richtung, die allein noch möglich und übrig war, die den nothwendigen Fortgang, wie den einzigen Ausweg bezeichnete: nämlich den naturgemäßen Fortschritt vom skeptischen Standpunkt zum kritischen. So erklärt sich Kant selbst über seinen positiven Ausgang von Hume. „Wenn man von einem gegründeten, obzwar nicht ausgeführten Gedanken anfängt, den uns ein anderer hinterlassen, so kann man wohl hoffen, es bei fortgesetztem Nachdenken weiter zu bringen, als der scharfsinnige Mann kam, dem man den ersten Funken dieses Lichts zu verdanken hatte."*)

Es befremdet uns nicht, daß dem Philosophen, als er die Vorrede seiner „Prolegomena" schrieb, die Kluft zwischen ihm und Hume weit gegenwärtiger war, als jene Uebereinstimmung, deren Zeitpunkt so viele Jahre hinter ihm lag. Seit jener Schrift, „Träume eines Geistersehers, erläutert durch Träume der Metaphysik", waren achtzehn Jahre vergangen, innerhalb deren die „Kritik der reinen Vernunft" begonnen und ausgeführt wurde.

Sechszehntes Capitel.
Das Raumgefühl und die Raumanschauung. Die Ergebnisse der vorkritischen Periode.

I. Die Unterscheidung der Erkenntnißvermögen.

Wir haben bis auf eine einzige kleine Schrift, die noch dem Jahre 1770 vorausgeht, sämmtliche Werke der vorkritischen Zeit mit der Ausführlichkeit und Genauigkeit kennen gelernt, welche unsere entwicklungsgeschichtliche Betrachtung und die Wichtigkeit ihres Gegenstandes verlangt. Am Schlusse dieses Abschnittes ordnen wir die gewonnenen Resultate, die in Rücksicht auf die Untersuchungen und Feststellungen der kritischen Forschung eine vorbereitende und fortwirkende Bedeutung haben.**) Soll die Metaphysik eine „Wissenschaft von den Grenzen der Vernunft" werden, so muß sie vor allem deren Vermögen nach ihrer

---

*) Prolegomena. Vorr. (S. 170—71). — **) Vgl. meine Inauguralschrift: „Clavis Kantiana. Qua via J. Kant philosophiae criticae elementa invenerit". (Jenae 1858.)

Natur und Tragweite deutlich erkennen. Dazu gehört eine sorgfältige Sichtung und Unterscheidung unserer Vernunftkräfte. Und gerade in diesem Punkt ist Kant durch die Untersuchungen der vorkritischen Periode zu Ergebnissen gekommen, die in die Grundlagen und ersten Aufgaben der Kritik selbst eingreifen. Die praktischen Vermögen sind schon von den theoretischen geschieden, und in dem Gebiete der letzteren sind schon die verschiedenen Erkenntnißarten erleuchtet. Die Natur oder Art einer Vernunftkraft erhellt aus ihrer Leistung.

1. Die analytische und synthetische Art der Erkenntniß.

Die bloße Denkkraft oder das logische Erkenntnißvermögen kann nur Begriffe zergliedern, verdeutlichen und vergleichen. Nach der Regel der Identität und des Widerspruchs verbindet und trennt sie die Vorstellungen: ihre Leistung besteht im analytischen Urtheil. Sie unterscheidet die Vorstellungen, welche die Sinne liefern; unsere Sinnlichkeit vermag Dinge von einander zu unterscheiden, unser Verstand erkennt diese Unterschiede, indem er dieselben verdeutlicht: er ist daher nicht aus der Sinnlichkeit abzuleiten, sondern eine von ihr verschiedene Grundkraft. Aber der bloße Verstand kann auch nur Vorstellungen oder Begriffe erkennen, nicht die davon unabhängige Wirklichkeit der Dinge: weder deren Dasein noch deren Wirksamkeit und Zusammenhang, weder die Existenz noch den Realgrund. Er ist daher unvermögend, die wirkliche Verknüpfung der Dinge einzusehen, d. h. verschiedene Vorstellungen zu verknüpfen oder synthetisch zu urtheilen; und da in dieser Urtheilsart alle Erkenntniß der Dinge besteht, so ist er unfähig eine solche zu leisten. Hieraus erhellt der Unterschied zwischen der logischen und realen Erkenntniß, also auch der Unterschied zwischen den Vermögen, durch die jede von beiden zu Stande kommt.

Die Vorstellung der wirklichen Dinge ist uns nur durch Erfahrung gegeben; die Begriffe der Existenz und Ursache, der Kraft und Wirksamkeit sind uns nur durch die sinnliche Wahrnehmung einleuchtend und haben jenseits derselben oder unabhängig von ihr keinerlei für die Erkenntniß brauchbare Geltung: es giebt daher keine rationale oder dogmatische Metaphysik. Demnach sind schon genau unterschieden die Vermögen der sinnlichen Wahrnehmung, der logischen Urtheilskraft und der Erfahrung; es ist schon klar, daß durch das erste Vermögen keine Erkenntniß, durch das zweite keine Erfahrung, durch das dritte keine metaphysische Einsicht dogmatischer Art erzeugt wird. Die bloße Sinnlichkeit verhält sich nicht erkennend, der bloße Verstand nur analysirend oder verdeutlichend, er leistet keine synthetischen Urtheile und liefert darum weder Erfahrung noch Metaphysik.

2. Die synthetische Art der mathematischen Erkenntniß.

Wenn die Metaphysik eine Wissenschaft der ersten Gründe sein soll und die intelligible Welt jenseits der Erfahrung nicht betreten darf, so bleibt ihr nur übrig, unsere erfahrungsmäßigen, gegebenen Vorstellungen zu untersuchen, durch Zergliederung bis zu deren letzten Gründen oder Elementen vorzubringen und auf diesem Wege die Gebiete unserer Vernunft bis zu deren äußersten Grenzen zu durchforschen. So wird sie zu einer Wissenschaft von den Grenzen der menschlichen Vernunft, sie wird es auf dem Wege einer analytischen Untersuchung im ausdrücklichen Gegensatz zu der synthetischen Methode der Mathematik, die sie nachgeahmt hatte, so lange sie eine Erkenntniß der Dinge sein wollte.

Es ist von der größten folgereichen Bedeutung, daß unser Philosoph diesen Punkt schon erleuchtet hat: ich meine den Unterschied zwischen der Mathematik auf der einen Seite und der Erfahrung, Logik und Metaphysik auf der anderen. Die Mathematik verfährt synthetisch, weil sie ihre Begriffe construirt d. h. in der Anschauung erzeugt und darstellt; die Erfahrung verfährt synthetisch, aber nicht construirend, denn sie erzeugt ihre Vorstellungen nicht, sondern empfängt sie; die Logik verfährt mit den gegebenen Begriffen analytisch, um dieselben zu verdeutlichen; die Metaphysik verfährt mit den gegebenen Vorstellungen auch analytisch, (nicht blos um sie zu verdeutlichen, sondern um sie zu ergründen und ihren Ursprung zu erkennen).

Die mathematischen Begriffe sind nicht gegeben, sondern erzeugt: darin unterscheiden sie sich von den sinnlichen und empirischen Vorstellungen; sie sind vollkommen deutlich, aber nicht auf analytischem Wege entstanden: darin unterscheiden sie sich von den logischen Begriffen; sie sind deutlich, wie die logische, anschaulich, wie die sinnliche, synthetisch, wie die empirische Vorstellungsart. Das Vermögen, wodurch diese Begriffe erzeugt werden, ist daher ein Erkenntnißvermögen: es muß demnach in unserer Vernunft ein sinnliches oder anschauendes Erkenntnißvermögen geben, das sich von den übrigen theoretischen Kräften, insbesondere auch von der sinnlichen Wahrnehmung unterscheidet. In seiner Preisschrift hatte Kant eine Untersuchung begonnen, die weiter bringen und den Charakter der Mathematik bis auf den Ursprung ergründen mußte.

18*

II. Kants vorkritische Ansichten vom Raum.

1. Der Raum als Verhältnißbegriff.

Dieser Gesichtspunkt führt unseren Philosophen zu einer neuen Lehre vom Raum, die das Thema seiner letzten vorkritischen Schrift ausmacht: „Von dem ersten Grunde des Unterschiedes der Gegenden im Raum" (1768).*) Die Objecte der Mathematik sind die Größen. Was von allen mathematischen Begriffen gilt, daß sie anschaulich, weil construirbar, sind, muß zu allererst an den Raumgrößen einleuchten, weil sie in die äußere Anschauung fallen. Wenn aber alle Raumgrößen anschaulich sind, so wird auch der Raum selbst den Charakter der Anschauung haben müssen und nicht mehr für einen logischen oder metaphysischen Begriff gelten dürfen. Als einen solchen nahm ihn Kant in seiner ersten Schrift „von der wahren Schätzung der lebendigen Kräfte"; er war damals mit Leibniz überzeugt, daß der Raum ein Verhältniß oder eine Ordnung der Dinge sei, die nicht stattfinden könnte, wenn die Substanzen keine Kraft hätten, außer sich zu wirken. Die Einheit der Welt fordert die Einheit des Raumes, der kein anderer sein kann, als der unsrige mit seinen drei Dimensionen. Aber nach dem Vorbilde der leibnizischen Lehre bejahte damals Kant noch die Möglichkeit zahlloser Welten und erklärte demgemäß, daß es vielerlei Arten des Raumes geben könne d. h. Räume von mehr als drei Dimensionen.**) Zwanzig Jahre später rechnete Kant die Monadenlehre mit ihren zahllosen Welten unter „die Mährchen aus dem Schlaraffenlande der Metaphysik".

2. Der Raum als Grundbegriff. Der absolute Raum.

Seine Ansicht vom Raum ändert sich schon unter Newtons entscheidendem Einfluß, und es sind hauptsächlich zwei Vorstellungen von grundsätzlicher Geltung, die eine Umbildung jener Ansicht fordern: der monistische Begriff der Welt und der dynamische Begriff der Materie. Gilt die Einheit der Welt und der durchgängige Zusammenhang aller Dinge, so kann es nicht mehr vielerlei Arten des Raumes geben: es folgt die alleinige Realität des dreidimensionalen Raumes. Ist die Materie raumerfüllendes Dasein vermöge der gemeinsamen Wirksamkeit

---

*) Bd. III. (S. 116—22). S. ob. Cap. VI. S. 109. — **) S. ob. Cap. VIII. S. 125—126.

der Zurückstoßungs= und Anziehungskraft, so leuchtet ein, daß die Kräfte den Raum nicht erzeugen, sondern erfüllen, also voraussetzen: es folgt, daß in Rücksicht der Dinge der Raum nichts Abgeleitetes ist, sondern etwas Ursprüngliches. Ohne den Raum giebt es keine Coeristenz, keine Gemeinschaft, keinen äußeren, also überhaupt keinen wirklichen Zusammenhang der Dinge. Diese Ansicht von der Einheit und Ur= sprünglichkeit des Raumes erhellt bereits aus Kants „monadologia physica" und seiner „nova dilucidatio".*)

Die nächste Frage heißt: was ist der Raum? Hier sind einige beiläufige Aeußerungen in jenen Schriften, die uns den Fortgang des Philosophen vom Rationalismus zum Empirismus bezeichnet haben, wohl zu beachten. Die Beantwortung jener Frage ist nicht die Sache der Mathematik, diese muß den Raum voraussetzen und hat daher nicht die Aufgabe, ihn zu erklären; vielmehr soll dies von der Metaphysik geleistet werden, indem sie die Raumvorstellung zergliedert und alle von der Mathematik zuverlässig erwiesenen Daten ihrer Betrachtung zu Grunde legt. Es heißt in der Vorrede zu dem Versuch über die negativen Größen: „Die Metaphysik sucht die Natur des Raumes und den obersten Grund zu finden, daraus sich dessen Möglichkeit verstehen läßt".**) In der nächsten Schrift über den einzig möglichen Beweisgrund kommt der Philosoph gelegentlich auf diese Frage zurück, um zu bemerken, daß sie ein ungelöstes Problem enthalte. „Ich zweifle, daß einer jemals richtig erklärt habe, was der Raum sei. Allein ohne mich damit einzulassen, bin ich gewiß, daß, wo er ist, äußere Beziehungen sein müssen, daß er nicht mehr als drei Abmessungen haben könne u. s. f."***) In der „Untersuchung über die Deutlichkeit der Grundsätze der natürlichen Theologie und Moral" finden wir dasselbe Problem wiederum berührt und beispielsweise erörtert. Es wird von neuem bemerkt, daß der Begriff des Raumes in der Mathematik unauflöslich sein müsse, weil seine Zergliederung und Erklärung gar nicht für diese Wissenschaft gehöre; aber zugleich wird dieser Begriff unter die vielen gerechnet, die auch in der Metaphysik „beinahe gar nicht aufgelöst werden können". Das= selbe gilt von dem Begriffe der Zeit. Indessen folgen wir dem Philo= sophen in der Art, wie er den Raum betrachtet. „Ehe ich mich noch

---

*) Vergl. oben Cap. VIII. S. 169. Cap. XI. S. 169—72. — **) Versuch, die neg. Größen u. s. f. (Bd. I. S. 22). — ***) Der einzig mögliche Beweisgrund u. s. f. Abth. I. Betr. I. (Bd. VI. S. 20). Vgl. oben Cap. XIII. S. 207.

278

anschicke zu erklären, was der Raum sei, so sehe ich deutlich ein, daß, da mir dieser Begriff gegeben ist, ich zuvörderst durch Zergliederung diejenigen Merkmale, welche zuerst und unmittelbar hierin gedacht werden, aufsuchen müsse. Ich bemerke demnach, daß darin vieles außerhalb einander sei, daß dieses viele nicht Substanzen seien, denn ich will nicht die Dinge im Raum, sondern den Raum selber erkennen, der Raum nur drei Abmessungen haben könne u. s. w. Dergleichen Sätze lassen sich wohl erläutern, indem man sie in concreto betrachtet, um sie anschauend zu erkennen, allein sie lassen sich niemals beweisen."*)

Wir sehen, welches Resultat aus dieser beiläufig geführten Untersuchung hervorgeht. Kants Ansicht vom Raum war im Jahre 1763 so weit ausgebildet, daß ihm die Einheit und Ursprünglichkeit des Raumes in Rücksicht sowohl der Materie als unserer Vorstellung fest stand: der Raum ist außer uns der erste Grund zur Möglichkeit der Materie, er ist in uns ein Grundbegriff, eine nicht weiter aufzulösende oder abzuleitende Elementarvorstellung. Die nächste Frage heißt: welcher Art ist diese Vorstellung?

Bevor wir die Antwort hören, betonen wir nachdrücklich eine der wichtigsten Folgerungen, die sich aus dem festgestellten Begriffe des Raumes ergiebt und in der Erläuterung der Träume des Geistersehers durch die Träume der Metaphysik einen sehr wesentlichen Bestandtheil ausmacht. Wie Kant den Raum betrachtet, muß er an demselben jede Möglichkeit unserer Erkenntniß der übersinnlichen Welt und der Geistergemeinschaft scheitern lassen. Denn die Geister können uns nicht erscheinen, ohne im Raume gegenwärtig zu sein, und sie können nicht Geister sein, wenn sie den Raum erfüllen. Wie aber sollen sie in ihm sein und wirken, ohne ihn zu erfüllen? Darin lag die Unmöglichkeit ihrer Erscheinung, ihrer Erkennbarkeit, wie überhaupt der Erkennbarkeit übersinnlicher Objecte. So lange der Raum eine eigene von der Vorstellung unabhängige Realität hat, steht er wie der Felsen von Erz wider jede Möglichkeit solcher Erscheinungen und solcher Einsichten. Sobald aber diese Realität des Raumes fällt — wir setzen den Fall, daß sie ihre Geltung verlöre — so müßte die Frage nach der Erkennbarkeit der übersinnlichen Welt zwar noch keineswegs bejaht, wohl aber ganz von neuem untersucht werden.

----

*) Untersuchung über die Deutlichkeit u. s. f. Betr. I. § 3 (Bd. I. S. 70—72 Vgl. oben Cap. XIII. S. 215—16.

3. Das Raumgefühl und die Raumanschauung.

Vorerst aber ist jener Begriff des absoluten Raumes, den der Philosoph gewonnen und gelegentlich erörtert hatte, zu beweisen. Eben darin besteht die Absicht seiner letzten vorkritischen Schrift, die mit den „Träumen" und den nächst vorhergehenden Untersuchungen genauer zusammenhängt, als einem Leser einleuchtet, der die Bedeutung und Ent= wicklung des Raumbegriffes in der ersten Periode Kants nicht vor Augen hat. Der Philosoph selbst erklärt, es sei der Zweck seiner Ab= handlung, „zu versuchen, ob nicht in den anschauenden Urtheilen der Ausdehnung, dergleichen die Meßkunst enthält, ein evidenter Beweis zu finden sei: daß der absolute Raum, unabhängig von dem Da= sein aller Materie und selbst als der erste Grund der Mög= lichkeit ihrer Zusammensetzung, eine eigene Realität habe."*)

Um in der Beweisführung den nervus probandi sogleich richtig zu fassen, muß man das Ziel derselben kennen. Daß der Raum, ob er nun als Grund oder Folge gilt, jedenfalls ein Erfahrungsobject ist und eine eigene Realität hat, steht außer Zweifel. Es handelt sich nur um die Frage, welche von jenen beiden Bestimmungen dem Raume zukommt: ob er Grund= oder Folgebegriff, unabhängig oder abhängig, absolute oder relative Realität (Verhältniß) ist? Das erste soll bewiesen werden, indem das zweite widerlegt wird, und umgekehrt.

Wenn es Unterschiede im Raum giebt, die sich aus den räumlichen Verhältnissen der Dinge niemals erklären lassen, so ist bewiesen, daß der Raum nicht blos ein Verhältniß der Dinge ausdrückt. Wenn jene Unterschiede durchgängig gelten und dergestalt, daß ohne sie die räum= lichen Verhältnisse und Ordnungen der Dinge nicht unterschieden werden können, so ist bewiesen, daß jene Unterschiede sich auf den absoluten Raum beziehen und dieser also eine reale Geltung behauptet. Das räumliche Verhältniß der Dinge ist ihre Lage, wodurch die Nachbar= schaft eines Dinges, sein Ort und die wechselseitige Beziehung der Oerter bestimmt ist. Das wechselseitige Verhältniß der Lagen ist die Gegend, wodurch nicht mehr der Ort oder die Lage, sondern die Richtung derselben bestimmt wird. „Bei allem Ausgedehnten ist die Lage seiner Theile gegen einander aus ihm selbst hinreichend zu er= kennen, die Gegend aber, wohin diese Ordnung der Theile gerichtet ist, bezieht sich auf den Raum außer denselben, und zwar nicht auf dessen

*) Von dem ersten Grunde des Unterschiedes u. s. f. (Bd. III. S. 116).

Oerter, weil dieses nichts anderes sein würde, als die Lage eben dersel=
ben Theile in einem äußeren Verhältniß, sondern auf den allgemeinen
Raum als eine Einheit, wovon jede Ausdehnung als ein Theil an=
gesehen werden muß." Der Unterschied der Gegenden läßt sich nie aus
dem räumlichen Verhältniß der Dinge abstrahiren und bezieht sich daher
auf den absoluten Raum.*)

Ein Beispiel macht die Sache sogleich klar. Ich schreibe auf ein
Blatt zweimal dasselbe Wort; die Buchstaben sind genau dieselben, auch
ihre räumliche Folge, also das räumliche Verhältniß ist in beiden Wörtern
vollkommen das gleiche; aber das eine Wort steht oben, das andere
unten, oder jenes steht rechts, dieses links, oder das erste steht auf der
vorderen, dieses auf der hinteren Seite des Blattes. Wäre der Raum
nur das Verhältniß der Coordination der Theile, so wären jene beiden
Wörter nicht zu unterscheiden. Eben so verhält es sich mit der rechten
und linken Hand, mit dem Objecte und seinem Spiegelbilde, mit zwei
völlig gleichen und ähnlichen Raumgrößen, deren eine „das incongruante
Gegenstück" der anderen ist. Setzen wir den Fall, das erste Schöpfungs=
stück sei eine Menschenhand, so müßte dieselbe entweder eine rechte oder
linke sein. „Nimmt man nun den Begriff vieler neueren Philosophen,
vornehmlich der deutschen an, daß der Raum nur in dem äußeren
Verhältniß der neben einander befindlichen Theile der Materie bestehe,
so würde aller wirkliche Raum in dem angeführten Falle nur derjenige
sein, den diese Hand einnimmt. Weil aber gar kein Unterschied in
dem Verhältniß der Theile derselben unter sich stattfindet, sie mag eine
rechter oder linke sein, so würde diese Hand in Ansehung einer solchen
Eigenschaft gänzlich unbestimmt sein, d. h. sie würde auf jede Seite des
menschlichen Körpers passen, welches unmöglich ist. Es ist hieraus klar:
daß nicht die Bestimmungen des Raumes Folgen von den Lagen der
Theile der Materie gegen einander, sondern diese Folgen von jenen sind,
und daß also in der Beschaffenheit der Körper Unterschiede angetroffen
werden können, und zwar wahre Unterschiede, die sich lediglich auf den
absoluten und ursprünglichen Raum beziehen, weil nur durch ihn
das Verhältniß körperlicher Dinge möglich ist, und daß, weil der ab=
solute Raum kein Gegenstand einer äußeren Empfindung, sondern ein
Grundbegriff ist, der alle dieselben erst möglich macht, wir dasjenige,
was in der Gestalt eines Körpers lediglich die Beziehung auf den reinen

---

*) Ebendaselbst. (S. 116.)

Raum angeht, nur durch die Gegenhaltung mit anderen Körpern ver=
nehmen können."*) Diese Beziehungen auf den reinen Raum, wodurch wir die Rich=
tungen der Lage, rechts und links, oben und unten u. s. f. unterscheiden,
lassen sich nicht durch Begriffe verdeutlichen oder logisch definiren, son=
dern nur anschauen: daher sind unsere Vorstellungen von den Gegenden
im Raum Anschauungen, und wir werden den Grundbegriff des abso=
luten Raumes als eine Grundanschauung zu nehmen haben. Jeder
körperliche Raum ist in drei Dimensionen ausgedehnt, die wir als drei
Flächen vorstellen, die insgesammt einander rechtwinkelig schneiden. Die
Fläche, auf der die Länge unseres eigenen Körpers senkrecht steht,
nennen wir horizontal und unterscheiden durch dieselbe oben und unten;
die Fläche, welche die Länge unseres Körpers senkrecht in zwei ähnliche
Hälften durchschneidet, bedingt den Unterschied von rechts und links;
die dritte Fläche, welche die Länge unseres Körpers ebenfalls senkrecht
durchschneidet und die vorige rechtwinkelig durchkreuzt, bedingt den Unter=
schied der vorderen und hinteren Seite. Es ist mithin klar, daß wir
die Gegenden im Raum nur in Beziehung auf unseren eigenen Körper
oder durch das Raumgefühl unseres körperlichen Daseins wahrnehmen.
Vermöge des verschiedenen Gefühls der rechten und linken Seite ur=
theilen wir über die Weltgegenden und orientiren uns im Weltraum.
Dieses Raumgefühl ist für unsere Vorstellung „der erste Grund des
Unterschiedes der Gegenden im Raum". „Da wir alles, was außer
uns ist, durch die Sinne nur insofern kennen, als es in Beziehung auf
uns steht, so ist kein Wunder, daß wir von dem Verhältniß jener
Durchschnittsflächen zu unserem Körper den ersten Grund hernehmen,
den Begriff der Gegenden im Raum zu erzeugen."**)
Auf das moralische Gefühl gründete Kant die ursprüngliche
Vorstellung von dem Verhältniß unseres Willens zum allgemeinen Willen,
die Richtschnur des sittlichen Lebens, die Orientirung in der moralischen
Welt. Auf das Raumgefühl gründet er die ursprüngliche Vorstellung
von dem Verhältniß unseres Körpers zur Körperwelt außer uns, die
Richtschnur, nach der wir die Gegenden im Raum unterscheiden, unsere
Orientirung im Weltraum.
Was Kants gegenwärtige Ansicht vom Raum betrifft, so fassen
wir das Ergebniß der letzten vorkritischen Schrift kurz zusammen: es

---

*) Ebendas. (S. 121—22). — **) Ebendas. (S. 117 flgb.).

282

giebt nur einen, absoluten, in drei Dimensionen ausgedehnten Raum, dieser absolute Raum bedingt als Realgrund die Möglichkeit der Materie, er bedingt als Grundanschauung die Möglichkeit unserer Vorstellung der Körperwelt; die Ursprünglichkeit desselben gilt sowohl im subjectiven als objectiven Sinn, er ist zugleich „Grundbegriff" in uns und Realität außer uns. Es ist daher unbegründet und irrig, wenn Trendelenburg wiederholt behauptet, Kant habe nicht an die Möglichkeit gedacht, daß Raum und Zeit subjectiv und objectiv zugleich sein können, dieser Mangel habe eine „Lücke" in seiner Lehre gelassen.*) Was den Raum betrifft, so hegte Kant Jahre lang die Ansicht, welche Trendelenburg bei ihm vermißt; sie zu beweisen, schrieb er seine letzte vorkritische Schrift.

Die Lehre, daß der Raum eine ursprüngliche, nicht weiter abzuleitende Vorstellung ausmacht, bleibt und geht in die kritische Philosophie über. Es wird nur der Charakter dieser Vorstellung so fixirt werden müssen, daß die Bezeichnung zwischen Begriff und Anschauung nicht mehr schwankt. Die Schwankung betrifft mehr den Sprachgebrauch als die Sache, denn es ist schon einleuchtend genug, daß die Raumvorstellung den Charakter der Anschauung hat. Fraglich bleibt nur: ob der Raum Anschauungsobject oder bloße Anschauung ist? Im ersten Fall ist er real, im zweiten ideal. Daher handelt es sich, kurz gesagt, noch um die Realität oder Idealität des Raumes. Mit der Entscheidung dieser Frage eröffnet sich die kritische Philosophie. So nahe kommen sich hier die beiden Perioden in dem Ideengange unseres Forschers; so weit sind sie eben hier noch von einander entfernt! Der entscheidende Schritt fällt in das Jahr 1769.

III. Unterschied der theoretischen und praktischen Vermögen.

1. Die theoretische Vernunft.

Die bisherige Untersuchung ist in die verschiedenen Arten der theoretischen Vernunftkräfte bereits so weit eingedrungen, daß der bloße Verstand und die sinnliche Wahrnehmung wie Anschauung geschieden sind und die Feststellung dieser Unterschiede nur noch die letzte Hand

*) A. Trendelenburg: Logische Untersuchungen (2. Aufl. Bd. I. S. 163); Historische Beitr. zur Philosophie (Bd. III. S. 246—48). Vgl. meine Schrift: Anti-Trendelenburg (2. Aufl. S. 45—48).

erwartet. Es ist schon einleuchtend, daß unsere Erkenntniß in Mathe=
matik und Erfahrung besteht, soweit Geltung und Umfang der letzteren
reichen; daß es keine Metaphysik der Dinge an sich giebt, daß eine solche
Einsicht auch keine Erfahrung liefert. Das Object der Erfahrung ist
die Sinnenwelt, das der äußeren Erfahrung die Körperwelt, die den
Raum erfüllende und in ihm wirksame Materie. Die Begriffe der
Materie wie der Bewegung und Ruhe sind festgestellt, sie behalten und
bewähren ihre Geltung unter dem kritischen Gesichtspunkt; die Ergeb=
nisse, die der Philosoph auf diesem Felde seiner naturphilosophischen
Forschung in den Jahren 1755—58 gewonnen hatte, bleiben so gut
als unverändert.

2. Das moralische und ästhetische Gefühl.

Auch sind wir schon belehrt, daß von den theoretischen Einsichten
die sittliche Gesinnung nicht abhängt, sondern eine völlig originale und
selbständige Geltung behauptet. Zwar setzt Kant den bewegenden und
erzeugenden Grund der sittlichen Welt noch in jenes moralische Ge=
fühl, das er unter die elementaren Bedingungen der menschlichen Natur
rechnet und von dem ästhetischen Gefühl noch nicht wesentlich unter=
scheidet, aber die Ursprünglichkeit und Unabhängigkeit der Moralität
sieht ihm fest. Wenn unter dem kritischen Gesichtspunkt an die Stelle
des moralischen Gefühls die praktische Vernunft tritt, so entsteht die
Lehre von dem Primat der letzteren. Dann ergiebt sich von selbst, daß
auch das moralische Gefühl nicht mehr von dem ästhetischen abhängt,
und dieses unter dem Gesichtspunkte der kritischen Philosophie eine ganz
neue Untersuchung und Begründung fordert, die in der „Kritik der
Urtheilskraft" ausgeführt wird.

3. Die kritischen Fragen.

Jetzt sehen wir, welche Aufgaben der kritischen Forschung bevor=
stehen; sie soll die Vernunftgrenzen erkennen und darum die Vernunft=
vermögen ergründen: die Möglichkeit der wahren Erkenntniß, der sitt=
lichen Gesinnung, des ästhetischen Gefühls. Sie beginnt mit der ersten
Aufgabe, die, wie wir gefunden haben, aus dem Resultat der früheren
Untersuchungen zunächst hervorging. Von den Einsichten der mensch=
lichen Vernunft war die Erkenntniß der intelligibeln Welt verneint, die
der sinnlichen bejaht worden, aber so, daß die Erfahrung auf die Wahr=
nehmung eingeschränkt wurde und nicht den Werth einer allgemeinen

und nothwendigen Erkenntniß beanspruchen durfte. Unbestritten und unbestreitbar galt nur die Mathematik. Daher wird die erste aller Untersuchungen dieser Frage gewidmet sein: wie ist reine Mathematik möglich? Da nun bereits feststeht, daß der Raum einen ihrer Grund= begriffe ausmacht, und die Größen als solche nicht blos den Raum, sondern auch die Zeit voraussetzen, so enthält die Frage: „was ist Raum und Zeit?" das erste aller Themata der kritischen Forschung. Wir werden sehen, wie in der Inauguralschrift vom Jahre 1770 diese Frage gelöst wird. Damit ist die kritische Epoche begonnen und ein= geführt. Die Frage nach der Möglichkeit der Erkenntniß ihrem ganzen Umfange nach findet ihre Auflösung erst in der Kritik der reinen Ver= nunft. Damit ist die kritische Epoche ausgeführt. Diese Grundlegung der kritischen Philosophie darzustellen, ist die Aufgabe des folgenden Buchs.

Zweites Buch.

Grundlegung der kritischen Philosophie.

Das Gebiet der Vernunftkritik nach Umfang und Eintheilung.
Kritik und Metaphysik.

———

I. Feststellung der beiden Erkenntnißvermögen.

Die Metaphysik soll „eine Wissenschaft von den Grenzen der menschlichen Vernunft" werden; die Lösung dieser Aufgabe führt zur Kritik der reinen Vernunft und zur Begründung einer neuen Metaphysik als einer objectiven Erkenntniß, deren Möglichkeit Hume und aus gleichen Gründen auch Kant am Schluß seiner ersten Periode verneint hatte. Denn sein Skepticismus galt nicht blos der dogmatischen Metaphysik, sondern auch dem dogmatischen Empirismus, nur die Mathematik und Moral blieben unangefochten; von diesem skeptischen Standpunkt zum kritischen bahnte sich Kant seinen eigenen Weg ohne Vorbild und Führer. Der dogmatische Standpunkt hatte sich zu den Bedingungen einer wahren Erkenntniß durch die menschliche Vernunft voraussetzend verhalten; der skeptische verhielt sich zu diesen vorausgesetzten Bedingungen verneinend und hing darum in seiner Wurzel noch mit dem Dogmatismus zusammen; erst der kritische verhält sich untersuchend und stellt die Frage nach der Möglichkeit wahrer Erkenntniß durch die menschliche Vernunft auf Grund einer gründlichen Prüfung der letzteren.

Es hieß die menschliche Vernunft mit einem Lande vergleichen, wenn ihre Grenzen ein Gegenstand der Erforschung sein sollten. Das Bild lag unserem Philosophen nahe genug, er hat es gern gebraucht und wiederholt. Gleich in der Stelle, wo er das erste mal die neue Aufgabe der Metaphysik in diesem geographischen Bilde ausdrückt, orientirt er uns noch in demselben Bilde über seinen damaligen Standpunkt. „Da ein kleines Land jederzeit viel Grenze hat, überhaupt auch mehr daran liegt, seine Besitzungen wohl zu kennen und zu behaupten, als blindlings auf Eroberungen auszugehen, so ist dieser Nutzen der erwähnten Wissenschaft der unbekannteste und zugleich der wichtigste, wie er denn auch nur ziemlich spät und nach langer Erfahrung erreicht wird. Ich habe diese Grenzen hier zwar nicht genau bestimmt, aber doch insoweit angezeigt, daß der Leser bei weiterem Nachdenken finden wird, er könne sich aller vergeblichen Nachforschung überheben in Ansehung einer Frage, wozu die Daten in einer anderen Welt, als in welcher er empfindet, anzutreffen sind. Ich habe also meine Zeit verloren, damit ich sie gewönne."*)

Man gewinnt die Zeit, wenn man sich unmögliche Aufgaben er=spart, und als solche galt unserem Philosophen die Erkenntniß der übersinnlichen Welt. Indessen mußte jetzt seine nächste Aufgabe sein, vor allem die Vernunftgrenzen „genau zu bestimmen", was nicht geschehen konnte, ohne die Vernunftkräfte, nämlich unsere Erkenntniß=vermögen, genau bestimmt zu haben. Eine solche Art der Bestimmung forderte aber eine Art der Unterscheidung, die dem Fundamente der gesammten dogmatischen Philosophie widersprach und eine völlig neue Aufgabe einführte. Als das einzig wahre Erkenntnißvermögen galt bei den Rationalisten (Metaphysikern) der bloße Verstand oder das klare und deutliche Denken, bei den Empiristen (Sensualisten) dagegen die sinnliche Wahrnehmung: daher bestand die beiden gemeinsame Voraus=setzung, daß es nur ein wahres Erkenntnißvermögen gebe, also Sinn=lichkeit und Verstand nicht der Art, sondern blos dem Grade ihrer Klarheit nach verschieden seien.**) Die sinnlichen Vorstellungen sind als solche unklar und verworren, erst der Verstand macht sie klar und deut=lich: so dachten die Metaphysiker. Umgekehrt verhielt es sich bei den Empiristen: hier galten die sinnlichen Eindrücke als die klarsten und deutlichsten Vorstellungen, die Begriffe dagegen für deren verblaßte Ab=bilder, die um so verworrener und unklarer sind, je abstracter sie werden. Setzen wir nun den Fall, daß einerseits sich Erkenntnisse nachweisen lassen, die vollkommen sinnlich oder anschaulich und zugleich vollkommen klar und deutlich sind, daß andererseits Vorstellungen existiren, die gar nicht sinnlich und doch verworren sind, so würde aus diesen beiden Thatsachen erhellen: daß 1. unser sinnliches Vorstellungsvermögen nicht als solches die Klarheit entbehrt, und unser intellectuelles Vorstellungs=vermögen nicht als solches die Klarheit besitzt; daß 2. die Grade der

---

*) Träume eines Geistersehers u. s. f. Th. II. Hptst. II. (Bd. III. S. 105). —
**) S. oben Buch I. Cap. II. S. 14 flgd.)

letzteren nicht unsere vorstellenden Kräfte, sondern nur die logische Art unserer Vorstellungen betrifft, daß es daher 3. in unserer Vernunft zwei Vermögen giebt, die in Rücksicht der Erkenntniß zu unterscheiden und in Absicht auf dieselbe zu prüfen sind: das sinnliche und intellectuelle (Sinnlichkeit und Verstand).

Nun hatten sich die Thatsachen zu diesen Folgerungen unserem Philosophen schon in seinen vorkritischen Untersuchungen ergeben. Er hatte entdeckt, daß unser intellectuelles Vermögen (Verstand) nichts anderes als die Verdeutlichung gegebener Begriffe zu leisten vermöge, aber bei weitem nicht im Stande sei, alle Begriffe dieser Art zu verdeutlichen; es sei unfähig, die Begriffe der Realität und des Realgrundes, des Guten und Schönen, des Raumes und der Zeit u. s. f. zu erklären: so hatte sich ihm die Voraussetzung von der alleinigen Klarheit und alles erleuchtenden Kraft des Denkens, wie von der Evidenz der Metaphysik als falsch erwiesen. Ebenso hatte er gefunden, daß im Unterschiede von den metaphysischen Begriffen die mathematischen vermöge der Construction oder der synthetischen Art ihrer Entstehung anschaulich und vollkommen klar sind: die Voraussetzung von der durchgängigen Unklarheit der sinnlichen Erkenntniß war auch falsch. Wer in der Verstandeserkenntniß alle Klarheit zu besitzen oder zu erreichen glaubt, der lasse sich vom Gegentheil belehren durch den Zustand der Metaphysik, und wer in der Sinnlichkeit nichts als verworrene Erkenntniß sieht, überzeuge sich vom Gegentheil durch die Thatsache der Geometrie.

„Hieraus erhellt", sagt Kant in seiner Inauguralschrift, „daß man das Sinnliche wie das Intellectuelle schlecht erklärt, wenn man jenes für verworrene Erkenntniß, dieses für deutliche ausgiebt. Denn die Grade der Klarheit sind lediglich logische Unterschiede, welche die gegebenen Vorstellungen, die aller logischen Vergleichung zu Grunde liegen, gar nicht berühren. Sinnliche Objecte können sehr deutlich, intellectuelle sehr verworren sein. Das erste bemerken wir in der Geometrie, diesem Muster aller sinnlichen Erkenntniß, das andere in der Metaphysik, diesem Organon aller intellectuellen. Wie sehr diese letztere sich auch bemüht, die Nebel unseres Verstandes zu zerstreuen, so gelingt es ihr doch nicht immer mit so großem Erfolge, als der Mathematik. Die geometrischen Einsichten sind bei aller ihrer Deutlichkeit sinnlichen Ursprungs, die metaphysischen bleiben, wie verworren sie auch sein mögen, intellectuell." „Die Lehre von den Principien des reinen Verstandesgebrauchs ist die Metaphysik. Die Wissenschaft von dem

Unterschiede zwischen der sinnlichen und intellectuellen Erkenntniß ist die Propädeutik zu jener Metaphysik. Diese meine Inauguralschrift giebt sich als Probe einer solchen Propädeutik."*)

II. Untersuchung der beiden Erkenntnißvermögen.

1. Auseinandersetzung der Grundfrage.

Mit der erkannten und festgestellten Unterscheidung jener beiden Vermögen beginnt die kritische Philosophie. Sollen die Grenzen der Vernunft erforscht werden, so muß man die Gebiete kennen, nach deren Grenzen gefragt wird: die nächsten Gebiete sind unsere Erkenntniß= vermögen, die Grenzen derselben sind ihr Ursprung und ihre Schranken. Demnach theilt sich die Erforschung der menschlichen Vernunft in die Untersuchung der Sinnlichkeit und die des Verstandes. Die Grund= frage nach der Möglichkeit einer wahren Erkenntniß durch die mensch= liche Vernunft theilt sich demnach in diese beiden Fragen: wie ist eine solche Erkenntniß möglich kraft der sinnlichen und wie kraft der denken= den Vernunft? Wir wissen, daß Kant die in unserer Vernunft enthal= tenen Bedingungen der Erkenntniß (weil sie der letzteren vorausgehen) mit dem Ausdruck „a priori" oder „transscendental" bezeichnet; der zweite Ausdruck bezeichnet auch die Erforschung jener Principien.**) Daher heißt die Untersuchung der Sinnlichkeit in Absicht auf die Er= kenntniß „transscendentale Aesthetik", die des Verstandes in gleicher Absicht „transscendentale Logik": so nennt der Philosoph die beiden Haupttheile, in welche die „Elementarlehre" seiner Vernunftkritik zerfällt.

Alle Erkenntniß geht auf den Zusammenhang oder die Ordnung der Dinge, deren Inbegriff die Welt ausmacht. Gegenstand der sinn= lichen Erkenntniß ist die sinnliche Welt, Gegenstand der intellectuellen die intelligible. Die Lehre von dem Unterschiede und der Tragweite der Sinnlichkeit und des Verstandes fällt daher zusammen mit der Frage nach der Erkennbarkeit oder nach der Form (Ordnung) und den Prin= cipien der sinnlichen und intelligibeln Welt. Daher gab der Philosoph seiner Inauguralschrift den Titel: „De mundi sensibilis atque in= telligibilis forma et principiis". Wir sprechen jetzt nur von den Auf= gaben und Fragen der Kritik, nicht von deren Lösung; wir orientiren uns erst über das Feld der Kritik, bevor wir dasselbe durchwandern.

---

*) De mundi sensibilis etc. Sectio II. § 7—8 (Op. Vol. III. pag. 134). —
**) S. oben Cap. I. S. 5.

Die Grundfrage der Kritik lautet: Wie ist die Thatsache der Erkenntniß möglich oder welches sind die Bedingungen, woraus sie folgt? Diese Frage will genau auseinandergesetzt werden, denn sie gliedert sich in eine Reihe von Fragen. Bevor man untersucht, wie eine Thatsache möglich ist, muß man gewiß sein, daß sie existirt; wenigstens in der exacten Forschung wird man sich nie darauf einlassen, einen Fall zu untersuchen, der möglicherweise zu den Chimären gehört. Darum muß zuerst gefragt werden: ist die Erkenntniß überhaupt eine Thatsache? Man weiß, daß dieser Punkt nicht unbedenklich ist, und daß namentlich der Scharfsinn der Skeptiker von jeher mit der Möglichkeit der Erkenntniß zugleich deren Thatsächlichkeit bestritten hat. Auch ist diese Frage nicht so leicht und ohne weiteres zu beantworten. Wenn wir von irgend einer Sache bestimmen sollen, ob sie existirt, müssen wir zuvor ihre Merkmale genau kennen. Wenn wir nicht wissen, was elliptische und parabolische Linien sind, so können wir unmöglich entscheiden, ob es in Wirklichkeit Ellipsen und Parabeln giebt. Also wird vor allem gefragt werden müssen: was ist Erkenntniß? In diese drei Fragen zerlegt sich daher das Grundproblem der kritischen Philosophie: 1. was ist Erkenntniß? 2. ist die Erkenntniß factisch? 3. wie ist dieses Factum möglich? Die Fragen sind so geordnet, daß nur, wenn die vorhergehende gelöst ist, die folgende gestellt werden darf. Diese ganze Art, wie Kant seine Kritik der Vernunft einleitet, vergleicht sich dem Verfahren einer juristischen Untersuchung. Soll ein Fall aus dem Rechtsleben entschieden werden, so ist zuerst die Thatsache selbst mit aller Pünktlichkeit festzustellen; erst wird der Fall constatirt, dann wird er aus Rechtsgründen beurtheilt und entschieden oder deducirt. Kant hat es mit der Rechtsfrage der menschlichen Erkenntniß zu thun, er will, juristisch zu reden, der Erkenntniß den Proceß machen. Das erste ist, daß der Proceß instruirt, das zweite, daß er abgeurtheilt wird. Instruirt wird die Sache der Erkenntniß, indem man zeigt, worin ihr Fall besteht und daß derselbe vorliegt; entschieden wird die Sache, indem man die Möglichkeit der Erkenntniß darthut oder nachweist, auf welches Recht sich dieselbe gründet. Die erste Frage ist die „quaestio facti", die zweite die „quaestio juris".

Es ist die Kleinigkeit nicht, die es manchem scheinen möchte: eine Thatsache zu constatiren. Dazu gehört in allen Fällen eine richtige Beobachtung, ein sicheres, sachkundiges Urtheil, welches ohne Unterricht und wissenschaftliche Betrachtungsart keiner besitzt. Um z. B. eine geschichtliche Thatsache zu constatiren, d. h. genau festzustellen, was sich in einem bestimmten Falle wirklich begeben hat, dazu gehört eine kritische Quellenkenntniß, die das Geschäft des Historikers ausmacht. Um einen Vorgang in der Körperwelt zu constatiren, ein physikalisches Factum, dazu gehört nicht die erste beste Wahrnehmung, sondern der unterrichtete Verstand des Physikers, der dem Nichtphysiker fehlt. Eine unkundige Beobachtung wird unfreiwillig die wahrgenommene Thatsache entstellen und unrichtig wiedergeben; man darf von ihr die richtige Darstellung nicht erwarten, aber man dürfte erwarten, daß sie schweigt. Durch solche unkundige und darum schiefe Auffassungen werden die Begriffe von dem, was sich begiebt oder begeben hat, auf eine unglaubliche Weise verfälscht und verdorben; auf diesem Wege verbreiten sich in der Welt die meisten Irrthümer. Erst muß man wissen, was geschieht, bevor man überhaupt mit einiger Sicherheit untersuchen kann, warum es geschieht. In der Schwierigkeit, die Thatsache zu constatiren, liegen die meisten physikalischen und historischen Probleme. Es ist dogmatisch, eine Thatsache auf guten Glauben anzunehmen; kritisch dagegen, vor allem zu fragen, wer die Thatsache constatirt hat, und darnach seine Ansicht zu fassen. Handelt es sich um einen Rechtsfall, so constatire diese Thatsache niemand als der Jurist; handelt es sich um die That= sache der Erkenntniß, so sei es der Philosoph, der den Fall constatirt, und dieser Fall ist der unsrige.

2. Analytische und synthetische Urtheile.

Jede Erkenntniß ist ein Urtheil oder eine solche Verbindung zweier Vorstellungen, worin die eine von der anderen ausgesagt wird, sei es bejahend oder verneinend. Aber nicht jedes Urtheil ist schon Erkenntniß. Niemand wird Urtheile, die sich von selbst verstehen, für wissenschaftliche Einsichten halten. Wenn Vorstellungen in Form eines Urtheils verbunden werden, so sind zwei Fälle möglich: die beiden Vorstellungen sind ent= weder gleichartig oder verschieden, die eine ist in der anderen (das Prä= dicat im Subject) entweder enthalten oder nicht. So liegt z. B. in dem Begriffe des Körpers das Merkmal der Ausdehnung, nicht das der Schwere. Die bloße Vorstellung des Körpers reicht hin, um durch deren Verdeutlichung zu urtheilen: „der Körper ist ausgedehnt"; sie reicht nicht hin, um zu urtheilen: „der Körper ist schwer". Ich kann die Vorstellung des Körpers nicht haben ohne die der Ausdehnung; daher entsteht das erste Urtheil durch eine bloße Zergliederung des gegebenen Begriffs: es ist analytisch. Dagegen kann ich die Vorstellung des Körpers wohl haben, ohne die der Schwere, wie denn der mathematische Begriff des Körpers nichts von einer solchen Eigenschaft enthält; ich muß ben Druck des Körpers ober seine Wirkung auf einen anberen erst erfahren, um zu urtheilen: „der Körper ist schwer"; die bloße Vorstellung eines Dinges enthält nichts von Wirkung, nichts von Kraft; baher entsteht das zweite Urtheil nicht durch Zergliederung einer, sondern durch Verknüpfung zweier verschiebener Begriffe: es ist nicht analytisch, sondern synthetisch. Alle Urtheile sind entweder analytisch ober synthetisch: die analytischen erweitern meine Vorstellung nicht, sie erläutern sie blos, indem sie benselben Begriff näher bestimmen ober verbeutlichen; bagegen die synthetischen erweitern meine Vorstellung, indem sie verschiebene Begriffe verknüpfen, also bem Subjecte im Präbicat etwas hinzufügen, bas mit der bloßen Vorstellung bes Subjects keineswegs gegeben war. Jene verhalten sich zu bem gegebenen Begriff (bes Subjects) blos erläuternb, biese bagegen erweiternb. Nun kann in Wahrheit alle Erkenntniß, bie ben Namen verbient, nur barin bestehen, baß sie meine Vorstellung erweitert, baß ich verschiebene Vorstellungen, verschiebene Thatsachen verknüpfe und auf biese Weise ben Zusammenhang der Dinge begreife. Wir müssen barum erklären: alle Erkenntniß besteht in synthetischen Urtheilen. Derselbe Unterschied analytischer und synthetischer Urtheile galt schon bei Hume.

3. Synthetische Urtheile a priori.

Indessen ist biese Erklärung noch zu weit, benn nicht jebes synthetische Urtheil ist schon Erkenntniß. Wenn die Verknüpfung zweier verschiebener Vorstellungen, wie sie in bem Urtheile „A ist B" behauptet wirb, nur zufälliger Weise unb nur für bieses ober jenes Inbivibuum gilt, so fehlt ihr biejenige Nothwenbigkeit unb Allgemeinheit, bie jebe wissenschaftliche Einsicht forbert. Daher muß ein wahres Erkenntnißurtheil nicht blos synthetisch, sonbern zugleich so beschaffen sein, baß es in allen Fällen unb für jebermann festsieht. Unsere Erfahrung kennt immer nur einzelne Fälle, es ist unmöglich, baß sie alle in sich begreift, es giebt keine Bürgschaft, baß bie ihr bekannten Fälle alle vorhanbenen, alle möglichen sinb. Selbst bie reichste Erfahrung barf für ihre Urtheile nur "comparative", nie „strenge Allgemeinheit" beanspruchen. Bacon, der alle menschliche Erkenntniß auf bie Erfahrung einschränkte, warnte stets vor jenen allgemeinen Sätzen, bie er „axiomata generalissima" nannte. Die nothwendige und allgemeine Geltung unserer Urtheile ist nie durch bloße Erfahrung gegeben. Was nur durch Erfahrung gegeben ist, empfangen wir sinnlich, denn es folgt aus der Wahrnehmung und ist deshalb ein „Datum a posteriori". Was dagegen unabhängig von aller Erfahrung vor derselben gegeben ist, gilt als ein „Datum a priori". Demnach besteht alle wahre Erkenntniß, weil sie nothwendige und allgemeine Geltung haben muß, in „synthetischen Urtheilen a priori". So lautet die Antwort auf die erste Frage: was ist Erkenntniß?

Die zweite betraf die Thatsache der Erkenntniß. Substituiren wir der letzteren ihren in der obigen Formel ausgemachten Werth, so heißt die Frage: giebt es synthetische Urtheile a priori? Wenn die vorhandenen Wissenschaften solche Urtheile enthalten, muß die Antwort bejahend ausfallen. Da die Logik nur analytische Urtheile liefert, kann sie bei dieser Prüfung nicht in Betracht kommen. Die Gegenstände der wirklichen Erkenntniß sind entweder sinnlich oder nicht sinnlich; die sinnlichen sind entweder solche, die wir selbst erzeugen (construiren), wie Figur und Zahl, oder sie erscheinen uns als von außen gegebene Dinge: die Wissenschaft der in sinnlicher Anschauung erzeugten ist die Mathematik, die der sinnlich gegebenen ist die Physik, die des Uebersinnlichen die Metaphysik im engern Sinn. Es werden daher zu einer umfassenden Prüfung diese drei Wissenschaften abgehört werden müssen, ob ihre Urtheile den fraglichen Bedingungen entsprechen. Dabei kommt jetzt nur ihre Existenz, nicht deren Rechtmäßigkeit in Frage. Es wird blos gefragt, ob es synthetische Urtheile a priori giebt, ob die genannten Wissenschaften in dieser Weise urtheilen, nicht ob sie mit Recht so urtheilen?

Ein Grundsatz der Geometrie lehrt: „Die gerade Linie ist der kürzeste Weg zwischen zwei Punkten". Man braucht sich diesen Satz nur anschaulich vorzustellen, um mit völliger Klarheit einzusehen, daß er in allen Fällen gilt und sein Gegentheil unmöglich ist; es wird niemand einfallen zu warnen, man müsse mit dem Satze behutsam sein, noch habe man nicht genug Erfahrungen gemacht, um die Behauptung für alle Fälle zu wagen; es könnte sich ereignen, daß einmal die krumme Linie zwischen zwei in derselben Ebene gelegenen Punkten der kürzere Weg sei. Der Satz gilt unabhängig von aller Erfahrung, wir wissen von vornherein, daß er sich in aller Erfahrung bewähren wird: er ist eine Erkenntniß a priori. Ist er analytisch oder synthetisch? Dies ist die entscheidende Frage. In dem Begriff der geraden Linie, wenn wir denselben noch so genau zergliedern, ist die Vorstellung des kürzesten Weges nicht enthalten; eine andere Vorstellung ist gerade, eine andere kurz. Wie also kommen wir von der ersten zur zweiten, so daß wir beide nothwendig verbinden? Es giebt dafür nur einen Weg: wir müssen die gerade Linie ziehen, in der ebenen Fläche den Raum von einem Punkte zum anderen in unserer Anschauung durchlaufen, um sogleich einzusehen, daß es zwischen zwei Punkten nur eine gerade Linie giebt, daß diese kürzer ist als jede andere Verbindung. Wir müssen die Linie construiren d. h. ihren Begriff versinnlichen oder in Anschauung ver= wandeln, d. h. dem Begriffe die Anschauung hinzufügen; das Urtheil ist mithin synthetisch: es ist ein synthetisches Urtheil a priori.

Nehmen wir den arithmetischen Satz: $7 + 5 = 12$. Es ist unbenkbar, daß die Summe dieser beiden Größen jemals eine andere Zahl giebt als zwölf; der Satz ist schlechterdings nothwendig und all= gemein: er ist ein Urtheil a priori. Ist dieses Urtheil analytisch oder synthetisch? Es wäre analytisch, wenn in der Vorstellung $7 + 5$ als Merkmal 12 enthalten wäre, so daß ohne weiteres die Gleichung er= hellte. Aber ohne weiteres erhellt sie nicht. $7 + 5$, das Subject unseres Satzes, sagt: summire die beiden Größen! Das Prädicat 12 sagt, daß sie summirt sind. Das Subject ist eine Aufgabe, das Prädicat ist die Lösung. In der Aufgabe ist die Lösung nicht ohne weiteres enthalten; in den Summanden liegt nicht sofort die Summe, wie das Merkmal in der Vorstellung. Wäre dies der Fall, so wäre es nicht nöthig zu rechnen. Um das Urtheil $7 + 5 = 12$ zu bilden, muß ich dem Subject etwas hinzufügen, nämlich die anschauliche Abbition; das Urtheil ist mithin synthetisch: es ist ein synthetisches Urtheil a priori. Wir con= statiren demnach die Thatsache, daß die Mathematik synthetische Urtheile a priori enthält.

Es ist ein Grundsatz der Physik, daß jede Veränderung in der Natur ihre Ursache hat, d. h. daß sie eine Begebenheit ist, die eine andere voraussetzt, auf die sie nothwendig folgt. Es kann dem Physiker nicht einfallen, diesen Satz von der Erfahrung abhängig zu machen; es kann ihm nicht einfallen zu behaupten, er habe ihn aus der Erfahrung geschöpft, sonst müßte er ihn durch die Erfahrung beweisen, und da die letztere niemals alle Fälle umfaßt, so dürfte er nicht sagen: alle Veränderung hat ihre Ursache; er dürfte diesen Satz nicht als Grundsatz aufstellen. Aber als solchen stellt er ihn auf, er behauptet ihn mit der vollkommenen Ueberzeugung, daß niemals in der Natur eine Veränderung eintreten könne, die keine Ursache habe; eine solche Veränderung würde die Möglichkeit aller Physik aufheben: der Satz gilt a priori. Zugleich sagt er, daß zwei verschiedene Begebenheiten nothwendig zusammenhängen, daß die zweite der ersten nothwendig folgt; also ist der Satz synthetisch: er ist ein synthetisches Urtheil a priori, das wir als Thatsache von Seiten der Physik feststellen.

Prüfen wir noch das Zeugniß der Metaphysik, sofern sie eine Erkenntniß des Uebersinnlichen oder der Dinge an sich sein will, sofern sie aus bloßer Vernunft über die Substanz der Seele, über den Anfang der Welt, über das Dasein und die Eigenschaften Gottes urtheilt. Alle diese Objecte können nicht sinnlich wahrgenommen, sie können nur gedacht werden; sie sind nicht Sinnenobjecte, sondern Gedankendinge, deren Realität jene Metaphysik behauptet. Ein Gedankending ist eine bloße Vorstellung, ein existirendes Wesen ist mehr; es ist etwas ganz anderes, ob ich dieses oder jenes zu sein denke, etwas ganz anderes, ob ich es wirklich bin. Wenn ich von einem Gedankendinge urtheile, daß es existirt, so habe ich die Vorstellung des Subjects im Prädicate erweitert, also synthetisch geurtheilt. Existenzialsätze sind immer synthetisch. Was wäre die Metaphysik, wenn ihre Urtheile nicht Existenzialsätze wären? Ihre Urtheile also sind synthetisch und zugleich, weil sie nicht aus der Erfahrung geschöpft sind, a priori.

Wir constatiren die Thatsache, daß Mathematik, Physik, Metaphysik synthetische Urtheile a priori enthalten, daß also solche Urtheile existiren; es bleibe dahingestellt, ob mit Recht oder Unrecht. Damit ist die „quaestio facti" gelöst, und wir stehen vor der „quaestio juris", dem eigentlichen Thema der Kritik: wie ist die Thatsache der Erkenntniß möglich? In unserer Formel ausgedrückt: wie sind synthetische Urtheile a priori möglich? Genau in dieser Fassung steht das Erkenntnißproblem an der Spitze der kritischen Philosophie.

III. Vernunftkritik und Metaphysik.

Bevor wir auf die eigentliche Rechtsfrage der Erkenntniß eingehen, müssen wir an dieser Stelle einige zum Verständniß der kantischen Philosophie wesentliche Erläuterungen geben. Durch zwei Merkmale ist das Erkenntnißurtheil vollständig bestimmt: es ist synthetisch und a priori. Vermöge des ersten Merkmals unterscheidet es sich von den analytischen

Urtheilen des bloßen Verstandes, vermöge des zweiten unterscheidet es
sich von allen empirischen Urtheilen, die wir aus der Wahrnehmung
schöpfen. Dieser Unterschied finde nach beiden Seiten den bezeichnenden
Ausdruck. Wir nennen mit Kant diejenige Einsicht, die a priori statt=
findet d. h. unabhängig von aller Erfahrung aus der bloßen Vernunft
folgt, eine reine Erkenntniß. Der Ausdruck sagt, daß sie nicht empirisch
ist. Die Grundsätze der Logik, der Satz der Identität und des Wider=
spruchs und was daraus folgt, sind reine Erkenntnisse, weil sie aller
Erfahrung vorausgehen, aber sie sind nicht wirkliche Erkenntnisse, weil
sie unsere Begriffe nur verdeutlichen, aber nicht erweitern. Die Mathe=
matik, deren Erkenntnisse sämmtlich a priori sind, nennt Kant reine
Mathematik im Unterschiede von der angewandten. Den Inbegriff
derjenigen Erkenntnisse, die von der Natur durch bloße Vernunft mög=
lich sind, nennt er reine Physik im Unterschiede von der empirischen.
Und da es sich im Sinne seiner Kritik nur um die Möglichkeit der
reinen Erkenntniß handelt, so werden die Specialfragen in ihrer be=
stimmten Fassung so lauten: „wie ist reine Mathematik und wie ist
reine Naturwissenschaft möglich?"

Wenn nun die reine Erkenntniß zugleich in synthetischen Urtheilen
besteht und sich dadurch als eine wirkliche oder reale Einsicht im Unter=
schiede von der logischen charakterisirt, so nennt Kant eine solche Er=
kenntniß metaphysisch. Synthetische Urtheile a priori sind metaphysisch.
Und da die Kritik der reinen Vernunft nichts anderes untersucht als
die Möglichkeit solcher Urtheile, so kann ihre Gesammtfrage kurzweg so
ausgedrückt werden: „Ist überall Metaphysik möglich und wie?"
Man muß mit diesem Ausdrucke, der zunächst immer eine unbestimmte
Vorstellung hervorruft, sehr vorsichtig sein, namentlich bei Kant, der
ihn nicht immer in demselben Sinne braucht. Erst hier ist der Punkt,
um uns über das vieldeutige Wort genau zu verständigen. Metaphysik
in ihrem weitesten Verstande ist die allgemeine und nothwendige Er=
kenntniß der Dinge, sofern sie synthetisch ist: in diesem Sinne unter=
scheidet sie sich von der Logik, welche nicht synthetisch urtheilt, und von
der sinnlichen Erfahrung, die weder allgemein noch nothwendig ist.
Auch Aristoteles begriff unter seiner πρώτη φιλοσοφία, der später so=
genannten Metaphysik, die Wissenschaft von den ersten Gründen oder
den Principien der Dinge, also eine reale Erkenntniß a priori. Wenn
Kant frägt: „Ist überall Metaphysik möglich?" so versteht er darunter
den Inbegriff aller Erkenntnisse durch reine Vernunft, sofern dieselben

real sind, b. h. alle, ausgenommen die logischen. In diesem Sinne würde auch die Mathematik zur Kategorie der metaphysischen Erkenntniß gehören. Doch hier findet jener Unterschied statt, den Kant schon früher entdeckt hatte: beide sind Erkenntnisse a priori, beide sind in demselben Sinne „rein", aber nicht in demselben Sinne real. Die Gegenstände der Mathematik sind nicht die wirklichen Dinge: jene sind durch uns gemacht, diese sind uns gegeben. In der Mathematik besteht die Syn=these des Urtheils in der angeschauten Construction; bei den wirklichen Dingen besteht sie in der gedachten Verknüpfung. In beiden Fällen bilden wir die Erkenntniß durch synthetische Urtheile a priori, aber die Synthese selbst ist in beiden Fällen von verschiedener Art. Daher sind Mathematik und Metaphysik verschiedene Arten der Erkenntniß, die einander coordinirt sein wollen; demgemäß theilt sich die Grundfrage der Kritik in diese beiden: wie ist reine Mathematik möglich und wie Metaphysik? In dieser Begrenzung bedeutet die letztere die Er=kenntniß der wirklichen Dinge, sofern sie a priori ist: darin liegt ihr Unterschied von aller auf bloße Erfahrung gegründeten Erkenntniß. Unter den wirklichen Dingen sind zu verstehen die Dinge, sofern sie uns erscheinen oder sinnlich sind, und die Dinge, sofern sie uns nicht erscheinen, nicht sinnlich oder in unserer Wahrnehmung nicht gegeben, sondern unabhängig von aller Erfahrung für sich sind: das Wesen der Dinge oder die Dinge an sich. Demgemäß unterscheidet sich die Meta=physik in eine Erkenntniß von den Erscheinungen und in eine Erkenntniß von den Dingen an sich: jene nennt Kant die Metaphysik der Erschei=nungen, diese die Metaphysik des Uebersinnlichen. Es ist möglich, daß seine Untersuchung zu einem Ergebniß führt, worin die erste bejaht und die andere verneint wird. In keinem Falle darf man sagen, was man heutzutage sehr häufig hört: daß Kant die Metaphysik als solche ver=neint habe, vielmehr hat er sie begründet in ihren wohlgemessenen Grenzen. Was er verneint hat, ist die Metaphysik in ihrem engsten Verstande, den freilich viele für den weitesten halten.

Eine andere, im Buchstaben der kantischen Philosophie nicht auf=gelöste Frage betrifft das Verhältniß der Metaphysik zu oder ihren Unter=schied von der Kritik der reinen Vernunft. Kant hatte der Metaphysik erklärt, daß ihr nichts übrig bleibe, als eine Wissenschaft von den Gren=zen der menschlichen Vernunft zu werden, b. h. kritische Philosophie. Und der Vernunftkritik giebt er auf, die Möglichkeit der Metaphysik zu untersuchen und zu erklären. Was also ist die Kritik der reinen

Vernunft? Selbst Metaphysik oder blos deren Begründung? Als ob die Begründung der Metaphysik, wenn sie einmal den Namen einer bestimmten Wissenschaft haben soll, selbst anders heißen könnte als Metaphysik, da sie doch offenbar die Grundsätze oder Principien aller Metaphysik enthalten wird! Doch lassen wir diese Frage, die innerhalb der kantischen Schule einen Streitpunkt bildet, zunächst auf sich beruhen, da sie erst im Rückblick auf das Ganze der kantischen Philosophie sich genau auseinandersetzen und lösen läßt. Es ist hier von keinem bloßen Wortstreit die Rede, sondern in diesem Punkte trennen sich zwei grundverschiedene Auffassungen der Lehre Kants. Vorderhand gelte uns die Kritik der reinen Vernunft blos als die Untersuchung der Rechtmäßigkeit der Metaphysik, als die gründliche und vollständige Auflösung jener Frage: „Ist überall Metaphysik möglich und wie?" Man betrachte, wenn man will, diese Untersuchung blos als Propädeutik oder, wie Kant selbst sich ausgedrückt hat, als „Prolegomena zu einer jeden künftigen Metaphysik, die als Wissenschaft wird auftreten können". Sie habe die Aufgabe, die Möglichkeit der Metaphysik überhaupt zu begründen; das weitere System habe die Aufgabe, die Metaphysik, wie und so weit sie immer möglich ist, im Einzelnen auszuführen.

Die Aufgabe der Vernunftkritik ist jetzt deutlich und vollständig in allen ihren Theilen begriffen. Die Frage: wie sind synthetische Urtheile a priori möglich? ist einerlei mit der Frage: „ist überall Metaphysik möglich und wie?" Doch darf die Mathematik nicht als eine Art der Metaphysik unter derselben, sondern will als eine eigene Gattung der Vernunfterkenntniß neben derselben begriffen werden. Es muß also gefragt werden: wie ist reine Mathematik, wie ist Metaphysik möglich? Und die letzte Frage theilt sich nach der obigen Unterscheidung in die beiden: wie ist Metaphysik der Erscheinungen (reine Physik), und wie ist Metaphysik des Uebersinnlichen oder der Dinge an sich möglich? Die Möglichkeit der reinen Mathematik untersucht und begründet die Kritik der reinen Vernunft in der „transscendentalen Aesthetik", die Möglichkeit der Metaphysik untersucht sie in der „transscendentalen Logik", und zwar wird hier die Möglichkeit der reinen Physik in der „transscendentalen Analytik" begründet, dagegen die Möglichkeit einer Metaphysik des Uebersinnlichen in der „transscendentalen Dialektik" widerlegt. Diese Ausdrücke werden an ihrem Orte näher erklärt werden. Vorläufig bestimmen wir nichts als die sachliche Aufgabe.

Zweites Capitel.

**Methode der Vernunftkritik. Gang der Untersuchung und der Beweis-
führung. Entstehung der Grundfrage.**

I. Die Werke und Darstellungsarten der Kritik.

1. Die grundlegenden Werke.

Zur Lösung der beschriebenen Aufgabe, welche die Grundlegung
der kritischen Philosophie betrifft, verfaßte Kant folgende Werke: die
Inauguraldissertation (1770), die „Kritik der reinen Vernunft" (1781),
die „Prolegomena zu einer jeden künftigen Metaphysik, die als Wissenschaft wird auftreten können" (1783) und die zweite veränderte Ausgabe der Vernunftkritik (1787), mit der alle späteren übereinstimmen.*)
Wir haben schon in der Lebensgeschichte des Philosophen dieser Werke
gedacht und dort erzählt, wie in dem Zeitraum von 1770—80 die
Kritik der reinen Vernunft im Stillen heranreifte, und aus welchen
Beweggründen sowohl der Erläuterung als der Vertheidigung bald
nachher die Prolegomena entstanden.**) Die Kritik vom Jahre 1781 ist
das Hauptwerk, das in der Inauguralschrift angelegt, aber nur in dem
ersten seiner Theile ausgebildet, in den Prolegomena in verjüngtem
Maßstabe kürzer wie einleuchtender dargestellt und in der zweiten Ausgabe in einer Weise umgestaltet wird, deren Charakter eine eingehende
Erörterung fordert. Wir werden zu näherer Untersuchung auf diese
Punkte zurückkommen und die drei Fragen, wie sich zur Vernunftkritik
die Inauguralschrift, die Prolegomena und die zweite veränderte Ausgabe verhalten, jede an ihrem Orte behandeln.***)

---

*) S. oben Buch I. Cap. VI. S. 110. — **) Ebendas. Cap. IV. S. 65—76.
Vgl. meine Abhandlung über die hundertjährige Gedächtnißfeier der Kritik der reinen
Vernunft: Nord und Süd (Juni 1881. S. 320—23). — ***) Es versteht sich von
selbst, daß heutige Herausgeber der Werke Kants die Kritik der reinen Vernunft in
ihren beiden Formen bieten müssen, ob sie nun die erste Ausgabe von 1781 oder
die zweite von 1787 zum Haupttext nehmen und die Veränderungen theils in Anmerkungen, theils in Nachträgen oder Supplementen hinzufügen. Schopenhauer hat
durch seine Zuschrift vom 24. August 1837 Rosenkranz veranlaßt, in seiner Gesammtausgabe die erste Form der Kritik zum Grundtext zu machen (Bd. II. Leipzig,
Leopold Voß, 1838); Hartenstein dagegen hat in seinen beiden Gesammtausgaben die zweite Form als die von Kant endgültig festgestellte vorgezogen (Bd. II.
Leipzig, Modes und Baumann, 1838. — Bd. III. Leipzig, Leopold Voß, 1867).

Indessen bietet sich sogleich die Gelegenheit, in einem wichtigen
Punkt, der die Methode und Darstellungsart der Kritik betrifft, den
Unterschied zwischen dem Hauptwerk und den Prolegomena zu erleuchten.
Die Thatsache der menschlichen Erkenntniß erklären, heißt die Bedingungen
darthun, aus denen sie folgt. Diese Bedingungen müssen entdeckt und
daraus die zu erklärende Thatsache abgeleitet werden. Die Erkenntniß
ist ein Product, das in seine Factoren zerlegt und dann aus denselben
wieder zusammengesetzt sein will. Um die Bedingungen der Erkenntniß
oder deren Entstehung zu finden, giebt es nur einen Weg; aber um
diese Entstehung darzustellen, giebt es zwei.

2. Die analytische und synthetische Methode.

Die Entstehung unserer Erkenntniß läßt sich auf zwei Arten dar=
stellen oder lehren: entweder man geht von ihren Bedingungen, den
Factoren ihrer Entstehung, aus und zeigt, wie sich daraus die That=
sache der Erkenntniß zusammenfügt und bildet: diese Lehrart ist syn=
thetisch, diese Herleitung geschieht im Wege der Deduction; oder
man geht in der umgekehrten Richtung von der festgestellten Thatsache
aus und ergründet die Bedingungen, woraus dieselbe resultirt, man löst
das Factum auf in seine Factoren und diese in ihre einfachsten und
letzten Elemente: diese Lehrart ist analytisch, diese Herleitung geschieht
im Wege der Induction. Finden lassen sich die Bedingungen, die
unserer Erkenntniß zu Grunde liegen, nur auf analytischem Wege, nach
jener Methode, die Kant schon in seiner Preisschrift der Metaphysik vor=
schrieb; darstellen aber läßt sich das gefundene Resultat sowohl nach
analytischer als nach synthetischer Methode. So unterscheiden sich die
Vernunftkritik und die Prolegomena: jene befolgt die synthetische, diese
die analytische Lehrart. So hat Kant selbst in seiner Vorrede zu den
letzteren die Verfassung beider Werke unterschieden. „Hier ist nun ein
solcher Plan nach vollendetem Werke, der nunmehr nach analytischer
Methode angelegt sein darf, während das Werk selbst durchaus nach
synthetischer Lehrart abgefaßt sein mußte, damit die Wissenschaft
alle ihre Articulationen, als den Gliederbau eines ganz besonderen

---

Neue Separatausgaben der Kritik haben veranstaltet: K. Kehrbach (Text der Aus=
gabe von 1781. Leipzig, Ph. Reclam, 1877. 2. Aufl. 1878) und B. Erdmann (Text
der Ausgabe von 1787. Leipzig, Leop. Voß, 1878. 2. Aufl. 1880). Letztgenannter hat
auch eine Separatausgabe der „Prolegomena" besorgt (Leipzig, L. Voß, 1878) und
„Nachträge zur Kr. d. r. V." herausgegeben (1881).

Erkenntnißvermögens, in seiner natürlichen Verbindung vor Augen stelle."*) Die kantischen Entdeckungen mußten, wie es die Natur der Sache und der Entwicklungsgang des Philosophen forderte, inductiv gemacht werden, bevor sie in der Kritik der reinen Vernunft deductiv dargestellt wurden. Es ist keine neue Behauptung, daß der Weg der Jnduction dem der Deduction vorangeht, daß der analytische Weg früher ist als der synthetische. Erst finden, dann darstellen! Erst der Plan, dann das Werk! So verhalten sich die Prolegomena zur Kritik. Was die Entstehung ihrer Resultate betrifft, sind sie früher als diese; sie sind nicht vor ihr geschrieben, aber durchdacht. Der Einwurf, daß eine solche Behauptung sich nicht aus Kant begründen lasse, ist falsch, denn ich habe sie mit Kants Worten beurkundet.**)

Etwas ganz anderes ist der wissenschaftliche Vortrag, die Art, wie man die erkannte Wahrheit anderen begreiflich macht und lehrt, etwas ganz anderes die wissenschaftliche Entdeckung oder die Art, wie man selbst die Wahrheit findet. Für den wissenschaftlichen Vortrag oder die Kunst der wissenschaftlichen Darstellung bietet von jenen beiden Lehrarten die erste den Vorzug einer streng systematischen und wohlgegliederten Ordnung, aber sie hat auch den Nachtheil, daß sie mit der Absicht des Systems verfährt und sich leicht, wo die Natur der Sache nicht hilft, zur Künstelei verleiten läßt, damit nichts an der Symmetrie fehle und überall die architektonische Verfassung des Lehrgebäudes deutlich und imponirend hervortrete. Kant gefiel sich darin, diese logische Baukunst im Systematisiren seiner Untersuchungen bis aufs Pünktchen zu treiben. In seinem natürlichen Ordnungssinn, der selbst das Pedantische nicht scheute, fand diese Liebhaberei eine starke Unterstützung; er hat in seiner Kritik der reinen Vernunft für die Kunst der wissenschaftlichen Architektonik viel Talent, aber auch einige Schwäche bewiesen, die sich in manchen erzwungenen und gekünstelten Symmetrien zur Schau stellt.

Um eine Thatsache aus ihren Bedingungen zu erklären, muß man die letzteren kennen. Will man sie nicht willkürlich bestimmen, was die schlimmste und verwerflichste Art wäre, a priori zu construiren, so muß man sie entdeckt haben im Wege einer wissenschaftlichen Untersuchung. Die Jnduction ist die Methode der Entdeckung; sie macht die Rechnung, die Deduction macht die Probe der Rechnung. Die Prolegomena

---

*) Prolegomena, Vorrede (Bd. III. S. 175). — **) A. Trendelenburg: Histor. Beitr. (Bd. III. S. 251—60).

beschreiben den Weg, auf dem Kant selbst zu seinen Entdeckungen gelangte; sie zeigen die ganze kritische Untersuchung in ihrem natürlichen, ungezwungenen Gange und darum bieten und erleichtern sie uns zugleich die Einsicht in die innere Werkstätte der kritischen Philosophie. Aus der Kritik der reinen Vernunft lernt man das kantische Lehrgebäude kennen, aus den Prolegomena den Baumeister selbst. Man wird die Vernunftkritik niemals verstehen, wenn man sich nicht fortwährend in Kants inductive Denkweise hineinversetzt: es giebt zum Verständniß der kritischen Philosophie keinen besseren Fingerzeig als diesen. Die Thatsache der Erkenntniß ist festgestellt. So gewiß dieselbe ist, so gewiß müssen die Bedingungen sein, unter denen sie allein stattfinden kann. Im fortwährenden Hinblick auf das festgestellte Factum, also nach einer völlig genauen Richtschnur, sucht Kant die Bedingungen, welche das Factum ermöglichen, nicht etwa solche, neben denen noch andere Erklärungsgründe denkbar wären, sondern die einzig möglichen: solche, deren Verneinung die Thatsache der Erkenntniß selbst aufhebt, deren Bejahung sie erklärt. Wenn eine Thatsache auf ihre einzig möglichen Bedingungen zurückgeführt ist, dann gilt vom Grunde zur Folge auch der negative, von der Folge zum Grunde der positive Schluß. A sei die einzig mögliche Bedingung von B. Wenn A nicht ist, so ist auch B nicht; wenn B ist, so ist nothwendig auch A, weil sonst B nicht wäre. B sei das Factum der Erkenntniß, A der Inbegriff seiner elementaren Factoren. Nun beschreibt die Untersuchung Kants diesen Weg: sie findet aus der Thatsache unserer Erkenntniß die Bedingungen, die sie erzeugen; sie beweist, daß jene nicht sein könnte, wenn diese nicht wären.

II. Die Beweisführung und Entscheidung.

1. Die Rechtmäßigkeit der Erkenntniß.

Es könnte scheinen, daß die Untersuchungen Kants sich in einem augenfälligen Cirkel bewegen, da sie aus der Thatsache der Erkenntniß deren Bedingungen und aus diesen wieder jene beweisen. Auch hat es nicht an Gegnern gefehlt, die zu finden glaubten, daß die kritische Philosophie sich in einen Cirkel dieser Art verlaufe. Sie haben umsonst triumphirt und nicht gesehen, wie der scheinbare Cirkel sich löst. Es ist wahr, daß Kant erst die Thatsache der Erkenntniß und dann aus deren Analyse ihre einzig möglichen Bedingungen feststellt; was er aber aus diesen Bedingungen herleitet und feststellt, ist nicht wieder die bloße

Thatsache der Erkenntniß, sondern deren rechtmäßige oder unrecht=
mäßige Geltung. Er geht aus von den Wissenschaften, die „de facto"
existiren, um in dem Wege der beschriebenen Untersuchung zuletzt end=
gültig zu entscheiden, ob sie auch „de jure" sind und fortbestehen dürfen;
er endet also nicht, wo er begann, er beweist nicht A durch B, um
dann wieder dasselbe B durch A zu beweisen; die Untersuchung dreht
sich nicht in einem solchen circulus vitiosus, sondern sie schließt ihren
Kreis, indem sie fortschreitet und die nun erst spruchreif gewordene
Sache entscheidet. Daß eine Erkenntniß übersinnlicher Objecte existirt,
wird niemand bezweifeln, denn sie besteht in so vielen vorhandenen
Systemen, aber ob sie mit Recht existirt, ob sie wahr oder falsch, ächt
oder unächt ist, darin liegt die streitige Frage, die ihrer Entscheidung
harrt und den Richter erwartet. Sollte sich nachweisen lassen, daß die
Metaphysik des Uebersinnlichen nicht von Rechts wegen besteht, so
würde es nicht genug sein, sie blos zu verneinen oder zu widerlegen,
sondern es müßte auch gezeigt werden, wie das Factum einer solchen
Trugwissenschaft entstehen konnte, wie der Irrthum in diesem welt=
kundigen Fall überhaupt möglich war.

Um schon den Vorblick auf die Kritik über den Gang und Ab=
schluß ihrer Beweisführung zu orientiren, bleibt noch die Frage übrig:
aus welchen Gründen hier die Rechtsfrage der Wissenschaften entschieden
wird, wie die Untersuchung dazu gelangt, über die Berechtigung oder
Nichtberechtigung derselben ein endgültiges Urtheil zu fällen? Das
Factum der Metaphysik ist so gut vorhanden als das der Mathematik
und der Naturwissenschaft, also auch die Bedingungen, ohne die keine
dieser drei Thatsachen stattfinden könnte. Mit welchem einleuchtenden
Rechte soll nun die Geltung der einen bejaht, die der anderen verneint
werden? Wir setzen voraus, daß die Bedingungen jeder derselben mit
völliger Klarheit entdeckt und dargelegt sind. Wenn nun diese Be=
dingungen einander so widerstreiten, daß die der Mathematik und Na=
turwissenschaft mit denen der Metaphysik unverträglich sind, so müssen
wir urtheilen, daß die rechtmäßige Geltung der ersten die der letzten auf=
hebt und umgekehrt. Wir können nicht mehr alle drei für berechtigt
halten, sondern nur die einen auf Kosten der anderen, oder umgekehrt;
wir haben zu wählen: entweder Mathematik und Naturwissenschaft oder
Metaphysik des Uebersinnlichen!

Die Entscheidung der Wahl kann nicht von unserer Willkür oder
Neigung abhängen; wir können uns nicht deshalb für die beiden ersten

entſcheiden, weil wir lieber eine Wiſſenſchaft preisgeben als zwei, oder weil jene uns mehr anmuthen als dieſe, denn Gründe ſolcher Art haben keine kritiſche Geltung. Es muß einen wiſſenſchaftlichen Rechtsgrund geben, der uns zwingt, die Entſcheidung ſo und nicht anders zu treffen. Nehmen wir an, daß unter den Bedingungen der Mathematik und Naturwiſſenſchaft ſich wohl erklären laſſe, wie in unſerer Vernunft das Trugbild einer Metaphyſik des Ueberſinnlichen entſteht, während unter den Bedingungen einer ſolchen Metaphyſik ſich gar nicht erklären läßt, wie auch nur das Factum der Mathematik und Phyſik zu Stande kommt, ſo kann die Entſcheidung in dem Rechtsſtreite der Wiſſenſchaften nicht mehr zweifelhaft ſein. Wenn wir der Mathematik und Phyſik Recht geben, müſſen wir der Metaphyſik Unrecht geben, ohne ihre fac= tiſche Exiſtenz unerklärlich zu finden: dieſe Entſcheidung iſt ſehr wohl möglich. Wenn wir dagegen der Metaphyſik Recht geben, ſo müſſen wir der Mathematik und Naturwiſſenſchaft nicht blos die rechtmäßige, ſondern auch die factiſche Exiſtenz abſprechen: was offenbar unmöglich iſt.

2. Die Mathematik als Richtſchnur.

Es war zunächſt das Gewicht der Mathematik, das in der Wag= ſchale der Gründe wider die Rechtmäßigkeit der Metaphyſik den Aus= ſchlag gab. Unter allen menſchlichen Einſichten iſt die Evidenz und Gültigkeit der mathematiſchen am wenigſten bezweifelt worden, ſie haben den Angriffen der Skeptiker ſiegreich widerſtanden und waren für die Möglichkeit allgemeiner und nothwendiger Vernunfterkenntniſſe ſtets die ſicherſten Zeugen. Eine ähnliche Feſtigkeit haben die Syſteme der Meta= phyſik niemals gehabt. Wenn nun zwiſchen der Mathematik und der Metaphyſik des Ueberſinnlichen die Sache ſo ſteht, daß zwar ihre fac= tiſche, aber nicht ihre rechtmäßige Coexiſtenz möglich iſt, daß die menſch= liche Vernunft nicht mit gleichem Rechte beide in ſich vereinigen kann, ſo iſt klar, welche der beiden Wiſſenſchaften ihren Proceß verliert.

In dem Rechtsſtreite der Wiſſenſchaften, den die Vernunftkritik unterſucht und entſcheidet, dient ihr die Mathematik als nächſte, leitende Richtſchnur: entweder vertragen ſich mit den Bedingungen der letzteren die anderen vorhandenen Wiſſenſchaften oder ſie vertragen ſich nicht: im erſten Fall iſt ihre Geltung zu bejahen, im zweiten zu verneinen. Die Einſicht in den wiſſenſchaftlichen Charakter der Mathematik und in ſeine Factoren bezeichnet daher den Wendepunkt, mit welchem die Kritik ihren Lauf antritt.

II. Die Entstehung der Grundfrage.

1. Der synthetische Charakter der Erfahrung.

Jetzt können wir Kants philosophischen Entwicklungsgang von Schritt zu Schritt verfolgen. Die Grundfrage der gesammten Kritik: „wie sind synthetische Urtheile a priori möglich?" war durch die Feststellung bedingt, daß alle wirkliche Erkenntniß in solchen Urtheilen bestehen muß und thatsächlich besteht; diese Einsicht hatte die Unterscheidung zwischen analytischen und synthetischen Urtheilen zu ihrer Voraussetzung. Der Philosoph selbst erklärt in der Vorerinnerung seiner Prolegomena: „Diese Eintheilung ist in Ansehung der Kritik des menschlichen Verstandes unentbehrlich und verdient in ihr classisch zu sein".*) Sie ist zwanzig Jahre älter als die Prolegomena. Schon damals lehrte Kant, daß alles logische Urtheilen analytisch, alle Causalverknüpfung der Dinge synthetisch sei; zugleich erklärte er diese Art der Urtheile für empirisch, da er den Begriff des Realgrundes für einen Erfahrungsbegriff ansah. Alle bloßen Vernunfturtheile galten demnach für analytisch, alle Erfahrungsurtheile für synthetisch, und umgekehrt. Nur die ersten, weil sie keiner Erfahrung bedürfen, sind a priori. Daher schien unserem Philosophen in jenen Schriften, die seinen Fortgang vom Rationalismus zum Empirismus bezeichnen: daß kein Urtheil a priori synthetisch und kein synthetisches Urtheil a priori sein könne. Die Möglichkeit einer Combination beider Charaktere in demselben Urtheil lag damals seiner Einsicht noch fern. Diese Möglichkeit wird entdeckt, sobald an einem Erkenntnißurtheil, dessen allgemeine und nothwendige Geltung fest steht, sich der synthetische Charakter nachweisen läßt, oder sobald von einem synthetischen Urtheil gezeigt werden kann, es sei a priori, denn es habe allgemeine und nothwendige Geltung.

2. Der synthetische Charakter der Mathematik.

Die Möglichkeit der zweiten Art lag außerhalb seiner damaligen Denkrichtung. Es kam nicht in seinen Sinn, daß ein synthetisches Urtheil jemals a priori sein könne. Wenn wir die metaphysischen Einsichten, die Kant in Frage stellt und zuletzt als leere Einbildungen verwirft, ausnehmen, so sind die gegebenen synthetischen Urtheile sämmtlich empirisch. Kein empirisches Urtheil ist a priori, denn es gründet sich auf

---

*) Prolegomena, Vorerinnerung. § 3 (Bd. III. S. 181).

die Wahrnehmung, also nicht auf die bloße Vernunft. Daher bleibt nur übrig, jene Entdeckung, die an den synthetischen Urtheilen nicht gemacht werden kann, auf Seiten der reinen Vernunfturtheile zu suchen. Diese sind entweder logisch oder metaphysisch (ontologisch) oder mathematisch: die ersten sind durchweg analytisch, die zweiten sind zwar synthetisch, da sie über die Existenz und Causalität bloßer Gedankendinge urtheilen, aber sie sind unsicher und im Grunde unmöglich; es bleiben daher nur die mathematischen übrig, deren nothwendige Geltung selbst Hume einräumte, weil er sie für analytische Urtheile hielt und den logischen beizählte.

Hier ist der Punkt, wo die Entdeckung, die zur kritischen Philo= sophie führt, allein zu machen war: wenn es Urtheile a priori giebt, die zugleich synthetisch sind, so können es einzig und allein die mathe= matischen sein. Schon in seiner Preisschrift hatte Kant gezeigt, daß die Mathematik die synthetische Methode befolgen dürfe, weil sie ihre Begriffe auf synthetischem Weg bilde, durch Construction entstehen lasse und in der Anschauung darstelle. Ihre Urtheile sind anschauender Art und deshalb synthetisch. Die Untersuchung führte weiter, und ihrem Leitfaden gemäß mußte zunächst der Begriff des Raumes bis auf seinen Ursprung ergründet werden: das Raumgefühl und jene Unterschiede der Gegenden im Raum, die durch keine Analyse gegebener Raum= vorstellungen deutlich zu machen sind. In seiner letzten vorkritischen Schrift erkannte der Philosoph den Raum als Grundbegriff oder Grund= anschauung und schrieb ihm zugleich eine „eigene Realität" zu, die unabhängig von dem Dasein aller Materie den Urgrund ihrer Mög= lichkeit ausmacht.*) Demnach gilt der Raum als ein ursprüngliches, unserer Vernunft gegebenes Anschauungsobject, dessen Beschaffenheiten uns durch Gefühl und Anschauung einleuchten. Dann aber müßte unsere Raumerkenntniß und mit ihr die Geometrie empirischen Ursprungs sein, und die Apriorität der mathematischen Einsichten, die bisher galt, wäre in Frage gestellt.

3. Das Problem der Mathematik.

Die mathematischen Urtheile sind synthetisch, aber nicht empirisch, was sie sein müßten, wenn es sich mit dem Raum so verhielte, wie Kant im Jahre 1768 gelehrt hat. Diese Urtheile sind nur dann syn= thetisch, wenn der Raum Anschauung ist; sie sind nur dann a priori

---

*) S. oben Buch I. Cap. XVI. S. 279.

ober allgemeingültig, wenn der Raum nicht Anschauungsobject ist, sondern bloße oder reine Anschauung. Nun steht am Schluß der vorkritischen Periode die Sache so: daß der Grund, der die mathematischen Urtheile synthetisch macht, zugleich droht, sie in empirische Urtheile zu verwandeln. Nehmen wir der Mathematik den synthetischen Charakter, so sind ihre Objecte nicht mehr constructiv; nehmen wir ihr den Charakter reiner Vernunfterkenntniß, so sind ihre Urtheile nicht mehr allgemeingültig: in beiden Fällen ist die Thatsache der reinen Mathematik unerklärt und unerklärlich. Diese Thatsache zu begründen, mußte Kant seine Lehre vom Raum ändern, er mußte denselben nicht mehr für ein gegebenes Anschauungsobject, sondern für eine reine Vernunftanschauung erklären: nicht für den Gegenstand, sondern für die bloße Form unserer Anschauung. Diese Einsicht gewann er im Jahre 1769. Es war der Schritt, der die kritische Philosophie eröffnete, der von der letzten vorkritischen zur ersten kritischen Schrift führte, und womit der Philosoph im Felde seiner Forschungen, die auch Eroberungen waren, über den Rubicon ging.

4. Das Problem der Metaphysik.

Hier trennt er sich für immer von Hume. Dieser hatte erklärt: es giebt keine synthetischen Urtheile a priori; Kant beweist: es giebt einige solcher Urtheile, nämlich die mathematischen. Beide Behauptungen stehen einander contradictorisch entgegen. Die Mathematik ist die erste negative Instanz, an der Kant den Skepticismus scheitern macht. Giebt es aber gemäß der Verfassung unserer Vernunft synthetische Urtheile a priori, so wird man untersuchen müssen, ob deren nicht noch mehr und andere als blos die mathematischen entdeckt werden können, ob es nicht auch eine Erkenntniß der wirklichen Dinge, der sinnlichen wie übersinnlichen, durch bloße Vernunft, also eine Metaphysik der Erscheinungen, wie der Dinge an sich gebe?

Mit der neuen Lehre von Raum und Zeit ändert sich die Vorstellung von der Welt, und die Frage nach der Erkennbarkeit der Dinge tritt damit in ein anderes Stadium. Wenn man dem Raum den Charakter durchgängiger Einheit und zugleich eigener Realität zuschreibt, so müssen alle Wesen in ihm enthalten sein, und es ist nicht einzusehen, wie Dinge existiren sollen, die entweder unräumlich sind oder im Raum erscheinen, ohne ihn zu erfüllen. Ein solcher Raumbegriff widerstreitet der Möglichkeit und der Erkennbarkeit einer intelligibeln

Welt. So nahm Kant die Sache, als er der Metaphysik in den Träumen des Geistersehers seinen Absagebrief schrieb: er verneinte deshalb jede Erkennbarkeit der übersinnlichen Welt, der Geister und Geistergemein= schaft und ließ ihr Dasein gelten oder dahingestellt sein mit einer Miene, die skeptisch genug aussah.

Anders steht jetzt die Sache. Wenn Raum und Zeit als bloße Vernunftanschauungen gelten, so ist nicht zu bestreiten, daß es Dinge giebt, die von beiden unabhängig sind, so unabhängig als von unserer Vorstellung: das Dasein einer intelligibeln Welt ist zu bejahen und die Frage nach ihrer Erkennbarkeit ist zu erneuern.*) Sollte sich in dieser kritischen Untersuchung zeigen, daß zwar nicht alle Dinge, wohl aber alle unsere Vorstellungen und darum alle uns erkennbaren Objecte an jene Vernunftanschauungen gebunden sind, also in Raum und Zeit sein müssen, so würde hieraus die Unerkennbarkeit der Dinge an sich von neuem einleuchten. Wir gelangen zu der uns schon bekannten Alter= native. Die Mathematik ist nur möglich, wenn Raum und Zeit reine Vernunftanschauungen sind, die als solche unsere Vorstellungen sämmt= lich beherrschen. Ist dies der Fall, so sind die Dinge an sich uner= kennbar. Die Mathematik ist daher nur unter solchen Bedingungen möglich, unter welchen die Metaphysik des Uebersinnlichen nie möglich ist, und umgekehrt. Für eine Vernunft, deren Grundanschauungen Raum und Zeit sind, kann die intelligible Welt kein Object möglicher Er= kenntniß sein.

Es bleibt daher nur die Frage übrig: ob und wie eine Meta= physik der Erscheinungen möglich ist d. h. eine allgemeine und nothwendige Erkenntniß der sinnlichen Dinge, wie eine solche in der reinen Naturwissenschaft thatsächlich existirt. In der Verknüpfung der Erscheinungen besteht die Erfahrung, das Erfahrungsurtheil ist immer synthetisch; gilt es allgemein und nothwendig, so ist es auch a priori. Jetzt entsteht die Frage: ob es synthetische Urtheile giebt, die zugleich empirisch und a priori (metaphysisch) sind, also diejenigen Charak= tere vereinigen, die der Philosoph bis jetzt einander völlig entgegen= gesetzt hatte? Der bloße Gedanke einer solchen Möglichkeit lag seiner vorkritischen Denkrichtung ganz fern; vielmehr lief er ihr schnurstracks zuwider; die Lösung dieses Problems trat noch nicht in den Gesichts= kreis der Inauguralschrift, sie erschien erst in der Kritik der reinen

---

*) S. oben Buch I. Cap. XVI. S. 278.

Vernunft und zwar in ihrer zweiten Hauptuntersuchung, die „trans=
scendentale Analytik" genannt wurde. Es war dem Philosophen nicht
in den Sinn gekommen, daß die Erkenntniß der sinnlichen Dinge nicht
darum auch eine sinnliche Erkenntniß ist; daß die Gegenstände unserer
Erkenntniß empirisch und ihr Ursprung oder ihre Bedingungen a priori
sein können, vielmehr sein müssen. Diese Entdeckung folgte nach der
Inauguralschrift, sie ergänzte und vollendete, was diese begonnen hatte;
sie machte die Kritik der reinen Vernunft zu dem, was sie ist. Ihr
Problem und Thema war nichts Geringeres als die Begründung
einer neuen Metaphysik. Es mußte entdeckt werden, daß die Be=
griffe, welche der Philosoph bis dahin für bloße Erfahrungsbegriffe
gehalten hatte, wie die der Existenz und Causalität, Denkgesetze sind,
die sich zu unserem Verstande verhalten, wie Raum und Zeit zu unserer
Sinnlichkeit, daß sie nicht durch Erfahrung gemacht werden, sondern
die Erfahrung durch sie. Dies war der Punkt, von dem die Lösung
des Problems abhing: er betraf die „Deduction der reinen Ver=
standesbegriffe". Hier gab es keinen Vorgänger, hier trennte sich
Kant nicht blos von Hume, sondern widerlegte ihn von Grund aus.
Er sagt in der Vorrede der Prolegomena: „Diese Deduction war das
Schwerste, das jemals zum Behuf der Metaphysik unternommen werden
konnte." Man möge sich überzeugen, daß seine Vernunftkritik „eine
ganz neue Wissenschaft sei, von welcher niemand auch nur den Gedanken
vorher gefaßt hatte, wovon selbst die bloße Idee unbekannt war, und
wozu von allem bisher Gegebenen nichts genutzt werden konnte, als
allein der Wink, den Humes Zweifel geben konnten, der gleichfalls
nichts von einer dergleichen Wissenschaft ahnte, sondern sein Schiff,
um es in Sicherheit zu bringen, auf den Strand (den Skepticismus)
setzte, da es denn liegen und verfaulen mag, statt dessen es bei mir
darauf ankommt, ihm einen Piloten zu geben, der nach sicheren Prin=
cipien der Steuermannskunst, die aus der Kenntniß des Globus gezogen
sind, mit einer vollständigen Seekarte und einem Compaß versehen,
das Schiff sicher führen können, wohin es ihm gut dünkt."*)

---

*) Proleg. Vorr. (Bd. III. S. 171 u. 173.

Drittes Capitel.

Die Inauguralschrift. Ihre Stellung zu den vorkritischen Schriften und zur Vernunftkritik.

I. Die Stellung der Inauguralschrift.

1. Erklärungen Kants.

Es sind in der jüngsten Zeit über die Entstehung und Bedeutung der Inauguraldissertation Kant so verschiedene, einander widersprechende Meinungen laut geworden, daß es gut ist, vor allen den Philosophen selbst darüber zu hören. In einer uns schon bekannten Stelle seiner Abhandlung bezeichnet er sie als Propädeutik zu einer Metaphysik, welche die ersten Principien des reinen Verstandesgebrauchs enthalten solle. Nach unseren vorausgeschickten Erörterungen ist kein Zweifel, daß die Aufgabe einer solchen Metaphysik erst unter dem kriti-schen Gesichtspunkt entstehen konnte, daß sie dieselbe ist, deren Lösung die Vernunftkritik in ihrer „transscendentalen Logik" ausführte. Es soll der Charakter und Werth derjenigen Begriffe ergründet werden, die sich zu unserem Verstande verhalten, wie Raum und Zeit zu unserer Sinnlichkeit. Um eine solche Aufgabe zu lösen und unser denkendes Erkenntnißvermögen in seiner Besonderheit erforschen zu können, müssen Verstand und Sinnlichkeit zuvor richtig und genau unterschieden werden. Diese Unterscheidung lehrt die Inauguralschrift. Eben deshalb sagt Kant: sie liefere die Probe einer Propädeutik zur Metaphysik.*) Schon dieser Ausspruch des Philosophen selbst würde genügen, um die Disser-tation an die Spitze der kritischen Forschungen zu stellen und als den Anfang ihrer Epoche zu betrachten.

Zwischen dieser Schrift und der nächst vorhergehenden „vom ersten Grunde des Unterschiedes der Gegenden im Raum" ist eine Kluft; zwischen ihr und der nächst folgenden, nämlich der „Kritik der reinen Vernunft", besteht trotz aller Differenzen ein genauer Zusammenhang. So beurtheilt der Philosoph selbst seinen Entwicklungsgang vom Jahre 1770 bis 1781. Als er die Inauguralschrift verfaßt hatte, fühlte er sich auf neuem, sicherem Boden, den er nicht wieder verlassen werde, sondern auf dem er von jetzt an ruhig fortschreiten könne. Als er die Kritik

---

*) S. oben Cap. I. S. 289 flgb.

der Vernunft herausgab, bestätigte er den genauen Zusammenhang beider Werke. Er schrieb an Lambert, dem er den 2. September 1770 seine Dissertation zuschickte: „Seit etwa einem Jahre bin ich, wie ich mir schmeichle, zu denjenigen Begriffe gekommen, welchen ich nicht besorge, jemals ändern, wohl aber erweitern zu dürfen, und wodurch alle Art metaphysischer Quästionen nach ganz sicheren und leichten Kriterien ge=prüft und, inwiefern sie auflöslich sind oder nicht, mit Gewißheit kann entschieden werden."*) Er hatte sich in der Leichtigkeit der weiteren Untersuchungen getäuscht, nicht über ihren Zusammenhang mit dem Thema der Inauguralschrift. Dies bezeugt ein brieflicher Ausspruch gegen M. Herz, dem er den 1. Mai 1781 die Kritik der reinen Ver=nunft mit folgender Erklärung zusendete: „Dieses Buch enthält den Ausschlag aller mannichfaltigen Untersuchungen, die von den Begriffen anfingen, welche wir zusammen unter der Benennung des mundi sen=sibilis und intelligibilis abdisputirten."**)

2. Heutige Meinungen.

Man muß den Entwicklungsgang des Philosophen wie den Inhalt seiner Inauguralschrift nicht richtig genug aufgefaßt oder gewürdigt haben, wenn man einerseits zur Erklärung der letzteren den Einfluß fremder Werke braucht, andererseits ihren Zusammenhang mit der Ver=nunftkritik verkennt, weil man die Differenzen beider Werke für größer hält, als sie sind. Wir können Paulsen nicht beistimmen, der die Ent=stehung der Dissertation aus Humes Einfluß herleitet, die einschlagende Wirkung der letzteren auf Kant erst hier zu finden glaubt und dafür Stellen aus der Kritik der reinen Vernunft anführt. Wir haben den positiven Einfluß Humes nach dem Zeugniß des Philosophen selbst nach=gewiesen und an seinen Ort gestellt.***) Der Punkt, worin Kant seinen Vorgänger von Grund aus widerlegt, fällt nicht in das Gebiet der Inauguralschrift, sondern in das der Vernunftkritik, wo wir demselben begegnen werden. Eben so wenig läßt sich Vaihingers Ansicht recht=

---

*) Bd. X. S. 481. Es geht zugleich aus diesem Briefe hervor, daß in dem Entwicklungsgange des Philosophen der entscheidende Schritt, womit er den kritischen Standpunkt ergriff, im Sommer 1769 geschah. In seinem Briefe an Mendelssohn vom 18. August 1783 bezeichnet Kant die Kritik der reinen Vernunft als „das Pro=duct des Nachdenkens von einem Zeitraum von wenigstens zwölf Jahren". — **) S. ob. Buch I. Cap. IV. S. 69. — ***) S. ob. Buch I. Cap. XVI. S. 265—73. Vgl. Paulsen: Versuch u. s. f. Cap. III. S. 114—46, insbes. S. 129 flgb.

fertigen, der Leibniz' „Nouveaux essais" für dasjenige Werk erklärt, welches auf Kant einen „übermächtigen Einfluß" ausgeübt habe, als dessen „directe Folge" die Dissertation zu betrachten sei, die gar nicht anders erklärt werden könne und einer unmittelbaren Beeinflussung durch Hume geradezu widerspreche.*) Dem ist zu entgegnen: im Jahre 1765 erscheinen die leibnizischen nouveaux essais, im Jahre 1766 rechnet Kant die leibnizische Metaphysik unter die Luftschlösser der Phi= losophie, im Jahre 1768 widerlegt er ausdrücklich den leibnizischen Begriff des Raumes, im Jahre 1770 schreibt er eine Abhandlung, die in ihrer Lehre von dem Unterschiede unserer Erkenntnißvermögen, wie von Raum und Zeit den leibnizischen Grundsätzen zuwiderläuft und in ihrem letzten Abschnitte aus dem Unterschiede zwischen Sinnlichkeit und Verstand alle die Folgerungen zieht, die der Vernunftkritik zur gründ= lichsten Widerlegung der leibnizischen Erkenntnißlehre dienten. Ich füge hinzu, daß in der Inauguralschrift weder Hume noch die nouveaux essais erwähnt sind.

Die große Differenz zwischen der Dissertation und der Vernunft= kritik soll darin bestehen, daß hier die Metaphysik der Dinge an sich verneint, dort aber bejaht wird. Cohen meint von der Inauguralschrift: daß die Erkenntniß der Dinge an sich jetzt noch behauptet werde, als ob der Philosoph eine solche Erkenntniß vorher niemals verneint hätte; Paulsen bezeichnet diese Meinung mit allem Grunde als unrichtig und fügt hinzu: „vielmehr jetzt wieder".**) Verhielte es sich wirklich so, dann beschriebe der Entwicklungsgang unseres Philosophen einen selt= samen Zickzack: in seinem ersten Stadium gilt die Metaphysik der Dinge an sich, im zweiten gilt sie nicht, unmittelbar darauf, im Jahre 1770 gilt sie wieder, und in dem nächstfolgenden Werke gilt sie wieder nicht. Bevor man eine solche Vorstellung von dem Ideengange unseres größten Denkers unterschreibt, muß man den Inhalt der einschlagenden Schrift genau prüfen. Wir haben im Voraus eine ganz andere Auf= fassung begründet: im ersten Stadium gilt die dogmatische und rationale Metaphysik unter gewissen, bedeutsamen Berichtigungen; im zweiten, das vom Rationalismus zum Empirismus und Skepticismus fortschreitet, wird die Erkennbarkeit der Dinge an sich verneint; unter dem völlig neuen Gesichtspunkt der Inauguralschrift wird, wie es geschehen muß,

---

*) H. Vaihinger: Commentar zu Kants Kr. d. r. V. (Bd. I. Erste Hälfte. 1881.) S. 48. — **) Paulsen: Versuch u. s. f. S. 124.

die Frage nach der Erkennbarkeit der intelligibeln Welt erneuert, und diese Frage wird in der Vernunftkritik endgültig so gelöst, daß die Metaphysik der Dinge an sich widerlegt wird.

II. Composition und Inhalt der Inauguralschrift.

1. Ideenfolge Kants.

Die Abhandlung „über die Form und die Principien der sinnlichen und intelligibeln Welt" zerfällt in fünf Abschnitte: der erste handelt „von dem Begriffe der Welt im Allgemeinen, der zweite „von dem Unterschiede des Sinnlichen und Intelligibeln im Allgemeinen", der dritte „von den formgebenden Principien (principiis formae) der sinnlichen Welt", der vierte „von dem formgebenden Princip (principio formae) der intelligibeln Welt", der letzte „von der Methode der Metaphysik in Betreff der sinnlichen und intellectuellen Erkenntniß". Der dritte Abschnitt enthält die neue Lehre von Raum und Zeit und deckt sich in allen Hauptpunkten mit der „transscendentalen Aesthetik", wie diese Lehre in der Vernunftkritik heißt. Um dieselbe Sache nicht zweimal vorzutragen, werden wir diesen Theil der Inauguralschrift in die Darstellung der transscendentalen Aesthetik aufnehmen und erst im nächsten Capitel eingehend erörtern. Was die Lehre vom Raum betrifft, so ist die unmittelbare Voraussetzung der Dissertation die Schrift „vom ersten Grunde des Unterschiedes der Gegenden im Raum": dieselben Beispiele werden wieder gebraucht, um darzuthun, daß der Raum Unterschiede in sich enthalte, die auf keine Weise dem Verstande deutlich gemacht werden können, sondern nur der Anschauung einleuchten.*) Vergleichen wir die erste kritische mit der letzten vorkritischen Schrift, so besteht ihre Uebereinstimmung in der Einsicht, daß der Raum eine Grundanschauung ist, ihre Differenz dagegen darin, daß die selbständige und eigene Realität des Raumes hier noch bejaht, dort aber verneint wird. In diesem Punkte liegt die Differenz zwischen der dogmatischen und kritischen Betrachtungsart: darum nannte ich sie eine Kluft.

2. Raum und Zeit, Sinnlichkeit und Verstand.

Die neue Lehre von Raum und Zeit steht im Mittelpunkte der Schrift und bildet in dem Ideengange des Philosophen das erste Glied, von dem die übrigen Theile der Dissertation abhängen. Wir

---

*) De mundi sensibilis etc. Sectio III. § 15. C. (Vol. III. pag. 143—44).

kennen ben Weg, ber zu jener Lehre führte. Wenn ber Raum ben Charakter ber Anschauung hat, unb bie Sätze ber Geometrie a priori gelten, so kann ber Raum nichts anberes sein als eine Grunbanschauung a priori b. h. eine bloße ober reine Vernunftanschauung. Diese Schluß= folgerung lag so nahe, baß sie bas nächste Resultat sein mußte, bas Kant unmittelbar nach ber Schrift vom Jahre 1768 ergriff. Der aprio= rische Charakter ber geometrischen Sätze gilt auch von ben übrigen Einsichten ber reinen Mathematik; ber anschauliche Charakter ber Raum= größen gilt auch von ben Zeitgrößen unb beschreibt hier seinen weitesten Umfang, ba alle Größenvorstellungen zeitlich, nicht alle räumlich sinb. Daher wirb ber Charakter reiner Vernunftanschauungen sowohl von ber Zeit als vom Raume gelten; sie beherrschen als solche unsere anschau= lichen ober sinnlichen Vorstellungen insgesammt: ber Raum bie ber äußeren Wahrnehmung, bie Zeit alle ohne Ausnahme.*) Nun sinb beibe unbegrenzte ober unenbliche Größen, sie sinb ins Enblose theilbar unb ausgebehnt, es giebt hier keine letzten Grenzen weber ber Auflösung eines Ganzen in seine Theile (Analysis) noch ber Zusammensetzung eines Ganzen aus seinen Theilen (Synthesis). Keiner ihrer Theile ist einfach, keines ihrer Composita ist vollenbet; jeber Theil ist wieber ein Ganzes, welches Theile hat, jebes Ganze wieber Theil eines größeren Ganzen. Wir können ben vollenbeten Inbegriff aller Theile, ben wir mit bem Worte Welt (totum, omnitudo) bezeichnen, wohl benken, aber nicht anschauen ober sinnlich vorstellen; unserem Verstanbe gilt bemnach als möglich, was unserer Sinnlichkeit unmöglich erscheinen muß, jener forbert ben Begriff eines vollkommenen aus einfachen Ele= menten zusammengesetzten Ganzen, ben biese nicht ausführen kann: hieraus erhellt ber Unterschieb zwischen Verstanb unb Sinn= lichkeit. Was ber letzteren unmöglich fällt, ist barum nicht an sich unmöglich: es ist baher falsch, bas Unvorstellbare (irrepraesentabile) unb bas Unmögliche (impossibile) zu ibentificiren unb bie Grenzen unseres Geistes für bie Grenzen bes Wesens ber Dinge (essentia rerum) zu halten: hieraus erhellt ber Unterschieb zwischen ber sinnlichen unb intelligibeln Welt, zwischen ben Erscheinungen unb ben Dingen an sich (phaenomena unb noumena). Was wir sinnlich benken (sensitive cogitata), sinb bie Vorstellungen ber Dinge, wie sie uns erscheinen (uti apparent), was wir bagegen unabhängig bavon

---

*) Ibid. Sectio III. § 13—15.

durch den bloßen Verstand denken (intellectualia), die Vorstellungen der Dinge, wie sie sind (sicuti sunt).*)

3. Das Problem der sinnlichen Erkenntniß.

Damit sind zunächst zwei Arten unserer Vorstellungsvermögen und zwei Arten unserer Vorstellungen unterschieden, über deren Leistung und Werth in Rücksicht auf die Erkenntniß noch nichts feststeht. Es ist noch nicht gesagt, daß unsere Vorstellungen der Dinge, wie sie erscheinen, auch die Erkenntniß der Erscheinungen sind, dies soll vielmehr erst bewiesen werden. Eben so steht in Frage, ob unsere Vorstellungen der Dinge, wie sie sind, auch die Erkenntniß der Dinge an sich liefern. Man beachte diesen Punkt wohl, dessen irrige Auffassung die Irrthümer über den Standpunkt der Inauguralschrift veranlaßt hat. Man darf die Stellung eines Problems nicht für die Lösung desselben halten und bei der angeführten Stelle sogleich notiren: „die Erkenntniß der Dinge gilt noch" oder „sie gilt wieder" oder „Rückfall Kants in den Dogmatismus unter Leibniz' Einfluß"!

Wenn man unsere Stelle weiter verfolgt, so zeigt sich, daß erst die Bedingungen festgestellt werden, unter denen unsere Vorstellungen der sinnlichen Dinge (Erscheinungen) eine Erkenntniß derselben bilden oder den Werth allgemeiner und nothwendiger Geltung beanspruchen dürfen. Die sinnliche Vorstellung besteht aus Stoff und Form: der Stoff giebt die Empfindung (sensatio), die lediglich subjectiv und individuell ist, nach der Art, wie das Subject vermöge seiner Natur von dem Eindruck eines Gegenstandes afficirt wird; die Form dagegen ist kein Eindruck, kein Abbild oder Schema des Gegenstandes, sondern sie ordnet oder coordinirt die gegebenen Eindrücke nach nothwendigen, unwandelbaren, der Vernunft inwohnenden Gesetzen.**) Diese Formen oder Vernunftgesetze sind Zeit und Raum. Nachzuweisen, daß sie es sind, ist die Hauptaufgabe der Inauguralschrift, die in dem dritten Abschnitt so gelöst wird, daß hier die Vernunftkritik nichts mehr zu leisten hatte.

4. Das Problem der intellectuellen Erkenntniß.

Nun erst läßt sich die Frage verstehen: wie es sich mit unseren blos intellectuellen Vorstellungen der Dinge an sich verhält? Ob aus diesen Vorstellungen Erkenntniß werden darf oder nicht? Die Frage enthält mehr als ein Problem in sich: 1. Giebt es Begriffe, die sich

---

*) Ibid. Sectio I. § 1—2. Sectio II. § 3-4. — **) Ibid. Sectio II. § 4.

zu unserem Verstande verhalten, wie Raum und Zeit zu unserer Sinn=
lichkeit: ordnende oder verknüpfende Begriffe, welche die nothwendigen
unwandelbaren Formen oder Gesetze des Verstandes sind, wie Zeit und
Raum die Formen und Gesetze der Anschauung? 2. Sind diese Begriffe
anwendbar auf die intelligibeln Objecte, oder, was dasselbe heißt, darf
der Verstand diese Begriffe zur Erkenntniß der Dinge brauchen? Giebt
es in dieser Rücksicht einen realen Verstandesgebrauch (usus realis
intellectus)? Es sind dieselben Fragen, die in der Vernunftkritik
wiederkehren und dort durch die Kategorienlehre und die Deduction der
reinen Verstandesbegriffe gelöst werden. In der Stellung dieser Probleme
stimmt die Inauguralschrift mit der Vernunftkritik (transscendentale
Logik) überein, nicht eben so in der Lösung.

Kant unterscheidet jetzt zwei Arten des Verstandesgebrauchs: den
logischen und realen. In der letzten Periode seiner vorkritischen Zeit
ließ er nur den logischen gelten, der die gegebenen Vorstellungen ver=
deutlicht, vergleicht, eintheilt b. h. nach Gattungen und Arten gruppirt
oder ordnet. Diese Ansicht gilt noch jetzt. Der logische Verstand hat
nur das analytische Geschäft, gegebene Begriffe durch seine Urtheile
und Schlüsse vollständig zu verdeutlichen. Er erzeugt nicht, sondern
reflectirt blos. Gegeben sind dem reflectirenden Verstande die Erschei=
nungen (apparentia), die nach den ordnenden Gesetzen unserer Sinn=
lichkeit aus den Eindrücken (sensationes) geformt werden: aus der
logischen Bearbeitung und Anordnung der Erscheinungen entsteht die
Erfahrung, die, so weit sie reicht, nur Erscheinungen zum Gegen=
stand, sinnliche Vorstellungen zum Material und die sinnliche Anschauung
zu ihrem Ursprunge hat. Der Weg von der „apparentia" zur „ex=
perientia" führt durch den logischen Gebrauch des Verstandes. „Die
empirischen Begriffe werden durch Verallgemeinerung niemals intellec=
tuell im realen Sinn, sie überschreiten nicht die Form der sinnlichen
Erkenntniß und bleiben, wie hoch sie auch durch die Abstraction empor=
steigen, ins Endlose sinnlich."*) Daß die Erfahrung aus den Erschei=
nungen durch die Function des Verstandes entsteht, lehrt auch die Ver=
nunftkritik (transscendentale Analytik), doch über diese Entstehung selbst
ist sie ganz anderer Meinung als die Inauguralschrift: die Erfahrung
wird nicht durch den logischen, sondern durch den realen Verstandes=
gebrauch erzeugt.

*) Ibid. Sectio III. § 5.

Was diesen letzteren betrifft, so stehen die Principien des reinen Verstandes und ihre Ausübung in Frage. Es giebt Begriffe, die sich zu unserem Verstande verhalten, wie Raum und Zeit zu unserer Sinn= lichkeit: reine Begriffe (idae purae), die nicht aus der Erfahrung entspringen, nicht von sinnlichen Vorstellungen abstrahirt werden, son= dern von aller Sinnlichkeit abstrahiren, daher nicht „abstracte", sondern eher „abstrahirende Begriffe" zu nennen sind.*) Sie liegen in der Natur des reinen Verstandes und sind seine nothwendigen, eingeborenen Gesetze, wonach derselbe handelt, so oft er Erfahrungen macht. Wir erkennen jene Gesetze, sobald wir auf diese Handlungen oder Functionen des reinen Verstandes achten. Daher sind die reinen Begriffe oder die Er= kenntniß der Verstandesgesetze uns nicht sowohl angeboren, als durch Reflexion erworben. Sie können nicht aus der Erfahrung, sondern nur aus dem reinen Verstande, sofern derselbe Erfahrungen macht, abstrahirt werden und dürfen nur in diesem Sinne „abstracte Begriffe" heißen. Als solche nennt der Philosoph: „Möglichkeit, Dasein, Nothwendigkeit, Substanz, Ursache u. s. f. mit ihren Gegensätzen und Correlaten." Sie sind „die Principien des reinen Verstandes", die Lehre von diesen Prin= cipien ist „Metaphysik".**)

Hier zeigt sich eine zweite Kluft zwischen der Dissertation und den letzten Schriften der vorkritischen Zeit. Dieselben Begriffe, die Kant noch kurz vorher für bloße Erfahrungsbegriffe erklärt hatte, gelten jetzt als reine Verstandesbegriffe, die keinerlei sinnliches Datum enthalten und daher auf keine Weise aus sinnlichen Vorstellungen abstrahirt werden können. Der Empirismus ist abgethan, die Kategorien sind entdeckt, die Kategorienlehre ist im Wesentlichen ausgemacht und so weit gediehen, daß die Vernunftkritik sie nicht mehr zu begründen, sondern nur aus= zuführen brauchte. Wir constatiren an dieser Stelle den genauesten Zu= sammenhang zwischen der Inauguralschrift und dem kritischen Haupt= werk. Auch ist schon gesagt, daß der Verstand in jeder Erfahrung, die er macht, diese Kategorien anwendet; aber worin diese Anwendung besteht, und mit welchem Rechte sie gemacht werden darf: das ist und wird hier nicht gesagt. Die Frage betrifft „die Deduction der reinen Verstandesbegriffe", die der Philosoph selbst für die schwerste seiner Aufgaben erklärte.

---

*) Ibid. Sectio II. § 6. — **) Ibid. Sectio II. § 8. Philosophia autem prima continens principia usus intellectus puri est metaphysica.

5. Die sinnliche und intellectuelle Erkenntniß.

Es giebt demnach eine Erkenntniß der Erscheinungen (phaenomena), die als solche aus den reinen Formen der Anschauung und dem ge= gebenen Stoff der Eindrücke oder Wahrnehmungen theils des äußeren theils des inneren Sinnes bestehen: die Erkenntniß der äußeren Er= scheinungen ist die Physik, die der inneren die empirische Psycho= logie, die der reinen Anschauungsformen die reine Mathematik, die in der Geometrie den Raum, in der Mechanik die Zeit, in der Arithmetik die Zahl betrachtet. „Also giebt es eine Wissenschaft der sinnlichen Objecte." Diese aber sind nur Erscheinungen, nicht das Wesen der Dinge selbst. Wenn man mit den Eleaten einzig und allein die Einsicht in das Wesen der Dinge für Wissenschaft gelten läßt, so muß man einer Erkenntniß, deren Objecte nur die Erscheinungen sind, den Werth der Wissenschaft absprechen.*)

Die Erkenntniß der Erscheinungen besteht in Mathematik und Er= fahrung, sie liefert keine Erkenntniß der Dinge an sich, nicht „intellectio realis", sondern nur „logica",**) sie hat unübersteigliche Schranken, die gewahrt werden müssen, um die Grenzen zwischen dem logischen und realen Verstandesgebrauch nicht zu verwirren. Der letztere kann in negativer und positiver Absicht ausgeübt werden: die erste nennt Kant „elenchtisch", die andere „dogmatisch". Der negative Zweck wird erfüllt, wenn der Verstand die sinnlichen Vorstellungen auf ihr Gebiet ein= schränkt, von den Dingen an sich fern hält und dadurch die Wissen= schaft zwar nicht um eine Nagelsbreite erweitert, aber vor Irrthümern schützt.***) Die Vernunftkritik hat in ihrer Methodenlehre diesen nega= tiven Gebrauch die „Disciplin der reinen Vernunft" genannt.

Der positive Zweck der reinen Begriffe ist dogmatisch und besteht in ihrer Anwendung auf die Dinge an sich, wie eine solche zu Tage tritt in der Ontologie und rationalen Psychologie. Die eigentliche Ab= sicht in diesem Gebrauch der reinen Begriffe geht auf einen Muster= begriff, nämlich die Idee der Vollkommenheit (perfectio nou= menon), die in ihrer theoretischen Fassung den Begriff Gottes als des höchsten Wesens, in der praktischen den Begriff der moralischen Vollkommenheit oder des sittlichen Endzwecks ausmacht. Diese Ideen sind nur dem reinen Verstande einleuchtend; die Sittenlehre gehört daher zur „reinen Philosophie" (Metaphysik) und darf nicht auf Erfahrung

---

*) Ibid, Sectio II. § 12. — **) Ibid. § 12 — ***) Ibid. Sectio II. § 9.

ober Empfindung, gleichviel welcher Art, gegründet werden: der Philo=
soph verwirft jetzt nicht blos die epikureische Sittenlehre, sondern auch
die englische Moralphilosophie, Shaftesbury und deſſen Anhänger, mit
denen er noch wenige Jahre vorher gemeinsame Sache gemacht: er
rechnet ſie jetzt unter das Gefolge Epikurs. So weit hat er sich auch
hier von den letzten Stabien seiner vorkritiſchen Zeit entfernt und ſteht
bereits auf dem Gebiet der kritischen Sittenlehre.*)

Der höchste Grad und Inbegriff alles Vollkommenen ist Gott: er
ist „das Ideal der Vollkommenheit (ideale perfectionis)", das
absolute Princip sowohl des Erkennens als des Entstehens, der gemein=
ſame Urgrund sowohl der Dinge als der Erkenntniß der Dinge. Das
Problem der intellectuellen Erkenntniß im poſitiven Sinn oder des reinen
Verstandesgebrauchs in Rückſicht auf das Weſen der Dinge fällt daher
zusammen mit der Frage nach der Erkenntniß Gottes.

6. Das Problem der metaphyſiſchen Erkenntniß.

Die Welt der Erscheinungen ist unbegrenzt und bildet kein Ganzes,
denn ſie ist in Raum und Zeit. Das Weltganze als der wahre In=
begriff aller Dinge (totum reale) ist daher nicht die ſinnliche Welt,
sondern die intelligible, deren Ordnung oder Form die wahrhaft
wirkliche Gemeinschaft der Dinge ist. Das Princip dieser Form ist eines
mit dem Urgrund der Dinge: daher ist die Frage nach der Erkenntniß
Gottes gleichbedeutend mit der nach dem „principium formae mundi
intelligibilis".

Es heißt die Inauguralſchrift nicht verstehen, wenn man in der
Erneuerung dieser Frage einen Rückfall in den Dogmatismus findet.
So lange Raum und Zeit als Realitäten gelten, die alles Wirkliche
und Mögliche in ſich begreifen, ist eine intelligible Welt, eine Ordnung
der Dinge unabhängig von Raum und Zeit nicht einmal denkbar,
geschweige erkennbar. Sind dagegen Raum und Zeit bloße Vernunft=
anschauungen, so entsteht nothwendig die Frage, wie es ſich mit dem
Dasein und der Ordnung der Dinge unabhängig von dieſen Formen
unserer Sinnlichkeit verhält? Genau ſo hat der Philosoph ſelbſt ſein
Problem begründet. „Wenn man Raum und Zeit für die reale und
absolut nothwendige Gemeinschaft aller möglichen Subſtanzen und Zu=
ſtände hält, so hat man nicht nöthig noch weiter nach dem Urſprung

---

*) Ibid. Sectio II. § 9.

der Beziehungen, nach der Urbedingung des Zusammenhangs der Dinge, nach dem Princip der wahren Weltordnung zu forschen." „Jetzt aber, nachdem wir bewiesen haben, daß der Begriff des Raumes nur die Gesetze unserer subjectiven Sinnlichkeit, nicht die Bedingungen der Objecte selbst betrifft, bleibt diese blos durch intellectuelle Erkenntniß lösbare Frage in ihrer vollen Geltung: auf welches Princip gründet sich jenes Verhältniß aller Substanzen, dessen sinnliche Anschauung Raum heißt? Wie ist jene wechselseitige Gemeinschaft vieler Dinge möglich, kraft deren sie zu demselben Ganzen gehören, das wir mit dem Worte Welt bezeichnen? Dies ist in der Frage nach dem „principium formae mundi intelligibilis" gleichsam der Angelpunkt."*)

Wenn die Substanzen in durchgängiger Gemeinschaft stehen und ein Weltganzes ausmachen, so folgt: 1. daß keine einzelne den Grund ihrer Existenz nur in sich hat, sonst wäre sie nothwendig und von keiner anderen abhängig, dann wäre alle Gemeinschaft der Dinge aufgehoben; 2. daß keine einzelne den Grund des Zusammenhangs aller bilden kann, sonst wären alle übrigen nur von ihr abhängig und das Verhältniß der Dinge wäre nicht mehr wechselseitige Gemeinschaft (commercium), sondern einseitige Abhängigkeit (dependentia). Weil die Welt nicht aus nothwendigen, sondern zufälligen Substanzen besteht, muß sie eine Ursache haben; weil diese Ursache nicht selbst ein Glied in der Gemeinschaft der Dinge sein kann, ist sie außerweltlich, daher nicht Weltseele, nicht räumlich, sondern nur virtuell in der Welt gegenwärtig, und weil ihre Wirkungen in einer durchgängigen Gemeinschaft und Einheit begriffen sind, ist diese außerweltliche Ursache selbst einzig. Setzen wir eine Mehrheit der Welturfachen, so folgt die Möglichkeit einer Mehrheit von einander unabhängiger, räumlich getrennter Welten (plures mundi extra se possibiles). Aus der Einheit des Raumes und der durchgängigen Gemeinschaft der Dinge, d. h. aus der Einheit des Universums erhellt die Einzigkeit der nothwendigen Welturfache (unica causa omnium necessaria); aus der Einzigkeit der Welturfache resultirt die nothwendige Einheit der Welt und die Unmöglichkeit ihres Gegentheils.**)

In der Gemeinschaft der Dinge besteht die Weltharmonie: sie ist als Wirkung einer außerweltlichen Ursache von außen gesetzt (externe

---

*) Ibid. Sectio IV. § 16. — **) Ibid. Sectio IV. § 17—21 (incl.).

322

stabilita). Es giebt zwei Arten sie aufzufassen und zu erklären: entweder gilt sie als das allgemeine Naturgesetz der Wechselwirkung der Dinge, dann ist sie „generaliter stabilita" und besteht in dem wechselseitigen.

„influxus physicus"; oder sie gilt als eine solche Anpassung der Dinge an einander, daß die Zustände und Veränderungen jedes einzelnen mit denen der übrigen (insbesondere die der Seele mit denen des Körpers) übereinstimmen, dann ist sie „singulariter stabilita" und heißt, wenn die Anpassung durch den ursprünglichen Schöpfungsact für immer ausgemacht ist, „harmonia praestabilita", dagegen, wenn sie bei jeder Veranlassung von neuem geschieht, „occasionalismus". Die Harmonie des natürlichen Einflusses nennt der Philosoph real, die der Anpassung ideal oder sympathetisch. Da bei der letzteren die wahre Gemeinschaft der Dinge aufgehoben ist, so erklärt sich Kant für die reale Harmonie. „Obgleich diese Ansicht nicht bewiesen ist, halte ich sie aus anderen Gründen für mehr als hinlänglich bewährt."*) Sie ist nicht demonstrabel, aber „probat". Jene „anderen Gründe" sind demnach nicht solche, die zur Demonstration taugen. Die metaphysische Gewißheit, die der Philosoph seiner Ansicht zuschreibt, beruht nach seiner eigenen Erklärung nicht auf Gründen einer wissenschaftlichen oder theoretischen Einsicht.

Das Princip der intelligibeln Weltordnung ist Gott; er ist der Urgrund jener Gemeinschaft der Dinge, deren sinnliche Anschauung der Raum ist. Wenn wir nun selbst mit den nothwendigen Formen unserer Sinnlichkeit nicht außer aller wahren Gemeinschaft der Dinge sind, so steht zu vermuthen, daß Gott auch den letzten Grund unserer sinnlichen Weltanschauung ausmacht. „Denn der menschliche Geist kann von den Dingen außer ihm nur dann afficirt werden und seinem Anblick kann sich die unermeßliche Welt nur dann eröffnen, wenn er selbst mit allen anderen Dingen von derselben unendlichen Kraft des einen Urwesens getragen wird." Dann sind die Formen unserer anschauenden Vernunft zugleich göttliche Erscheinungsformen: der Raum die Erscheinung der Allgegenwart (omnipraesentia phaenomenon), die Zeit die Erscheinung der Ewigkeit (aeternitas phaenomenon). Auf dem Wege dieser Betrachtungsart nähern wir uns jener Lehre des Malebranche: „daß wir alle Dinge in Gott sehen". „Doch scheint es gerathener", fügt der Philosoph vorsichtig hinzu, „uns nahe an der Küste der nach dem be-

*) Ibid. Sectio IV. § 22.

schränkten Maße unseres Verstandes möglichen Einsichten zu halten, als
n das hohe Meer mystischer Speculationen hinauszusegeln."*)
Was demnach die Erkenntniß der intelligibeln Welt betrifft, so ist
in unserer Inauguralschrift die Begründung der Frage neu, das Thema
der Lösung dagegen alt, denn es handelt sich wieder um jene Gemein=
schaft der Dinge kraft ihres göttlichen Urgrundes, die der Philosoph
schon in seiner „nova dilucidatio", wie in der Abhandlung vom einzig
möglichen Beweisgrunde gelehrt hatte.**) Diese Gegend der intelligibeln
Welt, ich meine die Erkennbarkeit Gottes aus dem Dasein und dem
Zusammenhang der Dinge, hat auch der Skepticismus Kants niemals
offen angetastet. Seine empiristische Denkrichtung hinderte ihn nicht, die
Abhandlung über den einzig möglichen Beweisgrund zu schreiben; er
ist dem Dogmatismus in diesem Punkte bisher nie untreu geworden,
darum darf man auch nicht den vierten Abschnitt seiner Inauguralschrift
für einen Rückfall in den Dogmatismus erklären. Indessen muß ich
bestreiten, daß hier die Lehre von Gott und der realen Weltharmonie,
womit die Metaphysik der Dinge an sich steht und fällt, noch den früheren
dogmatischen Charakter festhält. Der Philosoph selbst erklärt, daß seine
Ausführungen in diesem Punkte keine demonstrable Gültigkeit haben:
er bietet also nicht mehr, wie früher, einen Beweisgrund zur „De=
monstration" des göttlichen Daseins. An einer anderen Stelle äußert
er sich ganz in demselben Geiste, in dem die „Träume eines Geister=
sehers" geschrieben waren: „die Natur der Kräfte, welche die wechsel=
seitigen Beziehungen der geistigen Substanzen und ihr Verhältniß zu
den Körpern ausmachen, bleibt dem menschlichen Verstande völlig ver=
borgen."***)

7. Der kritische Vernunftgebrauch.

Um den kritischen Charakter der Inauguralschrift im hellsten Lichte
zu sehen, muß man sich ihren letzten und schwierigsten Abschnitt näher
vergegenwärtigen, als selbst in eingehenden Darstellungen geschehen ist.†)
Es handelt sich hier um „die Methode der Metaphysik in Betreff der
sinnlichen und intellectuellen Erkenntniß"††) d. h. um den kritischen
Vernunftgebrauch nach der Richtschnur, welche die Unterscheidung und

---

*) Ibidem. Sectio IV. § 22. Scholion. — **) S. oben Buch I. Cap. XI.
S. 171—72. Cap. XIII. S. 200, S. 207 flgb. — ***) Ibid. Sectio V. § 27. —
†) Vgl. Paulsen: Versuch u. s. f. Cap. III. S. 101—114. — ††) De mundi sensi-
bilis etc. Sectio V. De methodo circa sensitiva et intellectualia in metaphysicis.

Beschaffenheit unserer beiden Erkenntnißvermögen forbert. Die Natur und Verfassung der menschlichen Vernunft ist nicht auch die der Dinge selbst; die Bedingungen der sinnlichen Erkenntniß sind nicht auch die der rein intellectuellen. Wenn man für objectiv hält, was nur subjectiv ist, so entsteht die dogmatische Weltansicht mit allen ihren Irrthümern; wenn man die Grenzen der Erkenntnißvermögen verwirrt und die noth=wendigen Beschaffenheiten der sinnlichen Objecte auf die intelligibeln überträgt, so entsteht eine von Grund aus falsche Metaphysik. Anders ausgedrückt: die Wurzel aller dogmatischen Irrungen besteht darin, daß man die Erscheinungen und die Dinge an sich nicht genau und sorg=fältig auseinanderhält, daß man jene für diese ansieht und die Dinge an sich behandelt, als ob sie Erscheinungen wären. Die Kritik der reinen Vernunft hat keinen anderen Beweggrund und kein anderes Ziel als die Erkenntniß und Zerstörung aller der Blendwerke, die aus einer solchen Verwirrung hervorgehen. Die Inauguralschrift geht der Ver=nunftkritik mit der Fackel voraus, indem sie in ihrem letzten Abschnitt jene Blendwerke des Geistes (praestigiae ingenii) beleuchtet und aus ihrem Grunde erklärt: dieser ist die Einmischung der sinnlichen Er=kenntniß in das Gebiet der intellectuellen (sensitivae cognitionis cum intellectuali contagium), die Neigung unserer anschauenden Vernunft, die Grenzen ihres Gebietes und die Tragweite ihrer Principien zu überschreiten. So lange die Metaphysik diese Grenzen nicht beachtet, wird sie ewig den Stein des Sisyphus wälzen.*)

Die Versuchung, unsere Vernunftgrenzen zu überschreiten, liegt sehr nahe. Was überhaupt kein Gegenstand einer möglichen Anschauung sein kann, gilt mit Recht für undenkbar und unmöglich. Wenn wir nun unsere sinnliche Anschauung für die allein mögliche und darum die intellectuelle Anschauung der Dinge an sich, wie die platonischen Ideen, für absolut unmöglich halten, so ist der Irrthum geschehen: die Grenzen und Bedingungen unserer Vernunft gelten für das Wesen der Dinge, das Subject hat sich unwillkürlich in das letztere eingeschlichen und an die Stelle des Objects gesetzt. Diese unwillkürliche Erschleichung macht die Wurzel des Irrthums (vitium subreptionis metaphysicum), woraus dann eine Menge erschlichener Sätze (axiomata subreptitia) entspringen, welche die Metaphysik in die Irre führen und mit den unfruchtbarsten Streitfragen erfüllen.**)

---

*) Ibid. Sectio V. § 23. § 24 (ab initio). — **) Ibid. Sectio V. § 24—25.

Wenn wir die Formen und Principien unserer sinnlichen Anschau=
ung auf das intellectuelle Gebiet übertragen, so werden Raum und
Zeit zu den Bedingungen alles Denkbaren, zu den Kriterien aller Mög=
lichkeit und Unmöglichkeit gemacht. Jetzt entstehen Urtheile völlig wider=
sprechender Art: das Subject ist ein Gegenstand oder ein Begriff des
reinen Verstandes, das Prädicat dagegen eine Bestimmung der sinnlichen
Anschauung, die offener oder versteckter auftritt. Ganz offen erscheint
sie in dem Axiom: „Alles, was ist, ist irgendwo und irgendwann".
Also muß auch Gott im Universum räumlich und zeitlich gegenwärtig,
die immateriellen Substanzen müssen in der Körperwelt und die Seele
im Körper irgendwo sein, nun handelt es sich um die Bestimmung der
Allgegenwart Gottes im Raum und seiner Allwissenheit in der Zeit,
um die Oertlichkeit der Geister und den Sitz der Seele. Lauter vier=
eckige Zirkel, über die unaufhörlich gestritten wird: ob sie viereckig sind
oder rund! Um solche Streitfragen dreht sich der Zank der Metaphysiker
ohne Frucht und ohne Ende. „Die einen melken den Bock, während
die anderen ihre Siebe darunterhalten."*) Wir sehen schon, daß der
kritische Vernunftgebrauch, den die Inauguralschrift fordert, nicht mehr
dazu angethan ist, der rationalen Psychologie und Theologie das
Wort zu reden.

Der Satz des Widerspruchs erklärt sich für das Kriterium aller
Unmöglichkeit. Unmöglich ist, was widersprechende Merkmale in sich
vereinigt. Aber eine solche Unmöglichkeit ist uns nur dann einleuchtend,
wenn in demselben Subject die contradictorischen Merkmale zugleich
stattfinden; es ist also eine versteckte Zeitbestimmung, durch welche
allein der Satz der Unmöglichkeit oder des Widerspruchs verificirt wird.
Ohne dieselbe ist er erschlichen. Derselbe gilt innerhalb der Grenzen
unserer Anschauung; unabhängig davon oder angewendet auf die Dinge
an sich, ist er ungültig. Eben so erschlichen ist der Satz, daß alles
möglich sei, was sich nicht widerspricht. Der Begriff der Kraft, wo=
durch etwas sich auf etwas anderes bezieht, enthält keinen Wider=
spruch; doch kann dieser Begriff nicht durch den bloßen Verstand, son=
dern nur durch die Erfahrung verificirt werden. Sonst entsteht jenes
Heer erdichteter Kräfte, womit man die Luftschlösser der Metaphysik
gebaut hat.**) Wir sehen, daß der kritische Vernunftgebrauch, den die

*) Ibidem. Sectio V. § 27. — **) Ibidem. Sectio V. § 28. (Volum. III,
pag. 159—60.)

Inauguralschrift fordert, der Entstehung der Ontologie von Grund
aus widerstrebt. Es giebt eine Reihe Sätze, die von dem Weltganzen lehren, daß
seine Größe begrenzt, die Urbestandtheile, woraus es besteht, ein=
fach, der Zusammenhang der Dinge, die es in sich begreift, von einer
ersten Ursache abhängig sei: lauter erschlichene Urtheile, da sie von
einem Object des reinen Verstandes Prädicate behaupten, die ohne An=
wendung des Zeitbegriffes unmöglich sind. Denn um die Welt als
Totalität und ihre Elemente als letzte, einfache Theile vorzustellen, muß
man dieses Object vollständig zusammengesetzt und vollständig aufgelöst
haben, was nur successive d. h. in der Zeit geschehen kann. Aber wir
sind schon belehrt, daß sich in Raum und Zeit die Synthesis wie die
Analysis der Welt niemals vollenden läßt. Darum ist es falsch zu be=
haupten: die Welt sei in Rücksicht ihrer Größe, ihrer Theile und ihres
Zusammenhangs begrenzt; es ist eben so falsch zu behaupten, daß sie
unabhängig von unserer Anschauung unbegrenzt sei, denn beide Arten
der Urtheile überschreiten die Grenzen der menschlichen Vernunft.*)
Wir sehen, wie der kritische Vernunftgebrauch, den die Inauguralschrift
fordert, die Möglichkeit einer rationalen Kosmologie verneint und
schon alle die Gründe erleuchtet, die dem kritischen Hauptwerk zur Aus=
führung der „Antinomien der reinen Vernunft" dienen werden. Wie
will man noch die Behauptung rechtfertigen, daß Kant in seiner In=
auguralschrift die Metaphysik der Dinge an sich lehre, wenn sich doch
zeigt, wie entschieden er hier der Ontologie überhaupt, der rationalen
Psychologie, Kosmologie und Theologie in den Weg tritt?

Wir überschreiten die Grenzen unserer Vernunft nicht blos, indem
wir die Bestimmungen der sinnlichen Anschauung auf die Objecte des
reinen Verstandes übertragen, sondern auch wenn wir den subjectiven
Charakter unserer Verstandeserkenntniß für den objectiven Charakter
und das Wesen der Dinge selbst halten. Es giebt gewisse Bedürfnisse
der intellectuellen Erkenntniß, die wissenschaftliche Befriedigung fordern
und diejenigen Bedingungen, ohne welche die Zwecke der Wissenschaft
nicht erreicht werden können, principiell geltend machen. So entstehen
ohne alle Einmischung der Sinnlichkeit und ihrer Formen Grundsätze,
die der Philosoph, um ihren Beweggrund zu bezeichnen, „principia
convenientiae" nennt. Wir fordern im Interesse der Erkenntniß Noth=

*) Ibid. Sectio V. § 28 (Vol. III. pag. 158—59).

wendigkeit in der Ordnung der Dinge, Einheit in den Principien und Beharrlichkeit der Substanz im Wechsel der Erscheinungen, daher die drei Grundsätze: 1. Im Universum geschieht alles nach naturgemäßer Ordnung, 2. die Principien sind nicht ohne Noth zu vermehren, 3. vom Stoffe der Welt (Materie) kann nichts weder entstehen noch vergehen, die Materie beharrt, nur ihre Formen wechseln. Wird die Geltung dieser Sätze verneint, so ist es um die Zwecke der Wissenschaft ge= schehen. Wenn die naturgemäße Ordnung der Dinge nicht gilt, so müssen wir auf Wunder und allerhand übernatürliche Eingriffe gefaßt sein, die nach Spinozas Ausdruck der Unwissenheit zum Asyl oder, wie Kant sagt, dem faulen Verstande zum Ruhepolster dienen (pulvinar intellectus pigri). Wenn die Principien ohne Noth vermehrt werden, so zerfällt die Wissenschaft in Stücke und verliert allen systematischen Charakter. Wenn es in der Körperwelt nichts giebt, als nur den Fluß und Wechsel der Dinge, so ist überhaupt kein erkennbares Object mög= lich. Diese „principia convenientiae" stehen demnach sämmtlich im Interesse und Dienst der intellectuellen Erkenntniß, sie sind Grundsätze und Regulative des wissenschaftlichen Verstandesgebrauchs und werden uns als solche in der Kritik der reinen Vernunft wieder begegnen. Aber der wissenschaftliche Verstandesgebrauch gehört in die Verfassung unserer Vernunft und betrifft nicht das Wesen der Dinge selbst: daher dürfen auch die angeführten Sätze keine von diesen subjectiven Be= dingungen unabhängige Geltung in Anspruch nehmen.*)

III. Das Resultat.

Es wird jetzt dem Kenner der Vernunftkritik nicht mehr zweifelhaft sein, daß die Inauguralschrift das Hauptwerk im weitesten Umfange theils begründet und vorbereitet, theils die Probleme enthält, die dort gelöst werden sollen. Sie begründet nicht blos die transscendentale Aesthetik, sondern giebt in allen wesentlichen Punkten deren Aus= führung; sie begründet die Kategorienlehre; sie begründet die Wider= legung der Metaphysik der Dinge an sich, der rationalen Psychologie, Kosmologie und Theologie: wir sehen schon in ihrem Lichte das ganze Gebiet der transscendentalen Dialektik. Was sie noch nicht be= gründet, sondern als ungelöstes Problem enthält, ist die Möglichkeit

---

*) Ibid. Sectio V. § 30.

allgemeiner und nothwendiger Erfahrungserkenntniß, die Möglichkeit einer Metaphysik der Erscheinungen: die Lösung dieser Frage fällt mit der „Deduction der reinen Verstandesbegriffe" zusammen, die Kant selbst für die schwierigste seiner Untersuchungen erklärte. Erst nach der Lösung dieser Aufgabe konnte mit voller Sicherheit unsere intellec= tuelle Erkenntniß sowohl begründet als begrenzt und demgemäß das Gebiet der Erscheinungen und der Dinge an sich geschieden werden. Wenn daher die Inauguralschrift in diesem Punkte gewisse Schwankungen zeigt, so ist dies keineswegs befremdlich. Sie hat die Bahn, deren Ziel die Kritik der reinen Vernunft sein mußte, eröffnet, schon betreten und weit hinaus erleuchtet. Ihr Charakter konnte nicht treffender be= zeichnet werden als mit dem Ausdruck, den der Philosoph selbst gewählt hat: sie ist die Propädeutik einer neuen Metaphysik. Er bestätigt diesen Charakter seiner Inauguralschrift im Schlußwort der letzteren: „Soviel von der Methode, die hauptsächlich den Unterschied der sinn= lichen und intellectuellen Erkenntniß betrifft. Wenn diese Methodenlehre mit aller Sorgfalt und Genauigkeit ausgeführt sein wird, so wird sie die Stelle einer propädeutischen Wissenschaft einnehmen und allen, die in die verborgenen Tiefen der Metaphysik eindringen wollen, zum un= ermeßlichen Nutzen gereichen".*)

Viertes Capitel.
Transscendentale Aesthetik: die Lehre von Raum und Zeit.
Die Begründung der reinen Mathematik.

Kant hat seine Lehre von Raum und Zeit dreimal dargestellt: in der Inauguralschrift, der Vernunftkritik und den Prolegomena.**) Ge= sichtspunkt und Thema bleiben dieselben, die Verschiedenheit betrifft nur den Gang der Darstellung. Wenn Raum und Zeit reine Vernunft= anschauungen sind, so folgt daraus die Möglichkeit der reinen Mathe= matik; wenn die Thatsache der letzteren feststeht, so müssen Raum und

---

*) Ibid. Sectio V. § 30 (sub finem). — **) Ibid. Sectio III. § 13—15. § 14: De tempore. § 15: De spatio. (Vol. III. pg. 138—48.) Kritik d. r. V. Ele= mentarlehre. Th. I. (Bd. II. S. 57—87). Prolegomena u. s. f. Th. I. § 6—13. Anmlg. I—III. (Bd. III. S. 195—210).

Zeit reine Vernunftanschauungen sein. Diese Sätze enthalten das Thema der neuen Lehre, das sich auf zwei Arten darstellen läßt: entweder wird von den Bedingungen und Grundformen unserer sinnlichen Erkenntniß ausgegangen und zur Begründung der Mathematik fortgeschritten, oder es wird von der Thatsache der letzteren ausgegangen und durch die Analyse derselben gezeigt, daß ihre einzig möglichen Bedingungen Raum und Zeit als reine Vernunftanschauungen sind. Wir wissen bereits, daß die Prolegomena diese analytische Methode befolgen, während die Inauguralschrift und die Vernunftkritik nach synthetischer Lehrart verfaßt sind.*) Der Philosoph nannte seine Lehre von Raum und Zeit „Aesthetik", weil sie unser sinnliches Vorstellungsvermögen (αἴσθησις) untersucht, das Wort im eigentlichen Sinne genommen, wie es die Alten verstanden; Aesthetik bedeutet ihm nicht, wie bei den Deutschen seit Baumgarten üblich ist, die Lehre vom Schönen oder die Kritik des Geschmackes. Es ist bemerkenswerth, daß Kant, als er die Vernunftkritik schrieb, es noch für unmöglich erklärte, die kritische Beurtheilung des Schönen unter Vernunftprincipien zu bringen, was er selbst zehn Jahre später in der „Kritik der Urtheilskraft" bewunderungswürdig ausführte.**) Jetzt galt ihm als die wahre Wissenschaft der Aesthetik nur die Lehre von Raum und Zeit. Er nannte diese Aesthetik „transscendental", weil sie untersucht, ob unsere Sinnlichkeit Principien enthält, welche die Möglichkeit wahrer Erkenntniß (synthetischer Urtheile a priori) begründen. Wir haben schon früher den Sinn jenes Wortes erklärt und nehmen für die Richtigkeit unserer Erklärung den Philosophen selbst zum Zeugen. Er sagt: „Das Wort transscendental bedeutet bei mir niemals eine Beziehung unserer Erkenntniß auf Dinge, sondern nur auf das Erkenntnißvermögen".***) Ein Begriff kann a priori d. h. unabhängig von der Erfahrung gegeben sein, ohne deshalb auch ein Erkenntnißprincip zu sein. Wenn die Untersuchung eines Begriffs blos den apriorischen Charakter desselben erleuchtet, so nennt der Philosoph in seiner Vernunftkritik eine solche Erörterung „metaphysisch"; wenn sie zeigt, daß dieser Begriff die Möglichkeit synthetischer Urtheile a priori begründet, so nennt er sie „transscendental". In diesem Sinne redet er von einer „metaphysischen" und „transscendentalen Erörterung" der Begriffe des Raumes und der Zeit.

---

*) S. ob. Cap. II. S. 301 flgb. — **) Kritik d. r. V. (Elementarlehre. Th. I. § 1. Anmkg. (Bd. II. S. 60 flgb.). — ***) Proleg. Th. I. § 13 (III. S. 210).

Die reine Mathematik umfaßt die Principien der Geometrie, Arith=
metik und Mechanik: Gegenstand der Geometrie sind die Größen und
Verhältnisse im Raum, daher ist der Raum ihre Grundbedingung;
Gegenstand der Arithmetik sind die Zahlen, diese entstehen durch Zählen
d. h. durch die successive Hinzufügung der Einheit zur Einheit, Suc=
cession ist Zeitfolge, daher ist die Zeit die Grundbedingung der Arith=
metik; Gegenstand der Mechanik ist die Bewegung, die, abgesehen von
dem empirischen Datum des beweglichen Körpers, nichts anderes ist als
Zeitfolge im Raum. Daher sind Raum und Zeit die Grundbedingungen
der reinen Mathematik. Sie könnten diese Grundbedingungen nicht sein,
wenn sie nicht ursprüngliche Vorstellungen, näher Anschauungen
und zwar reine Anschauungen, kurzgefagt Vernunftanschauungen a priori
wären. Dies nachzuweisen ist die Aufgabe und das Thema der trans=
scendentalen Aesthetik. Wenn Raum und Zeit nicht Grundformen unserer
Vernunft sind, vor und unabhängig von aller Erfahrung, so haben die
Sätze der reinen Mathematik keine nothwendige und allgemeine Gel=
tung; wenn diese Grundformen nicht Anschauungen sind, so haben die
Sätze der reinen Mathematik nicht den synthetischen Charakter, der
ihren Erkenntnißwerth ausmacht.*)

I. Raum und Zeit als reine Vernunftanschauungen.

1. Raum und Zeit als ursprüngliche Vorstellungen.

Daß wir die Vorstellungen von Raum und Zeit haben, ist gewiß.
Die Frage ist: woher wir sie haben? Nach der gewöhnlichen und
nächsten Ansicht sollen sie aus unserer Wahrnehmung abstrahirt, also
abgeleitete und empirische Begriffe sein. Wir nehmen Objecte wahr, die
außer uns sind und neben einander existiren, Objecte, die entweder
zugleich sind oder nach einander folgen. Was außer uns ist, befindet
sich in einem andern Orte als wir; was außer oder neben einander
existirt, ist in verschiedenen Orten. Objecte sind zugleich, d. h. sie sind
in demselben Zeitpunkte; sie folgen einander, d. h. sie sind in verschie=
denen Zeitpunkten. In verschiedenen Orten sein, heißt im Raum sein;
in derselben Zeit oder in verschiedenen Zeitpunkten sein, heißt in der
Zeit sein. Wir nehmen also nach obiger Herleitung die Objecte wahr,
wie sie in Raum und Zeit sind, und abstrahiren daraus Raum und Zeit.

*) Proleg. Th. 1. § 10.

Das Beispiel einer Erklärung, wie sie nicht sein soll! Sie erklärt A durch A, b. h. sie erklärt nichts, sondern setzt alles voraus. Es ist un= möglich, die Begriffe des Raumes und der Zeit erst aus unserer Wahr= nehmung entstehen zu lassen, weil diese selbst nur möglich ist in Raum und Zeit. Daher sind diese Vorstellungen nicht abgeleitet, sondern ursprünglich, sie gehen nicht aus der Erfahrung hervor, sondern der= selben voraus und liegen ihr zu Grunde, sie sind nicht empirische Be= griffe, sondern Grundbegriffe, sie sind nicht a posteriori, sondern a priori. Wir können von allen Objecten in Raum und Zeit abstrahiren, nicht von Raum und Zeit selbst, ohne die Möglichkeit aller sinnlichen Vorstellung, aller Wahrnehmung und Erfahrung aufzuheben. Darum sagt Kant in seiner Inauguralschrift: „Die Idee der Zeit entsteht nicht aus den Sinnen, sondern liegt ihnen zu Grunde“. „Der Begriff des Raumes wird nicht aus äußeren Wahrnehmungen abstrahirt.“*)

2. Raum und Zeit als Anschauungen.

Raum und Zeit sind ursprüngliche Vorstellungen; es ist noch nicht ausgemacht, was für Vorstellungen sie sind. Wir können entweder ein einzelnes, unmittelbar gegenwärtiges Object vorstellen oder ein allgemei= nes, das in Merkmalen besteht, die mehreren Dingen gemeinsam sind. Im ersten Fall ist unsere Vorstellung Anschauung, im zweiten Begriff: jene ist unmittelbar, dieser dagegen durch Abstraction gemacht und ver= mittelt (nota communis), die Anschauung ist eine singulare, der Begriff eine generelle Vorstellung. Was sind nun Raum und Zeit: Anschauungen oder Begriffe?

Die Begriffe sind aus den Anschauungen abstrahirt und verhalten sich zu denselben, wie die Theile zum Ganzen; sie sind um so ärmer, je abstracter und allgemeiner sie sind; sie werden um so reicher, je mehr sie sich specificiren und der Einzelvorstellung oder Anschauung nähern. Diese letztere enthält die unendliche Fülle aller Merkmale, die den Cha= rakter des einzelnen Dinges durchgängig bestimmen. Die abstracten Begriffe sind Theilvorstellungen der Anschauung, sie sind in der An= schauung enthalten, nicht umgekehrt: die Begriffe enthalten die An= schauungen nicht in sich, sondern unter sich. Sie entstehen auf dem Wege einer discursiven Erörterung, indem der Verstand gegebene

*) De mundi sensibilis etc. Sectio III. § 14. Nr. 1. § 15 A. = Kritik d. r. V. Elementarl. Th. I. Nr. 1 u. 2 (Bd. II. S. 62—63).

Vorstellungen verdeutlicht, von einer zur anderen fortgeht, ihre Merk=
male auseinandersetzt und die gemeinsamen von den verschiedenen ab=
sondert. Daher müssen solche biscursive Begriffe Merkmale enthalten,
die logisch zu unterscheiden sind.

Vergleichen wir jetzt mit diesen Eigenschaften, die den Begriffen
charakteristisch sind, Raum und Zeit. Sollen diese Vorstellungen Gattungs=
begriffe sein, so muß sich der Raum zu den verschiedenen Räumen, die
Zeit zu den verschiedenen Zeiten verhalten, wie der Gattungsbegriff
Mensch zu den verschiedenen Menschenarten und Individuen: dann muß
der Raum das gemeinsame Merkmal aller verschiedenen Räume sein,
also eine Theilvorstellung derselben bilden; dasselbe gilt von der Zeit.
Aber die Sache steht umgekehrt. Der Raum ist nicht in den Räumen,
so viele ihrer sind, enthalten, sondern diese in ihm; dasselbe gilt von
der Zeit: also sind Raum und Zeit nicht Theilvorstellungen, was alle
Begriffe sind, welche Gattungen oder gemeinsame Merkmale vorstellen.
Der Gattungsbegriff Mensch enthält die verschiedenen Menschenarten
und Individuen nicht in sich, sondern unter sich. Mit Raum und Zeit
verhält es sich umgekehrt; sie begreifen die Räume und Zeiten, so viele
deren sind, nicht unter sich, sondern in sich: daher sind sie keine Be=
griffe. Es giebt nicht verschiedene Arten der Räume oder Zeiten, sondern
nur einen Raum, in dem alle Räume sind, und nur eine Zeit, die
alle Zeiten in sich faßt: daher sind Raum und Zeit Einzelvorstel=
lungen, sie sind nicht biscursiver, sondern intuitiver Art, also nicht
Begriffe, sondern Anschauungen. Fassen wir zusammen, daß sie sowohl
ursprüngliche als intuitive Vorstellungen sind, so lautet das Ergebniß:
Raum und Zeit sind ursprüngliche oder reine Anschauungen
(intuitus puri).*)

Ich folge in meiner Darlegung genau dem Sinn, den Worten
und dem Gange der kantischen Beweisführung. Die Inauguralschrift
erklärt: „Die Idee der Zeit ist singular, nicht generell, denn jede beson=
dere Zeit, welche es auch sei, kann nur als Theil der einen unermeß=
lichen Zeit gedacht werden". „Der Begriff des Raumes ist eine Einzel=
vorstellung (repraesentatio singularis), die alles in sich begreift, nicht
aber unter sich enthält, wie ein abstracter Begriff, der gemeinsame
Merkmale vorstellt." Ganz eben so wird in den Parallelstellen der

---

*) De mundi sensibilis etc. Sectio III. § 14. Nr. 2—3. § 15. B—C. = Kritik
b. r. V. Elementarl. Th. I. § 2. Nr. 3. § 4. Nr. 4.

Vernunftkritik der Charakter der Begriffe bestimmt: nämlich als Theil=
vorstellungen, die in den Anschauungen enthalten sind und diese nicht
in sich, sondern unter sich befassen. „Nun muß man zwar einen jeden
Begriff als eine Vorstellung denken, die in einer unendlichen Menge
von verschiedenen möglichen Vorstellungen (als ihr gemeinschaftliches
Merkmal) enthalten ist, mithin diese unter sich enthält; aber kein Be=
griff als ein solcher kann so gedacht werden, als ob er eine unendliche
Menge von Vorstellungen in sich enthielte. Gleichwohl wird der Raum
so gedacht, denn alle Theile des Raumes ins Unendliche sind zugleich."
Sind aber alle Begriffe Theilvorstellungen, so leuchtet ein, daß die
ganze Vorstellung kein Begriff sein kann. Nun verhalten sich die Räume
und Zeiten, so viele ihrer sind, zu Raum und Zeit, wie die Theile zum
Ganzen. Wo dies der Fall ist: „da muß die ganze Vorstellung nicht
durch Begriffe gegeben sein (denn diese enthalten nur Theilvorstellungen),
sondern es muß ihnen unmittelbare Anschauung zu Grunde liegen."*)

3. Raum und Zeit als unendliche Größen.

Wenn alle möglichen Räume Theile des Raumes sind, so ist der
Raum selbst kein Theil, sondern das Ganze, so ist der ganze Raum,
weil er kein Theil eines größeren Ganzen sein kann, unermeßlich. Das=
selbe gilt von der Zeit. Raum und Zeit sind daher unendliche Größen,
die nur durch Begrenzung oder Einschränkung näher bestimmt werden
können. Alle Raum= und Zeitunterschiede sind nur möglich durch Limi=
tation des unbegrenzten Raumes und der unbegrenzten Zeit, die Limi=
tation selbst aber ist nur möglich, wenn das Zulimitirende gegeben ist:
daher ist der unbegrenzte Raum und die unbegrenzte Zeit die noth=
wendige Voraussetzung aller Unterschiede in Raum und Zeit. Diese
Unterschiede sind entweder Theile oder Grenzen (termini). Da nun
kein Größentheil einfach sein kann, weil er sonst aufhören würde Größe
zu sein, so sind Raum und Zeit ins Unendliche theilbar, und die so=
genannten einfachen Raum= und Zeittheile, wie Punkt und Moment,
sind nicht Theile, sondern blos Grenzen. Es ist demnach klar, daß
Raum und Zeit zugleich den Charakter reiner Anschauungen und

*) Kritik d. r. V. Elementarl. Th. I. § 2. Nr. 4. § 4. Nr. 5. Diese ausdrück=
lichen Erklärungen des Philosophen hätte Trendelenburg beachten und mir an dieser
Stelle nicht einwenden sollen, daß es nach Kant Gattungsbegriffe gebe, die nicht
Theilvorstellungen sind. (Hist. Beitr. III. S. 252—56.) Vergl. meine Gegenschrift:
Anti=Trendelenburg (2. Aufl.). S. 6—17.

unenblidjer Größen haben. Unb ba es in bem ganjen Umfange unferer Vorstellungen keine andere giebt, welche biefen Charakter theilt, fo finb Raum unb Zeit bie beiben einzigen Grundanschauungen ber menschlichen Vernunft.*)

4. Die Unterschiede in Raum unb Zeit. Das principium indiscernibilium.

Daß bie Unterschiede im Raum nicht begrifflicher, fonbern anschau= licher Art find, hatte ber Philofoph schon in feiner letzten vorkritischen Schrift bargethan. Diefe Einsicht ging in bie neue Lehre über unb mußte auch von ben Zeitunterschieden gelten; biefelben Beispiele, bie er bort in Ansehung bes Raumes gebraucht hatte, wurden in ber In= auguralschrift unb in ben Prolegomena wieberholt.**) Wäre ber Raum ein biscurfiver Begriff, fo müßte er von ben verschiedenen Räumen abstrahirt fein, wie ber Gattungsbegriff Mensch von ben verschiedenen Menschen: er müßte alle bie Merkmale in fich faffen, bie ben verschie= benen Räumen gemeinfam unb von benen abgefondert find, worin fich jene unterscheiben; es müßte alfo Raumunterschiede geben, bie nicht im Begriffe bes Raumes enthalten find. Solche Unterschiede giebt es nicht. Es giebt zur Unterscheidung räumlicher Verhältniffe kein Merkmal, bas nicht räumlich wäre, nicht blos räumlich. Dafelbe gilt von ber Zeit. Wären Raum unb Zeit Begriffe, fo müßten ihre Unterschiede fich be= greifen unb logifch verbeutlichen laffen. Der Unterschied zwischen hier unb bort, oben unb unten, rechts unb links, früher unb fpäter u. f. f. ift nicht zu definiren. Diefe Bestimmungen zu unterscheiben, hilft kein Verstand ber Verständigen, bie fubjective Anschauung thut alles. Man unterscheibe bie rechte Hand von ber linken, bas Object von feinem Spiegelbilbe: alle Merkmale, bie fich burch ben Verstand faffen, burch Begriffe bestimmen, burch Worte ausbrücken laffen, find biefelben, ber einzige Unterschied betrifft bie Lage unb Richtung ber Theile. Die rechte Seite bes Objects ift bie linke bes Spiegelbilbes, bie Finger= reihe ber linken Hand ift biefelbe als bie ber rechten, nur bie Rich= tung ihrer Reihenfolge ift bie entgegengesetzte; es ift unmöglich ben linken Handschuh auf bie rechte Hand zu ziehen: alle biefe Unterschiede find nicht befinirbar, fie können nicht bem Verstanbe, fonbern nur ber Anschauung einleuchten.

---

*) De mundi sensibilis etc. Sectio III. § 14. Nr. 4. § 15. Corollarium. = Kritik b. r. V. Elementarl. Th. I. § 2. Nr. 4. § 4. Nr. 5. — **) Ibid. Sectio III. § 15. C. = Prolegomena. Th. I. § 13.

Wenn alles Unterscheiden mit dem Denken zusammenfiele und bloße Verstandesthätigkeit wäre, so gäbe es viele Dinge, die nicht zu unterscheiden wären, wie die rechte und linke Hand, und es stände dann schlimm um das sogenannte „principium indiscernibilium". Schon in der „nova dilucidatio" zeigte Kant, daß Leibniz dieses „Denkgesetz" falsch bewiesen habe, weil er von den räumlichen Unterschieden der Dinge absah; zwölf Jahre später zeigte er, daß Leibniz seinen Satz gar nicht habe beweisen können, weil er den anschaulichen Charakter der räumlichen Unterschiede nicht einsah.*) Das „principium indiscernibilium" ist kein Denkgesetz, weil das Denken dieses Gesetz nicht erfüllen kann; es giebt verschiedene Objecte, bei denen, begrifflich genommen, alles einerlei ist. Was unser Denken nicht zu unterscheiden vermag, unterscheidet die Anschauung in Raum und Zeit. Ohne diese Bedingungen würde in unserer Vorstellungswelt vieles sein, das nicht zu unterscheiden wäre; in Raum und Zeit ist alles unterschieden, jedes von jedem. Wenn zwei Dinge in derselben Zeit existiren, so sind sie durch den Raum getrennt: sie sind zugleich da, aber in verschiedenen Orten; wenn zwei Dinge denselben Raum einnehmen, so sind sie durch die Zeit geschieden: sie sind in demselben Orte, aber nicht zugleich, sondern nach einander. Erkennen heißt unterscheiden. Daß alles unterschieden werden könne, jedes von jedem, ist eine nothwendige Bedingung unserer Erkenntniß. Dies hatte Leibniz richtig eingesehen, aber er stand in dem Irrthum, daß jene Bedingung durch das Denken erfüllt werde. Erst Kant begründet das principium indiscernibilium durch seine neue Lehre von Raum und Zeit. Diese sind die Principien, wodurch allein die Objecte bis in ihre Vereinzelung unterschieden werden können; darum nennt sie Schopenhauer, indem er den scholastischen Ausdruck braucht, „das wahre und einzige principium individuationis".

5. Die Zeit als Bedingung der Denkgesetze und das Princip der Continuität.

Auch die Denkgesetze des Widerspruchs und der Causalität sind in ihrer Geltung von den Gesetzen der Anschauung abhängig, insbesondere von der Bestimmung der Zeit. Der Satz des Widerspruchs oder der Unmöglichkeit besagt: daß ein und dasselbe Subject nicht zugleich A und Nicht-A sein kann. Ohne dieses „zugleich" ist der Satz ungültig und kein Gesetz synthetischer Urtheile. In seiner Inauguralschrift erklärt

*) S. oben Buch I. Cap. XI. S. 169. Cap. XVI. S. 280.

Kant: „Die Zeit giebt zwar nicht die Denkgesetze, wohl aber bestimmt sie die hauptsächlichen Bedingungen, unter denen (quibus faventibus) der Verstand seine Begriffe den Denkgesetzen gemäß vergleicht; wie ich denn, ob etwas unmöglich ist, nur nach dem Satze entscheiden kann: daß demselben Subject in derselben Zeit A und Nicht=A zukommen".*) Man wolle, was diesen Punkt betrifft, keinen Widerstreit finden zwischen der Inauguralschrift und der Vernunftkritik, die in ihrem Abschnitt „von dem obersten Grundsatz aller analytischen Urtheile" eine scheinbar entgegengesetzte Ansicht ausspricht: „Der Satz des Widerspruchs als ein blos logischer Grundsatz muß seine Ansprüche gar nicht auf die Zeitverhältnisse einschränken, daher ist eine solche Formel der Absicht desselben ganz zuwider". Wir wissen, was es mit den analytischen Urtheilen für eine Bewandtniß hat: sie sind keine Erkenntnißurtheile, sie gelten ohne Rücksicht auf die Erscheinungen und müssen daher von den Bedingungen der letzteren, also auch von der Zeitbestimmung un= abhängig sein. Sobald aber das Denkgesetz Erkenntnißurtheile begründen oder auf die Erscheinungen angewendet werden soll, tritt es nothwendig unter die Bedingung der Zeit. Die Inauguralschrift redet von der Anwendung des Denkgesetzes, wogegen die Vernunftkritik an der an= geführten Stelle dasselbe als „einen von allem Inhalt entblößten und blos formalen Grundsatz" behandelt. In einer anderen Bedeutung nimmt die Inauguralschrift den Satz des Widerspruchs, in einer anderen die Vernunftkritik: in der ersten braucht derselbe die Zeitbestimmung zu seiner Grundlage, in der zweiten nicht. Es hat unserem Philosophen nie einfallen können, in der Vernunftkritik zurückzunehmen, was er von der Geltung jenes Denkgesetzes in seiner Inauguralschrift behauptet hatte, dies hieße nicht weniger als die ganze transscendentale Aesthetik verleugnen. Will man uns einwenden, daß dann der Satz des Wider= spruchs nach der Lehre Kants zwei Bedeutungen habe, also eine zwei= deutige Rolle spiele, so ist zu erwiedern, daß es sich wirklich so verhält, daß diese Zweideutigkeit erst unter dem kritischen Gesichtspunkte entdeckt werden konnte, daß diese Entdeckung schon in der Inauguralschrift ge= macht, in der Vernunftkritik ausgeführt wurde. Die Begriffe der „Einer= leiheit und Verschiedenheit", der „Einstimmung und des Widerstreits" sind amphibolischer Art, ihre Geltung ist eine andere in Rücksicht der sinnlichen, eine andere in Rücksicht der blos intellectuellen Erkenntniß;

---

*) De mundi sensibilis etc. Sectio III. § 15. Corollarium.

die Nichtbeachtung dieser „Amphibolie" hat Verwirrungen zur Folge gehabt, die in der dogmatischen Metaphysik, insbesondere in der leib= nizischen Lehre ihre Früchte getragen.*)

Leibniz hatte die Natur unserer Raum= und Zeitvorstellung nicht erkannt, er hielt die letztere für ein Abstractum, das aus der Wahr= nehmung unserer inneren Zustände und deren Folge geschöpft sei. Diese Ansicht war in doppelter Hinsicht falsch: erstens war der Begriff durch einen fehlerhaften Zirkel gebildet und zweitens war er zu eng. Die Aufeinanderfolge verschiedener Zustände ist Succession: also schöpfte Leibniz den Begriff der Zeit aus der Zeitfolge. Aber die Zeit ist nicht blos Succession, sondern auch Simultaneität, nicht blos ein Nacheinander, sondern auch ein Zugleich: von diesen beiden Zeitbestimmungen setzte Leibniz die eine voraus und vergaß gänzlich die andere; er betrachtete die Zeitfolge als ein Merkmal, enthalten in dem Begriff der Verände= rung. Wäre dies der Fall, so könnte die Zeit nichts anderes sein als Zeitfolge, die Succession wäre dann die einzige Zeitbestimmung.**) Weil jede Veränderung eine Reihenfolge verschiedener Zustände in demselben Subjecte ausmacht, ist sie Zeitfolge und nur in der Zeit möglich: die Zeit ist demnach die Bedingung, unter der allein Veränderung statt= finden kann. Dies ist zugleich der einleuchtende Grund, warum jede Veränderung continuirlich sein muß. Leibniz hatte das Gesetz der continuirlichen Veränderung aufgestellt, es war das wichtigste seiner Metaphysik, aber ihm fehlte mit dem richtigen Begriffe der Zeit der Schlüssel zu seinem Gesetze. Etwas verändert sich, heißt: es durchläuft eine Reihe verschiedener Zustände. Wenn diese so auf einander folgen, daß von dem einen zum anderen kein Uebergang stattfindet, keine Reihe von Zwischenzuständen durchlaufen wird, so ist die Veränderung in jedem Augenblicke unterbrochen, sie hört im Zustande A auf und fängt im Zustande B ganz von neuem an, sie ist also nicht continuirlich. Sie ist es, wenn sie in keinem Momente aufhört, sondern ununterbrochen fort= dauert, und der Grund dieser Stetigkeit liegt einzig und allein in der Zeit. Der Zustand A ist in einem bestimmten Zeitpunkte, der Zustand B in einem anderen; zwischen beiden ist Zeit d. h. eine unendliche Reihe

---

*) Damit widerlegen sich die beiden Einwürfe Trendelenburgs: daß nach der Inauguralschrift die Zeit die Anwendung der Denkgesetze nicht bedingen, sondern nur „begünstigen" solle, und daß die Vernunftkritik „ausgelöscht und als unrichtig bezeichnet habe", was die Inauguralschrift behaupte. (Hist. Beitr. III. S. 250—51). — **) De mundi sensibilis etc. § 14. Nr. 5.

von Zeitpunkten, denn der Zeitpunkt ist nicht Theil, sondern Grenze
der Zeit. Also muß in der Veränderung zwischen den beiden Zuständen
A und B eine unendliche Reihe von Zeitpunkten durchlaufen werden,
während welcher Zeit das Subject der Veränderung nicht mehr A und
noch nicht B ist; gar nichts kann es nicht sein, es muß daher verschie=
bene Zustände zwischen A und B durchlaufen d. h. sich fortwährend
verändern. Aus diesem Begriff der continuirlichen Veränderung folgt
eine wichtige geometrische Einsicht: daß nämlich eine gerade Linie, wenn
sie continuirlich fortgehen soll, nie ihre Richtung verändern kann, daß
die continuirliche Veränderung der Richtung nur möglich ist in der
Curve, nie in gebrochenen Linien oder in Winkeln, daß es also unmög=
lich ist, in einer continuirlichen Bewegung die Seiten eines Dreiecks zu
durchlaufen. Kästner sah, daß diese Unmöglichkeit aus dem Begriffe der
continuirlichen Veränderung folge, und forderte die Leibnizianer auf,
diese Unmöglichkeit zu beweisen. Kant bewies sie aus dem Begriffe der
Zeit. Die Linien ab und bc treffen sich in dem Scheitelpunkte b; eine
andere Richtung ist von a nach b, eine andere von b nach c. In dem
Punkte b hört die eine Richtung auf und fängt die andere an. Soll
in diesen Linien vom Punkte a bis zum Punkte c ein continuirlicher
Fortschritt möglich sein, so müssen im Punkte b die verschiedenen Be=
wegungen von a nach b und von b nach c zugleich stattfinden; dies
aber ist unmöglich, vielmehr muß im Punkte b erst die Bewegung von
a nach b aufhören, bevor die von b nach c beginnt; also verändert
sich hier die Richtung in zwei verschiedenen Zeitpunkten, und da zwischen
zwei Zeitpunkten nothwendig Zeit ist, so wird der bewegliche Punkt in
dieser Zwischenzeit weder nach b noch nach c sich bewegen, d. h. er
wird im Punkte b ruhen oder die Bewegung unterbrechen, womit die
Continuität der Veränderung, aber auch diese selbst aufgehoben ist.
Daher sagt die Inauguralschrift: „Die Zeit ist eine stetige Größe und
das Princip der gesetzmäßigen Continuität in den Veränderungen der
Welt."*)

Raum und Zeit begründen die durchgängige Geltung des Satzes
der Verschiedenheit, die Zeit bedingt durch die Bestimmung der Simul=
taneität den Satz des Widerspruchs, durch die Bestimmung der Suc=
cession die der Veränderung, durch ihre Stetigkeit das Gesetz der Con=
tinuität in allen Veränderungen.

---

*) Ibid. Sectio IV. § 14. Nr. 4.

II. Raum und Zeit als die Bedingungen aller Erscheinung.

1. Raum und Zeit als bloße Anschauungen.

Daß Raum und Zeit ursprüngliche oder reine Anschauungen sind, ist bewiesen; aber es ist noch nicht einleuchtend, daß sie nichts weiter sind: nichts von unserer Vorstellung Unabhängiges, „nichts Objec= tives und Reales", sondern durchaus „subjectiv und ideal", oder, was dasselbe heißt, daß sie nicht gegebene Anschauungsobjecte, sondern bloße Formen unserer Anschauung sind.*) Der Philosoph hat diesen Beweis aus der Unmöglichkeit des Gegentheils geführt; er hat gezeigt, daß aus den gegentheiligen Annahmen eine Menge widersinniger Vor- stellungen, unlösbarer Probleme, und insbesondere die Unerklärbarkeit der Mathematik folgen.

Setzen wir, Raum und Zeit seien (nicht bloße Anschauungen, son= dern noch außerdem) etwas von unserer Vorstellung Unabhängiges, das in die Natur der Dinge selbst gehört: so müssen sie entweder als Sub= stanzen oder als Beschaffenheiten oder als Verhältnisse gefaßt werden; sie müssen den Dingen entweder subsistiren oder inhäriren, sei es als Eigenschaften oder als Relationen. Nimmt man sie als subsistirend (Substanzen), so gelten Raum und Zeit als für sich bestehende Dinge: der Raum erscheint als das unermeßliche Behältniß (receptaculum) aller möglichen Dinge, gleichsam als die unendliche Weltschachtel, die an und für sich leer ist, die Zeit als der beständige, unaufhörliche Fluß, der existirt auch ohne jedes existirende Ding, „eine der widersinnigsten Fictionen (absurdissimum commentum)", wie Kant sogleich diese Vor= stellung charakterisirt. Nimmt man Raum und Zeit als inhärent, so gelten sie als die Eigenschaften oder Verhältnisse der wirklichen Dinge: der Raum erscheint als die Ordnung ihrer Coexistenz, die Zeit als die ihrer Succession. Als die hauptsächlichen Vertreter der ersten Ansicht bezeichnet Kant die englischen Philosophen, die Geometer und mathema= tischen Naturforscher, als die der zweiten die deutschen Philosophen und metaphysischen Naturlehrer, als deren Hauptrepräsentanten er Leibniz nennt.**)

Wenn nach der Ansicht der alten Kosmologen, der Mathematiker und unseres Philosophen selbst in seiner letzten vorkritischen Schrift

---

*) Ibid. Sectio III. § 14. Nr. 5. § 15 D. = Kritik d. r. V. Elementarlehre. Th. I. § 3. § 6. — **) De mundi etc. Sectio III. § 14. Nr. 5 (Vol. III. pg. 141). § 15 D. (pg. 144—45). Kr. d. r. V. Elementarl. I. § 2. § 7. (Bd. II. S. 62. S. 76).

Raum und Zeit wirkliche, für sich bestehende Wesen sind, die an und für sich existiren, auch wenn sonst nichts existirt, die alle möglichen und wirklichen Dinge in sich aufnehmen sollen, so folgt: daß ein solcher Raum und eine solche Zeit niemals Gegenstände möglicher Erfahrung sein können, was sie als gegebene Objecte sein müssen; daß unabhängig von einem solchen Raum und einer solchen Zeit überhaupt nichts sein noch gedacht werden kann, daß also nicht blos die Erkennbarkeit, sondern auch das Dasein der intelligibeln und geistigen Welt zu verneinen ist. Diese Folgerung ist sehr bemerkenswerth. Sind Raum und Zeit absolute Realitäten, so kann streng genommen selbst von dem Dasein intelligibler Objecte nicht mehr die Rede sein; sind dagegen Raum und Zeit bloße Anschauungen unserer Vernunft, so ist das Dasein der intelligibeln Objecte nicht blos zu bejahen, sondern auch die Frage nach ihrer Erkennbarkeit zu erneuern. Darum mußte die Ansicht des Philosophen von der intelligibeln Welt in der Inauguralschrift eine ganz andere sein, als in den Träumen eines Geistersehers. Aber die Vorstellung von der substantiellen Wesenheit des Raumes und der Zeit streitet nicht blos mit der Möglichkeit der intelligibeln Welt, sondern auch mit den Principien der Erfahrung. Die Vernunftkritik sagt von den Vertretern dieser Lehre: „Die, so die absolute Realität des Raumes und der Zeit behaupten, sie mögen sie nun als subsistirend oder nur inhärirend annehmen, müssen mit den Principien der Erfahrung selbst uneinig sein. Denn entschließen sie sich zum Ersteren, so müssen sie zwei ewige und unendliche, für sich bestehende Unbinge (Raum und Zeit) annehmen, welche da sind (ohne daß doch etwas Wirkliches ist), nur um alles Wirkliche in sich zu befassen."*)

Wenn dagegen nach der Ansicht deutscher Metaphysiker (Leibniz) Raum und Zeit Eigenschaften oder Verhältnisse sind, die den wirklichen Dingen inhäriren, so folgt, daß sie ohne letztere nicht vorgestellt werden können und von diesen abstrahirt werden müssen. Nun können wir die vorhandenen Dinge nicht ohne Raum und Zeit vorstellen, wohl aber diese ohne jene; sonst wäre der leere Raum und die leere Zeit unvorstellbar, was sie nicht sind. Wir können von den Dingen abstrahiren, niemals von Raum und Zeit: also sind uns diese Vorstellungen nicht durch die Dinge gegeben, sonst müßten sie nicht mehr gegeben sein, sobald diese aufhören vorgestellt zu werden. Müssen Raum und Zeit

---

*) Kr. d. r. V. Elementarl. I. § 7 (II. S. 76). — S. vor. Cap. S. 320 flgb.

von den Objecten abstrahirt werden, so sind sie abstracte und empi=
rische Begriffe, so sind die Größen der Mathematik nicht construirt,
sondern abstrahirt, so haben auch ihre Grundsätze nur empirische, nicht
allgemeine und nothwendige Geltung: dann ist die Thatsache der reinen
Mathematik unerklärlich. Die Inauguralschrift sagt: „Wenn alle Eigen=
schaften des Raumes erst durch Erfahrung von den äußeren Verhält=
nissen der Dinge entlehnt werden, so haben die Grundsätze der Geometrie
nur noch comparative Allgemeinheit, die auf dem Wege der Induction
gewonnen wird und nicht weiter reicht als unsere Beobachtung, dann
steht zu hoffen, daß noch einmal ein Raum mit ganz anderen Eigen=
schaften wird entdeckt werden, vielleicht sogar ein solcher, der sich durch
zwei gerade Linien einschließen läßt."*)

Die Begründung der Mathematik gilt unserem Philosophen in seiner
Prüfung der verschiedenen Ansichten von Raum und Zeit als der Probir=
stein ihres Werthes, als das Kriterium ihrer Richtigkeit. Diejenige ist
die wahre, mit der allein sich die apodiktische Geltung der mathemati=
schen Grundsätze verträgt; wogegen unter den falschen Ansichten diejenige
am schlimmsten irrt, mit der sich die apodiktische Geltung der Mathe=
matik am wenigsten oder vielmehr gar nicht verträgt. Es ist noch besser,
Raum und Zeit für jene „zwei ewige und unendliche Undinge" gelten
zu lassen, als für abstracte Verhältnißvorstellungen, deren Geltung nur
so weit reicht, als die gemachte Erfahrung. Die erste Ansicht ist eine
Fiction, die zum „mundus fabulosus" gehört, die zweite ist ein „longe
deterior error". In diesem Licht sah der Philosoph in der Inaugural=
schrift und noch in der Vernunftkritik die leibnizische Lehre; sie schien
ihm von seiner eigenen am weitesten entfernt zu sein. Doch stand sie
der letzteren in einer gewissen Rücksicht am nächsten, denn da nach Leibniz
die Körper nicht Dinge an sich, sondern Erscheinungen (phaenomena
bene fundata) sind, so durfte auch nach ihm der Raum für eine Form
der Erscheinungen gelten. Von dieser Seite nahm Kant in seinen „Meta=
physischen Anfangsgründen der Naturwissenschaft (1786)" die leibnizische
Ansicht vom Raum und erkannte in ihr die nächste Vorstufe der seinigen.
Vierzig Jahre früher stand er mit dem eigenen Raumbegriff in völliger
Abhängigkeit von Leibniz.

Die Begründung der Mathematik verhält sich zu der neuen Lehre
von Raum und Zeit, welche die transcendentale Aesthetik ausführt, wie

---

*) De mundi sensibilis etc. Sect. III. § 15 D.

die Probe zur Rechnung. Wenn es mathematische Grundsätze giebt, so müssen Raum und Zeit reine Vernunftanschauungen sein; wenn Raum und Zeit solche Anschauungen nicht sind, so ist die reine Mathematik zwar ein vorhandenes, aber unerklärtes und unerklärliches Factum. Sie bleibt nach der Lehre unseres Philosophen keineswegs blos „unerklärt", wie man mir eingewendet hat, sondern unerklärlich.*) Die Vernunft= kritik sagt: „Unsere Erklärung macht allein die Möglichkeit der Geo= metrie als einer synthetischen Erkenntniß a priori begreiflich". Sie sagt weiter: „Also erklärt unser Zeitbegriff die Möglichkeit so vieler synthetischer Erkenntnisse a priori, als die allgemeine Bewegungslehre, die nicht wenig fruchtbar ist, darlegt". In den Prolegomena heißt es: „Also liegen doch wirklich der Mathematik reine Anschauungen a priori zu Grunde, welche ihre synthetischen und apodiktisch geltenden Sätze möglich machen, und daher erklärt unsere transscendentale Deduction der Begriffe von Raum und Zeit zugleich die Möglichkeit einer reinen Mathematik, die ohne eine solche Deduction keineswegs ein= gesehen werden könnte". Kant behauptet demnach wörtlich, daß Raum und Zeit als Anschauungen a priori die Mathematik „möglich machen", daß deren Möglichkeit sonst unerklärlich und unbegreiflich bliebe, man müsse sie einräumen, da die Thatsache existire, doch könne man sie keines= wegs einsehen; seine Lehre von Raum und Zeit sei „allein" im Stande, diese Thatsache zu erklären oder die Möglichkeit der Mathematik zu begründen.**)

2. Raum und Zeit als die Grundformen der Sinnlichkeit.

Unsere Sinnlichkeit ist receptiv, d. h. sie ist für gegebene Eindrücke empfänglich und wird ihrer eigenen Natur und Beschaffenheit gemäß von denselben afficirt; sie verwandelt die gegebenen Eindrücke in sinn= liche: diese sinnlichen Eindrücke sind die Empfindungen. Die Sinn= lichkeit oder unser Vermögen der Receptivität ist demnach eine Grund= bedingung aller Empfindungen und Eindrücke; sie ist als solche nicht selbst eine Empfindung oder ein gegebener Eindruck, also nicht der mannich= faltige Stoff, sondern die Grundform aller Empfindung und Wahr= nehmung. Die reine Form der Sinnlichkeit ist unsere Anschauung nach Abzug ihres empirischen Inhaltes oder ihres durch die Eindrücke gegebenen Stoffes. Diese reinen Anschauungen sind Raum und Zeit: daher sind

---

*) A. Trendelenburg: Hist. Beitr. S. 244. — **) Kritik d. r. V. Elementarl. Th. 1. § 3. § 5 (II. S. 65 flgd. S. 71). Prolegomena. Th. I. § 12 (III. S. 200).

Raum und Zeit die Grundformen unserer Sinnlichkeit, die formalen
Bedingungen aller Empfindung und Wahrnehmung. Und da die letztere
nach jener Unterscheidung, die Locke seiner Erkenntnißlehre zu Grunde
gelegt hatte, sich in äußere und innere Wahrnehmung verzweigt, so gilt
der Raum als die formale Bedingung der äußeren, die Zeit als die
der inneren: daher nennt Kant jene „die Form des äußeren Sinnes“,
diese „die Form des inneren“. Er hätte besser gethan, in dieser Unter=
scheidung dem Vorgange des englischen Philosophen nicht zu folgen,
da er eine ganz andere Ansicht vom Raum hatte. Was wir wahrnehmen
und empfinden, ist in uns, es wird als etwas außer uns vorgestellt,
indem wir die Eindrücke räumlich unterscheiden und ordnen: dadurch
entsteht erst ein äußeres Wahrnehmungsobject, dadurch wird erst die
Wahrnehmung selbst eine äußere. Der äußere Sinn ist nichts anderes
als die räumlich vorstellende Wahrnehmung. Wenn nun der Raum „die
Form des äußeren Sinnes“ sein soll, so geräth unsere Definition in
jenen fehlerhaften Zirkel, den der Philosoph in den Erklärungen des
Raumes, die er vorfand, bemerkt und getadelt hatte.

Alle Veränderungen sind in der Zeit, auch die räumlichen: daher
ist die Zeit die Form sowohl des äußeren als des inneren Sinnes.
Und da alle Erscheinungen ohne Ausnahme Vorstellungen, also innere
Vorgänge sind, so muß die Zeit als die Form des inneren Sinnes
sämmtliche sinnliche Vorstellungen beherrschen: darum nennt sie der
Philosoph „die ursprüngliche Form der gesammten Sinnlichkeit“, „die
formale Bedingung a priori aller Erscheinungen überhaupt“.*)

Raum und Zeit sind die Bedingungen aller unserer Vorstellungen,
darum nicht selbst Vorstellungsobjecte; wir können die Raumgröße nur mit
Hülfe der Zeit und die Zeitgröße nur mit Hülfe des Raumes vorstellen.
Die Raumgröße wird erkannt, indem sie mit dem Maßstabe, der als
Größeneinheit dient, verglichen und gemessen, d. h. indem gezählt wird,
wie viele solcher Einheiten sie enthält, also wird die Raumgröße erkenn=
bar durch die Zahl, welche selbst Zeitgröße ist. „Und der Raum wird
gleichsam als Typus auf den Begriff der Zeit angewendet, indem wir
uns die Zeitgröße als Linie und ihre Grenzen (Momente) als Punkte
vorstellen.“**) Diesem Typus gemäß nennt man die Größe der Zeit
auch den Zeitraum.

---

*) Kr. d. r. V. Elementarl. I. § 6. C. (II. S. 72). De mundi sensibilis etc.
Sectio III. § 14. Nr. 7. § 15. E. — **) Ibid. Sectio III. § 15. Coroll. (Vol. III.
pg. 147). Vgl. Kritik d. r. V. Elementarl. Th. I. § 6 b. (II. S. 72).

344

3. Die Entstehung der Erscheinungen.

Raum und Zeit sind die Bedingungen und Grundformen unserer Sinnlichkeit, also auch die aller sinnlichen Eindrücke oder Empfindungen: folglich müssen alle unsere Empfindungen in Raum und Zeit sein; und da die letzteren die Formen der anschauenden Vernunft sind, so müssen alle Empfindungen angeschaut werden. Angeschaute Empfindungen sind Erscheinungen. Der Stoff (Materie) aller Erscheinungen sind unsere Empfindungen, die so mannichfaltig sind, als die Art und Weise, wie unsere Sinnlichkeit afficirt werden kann; die Form der Erscheinungen ist unsere Anschauung oder Raum und Zeit. Diese selbst sind nicht Eindrücke, sondern blos deren Form und Ordnung. Wir empfangen die Eindrücke und machen aus ihnen Erscheinungen, indem wir sie anschauen oder, was dasselbe heißt, in Raum und Zeit ordnen. Die mannich= faltigen Eindrücke sind uns gegeben, ihre Form und Ordnung dagegen wird durch uns gegeben, durch unsere anschauende Vernunft. Dasselbe Vermögen (Sinnlichkeit), welches die Eindrücke empfängt und in Empfin= dungen verwandelt, enthält zugleich die formgebenden Bedingungen, wo= durch die Eindrücke in Raum und Zeit geordnet und aus den Empfin= dungen Erscheinungen gemacht werden. Die räumliche Ordnung besteht in dem Außer= oder Nebeneinander, die zeitliche in dem Zugleich und Nacheinander. Wenn unsere Sinneseindrücke räumlich unterschieden und geordnet werden, so erscheinen sie als etwas außer uns Befindliches, als Beschaffenheiten, welche Dingen außer uns zukommen: so entsteht die äußere Erscheinung oder der Gegenstand im eigentlichen Sinne des Wortes. Denn ein Gegenstand kann nur durch Gegenüberstellung zu Stande kommen, d. h. durch eine Handlung, die ein räumliches Ver= hältniß ausmacht, dessen eine Seite das Object, die andere unsere Sinn= lichkeit ist. Wenn unsere Eindrücke, die äußeren sowohl als die inneren, zeitlich unterschieden und geordnet werden, so erscheinen sie als Be= schaffenheiten, die theils den äußeren Gegenständen theils uns selbst entweder zugleich oder nach einander zukommen. Wir nennen den Complex der Beschaffenheiten, die ein Wesen hat, es sei nun unser Gegenstand oder unser Gemüth, den Zustand desselben. Nun können verschiedene Zustände einem Dinge nicht zugleich, sondern nur nach einander zukom= men; wir nennen die Reihe seiner verschiedenen Zustände Veränderung: daher ist die Zeit die Bedingung aller Veränderungen, nicht umgekehrt. Wenn entgegengesetzte Bestimmungen, wie A und Nicht=A, in demselben Subject nicht zugleich, sondern nur nach einander sein können, so leuchtet ein, wie die Zeit allein die Bedingung sowohl der Zustände als des Wechsels der Zustände ausmacht.*)

Demnach sind Gegenstände nur durch die räumliche Anschauung möglich, Zustände und Veränderungen nur durch die zeitliche; Gegenstände im genauen Sinn des Wortes sind äußere Erscheinungen, Zustände und Veränderungen sowohl äußere als innere. Da nun alle Erscheinungen Vorstellungszustände sind, also in uns stattfinden, so sind Raum und Zeit, jener die Bedingung aller äußeren, diese die Bedingung nicht blos der inneren, sondern aller Erscheinungen überhaupt. Ausdrücklich erklärt Kant in der Inauguralschrift, daß der Raum im eigentlichen Sinn die Anschauung des Gegenstandes, die Zeit den Zustand, vorzüglich den Vorstellungszustand betrifft.**) Wenn wir von einem äußeren Gegenstande, z. B. von der Vorstellung des Körpers alles absondern, was auf Rechnung des Verstandes kommt, wie die Begriffe der Substanz, Kraft, Theilbarkeit u. s. f., und alles, was auf Rechnung der Empfindung kommt, wie die Beschaffenheiten der Undurchdringlichkeit, Härte, Farbe u. s. f., so bleibt nichts übrig als Ausdehnung und Gestalt d. h. Formen, die zur reinen Anschauung gehören.***)

Raum und Zeit sind die formgebenden Anschauungen, die aus unseren Eindrücken oder Empfindungen Erscheinungen machen: sie sind formgebend oder ordnend, also nicht fertige und gleichsam todte Anschauungen, sondern thätige, nicht Schemata oder Rahmen, wie man die kantische Lehre von Raum und Zeit häufig mißverstanden hat, sondern Handlungen. Ausdrücklich erklärt der Philosoph von der Zeit, was eben so gut vom Raum gilt: daß sie eine Handlung des seine sinnlichen Eindrücke ordnenden Geistes sei (actus animi sua sensa coordinantis).†) Diese Handlungen geschehen nach den uns bekannten Gesetzen der räumlichen und zeitlichen Relation.

Hieraus löst sich die Frage: ob Raum und Zeit angeborene oder erworbene Vorstellungen sind? Sie sind nicht erworbene, wenn man darunter solche Vorstellungen versteht, die wir aus der sinnlichen Wahrnehmung der Objecte abstrahirt haben; es ist schon nachgewiesen, daß und warum sie auf solchem Wege nicht entstehen können. Sie sind nicht

---

*) De mundi sensibilis etc. Sectio III. § 14. Nr. 5 (Vol. III. pag. 146). — **) Ibid. Sectio III. § 15. Coroll. (Vol. III. pag. 147). Vergl. Kr. d. r. V. Elementarl. Th. I. § 6 c. — ***) Ebendas. Th. I. § 1 (II. S. 60). — †) De mundi sensibilis etc. Sectio III. § 14. Nr. 5 (pg. 141—42).

346

angeboren, denn sie sind Handlungen, die als solche nicht fertig und ausgemacht auf die Welt kommen, daher nicht angeboren werden. Es ist die Art einer „faulen Philosophie (philosophiae pigrorum)“, sich bei der Untersuchung gewisser Vorstellungen jede tiefere Begründung dadurch zu ersparen, daß sie diese für unmöglich und jene für angeboren erklärt. Raum und Zeit] sind Handlungen, die wir vollziehen, bevor die Vorstellung derselben in unser Bewußtsein eintritt. Nennen wir diese bewußte Vorstellung Begriff, so entstehen die Begriffe des Raumes und der Zeit dadurch, daß wir jener ursprünglichen und nothwendigen Handlungen inne oder uns derselben bewußt werden: in diesem Sinne sind Raum und Zeit nicht angeborene, sondern erworbene Begriffe, die nicht aus der Wahrnehmung der Objecte, sondern aus den Handlungen unserer eigenen Vernunft abstrahirt werden. In diesen Handlungen selbst ist nichts angeboren als ihre Nothwendigkeit, d. h. das Gesetz der Relation, das sie erfüllen. An die Stelle der sogenannten angeborenen Vorstellungen von Raum und Zeit treten nach der tiefsinnigen Lehre unseres Philosophen nothwendige, in der Natur unserer Vernunft begründete Handlungen, aus deren Wahrnehmung erst die Begriffe von Raum und Zeit hervorgehen: also sind jene Handlungen selbst nicht angeboren, wohl aber unbewußt. Der Philosoph schließt in seiner Inauguralschrift die Lehre von Raum und Zeit mit folgender Erklä=rung: „Diese beiden Begriffe sind ohne Zweifel erworben, sie sind nicht etwa aus der sinnlichen Wahrnehmung der Objecte, sondern aus der eigenen Handlung unserer Vernunft, die nach beständigen Gesetzen ihre sinnlichen Eindrücke ordnet, als eine unwandelbare und darum anschaulich erkennbare Grundform (typus) abstrahirt. Die sinnlichen Eindrücke erregen diese Handlung unseres Geistes, aber sie flößen ihm nicht die Anschauung ein, und es ist hier nichts anderes angeboren als das Ver=nunftgesetz, dem gemäß der Geist auf eine gewisse Art und Weise seine sinnlichen und gegenwärtigen Eindrücke verknüpft.“ *)

III. Die Idealität des Raumes und der Zeit.
1. Transscendentale Idealität und empirische Realität.

Jetzt läßt sich die Summe der transscendentalen Aesthetik ziehen und ihr Ergebniß genau bestimmen. Raum und Zeit sind reine und bloße Vernunftanschauungen, die alle sinnlichen oder gegebenen Eindrücke ordnen

*) Ibid. Sect. III. § 15. Coroll. (Vol. III. pag. 147—48).

und dadurch zu Erscheinungen machen. Nennen wir alle Objecte, die unabhängig von unserer Anschauung sind, Dinge an sich, so leuchtet ein, daß Raum und Zeit weder selbst solche Dinge sind noch auf dieselben irgend wie anwendbar. Sie haben in dieser Rücksicht keinerlei Geltung und Erkenntnißwerth, sondern sind völlig imaginär. Wenn die Dinge an sich für das wahrhaft Wirkliche gelten und in diesem Sinne „objectiv und real" heißen, so sind Raum und Zeit das völlige Gegentheil davon: sie sind lediglich „subjectiv und ideal".

Indessen sind Raum und Zeit nicht blos imaginär. Sie sind die Bedingungen aller Erscheinungen oder aller sinnlichen Dinge: sie gelten daher ausnahmslos in dem Gebiete der Sinnenwelt, sie müssen von allen Erscheinungen gelten aus dem einfachen Grunde: weil sie dieselben machen. Die Erscheinungen aber oder die sinnlichen Objecte sind die alleinigen Gegenstände unserer Erfahrung; daher gelten Raum und Zeit ohne Ausnahme für alle Erfahrungsobjecte: sie haben in diesem Sinn objective und reale Geltung oder, wie Kant sagt, „empirische Realität".

In Rücksicht auf die Objecte, unabhängig von der Anschauung, haben sie gar keinen Erkenntnißwerth; in Rücksicht auf alle Objecte, die von der Anschauung abhängen, weil sie durch dieselbe entstehen, haben sie vollständigen Erkenntnißwerth. Als Dinge an sich genommen oder auf solche bezogen, sind sie nicht blos ungültige, sondern widersinnige Vorstellungen, wogegen sie auf dem Gebiet der Erscheinungen oder Erfahrungsobjecte nicht blos ausnahmslose, sondern fundamentale Geltung behaupten. Sie sind zugleich die leersten Fictionen und die wahrsten Begriffe; sie sind das erste in Betreff der intelligibeln Welt, das zweite in Betreff der sinnlichen. Obgleich sie, sagt der Philosoph, in der Beziehung auf Dinge an sich „entia imaginaria" sind, sind sie in der Beziehung auf die Welt der Erscheinungen „conceptus verissimi".*)

Man darf hier den Ausdruck der Einräumung in den der Begründung verwandeln. Weil Raum und Zeit diese „conceptus verissimi" sind, darum sind sie jene „entia imaginaria". Aus demselben einleuchtenden Grunde folgen beide Bestimmungen. Weil Raum und Zeit nichts anderes sind als reine Vernunftanschauungen, die Grundformen unserer Sinnlichkeit, darum müssen sie die Grundbedingungen aller Erscheinungen und

---

*) De mundi sensibilis etc. Sectio III. § 14. Nr. 6. § 15. E. (Vol. III. pag. 142 et 145).

Erfahrungsobjecte sein, eben darum können sie unabhängig von der An=
schauung (d. h. unabhängig von dem, was sie sind) keinerlei Geltung
haben und sind deshalb als Dinge an sich oder in Anwendung auf
dieselben imaginär.

Sie heißen ideal, weil sie blos die Formen unserer Anschauung,
nicht das Wesen oder die Bestimmungen der Dinge selbst ausmachen;
sie heißen real, weil sie als die nothwendigen Formen unserer An=
schauung die Grundbedingungen aller Erscheinungen und Erfahrungs=
objecte sind. Diese Realität ist nicht „absolut", sondern „empirisch",
weil sie nur in der Erfahrung gilt; jene Idealität ist „transscen=
dental", weil sie aus einer Untersuchung einleuchtet, die sich auf unser
sinnliches Erkenntnißvermögen bezieht, oder weil sie unter dem trans=
scendentalen Gesichtspunkt entdeckt wird.

So vereinigen Raum und Zeit mit dem Charakter der „transscen=
dentalen Idealität" den der „empirischen Realität"; beide Ausdrücke
bezeichnen dieselbe Sache: der erste charakterisirt Raum und Zeit von
Seiten ihres Ursprungs, der zweite von Seiten ihrer Geltung. Weil
sie bloße Anschauungen sind, darum können sie unmöglich in Ansehung
der Dinge an sich und müssen nothwendig in der Welt der Erscheinungen
gelten, aber auch nur in dieser. Kurzgesagt: weil Raum und Zeit
transscendentale Idealität haben, darum können sie keine absolute, wohl
aber müssen sie empirische Realität haben. Dieser Satz enthält die
Summe der transscendentalen Aesthetik, den ganzen Inbegriff der neuen
Lehre von Raum und Zeit. Diese Lehre ist ausgemacht, sobald man
richtig begriffen hat, was die transscendentale Idealität von Raum
und Zeit bedeutet. Daraus ergiebt sich die Verneinung ihrer absoluten
und die Bejahung oder Begründung ihrer empirischen Realität.

2. Der transscendentale oder kritische Idealismus.

Auf diese Einsicht, die den kopernikanischen Standpunkt in die
Erkenntnißlehre einführt, gründet Kant seine Philosophie und bezeichnet
sie deshalb als „transscendentalen Idealismus", um ihren Cha=
rakter von den verschiedenen Arten des dogmatischen Idealismus zu
unterscheiden, jede Verwechselung seiner Lehre mit den letzteren und
damit jede Mißdeutung der ersteren zu verhüten. Es giebt in der An=
sicht von Raum und Zeit zwei falsche Arten des Idealismus, die daher
rühren, daß man entweder die wahre Idealität von Raum und Zeit
oder deren wahre Realität nicht einsieht. Man verkennt ihre Idealität,

wenn man sie nicht für bloße Vorstellungen (Anschauungen), sondern für Dinge oder Eigenschaften (Verhältnisse) der Dinge selbst hält und, wie im Traume, Vorstellungen in Sachen verwandelt: dies thut „der träumende Idealismus". Man verkennt ihre Realität, wenn man sie nicht für die Bedingungen aller Erscheinungen, für die Ordnung und gesetzmäßige Verknüpfung der Einbrücke, sondern selbst für bloße Vorstellungen oder Einbrücke (Ideen) ansieht und damit die Grundlagen und Gesetze unserer sinnlichen Erkenntniß auflöst: dies thut „der mystische oder schwärmende Idealismus". Als Vertreter jener Ansicht von Raum und Zeit, die Kant in seinen Prolegomena den träumenden Idealismus nennt, galt in der Inauguralschrift Leibniz; als den Vertreter des schwärmenden bezeichnet er Berkeley, nachdem kurz vorher Garve in seiner Recension der Vernunftkritik die Lehre unseres Philosophen für berkeley'schen Idealismus erklärt hatte. Um nun die eigene Lehre von dem dogmatischen Idealismus deutlicher zu unterscheiden, soll dieselbe lieber „kritischer Idealismus" als „transscendentaler" genannt werden."*)

Mit der falschen Ansicht von Raum und Zeit hängt die falsche Auffassung der Erscheinungen genau zusammen. Wenn man Raum und Zeit, diese Grundbedingungen blos der Erscheinungen, den Dingen an sich zuschreibt, so muß man von diesen behaupten, was nur von jenen gilt, man muß dann die Erscheinungen für Dinge an sich halten, für die verworrene Vorstellung derselben, und die Sinnlichkeit für unklares Denken. Dies war der Grundirrthum des dogmatischen Rationalismus, insbesondere der leibnizischen Metaphysik. Wenn man Raum und Zeit, diese Grundbedingungen aller Erscheinungen, selbst für bloße Erscheinungen oder Vorstellungen erklärt und das Dasein der Dinge an sich verneint, so haben die Objecte nicht mehr den Charakter einer nothwendigen Begründung und Ordnung, sie verlieren gleichsam den Boden unter den Füßen und verwandeln sich in bloßen Schein. Zu einer solchen falschen Weltansicht führt der Irrthum des berkeley'schen Idealismus.

In beiden Fällen liegt der Grund des Irrthums darin, daß man zwischen Erscheinungen und Dingen an sich, zwischen den Bedingungen und den Objecten der Erkenntniß, zwischen Sinnlichkeit und Verstand

---

*) Prolegomena. Th. I. § 13. Anmkg. III. (Bd. III. S. 206—10). S. oben Buch 1. Cap. IV. S. 74—76.

nicht richtig unterscheidet. Dieser Verwirrung setzt der Philosoph seine Lehre entgegen, nach welcher die Erscheinungen weder Dinge an sich noch bloßer Schein sind. „Wir haben sagen wollen: daß alle unsere Anschauung nichts als die Vorstellung von Erscheinung sei; daß die Dinge, die wir anschauen, nicht an sich selbst sind, wofür wir sie an=schauen, noch ihre Verhältnisse so an sich selbst beschaffen sind, als sie uns erscheinen; und daß, wenn wir unser Subject oder auch die sub=jective Beschaffenheit der Sinne überhaupt aufheben, alle die Beschaffen=heit, alle Verhältnisse der Objecte in Raum und Zeit, ja selbst Raum und Zeit verschwinden würden, und als Erscheinungen nicht an sich selbst, sondern nur in uns existiren können. Was es für eine Bewandt=niß mit den Gegenständen an sich und abgesondert von aller dieser Receptivität unserer Sinnlichkeit haben möge, bleibt uns gänzlich un=bekannt." „Wenn ich sage: in Raum und Zeit stellt die Anschauung sowohl der äußeren Objecte als auch die Selbstanschauung des Ge=müthes beides vor, so wie es unsere Sinne afficirt, d. i. wie es er=scheint, so will das nicht sagen, daß diese Gegenstände ein bloßer Schein wären."*) — Berkeley hielt den Raum für einen Sinneseindruck, wie Farbe, Geschmack u. s. f. Aber diese Empfindungen gehören zur beson=deren Beschaffenheit unserer Sinne, nicht zur objectiven Bestimmung der Erscheinungen selbst; sie sind weit entfernt deren Bedingung zu sein. Die subjective Bedingung aller äußeren Erscheinungen ist der Raum, er ist darin einzig und mit keiner anderen Vorstellung vergleichbar. Niemand kann eine Farbe oder einen Geschmack a priori vorstellen, wohl aber können und müssen alle Arten und Bestimmungen des Rau=mes a priori vorgestellt werden. Durch denselben ist es allein möglich, daß Dinge für uns äußere Gegenstände sind.**)

Um Kants Lehre von den Erscheinungen vollständig würdigen zu können, müssen wir genau wissen, nicht blos was er unter Raum und Zeit, sondern auch was er unter den Dingen an sich versteht. Ueber den ersten Punkt sind wir belehrt. Bevor wir die zweite Frage erreichen, haben wir noch eine Reihe schwieriger Untersuchungen kennen zu lernen.

---

*) Kritik d. r. V. Elementarl. Th. I. § 8. Allgem. Anmkg. I. u. III. (Bd. II. S. 78 u. 84). — **) Kr. d. r. V. (1781). Elementarl. I. § 3 (II. S. 68. Anmkg.). Ausgabe von Kehrbach. S. 56 flgb.

Fünftes Capitel.

Transscendentale Analytik. Die Lehre von den Begriffen des reinen Verstandes und von ihrer Deduction.

___

I. Die Möglichkeit der Erfahrungserkenntniß.

1. Erklärung der Aufgabe.

Aus dem Stoff der gegebenen Eindrücke (Empfindungen) entstehen nach den Gesetzen unserer anschauenden Vernunft die Erscheinungen, die Mannichfaltigkeit der sinnlichen Gegenstände und Zustände, die nun auch geordnet, verknüpft, erkannt sein wollen. Die Erkenntniß der Erscheinungen oder sinnlichen Objecte heißt Erfahrung. Giebt es Erfahrung und wie ist sie möglich? So lautet die zweite Hauptfrage der Vernunftkritik.

Das Gebiet der Erscheinungen theilt sich in innere und äußere: jene sind die Zustände und Veränderungen unseres Gemüthes, diese die Zustände und Veränderungen der Körper; in der Erkenntniß der ersten besteht die innere Erfahrung, in der Erkenntniß der anderen die äußere; die Wissenschaft der inneren Erfahrung ist Psychologie, die der äußeren Physik. Im weiteren Sinne nennen wir den Inbegriff aller Dinge in Raum und Zeit, aller Gegenstände einer möglichen Erfahrung Natur und lassen dem gemäß Sinnenwelt und Natur, Erfahrungserkenntniß und Naturwissenschaft als Wechselbegriffe gelten. Jetzt lautet die obige Frage: Giebt es Naturwissenschaft und wie ist sie möglich? Wir wissen, in welchem Sinn die Vernunftkritik die Erkenntnißfrage stellt: sie fragt nach der metaphysischen, die allgemeine und nothwendige Geltung in Anspruch nimmt, daher a priori oder durch reine Vernunft begründet sein will. Sie fragt jetzt: Giebt es reine Naturwissenschaft und wie ist sie möglich? Da nun die Thatsache einer solchen Erkenntniß schon festgestellt ist, so haben wir es nur noch mit dem zweiten Theil der Frage zu thun: Wie ist reine Naturwissenschaft möglich?

Nachdem wir eingesehen haben, unter welchen Bedingungen unsere Vernunft aus ihren Empfindungen Erscheinungen macht, soll jetzt untersucht werden, ob es Bedingungen giebt, kraft deren unsere Vernunft aus ihren Erscheinungen Erfahrung zu machen im Stande ist? Ohne Erfahrung giebt es nichts Erfahrbares, keine Gegenstände möglicher Erfahrung, so wenig als es ohne Sinnlichkeit sinnliche Objecte,

352

ohne Sehen etwas Sichtbares giebt. Die Bedingungen der Erfahrung
sind daher zugleich die Bedingungen aller Gegenstände möglicher Erfahrung. Wir nennen den Inbegriff dieser Gegenstände Natur und nehmen
das Wort „Natur" genau in diesem Sinn, worin es dasselbe bedeutet
als Sinnenwelt. Wir reden von der Natur nicht als einem Dinge
an sich, sondern als einem vorgestellten und erkennbaren Object; auch
kann unter dem kritischen Standpunkt in gar keinem anderen Sinne
von ihr die Rede sein. In diesem Sinne wird uns vollkommen verständlich, wie die Frage nach den Bedingungen der Erfahrung zusammenfallen muß mit der Frage nach den Bedingungen der Natur. Wenn
die Vernunftkritik fragt: „Wie ist reine Naturwissenschaft möglich?" so
fragt sie auch: „Wie ist Natur selbst möglich?" Sie stellt und begründet diese Frage genau so, wie schon die Inauguralschrift erklärt
hatte: „Die Gesetze der Sinnlichkeit werden die Gesetze der Natur sein,
sofern dieselbe unseren Sinnen einzuleuchten vermag". Niemand zweifelt,
daß die Gesetze der Sinnlichkeit auch die Gesetze der Sinnenwelt sein
müssen. Natur ist Sinnenwelt. Ohne Vernunftanschauung giebt es keine
Sinnenwelt. Daher muß die Vernunftkritik fragen: Wie ist Natur
selbst möglich?*)

2. Das Erfahrungsurtheil.

Die erste Frage heißt: Was ist Erfahrung? Um zu erkennen,
welcher Art das Erfahrungsurtheil ist, kehren wir zu der elementaren
Frage zurück, worin das Urtheil überhaupt besteht und welche Bedingungen der Vernunft dazu nothwendig sind? Jedes Urtheil ist eine
Begriffsbestimmung, es bestimmt ein Subject durch sein Prädicat, es
stellt jenes vor durch dieses: daher sind alle Urtheile mittelbare Vorstellungen und unterscheiden sich darin von den Anschauungen, welche
unmittelbare Vorstellungen sind. Object der Anschauung ist das einzelne
Ding, Object des Urtheils der Begriff, wodurch einzelne Dinge oder
deren Arten vorgestellt werden. Die Anschauung ist Vorstellung der Sache,
das Urtheil Vorstellung der Vorstellung; dort wird eine Erscheinung
vorgestellt, hier wird eine Vorstellung gedacht; daher sind Urtheile nur
durch Begriffe und ein Vermögen, welches Begriffe bildet, möglich;
dieses Vermögen ist der Verstand im Unterschiede von der Sinnlichkeit.

---

*) De mundi sensibilis etc. Sectio III. § 15. E. (Vol. III. pag. 145): Leges
sensualitatis erunt leges naturae, quatenus in sensus cadere potest. — Prolegomena. Th. II. § 14—16. § 36 (Bd. III. S. 211—13. S. 238).

Begriffe beziehen sich auf die einzelnen Dinge mittelbar, Anschauungen unmittelbar, jene sind discursiv, diese intuitiv. Durch Begriffe erkennen heißt denken.*) Der Verstand ist das denkende Vermögen im Unter= schiede von der Sinnlichkeit, welche das anschauende ist; diese kann nur Anschauungen, jener nur Begriffe erzeugen; daher müssen beide in jedem Erkenntnißurtheil, das Erscheinungen verknüpft, zusammen wirken: An= schauungen ohne Begriffe sind blind, Begriffe ohne Anschauungen leer.

Im Urtheilen besteht die Function des Verstandes, in der Unter= suchung der reinen Verstandesfunctionen die Logik. Die allgemeine Logik lehrt nur die Formen der Urtheile und Schlüsse und kümmert sich nicht um ihren Inhalt und Erkenntnißwerth; dagegen forscht die kritische Untersuchung des menschlichen Verstandes nach den Bedingungen der Erkenntnißurtheile: sie ist daher „transscendentale Logik" im Unter= schiede von der formalen. Als solche hat sie die Aufgabe, die Möglichkeit einer Erkenntniß der Dinge durch den Verstand entweder zu begründen oder zu widerlegen; sie beweist die Möglichkeit einer Erkenntniß der Erscheinungen und die Unmöglichkeit einer Erkenntniß der Dinge an sich: die Begründung der Erfahrung ist das Thema der „transscen= dentalen Analytik", die Widerlegung der Metaphysik des Ueberfinn= lichen das der „transscendentalen Dialektik".**)

Es handelt sich in der Analytik um die Möglichkeit der Erfah= rungsurtheile. Jedes Erfahrungsurtheil verknüpft wahrgenommene Thatsachen; es ist daher ein verknüpfendes oder synthetisches Urtheil. Die Wahrnehmungen sind gegeben, nicht deren Verknüpfung, diese wird durch uns vollzogen und hinzugefügt: sie ist daher subjectiv. Wenn es nun blos ein individueller Wahrnehmungszustand ist, der das Band zweier Erscheinungen ausmacht, so ist ihr Zusammenhang nur zufällig und particular, nicht nothwendig und allgemein: er gilt nur in diesem Fall für dieses Subject, keineswegs in allen Fällen für alle. Wird z. B. geurtheilt: „das Zimmer ist warm, der Zucker ist süß, der Wermuth widrig" u. s. f., so hängt die Verknüpfung solcher Wahrnehmungen lediglich von der Beschaffenheit und dem Empfindungszustande des In= dividuums ab, das von denselben Eindrücken jetzt so, jetzt anders afficirt wird. Eine Erfahrung dieser Art ist kein Erkenntniß=, sondern ein „Wahrnehmungsurtheil", die in ihm enthaltene Verknüpfung ist

---

*) Kr. d. r. V. Elementarl. Th. II. Abth. I. (Bd. II. S. 102—103). Proleg. Th. II. § 22. — **) Kr. d. r. V. Einleit. I—IV. (Bd. II. S. 88—98).

blos subjectiv. Wenn dagegen der Zusammenhang der Erscheinungen unabhängig von dem jeweiligen Empfindungszustande des Individuums besteht, so ist die Verknüpfung nicht blos subjectiv, sondern gilt als solche: dann stimmt das Urtheil mit dem Gegenstande überein und ist also objectiv, ein solches Urtheil bleibt sich gleich und ist in allen Fällen dasselbe. Objective Gültigkeit und nothwendige Allgemeingültigkeit, sagt Kant, sind für jedermann Wechselbegriffe.*)

Das Erfahrungsurtheil ist ein objectives Wahrnehmungsurtheil. Darin besteht der Charakter aller empirischen Erkenntniß. Nun wird gefragt, welches die Bedingungen sind, die ein Wahrnehmungsurtheil objectiv machen und darin den Charakter wirklicher Erfahrung ausprägen?

Brauchen wir, um die Antwort zu finden, das kantische Beispiel. Wir nehmen wahr, daß der Stein, so oft ihn die Sonne beleuchtet, erwärmt wird, daß dem ersten Eindruck jedesmal der zweite folgt. Beide Erscheinungen sind zunächst blos in unserer Wahrnehmung verknüpft: diese Art der Verknüpfung ist nur subjectiv. Soll sie objectiv gelten, so müssen jene beiden Erscheinungen so verbunden sein, daß sie als solche zusammenhängen, unabhängig von meiner zufälligen Wahrnehmung: dann folgt die Erwärmung des Steines nicht blos auf die Beleuchtung durch die Sonne, sondern aus derselben d. h. die Beleuchtung gilt dann als die Bedingung oder Ursache der Erwärmung. Dieser Begriff der Ursache muß dem Wahrnehmungsurtheil hinzugefügt werden, um ein Erfahrungsurtheil daraus zu machen. „Erfahrung wird allererst durch diesen Zusatz des Verstandesbegriffs (der Ursache) zur Wahrnehmung erzeugt."**)

Der Begriff der Ursache, für sich genommen, stellt kein sinnliches Object vor, er ist kein Begriff, den ich auf einen anschaulichen Gegenstand zurückführen kann, also keiner, den ich aus der Anschauung oder Wahrnehmung abstrahirt habe, wie die gewöhnlichen Gattungsbegriffe: er ist kein vorstellender, sondern ein verknüpfender Begriff, er ist aus keiner Wahrnehmung geschöpft, daher keine empirische, sondern eine reine oder ursprüngliche Vorstellung. Eine reine Anschauung kann er nicht sein, sonst müßte er sich construiren lassen, aber er läßt sich nicht sinnlich vorstellen, sondern nur denken: er ist mithin ein reiner Verstandes-

---

*) Prolegomena. Th. II. § 18—19. — **) Ebendaselbst. § 22. Anmkg. (III. S. 223).

begriff, der im Unterschiede von allen abgeleiteten oder empirischen Begriffen Kategorie (Stammbegriff), im Unterschiede von allen vorstellenden Begriffen (den sogenannten Gattungsbegriffen) ein verknüpfender oder synthetischer Begriff heißen möge. Erfahrungsurtheile sind demnach nur möglich unter der Bedingung reiner Begriffe, welche selbst nur möglich sind durch den reinen Verstand.*)

Jetzt ist die Grundfrage der transscendentalen Analytik so genau gefaßt und vorbereitet, daß sich die ganze Lösung der Aufgabe übersehen und die Untersuchung in ihren Hauptpunkten vorausbestimmen läßt. Das Erste ist, daß die reinen Begriffe entdeckt und festgestellt werden. Wenn sie vollständig vorliegen, so entsteht eine zweite Frage, welche den schwierigsten Theil der kritischen Untersuchung ausmacht. Die reinen Begriffe sind ihrem Ursprunge nach völlig subjectiv, das Erfahrungsurtheil ist objectiv: wie ist es möglich, daß diese rein subjectiven Begriffe die Bedingungen objectiver Erkenntniß ausmachen? Mit welchem Rechte dürfen sie eine solche Geltung in Anspruch nehmen? Ist dieses Recht bewiesen oder deducirt, so steht eine neue Schwierigkeit vor uns. Wenn wir durch diese Begriffe die Erscheinungen verknüpfen und beurtheilen dürfen, so müssen wir im Stande sein, dieselben unter reine Begriffe zu subsumiren. Nun sind jene durchaus sinnlich, diese durchaus intellectuell; die einen können nur angeschaut, die andern nur gedacht werden: jene Unterordnung ist unausführbar, wenn nicht auf irgend einem Wege die reinen Begriffe anschaulich gemacht oder versinnlicht werden können. Wie können sie versinnlicht werden? Ist auch diese Frage gelöst, so ist ausgemacht, daß die reinen Begriffe die Bedingungen der Erfahrung, also auch aller Gegenstände einer möglichen Erfahrung d. h. aller Erscheinungen sind. Was allen Erscheinungen zu Grunde liegt, nennen wir deren Princip; die Principien der Erkenntniß sind Grundsätze: also müssen jene Begriffe als die Grundsätze aller möglichen Erfahrung oder der reinen Naturwissenschaft dargethan werden. So entwickelt sich die transscendentale Analytik, indem sie die reinen Verstandesbegriffe entdeckt, deducirt, ihre Bilder oder Schemata bestimmt, zuletzt aus den reinen Begriffen die Grundsätze der reinen Naturwissenschaft darstellt. Die Lehre von den Kategorien bildet den Ausgangspunkt, die Lehre von den Grundsätzen den Zielpunkt. Die ganze Untersuchung läßt sich in die Frage zusammenfassen: Wie können reine

*) Ebendas. Th. I. § 19—20 (Bd. III. S. 216—20).

Begriffe Grundsätze der Erfahrung werden? Die Antwort heißt: wenn sie sowohl eine objective als eine sinnliche Anwendung erlauben, wenn sie im Stande sind, Erscheinungen sowohl zu verknüpfen als vorzustellen. Es ist damit der Weg bezeichnet, in welchem die Untersuchung von den Kategorien zu den Grundsätzen fortschreitet. Kant hat sie deshalb unterschieden in die „Analytik der Begriffe" und in die „Analytik der Grundsätze".

3. Die reinen Verstandesbegriffe.

Es ist nicht schwer, die Kategorien zu entdecken, wenn man sich deutlich gemacht hat, was sie sind im Unterschiede von allen empirischen Begriffen: sie sind urtheilende Begriffe, während jene vorstellende sind; ihre Function ist nicht, Objecte vorzustellen, sondern Vorstellungen zu verknüpfen. Objecte sind in der Anschauung gegeben, niemals deren Verknüpfung; die vorstellenden Begriffe können aus der Anschauung geschöpft werden, niemals die verknüpfenden oder urtheilenden Begriffe. Nun besteht in der Verknüpfung der Vorstellungen die Form des Urtheils, die vom Urtheile übrig bleibt, wenn man die Materie desselben, nämlich die zur Verknüpfung gegebenen Vorstellungen oder die empirischen Bestandtheile abzieht. Was übrig bleibt, ist das reine Urtheil, die reine Urtheilsform oder, da alles Urtheilen im Denken besteht, die reine Denkform. Urtheilende Begriffe sind daher so viel als reine Urtheils= oder Denkformen. Man kann sie auch reine Verstandesformen nennen, sofern das Urtheilen oder Denken die eigenthümliche Verstandes= function bildet. Die allgemeine Logik bietet in ihrer Lehre von den Urtheilen einen sicheren „Leitfaden" zur Entdeckung der reinen Begriffe. So viele Urtheilsformen, so viele Kategorien. Sind die Urtheilsformen vollständig gegeben, so erhalten wir damit auch sämmtliche Kategorien. Die Urtheilsform oder das von allen empirischen Vorstellungen gereinigte Urtheil ist nichts anderes, als die Verknüpfung zweier Vorstellungen, deren eine (Subject) durch die andere (Prädicat) vorgestellt wird. Re= flectiren wir auf das Subject ohne Rücksicht auf seinen empirischen Inhalt, so bleibt nur der Umfang desselben oder die Größe im logischen Sinne übrig: die Quantität des Urtheils. Reflectiren wir eben so auf das Prädicat, so wird dadurch ein Merkmal oder eine Beschaffenheit des Subjects vorgestellt: die Qualität des Urtheils. Reflectiren wir auf das Verhältniß zwischen Subject und Prädicat, so ergiebt sich als logische Form die Relation des Urtheils. Endlich die Art und Weise, wie Subject und Prädicat für unsere Erkenntniß verknüpft sind, giebt die Modalität des Urtheils. Die reinen Urtheilsformen sind daher Quantität, Qualität, Relation und Modalität.

Jede dieser Urtheilsformen hat ihre verschiedenen Arten. Der Begriff des Subjects ist seinem Umfange nach entweder ein allgemeiner oder besonderer oder einzelner Begriff: daher die Quantität der Urtheile sich in allgemeine, besondere und einzelne unterscheidet. In Rücksicht auf die bloße Form ist das allgemeine und einzelne Urtheil nicht unterschieden, denn in beiden Fällen wird das Subject seinem ganzen Umfange nach dem Prädicat untergeordnet; wohl aber unterscheiden sich beide in Rücksicht auf ihren Erkenntnißwerth: daher die allgemeine Logik beide identificiren kann, die transscendentale dagegen unterscheiden muß. Der Begriff des Prädicats als Merkmal oder Beschaffenheit des Subjects kann diesem zu- oder abgesprochen werden: wir erhalten die Form der Bejahung oder Verneinung. Die bejahende Form will noch genauer unterschieden werden: der Begriff des Prädicats, rein logisch genommen, läßt sich bejahen oder verneinen; es kann dem Subjecte das Prädicat (B) oder das verneinte Prädicat (Nicht=B) zugesprochen werden; diese letzte Art der Bejahung ist eine Einschränkung in Ansehung des Inhalts der Erkenntniß; dem Subjecte werden alle möglichen Prädicate zugeschrieben, mit Ausnahme dieses einen. Die allgemeine Logik darf diese sogenannten unendlichen Urtheile den bejahenden beizählen, die transscendentale muß beide unterscheiden. Die Qualität der Urtheile theilt sich demnach in bejahende, verneinende, unendliche.

Die Relation zwischen Subject und Prädicat hat drei Arten, sie ist das Verhältniß 1. des Dinges (Substanz) zur Eigenschaft (Accidenz), 2. des Grundes zur Folge, 3. des bestimmten Begriffs zu der (in ihre Arten) eingetheilten Gattung, entweder fällt der Begriff unter die eine oder unter die andere Art; er ist entweder A oder B; ist er das eine, so ist er nothwendig das andere nicht: die Urtheile schließen sich daher wechselseitig aus und stehen mithin zu einander in einer „gewissen Gemeinschaft der Erkenntnisse". In Betreff der Relation unterscheiden sich die Urtheile demnach in kategorische, hypothetische, disjunctive.

Die Modalität der Urtheile bezieht sich auf die Art und Weise der Verknüpfung des Subjects mit dem Prädicat, auf den Werth der Copula für unser Denken; die Verknüpfung (Bejahung oder Verneinung) gilt entweder als möglich oder als wirklich oder als nothwendig: die Urtheile sind demnach ihrer Modalität nach problematische, assertorische,

358

apodiktische.*) Dieses sind die möglichen Formen des Urtheils, alle
möglichen. Damit sind zugleich die Kategorien vollständig bestimmt. Die
Form des einzelnen, besonderen, allgemeinen Urtheils giebt die Kategorien der Quantität: „Einheit, Vielheit, Allheit". Die Form der Bejahung, Verneinung, Einschränkung giebt die Kategorien der Qualität:
„Realität, Negation, Limitation". Die Form des kategorischen, hypothetischen, disjunctiven Urtheils giebt die Kategorien der Relation: „Substanz und Accidenz (Subsistenz und Inhärenz), Ursache und Wirkung
(Causalität und Dependenz), Wechselwirkung oder Gemeinschaft". Endlich die Form des problematischen, assertorischen, apodiktischen Urtheils
giebt die Kategorien der Modalität: „Möglichkeit (Unmöglichkeit), Dasein
(Nichtsein), Nothwendigkeit (Zufälligkeit)".**)

Den Namen der Kategorien (Prädicamente) entlehnte Kant von
Aristoteles, der unter dieser Bezeichnung zuerst die höchsten oder allgemeinsten Begriffe zusammenzustellen versucht hat. Den zehn aristotelischen Kategorien wurden noch fünf sogenannte Postprädicamente hinzugefügt. Doch unterscheidet unser Philosoph die eigene Kategorienlehre
von der seines Vorgängers, der den Ursprung dieser Begriffe nicht
untersucht, dieselben nicht abzuleiten, daher auch nicht zu sichten und zu
ordnen gewußt hat: seine Zusammenstellung ist kein System, sondern
ein bloßes Aggregat, sie ist unkritisch und rhapsodisch. Unkritisch ist sie,
sofern in derselben die Grundformen der Sinnlichkeit und des Verstandes
nicht unterschieden sind: neben den Begriffen der Substanz, Qualität,
Quantität, Relation stehen Bestimmungen der Zeit und des Raumes
(quando, ubi, situs). Die Scheidung zwischen Sinnlichkeit und Verstand, in Folge deren erst die Sichtung der sinnlichen und logischen
Grundformen geschehen konnte, war bei unserem Philosophen das Werk
der Kritik und die Frucht „eines langen Nachdenkens". Erst unter dem
kantischen Gesichtspunkt wird die Quelle und die Leistung der Kategorien
entdeckt: sie sind die „Stammbegriffe des reinen Verstandes", deren
Leistung lediglich in der logischen Function des Urtheilens (Denkens)
besteht. Ohne diese Einsicht läßt sich nicht unterscheiden zwischen sinnlichen und logischen Grundformen, zwischen ursprünglichen und abgeleiteten Begriffen; der unkritische und rhapsodische Versuch, den Aristoteles

---

*) Kr. d. r. V. Elementarl. Th. II. § 9. (Bd. II. S. 103—108). — **) Eben-
daselbst. Elementarl. Th. II. § 10 (S. 108—111). Prolegomena. Th. II. § 21
(III. S. 220 flgb.).

gemacht hat, liefert von den Kategorien nur „ein elendes Namenregister, ohne Erklärung und Regel ihres Gebrauchs".*)

Es giebt ein oberstes Princip, woraus die Kategorien abgeleitet werden müssen; es giebt Begriffe, die aus ihnen folgen, die eben so rein logisch, aber nicht eben so ursprünglich sind, wie sie. Diese Begriffe nennt Kant „Prädicabilien" im Unterschiede von den „Prädicamenten". So folgen z. B. aus der Kategorie der Ursache und Wirkung die Begriffe der Kraft, der Handlung, des Leidens u. s. f. Mit der Tafel der Kategorien ist zugleich eine vollständige Eintheilung der logischen Fächer gegeben, wir erkennen den Ort und die Stelle, wohin jeder Begriff gehört, die Gesichtspunkte, unter denen jedes Erkenntnißobject betrachtet und erörtert sein will. Daher nimmt und braucht Kant seine Kategorienlehre als die Grundlage einer „systematischen Topik".**)

In seiner Kategorientafel findet unser Philosoph bemerkenswerthe Unterschiede und Uebereinstimmungen, aus denen eine symmetrische Ordnung des Ganzen einleuchte, die einen tieferen Grund haben müsse. Die Kategorien der Quantität und Qualität unterscheiden sich von denen der Relation und Modalität: diese haben, was bei jenen der Fall nicht ist, zu ihrem durchgängigen Thema Begriffe, deren jeder sein Correlatum fordert, wie Substanz und Accidenz, Ursache und Wirkung u. s. f. Demnach theilen sich die vier Gruppen der Kategorien in zwei Classen: mathematische und dynamische: jene hat es mit Größenbestimmungen, diese mit Existenz und Wirkungsart zu thun. Während sonst die vollständige Eintheilung eines Begriffes dichotomisch (A und Nicht-A) ist, gilt in den Kategorien durchgängig eine trichotomische Eintheilung, jede der vier Gruppen besteht aus drei Begriffen, und der dritte Begriff erscheint jedesmal als die Vereinigung der beiden ersten. So vereinigen sich Einheit und Vielheit in der Allheit, Realität und Negation in der Limitation, Substanz und Causalität in der Wechselwirkung, Möglichkeit und Dasein in der Nothwendigkeit. Jede Kategorie entspricht einer Urtheilsform, nur in einem einzigen Fall ist diese Uebereinstimmung weniger augenfällig, als in allen übrigen: nämlich die Correspondenz zwischen der Kategorie der Wechselwirkung (Gemeinschaft) und der Form des disjunctiven Urtheils.***)

*) Kr. d. r. V. Elementarl. Th. II. § 10. (Bd. II. S. 111—12.) Prolegomena. Th. II. § 39. (Bd. III. S. 243—46.) — **) Kr. d. r. V. § 10. (Bd. II. S. 112—13.) — ***) Ebendas. § 11. (Bd. II. S. 113—15.) Prolegom. Th. II. § 39. (Bd. III. S. 247, Anmrkg.).

Unter den Kategorien sind die der Relation insofern die wichtigsten, als durch sie der objective Zusammenhang der Erscheinungen vorgestellt wird; insbesondere ist es der Begriff der Causalität, der in dem vor= kritischen Entwicklungsgange unseres Philosophen als das entscheidende Problem auftrat und auch in den kritischen Untersuchungen vorzugs= weise gebraucht wird, um die Function der Kategorien zu exempli= ficiren.*)

II. Die Deduction der reinen Verstandesbegriffe.

1. Erklärung der Aufgabe.

Es ist festgestellt, daß unsere Erfahrungsurtheile durch die Kate= gorien bedingt sind, die der Philosoph vollständig aufgefunden und geordnet haben will, indem er dem Leitfaden der logischen Urtheile folgte. Jetzt erhebt sich die zweite Frage, deren schwierige Auflösung uns nöthigt, tiefer als bisher in die Einrichtung der menschlichen Ver= nunft einzubringen: Wie sind durch reine Begriffe Erfahrungs= urtheile möglich? Wie können Begriffe, da sie rein subjectiv sind, unsere Wahrnehmungsurtheile objectiv machen? Mit welchem Rechte nehmen sie eine solche Geltung in Anspruch? Die Begründung dieser Rechtsansprüche ist die Aufgabe der „Deduction". Wenn Begriffe durch die Erfahrung erworben werden, so haben sie das Recht einer empiri= schen Geltung, und die Nachweisung desselben ist eine „empirische De= duction". Die reinen Begriffe stammen nicht aus der Erfahrung, son= dern aus dem reinen Verstande, der ihr vorausgeht: daher kann ihre Deduction nicht empirisch, sondern nur transscendental sein. Es handelt sich demnach um „die transscendentale Deduction der reinen Verstandes= begriffe", welche Untersuchung Kant selbst für die schwierigste seiner Aufgaben erklärt hat.

Wir werden unserem Philosophen in dieser Untersuchung am sicher= sten folgen, wenn wir sogleich den Punkt der Schwierigkeit und den der Auflösung ins Auge fassen. Unabhängig von aller Erfahrung, wie

---

*) Apelt in seiner Metaphysik (1857) nimmt die Kategorie der Relation als die Grundbegriffe, von denen die übrigen abzuleiten seien; Schopenhauer in seiner Kritik der kantischen Lehre (1819) will überhaupt keine anderen gelten lassen und führt sie zurück auf die Causalität, mit der die Begriffe der Substanz und Wechsel= wirkung zusammenfallen. Die Causalität gilt ihm nebst Raum und Zeit als alleinige Verstandesfunction, und der Verstand als das anschauende Erkenntnißvermögen.

die reinen Begriffe sind, sollen sie in aller Erfahrung gelten. Rein subjectiv von Seiten ihres Ursprungs, behaupten sie empirische Objectivität von Seiten ihrer Geltung. Wie ist dies möglich? Wenn die Objecte Dinge an sich sind, die als solche völlig unabhängig von dem Subject und seiner Vorstellung existiren, wie es dem gewöhnlichen Bewußtsein erscheint, so ist die Sache n i ch t möglich. In diesem Punkte liegt die Schwierigkeit, die unauflöslich wäre, wenn sich die Objecte wirklich so, wie eben gesagt, zu uns verhielten. Indessen ist schon festgestellt, daß unsere Gegenstände nicht durch eine Kluft von uns geschieden sind, denn sie sind nicht Dinge an sich, sondern Erscheinungen.

Raum und Zeit waren auch unabhängig von und doch gültig in aller Erscheinung; ihre transscendentale Idealität vertrug sich nicht blos mit ihrer empirischen Realität, sondern enthielt deren Grund. Raum und Zeit gelten deshalb in allen Erscheinungen, weil sie die Erscheinungen machen, denn sie sind die reinen Vernunftanschauungen, ohne die nichts angeschaut werden d. h. nichts erscheinen kann. Wenn sich nun die reinen Begriffe so zur Erfahrung verhalten, wie Raum und Zeit zur Erscheinung, so ist das Recht ihrer empirischen Geltung (Realität) bewiesen oder deducirt: sie gelten deshalb in aller Erfahrung, weil sie die Erfahrung machen, wie Raum und Zeit die Erscheinung. In diesem Punkt liegt die Auflösung der Frage. Es ist leicht zu sehen, daß auf keinem anderen Wege die transscendentale Deduction geführt und die Erfahrung begründet werden kann. Alle Erkenntniß forbert die Uebereinstimmung zwischen Vorstellung und Gegenstand. Wenn diese Uebereinstimmung nicht als das Werk einer wunderbaren Harmonie gelten, sondern natürlich erklärt werden soll, so muß entweder die Vorstellung durch den Gegenstand oder dieser durch jene bewirkt sein. Im ersten Fall ist die Vorstellung empirisch, wie unsere Empfindungen. Aber die reinen Begriffe sind nicht empirisch, sondern a priori; daher bleibt zur Erklärung ihrer Uebereinstimmung mit den Objecten nur der zweite Fall übrig: s i e müssen es sein, die den Gegenstand möglich machen. Wenn sie es sind, so ist ihre Geltung einleuchtend; dann sind sie „als die Bedingungen a priori der Möglichkeit aller Erfahrung erkannt". Diesen Punkt bezeichnet der Philosoph selbst als das Principium, worauf die ganze Nachforschung der transscendentalen Deduction gerichtet sein müsse.*) Die transscendentale Logik (Analytik) hat demnach in ihrer

*) Kr. d. r. V. Elementarl. Th. II. § 13—14. (Bd. II. S. 118—24.)

362

Begründung der Erfahrung eine der transscendentalen Aesthetik in deren
Begründung der Erscheinungen völlig analoge Aufgabe. Hatte doch
Kant die Nachweisung, daß Raum und Zeit empirische Realität haben,
auch die transscendentale Deduction dieser Vorstellungen genannt.*)

2. Die Entstehung der Erfahrungsobjecte.

Die Schwierigkeiten sind erkannt, nicht gelöst. Es ist leichter, das
Thema unserer Aufgabe und das Ziel ihrer Lösung einzusehen, als den
sehr verwickelten und schwierigen Gang der Untersuchung, der uns zeigen
soll, wie die Erfahrungsobjecte entstehen. Der Philosoph hat für gut
gefunden, in der zweiten Ausgabe der Kritik diesen Theil der Unter=
suchung umzuarbeiten;**) indessen folgen wir schon aus historischen
Gründen der ersten Ausgabe, um den ursprünglichen Ideengang in
dieser wichtigen Frage zu erkennen und mit der späteren Darstellung
zu vergleichen.

Unter den Erfahrungsobjecten verstehen wir die Erscheinungen und
deren allgemeingültige und nothwendige Verknüpfung. Nun sind die
Erscheinungen selbst angeschaute Empfindungen, in Raum und Zeit
geordnete Eindrücke, die, sowohl was ihren Stoff als ihre Form betrifft,
den Charakter der Mannichfaltigkeit haben: sie sind von Seiten ihres
Stoffes sinnliche Eindrücke und darum so verschiedenartig als die Affec=
tionen unserer Sinnlichkeit; sie sind von Seiten ihrer Form Größen
und als solche aus gleichartigen Theilen zusammengesetzt. Was im Raum
ist, muß außer einander, was in der Zeit ist, entweder zugleich oder
nach einander sein: daher hat jede Raum= und Zeitgröße, also die Form
jeder Erscheinung den Charakter der Vielheit. Dies gilt auch von den
reinen Größen der Mathematik, die construirt werden oder aus bloßen
Elementen der Anschauung bestehen. Nehmen wir eine Mannichfaltig=
keit gegebener Elemente, gleichviel ob sie Eindrücke oder Anschauungen,
ob sie qualitativ oder blos quantitativ verschieden sind, so kann nur
durch deren allgemeingültige und nothwendige Verknüpfung ein Gegen=
stand entstehen, der als solcher jedem einleuchtet. Denn so lange jene
Elemente blos vereinzelt und einander fremd sind, kann von keiner
Erkenntniß und Erfahrung, nicht einmal von Erscheinungen die Rede
sein, denn die letzteren bestehen aus einer Menge stofflicher und formaler

*) S. oben Cap. IV. S. 342. — **) Kritik d. r. V. Elementarlehre. Th. II.
§ 15—27. (Bd. II. S. 127—53). Die erste Ausgabe der Kritik ist nicht paragraphirt,
die zweite nur bis zu dem eben bezeichneten Punkte.

Elemente, und wenn diese nicht auf eine nothwendige und allgemein=
gültige Art verbunden werden können, so kommen die Erscheinungen
gar nicht zu Stande, die das Erfahrungsurtheil verknüpfen soll. Daher
schließt die Frage nach der Entstehung der Erfahrungsobjecte die
nach der Entstehung der Erscheinungen in sich, die transscendentale
Analytik muß diese Frage erneuen und tiefer fassen, als es der trans=
scendentalen Aesthetik möglich war. Damals galten Raum und Zeit
als die formgebenden Vermögen, welche die Eindrücke ordnen und ver=
knüpfen, jetzt erscheinen sie selbst als eine Mannichfaltigkeit von Ele=
menten, die einer objectiven Verknüpfung bedürfen. Jetzt wird gefragt:
wie die reinen Anschauungen der Vernunft und die reinen Größen der
Mathematik Objecte sein können, die wir begreifen?

Durch die Sinnlichkeit sind uns von Seiten sowohl ihrer Empfin=
dung als ihrer Anschauung nur viele und verschiedene Elemente gegeben,
deren Verbindung nothwendig, aber nicht gegeben ist, auch nicht durch
unsere Sinnlichkeit, sondern nur durch unsere spontane und intellectuelle
Thätigkeit erzeugt werden kann. Weil diese Verbindung oder Synthesis
erst den Gegenstand der Erfahrung möglich macht, darum ist sie nicht
empirisch, sondern „rein" oder „transscendental". Die Bedingungen,
die sie hervorbringen, gehören zu der Einrichtung unserer Vernunft,
weshalb sie reine oder transscendentale Vermögen heißen.

Die Synthesis selbst muß dreifacher Art sein, damit die gegebenen
mannichfaltigen Elemente nicht blos verknüpft, sondern in nothwendiger
und allgemeingültiger Form verknüpft werden. Um die sinnlich gegebenen
Elemente a, b, c, d u. s. f. auf solche Weise zu verbinden, ist noth=
wendig: 1. daß wir sie sämmtlich auffassen, eines nach dem andern,
2. daß wir bei jedem neuen Gliede der Vorstellungsreihe die voran=
gegangenen (nicht vergessen, sondern) uns wiedervergegenwärtigen,
also die Vorstellungen von a, b, c wiedererzeugen, indem wir d auf=
fassen; 3. daß wir in den wiedervergegenwärtigten Vorstellungen a, b, c
auch dieselben Data wiedererkennen, die wir als a, b, c aufgefaßt
haben. Die dreifache Synthesis besteht demnach in der Auffassung oder
„Apprehension" der gegebenen Vorstellungselemente, in der Wieder=
vergegenwärtigung oder „Reproduction" des Aufgefaßten, in der
Wiedererkennung oder „Recognition" der früheren Vorstellungen in
den wiedererzeugten. Die Apprehension geschieht in der Anschauung
(Wahrnehmung), die Reproduction in der (reproductiven) Einbildung,
die Recognition im Begriff (Urtheil): daher bezeichnet der Philosoph

die drei Arten der Verbindung als „die Synthesis der Apprehension in der Anschauung", „die Synthesis der Reproduction in der Einbildung" und „die Synthesis der Recognition im Begriff". Wenn wir in einer gegebenen Vorstellungsreihe Glied für Glied auffassen, aber nicht im Stande sind, bei dem letzten alle früheren wiedervorzustellen, so hilft die Synthesis der Apprehension nichts, es kommt zu keinem Gegenstande, weil zur Verbindung seiner Elemente die Möglichkeit der Zusammenfassung fehlt. Es läßt sich kein Strick drehen aus Sand oder Wasser. Zur Apprehension in der Anschauung gehört daher nothwendig die Reproduction in der Einbildung, weil die erste ohne die zweite gar nicht zu Stande kommt. „Es ist offenbar", sagt Kant, „daß, wenn ich eine Linie in Gedanken ziehe, oder die Zeit von einem Mittage zum anderen denke, oder auch eine gewisse Zahl mir vorstellen will, ich erstlich nothwendig eine dieser mannichfaltigen Vorstellungen nach der anderen fassen müsse. Würde ich aber die vorhergehende (die ersten Theile der Linie, die vorhergehenden Theile der Zeit oder die nach einander vorgestellten Einheiten) immer aus den Gedanken verlieren und sie nicht reproduciren, indem ich zu den folgenden fortgehe, so würde niemals eine ganze Vorstellung und keiner aller vorgenannten Gedanken, ja gar nicht einmal die reinsten und ersten Grundvorstellungen von Raum und Zeit entspringen können." „Die Synthesis der Apprehension ist also mit der Synthesis der Reproduction unzertrennlich verbunden. Und da jene den transscendentalen Grund der Möglichkeit aller Erkenntnisse überhaupt (nicht blos der empirischen, sondern auch der reinen a priori) ausmacht, so gehört die reproductive Synthesis der Einbildungskraft zu den transscendentalen Handlungen des Gemüths, und in Rücksicht auf dieselbe wollen wir dieses Vermögen auch das transscendentale Vermögen der Einbildungskraft nennen."*)

Indessen sind durch die Apprehension in der Anschauung und die Reproduction in der Einbildung die gegebenen Elemente noch keineswegs wirklich vereinigt. Wir fassen sie auf, eines nach dem andern, und vergegenwärtigen uns bei den folgenden alle vorhergehenden, so daß uns die Reihe der Vorstellungen ganz vorschwebt, aber noch verbürgt nichts, daß die wiedererzeugten Vorstellungen auch genau dieselben sind, als welche in der Auffassung gegenwärtig waren, daß die reproducirten

---

*) Kr. b. r. V. (1781): Elementarl. Th. II. Deb. der reinen Verstandesbegriffe. Abschn. II. (Bd. II. S. 641—42). Ausg. von Kehrbach, S. 112—18).

Vorstellungen identisch sind mit den apprehendirten. Wenn sie es nicht sind, so haben wir in der Auffassung und Zusammenfassung der gegebenen Elemente den Schein der Vollständigkeit erreicht, aber den Charakter der Realität verloren. Zur wirklichen Vereinigung der gegebenen Vorstellungselemente ist daher schlechterdings nothwendig: daß wir die früheren Vorstellungen nicht blos wiedererzeugen, sondern auch in ihrer Reprobuction wiedererkennen, daß wir der Jbentität beider sicher sind. Wir müssen sicher sein, daß die Vorstellung, die wir uns im Zeitpunkte c wieder vergegenwärtigen, dieselbe ist, die wir im Zeitpunkte b gehabt haben: dies ist nur möglich, wenn wir beide Vorstellungen vergleichen oder in einem Urtheile begreifen können. Daher bezeichnet Kant den Act des Wiedererkennens als „die Synthesis der Recognition im Begriff". Nun entsteht die Frage nach der Möglichkeit einer solchen Synthesis.

Wenn unser Bewußtsein dem Wechsel seiner Zustände dergestalt unterworfen ist, daß es sich in jedem Momente ändert, so ist die Jbentität zweier Vorstellungen in verschiedenen Zeitpunkten unmöglich, also auch das Bewußtsein dieser Jbentität oder die Recognition und deren Synthesis. Unsere inneren Wahrnehmungszustände sind jederzeit wandelbar, „es kann kein stehendes oder bleibendes Selbst in diesem Flusse innerer Erscheinungen geben"; unser Bewußtsein, soweit es seine inneren Wahrnehmungszustände vorstellt, ist, wie diese, in fortwährender Veränderung begriffen und daher unvermögend, die Jbentität zweier Vorstellungen zu erkennen, also auch nicht im Stande, die frühere Vorstellung in der späteren wiederzuerkennen. Wenn ich selbst in jedem Augenblick ein anderer bin, so können zwei Vorstellungen, die ich in verschiedenen Momenten gehabt habe, nicht dieselben sein.

Zu jener „Recognition im Begriff", ohne welche eine wirkliche Vereinigung gegebener Elemente nicht stattfinden kann, gehört demnach ein Bewußtsein, das in allem Wechsel der Wahrnehmungszustände unveränderlich dasselbe bleibt: ein „reines, ursprüngliches, unwandelbares Bewußtsein", das der Philosoph im Unterschiede von der „empirischen Apperception (innerer Sinn) die „transscendentale" nennt. Das empirische Bewußtsein ist so wandelbar und verschieden, wie unsere Empfindungszustände; das reine Bewußtsein ist unwandelbar und stets dasselbe. Ohne diese Jbentität des Bewußtseins giebt es keine Jbentität in unseren Vorstellungen, keine Sicherheit, daß unsere Raum- und Zeitanschauungen sich gleich bleiben und morgen genau dieselben sein werden als heute, keine Möglichkeit, daß wir uns diese Anschauungen objectiv machen, daß wir sie als das, was sie sind, begreifen: also ohne das reine Bewußtsein keine Möglichkeit der Begriffe des Raumes und der Zeit. Kant erklärt von der transscendentalen Apperception: „Daß sie diesen Namen verdiene, erhellt schon daraus, daß selbst die reinste, objective Einheit, nämlich die Begriffe a priori (Raum und Zeit), nur durch Beziehung der Anschauungen auf sie möglich ist. Die numerische Einheit dieser Apperception liegt also a priori allen Begriffen ebensowohl zu Grunde, als die Mannichfaltigkeit des Raumes und der Zeit den Anschauungen der Sinnlichkeit".*) Ohne die Identität des Bewußtseins wäre die Identität in unserer Vorstellung der Erscheinungen und der Sinnenwelt unmöglich; es gäbe ohne dieselbe keine durchgängige und einleuchtende Einheit in der Natur der Dinge, keine Weltvorstellung, die bei allem Wechsel unserer Wahrnehmungen dieselbe bleibt. Daß uns die Welt, die wir vorstellen, stets als dieselbe erscheint, und wir in der gegenwärtigen Sinnenwelt dieselbe wiedererkennen, die wir von jeher vorgestellt haben: davon liegt der tiefste Grund in der Identität und Unwandelbarkeit des reinen Bewußtseins oder, wie Kant sagt, in der „transscendentalen Einheit der Apperception".

Der Gegenstand des empirischen Bewußtseins sind unsere wechseln= den Wahrnehmungszustände d. h. unser eigenes Selbst, das so „viel= farbig" ist als seine Vorstellungen. Der Gegenstand des reinen Bewußt= seins ist unser eigenes Selbst, aber nicht das wechselnde und vielfarbige, sondern „das stehende und bleibende Selbst", das sich selbst gleiche, welches mit dem reinen Bewußtsein identisch ist. Daher ist das letztere „das ursprüngliche und nothwendige Bewußtsein der Identität seiner selbst", „das ursprüngliche Selbstbewußtsein" oder „die trans= scendentale Einheit des Selbstbewußtseins". In dieser Vorstel= lung sind alle Erscheinungen, so verschieden sie sein mögen, vereinigt: sie sind sämmtlich meine Vorstellungen, sie gehören alle zu einem iden= tischen Bewußtsein und sind in der Einheit desselben begriffen. Das ursprüngliche Selbstbewußtsein ist die Vereinigung aller Vorstellungen, die synthetische Einheit derselben, das Bewußtsein dieser synthetischen Einheit. „Ich gleich Ich" ist ein analytischer Grundsatz. „Ich gleich der Einheit aller Vorstellungen" ist ein synthetischer: es ist die

---

*) Kr. d. r. V. (1781). Von der Deb. d. r. V. Abschn. II. 3. (Bd. II. S. 642—45). Kehrbach, S. 118—21.

nothwendige Einheit der Apperception, die der Philosoph als „den obersten Grundsatz aller menschlichen Erkenntniß" bezeichnet.*) Hier ist der höchste Punkt, bis zu welchem Kant in seiner Deduction der reinen Verstandesbegriffe vordringt. Dieses Ziel nahm später Fichte zu seinem Ausgangspunkt, indem er das Selbstbewußtsein oder Ich zum Princip der Wissenschaftslehre machte und auf dem Wege, den Kant an der tiefsten Stelle der Vernunftkritik gebahnt und gewiesen hatte, fortschreiten wollte.**)

Die nothwendige Einheit der Apperception, wie Kant das ursprüng=liche Selbstbewußtsein nennt, ist das Band unserer Vorstellungen, das Princip ihrer Einheit und ihres Zusammenhangs, ohne welche unsere Anschauungen gedankenlos, unsere Erscheinungen ein bloßes Gewühl, unsere Vorstellungen ein gegenstandsloses blindes Spiel, weniger als ein Traum sein würden. Es giebt für uns nur eine Erfahrung, wie es nur einen Raum und eine Zeit giebt, und der Grund dieser That=sache liegt in der Einheit unseres Denkens, in der Einheit unseres Bewußtseins, in jener transscendentalen Apperception, die der Philosoph deshalb „das Radicalvermögen aller unserer Erkenntniß" nennt. Da wir unter Natur nichts anderes verstehen, als unsere gesetzmäßige und geordnete Sinnenwelt, so ist klar, daß diese Vorstellung von den Bedingungen unserer Vernunft abhängt und sich nach denselben richtet, daß die Natureinheit in diesem Sinne bedingt ist durch die Vernunft=einheit d. h. die Einheit und Identität des Bewußtseins. In der ersten Ausgabe der Kritik findet sich darüber folgende sehr bemerkenswerthe Stelle: „Daß die Natur sich nach unserem subjectiven Grunde der Apper=ception richten, ja gar davon in Ansehung ihrer Gesetzmäßigkeit ab=hangen solle, lautet wohl sehr widersinnisch und befremdlich. Bedenkt man aber, daß diese Natur an sich nichts als ein Inbegriff von Er=scheinungen, mithin kein Ding an sich, sondern blos eine Menge von Vorstellungen des Gemüthes sei, so wird man sich nicht wundern, sie blos in dem Radicalvermögen aller unserer Erkenntniß, nämlich der transscendentalen Apperception, in derjenigen Einheit zu sehen, um deren willen allein sie Object aller möglichen Erfahrung d. i. Natur heißen kann, und daß wir auch eben darum diese Einheit a priori, mithin auch das nothwendig erkennen können, was wir wohl müßten

---

*) Kritik d. r. B. (1781). Von der Deduction u. s. f. Abschn. II. (Bd. II. S. 645—47). Vergl. Kr. d. r. B. (1787). Elementarl. Th. II. § 16. — **) Vergl. Meine Gesch. d. n. Philos. Bd. V. S. 474—79.

unterwegs lassen, wäre sie unabhängig von den ersten Quellen unseres Denkens an sich gegeben. Denn da wüßte ich nicht, wo wir die syn=thetischen Sätze einer solchen allgemeinen Natureinheit hernehmen sollten, weil man sie auf solchen Fall von den Gegenständen der Natur selbst entlehnen müßte, da dieses aber nur empirisch geschehen könnte, so würde daraus keine andere, als blos zufällige Einheit gezogen werden können, die aber bei weitem an den nothwendigen Zusammenhang nicht reicht, den man meint, wenn man Natur nennt."*) In diesem Sinne erklären die Prolegomena: „Der Verstand schöpft seine Gesetze (a priori) nicht aus der Natur, sondern schreibt sie dieser vor."**)

Das empirische Bewußtsein ist so wechselnd und verschieden, wie die menschlichen Individuen; das reine Bewußtsein ist identisch, un=wandelbar und darum in jedem dasselbe. Was dieses Bewußtsein vor=stellt oder verknüpft, gilt daher für alle, d. h. es hat den Charakter allgemeiner und nothwendiger oder objectiver Geltung. Erst dadurch kommt in unsere Erscheinungen und Wahrnehmungen Object=tivität, d. h. sie werden Erfahrungsobjecte und Erfahrungsurtheile. Nun ist das reine Bewußtsein nicht receptiv, sondern thätig und productiv, es verhält sich nicht empfindend oder stoffempfangend, sondern blos verknüpfend oder formgebend, es verhält sich in seiner Formgebung nicht anschauend, sondern denkend oder urtheilend: daher sind die For=men, die es giebt, Urtheilsformen oder Kategorien; daher sind es die reinen Verstandesfunctionen oder die reinen Begriffe, welche die Er=fahrungsobjecte begründen: sie machen die Erfahrung und gelten deshalb, so weit dieselbe reicht. Dies war der zu beweisende Punkt, das Thema der Frage, die jetzt gelöst ist. „Die Bedingungen a priori einer mög=lichen Erfahrung überhaupt sind zugleich die Bedingungen der Mög=lichkeit der Gegenstände der Erfahrung. Nun behaupte ich: die eben angeführten Kategorien sind nichts anderes als die Bedingungen des Denkens in einer möglichen Erfahrung, so wie Raum und Zeit die Bedingungen der Anschauung zu eben derselben ent=halten. Also sind jene auch Grundbegriffe, Objecte überhaupt zu den Erscheinungen zu denken, und haben also a priori objective Gültigkeit, welches dasjenige war, was wir eigentlich wissen wollten."***)

---

*) Kr. d. r. V. (1781). Ded. d. r. V. Abschn. II. 4. (Bd. II. S. 647—50.) Kr. d. r. V. (1787). §26. — **) Prolegomena. Th. II. § 36. Schluß. (III. S. 240.) — ***) Kr. d. r. V. (1781). Ded. d. r. V. Abschn. II. 4. (Bd. II. S. 648). Rehrbach, S. 124. Kr. d. r. V. (1787). (Elementarl. Th. II. § 19—23. (Bd. II. S. 131—39.)

3. Die productive Einbildungskraft.

Es sind drei Bedingungen, durch welche die objective und gemein=
same Sinnenwelt zu Stande kommt: die Mannichfaltigkeit der gegebenen
Vorstellungselemente, die Synthesis dieser Elemente, die Einheit und
Nothwendigkeit dieser Synthesis. In der Empfindung und Anschauung
ist uns nur Mannichfaltiges gegeben; daher kann man der Sinnlichkeit,
wie sich Kant ausdrückt, nur „Synopsis", aber nicht „Synthesis" zu=
schreiben. Jenen drei Bedingungen entsprechen drei subjective Vermögen
oder Erkenntnißquellen: Sinn, Einbildung und Apperception. Ist der
Gegenstand unserer Vorstellung bereits durch Erfahrung gegeben, so
müssen seine Elemente empirisch aufgefaßt, reproducirt und erkannt
werden: der Sinn verhält sich zu dem gegebenen Object als empirische
Wahrnehmung, die Einbildung als empirische Reproduction und Ver=
knüpfung, die Apperception als empirisches Bewußtsein.*) Aber bevor
uns der Gegenstand in der Erfahrung gegeben ist, muß derselbe ent=
standen oder aus seinen gegebenen Elementen durch deren nothwen=
dige Verknüpfung hervorgebracht sein. Die productiven Vermögen,
kraft deren diese Synthesis geschieht, sind transscendental, weil sie
die Erfahrungsobjecte bedingen oder machen; sie sind intellectuell,
weil durch die Sinnlichkeit nur viele und mannichfaltige Elemente
gegeben sind, nie deren wirkliche Synthesis oder Einheit. Nun sind
die Gegenstände, ehe wir sie mit Bewußtsein vorstellen und erfor=
schen, bereits so bestimmt, daß wir genöthigt sind, sie immer auf die=
selbe allgemeingültige Art vorzustellen; ihre Elemente sind dergestalt
verknüpft, daß unser Bewußtsein eine einheitliche und gemeinsame
Sinnenwelt vorfindet. Die Erscheinungen haben schon den Charakter
der Identität und Objectivität, bevor die bewußte Erkenntniß derselben
eintritt, daher muß es ein transscendentales und intellectuelles Vermögen
geben, welches diese nothwendige und allgemeine Synthesis bewußtlos
erzeugt. Dieses Vermögen, das von der Apprehension unterschieden sein
muß und dem Bewußtsein vorausgeht, ist die Einbildung, die wir
bisher nur als ein reproductives Vermögen kennen gelernt haben, die
uns aber jetzt, da sie die Bedingung zur bewußten Erfahrung und
Erkenntniß ausmacht, als ein productives und intellectuelles Vermögen

---

*) Kritik b. r. V. (1781). Deduction d. r. Verstandesbegr. Abschn. III. (Bd. II.
S. 650 flgb.).

370

einleuchtet. Die tiefsinnige Lehre von der productiven und intellectuellen
Einbildungskraft hatte Kant sogleich an die Spitze seiner Kategorien=
lehre gestellt, und er hat nichts daran geändert. „Die Synthesis über=
haupt ist, wie wir künftig sehen werden, die bloße Wirkung der Ein=
bildungskraft, einer blinden, obgleich unentbehrlichen Function der Seele,
ohne die wir überall gar keine Erkenntniß haben würden, der wir uns
aber selten nur einmal bewußt sind. Allein diese Synthesis auf Begriffe
zu bringen: das ist eine Function, die dem Verstande zukommt, und
wodurch er uns allererst die Erkenntniß in eigentlicher Bedeutung ver=
schafft."*)

Die Einbildung leistet, was die Apprehension nicht vermag; diese
verhält sich zu den gegebenen Elementen nur auffassend, nicht zusammen=
fassend. Es ist aber klar, daß ohne eine solche Zusammenfassung, die
zunächst durch Reproduction geschieht, auch die Auffassung der gegebenen
Elemente nicht vollendet werden, also überhaupt nicht zu Stande kommen
kann: daher ist ohne Einbildung auch die Wahrnehmung nicht möglich.
„Daß die Einbildungskraft ein nothwendiges Ingrediens der Wahr=
nehmung selbst sei, daran hat wohl noch kein Psycholog gedacht. Das
kommt daher, weil man dieses Vermögen theils nur auf Reproductionen
einschränkte, theils, weil man glaubte, die Sinne lieferten uns nicht
allein Eindrücke, sondern setzten solche auch gar zusammen und brächten
Bilder der Gegenstände zu Wege, wozu ohne Zweifel außer der Empfäng=
lichkeit der Eindrücke noch etwas mehr, nämlich eine Function der
Synthesis derselben erfordert wird."**)

Die Einbildungskraft soll aus den gegebenen Elementen oder Ein=
drücken ein Bild machen, sie muß dieselben daher auffassen und zu=
sammenfassen, sie ist es, welche apprehendirt und reproducirt. Es würde
aber kein Bild, sondern nur ein regelloser Haufen zu Stande kommen,
wenn die Einbildungskraft in ihrer Reproduction willkürlich handelte
und von der Vorstellung a eben so gut zu b, wie zu c oder d u. s. f.
fortgehen könnte: sie muß daher an gewisse Regeln gebunden sein, nach
welchen sie die Vorstellungselemente reproducirt oder zusammenfaßt. Die
Reproduction nach Regeln heißt Association. Wenn diese Verkettung
der Eindrücke blos nach subjectiven Regeln stattfindet oder, was das=

---

*) Kr. d. r. V. Elementarl. Th. II. § 10. (Bd. II. S. 109.) — **) Kr. d. r.
V. (1781.) Ded. d. r. Verstandesbegr. Abschn. III. (Bd. II. S. 654. Anmkg.) Kehr=
bach, S. 130. Anmkg.

selbe heißt, ihren Grund in den Wahrnehmungen des empirischen Be=
wußtseins hat, die bei dem einen so, bei dem andern anders ausfallen,
so kann unmöglich ein Bild entstehen von nothwendigem und allgemein=
gültigem Charakter. Können die Erscheinungen nur so verknüpft werden,
wie sie wahrgenommen sind, so ist ihre Reproduction zwar geregelt,
aber nicht gesetzmäßig, denn der Grund, von dem sie abhängt, ist durch
den Gang des empirischen Bewußtseins, also durch zufällige Bedingungen
bestimmt, daher ist hier die Regel der Reproduction selbst blos subjectiv
und zufällig. Objective und nothwendige Regeln sind Gesetze. Nicht
wie die Erscheinungen sich in unserem empirischen Bewußtsein zusammen=
finden, sondern wie sie unter einander selbst zusammenhängen: dies
allein ist der Grund, der die Verknüpfung gesetzmäßig macht. Den
Zusammenhang der Erscheinungen selbst, der unabhängig von den Wahr=
nehmungszuständen des Individuums besteht, nennt Kant ihre wirkliche
Zusammengehörigkeit oder Affinität. Diese ist das Gesetz der associ=
renden Einbildungskraft. Wenn die Erscheinungen nicht „associabel"
wären, d. h. durchgängig zusammenhingen, so könnte sie unsere Ein=
bildungskraft nicht dergestalt associiren, daß wir dieselben Objecte oder
eine gemeinsame Sinnenwelt vorstellen. Der Grund aber dieser Affinität,
dieses durchgängigen Zusammenhangs aller Erscheinungen liegt in dem
reinen Bewußtsein, in jener transscendentalen Einheit der Apperception,
welche die synthetische Einheit aller Erscheinungen ausmacht. Daher ist
die Affinität der Erscheinungen nicht empirisch, sondern transscendental.
Es ist gleichbedeutend, ob wir die Zusammengehörigkeit der Erschei=
nungen ihre „transscendentale Affinität" oder ihren durchgängigen Zu=
sammenhang oder ihre Vereinbarkeit und Vereinigung im reinen Be=
wußtsein nennen. Wir reden nicht von Dingen an sich, sondern von
Erscheinungen. Diese sind nichts für sich, sondern bedürfen eines
Subjects, dem sie erscheinen, alle ohne Ausnahme, sie bedürfen eines
Bewußtseins, in dem alle vereinigt werden können und vereinigt sind.
Diese ihre Vereinbarkeit im reinen Bewußtsein gehört zu ihrem Charakter
und macht die Bedingung, ohne welche sie aufhören würden, zu sein,
was sie sind: nämlich Erscheinungen. Was der Philosoph „die trans=
scendentale Affinität der Erscheinungen" nennt, ist daher ihr gemein=
samer Charakter, ihre gemeinsame Bedingung und gilt deshalb mit Recht
als ihre objective Zusammengehörigkeit. Ohne diese transscendentale
Affinität giebt es keine Erscheinungen, also auch kein Bewußtsein, dem
etwas erscheint, kein Bewußtsein als Einheit aller Erscheinungen. Wenn

24*

daher der Philosoph das reine Bewußtsein als die Bedingung der transscendentalen Affinität der Erscheinungen und diese wiederum als die
Bedingung des reinen Bewußtseins bezeichnet, so muß man darin keinen
fehlerhaften Zirkel sehen, als ob er von zwei getrennten Sachen redete,
deren jede von der anderen abhinge. Er redet von einer und derselben
Sache: nämlich von dem reinen Bewußtsein als der nothwendigen Bedingung der Erscheinungswelt. Ohne ein solches Bewußtsein giebt es
keine Erscheinungswelt, und ohne Erscheinungswelt kein reines Bewußtsein als deren Bedingung.*)

Nun ist es die Einbildungskraft, die aus den gegebenen Vorstellungselementen die Erscheinungswelt gestaltet, indem sie 1. jene Elemente
apprehendirt und reprobucirt, 2. ihre Reprobuction nach dem Gange
des empirischen Bewußtseins regelt oder die Vorstellungen associirt,
3. diese ihre Association nach den Bedingungen (der transscendentalen
Affinität der Erscheinungen oder) des reinen Bewußtseins ordnet. Das
empirische Bewußtsein macht die Reprobuction der Einbildung regelmäßig oder begründet die Association; das reine Bewußtsein macht die
Association gesetzmäßig und bringt Verstand in das Werk der Einbildung. In der Apprehension, Reprobuction und Association, so weit
dieselbe nur geregelte Reprobuction ist, verfährt die Einbildungskraft
empirisch, wahrnehmend, sinnlich; in der Association, sofern dieselbe in
der gesetzmäßigen Verknüpfung der Vorstellung besteht, handelt sie productiv und intellectuell, denn sie verfährt nach Regeln, die nicht aus
der Erfahrung folgen, sondern das Object derselben hervorbringen und
selbst aus dem reinen Verstande hervorgehen. Ohne die Einbildungskraft
kommt überhaupt keine Erscheinung zu Stande: sie ist daher ein reines
oder transscendentales Vermögen: „ein Grundvermögen der menschlichen
Seele, das aller Erkenntniß a priori zu Grunde liegt". Sie ist in ihren
Functionen sowohl reproductiv als productiv, sowohl sinnlich als intellectuell und bildet demnach das Band zwischen Sinnlichkeit und Verstand. „Beide äußerste Enden, nämlich Sinnlichkeit und Verstand, müssen
vermittelst dieser transscendentalen Function der Einbildungskraft noth-

*) Kr. d. r. V. (1781). Deb. b. r. V. Abschn. III. (Bd. II. S. 654 flgb.). Vgl.
J. Mainzer: die kritische Epoche in der Lehre von der Einbildungskraft u. s. f. (1881).
Der Verfasser hat in seiner sonst wohlunterrichteten Darstellung den obigen Punkt
zweideutig gelassen, indem er die Affinität der Erscheinungen auch als eine Bedingung des reinen Bewußtseins ansieht, die unabhängig von dem letzteren sein
könnte. (S. 59 flgb.)

wenbig zuſammenhängen, weil jene ſonſt zwar Erſcheinungen, aber keine Gegenſtände eines empiriſchen Erkenntniſſes, mithin keine Erfah= rung geben würden."*)

Die ſinnlichen Objecte, die das Bewußtſein vorfindet, ſind ein Werk der ſinnlichen, die gegebenen Vorſtellungselemente componirenden Ein= bildungskraft; die Einheit und Ordnung, die aus jenen Objecten ein= leuchten, ſind das Werk der intellectuellen, vom Verſtande durchdrungenen Einbildungskraft. Die gemeinſame Sinnenwelt, die dem Bewußtſein als eine gegebene erſcheint, iſt ihm durch die Einbildungskraft gegeben, welche bewußtlos die Geſetze ausführt, die der Verſtand giebt, und die Erſcheinungen ſo verknüpft, wie es das reine Bewußtſein fordert: daher das letztere ſeine Formen (Kategorien), nach welchen die Einbildungskraft die Erſcheinungen verknüpft hat, in dieſer nicht blos erkennt, ſondern wiedererkennt. In dieſem Sinne ließe ſich die kantiſche „Recognition" mit der platoniſchen „Anamneſis" vergleichen. Wenn der Philoſoph von der „transſcendentalen Affinität der Erſcheinungen" als von einer Vor= ausſetzung und Bedingung des reinen Bewußtſeins redet, ſo nehme man dafür den deutlicheren Ausdruck: „die gemeinſame Sinnenwelt". Dieſe aber iſt nicht ohne weiteres gegeben, ſondern entſteht als ein nothwen= diges Product unſerer auffaſſenden und geſtaltenden Einbildungskraft. Daher heißt die kritiſche Erklärung: daß es die productive und in= tellectuelle Einbildung iſt, die das reine Bewußtſein bedingt, und daß dieſes die Syntheſis der Einbildung, wie Kant ausdrücklich ſagt, vor= ausſetzt oder einſchließt.**) „Die Einheit der Apperception in Beziehung auf die Syntheſis der Einbildungskraft iſt der Verſtand, und eben dieſelbe Einheit, beziehungsweiſe auf die trans= ſcendentale Syntheſis der Einbildungskraft, der reine Verſtand." „Denn das ſtehende und bleibende Ich (der reinen Apperception) macht das Correlatum aller unſerer Vorſtellungen aus, ſofern es blos möglich iſt, ſich ihrer bewußt zu werden, und alles Bewußtſein gehört ebenſowohl zu einer allbefaſſenden reinen Apperception, wie alle ſinnliche Anſchauung als Vorſtellung zu einer reinen innern Anſchauung, nämlich der Zeit. Dieſe Apperception iſt es nun, welche zu der reinen Einbildungskraft hinzukommen muß, um ihre Function intellectuell zu machen."***)

---

*) Kr. d. r. V. Ded. b. r. V. Abſchn. III. (II. S. 656 flgb.) — **) Kr. d. r. V. (1781). Ded. b. r. V. Abſchn. III. (II. S. 652). — ***) Ebend. (II. S. 653, 656). Rehrbach, S. 128, 129, 133.

III. Das Resultat der Deduction.

1. Der subjective Charakter der Erscheinungen.

Die gesammte Deduction der reinen Verstandesbegriffe beruht auf
der Einsicht, daß die Erfahrungsobjecte uns nicht von außen gegeben
sind, wie es dem gewöhnlichen Bewußtsein und der dogmatischen Ansicht
der Dinge erscheint, sondern daß sie aus der Einrichtung unserer Ver=
nunft hervorgehen und durch deren in der Einbildungskraft vereinigten
Grundvermögen (aus gegebenen Vorstellungselementen) erzeugt werden.
Diese Objecte sind weder Dinge an sich noch leere oder gegenstandslose
Vorstellungen, sondern Erscheinungen, deren Stoff in uns gegeben
ist, deren Form durch uns erzeugt wird, die daher ohne Ausnahme und
ohne Rest aus subjectiven Factoren bestehen und den Bedingungen der
Vernunfteinheit (transscendentalen Apperception) unterliegen, deren in=
tellectuelle Formen die Kategorien sind. „Wenn wir es überall nur mit
Erscheinungen zu thun haben, so ist es nicht allein möglich, sondern
auch nothwendig, daß gewisse Begriffe a priori vor der empirischen Er=
kenntniß der Gegenstände vorhergehen. Denn als Erscheinungen machen
sie einen Gegenstand aus, der blos in uns ist, weil eine bloße Modi=
fication unserer Sinnlichkeit außer uns gar nicht angetroffen wird. Nun
drückt selbst diese Vorstellung: daß alle diese Erscheinungen, mithin alle
Gegenstände, womit wir uns beschäftigen können, insgesammt in mir
d. i. Bestimmungen meines identischen Selbst sind, eine durchgängige
Einheit derselben in einer und derselben Apperception als nothwendig
aus. In dieser Einheit des möglichen Bewußtseins aber besteht auch die
Form aller Erkenntniß der Gegenstände (wodurch das Mannichfaltige
als zu einem Object gehörig gedacht wird). Also geht die Art, wie
das Mannichfaltige der sinnlichen Vorstellung (Anschauung) zu einem
Bewußtsein gehört, vor aller Erkenntniß des Gegenstandes, als die in=
tellectuelle Form derselben, vorher und macht selbst eine formale Er=
kenntniß aller Gegenstände a priori überhaupt aus, sofern sie gedacht
werden (Kategorien). Die Synthesis derselben durch die reine Einbil=
dungskraft, die Einheit aller Vorstellungen in Beziehung auf die ur=
sprüngliche Apperception gehen aller empirischen Erkenntniß vor. Reine
Verstandesbegriffe sind also nur darum möglich, ja gar in Beziehung
auf Erfahrung nothwendig, weil unsere Erkenntniß mit nichts als Er=
scheinungen zu thun hat, deren Möglichkeit in uns selbst liegt, deren
Verknüpfung und Einheit (in der Vorstellung eines Gegenstandes) blos

in uns angetroffen wird, mithin vor aller Erfahrung vorhergehen und diese der Form nach auch allererst möglich machen muß. Und aus diesem Grunde, dem einzig möglichen unter allen, ist denn auch unsere De= duction der Kategorien geführt worden." So lautet die Erklärung, womit in der ersten Ausgabe der Kritik die Begründung der Kategorien schließt, und die Kant als die „Summarische Vorstellung der Richtigkeit und einzigen Möglichkeit dieser Deduction der reinen Verstandesbegriffe" bezeichnet.

2. Die Epigenesis der reinen Vernunft.

Daß es ohne Kategorien, wie den Begriff der Causalität, keinen einleuchtenden Zusammenhang der Dinge, also keine objective Erfahrung giebt, war die festgestellte und unbestreitbare Thatsache. Die Frage der Deduction betraf die Erklärung derselben: wie ist die nothwendige Ueber= einstimmung zwischen jenen Begriffen und den Erfahrungsobjecten mög= lich? Diese Uebereinstimmung besteht entweder in einer vorherbestimmten Harmonie oder in einem natürlichen Zusammenhange beider, welcher letztere wiederum die beiden Fälle hat: daß entweder durch die Er= fahrung die Begriffe oder durch die Begriffe die Erfahrung möglich gemacht wird. Daher bieten sich zur Auflösung der Frage drei Wege.

Setzen wir die vorherbestimmte Harmonie, so erscheinen die Kate= gorien, wie der Begriff der Causalität, als angeborene Vernunftanlagen, die mit den Naturgesetzen übereinstimmen; die Erkenntniß der Objecte wird dann nicht erzeugt, sondern ist in jenen Anlagen gegeben oder präformirt. Kant nennt daher diese Hypothese, die von Leibniz herrührt, „eine Art von Präformationssystem der reinen Vernunft". Die Hypothese ist unbrauchbar, nicht blos weil der Ursprung der vorher= bestimmten Harmonie unerforschlich und ihre Tragweite unbestimmt bleibt, sondern weil sie die Sache selbst nicht erklärt; sie erklärt nur, warum wir vermöge unserer Natur die Objecte nach dem Gesetze der Causalität auffassen, aber nicht, warum die Objecte vermöge ihrer eigenen Natur diesem Gesetze gehorchen; sie erklärt die Causalität blos als Denkgesetz nicht als Naturgesetz. Daher verfällt die Hypothese nothwendig dem Skepticismus.

Nehmen wir, daß der Begriff der Causalität aus der Erfahrung hervorgeht, wie Locke gewollt hat, so ist der Ursprung der Kategorien empirisch, sie selbst sind nicht mehr Begriffe a priori, nicht unabhängig

---

*) Kr. d. r. V. (1781). Deduction d. r. V. Abschn. III. (Bd. II. S. 659—60). Kehrbach, S. 136 flgb.

von der Erfahrung, also nicht deren Bedingungen; die Erfahrung ist dann entweder ein unerklärtes, vorausgesetztes Factum oder sie muß aus völlig erkenntnißlosen Factoren hergeleitet werden: dies wäre, wie Kant sagt, „eine Art von generatio aequivoca". Die nothwendige Folgerung ist, daß die Möglichkeit aller Erkenntniß und objectiven Erfahrung verneint wird. Die beiden ersten Erklärungsversuche führen daher folgerichtigerweise zu dem Skepticismus, den Hume als das Ergebniß der dogmatischen Philosophie aussprach und festhielt.

Es bleibt demnach nur der dritte Weg übrig, den die Vernunftkritik in ihrer Deduction genommen hat: die reinen Verstandesbegriffe sind die Bedingungen, welche die Erfahrung ermöglichen; sie sind, wie Raum und Zeit, weder angeborene Ideen noch empirische Begriffe. Es gab eine Zeit, wo Kant darin mit Hume übereinstimmte, daß die Causalität ein Erfahrungsbegriff sei und die Erfahrung keine wirkliche Erkenntniß zu liefern vermöge.*) Jetzt, nach einer langen und tiefeindringenden Forschung, hat er eingesehen, daß es sich in Wahrheit umgekehrt verhält. Der Begriff der Causalität, wie die Kategorien überhaupt, sind nicht die Producte der Erfahrung, sondern deren Bedingung: nicht sie werden erfahren, sondern sie machen die Erfahrung. Die objective Erfahrung d. h. die Erscheinungen und deren nothwendige Verknüpfung entsteht und entwickelt sich aus den Bedingungen der Vernunft. Diese Lehre nennt Kant treffend „gleichsam ein System der Epigenesis der reinen Vernunft".**)

Sechstes Capitel.
Die Lehre von dem Schematismus und den Grundsätzen des reinen Verstandes. A. Die mathematischen Grundsätze.

I. Die Anwendung der Kategorien.

1. Die transscendentale Urtheilskraft.

Die beiden ersten Aufgaben der Analytik sind durch die Darlegung der reinen Begriffe und die Begründung ihrer Rechtsgültigkeit oder empirischen Realität aufgelöst. Raum und Zeit gelten in allen Erscheinungen, weil sie dieselben machen; aus demselben Grunde gelten die

---

*) S. ob. Buch I. Cap. XII. S. 191—97. Cap. XV. S. 265—73. — **) Kr. b. r. B. (1787). Elementarl. Th. II. § 27. (Bd. II. S. 150—52.)

Kategorien in aller Erfahrung. Diese besteht in der nothwendigen und allgemeingültigen Verknüpfung der Erscheinungen. Alle Verknüpfung der gegebenen Vorstellungselemente geschieht durch uns, durch unser Bewußtsein; aber es kommt darauf an, welches Bewußtsein die Verknüpfung macht: ob das empirische oder reine, ob Ich, das wahrnehmende, oder Ich, das denkende Subject. Im ersten Fall entsteht das subjective, im zweiten das objective Wahrnehmungsurtheil (Erfahrung).

Die Kategorienlehre enthält die Regeln der Erfahrung, wie die Grammatik die der Sprache. Die Regeln geben die Richtschnur oder die Bedingungen, nach denen gegebene Elemente geordnet oder die Objecte, es seien nun Dinge oder Worte, gebildet und verknüpft werden. Man kann die grammatischen Regeln wissen, ohne im Stande zu sein richtig zu sprechen und zu schreiben; denn ein anderes ist die Kenntniß der Regeln, ein anderes deren richtige Anwendung. Zu der letzteren gehört, daß man den gegebenen Fall durch die Regel, die auf ihn paßt, vorstellt oder unter dieselbe subsumirt. Diese Subsumtion ist ein Urtheil. Ohne den richtigen Gebrauch der Urtheilskraft ist diejenige Anwendung der Kategorien, durch welche objective Erfahrung zu Stande kommt, nicht möglich. Daher gehört die Urtheilskraft zu den transscendentalen Bedingungen der Erfahrung: so nennt deshalb der Philosoph sowohl dieses Vermögen als die Lehre von seinem Gebrauch.*)

Um die Kategorien auf die Erscheinungen anzuwenden, müssen wir diese durch jene vorstellen oder unter dieselben subsumiren: darin besteht die Möglichkeit des transscendentalen Urtheils. Nun sind die Erscheinungen sinnlich, die Kategorien dagegen intellectuell, jene entspringen aus der Anschauung, diese aus dem Verstande: beide können nicht ungleichartiger sein, als sie sind. Hier liegt die Schwierigkeit, die nicht die Geltung, sondern die Anwendbarkeit der Kategorien betrifft. Wenn die Subsumtion der Erscheinungen unter reine Begriffe nicht möglich ist, so hilft uns die bewiesene Geltung der letzteren nichts, sie sind dann so gültig, aber auch so unbrauchbar, wie das Gold des Midas.

2. Das Schema der Kategorien.

Zwischen gleichartigen Vorstellungen ist die Verbindung leicht. Es hat keine Schwierigkeit zu urtheilen, daß der Teller rund ist, denn Subject wie Prädicat sind anschaulich und sinnlich. Nicht eben so leicht ist

---

*) Kr. d. r. V. Transsc. Analytik. Buch II. „Transscendentale Urtheilskraft" und „transscendentale Doctrin der Urtheilskraft". (Buch II. S. 159—57.)

die Verbindung zwischen ungleichartigen Vorstellungen, wie z. B. in dem Urtheile: „die Sonne ist Ursache der Wärme", denn das Subject ist eine sinnliche Erscheinung und das Prädicat ein reiner Verstandesbegriff. Um ein solches Urtheil zu ermöglichen, müßte gleichsam eine Brücke gegeben sein, die vom Verstand in die Sinnlichkeit, aus der Region der reinen Begriffe in die der sinnlichen Dinge und umgekehrt hinüber= leitet: ein mittleres Vermögen zwischen beiden, welches die sinnlichen Objecte dem Verstande zuführt. Dieses mittlere Vermögen, dieses Band zwischen Sinnlichkeit und Verstand, ist in der productiven Einbildungs= kraft bereits entdeckt.*) Wenn also die Kategorien überhaupt auf die Erscheinungen anwendbar sein sollen, so kann dies nur durch das Me= dium der Einbildungskraft geschehen. Diese müßte im Stande sein, was der reine Verstand von sich aus niemals vermag: die Kategorien bildlich darzustellen oder zu versinnlichen und eben dadurch den Er= scheinungen gleichartig zu machen. Das Bild im eigentlichen Sinn ist allemal der vollkommene Ausdruck einer sinnlichen Erscheinung; daher giebt es Bilder auch nur von den angeschauten Objecten, nie von Be= griffen. Nicht einmal die mathematischen Begriffe, die unmittelbar aus der Anschauung hervorgehen, noch weniger die empirischen, die, je all= gemeiner sie sind, um so weiter von der Anschauung abstehen, lassen sich bildlich darstellen; nun wie viel weniger also die Kategorien, welche reine Begriffe sind und gar nicht aus der Anschauung entspringen! Der Begriff eines Dreiecks ist das Dreieck überhaupt, das sowohl recht= winkelig als schiefwinkelig sein kann; das angeschaute construirte Dreieck ist nothwendig entweder das eine oder andere, dasselbe gilt von dem wirklichen Bilde des Dreiecks. Von dem Begriffe Dreieck giebt es kein Bild, noch weniger von dem Begriffe Mensch, Thier, Pflanze u. s. f.; denn das wirkliche Bild ist immer ein bestimmtes Individuum, welches der Begriff nicht ist. Doch ist unsere Einbildungskraft unwillkürlich bereit, die Begriffe der Mathematik wie der Erfahrung, die sie nicht bildlich ausdrücken kann, figürlich vorzustellen: sie entwirft deren Ge= stalt in Umrissen oder Conturen, sie giebt uns gleichsam ein Mono= gramm jener Begriffe, da sie uns deren Bilder nicht geben kann; die sinnlichen Erscheinungen kann sie malen, die Begriffe nur in allgemeinen Umrissen zeichnen. „Es ist dies eine verborgene Kunst in den Tiefen der menschlichen Seele, deren wahre Handgriffe wir der Natur schwerlich

---

*) S. vor. Cap. S. 372 flgd.

jemals abrathen und sie unverdeckt vor Augen legen werden."*) Ein
solches Monogramm heiße Schema im Unterschiede vom Bilde. Giebt
es vermöge der Einbildungskraft Schemata der reinen Begriffe?

3. Die Zeit als Schema der Kategorien.

Ein solches Schema ist die einzige Bedingung, unter der die reinen
Begriffe sich versinnlichen und auf Erscheinungen anwenden, also über=
haupt Erfahrungen machen lassen: es ist mithin eine Bedingung aller
Erfahrung, also transscendental oder a priori und muß demnach ein
Product der reinen Einbildungskraft sein. Dieses Schema muß den
Begriffen entsprechen, indem es, wie diese, a priori auf alle Erschei=
nungen geht; es muß den Erscheinungen entsprechen, indem es, wie
diese, anschaulicher Natur ist. Nun giebt es eine Form, die a priori alle
Erscheinungen in sich begreift und zugleich selbst Anschauung ist: diese
einzige Form ist die Zeit. Die Zeitbestimmung ist darum das einzig
mögliche transscendentale Schema.

Alle Erscheinungen sind in der Zeit. Jede hat eine gewisse Zeit=
dauer, d. h. sie bleibt, während eine gewisse Zeit vergeht: diese ihre
Dauer ist eine Zeitreihe, die Vorstellung der Zeitreihe entsteht durch die
successive Addition der gleichen Zeittheile, deren jeder Eins ist; die
Addition der Einheit zur Einheit giebt die Zahl. Jede Erscheinung,
während sie dauert, erfüllt die Zeit und bildet in dieser Rücksicht einen
bestimmten Zeitinhalt. Die Erscheinungen erfüllen die Zeit nicht auf
gleiche Weise, sondern sie haben ein bestimmtes Zeitverhältniß; die eine
bleibt, während die anderen gehen, oder sie folgen einander, oder sie
sind zugleich vorhanden: dieses Zeitverhältniß heiße die Zeitordnung.
Endlich begreift die Zeit das Dasein der Erscheinungen auf eine be=
stimmte Weise in sich, die Erscheinung ist entweder irgendwann oder in
einem bestimmten Zeitpunkt oder zu aller Zeit: diese Zeitbestimmung
heiße der Zeitinbegriff. Damit sind alle möglichen Zeitbestimmungen
erschöpft: sie sind Zeitreihe (Zahl), Zeitinhalt, Zeitordnung, Zeitinbegriff.
Jede Erscheinung hat eine gewisse Zeitgröße, bildet einen gewissen Zeit=
inhalt, steht zu anderen in einem gewissen Zeitverhältniß und hat ein
gewisses Zeitdasein.

Vergleichen wir diese Zeitbestimmungen mit den reinen Begriffen,
so entspricht die Zahl der Quantität, der Zeitinhalt der Qualität (den

---

*) Kr. d. r. V. Transsc. Anal. II. Buch. I. Hptst. Vom Schematismus der
reinen Verstandesbegriffe. (Bd. II. S. 160.)

Empfindungen, welche die Zeit erfüllen), die Zeitordnung der Relation, der Zeitinbegriff endlich der Modalität. Die Zahl ist das Schema der Quantität, der Zeitinhalt ist als erfüllte Zeit das Schema der Realität, als leere das der Negation. Die Zeitordnung ist ein dreifaches Verhältniß: die eine Erscheinung bleibt, während die anderen vergehen (jene beharrt, diese wechseln), die Beharrlichkeit im Wechsel ist das Schema der Substanz und der Accidenzen; die Succession der Erscheinungen, wenn sie nach einer Regel erfolgt, ist das Schema der Causalität, und das regelmäßige Zugleichsein der Erscheinungen ist das Schema der Gemeinschaft oder Wechselwirkung. Das Dasein in einem beliebigen Zeitpunkt ist das Schema der Möglichkeit, das Dasein in einem bestimmten Zeitpunkt das der Wirklichkeit, das Dasein in aller Zeit (immer) das der Nothwendigkeit.

Diese Schemata sind es, welche alle Erscheinungen bestimmen und zugleich den Kategorien entsprechen, also gleichsam nach beiden Seiten offen sind, nach der Gegend der sinnlichen Dinge und nach der der reinen Begriffe. Sie machen die Erscheinungen und die Kategorien einander zugänglich. Der Verstand verknüpft die Erscheinungen vermöge der Kategorien; er subsumirt vermöge der Schemata jene unter diese, d. h. er urtheilt durch die Schemata der reinen Einbildungskraft. Dieses Verfahren nennt Kant den „Schematismus des reinen Verstandes". Jetzt sind nicht blos die Regeln, sondern auch die Richtschnur ihrer Anwendung gegeben. Erscheinungen, welche regelmäßig zugleich sind, werden wir nicht verknüpfen durch Ursache und Wirkung, Erscheinungen, welche in der Zeit vergehen, nicht vorstellen durch den Begriff der Substanz, und Erscheinungen, die zu aller Zeit stattfinden, nicht beurtheilen, als ob sie nur möglicherweise stattfänden.*)

II. Das Princip aller Grundsätze des reinen Verstandes.

1. Begriff der Grundsätze.

Der transscendentalen Urtheilskraft steht also nichts mehr im Wege. Es ist bewiesen, daß durch die Kategorien und allein durch sie alle Erscheinungen verknüpft werden dürfen und müssen; es ist bewiesen, daß durch die Kategorien vermöge der Schemata alle Erscheinungen vorgestellt werden können: damit ist die Erkenntniß der Erscheinungen

---

*) Kr. d. r. V. Tr. Anal. Buch II. Hptst. I. (Bd. II. S. 157—64.)

ober die Erfahrung sowohl von Seiten ihrer objectiven als subjectiven Möglichkeit begründet. Jetzt ist das Problem der Analytik so weit gelöst, daß aus den reinen Verstandesbegriffen die Grundsätze geschöpft oder gebildet werden können. Nachdem dargethan ist, daß auf alle Erschei= nungen die Kategorien anzuwenden und anwendbar sind, wird die An= wendung geschehen müssen; sie besteht in Sätzen, die alle Erscheinungen ohne Ausnahme durch die Kategorien bestimmen. Jeder dieser Sätze gilt im Sinne strenger und ausnahmsloser Allgemeinheit, jeder ist ein Grundsatz. Es wird so viele Grundsätze geben müssen als es Grund= begriffe giebt: von allen Erscheinungen gilt ohne Ausnahme die Bestim= mung der Quantität, Qualität, Relation, Modalität. Diese Grundsätze gelten unabhängig von aller Erfahrung als Aussprüche der transscen= dentalen Urtheilskraft, die von ihrem Rechte Gebrauch macht: sie sind daher „Grundsätze des reinen Verstandes". Aber was sie aussagen, gilt nur von Erscheinungen, sie sind mithin Grundsätze nur der Erfahrungs= wissenschaft, und da diese gleich der Naturwissenschaft ist, so können sie auch „Grundsätze der reinen Naturwissenschaft" heißen. Der Tafel der Kategorien entspricht die „reine physiologische Tafel allgemeiner Grund= sätze der Naturwissenschaft".*) Es sind die Grundsätze der reinen Physik, deren Möglichkeit die transscendentale Analytik untersucht und erklärt.

2. Der Grundsatz der Grundsätze.

Man wird die schwierige Lehre von den Grundsätzen mit voll= kommener Deutlichkeit einsehen, wenn man sie unter dem einfachsten Gesichtspunkte begreift. Lassen wir daher die Topik der Kategorien bei Seite, die überall mehr der Systematik als der Kritik dient. Zwar sind sie für die Ordnung der Grundsätze der natürliche Rechtstitel, doch giebt es einen Weg, der nach der strengen Richtschnur der Kritik am sichersten in das Verständniß derselben einführt. Sie lassen sich alle von einem einzigen ableiten. Die ganze bisherige Untersuchung, die Entdeckung der reinen Verstandesbegriffe, deren Deduction und Schematismus, faßt sich zusammen in ein einziges Ergebniß, welches so lautet: die Möglichkeit der Erfahrung ist bewiesen, die Bedingungen sind ausgemacht, unter denen sie stattfindet. Nun ist klar, daß ohne Erfahrung auch kein Gegen= stand der Erfahrung (nichts Erfahrbares) möglich ist. Ohne Erfahrung giebt es keine Gegenstände der Erfahrung, wie ohne sinnliche Wahr=

---

*) Prolegomena. Th. II. § 21. (Bd. III. S. 221.)

nehmung keine wahrnehmbaren oder sinnlichen Dinge. Es leuchtet ein, daß alle Gegenstände der Erfahrung unter den Bedingungen der Erfahrung selbst stehen, daß die Bedingungen der Erfahrung zugleich gelten für alle Gegenstände einer möglichen Erfahrung. Dieser Satz ist ein Grund= satz und zwar der oberste Grundsatz aller wirklichen Erkenntniß oder aller synthetischen Urtheile, also selbst nicht logischer, sondern meta= physischer Art: es ist der Grundsatz, in dem alle übrigen enthalten sind, aus dem sie einfach folgen.*)

Nun bestehen die Bedingungen einer möglichen Erfahrung darin, daß es Erscheinungen giebt, als einzig mögliche Erfahrungsobjecte, und eine nothwendige Verknüpfung derselben, als einzig mögliche Form der Erfahrung. Es muß daher grundsätzlich geurtheilt werden, daß alle Gegenstände einer möglichen Erfahrung 1. Erscheinungen sind und 2. als solche in einer nothwendigen Verknüpfung stehen. Nun sind alle Er= scheinungen angeschaute Empfindungen: sie sind also 1. angeschaut, 2. empfunden; sie sind in der ersten Rücksicht quantitativ, in der zweiten qualitativ bestimmt. Alle Erscheinungen stehen in einem nothwendigen Verhältniß: 1. unter einander, 2. zu unserem Bewußtsein oder zu unserer Erkenntniß; sie haben in der ersten Rücksicht eine nothwendige Relation, in der zweiten eine nothwendige Modalität. Es wird also unter jedem dieser vier Gesichtspunkte, die mit den Kategorien zusammenfallen, von allen Gegenständen möglicher Erfahrung ein Grundsatz gelten müssen.

III. Die mathematischen Grundsätze.

1. Das Axiom der Anschauung.

Der erste Grundsatz lautet: alle Gegenstände möglicher Erfahrung sind angeschaut, sie sind als Gegenstände der Anschauung in Raum und Zeit, also Größen, wie alles in Raum und Zeit. Alle Raumgrößen sind zusammengesetzt aus lauter Raumtheilen, alle Zeitgrößen aus lauter Zeittheilen: also sind diese Größen aus lauter gleichartigen Theilen zusammengesetzt und können nur vorgestellt werden, indem wir sie aus ihren Theilen zusammensetzen oder diese successive einen zum anderen hinzufügen. Es ist also die Vorstellung der Theile, welche die Vorstellung des Ganzen, z. B. einer Linie, eines gewissen Zeitraums u. s. f. möglich macht: eine solche durch Zusammensetzung der Theile gebildete Größe

---

*) Kr. d. r. V. Transsc. Anal. Buch II. Hpst. II. (Bd. II. S. 168—71.)

ist ausgedehnt oder extensiv. Daher lautet der erste Grundsatz: „Alle Anschauungen sind extensive Größen". Die Anschauung von Raum und Zeit ist a priori, und ebenso alles, was unmittelbar aus ihr folgt: deshalb nennt Kant diesen ersten Grundsatz „Axiom der Anschauung". Alles Angeschaute ist extensiv, alles Extensive ist theilbar in's Unendliche, also ist nichts Untheilbares angeschaut und nichts Angeschautes untheilbar.*)

2. Die Anticipation der Wahrnehmung.

Der zweite Grundsatz folgt aus dem Urtheile, daß alle Gegenstände einer möglichen Erfahrung, weil sie Erscheinungen sein müssen, darum nothwendig auch Empfindungen sind. Die Anschauung macht die Form, die Empfindung den Inhalt einer Erscheinung; die Form jeder Erscheinung ist a priori, der Inhalt dagegen oder das Reale in der Erscheinung ist als ein sinnliches Datum nicht durch die bloße Vernunft, sondern a posteriori gegeben. Wie ist es nun möglich, von solchen Wahrnehmungsobjecten etwas a priori zu behaupten? Was den Inhalt der Erscheinungen (die Empfindungen) betrifft, so läßt sich darüber nur dann grundsätzlich urtheilen, wenn wir von allen unseren Empfindungen, gleichviel welcher Art sie sein mögen, etwas mit voller Gewißheit voraussagen können, wenn sich eine Bedingung anticipiren läßt, ohne die auch das Reale in unserer Wahrnehmung niemals gegeben sein kann. Ein solcher Grundsatz wäre kein Axiom der Anschauung, sondern, wie Kant sich ausdrückt, „eine Anticipation der Wahrnehmung".

In keinem Falle läßt sich voraussagen, was wir empfinden, einfach deshalb nicht, weil wir den Inhalt unserer Empfindungen nicht machen, sondern empfangen. Wohl aber läßt sich bestimmen, wie wir unter allen Umständen empfinden müssen; nicht der Inhalt, aber die Form der Empfindung läßt sich anticipiren. Was auch das Reale in der Empfindung sei, in jedem Falle wird es in der Zeit empfunden; ihrer Form nach müssen alle Empfindungen die Zeit erfüllen oder einen Zeitinhalt ausmachen. Was in der Zeit existirt, ist nothwendig Größe: darum sind, abgesehen von ihrer Beschaffenheit oder Qualität, alle Empfindungen ihrer Form nach Größen. Aber die Größe der Empfindung entsteht nicht, wie die der Anschauung, durch die successive Zusammenfügung der gleichartigen Theile, sonst könnte eine Empfindung

---

*) Ebendas. Transsc. Anal. Buch II. Hpst. II. (Bd. II. S. 174—78.) Prolegomena. Th. II. § 21. (Bd. III. S. 225.)

nur in einer Zeitreihe vorgestellt oder apprehendirt werden. Aber sie
wird in jedem Augenblicke ganz vorgestellt. Oder welche Theile sollen
zusammengesetzt werden, um etwa die Empfindung roth, süß, schwer,
warm u. s. f. zu haben? Offenbar ist jeder dieser Theile die ganze
Empfindung. Alle Empfindungen sind Größen, weil sie die Zeit erfüllen,
aber sie sind nicht solche Größen, deren ganze Vorstellung nur durch
eine successive Apprehension der Theile zu Stande kommt, d. h. sie sind
nicht extensive Größen. Vielmehr ist in jedem Augenblicke die ganze
Empfindung da. Entweder sie ist ganz oder gar nicht; entweder ich
empfinde roth, schwer, warm u. s. f., oder ich habe diese Empfindungen
nicht; in keinem Falle ist eine Zeitreihe und eine allmähliche Apprehen=
sion der Theile nöthig, um jene Empfindungen zu erzeugen. Nennen
wir das Vorhandensein bestimmter Empfindungen Realität und deren
gänzlichen Mangel Negation: so ist klar, daß die Realität der Empfin=
dung unmöglich eine extensive Größe sein kann, weil sie in jedem Augen=
blicke, den sie erfüllt, ganz und vollständig da ist. Aber sie ist nicht in
jedem Augenblicke in derselben Stärke vorhanden, sie kann wachsen und
abnehmen, ihr Größenzustand kann steigen und fallen, zuletzt mit der
Empfindung selbst völlig verschwinden; daher ist jede Empfindung ver=
schiedener Größenzustände fähig, aber in jedem dieser Größenzustände
ist sie ganz und vollständig da, die Größenunterschiede sind nicht ihre
Theile, sondern ihre Stufen oder Grade: die Empfindung selbst ist
mithin eine intensive Größe oder ein Grad. „Der Grundsatz, welcher
alle Wahrnehmungen als solche anticipirt, heißt so: in allen Erschei=
nungen hat die Empfindung und das Reale, welches ihr an
dem Gegenstande entspricht (realitas phaenomenon), eine
intensive Größe d. i. einen Grad."*)

Ist die Empfindung in einem gewissen Größenzustande vorhanden,
so ist dies ihre Realität; ist sie in gar keinem Größenzustande vor=
handen, so ist dies ihre Negation: ihre Größenveränderung oder ihre
Vielheit ist daher Annäherung zur Negation. Die Realität ist die Vor=
aussetzung, unter der diese Unterschiede, diese Annäherung zur Negation,
diese Vielheit in der Größe möglich ist. Bei der Anschauung waren es
die vielen unterschiedenen Theile, deren Zusammenfügung die ganze
Vorstellung bildet; bei der Empfindung ist es die ganze Vorstellung,

---

*) Krr. b. r. V. (1781). In der 2. Ausgabe heißt es: „In allen Erscheinungen
hat das Reale, was ein Gegenstand der Empfindung ist, intensive Größe d. i. einen
Grad. (Bd. 11. S. 178.)

die erst die Vielheit der Unterschiede ermöglicht: darum sind alle An=
schauungsgrößen extensiv, alle Empfindungsgrößen intensiv.

Setzen wir den Größenzustand einer Empfindung gleich Null, so
ist die Empfindung in gar keinem Grade vorhanden, d. h. sie ist gar
nicht vorhanden, es wird nichts empfunden, es ist eine vollkommen leere
Empfindung, die so gut ist als keine. Das Leere ist kein Gegenstand
der Empfindung. Dieser Satz folgt nothwendig aus der Anticipation
der Wahrnehmung. Das Leere kann nicht empfunden, also auch nicht
erfahren werden; mithin ist der leere Raum oder die leere Zeit niemals
ein Gegenstand möglicher Erfahrung; es ist mithin unmöglich, den Be=
griff eines leeren Raumes oder einer leeren Zeit unter die Grundsätze
der Naturwissenschaft aufzunehmen. Vielmehr müssen diese Grundsätze
unter kritischem Gesichtspunkt jene Begriffe verneinen, denn sie vertragen
sich nicht mit den Bedingungen einer möglichen Erfahrung. Unmöglich
können sie auf Gegenstände der Erfahrung angewendet oder, was das=
selbe heißt, zu physikalischen Erklärungsweisen gebraucht werden.

Gewisse Naturforscher haben gemeint, die Möglichkeit des leeren
Raumes oder leerer Räume annehmen zu müssen, um mit der Hülfe
dieses Begriffes die Naturerscheinungen zu erklären. Man muß ihnen
einwenden, daß 1. die leeren Räume niemals Gegenstände einer mög=
lichen Wahrnehmung sind, daß schon deshalb die Annahme der Poro=
sität eine bloße, auf keinerlei Erfahrung gegründete Fiction, also nichts
ist als eine in die Luft gebaute Hypothese, daß 2. diese Hypothese die
fraglichen Naturerscheinungen nicht erklärt, und 3. diese Erscheinungen
sehr gut ohne jene Hypothese erklärt werden können. Die Thatsache
ist, daß Materien, welche denselben Raum einnehmen, in Ansehung
ihrer Quantität, Dichtigkeit, Schwere, Undurchbringlichkeit u. s. f. sehr
verschieden sind, daß bei derselben Raumgröße oder bei gleichem Vo=
lumen zwei Körper verschiedene Dichtigkeit haben. Nun wollen jene
Naturforscher, daß Dichtigkeit so viel ist als Menge der Theile, daß
daher in demselben Volumen dort mehr, hier weniger Theile befindlich
sind: also müssen gewisse Raumtheile gar nicht erfüllt d. h. leer sein,
es muß mithin zwischen den Theilen der Materie leere Räume oder
Poren geben; die Körper erfüllen ihr Volumen nicht durchgängig, sondern
mehr oder weniger, d. h. ihre Raumerfüllung oder ihre extensive Größe
ist verschieden. So wird aller Unterschied der physikalischen Eigenschaften
auf Unterschiede der extensiven Größe zurückgeführt und daraus erklärt;
es wird vorausgesetzt, daß alle Unterschiede der Materien nur extensiv

und das Reale im Raum, die Materie selbst, überall einerlei sei. Nur unter dieser Voraussetzung sind sie gezwungen, jene Hypothese leerer Räume zu machen, die alle Möglichkeit der Erfahrung überschreitet und im üblen Sinne metaphysisch ist. Man begreift, daß besonders die mathematischen und mechanischen Naturforscher es lieben, die physikalischen Unterschiede auf extensive Größen (mathematische Unterschiede) zurückzuführen, aber da sie aller Metaphysik so gern aus dem Wege gehen und sich dessen rühmen, so hätten sie doch sehen sollen, in welche Fiction rein metaphysischer Art sie auf ihrem Wege gerathen. Indessen läßt sich sehr gut erklären, wie bei derselben extensiven Größe, d. h. bei derselben Raumerfüllung, die Materien verschieden sind, wenn man die intensive Größe zu Hülfe nimmt. Ein Zimmer ist mehr oder weniger erleuchtet, mehr oder weniger erwärmt. Man wird doch nicht behaupten wollen, daß in dem weniger erwärmten oder erleuchteten Zimmer gewisse Raumtheile von gar keiner Wärme, gar keinem Lichte erfüllt seien, daß sich in diesem Zimmer weniger Wärme= oder Lichttheile befinden, als in dem anderen; vielmehr verbreiten sich in beiden Fällen Wärme und Licht durch das ganze Zimmer, nur in verschiedenen Graden. Das Beispiel will zeigen, wie aus dem Unterschiede der intensiven Größe sich erklären läßt, was aus bloßen Unterschieden der extensiven ohne eine leere und ungereimte Annahme nicht erklärt werden kann.

8. Die Continuität der Größen.

Alle Empfindungen haben einen Grad. Von ihrer Realität bis zu ihrer Negation sind unendlich viel Grade möglich, die nur in einer Zeitreihe durchlaufen werden können, aber auch nothwendig durchlaufen werden müssen. Nun ist jede Veränderung, weil sie in der Zeit statt= findet, continuirlich: also sind Grade, weil sie sich in der Zeit verändern, continuirliche Größen; sie wären es nicht, wenn ihre Veränderung ab= setzen könnte oder eine absolute Grenze hätte, und sie würde diese Grenze haben, wenn es einen kleinsten Grad gäbe, der nicht mehr verringert werden könnte: dieser kleinste Grad müßte in einem Zeitpunkte statt= finden, der keine weitere Veränderung erlaubt, d. h. in einem einfachen Zeittheile, der keine Zeitreihe bildet. Einen solchen einfachen Zeittheil giebt es nicht. Jeder Zeittheil ist Zeit, es giebt keine kleinste Zeit, also auch keinen kleinsten Grad, also auch keine Grenze der Veränderung, die nicht, wie die Zeitgrenze selbst, fließend wäre. Dasselbe gilt auch vom Raum. Der Raum besteht nur aus Räumen, wie die Zeit aus

Zeiten; es giebt keinen einfachen Raumtheil, der zugleich die Raum=
grenze wäre. Der Punkt ist blos Grenze, aber nicht Raumtheil: darum
ist der Raum ins Unendliche theilbar, weil jeder seiner Theile wieder
Raum ist; jeder Raum ist unendlich theilbar d. h. continuirlich. Mithin
sind alle extensive Größen continuirlich.

Also fassen sich beide Grundsätze in der Erklärung zusammen: alle
Größen, sowohl die der Anschauung als die der Empfindung,
sind continuirlich. Beide Grundsätze fließen aus dem Princip, daß
alle Gegenstände einer möglichen Erfahrung Erscheinungen d. h. ange=
schaute Empfindungen sein müssen: sie sind angeschaut, also extensive
Größen; sie sind empfunden, also intensive; sie sind als extensive wie
als intensive Größen continuirlich. Beide Grundsätze betreffen die Größen=
bestimmung in Rücksicht aller Gegenstände einer möglichen Erfahrung.
Da nun alle Größenbestimmung mathematisch ist, so erklären jene Grund=
sätze zugleich die Anwendbarkeit der Mathematik in ihrer ganzen Prä=
cision auf die Erfahrung, und sie geben dieser Anwendung ihre richtige
Grenze. Darum befaßt Kant die Axiome der Anschauung und die Anti=
cipationen der Wahrnehmung unter dem gemeinschaftlichen Namen der
mathematischen Grundsätze: der erste schließt die Möglichkeit untheil=
barer Größen, der zweite die Möglichkeit der Leere, beide das Gegen=
theil der Continuität aus.*)

Siebentes Capitel.

**B. Die dynamischen Grundsätze. Das Gesammtresultat der Lehre von
den Grundsätzen des reinen Verstandes.**

I. Die Analogien der Erfahrung. Das Princip der Analogien.

Es giebt keine Erfahrung, wenn es nicht eine allgemeine und noth=
wendige Verknüpfung der Erscheinungen giebt: so lautet das oberste
Princip der Grundsätze in seiner zweiten Hälfte. Die Bedingungen
möglicher Erfahrung sind zugleich die Bedingungen aller Gegenstände
einer möglichen Erfahrung, die also nicht möglich sind, wenn es jene

---

*) Kr. d. r. V. Transsc. Anal. Buch II. Hptst. II. (Bd. II. S. 174–85.)

allgemeine und nothwendige Verknüpfung der Erscheinungen nicht giebt. Nun sind alle Erscheinungen in der Zeit und werden in der Zeit von uns wahrgenommen. Jede Wahrnehmung, jede Vorstellung kann nur durch die successive Apprehension der einzelnen Empfindungen zu Stande kommen, d. h. jede Wahrnehmung beschreibt eine Zeitfolge. In unserer Wahrnehmung sind alle Erscheinungen nacheinander; ihre Folge ist hier keine andere als die unserer zufälligen Apprehension. Wären die Erscheinungen nur diese zufällige Folge unserer Wahrnehmungen, so könnte von einer nothwendigen und allgemeinen Verknüpfung die Rede nicht sein. Woher sollen wir wissen, daß die Erscheinungen, die wir nach einander wahrnehmen, nicht successiv, sondern zugleich sind, wie die Theile eines Gebirges, eines Hauses u. dgl., daß die Erscheinungen, die wir zufällig nach einander wahrnehmen, nicht zufällig, sondern nothwendig einander folgen? Wir haben kein Kennzeichen, um das Zugleichsein von der Zeitfolge zu unterscheiden, weil in unserer Wahrnehmung alles nach einander folgt; keines, um zwischen dem zufälligen und nothwendigen Zugleichsein, zwischen der zufälligen und nothwendigen Zeitfolge zu unterscheiden, weil in unserer Wahrnehmung alles zufällig auf einander folgt. So lange wir ein solches Kennzeichen nicht haben, ist objective Erfahrung unmöglich: zur Möglichkeit der letzteren ist daher jenes Kriterium nothwendig. Da nun unsere Wahrnehmung von sich aus die Erscheinungen nicht anders als zufällig und nacheinander aufzufassen vermag, so muß sie durch die Zeitordnung der Erscheinungen selbst genöthigt sein, die zufällige und nothwendige Simultaneität wie Succession derselben zu unterscheiden. Es muß daher objective (nothwendige) Zeitverhältnisse der Erscheinungen als Bedingungen zur Möglichkeit der Erfahrung geben. Aber die Zeit als solche ist kein Object unserer Wahrnehmung oder Anschauung, sondern nur deren Form. Die objectiven und nothwendigen Verhältnisse der Erscheinungen bestehen in der synthetischen Einheit der Apperception, sie werden gedacht durch die Functionen des reinen Verstandes, und zwar durch die der Relation: diese sind es, welche die Zeitverhältnisse objectiv machen und reguliren, was nur durch den Schematismus der reinen Verstandesbegriffe möglich ist.

Alle Erscheinungen sind in der Zeit: sie sind entweder in aller Zeit oder in verschiedenen Zeiten oder in derselben Zeit; im ersten Fall sind sie beharrlich, im zweiten successiv, im dritten simultan. Beharrlichkeit, Zeitfolge und Zugleichsein sind die drei Zeitmodi. Sollen diese Zeitverhältniſſe objectiv ſein, ſo muß es eine Regel der Beharrlichkeit, der Zeitfolge und des Zugleichſeins geben. Nun war die Beharrlichkeit das Schema der Subſtanz, die Zeitfolge das der Cauſalität, die Simul= taneität das der Gemeinſchaft oder Wechſelwirkung. Die objectiven Zeit= verhältniſſe ſind daher die Regel der Beharrlichkeit, beſtimmt durch den Begriff der Subſtanz, die Regel der Zeitfolge, beſtimmt durch den Begriff der Cauſalität, die Regel des Zugleichſeins, beſtimmt durch den Begriff der Wechſelwirkung (Gemeinſchaft).

Dieſe Regeln enthalten die Bedingungen zur Möglichkeit der Er= fahrung und ſind daher Grundſätze des reinen Verſtandes; aber ſie ſind weder Axiome noch Anticipationen, denn ſie ſagen nichts über den Charakter der Erſcheinungen, ſie erklären nicht, was dieſe ſind, ſondern wie ſie ſich zu einander verhalten, ſie beſtimmen nicht das Daſein der Erſcheinungen, ſondern nur deren Verhältniſſe: daher ſind ſie nicht „conſtitutive", ſondern „regulative Principien". Die Verhältniſſe, die durch ſie beſtimmt oder regulirt werden, ſind nicht quantitative, aus deren Gleichheit eine unbekannte Größe erkannt wird, ſondern quali= tative, aus deren Gleichheit folgt, wie ſich bekannte Erſcheinungen zu unbekannten verhalten. Die Gleichheit qualitativer Verhältniſſe heißt „Analogie". Ein ſolches qualitatives Verhältniß iſt z. B. das der Cau= ſalität. Wenn die quantitativen Verhältniſſe a : b und c : x gleich ſind, ſo erhellt daraus die Größe von x: dieſes Verhältniß iſt conſtitutiv. Wenn dagegen zwiſchen a und b und zwiſchen c und x die qualitativen Verhältniſſe gleich ſind, ſo ſind dieſe beiden Verhältniſſe einander analog: a verhält ſich zu b, wie die Urſache zur Wirkung; eben ſo verhält ſich c zu x; damit iſt x noch nicht erkannt, ſondern als eine Wirkung der Urſache a zu erkennen: dieſes Verhältniß iſt regulativ. Die Zeitfolge nach dem Geſetz der Cauſalität iſt die Regel oder der Leitfaden, nach dem wir zu gegebenen Urſachen die Wirkungen, zu gegebenen Wirkungen die Urſachen ſuchen. Wenn Kant durch ein ſolches Beiſpiel ſeinen Aus= druck erklärt hätte, ſo würde ſogleich einleuchten, warum er die Grund= ſätze der Relation „Analogien der Erfahrung" genannt und ſie als regulative Principien bezeichnet hat.

Der Grundſatz, aus dem ſämmtliche Analogien folgen, lautet in der erſten Ausgabe der Kritik: „Alle Erſcheinungen ſtehen ihrem Daſein nach a priori unter Regeln der Beſtimmungen ihres Verhältniſſes unter einander in einer Zeit". Die Faſſung der zweiten Ausgabe iſt kürzer, aber weniger genau, da ſie die Zeitbeſtimmung, auf die es hier weſentlich

390

ankommt, wegläßt: „Erfahrung ist nur durch Vorstellung einer nothwendigen Verknüpfung der Wahrnehmungen möglich".*)

Wir wollen in der bündigsten und deutlichsten Form gleichsam das
Programm der Analogien aussprechen. Zur Möglichkeit der Erfahrung
gehört, daß wir in den Erscheinungen 1. Zugleichsein und Zeitfolge,
2. zufällige und nothwendige Zeitfolge, 3. zufälliges und nothwendiges
Zugleichsein zu unterscheiden im Stande sind.

1. Der Grundsatz der Beharrlichkeit der Substanz.

Die erste Frage heißt: unter welcher Bedingung allein können wir
simultane Erscheinungen von successiven unterscheiden? In unserer Wahrnehmung, die alles Theil für Theil auffaßt, sind die Erscheinungen in
verschiedenen Zeiten, die Steine einer Felsenmasse so gut wie die Wellen
des bewegten Stroms. Nur unter einer Bedingung wird die Wahrnehmung genöthigt, verschiedene Erscheinungen als simultane zu nehmen:
wenn es eine Erscheinung giebt, die jederzeit stattfindet. Wenn eine
und dieselbe Erscheinung eine Zeit lang existirt, so heißt es: sie dauert;
wenn sie in aller Zeit existirt, so heißt es: sie beharrt. Sollen wir
zwischen Zugleichsein und Zeitfolge unterscheiden können, so muß es in
den Erscheinungen selbst etwas Beharrliches geben, mit dem verglichen
alle übrigen Erscheinungen zugleich sind; von dem unterschieden alle
anderen Erscheinungen nicht beharrlich sind, sondern wechseln: sie sind
in verschiedenen Zeiten oder folgen einander, während jene zu aller
Zeit existirt. Also das Beharrliche in der Erscheinung ist das objective
Kriterium, um die Verhältnisse in der Zeit, das Zugleich und Nacheinander, zu unterscheiden: darum ist das Dasein des Beharrlichen in
der Erscheinung eine nothwendige Bedingung zur Möglichkeit der Erfahrung.

Wenn alles beharrte, so gäbe es keinen Wechsel; wenn nichts beharrte, gäbe es auch keinen. Erscheinungen wechseln, d. h. sie sind mit
der beharrlichen Erscheinung nur eine gewisse Zeit verbunden, sie dauern
nicht immer, sie gehen vorüber, die eine folgt auf die andere. Wenn
es also nichts Beharrliches gäbe, so könnte von keinem Wechsel die Rede
sein: mithin ist das Beharrliche die Bedingung des Wechsels, nicht umgekehrt. Nun sind die beharrliche Erscheinung und die wechselnden immer

---

*) Kr. d. r. V. Tr. Anal. Buch II. Hptst. II. (Bd. II. S. 186—90.) Vergl.
Proleg. Th. II. § 26. (Bd. III. S. 228.)

zugleich da, jene als das Bleibende, diese als das Vorübergehende, sie sind also nothwendig mit einander verknüpft: jene ist das zu Grunde liegende Wesen oder Substratum, diese sind die vorübergehenden Bestimmungen desselben, die verschiedenen Arten oder Modi seines Daseins. Daher ist das Beharrliche in der Erscheinung die Substanz und die wechselnden Erscheinungen deren Accidenzen.

Es ist leicht zu urtheilen, daß die Substanz beharrt: dieser Satz ist so alt, wie die Philosophie, und, an sich betrachtet eine bloße Tautologie. Das Beharrliche in den Dingen nennt man Substanz, und die Substanz beharrlich. Aber woher weiß man, daß in den Dingen überhaupt etwas Beharrliches ist? Giebt es in den Dingen etwas Beharrliches, so läßt sich leicht der Begriff der Substanz darauf anwenden; dies hat nicht die mindeste Schwierigkeit, gewährt aber auch gar keine Einsicht, so lange das Dasein des Beharrlichen selbst blos vorausgesetzt wird. In diesem Punkte liegt die Schwierigkeit, die vor Kant kein Philosoph begriffen, viel weniger gelöst hatte. Ist das Dasein des Beharrlichen nicht erwiesen, so ist der Begriff der Substanz nicht anwendbar, sondern leer und in seiner Brauchbarkeit problematisch. Dieser Begriff ist zwar immer im Munde der Philosophen und auch des gemeinen Verstandes gewesen, aber seine erwiesene Bedeutung ist ihm erst durch Kant an dieser Stelle geworden. Man hat vor Kant nicht gewußt, daß es in den Erscheinungen etwas Beharrliches geben müsse. Behauptet hat man es wohl, aber nicht gewußt. Woher hätte man es auch wissen sollen? Aus der Erfahrung? Diese beweist nie ein Dasein, welches jederzeit ist. Aus dem bloßen Verstande? Dieser kann aus bloßen Begriffen durch logische Schlüsse niemals ein Dasein, eine wirkliche Existenz darthun.

Erst Kant hat bewiesen, daß in den Erscheinungen nothwendig etwas ist, das beharrt. Wenn dem nicht so wäre, so würde jede objective Zeitbestimmung und darum jede Erfahrung unmöglich sein. Er hat das beharrliche Dasein nicht aus der Erfahrung, sondern umgekehrt die Möglichkeit der letzteren aus der beharrlichen Erscheinung bewiesen. Diese Beweisführung ist nicht empirisch, sondern transscendental. An diesem wichtigen Beispiele läßt sich das Verfahren der transscendentalen Beweisführung, die wir im Anfange dieses Buches im Allgemeinen erklärt haben, auf das Deutlichste einsehen. Nichts wird hier durch die Erfahrung bewiesen, auch nichts ohne alle Beziehung auf die Erfahrung, sondern alles nur, sofern es Bedingung ist zur Möglichkeit der

Erfahrung. Hebe diese Bedingung auf, und du hast die Möglichkeit jeder Erfahrung und damit alle Gegenstände einer möglichen Erfahrung aufgehoben: dies ist der transscendentale Beweis in seiner negativen Form, welche die Unmöglichkeit des Gegentheils darthut. Eben diese Beweisführung ist die kritische, die vor Kant keiner gekannt, viel weniger geübt hat. Angewendet auf die Substanz, lautet der transscendentale Beweis: hebe das beharrliche Dasein in den Erscheinungen auf, und die Möglichkeit aller Erfahrung ist damit aufgehoben. Oder positiv ausgedrückt: es muß in den Erscheinungen ein Beharrliches geben, weil sonst weder Erfahrung noch ein Gegenstand der Erfahrung möglich wäre, weil sonst gar nichts durch Erfahrung erkannt werden könnte. Der Schwerpunkt des Beweises liegt nicht darin, daß die Substanz beharrt, sondern darin, daß das Beharrliche erscheint, daß die Substanz eine nothwendige Erscheinung ist oder existirt.

Die beharrliche Erscheinung ist zu jeder Zeit: sie wäre nicht beharrlich, wenn jemals eine Zeit sein könnte, wo sie nicht existirte; daher darf es weder einen Zeitpunkt gegeben haben, in dem sie noch nicht war, noch darf je ein Zeitpunkt kommen, wo sie nicht mehr sein wird. Also kann die Substanz weder entstehen noch vergehen. Und da alle veränderlichen oder wechselnden Erscheinungen nur ihre Bestimmungen oder Modi sind, so ist die Substanz immer dieselbe: daher kann ihre Größe oder die Summe ihrer Realität weder vermehrt noch vermindert werden, denn jede Vermehrung wäre ein Hinzukommen neuer Theile d. h. ein Entstehen, und jede Verminderung wäre eine Vernichtung bestehender Theile d. h. ein Vergehen. Der Grundsatz von der Beharrlichkeit der Substanz lautet demnach: „Bei allem Wechsel der Erscheinungen beharrt die Substanz, und das Quantum derselben wird in der Natur weder vermehrt noch vermindert". Jetzt ist dieser Satz kritisch festgestellt, den schon die älteste Metaphysik aufgestellt, Kant in seiner Habilitationsschrift behauptet und in seinem Versuch über die negativen Größen wiederholt hatte; er ist jetzt dergestalt bewiesen, daß ihn verneinen so viel heißt als die Möglichkeit aller Erfahrung und aller Naturwissenschaft aufheben. Dieser Satz bildet daher ein naturwissenschaftliches Axiom.

Die Substanz ist unentstanden und unvergänglich. Da sie allen Erscheinungen zu Grunde liegt, so müßte sie aus etwas entstanden sein, das keine Erscheinung, also kein Gegenstand möglicher Erfahrung wäre. Ihre Entstehung wäre Schöpfung aus nichts, ihr Vergehen Rückkehr

in nichts. So wenig die Vernichtung denkbar ist als Gegenstand mög=
licher Erfahrung, so wenig ist in diesem Sinne die Schöpfung denkbar.
Aus nichts kann nie etwas werden, niemals kann etwas in nichts über=
gehen: „gigni de nihilo nihil, in nihilum nil posse reverti". Diese
beiden Sätze gehören zusammen und folgen unmittelbar aus der Beharr=
lichkeit der Substanz; kritisch verstanden, gelten sie nur von Erscheinungen
und verneinen daher in den Grundsätzen der Naturwissenschaft die An=
wendung der Schöpfungs= und Vernichtungstheorie. Ob diese Theorie
auf einem anderen Gebiete als dem der Naturwissenschaft und der Er=
fahrung irgend welche Geltung finden darf, bleibt hier völlig dahin=
gestellt.

Da der Stoff der Erscheinungen oder das Quantum ihrer Sub=
stanz beharrt, so kann alle Veränderung derselben nur Formwechsel oder
Metamorphose sein: nicht das Dasein der Substanz ändert sich, son=
dern nur ihre Zustände oder die Arten ihres Daseins. Wenn das Holz
verbrennt, so verwandelt es sich in Asche und Rauch. Die Erscheinungs=
formen wechseln, der Stoff bleibt. Gäbe es nichts Beharrliches in den
Erscheinungen, so wäre ihr Wechsel unerkennbar. Jetzt wird gefragt:
unter welchen Bedingungen die Veränderung erkannt wird oder einen
Gegenstand der Erfahrung ausmacht?*)

2. Die Zeitfolge nach dem Gesetze der Causalität.

Kant und Hume.

Wir sind an den Punkt gelangt, wo jenes Problem, das unseren
Philosophen seit dem Versuch über die negativen Größen unaufhörlich
beschäftigt, von der dogmatischen Metaphysik entfernt und eine Zeit lang
mit Hume vereinigt hat, in den Vordergrund seiner Kritik rückt: der
Begriff der Ursache oder des Realgrundes. Jede Veränderung ist eine
Zeitfolge von Begebenheiten, welche verschiedene Zustände eines und
desselben Subjects ausmachen. Unter welchen Bedingungen ist diese
Zeitfolge der Begebenheiten ein Gegenstand möglicher Erfahrung? Oder,
was dasselbe heißt: unter welchen Bedingungen ist die Zeitfolge unserer
Wahrnehmungen objectiv? So lautet die Frage in ihrer kritischen Fas=
sung. Die Zeitfolge unserer Wahrnehmungen ist stets subjectiv. Wie
also können wir objective Zeitfolge wahrnehmen? Oder, was das=
selbe heißt: was macht die subjective Zeitfolge unserer Wahrnehmungen

*) Kr. d. r. V. Tr. Anal. Buch II. Hptst. II. (Bd. II. S. 190—95.)

objectiv? Wie läßt sich feststellen, daß die Erscheinungen nicht blos in uns, sondern, unabhängig von unserer zufälligen Wahrnehmung, als solche succebiren? In der Auflösung dieser Frage liegt die Schwierigkeit. Alle Erscheinungen werden von uns successive vorgestellt: die Theile eines Hauses, wie die verschiedenen Orte in der Bewegung des strom= abwärts gleitenden Schiffes. Wie können wir wissen, daß die verschie= denen Theile des Hauses zugleich sind, dagegen die verschiedenen Be= wegungszustände des Schiffes nothwendig einander folgen? Wenn wir die Theile eines Hauses vorstellen, so zwingt uns nichts, erst diesen Theil, dann jenen u. s. f. zu apprehendiren, wir können mit jedem beliebigen Theil anfangen und endigen. Ganz anders, wenn wir die stromabwärts gerichtete Bewegung des Schiffes verfolgen: hier müssen wir die Orte, die es im oberen Strom beschreibt, nothwendig früher vorstellen, als die unterhalb derselben gelegenen. Die Succession meiner Vorstellung ist im ersten Fall regellos, im zweiten dagegen vollkommen bestimmt. Diese geregelte Succession besteht darin, daß wir in die verschiedenen Zeit= punkte unserer Wahrnehmung nicht beliebige Erscheinungen, wie es der Zufall mit sich bringt, sondern in den Zeitpunkt A nur die Erscheinung A und in den Zeitpunkt B nur die Erscheinung B setzen können. Man könnte vielleicht sagen, wenn man die ganze transscendentale Aesthetik vergessen hat, daß uns das Zeitverhältniß oder die Zeitordnung der Dinge selbst dazu nöthigt. Ja, wenn die Dinge an sich in der Zeit und diese eine den Dingen inhärente Eigenschaft wäre, so daß jedes seinen bestimmten Zeitpunkt wie eine Eigenschaft an sich trüge und unserer Wahrnehmung anzeigte! Dann wäre die Zeit etwas Objectives, Reales außer uns, und es könnte gar nicht in Frage kommen, wie die Zeit objectiv wird? Eben in dieser Frage liegt das ganze Problem.

Nun erwarte man nicht, daß wir die transscendentale Aesthetik von neuem vortragen, um diesem verkehrten Einwande zu begegnen. Die Zeit als solche ist völlig subjectiv, sie ist die Form unserer An= schauung, unsere Vorstellungsweise; in ihr verlaufen unsere Wahrneh= mungen mit ihren Erscheinungen. Da ist zunächst kein Grund, warum diese Erscheinung nicht eben so gut jetzt als früher oder später stattfindet. Die Frage heißt: was verknüpft diese bestimmte Erscheinung mit diesem bestimmten Zeitpunkte? Der Zeitpunkt ist nicht regu= lirt, weder durch die Zeit, die alle Erscheinungen in sich begreift, noch durch die Erscheinung, die in jedem beliebigen Zeitpunkte sein kann. Wenn es nicht möglich ist, den Zeitpunkt einer Erscheinung zu bestim=

men, so giebt es keine objective Zeitbestimmung, also auch keine objective Zeitfolge und keine Veränderung als Gegenstand möglicher Erfahrung.

In der Zeit selbst ist jeder Zeitpunkt bestimmt durch alle früheren, auf die er nothwendig folgt; aber die Zeit für sich ist kein Gegenstand der Wahrnehmung, sondern die Bedingung oder Form dieser Gegenstände. Nur die Erscheinungen in der Zeit werden wahrgenommen, nicht die Zeit selbst. Soll also eine Erscheinung B nur in einem bestimmten Zeitpunkte wahrgenommen werden, so ist dies nur unter der einen Bedingung möglich, daß in dem vorhergehenden Zeitpunkte eine andere Erscheinung A wahrgenommen wird, auf die B jederzeit folgt. Jeder Zeitpunkt ist bestimmt durch den nächst früheren, auf den er folgt. Soll der Zeitpunkt einer Erscheinung bestimmt sein, so ist dies nur durch die Erscheinung in dem nächst früheren Zeitpunkte möglich. Wenn in dem Zeitpunkte A jede beliebige Wahrnehmung stattfinden kann, so ist klar, daß auch die Erscheinung in dem folgenden Zeitpunkte B nur zufällig jetzt stattfindet und eben so gut ein anderes mal stattfinden könnte. Daher ist der Zeitpunkt einer Erscheinung nur dann bestimmt, wenn ihr eine andere Erscheinung nothwendig vorausgeht. Wenn A nicht nothwendig B vorausgeht, und dieses nicht nothwendig auf A folgt, so hat keine beider Erscheinungen einen bestimmten Zeitpunkt. Wenn eine Begebenheit einer anderen nothwendig vorhergeht und nicht sein kann, ohne daß diese ihr folgt, so ist sie deren Ursache, und die andere Begebenheit ist ihre Wirkung. Also ist der Begriff der Ursache und Wirkung die einzige Möglichkeit, um den Zeitpunkt einer Erscheinung zu bestimmen, die einzige Bedingung zu einer objectiven Zeitbestimmung, also auch zu einer objectiven Zeitfolge: mithin die einzige Bedingung, unter der eine Zeitfolge verschiedener Zustände, deren jeder seinen bestimmten Zeitpunkt hat, d. h. Veränderung vorgestellt werden kann. Nur der Begriff der Causalität bestimmt den Zeitpunkt einer Erscheinung. Die Kategorie der Ursache bestimmt eine Erscheinung als eine solche, die nothwendig einer anderen vorausgeht, darum nothwendig vor dieser wahrgenommen werden muß. Also ist es der Begriff der Ursache und Wirkung, der allein unsere Wahrnehmung in Ansehung der Zeitfolge regulirt: dieser Begriff nimmt der Zeitfolge die Zufälligkeit unserer subjectiven Apprehension und macht dieselbe objectiv.

In dieser Einsicht ruht der kritische Schwerpunkt. Hier zeigt sich deutlich, wie die Causalität nicht aus der Erfahrung hervorgeht, sondern

396

aller Erfahrung als Bedingung zu Grunde liegt; hier enthüllt sich die ganze Differenz zwischen Kant, dem kritischen Philosophen, und Hume, dem skeptischen. Hume hatte erklärt, die Caufalität sei nichts anderes als die gewohnte Succeffion zweier Wahrnehmungen, das „propter hoc" sei nur ein oft wiederholtes „post hoc". Nichts scheint einfacher und leichter zu begreifen, als diese Ableitung. Nur ist, alles andere bei Seite gesetzt, ein Punkt von Hume gar nicht unterfucht worden: er hat das post hoc selbst nicht erklärt. Was ist denn post hoc? Eine Wahr=nehmung, die auf eine andere folgt. Aber alle unfere Wahrnehmungen folgen einander, auch solche, deren Objecte in derfelben Zeit sind. Soll also das post hoc eine objective Zeitbestimmung sein, so kann diese Geltung nicht aus unferer Wahrnehmung erklärt werden; die objective Zeitfolge gilt unabhängig von unferer zufälligen Wahrnehmung und bezeichnet eine Erscheinung, die später ist, als eine andere. B ist später als A, nicht blos in meiner Wahrnehmung, sondern in feinem Dasein, b. h. offenbar: B ist nicht mit A zugleich, es ist nicht früher als A, es ist nur später; entweder ist es gar nicht oder es ist nach A; es würde nicht sein, wenn A nicht vorausgegangen wäre, es ist also unter der Bedingung von A, oder A ist die Urfache von B. Bei Licht be=fehen, ist jenes post hoc entweder gar keine Zeitbestimmung und fagt über die wirkliche Zeitfolge der Erscheinungen nichts aus, oder wenn es wirklich eine Zeitbestimmung ist, wenn es überhaupt einen Sinn hat, so hat es diefen nur durch den Begriff der Urfache. Eine Erscheinung, die, abgefehen von meiner Wahrnehmung, später ist als eine andere und in diefer realen Bedeutung ein post hoc bildet, ist nothwendig durch jene andere bedingt. Den Zeitpunkt von B bestimmen, heißt er=klären: B kann nur in diefem Zeitpunkte stattfinden, dem A voraus=geht; es kann nur auf die Erscheinung A folgen, es ist die Wirkung von A; es kann nur C vorausgehen, es ist die Urfache von C. Un=möglich läßt sich der Zeitpunkt eines Dafeins anders bestimmen als durch den Begriff der Caufalität. So ist es (gerade umgekehrt als Hume gemeint hat) vielmehr das propter hoc, wodurch in allen Fällen das post hoc bestimmt wird. Zwei Wahrnehmungen, die aufeinander folgen, bilden noch keine objective Zeitfolge, noch kein post hoc: dies hatte Hume sich nicht klar gemacht. Zwei Erscheinungen, die nicht blos in unferer Wahrnehmung, sondern als solche aufeinander folgen, bilden keine zufällige, sondern eine nothwendige Zeitfolge, b. h. eine durch Caufalität bestimmte.

Es war sehr leicht, aber auch ganz nichtssagend, wenn man aus der Wahrnehmung der außer einander befindlichen Dinge den Begriff des Raumes ableiten wollte: die Dinge außer einander sind die Dinge im Raum. Es ist eben so leicht und eben so nichtssagend, wenn man aus der objectiven Zeitfolge den Begriff der Causalität ableiten will: die objective Zeitfolge ist die von unserer zufälligen Wahrnehmung unabhängige (nothwendige) Zeitfolge, welche in der Causalität besteht. Dort ist es der Raum, der die Wahrnehmung ermöglicht, aus welcher man den Raum abstrahirt; hier ist es die Causalität, welche diejenige Erfahrung macht, aus welcher man die Causalität hervorholt. Es ist leicht aus einer Erscheinung zu nehmen, was man hineingelegt hat. Daß man so wenig den Dingen auf den Grund sah, die man doch so scharfsinnig untersuchte, zeigt, wie oberflächlich vor dem kritischen Philosophen die menschliche Vernunft erforscht und gekannt wurde. Es war der gröbste Cirkel, der selbst einen so scharfsinnigen Denker, wie Hume, gefangen hielt. Dieser Cirkel lag wie ein Bann auf der Philosophie der vorkritischen Zeit, und es bedurfte der Riesenstärke eines Kant, um ihn zu durchbrechen und aufzulösen.

Der Begriff der Ursache bestimmt den Zeitpunkt jeder Erscheinung und damit die objective Zeitfolge der Dinge. In dieser ist alles vorhergehende Dasein die Ursache alles folgenden, und jedes folgende bedingt durch alles frühere: mithin bildet die objective Zeitfolge aller Erscheinungen einen Causalnexus, dessen spätere Glieder die nothwendigen Folgen der früheren sind. Nennen wir den Inbegriff aller Erscheinungen Welt, so bilden diejenigen Erscheinungen, die in einerlei Zeit stattfinden, den vorhandenen Weltzustand, und die verschiedenen Weltzustände die Weltveränderung. In dieser Weltveränderung hat jeder Zustand und jede dazu gehörige einzelne Erscheinung ihren bestimmten Zeitpunkt, d. h. jeder dieser Weltzustände ist die nothwendige Wirkung aller vorangegangenen Weltveränderungen, die nothwendige Ursache aller künftigen. Da nun zwischen zwei gegebenen Zeitpunkten immer Zeit ist, so kann auch die Weltveränderung, d. h. der Uebergang von einem Zustande in einen davon verschiedenen nur in der Zeit stattfinden: daher kann dieser Uebergang nicht plötzlich geschehen, sondern nur stetig. Der Zustand A ist die Ursache des nächstfolgenden B, der Uebergang von A zu B besteht in dem Wirken der Ursache: mithin kann keine Ursache in der Welt plötzlich wirken, sondern jede nur continuirlich. Weil die Causalität die objective Zeitfolge bestimmt, so gilt sie auch nur für diese. Die (objectiv) frühere Erscheinung ist die Ursache der andern, die ihr folgt; die Ursache ist demnach allemal früher, als die Wirkung. Es kann sein, daß die Wirkung unmittelbar, d. h. ohne wahrnehmbaren Zeitverlauf, mit der Ursache verknüpft ist, dies beweist nichts gegen die zeitliche Priorität der letzteren. Wären sie wirklich zugleich, so müßte jede von beiden das Prius der andern sein können. Dies ist in dem Verhältniß von Ursache und Wirkung niemals der Fall. Eine Kugel von Blei macht in dem weichen Kissen ein Grübchen; Kugel und Grübchen sind zugleich da; wenn die Kugel da ist, so folgt das Grübchen, aber auf das Grübchen folgt nicht die bleierne Kugel. Diese ist die Ursache des Druckes, jenes die Wirkung.

Jede Wirkung setzt der Zeit nach die wirkende Ursache voraus; diese Ursache aber ist selbst Wirkung einer ihr vorausgehenden Ursache: daher wird allen Wirkungen eine Ursache zu Grunde liegen müssen, die selbst nicht Wirkung einer anderen, also nicht in der Zeit entstanden ist, sondern das beharrliche Substrat aller Veränderung bildet. Dieses beharrliche Wesen war die Substanz. Nur die Substanz ist wahrhaft ursächlich, sie ist die wirkende Kraft, das eigentliche Subject der Hand=lung: die Wirksamkeit ist das Kennzeichen der Substanz. Dasjenige in der Erscheinung, das nur als Ursache, nicht als Wirkung, nur als Subject der Handlung, nie als Prädicat vorgestellt werden kann, ist Substanz: hier weist die zweite Analogie der Erfahrung zurück auf die erste. Alle Veränderungen, in ihrem letzten Grunde betrachtet, sind Er=zeugungen der Substanz, aus der sie hervorgehen. Kant nannte deshalb in der ersten Ausgabe der Kritik diese zweite Analogie den „Grundsatz der Erzeugung": „Alles, was geschieht, setzt etwas voraus, worauf es nach einer Regel folgt". Die Veränderung ist nur dann ein Gegenstand möglicher Erfahrung, d. h. eine objective Zeitfolge ver=schiedener Zustände, wenn sie nach dem Gesetze der Causalität geschieht; darum nannte Kant in der zweiten Ausgabe diese Analogie der Er=fahrung den „Grundsatz der Zeitfolge nach dem Gesetze der Causalität": „Alle Veränderungen geschehen nach dem Gesetze der Ver=knüpfung der Ursache und Wirkung". Da nun jede Erscheinung eine andere voraussetzt, auf die sie nothwendig folgt, so kann im Felde der Erfahrung niemals die erste Ursache angetroffen, also die Substanz selbst immer nur in ihren Wirkungen erkannt werden.[*]

---

[*] Ebendas. Tr. Analyt. Buch II. Hpfst. II. (Bd. II. S. 195—211.) Proleg. Th. II. § 27—29. (Bd. III. S. 229—32.)

3. Das Zugleichsein nach dem Gesetze der Wechselwirkung.

Wenn es keine Substanz oder nichts Beharrliches in den Erschei=
nungen gäbe, so wäre es unmöglich, irgend ein Zeitverhältniß der Er=
scheinungen zu bestimmen, so könnte der Wechsel der Dinge niemals
erfahren werden. Die Dinge wechseln, sie sind nicht immer da, sie
kommen und gehen. Also muß es etwas geben, das immer ist, womit
verglichen alles andere wechselt. Die Erscheinung kommt, d. h. sie ist
mit der Substanz verbunden, sie ist mit dem beharrlichen Dasein zu=
gleich; die Erscheinung geht, d. h. sie ist mit jener nicht mehr zugleich.
Die Erscheinungen wechseln heißt daher, daß sie in verschiedenen Zeit=
punkten mit der Substanz verbunden sind, daß sie also selbst in ver=
schiedenen Zeiten stattfinden, oder daß sie einander folgen. Die Substanz
war die Bedingung, um die Zeitunterschiede des Zugleich und Nacheinander
objectiv zu bestimmen: dies sagte die erste Analogie der Erfahrung.
Die Causalität war die Bedingung, um das Nacheinander (post hoc),
die Succession der Erscheinungen objectiv zu bestimmen: dies sagte die
zweite Analogie. Welches ist nun die Bedingung, wodurch das Zugleich=
sein der Erscheinungen objectiv bestimmt wird? Diese Erklärung giebt
die dritte Analogie.

Erscheinungen sind zugleich da, d. h. sie existiren in derselben Zeit.
Unsere Wahrnehmungen folgen nach einander, sie sind successiv. Wie ist
es möglich, bei dieser Zeitfolge unserer Wahrnehmungen das Zugleich=
sein der Erscheinungen zu erfahren? In diesem Punkte liegt das
Problem. Wenn ich verschiedene Dinge wahrnehme und in jeden Zeit=
punkt meiner Wahrnehmung das eine so gut wie das andere setzen
kann, so leuchtet ein, daß diese Erscheinungen nicht nach einander folgen,
daß sie keine bestimmte Zeitfolge haben; jede kann in Rücksicht auf die
andere eben so gut früher als später sein. Ich erkenne nicht, daß sie
zugleich sind, noch weniger, daß sie nothwendig zugleich sind. Daher ist
das Zugleichsein der Erscheinungen nur dann objectiv, wenn nicht unsere
Wahrnehmung, sondern die Erscheinungen selbst ihren Zeitpunkt be=
stimmen. Die einzige Möglichkeit, den Zeitpunkt einer Erscheinung zu
bestimmen, ist die Causalität. Eine Erscheinung setzt die andere in der
Zeit voraus, d. h. sie ist eine Wirkung jener Erscheinung, diese ist ihre
Ursache. Wenn nun verschiedene Erscheinungen sich gegenseitig der Zeit
nach voraussetzen, so kann von ihnen keine weder früher noch später
sein, als die andere, d. h. diese Erscheinungen sind nothwendig in dem=
selben Zeitpunkte oder zugleich. Also es ist die wechselseitige Causalität,

der Begriff der Wechselwirkung oder Gemeinschaft, der das Zugleichsein der Dinge bestimmt oder objectiv macht. Dieser Begriff regulirt unsere Wahrnehmung, die jetzt nicht mehr nach dem zufälligen Gange unserer Auffassung von a zu b oder von b zu a geführt wird, sondern nothwendig von a fortgeht zu b und von b ebenso nothwendig wieder zurückkehrt zu a. In diesem Falle werden die beiden Erscheinungen jede als Prius und Posterius der anderen wahrgenommen, d. h. sie fallen beide in denselben Zeitpunkt. Jede ist Ursache, weil sie der anderen nothwendig vorausgeht; sie ist als Ursache Substanz; die Substanzen sind als Gegenstände der äußeren Wahrnehmung im Raum. Sollen diese Wahrnehmungen nothwendig einander gegenseitig folgen, so können die Substanzen nicht völlig isolirt, nicht durch einen leeren Raum getrennt sein, sie müssen einen räumlichen Zusammenhang haben oder ein Ganzes ausmachen, dessen Theile sie bilden. Ein Ganzes, dessen Theile zugleich sind, ist eine zusammengesetzte Erscheinung, ein „compositum reale" im allgemeinsten Verstande, und die Wahrnehmung desselben ist nur durch den Begriff der Wechselwirkung möglich. Also kann das Zeitverhältniß der Dinge, sofern sie zugleich sind, nur durch diesen Begriff erfahren werden. Darum lautet „der Grundsatz der Gemeinschaft": „Alle Substanzen, sofern sie zugleich da sind, stehen in durchgängiger Gemeinschaft (d. i. Wechselwirkung unter einander".*)

Dies sind die drei Analogien der Erfahrung. Es giebt keine Erfahrung, wenn nicht das Zeitverhältniß der Dinge ein Object der Erfahrung ist; es ist kein Object der Erfahrung, wenn es nicht objectiv bestimmt werden kann: diese Bestimmung giebt der Begriff der Substanz, der Causalität, der Gemeinschaft. Die Substanz bestimmt das beharrliche Dasein und macht dadurch den Wechsel erkennbar; die Causalität bestimmt die nothwendige Zeitfolge und macht dadurch die Veränderung erkennbar; die Gemeinschaft bestimmt das reale Zugleichsein und macht dadurch ein zusammengesetztes Ganzes, den Zusammenhang der Erscheinungen im Raume erkennbar. Alles zusammengefaßt, ist das Causalverhältniß der Erscheinungen die Bedingung, wodurch das Zeitverhältniß der Erscheinungen bestimmt und für eine mögliche Erfahrung objectiv gemacht wird. Nun ist jenes Causalverhältniß ein dreifaches:

---

*) In der Fassung der zweiten Ausgabe: „Alle Substanzen, sofern sie im Raum als zugleich wahrgenommen werden können, sind in durchgängiger Wechselwirkung".

entweder sind die Erscheinungen Zustände (Bestimmungen) einer Sub=
stanz oder Folgen einer Ursache oder Theile (Glieder) eines Ganzen:
im ersten Falle nennen wir ihr Verhältniß Inhärenz, im zweiten Con=
sequenz, im dritten Composition.*)

II. Die Postulate des empirischen Denkens.

Die Grundsätze, die wir entwickelt haben, folgen sämmtlich aus
den Bedingungen einer möglichen Erfahrung; ihre Geltung liegt darin,
daß ihre Verneinung die Möglichkeit aller Erfahrung aufhebt. Unter
diesem Gesichtspunkte wird die Möglichkeit der Dinge überhaupt und
damit auch deren Wirklichkeit und Nothwendigkeit ganz anders beurtheilt,
als von der Philosophie der vorkritischen Zeit. Es ist klar, daß die
Bedingungen einer möglichen Erfahrung zugleich die Bedingungen aller
Gegenstände möglicher Erfahrung sind; aber welches sind die Bedingungen,
daß überhaupt etwas möglich, wirklich oder nothwendig ist? Wenn sich
diese Bedingungen a priori feststellen lassen, so werden sie Grundsätze
bilden, welche die Modalität unserer Erkenntnißurtheile reguliren, also
Grundsätze der Modalität, welche die Richtschnur geben, nach der wir
die Möglichkeit, Wirklichkeit, Nothwendigkeit der Dinge zu beurtheilen
haben, nach der unsere Erkenntnißurtheile problematisch, assertorisch
oder apodiktisch ausfallen.

Kant hatte schon lange vor seiner Kritik erkannt, daß Existenzial=
sätze stets synthetische Urtheile sind, weil die Existenz keines der logischen
Merkmale ist, die man in der Zergliederung eines Begriffes findet.
Diese Einsicht vernichtet von Grund aus alle Ontologie, denn sie hebt
die Möglichkeit auf, aus dem Begriff einer Sache auf deren Dasein zu
schließen. Was von dem wirklichen Dasein gilt, wird auch von dem
möglichen oder nothwendigen gelten; denn möglich ist, was wirklich sein
kann, und nothwendig, was wirklich sein muß. Die dogmatischen Meta=
physiker meinten, die Möglichkeit der Sache in dem Begriff derselben
entdecken und aus dem bloßen Begriff einsehen zu können, ob die Sache
möglich sei oder nicht. Wäre die Möglichkeit ein solches Merkmal des
Begriffes, so müßte man dieses, wie jedes andere, von dem Begriff der
Sache abziehen können, und der letztere müßte ein anderer sein, wenn
ihm das Merkmal des Daseins zukommt, ein anderer, wenn es ihm

*) Ebendas. Tr. Anal. Buch II. Hptst. II. (Bd. III. S. 211—17.)

fehlt. Aber man sieht leicht, daß sich die Sache nicht so verhält. Ob die Pyramide existirt oder nicht existirt, ändert in ihrem Begriffe nicht das mindeste, die Merkmale dieses Begriffes bleiben völlig dieselben und werden durch die Vorstellung der Existenz weder vermehrt noch vermindert. Also ist das Dasein überhaupt kein Merkmal, dessen Hinzutreten den Begriff erweitert; in der Vorstellung der Sache ändert sich nichts, nur in der Art, wie uns diese Vorstellung gegeben ist. Sie kann uns als bloße Vorstellung oder als ein Gegenstand unserer Erfahrung gegeben sein: in dem letzteren Falle erscheint sie als wirklich. Daher wird durch die Kategorien der Modalität nichts anderes als das Verhältniß einer Vorstellung zu unserem Erkenntnißvermögen bestimmt.

Dasein kann uns nur durch Erfahrung, nie durch den bloßen Verstand oder die bloße Einbildung gegeben sein. Dies wußte Kant schon, als er den einzig möglichen Beweisgrund zu einer Demonstration des Daseins Gottes aufstellte. Das Kriterium des Daseins ist nie logisch, sondern durchaus empirisch. Der Satz des Widerspruchs, dieses herkömmliche Kriterium der Möglichkeit, entscheidet gar nichts über das mögliche Dasein. Er sagt: möglich ist, was sich nicht widerspricht, ein Begriff, dessen Merkmale sich nicht gegenseitig aufheben, der nicht zugleich A und Nicht=A ist. Dieser Widerstreit ist nicht denkbar, wohl aber möglich, wie die negativen Größen der Mathematik, die Bewegungen und Veränderungen in der Natur zeigen. Und auf der anderen Seite kann eine Vorstellung der Art sein, daß ihre Merkmale sich nicht widersprechen, und die Vorstellung doch unmöglich ist. In dem Begriffe eines von zwei geraden Linien eingeschlossenen Raumes ist nichts, das sich logisch widerspricht; im Begriff einer geraden Linie liegt es nicht, daß sie eine andere gerade Linie nur in einem Punkte schneiden kann. Die Unmöglichkeit liegt in der Anschauung. Also etwas kann unbenkbar und gleichwohl möglich, es kann benkbar und gleichwohl unmöglich sein. Ein anderes ist Denkbarkeit, ein anderes Möglichkeit. Ueber das Dasein entscheidet mithin nicht der Begriff der Sache, sondern lediglich die Erfahrung. Und da die Bedingungen der Erfahrung feststehen, so sind die Kriterien der Modalität gegeben. Möglich ist, was erfahren werden kann, d. h. was mit den Bedingungen der Erfahrung übereinstimmt; wirklich ist, was erfahren wird, d. h. was als Gegenstand der Erfahrung gegeben ist, also das wahrgenommene Object oder die empirische Anschauung; nothwendig ist, was erfahren werden muß. Nun muß jede Erscheinung als Wirkung einer anderen erfahren werden, weil sie sonst in keinem bestimmten Zeitpunkte, also überhaupt nicht erscheinen könnte. Nothwendig ist daher die Causalität der Dinge. Ich kann die Erscheinungen nicht anders als in einer Zeitfolge wahrnehmen, ich kann diese Zeitfolge nicht anders als durch Causalität erfahren, also ist die Causalität die einzige Form der nothwendigen Erfahrung.

Wenn der Mathematiker sagt: ziehe die gerade Linie ab, so ist dies kein zu beweisender Satz, sondern es ist die Forderung, den gegebenen Begriff anzuschauen: ein Postulat der Anschauung. Ganz in demselben Sinne fordern die Grundsätze der Modalität, daß man das Dasein der Begriffe erfahre und unter dem Gesichtspunkte der Erfahrung beurtheile: sie fordern als die Bedingung desselben die Probe der Erfahrung, nicht das bloße, sondern das erfahrungsmäßige oder empirische Denken. Darum nennt sie Kant „Postulate des empirischen Denkens": „1. Was mit den formalen Bedingungen der Erfahrung (der Anschauung und den Begriffen nach) übereinkommt, ist möglich; 2. was mit den materialen Bedingungen der Erfahrung (der Empfindung) zusammenhängt, ist wirklich; 3. dessen Zusammenhang mit dem Wirklichen nach allgemeinen Bedingungen der Erfahrung bestimmt ist, ist (existirt) nothwendig".

Das Gesetz der Nothwendigkeit ist eines mit dem der Causalität. Hier fallen die Postulate des empirischen Denkens mit den Analogien der Erfahrung zusammen. Der Grundsatz der Causalität sagt: jede Erscheinung ist die Wirkung einer anderen, auf die sie nothwendig folgt. Der Grundsatz der Nothwendigkeit sagt: nothwendig ist, was wir als Wirkung erfahren. Ist aber jedes Dasein die Wirkung eines anderen, so giebt es nichts, das ohne Ursache geschieht, also kein bloßes Ungefähr, keinen Zufall. Muß jede Erscheinung als Wirkung einer anderen erfahren werden, so ist alle Nothwendigkeit in der Welt eine bedingte oder hypothetische, so giebt es keine absolute, unbedingte, im Sinne der Erfahrung irrationale Nothwendigkeit, sondern alle Nothwendigkeit erklärt sich aus natürlichen Ursachen, die selbst als Wirkungen anderer Ursachen erklärt sein wollen: die hypothetische Nothwendigkeit ist durchaus verständlich; es giebt keine unbegreifliche, in diesem Sinne blinde Nothwendigkeit, kein Verhängniß in der Natur der Dinge. Das Gesetz der Causalität schließt den Zufall, das der Nothwendigkeit schließt das Fatum aus.*)

---

*) Ebendas. Tr. Anal. Buch II. Hptst. II. (Bd. III. S. 217—23. S. 226 flgb.)

III. Das Gesammtresultat.

1. Die Summe der Grundsätze.

Fassen wir die Lehre von den Grundsätzen in die kürzeste Formel. Die beiden ersten Grundsätze bestimmen die Dinge als Größen: sie waren deshalb „mathematisch"; die beiden letzten, die Analogien und Postulate der Erfahrung, bestimmen das Dasein der Dinge, jene nach dem Ver=hältniß und den Vermögen, welche die Erscheinungen unter einander verknüpfen, diese nach dem Verhältniß zu unserem Erkenntnißvermögen: beide sind deshalb „dynamisch". Die beiden mathematischen Grundsätze bilden zusammen das Gesetz der Continuität, die beiden dynamischen das der Causalität oder Nothwendigkeit. Also gehen in ihrer Summe alle Grundsätze auf die Formel zurück: alle Gegenstände einer möglichen Erfahrung sind ihrer Form nach continuirliche Größen, ihrem Dasein nach nothwendige Wirkungen.

Jeder Grundsatz erklärt sein Gegentheil für unmöglich. Dieser negative Ausdruck ist eine unmittelbare, selbstverständliche Folgerung. Das Gesetz der Continuität, negativ ausgedrückt, sagt: „es giebt keine Sprünge in der Natur, non datur saltus"; das Gesetz der Causalität und Nothwendigkeit erklärt in seinem negativen Ausdruck: „es giebt in der Natur weder gar keine noch eine blinde Nothwendigkeit, weder Zufall noch Verhängniß, non datur casus, non datur fatum". Aus der Continuität der Größen und Veränderungen folgt die Unmöglichkeit des Absprungs, der Lücke, der Kluft: „non datur hiatus".[*]

2. Rationalismus und Empirismus.

In diesen Grundsätzen ist alles befaßt, was die transscendentale Urtheilskraft von den Gegenständen möglicher Erfahrung (Erscheinungen) behaupten kann. Sie hätte gar nichts aussagen können, wenn es nicht möglich gewesen wäre, die Erscheinungen vermöge der Schemata unter die reinen Begriffe zu subsumiren. Nun waren die Schemata Zeit=bestimmungen, und die Zeit selbst war die Form unserer Anschauung, gültig nur für das angeschaute Dasein: es sind also die Zeitbestim=mungen, welche die Begriffe anwendbar, und es sind die Begriffe, welche die Zeitbestimmungen objectiv machen. Ohne Begriffe können die Zeit=bestimmungen der Erscheinungen nie objectiv werden; ohne Zeitbestim=mungen können die Begriffe nichts objectiv machen. Ohne Zeitbestimmung

---

[*] Ebendaselbst. Tr. Anal. Buch II. Hptst. II. (Bd. II. S. 227—28.)

(ohne Anschauung) sind die Begriffe leer und gehen in's Leere. Daraus erhellt, daß die Zeitbestimmung, indem sie allein den Gebrauch der Kategorien ermöglicht, diesen Gebrauch zugleich einschränkt oder, wie Kant sagt, restringirt. Die Begriffe können jetzt auf alle Erscheinungen angewendet werden, denn alle Erscheinungen sind in der Zeit; aber sie können auch nur auf Erscheinungen angewendet werden, denn außer den Erscheinungen ist nichts in der Zeit: sie verknüpfen Erscheinungen und nur diese; sie ermöglichen deren Erkenntniß, aber auch nur diese. Nennen wir die Erkenntniß der Erscheinungen im allgemeinsten Verstande Erfahrung, so besteht die Function der reinen Begriffe darin, Erfahrung zu machen. Sie haben keine andere Function. Nicht sie werden durch Erfahrung gemacht, sondern sie sind es, durch welche die Erfahrung zu Stande kommt, aber sie können auch keine andere Erkenntniß erzeugen als Erfahrung. In diesem Satze haben wir die Summe der transcendentalen Analytik und erkennen hier, was die Erkenntniß= lehre betrifft, mit einem einzigen Blick den Unterschied der dogmatischen und kritischen Philosophie.

Nach dem Ergebniß der transscendentalen Analytik wird unsere Erkenntniß der Dinge auf die Erfahrung beschränkt und diese durch die Begriffe des reinen Verstandes begründet. Wenn man den Gang der kritischen Untersuchung und die Art ihrer Begründungen nicht zu wür= digen versteht und blos darauf sieht, was schließlich herauskommt, so kann es scheinen, als ob Kant in seiner Erkenntnißlehre die entgegen= gesetzten Richtungen der dogmatischen Philosophie synkretistisch vereinigt habe, als ob er zur Hälfte Empirist, zur Hälfte Rationalist sei. Und wenn das Resultat gar noch so einseitig aufgefaßt wird, daß man nur die eine oder nur die andere Seite beachtet, so erscheint unser Philosoph den einen als Empirist, den anderen als Rationalist alten Schlages.

Daß alle menschliche Erkenntniß in der Erfahrung bestehe, ist der Satz des Empirismus: das Thema der englischen Philosophen seit Bacon. Dasselbe lehre auch Kant, nur daß er den Weg zu diesem Ergebniß sich schwieriger und anderen dunkler gemacht habe, als Locke, dessen Versuch über den menschlichen Verstand einfacher zum Ziel komme und leichter zu lesen sei, als die Kritik der reinen Vernunft. Daß unsere Erkenntniß der Dinge auf gewissen Grundbegriffen und Grundsätzen des reinen Verstandes beruhe, haben die dogmatischen Metaphysiker seit Descartes behauptet, insbesondere hat Leibniz diese Grundsätze er= leuchtet und dadurch die Kritik der reinen Vernunft entbehrlich gemacht.

Solche Urtheile folgen aus einer so oberflächlichen und grundfalschen Auffassung. Kant ist kein Empirist der alten Schule, denn er hat die Erfahrung aus dem reinen Verstande begründet; er ist eben so wenig ein Rationalist der früheren Art, denn er hat die angeborenen Ideen verneint: er ist keines von beiden. Darum soll man auch nicht sagen, daß er jene beiden entgegengesetzten Richtungen in seiner Lehre ver=einigt, sondern daß er sie vielmehr durch dieselbe widerlegt habe; denn sein Standpunkt ist nicht dogmatisch, sondern kritisch, da er die Erkennbarkeit der Dinge nicht voraussetzt, sondern untersucht und be=gründet.

3. Idealismus und Realismus. Spätere Zusätze.

Dem Abschnitte der Analytik, worin die Lehre von den Grund=sätzen ausgeführt wird, hat der Philosoph in der zweiten Ausgabe der Vernunftkritik noch zwei Zusätze hinzugefügt, deren erster sich auf die Postulate des empirischen Denkens, insbesondere auf das der Wirklich=keit, der andere auf die Grundsätze überhaupt bezieht. Jener heißt „Widerlegung des Idealismus",*) dieser „Allgemeine Anmer=kung zum System der Grundsätze".**) Er wollte damit den Miß=verständnissen entgegentreten, die seine Lehre von den Erscheinungen und den Erkenntnißobjecten erfahren hatte. Namentlich durch Garves Recension sah er seine Kritik der Gefahr ausgesetzt, mit Berkeleys Idea=lismus verwechselt zu werden. Diese falsche Auffassung wollte er jetzt durch seine „Widerlegung des Idealismus" verhüten.

Die Frage betrifft die Realität oder Wirklichkeit der Dinge außer uns, die von Seiten des Idealismus entweder für zweifelhaft und unerweislich oder für falsch und unmöglich erklärt wird: das erste geschieht durch den „problematischen Idealismus des Cartesius", das andere durch den „dogmatischen Idealismus Berkeleys". Kant hatte in seinen Prolegomena jenen den „empirischen", diesen den „mystischen oder schwärmenden Idealismus" genannt und beiden in der eigenen Lehre den „kritischen Idealismus" entgegengesetzt.***)

Berkeleys Lehre gründete sich auf eine falsche Ansicht vom Raum, den sie nicht für eine Grundbedingung der Erscheinungen, sondern selbst für eine Erscheinung oder eine Eigenschaft der Dinge nahm; dann konnte freilich der Raum keine reale, sondern nur eine imaginäre Geltung

---

*) Kr. d. r. V. (1787). Tr. Anal. Buch II. Hptst. II. (Bd. II. S. 223—26.) — **) Ebendas. (Bd. II. S. 232—36.) — ***) Proleg. Th. I. § 13. (Bd. III. S. 210).

haben, und die Dinge im Raum (die Dinge außer uns) mußten für bloße Einbildungen gelten. Dieser Ungrund des berkeleyschen Idealismus ist bereits durch die transscendentale Aesthetik widerlegt worden.*) Dagegen hatte Descartes allen Grund, von seinem Standpunkt aus, der keine andere Gewißheit gelten ließ als die des eigenen Seins und Denkens, das Dasein der Dinge außer uns zunächst für zweifelhaft und unerweislich zu erklären. Dieser problematische Idealismus gründet sich auf die alleinige Gewißheit der inneren Erfahrung: daher nennt Kant diesen Idealismus „empirisch". Läßt sich nun beweisen, daß ohne die Wirklichkeit der Dinge außer uns keine äußere Erfahrung und ohne diese die innere nicht sein kann, so ist der Idealismus auch in dieser Form, also überhaupt widerlegt. Der zu beweisende Satz lautet: „Das bloße, aber empirisch bestimmte Bewußtsein meines eigenen Daseins beweiset das Dasein der Gegenstände im Raum außer mir".

Alle innere Erfahrung steht unter der Bedingung der Zeit, in der bloßen Zeit giebt es nichts Beharrliches, ohne das Beharrliche ist der Wechsel der Erscheinungen, also das Object der inneren Erfahrung unerkennbar, mithin diese selbst unmöglich; nun ist das Beharrliche nur im Raum oder als Gegenstand der äußeren Erfahrung erkennbar: folglich ist alle innere Erfahrung bedingt durch die äußere. „Das Bewußtsein meines eigenen Daseins ist zugleich ein unmittelbares Bewußtsein des Daseins anderer Dinge außer mir."**)

Die äußere Erfahrung ist eben so unmittelbar als die innere, sie ist selbst bedingt durch die Wirklichkeit äußerer Gegenstände, also durch die Körper und deren Veränderungen (Bewegungen), welche letztere kein Object der Erfahrung sein könnten, wenn es nicht etwas Beharrliches gäbe; nun ist die Substanz nur als beharrliche Erscheinung einleuch= tend, diese aber nur im Raum erkennbar, das raumerfüllende Dasein ist die Materie: daher ist die Materie die einzige erkennbare Sub= stanz. So erscheint die Materie als die Bedingung, ohne welche keinerlei Wechsel oder Veränderung erkennbar, also die äußere wie die innere Erfahrung unmöglich ist.***)

Durch diese Lehre, die erst von der Vernunftkritik begründet worden, soll nun der Idealismus sowohl in seiner cartesianischen als in seiner berkeleyschen Fassung widerlegt sein. Nach Descartes sind die Körper

---

*) Vgl. oben Cap. IV. S. 349—350. — **) Kr. d. r. V. (1787). Tr. Anal. Buch II. Hptst. II. (Bd. II. S. 224). — ***) Ebendas. Widerlegung des Idealis= mus. Anmlg. 1—3. (Bd. II. S. 224—26).

ober die äußeren Gegenstände unabhängig von unserer Vorstellung, sie sind Dinge an sich und der Raum ihre Wesenseigenthümlichkeit oder ihr Attribut: diese Lehre hat Kant widerlegt, denn nach ihm sind die Körper oder die äußeren Gegenstände unsere Vorstellungen, bedingt durch den Raum, der die Grundform unserer äußeren Anschauung aus= macht. Raum und Körper sind nicht Dinge an sich, die außer uns sind, sondern nothwendige Vorstellungen in uns: nur deshalb ist die äußere Erfahrung eben so unmittelbar als die innere. Was daher Kant in seiner obigen Beweisführung an der cartesianischen Lehre widerlegt hat, ist nicht ihr Idealismus, sondern ihr Realismus, der an der idealisti= schen Grundansicht der kantischen Lehre scheitert. Wir werden Gelegen= heit haben, auf diesen Punkt zurückzukomm n.

Berkeley hatte verneint, daß die Materie ein Ding an sich oder etwas von aller Vorstellung Unabhängiges sei. Er wäre widerlegt, wenn Kant bewiesen hätte, daß die Materie ein solches Ding an sich ist; aber er hat nur bewiesen, daß sie ein Ding außer uns ist, nämlich der nothwendige Gegenstand der äußeren Erfahrung. Die Dinge außer uns sind die Dinge im Raum; der Raum ist unsere Anschauung, das Ding ist unser Begriff: daher ist die Materie kein Ding an sich und die Lehre Berkeleys durch die obige Beweisführung in diesem Punkte nicht wider= legt, sondern bestätigt. Auch haben wir in der Deduction der reinen Verstandesbegriffe schon aus der ersten Ausgabe der Kritik eine Stelle angeführt, worin der Philosoph seine idealistische Grundansicht in Betreff der Materie unzweideutig ausspricht,*) und wir werden in der trans= scendentalen Dialektik einer sehr deutlichen und unumwundenen Bestäti= gung derselben wieder begegnen. Es kann nicht geleugnet werden, daß in der „Widerlegung des Idealismus", welche die zweite Ausgabe der Kritik enthält, ein Schein besteht, der die Leser irre führen kann, da sie die Dinge außer uns in einem Lichte erscheinen läßt, als ob sie Dinge an sich wären.

Die „Allgemeine Anmerkung zum System der Grundsätze", ebenfalls ein Zusatz der späteren Ausgabe, kann die vorhergehende „Widerlegung des Idealismus" weder fördern noch bestätigen, obwohl der Philosoph ihr gerade in dieser Rücksicht eine besondere Wichtigkeit zuschreibt. Aus bloßen Kategorien können wir die Möglichkeit der Dinge nicht einsehen, noch wirkliche Objecte vorstellen, wir bedürfen dazu der Anschauung und

---

*) Vgl. oben Buch II. Cap. V. N. II. 2. (S. 367 flgb.).

zwar der äußeren: dies gilt von allen Kategorien, insbesondere von denen der Relation. Ohne äußere Anschauung giebt es keine Erkenntniß der Materie, der beharrlichen Erscheinung, der Substanz, also auch keine der Gemeinschaft der Substanzen, keine der Bewegung oder der Ver= änderung im Raum, die wir als Beispiel brauchen, um die Veränderung überhaupt, diese dem Begriffe der Caussalität correspondirende Anschau= ung, darzustellen. „Wie 1. etwas nur als Subject, nicht als bloße Be= stimmung anderer Dinge existiren d. i. Substanz sein könne, oder wie 2. darum, weil etwas ist, etwas anderes sein müsse, mithin wie etwas überhaupt Ursache sein könne, oder 3. wie, wenn mehrere Dinge da sind, daraus, daß eines derselben da ist, etwas auf die übrigen und so wechselseitige Folge und auf diese Art eine Gemeinschaft von Substanzen Statt haben könne, läßt sich gar nicht aus bloßen Begriffen einsehen." *) In dieser Frage lag das Hauptproblem der vorkritischen Untersuchungen unseres Philosophen. Dieses Problem löst die Vernunftkritik durch die Begründung der Erfahrung, d. h. durch die nachgewiesene objective Gel= tung und Anwendbarkeit der Kategorien, welche letztere nur durch die Zeitbestimmung, also durch die Anschauung zu Stande kommt. Da nun in der Zeit alles in beständigem Wechsel begriffen, der Wechsel aber nur unter der Bedingung einer beharrlichen Erscheinung erkennbar ist, welche letztere Gegenstand blos der äußeren Anschauung sein kann, so folgt: „daß wir, um die Möglichkeit der Dinge zufolge der Kategorien zu verstehen und also die objective Realität der letzteren darzuthun, nicht blos Anschauungen, sondern sogar immer äußere Anschauungen bedürfen".**)

Diese Nothwendigkeit der äußeren Anschauung streitet so wenig mit der idealistischen Grundansicht der kantischen Lehre, daß sie vielmehr dieselbe ausmacht und aus ihr folgt. Darum können wir auch nicht in dem eben angeführten Satz nach dem Ausdruck des Philosophen eine besondere „Merkwürdigkeit" finden. Wir sehen nicht, wie dadurch der Idealismus widerlegt oder die Widerlegung desselben bestätigt werden soll, es müßte denn sein, daß als die Ursache der äußeren Anschauung oder auch nur als einer ihrer Factoren das Ding an sich gilt. Gesagt hat dies der Philosoph nicht, und er würde damit den Grundlagen seiner Lehre widersprochen haben; aber in den Ausführungen dieser

---

*) Kr. d. r. V. (1787). Allgem. Anmkg. zum System der Grundsätze. (Bd. II. S. 232 flgd.). — **) Ebendas. (II. S. 234).

beiden späteren Zusätze liegt der Schein, als ob die Wirklichkeit äußerer Gegenstände unabhängig von dem Stoff und der Form unserer Vor= stellungen gelten sollte, d. h. als ob die äußeren Gegenstände Dinge an sich wären. Nur in einem Punkt, der aber nichts wider den Idealismus ausrichtet, finden wir die Lehre Kants modificirt. Er hatte früher er= klärt: daß in der Zeit die Erscheinungen entweder zugleich oder nach einander sind, entweder beharren oder wechseln; jetzt dagegen heißt es: in der Zeit beharrt nichts, sondern alles ist hier in beständigem Fluß. Das Zugleichsein kann nicht erkannt werden, ohne daß etwas beharrt; das Beharrliche ist nur als räumliches Dasein d. h. als Gegenstand äußerer Anschauung erkennbar, daher bedürfen die Kategorien zu ihrer objectiven Realität „nicht blos Anschauungen, sondern sogar immer äußerer Anschauungen".

Achtes Capitel.
Die Grenze der Erkenntniß. Ding an sich und Erscheinung. Die Amphibolie der Reflexionsbegriffe.

1. Die Grenze der Erkenntniß.

1. Möglichkeit einer Erkenntniß des Uebersinnlichen.

Die positive Aufgabe der Kritik ist gelöst: die Thatsache der Mathe= matik und Naturwissenschaft (Erfahrung) ist erklärt, die Bedingungen sind dargethan, unter denen Erkenntniß im Sinne der Kritik stattfindet: zugleich synthetische und nothwendige, d. h. metaphysische Erkenntniß. Aber die Bedingungen, welche diese Erkenntniß ermöglichen und erklären, beschränken dieselbe zugleich auf ein bestimmtes Gebiet: sie bestimmen als deren einzig mögliche Gegenstände die Erscheinungen, die nichts anderes als unsere Vorstellungen sind. Es giebt von den Erscheinungen eine allgemeine und nothwendige Erkenntniß, aber es giebt eine solche auch nur von den Erscheinungen. Nennen wir alle Erkenntniß, die den Charakter der strengen Allgemeinheit und Nothwendigkeit hat, meta= physisch, so lautet das positive Ergebniß der Kritik: es giebt eine Metaphysik der Erscheinungen. Nennen wir alle Erkenntniß, deren Objecte Erscheinungen oder sinnliche Dinge sind, empirisch, so lautet dasselbe Ergebniß: es giebt nur Erfahrung.

An dieses positive Resultat grenzt unmittelbar ein negatives, das jetzt in den Vordergrund der Kritik rückt. Wenn Erkenntniß nur von Erscheinungen möglich ist, so folgt unmittelbar, daß Gegenstände, welche nicht erscheinen, unerkennbar sind. Die Quelle der Erscheinungen ist unsere Sinnlichkeit. Was nicht sinnlich ist, kann uns auch nie erscheinen, und umgekehrt. Hat die transscendentale Analytik die Möglichkeit einer Erkenntniß der sinnlichen Dinge bewiesen, so wird es jetzt die Aufgabe der Kritik sein, die Möglichkeit einer Erkenntniß nicht sinnlicher Dinge zu widerlegen. Die Lösung dieser Aufgabe gehört der transscendentalen Dialektik.

Im Grunde ist diese Widerlegung schon im Ergebniß der Analytik als dessen unmittelbare Folge enthalten, und es bedürfte kaum der weitläufigen und schwierigen Untersuchungen, die uns bevorstehen, wenn nichts anderes bewiesen werden sollte, als nur die Unmöglichkeit jener Erkenntniß. Es leuchtet schon jetzt vollkommen ein, daß die menschliche Vernunft kein Recht hat, das Gebiet ihrer Erkenntnißvermögen auf Objecte jenseits ihrer Sinnlichkeit auszudehnen. Aber gerade diese Einsicht, die weder neu noch schwer ist, nöthigt die Kritik, sich eine Frage vorzulegen, die sie am wenigsten ungelöst lassen darf. Als sie die Thatsache der Erkenntniß festzustellen hatte, fand sich unter den factischen Wissenschaften auch eine Metaphysik des Uebersinnlichen, die Zeugniß ablegte für das Vorhandensein synthetischer Urtheile a priori. Also diese Wissenschaft existirt, obschon ihre Unmöglichkeit bereits einleuchtet. Von Rechts wegen wird sie nicht existiren dürfen, aber ihre thatsächliche Existenz ist nicht zu bestreiten, am wenigsten von der Kritik, welche selbst dieses Factum festgestellt hat. Also muß dasselbe erklärt werden, bevor seine Unrechtmäßigkeit bewiesen wird. Wir müssen die factische Möglichkeit von der rechtlichen unterscheiden: Mathematik und Erfahrung hatten beide für sich, die Metaphysik des Uebersinnlichen nur die erste. Es gehört wenig dazu, die Erkenntniß des Uebersinnlichen zu verneinen; dazu brauchte die Welt keinen Kant, sie hatte schon vor ihm Leute genug gefunden, die in dieser Verneinung das Aeußerste gethan hatten. Die Wissenschaft des Uebersinnlichen war auf eine Weise verneint worden, daß nun kein Mensch auch nur den Irrweg aufspüren konnte, auf dem sie jemals zu Stande gekommen war. Und in der That ist es die bei weitem größere Schwierigkeit, diesen Irrweg zu entdecken. Dies ist die Aufgabe, bei welcher jetzt die Kritik steht. Wie ist die Erkenntniß nicht sinnlicher Dinge als bloße Thatsache möglich, da sie doch von Rechts wegen nicht möglich ist? Die rechtmäßige Thatsache setzt voraus, daß sie geschehen durfte; die bloße Thatsache setzt voraus, daß sie geschehen konnte. Wo findet sich nun in der menschlichen Vernunft dieses Können in Ansehung jener Metaphysik, welche so viele Systeme der Philosophie ausgeführt haben? Wenn dazu schon kein rechtmäßiges oder wirkliches Erkenntnißvermögen sich vorfindet, so muß es der Mißbrauch eines unserer Vermögen gewesen sein, der eine solche Wissenschaft erzeugte. Welches Vermögen der menschlichen Vernunft hat diesen Mißbrauch erfahren, und worin hat derselbe bestanden? Da er unmöglich in der Absicht der menschlichen Vernunft gelegen haben kann, so muß hier eine Täuschung im Spiel gewesen sein, die nicht blos der Zufall verschuldet hat. Auf eine Täuschung ist die Wissenschaft nicht ausgegangen; wenn sie von Grund aus irrt, so muß sie aus einer Täuschung hervorgegangen sein. Hier ist eine Reihe von Fragen, die beantwortet sein wollen, bevor die transscendentale Dialektik ihr eigentliches Geschäft ausführt.

2. Die Vorstellung nichtsinnlicher Dinge (Noumena).

Was also die Metaphysik als eine Erkenntniß nichtsinnlicher Dinge betrifft, so wird es in eben dem Grade schwer, ihre Möglichkeit zu er= klären, als die Unmöglichkeit derselben in die Augen springt. In dieser kritischen Stellung befindet sich Kant nach allem, was die Untersuchungen seiner Analytik ausgemacht haben. Es steht fest, daß der menschlichen Vernunft zu einer Erkenntniß des Uebersinnlichen jedes Object und jedes Vermögen fehlt. Wie konnte sich die menschliche Vernunft jemals zu einer solchen Wissenschaft verirren, wie war auch nur der Schatten und das Trugbild von Dingen möglich, die schlechterdings gar nicht in dem Gesichtskreise unserer Vernunft liegen? Offenbar muß in der Natur unserer Vernunft die Möglichkeit enthalten sein, nichtsinnliche Dinge auf irgend eine Weise vorzustellen, sonst wäre selbst der Schein einer darauf gerichteten Wissenschaft unmöglich. Wo eine Erkenntniß stattfindet, gleich= viel von welchen Gegenständen und gleichviel mit welchem Rechte, da muß eine Vorstellung von ihren möglichen Objecten vorangehen. Nun ist eine Vorstellung nichtsinnlicher Dinge durch unsere Anschauung un= möglich, denn diese ist nach Form und Inhalt sinnlicher Natur: ihr Stoff ist Empfindung, ihre Formen sind Raum und Zeit. Nichtsinnliche Dinge können daher von der menschlichen Vernunft nie angeschaut, son= dern nur gedacht werden; ihre Vorstellung, gleichviel ob sie bejaht oder verneint werden muß, ist nur durch den reinen Verstand möglich. Wäre die menschliche Vernunft durchaus sinnlich, so könnte ihr die Vorstellung nichtsinnlicher Gegenstände niemals kommen, und eine Wissenschaft solcher Dinge wäre nicht blos von Rechts wegen, sondern überhaupt unmöglich. Nun aber haben wir in dem reinen Verstande ein Erkenntnißvermögen ganz unabhängig von der Sinnlichkeit, ein Vermögen reiner Begriffe, von denen die Kritik selbst erklärt hat, daß sie keineswegs aus der Anschauung entspringen. Jeder Begriff fordert einen Gegenstand, dem er entspricht oder den er vorstellt. Keiner der reinen Begriffe stellt ein sinnliches Ding vor. Wenn er doch etwas Bestimmtes vorstellen oder ein Object haben soll, so kann dieses nur ein nichtsinnliches Ding sein. Und damit ist die Vorstellung gefunden, die als die erste Bedingung zu einer Wissenschaft des Uebersinnlichen gesucht wird. Auch das Vermögen ist klar, welches allein im Stande ist, eine solche Vorstellung zu bilden. Nichtsinnliche Dinge sind von Seiten der menschlichen Vernunft nicht anschaulich, sondern nur denkbar oder intelligibel, sie sind nicht Sinnenobjecte, sondern bloße Gedankendinge. Das Gebiet unserer Vorstellungen unterscheidet sich daher in Erscheinungen (Gegenstände der Anschauung) und intelligible Objecte, oder in „Phänomena" und „Noumena", wie die Alten gesagt haben. Die Dinge, wie sie an sich sind, können nicht sinnlich vorgestellt, sondern nur gedacht werden. Der Unterschied der Phänomena und Noumena ist daher gleichbedeutend mit dem Unterschiede der Erscheinungen und Dinge an sich. Soll überhaupt eine Erkenntniß des Uebersinnlichen möglich sein, so muß es Vorstellungen geben, welche Noumena oder Dinge an sich sind. Diese Vorstellungen kann es nur durch den reinen Verstand geben, dessen Untersuchung und Auseinandersetzung das Geschäft der Analytik war. Es ist deren letzte Aufgabe, den Begriff eines Dinges an sich zu bestimmen, d. h. zu entscheiden, was dieser Begriff bedeutet und wie er entsteht.

3. Unterscheidung zwischen Ding an sich und Erscheinung.*)

Wenn Erscheinungen und Dinge an sich dasselbe Object sein sollen, so wird dieses als Phänomenon durch unsere Sinne, als Noumenon durch unsern Verstand vorgestellt; die Sinnlichkeit nimmt den Gegenstand wie er (uns) erscheint, der Verstand dagegen, wie er an sich ist: in diesem Sinne haben die dogmatischen Metaphysiker Erscheinungen und

---

*) Kr. d. r. V. Tr. Anal. Buch II. Hptst. III.: Von dem Grunde der Unterscheidung aller Gegenstände überhaupt in Phänomena und Noumena. (Bd. II. S. 246 - 53).

Dinge an sich unterschieden. Das Object der sinnlichen und der blos gedachten Vorstellung ist eines und dasselbe, die Arten seiner Vorstellung sind nur dem Grade nach verschieden: in der Sinnlichkeit wird es un= deutlich, im Verstande deutlich vorgestellt; die unklare und verworrene Vorstellung hat das Phänomenon, die deutliche und klare das Noumenon zum Object. Daher das Dogma: der Verstand erkennt die Dinge, wie sie an sich sind. So unterschied Leibniz die Erscheinungen und die Dinge an sich. Die Welt, sinnlich vorgestellt, erscheint in den Körpern, die Welt klar und deutlich gedacht, erscheint in der Ordnung vorstellender Monaden: beide Welten sind der Inbegriff derselben Objecte. Dies war nicht die Meinung der Alten, wenn sie die Sinnenwelt von der Verstandeswelt unterschieden; die Erscheinung galt ihnen nicht als das unbeutlich vorgestellte Ding an sich, als eine Vorstellung, die das Denken nur aufzuklären braucht, um die Wahrheit herzustellen, sondern sie galt ihnen als Einbildung, als Wahn, den das ächte Denken vernichtet. Er= scheinungen und Dinge an sich waren hier nicht dem Grade, sondern der Gattung nach verschieden.*)

Die Art, wie Leibniz unterschieden hatte, konnte unmöglich von Kant bejaht werden. So wenig die Sinnlichkeit zufolge der kritischen Philo= sophie nur dem Grade nach vom Verstande verschieden ist, so wenig ist die Erscheinung graduell verschieden von dem Dinge an sich. Wären beide nur dem Grade nach verschieden, wie unbeutliche und deutliche Vorstellung, so würde in beiden dasselbe Ding vorgestellt, so wäre das Ding an sich nichts anderes als die Erscheinung nach Abzug der sinn= lichen Vorstellung. Aber die Erscheinung nach Abzug der sinnlichen Vor= stellung ist zufolge der kritischen Philosophie nichts, gar nichts. Die Erscheinung ist blos sinnliche Vorstellung. Wenn ich meine Begriffe davon abziehe, so hört sie auf Object zu sein und wird empirische An= schauung; wenn ich meine Anschauung davon abziehe, so hört sie auf Erscheinung zu sein und ist nur noch Eindruck; wenn ich den Eindruck davon abziehe, so ist der letzte Rest verschwunden, und was übrig bleibt, ist das leere Nichts, aber kein Ding an sich. Wenn man die Erscheinung für etwas außer unserer Vorstellung hält, dann darf man freilich meinen, daß auch nach Abzug der Vorstellung etwas in ihr zurückbleibe, und daß dieses Etwas das Ding an sich sei. Die kantische Philosophie ist meistens so verstanden worden und konnte nicht unrichtiger aufgefaßt

---

*) Proleg. Th. II. § 32. (Bd. III. S. 234 flgb.).

werden. Wenn Raum und Zeit unsere Vorstellungen sind, so ist jede Erscheinung, weil sie in Raum und Zeit ist, eben deshalb nichts als unsere Vorstellung, so ist das Ding an sich, weil es nicht anschaulich, also nicht in Raum und Zeit ist, eben deshalb von der Erscheinung nicht dem Grade, sondern der Gattung nach verschieden, also die Vorstellung eines ganz anderen Objects, als die Erscheinung. In einem gewissen Sinne haben auch bei Kant Sinnlichkeit und Verstand dasselbe Object. Aber ihr gemeinschaftlicher Gegenstand ist nur die Erschei= nung, in deren Vorstellung Sinnlichkeit und Verstand ganz verschiedene Functionen haben. Die Empfindung giebt zur Erscheinung das Material, die Anschauung macht aus diesem Material eine Erscheinung, der Ver= stand macht aus der Erscheinung ein Object. Was die Sinne zufällig vorstellen, das wird durch den Verstand nach einer Regel vorgestellt und eben dadurch objectiv d. h. zu einer Erscheinung gemacht, die nicht anders als so vorgestellt werden kann. Wenn vorgestellt werden müssen gleichbedeutend ist mit fein, so können wir mit Kant sagen, daß der Verstand die Gegenstände vorstellt, wie sie find, während sie die Sinn= lichkeit vorstellt, wie sie erscheinen; aber der Gegenstand des Ver= standes ist darum nicht weniger Erscheinung, er ist die nothwendige Vorstellung, während die Wahrnehmung die zufällige ist.*)

II. Der Begriff des Dinges an sich.

1. Transscendentale und problematische Bedeutung.

Das Ding an sich ist bei Kant der Gattung nach von den Erschei= nungen verschieden, es bezeichnet einen Gegenstand, der nie Erscheinung werden, den also auch der Verstand nur andeuten, aber nicht weiter bestimmen oder ausführen kann, da er nur empirische Objecte bildet. Im Unterschiede von den Erscheinungen als empirischen Gegenständen heiße das Ding an sich „der transscendentale Gegenstand". Die Begriffe des Verstandes waren nur auf Erscheinungen als Gegenstände einer möglichen Erfahrung anwendbar und erlauben nur einen empirischen Gebrauch. Wären sie auf Dinge an sich anwendbar, so dürfte man von ihnen einen transscendentalen Gebrauch machen: sie haben einen solchen Gebrauch nicht, wohl aber, wie Kant sagt, „eine transscendentale Be= deutung".**)

Jeder Begriff bedeutet einen Gegenstand, auf den er sich bezieht. Die empirischen Begriffe haben ihre Gegenstände in der Anschauung, von der sie abstrahirt sind; die reinen Begriffe sind nicht aus der Anschauung abstrahirt und nur in ihrer Anwendung, aber nicht in ihrem Ursprunge empirisch. Wenn diese reinen Begriffe, unabhängig von aller Erfahrung, wie sie sind, auch einen Gegenstand vorstellen, der unabhängig ist von aller Erfahrung, einen Gegenstand, der, wie sie selbst, keineswegs empirisch ist; so ist derselbe ein Ding an sich, ein bloßes Noumenon, dessen Größe unabhängig von unserer Anschauung, dessen Qualität unabhängig von unserer Empfindung, dessen Substanz und Causalität ohne jede Zeitbestimmung, dessen Nothwendigkeit unabhängig von dem Modus unserer Erkenntniß besteht. Wenn also unsere reinen Begriffe ein Object unmittelbar ohne Dazwischenkunft der Schemata vorstellen, so ist dieser Gegenstand, wie die Begriffe selbst, unabhängig von aller Erfahrung, unabhängig von Raum und Zeit: er ist Ding an sich. Nun aber können unsere reinen Begriffe überhaupt keinen Gegenstand vorstellen, sondern nur Vorstellungen verknüpfen. Was sie verknüpfen sollen, muß ihnen durch die Anschauung gegeben sein, daher können sie nur sinnliche Vorstellungen oder Erscheinungen verknüpfen, also auch das Ding an sich nicht vorstellen, sondern nur bedeuten. Sie haben einen empirischen Gebrauch und zugleich eine transscendentale Bedeutung.

Die unmittelbare Vorstellung eines Gegenstandes ist niemals Begriff, sondern immer Anschauung. Sollte das Ding an sich vorstellbar sein, so könnte dies nur durch den Verstand geschehen, so müßte dieser das Vermögen einer unmittelbaren Vorstellungskraft (der Anschauung) haben: es müßte also, um das Ding an sich vorstellen zu können, einen anschauenden (intuitiven) Verstand oder eine intellectuelle Anschauung geben. Ob ein solcher Verstand überhaupt möglich ist, können wir weder bejahen noch verneinen, denn der bloße Begriff desselben führt keinen Widerspruch mit sich. Wir können nur so viel sagen, daß ein solcher intuitiver Verstand der menschliche nicht ist, denn dieser ist nur discursiv, nicht intuitiv; die menschliche Vernunft enthält diejenigen Bedingungen nicht, unter denen allein das Ding an sich Vorstellung sein könnte.

Das Ding an sich kann nie Gegenstand einer sinnlichen Anschauung sein: dies ist seine negative Bedeutung. Es kann nur Gegenstand einer nichtsinnlichen (intellectuellen) Anschauung sein: dies ist seine positive

Bedeutung. Nun bleibt es dahin gestellt, ob es überhaupt eine intel=
lectuelle Anschauung giebt; also bleibt dahin gestellt, ob das Ding an
sich Vorstellung sein kann oder nicht: es ist mithin nach seiner positiven
Bedeutung für unseren Verstand problematisch. Da aber die mensch=
liche Anschauung keine andere als die sinnliche ist, so kann das Ding
an sich niemals Gegenstand unserer Vorstellung sein: also hat es für
unseren Verstand außer jener problematischen Bedeutung nur diese ne=
gative, die von größtem Gewicht ist. Denn wir können jetzt urtheilen:
alle möglichen Gegenstände sind entweder Erscheinungen oder Dinge an
sich; die Dinge an sich sind für uns nie Gegenstände einer möglichen
Vorstellung; mithin sind alle Gegenstände unserer möglichen Vorstellung,
also auch unserer möglichen Erkenntniß, nur Erscheinungen, oder alle
unsere Erkenntniß ist (was ihre Objecte betrifft) nur Erfahrung.*)

2. Das Ding an sich als Grenzbegriff.

Die Analytik hatte gezeigt, daß durch die reinen Begriffe und nur
durch sie Erfahrung möglich ist. Wenn noch gezweifelt wird, ob vermöge
derselben nicht auch eine Erkenntniß jenseits der Erfahrung zu bewirken
sei, so lehrt der Begriff des Dinges an sich, daß die reinen Begriffe
keine andere Erkenntniß ermöglichen, als Erfahrung. In diesem Sinne
bildet das Ding an sich den „Grenzbegriff des Verstandes". Nachdem
so das Gebiet der möglichen Verstandeserkenntniß in seinem ganzen
Umfange ausgemessen ist, darf die transscendentale Analytik ihre Unter=
suchung beschließen.**)

3. Immanente und transscendente Geltung der reinen Begriffe.

Von den Dingen an sich kann demnach unser Verstand nichts weiter
wissen, als daß sie von allen möglichen Erscheinungen sich von Grund
aus unterscheiden und auf ganz andere Gegenstände gehen, als die
denkbaren Objecte der Verstandeserkenntniß, daß sie als Objecte für
den Verstand völlig problematisch und nur als seine Grenzbestimmung
gewiß sind. Zunächst ist von den Dingen an sich, aus dem Gesichtspunkte
des Verstandes betrachtet, nichts weiter einleuchtend als diese Grenze.
Diesseits derselben ist das weite Reich der Erfahrung oder der Natur,
jenseits eine von aller Erfahrung unabhängige, durchaus von ihr ver=
schiedene Welt, deren Dasein zunächst völlig unbestimmt ist, von der

---

*) Ebendas. (Bd. II. S. 246—49). — **) Ebendas. (Bd. II. S. 250.).

wir vermöge der reinen Verstandesbegriffe uns keinerlei Vorstellung machen können. Nur diesseits jener Grenze gelten die Verstandesbegriffe im Reiche der Erfahrung; die Grenze der möglichen Erfahrung selbst können sie nicht übersteigen. Weil sie in aller Erfahrung gelten, darum sagt Kant, daß der Gebrauch dieser Begriffe und die Geltung ihrer Grundsätze „immanent" sei. Weil sie die Grenze der Erfahrung niemals übersteigen oder transscendiren dürfen, darum haben sie keinen „transscendenten" Gebrauch und ihre Grundsätze keine transscendente Geltung. Man muß in dem kantischen Sprachgebrauch „transscendent" nicht mit „transscendental" verwechseln. Transscendental ist, was der Erfahrung als deren nothwendige Bedingung vorausgeht, transscendent dagegen, was die Grenze der Erfahrung übersteigt. Die reinen Begriffe sind transscendental, sofern sie nicht aus der Erfahrung, sondern im reinen Verstande entspringen; sie sind ihrem Gebrauche nach immanent, sofern sie in aller Erfahrung gelten; sie werden transscendent, wenn sie jenseits der Erfahrungsgrenze Dinge vorstellen oder erkennen wollen. Alle Er- kenntniß der Dinge an sich gründet sich daher, um kantisch zu reden, auf einen transscendenten Gebrauch der reinen Verstandesbegriffe, auf eine transscendente Geltung ihrer Grundsätze. Die reinen Verstandes- begriffe deuten auf einen Gegenstand jenseits der Erfahrung, den sie nicht vorzustellen, geschweige zu erkennen vermögen. Ihre Bedeutung ist transscendental, aber die versuchte Erkenntniß ist transscendent: vermöge ihrer transscendentalen Bedeutung bezeichnen sie nur die Grenze ihrer möglichen Erkenntniß oder begrenzen sich selbst; vermöge ihres trans- scendentalen Gebrauchs übersteigen sie diese Grenze. Hier ist die deut- liche Grenzscheide ihrer rechtmäßigen und unrechtmäßigen Geltung. Und erst mit der letzteren beginnt die Untersuchung der transscendentalen Dialektik.

III. Die Amphibolie der Reflexionsbegriffe.*)

1. Die Vergleichungsbegriffe.

Das Ding an sich oder das Noumenon ist nicht unsere Vorstellung und kann dieselbe einfach deshalb nicht sein, weil es das Ding selbst ist im Unterschiede von unserer Vorstellung. Dieser sehr einleuchtende Satz enthält in der kürzesten Formel die Summe der bisherigen kritischen

*) Ebendas. Tr. Anal. Buch II. Hptst. III. Anhang: Von der Amphibolie der Reflexionsbegriffe durch die Verwechslung des empirischen Verstandesgebrauchs mit dem transscendentalen. (Bd. II. S. 254—75.)

Philosophie und bestimmt zugleich deren Gegensaß zu der früheren (na=
mentlich leibnizischen) Metaphysik. Diese behauptet, das Ding an sich
sei das Ding als Verstandesobject, als Gegenstand unserer klaren und
deutlichen Vorstellung. In diesem Punkte stehen die dogmatische Meta=
physik und die kritische Philosophie, Leibniz und Kant, einander contra=
dictorisch entgegen. Und hier findet Kant die Stelle, wo die Lehre seines
Vorgängers am sichersten aus ihren Angeln zu heben ist. Denn ihr
Angelpunkt liegt darin, daß die Dinge an sich (Noumena) für Ver=
standesobjecte gelten. Es ist eine natürliche Folge dieser Voraussetzung,
daß die Begriffe, durch welche der Verstand alle seine Vorstellungen
vergleicht, für Dinge an sich gelten müssen, daß mit anderen Worten
diese Vergleichungsbegriffe das wahre Verhältniß der Dinge ausdrücken.
Verglichene Vorstellungen sind entweder einerlei oder verschieden, sie
stimmen entweder überein oder widerstreiten einander, sie verhalten sich
zu einander entweder als Inneres und Aeußeres, oder als Bestimmbares
und Bestimmung (Materie und Form). Die vier Vergleichungsbegriffe
sind demnach: Einerleiheit und Verschiedenheit, Einstimmung und Wider=
streit, Inneres und Aeußeres, Materie und Form.

Nun muß die leibnizische Philosophie vermöge ihrer Grundannahme
die Verstandesvergleichung für die einzig richtige und objective halten
und darnach das Verhältniß der Dinge selbst bestimmen. Sie wird also
einem doppelten Irrthum unterliegen, denn erstens sind uns die Vor=
stellungen nicht blos im Verstande, sondern auch in der Sinnlichkeit
gegeben, und dann ist die Sinnlichkeit nicht verworrener Verstand, son=
dern selbst Erkenntnißvermögen: die Vorstellungen werden mithin unter
zwei Gesichtspunkten verglichen werden müssen, sowohl unter dem der
Sinnlichkeit als unter dem des Verstandes; die Verstandesvergleichung
ist erstens nicht die einzige, und zweitens gilt alle Vergleichung, die wir
anstellen mögen, nur für Erscheinungen und keineswegs für Dinge an sich.

Daher ist vor allem zu überlegen, unter welchem Gesichtspunkte
die Vorstellungen verglichen werden: diese Ueberlegung nennt Kant
„transscendentale Reflexion". Wenn nun die Sinnlichkeit anders
vergleichen sollte, als der Verstand, so werden die verglichenen Vor=
stellungen unter dem Gesichtspunkte der Sinnlichkeit anders erscheinen,
als unter dem des Verstandes und jene Vergleichungsbegriffe demgemäß
zwei verschiedene Bedeutungen haben: was Kant „die Amphibolie der
Reflexionsbegriffe" nennt. Diese Amphibolie mußte der leibnizischen
Philosophie verborgen bleiben, weil sie Sinnlichkeit und Verstand falsch

unterschieden, darum die Erscheinungen blos durch den Verstand ver=
glichen und ihr Verhältniß so bestimmt hatte, als ob sie nicht Erschei=
nungen, sondern Dinge an sich wären. Kants Kritik der leibnizischen
Metaphysik zielt auf diesen Punkt. In seiner Art, Vorstellungen zu
vergleichen, mußte Leibniz geflissentlich von allen sinnlichen Bedingungen
absehen, darum konnte seine Vergleichung nicht von Erscheinungen, son=
dern blos von Begriffen und Dingen an sich gelten. Da nun die letzteren
nie vergleichbare Gegenstände sind, so fällt damit das ganze Lehrgebäude
der Monadologie in sich zusammen. Der Beweis gegen Leibniz ist ge=
führt, sobald gezeigt worden, daß Objecte unter dem Gesichtspunkte der
Sinnlichkeit anders verglichen werden müssen, als unter dem des Ver=
standes, denn hieraus erhellt, daß die Verstandesvergleichung nicht von
Erscheinungen gilt, also überhaupt keinen objectiven Erkenntnißwerth hat.

2. Kritik der leibnizischen Philosophie.

Der Verstand muß urtheilen, daß Begriffe, die vollkommen die=
selben Merkmale haben, einen und denselben Begriff ausmachen. Sind
die Merkmale zweier Objecte völlig dieselben, so muß erklärt werden,
daß diese Objecte nicht zu unterscheiden sind: daher der leibnizische Satz
des Nichtzuunterscheidenden. Wenn nun alle Dinge doch unterschieden
werden sollen, so müssen ihre Merkmale durchgängig verschieden sein,
und es darf nicht zwei vollkommen gleiche Dinge geben: daher der Satz
der Verschiedenheit, auf dem die Monadologie beruht. Anders erscheint
die Vergleichung unter dem Gesichtspunkte der Sinnlichkeit. Zwei Be=
griffe können ihren Merkmalen nach vollkommen einerlei sein: in Raum
und Zeit sind sie immer verschieden. Zwei Cubikfuß Raum sind den
Merkmalen nach ganz gleich, aber darum nicht ein Cubikfuß, sondern
zwei, weil sie verschiedene Räume einnehmen. Wenn also Begriffe einerlei
sind, so sind sie als Dinge an sich nicht zu unterscheiden; als Erschei=
nungen sind sie stets unterschieden. Der leibnizische Satz gilt also nur
von Dingen an sich: d. h. er gilt nicht.*)

Der Verstand muß urtheilen, daß die Setzung eines Begriffes dessen
Bejahung oder Realität, das Gegentheil davon seine Verneinung oder
Negation ist, daß Realität und Negation sich immer, wie A und Nicht=A
verhalten, daß in diesem Verhältniß der einzig mögliche Widerspruch
besteht. Unter A verstehen wir jede mögliche Realität, unter Nicht=A

---

*) S. oben Buch I. Cap. XI. S. 169.

jede mögliche Negation. Iſt kein anderer Widerſtreit möglich, als der zwiſchen A und Nicht=A, ſo giebt es keinen Widerſtreit zwiſchen Reali= täten, ſo iſt die Negation niemals eine Realität, ſondern nur deren Aufhebung, Abweſenheit, Schranke, ſo wird das Negative überhaupt nur als Schranke oder Mangel der Realität, nicht ſelbſt als Realität begriffen werden können. Daraus folgt der leibniziſche Begriff vom Uebel, vom Böſen u. ſ. f. Es folgt weiter, daß zwiſchen Realitäten kein Wider= ſtreit möglich, alſo ein Inbegriff aller Realitäten, der möglichen und wirklichen, denkbar iſt, woraus der Begriff Gottes als „des allerrealſten Weſens" hervorgeht. Anders ſtellt ſich die Sache unter dem Geſichts= punkte der Sinnlichkeit. Hier iſt ein Widerſtreit der Realitäten ſehr wohl möglich, wie derſelbe in den negativen Größen, in den entgegen= geſetzten Richtungen und Kräften u. ſ. f. zu Tage tritt. Alſo der Satz, daß Realitäten einander nicht widerſtreiten, und die Negation keine Realität ſei, gilt nicht von Erſcheinungen, ſondern nur von Dingen an ſich: d. h. er gilt nicht.

Der Begriff des Inneren, blos durch den Verſtand aufgefaßt, muß von allem Aeußeren unterſchieden werden: es muß daher ein ſelbſtän= diges, von allen äußeren Einflüſſen unabhängiges Weſen d. h. Subſtanz ſein; dieſe Subſtanz darf nicht einen äußeren Gegenſtand ausmachen, alſo nicht im Raume exiſtiren, vielmehr alle Beſtimmungen des Ortes, der Größe, Berührung, Bewegung u. ſ. f. von ſich ausſchließen; ſo bleibt zu ihrer näheren Beſtimmung nur die Vorſtellung und deren Zuſtände übrig. Daher kann der Verſtand das Innere nur als eine vorſtellende Subſtanz (Monade) auffaſſen, er kann die Monaden nicht äußerlich auf einander einwirken laſſen, weil dadurch der Begriff der inneren Realität aufgehoben würde, alſo muß er das Verhältniß oder den Zuſammen= hang derſelben in der Form einer vorherbeſtimmten Harmonie denken. Dagegen unter dem Geſichtspunkte der Sinnlichkeit ſind alle von uns unterſchiedenen Weſen im Raume, und alle Erſcheinungen in Raum und Zeit nur aus ihren Verhältniſſen oder Relationen erkennbar. Die ganze leibniziſche Monadologie gilt daher nicht von Erſcheinungen, ſondern blos von Dingen an ſich: d. h. ſie gilt nicht.

Die Vergleichung von Materie und Form, im Verſtande gedacht, iſt das Verhältniß des Beſtimmbaren und der Beſtimmung; der Begriff der Materie iſt der des beſtimmbaren, zu geſtaltenden Stoffes; der Be= griff der Form giebt die Beſtimmungen und Verhältniſſe, die den Stoff geſtalten und ordnen. Alſo ſetzt hier die Form die Materie voraus, wie die Bestimmung das Bestimmbare, wie die Wirklichkeit die Möglichkeit. Darum bilden bei Leibniz die möglichen Welten die Bedingung, woraus die wirkliche Welt (durch Wahl) hervorgeht, und in der wirklichen Welt sind die Monaden das Material, woraus die Welt besteht: dies ist die erste Bestimmung, die zweite ist ihre Form oder Ordnung. Das Verhältniß derselben ist ihre Gemeinschaft oder Coexistenz, deren äußere Form der Raum ist; die Wirksamkeit jeder einzelnen besteht in den inneren Veränderungen, in der Aufeinanderfolge ihrer verschiedenen Vorstellungszustände, deren äußere Form die Zeit ist: daher der leibnizische Lehrbegriff, wonach Raum und Zeit die Formen oder Verhältnisse sind, welche das Dasein der Dinge voraussetzen. Unter dem Gesichtspunkte der Sinnlichkeit angesehen, sind Raum und Zeit nicht Verhältnisse der Dinge, sondern Formen der Erscheinnngen, d. h. der Anschauung, ohne welche nichts erscheinen kann. Hier also geht die Form der Materie voraus. Die blos gedachte Materie ist formlos, die angeschaute und sinnlich empfundene ist immer in Raum und Zeit, hat also immer die Form der Anschauung. Mit anderen Worten: die Materie als Erscheinung setzt Raum und Zeit voraus, die Materie als Ding an sich bildet die Voraussetzung beider. Der leibnizische Lehrbegriff von Raum und Zeit gilt daher nicht von Erscheinungen, sondern von Dingen an sich als Verstandesobjecten: d. h. er gilt nicht.

3. Leibniz und Locke.

So wird die ganze leibnizische Philosophie in allen Punkten auf den Grundfehler zurückgeführt, daß sie die Sinnlichkeit für einen verworrenen Verstand und deren Objecte für die Dinge selbst ansieht, die der denkende Verstand erkennt; daß mit einem Worte Leibniz die Erscheinungen als Dinge an sich beurtheilt und darum blos durch den Verstand vergleicht, während sie unter dem Gesichtspunkte der Sinnlichkeit verglichen sein wollen. Man kann den Unterschied zwischen Ding an sich und Erscheinung nicht begreifen, wenn man den zwischen Sinnlichkeit und Verstand nicht richtig gefaßt hat. Wird der Unterschied dieser beiden Erkenntnißvermögen graduell genommen, so bildet eines von beiden das Grundvermögen, das andere eine Stufe desselben; so muß entweder die Sinnlichkeit auf den Verstand oder dieser auf die Sinnlichkeit zurückgeführt werden: das erste wollten die Intellectualisten, das andere die Sensualisten; aber in beiden Fällen gelten die Objecte der sinnlichen Vorstellung als die Dinge selbst, die bei den einen durch

den bloßen Verstand, bei den anderen durch die sinnliche Wahrnehmung
erkannt werden. Der Unterschied zwischen Erscheinungen und Dingen
an sich wird in keinem von beiden Fällen eingesehen. Leibniz verwan=
delte alle Erscheinungen in reine Verstandesobjecte, während Locke die
Verstandesbegriffe sämmtlich auf sinnliche Wahrnehmungen und Ein=
drücke zurückführen wollte. Oder, wie Kant sich ausdrückt, um den
Grundfehler der beiden entgegengesetzten Richtungen kurz und schlagend
zu treffen: „Leibniz intellectuirte die Erscheinungen, so wie Locke die
Verstandesbegriffe insgesammt sensificirt hatte."

Neuntes Capitel.

Die Lehre von den Vernunftbegriffen oder Ideen. Der transscendentale Schein und die dialektischen Vernunftschlüsse.

I. Ursprung aller Metaphysik des Uebersinnlichen.

1. Das Ding an sich als Object.

Der letzte Begriff der Analytik war der Grenzbegriff des reinen
Verstandes und der Erfahrung: das Ding an sich, dessen positive Be=
deutung unter dem Gesichtspunkte der Verstandeserkenntniß völlig proble=
matisch blieb, dessen negative Bedeutung darin bestand, daß der Horizont
unserer Erkenntniß dadurch begrenzt wurde. So weit ist mit dem Dinge
an sich nicht der mindeste Irrthum verbunden; dieser entsteht erst, wenn
es zum Gegenstande der Erkenntniß gemacht und damit jene Grenze
überschritten wird, die der Verstand seiner eigenen Tragweite setzt.
Wenn die Dinge an sich einleuchtende Gegenstände wären, so würde die
Erkenntniß derselben unabhängig von aller Erfahrung durch die bloße
Vernunft stattfinden, also metaphysisch sein: sie darf daher eine Meta=
physik des Uebersinnlichen genannt werden. Die Existenz der nichtsinn=
lichen Objecte, da sie in keiner Erfahrung gegeben ist, läßt sich nur
durch den bloßen Verstand einsehen; ihr Dasein muß durch ihren Be=
griff gegeben sein und aus ihm erhellen: in dieser Rücksicht ist alle
Metaphysik des Uebersinnlichen Ontologie. Wenn die Dinge an sich
auch Objecte sein könnten, so dürfte man alle Gegenstände eintheilen in
Erscheinungen und Dinge an sich. Wenn es von allen Gegenständen

metaphyſiſche Erkenntniß giebt, ſo giebt es Metaphyſik überhaupt. Daß von den Erſcheinungen metaphyſiſche Erkenntniß möglich iſt, hat die Kritik bewieſen. Wäre auch eine Metaphyſik des Ueberſinnlichen oder Ontologie möglich, ſo gäbe es Metaphyſik überhaupt: darum hat Kant die letzte Frage ſeiner Kritik in den Prolegomena ſo gefaßt: „Wie iſt Metaphyſik überhaupt möglich?" Die Frage iſt gleichbedeutend mit der anderen: wie iſt Metaphyſik des Ueberſinnlichen oder Ontologie möglich? Aber man darf die Gegenſtände nicht in Erſcheinungen und Dinge an ſich eintheilen, denn die letzteren ſind keine Gegenſtände.

Es wird alſo jetzt die Aufgabe der Kritik ſein, in einem gewiſſen Sinne die Möglichkeit einer Ontologie zu erklären und in einem ge= wiſſen anderen Sinne deren Unmöglichkeit zu beweiſen. Die Gegenſtände der Ontologie ſind die Dinge an ſich. Von Rechts wegen können dieſe nie Objecte oder Vorſtellungen bilden; darum wird von Rechts wegen auch keine Erkentniß derſelben möglich ſein, und wenn doch thatſächlich eine ſolche Wiſſenſchaft exiſtirt, ſo wird ſie nicht das Weſen, ſondern blos den trügeriſchen Schein der Erkenntniß haben. Wenn aber die Dinge an ſich, die in Wahrheit keine Objecte ſind, nicht einmal den Schein, Objecte zu ſein, annehmen könnten, ſo wäre die Metaphyſik des Ueberſinnlichen ſelbſt als Scheinwiſſenſchaft, alſo in jedem Sinne unmöglich, und die Thatſache, die uns in ſo vielen Syſtemen vorliegt, bliebe unerklärlich. Es muß gezeigt werden, daß die Dinge an ſich Scheinobjecte ſind und ſein müſſen: dann iſt offenbar die Erkenntniß derſelben als Scheinwiſſenſchaft möglich, als wahre Einſicht unmöglich. In der Erfahrung giebt es nur ſinnliche Objecte. Im Felde der Er= fahrung und unter den Bedingungen der letzteren kann das Ueberſinn= liche auch nicht den Schein eines gegenſtändlichen Daſeins annehmen: daher kann es die Erfahrung nicht ſein, die jenen Schein erzeugt. Dieſer muß vielmehr unabhängig von aller Erfahrung ſeinen Grund in der Vernunft ſelbſt haben: d. h. der Schein, auf dem alle Metaphyſik des Ueberſinnlichen beruht, iſt nicht empiriſch, ſondern transſcendental. Dieſer „transſcendentale Schein" iſt in ſeinem Urſprunge zu enthüllen, aus ſeinem letzten Grunde zu erklären und in allen Fällen aufzudecken, wo er die Grundlage einer ſogenannten Metaphyſik bildet. Die Löſung dieſer Aufgabe heißt „transſcendentale Dialektik" *); es iſt jener zunächſt

---

*) Kr. d. r. V. Tr. Logik. Abth. II. (Bd. II. S. 276—532.) Proleg. Th. III. § 40—60. (Bd. III. S. 249—93.)

nur angedeutete Schein, welcher den Dingen an sich das Ansehen giebt, als ob sie Gegenstände, also Erscheinungen oder erkennbare Dinge wären, und dadurch die menschliche Vernunft verführt, ihre Erkenntniß auf diese Scheinobjecte zu richten. Bevor wir nun diesem Scheine selbst genauer auf den Grund gehen, müssen wir das Ding an sich näher bestimmen. Aus dem Gesichtspunkte des Verstandes läßt sich von demselben nichts entdecken, als die negative Bestimmung der Grenze. Was das Ding an sich eigentlich ist und positiv bedeutet, ist bis jetzt noch räthselhaft. Doch zeigt sich in der Ferne eine Aussicht, die uns jenem dunkeln Punkte näher zu bringen verspricht. Als die Grenze des Verstandes und seines Gesichtskreises scheint das Ding an sich gleichsam die „ultima Thule" der Sinnenwelt und der Erfahrung, das äußerste Ende derselben zu sein, dem wir uns im Wege der Erfahrung nähern können; es scheint, als ob dieser Weg, genau und beharrlich verfolgt, uns der Erfahrungsgrenze zuführen müsse.

2. Der Weg der Erfahrung. Der regressive Schluß.

Das Gesetz aller Erfahrung war die Causalverknüpfung der Erscheinungen: jede Erscheinung als Object einer möglichen Erfahrung ist bedingt durch eine andere, die ihr nothwendig vorausgeht, auf die sie folgt; jede ist bedingt durch alle die anderen, welche der objectiven Zeitfolge nach früher sind als sie; sie ist selbst Bedingung aller anderen, die in der objectiven Zeitreihe ihr folgen. Dieser Causalzusammenhang verknüpft alle Erscheinungen zu einer Kette, die nirgends abreißt, also die Continuität der Erfahrung ausmacht und so den einzig möglichen Weg bezeichnet, um das Reich der Erfahrung von einem Ende zum anderen zu durchlaufen. Damit ist der Weg, den wir suchen, entdeckt: er führt ohne Unterbrechung von der ersten Bedingung durch die Reihe aller bedingten Erscheinungen hinab bis zu dem letzten Gliede der Kette und von diesem letzten Gliede durch die Reihe aller bedingenden Erscheinungen hinauf bis zu dem ersten. Hier allein können wir uns der Grenze der Erfahrung nähern und, wie es scheint, dieselbe erreichen.

Der Weg selbst hat eine doppelte Richtung: die eine geht abwärts von der Bedingung zum Bedingten, die andere aufwärts von dem Bedingten zur Bedingung. Die Ursachen sind vor den Wirkungen. Daher wird von den Wirkungen zu den Ursachen rückwärts, von diesen zu jenen dagegen vorwärts geschritten: der zweite Weg ist progressiv, der erste regressiv. Finden läßt sich nur, was gegeben ist. Mit der Wirkung sind alle Ursachen gegeben, denn sie müssen der Zeit nach vorangegangen sein, nicht umgekehrt mit der Ursache auch alle Wirkungen. Mit der Gegenwart ist alle Vergangenheit gegeben, nicht die Zukunft. Daher liegt die Erfahrungsgrenze nicht in der Zukunft, deren letzten Zeitpunkt sie bilden müßte, sondern nur in der Vergangenheit, deren Anfangs= punkt (oberstes Glied) oder deren ganze Reihe sie ausmacht: sie kann nicht im Reiche des Bedingten, sondern nur in dem der Bedingungen gesucht werden. Der einzig mögliche Weg, der uns die Grenze der Er= fahrung in Aussicht stellt, ist die Continuität der Causalverknüpfung in regressiver Richtung: der Weg von dem Bedingten zur Bedingung.

Jede Causalverknüpfung der Erscheinungen ist ein Erfahungsurtheil. Die Bedingung begreift das Bedingte unter sich und verhält sich zu diesem, wie das Allgemeine zum Besonderen, wie im Urtheile das Präbicat zum Subject. Soll also von dem Bedingten aufgestiegen wer= den zu den Bedingungen, so heißt das so viel, als von dem Besonderen zum Allgemeinen fortschreiten oder das Urtheil durch seine Regel be= bingen. Es sei z. B. das Urtheil: „alle Körper sind veränderlich"; die Bedingung heißt: „alle Körper sind zusammengesetzt", die Regel: „alles Zusammengesetzte ist veränderlich". Diese Regel begründet die Veränder= lichkeit der Körper durch ihre Zusammensetzung. Also verhalten sich die Urtheile zu ihren Regeln, wie der Schlußsatz zum Obersatz; die Be= bingung, unter welcher die Regel in dem bestimmten Falle gilt, ist der Untersatz. Ein Urtheil, welches es auch sei, bedingen, heißt daher dieses Urtheil aus einer Regel unter einer bestimmten Voraussetzung ableiten: die Regel bildet den Obersatz, die Anwendbarkeit der Regel giebt den Untersatz, die Anwendung selbst macht den Schlußsatz. Die Ableitung der Urtheile aus Regeln oder das Bedingen (Begründen) der Urtheile geschieht demnach stets in der Form der Schlüsse. Die Logik hat das Urtheilen durch Regeln oder das Verknüpfen zweier Urtheile zu einem dritten, welches nothwendig daraus hervorgeht, den Vernunftschluß ge= nannt im Unterschiede vom Verstandesschluß, der ein Urtheil aus einem anderen unmittelbar (d. h. ohne Dazwischenkunft eines dritten Urtheils) ableitet. Es ist hier nicht der Ort, über diese Ausbrucksweise mit der Logik zu rechten. Man darf einwenden, daß Schlüsse nichts anderes sind als Urtheile, daß also das Vermögen zu schließen kein anderes sein kann als das Vermögen zu urtheilen, daß man nicht einsieht, wie sich die Vernunft als Schlußvermögen von dem Verstande als Urtheils= vermögen unterscheiden soll. Dies bei Seite gesetzt, so leuchtet ein, daß jener Weg, welcher uns der Erfahrungsgrenze zuführt, von Seiten der menschlichen Vernunft in der Form des Schlusses beschrieben wird. Auch die Schlußform kann einen doppelten Weg nehmen: entweder geht sie von den allgemeinsten Sätzen durch die absteigende Reihe der Mittel= glieder zu dem bedingten Urtheile, oder sie geht von diesem durch die aufsteigende Reihe der Mittelglieder zu den obersten und allgemeinsten Prämissen: im ersten Fall steigt sie von der Regel durch die Untersätze abwärts zu den Schlußsätzen, in dem anderen von diesen aufwärts zu den Regeln. Der erste Weg ist der progressive oder episyllogistische, der andere der regressive oder prosyllogistische. Von diesen beiden Formen ist es die letzte, welche den Weg zu der einzig möglichen Erfahrungs= grenze bezeichnet.*)

3. Das Ding an sich als Vernunftbegriff.

Nun ist die Regel, die ein Urtheil begründet, ein allgemeiner Satz; sie ist, mit dem bedingten Urtheile verglichen, dessen Grundsatz oder Princip: daher suchen die Vernunftschlüsse zu den gegebenen Urtheilen die Principien. Indessen ist jede gefundene Regel selbst wieder ein bedingtes Urtheil, das zu seiner Erklärung eine Regel oder ein Princip voraussetzt. Wie jedes Object einer möglichen Erfahrung eine Erschei= nung und darum bedingter Natur ist, so ist auch jedes mögliche Er= fahrungsurtheil selbst ein bedingtes Urtheil, das als solches niemals die oberste Regel sein kann. Diese muß ein Urtheil sein, das alle übrigen bedingt und selbst durch keines bedingt wird, also ein Princip nicht im relativen, sondern im absoluten Sinn. Das relative gilt bedingterweise, das absolute dagegen unbedingt: alles hängt von ihm ab, während es selbst von nichts abhängt. Der Vernunftschluß, der von dem Besonderen zum Allgemeinen, von den Urtheilen zu den Regeln, von dem Bedingten zur Bedingung emporsteigt, beschreibt demnach einen Weg, dessen letztes Ziel kein anderes sein kann, als das Unbedingte selbst. Jedes Object einer Erfahrung ist Erscheinung, jede Erscheinung ist ihrer Natur nach bedingt, denn sie ist nur möglich (erkennbar) als die Folge einer an= deren: also ist keine Erscheinung unbedingt und das Unbedingte niemals Erscheinung, nie Gegenstand einer möglichen Erfahrung: es ist die Grenze aller Erfahrung und fällt zusammen mit dem Dinge an sich.

---

*) Kritik der reinen Vernunft. Transscendentale Dialektik. Einleitung. (Bd. II. S. 280—87.)

428

Wir sehen demnach, daß die Vernunft das Unbedingte oder das Ding an sich einerseits als das Ziel, dem sie zustrebt, vorstellen muß, andererseits als ein Object möglicher Erfahrung niemals vorstellen kann; daß der Begriff eines Unbedingten in der ersten Rücksicht noth=wendig, in der zweiten unmöglich ist. Unmöglich ist derselbe als Object der Erfahrung, und da der Verstand nur Erfahrungen machen kann, so ist das Unbedingte kein Verstandesbegriff und kein Verstandesobject; nothwendig dagegen ist dieser Begriff als Ziel der Vernunft: er ist kein Verstandesbegriff, sondern ein Vernunftbegriff. Hier entdeckt sich der kantische Unterschied zwischen Vernunft und Verstand. Beide sind Vermögen der Begriffe, aber die Begriffe beider sind der Art nach verschieden: die Verstandesbegriffe gehen nur auf Erscheinungen, die ihrer Natur nach stets bedingt sind, die Vernunftbegriffe nur auf das Unbedingte, das seiner Natur nach niemals Erscheinung sein kann; der Verstand ist durch seine Begriffe ein Vermögen der Regeln, die stets eine relative, durch die Erfahrung bedingte Geltung haben, die Vernunft dagegen ein Vermögen der Principien, die absolut gelten. Der Unter=schied zwischen Princip und Regel macht den Unterschied zwischen Ver=nunft und Verstand. Keine Verstandesregel gilt unbedingt, denn sie gilt nur für Erscheinungen: in diesem Sinne sind auch die Grundsätze des reinen Verstandes nicht Principien, sondern nur Regeln. Es ist nicht die Form des Schlusses, welche den Unterschied macht zwischen Verstand und Vernunft. Der Schluß sucht eine oberste Regel, er sucht das Princip oder das Unbedingte, aber er würde es nicht suchen, wenn er blos am Leitfaden der Erfahrung fortginge; er kann es nur suchen, wenn ihm unabhängig von aller Erfahrung dieses Ziel durch die Ver=nunft selbst gesetzt wird. Die Vorstellung des Zieles muß dem Suchen vorausgehen. Wie soll man suchen, was man nicht auf irgend eine Weise vorstellt? Ohne den Begriff des Unbedingten ist der darauf ge=richtete Vernunftschluß unmöglich. Diese Vorstellung kann der Verstand nicht bilden, weil seine Begriffe, so viele er hat, nur Erscheinungen verknüpfen und sich ihrer Natur nach nur auf Erscheinungen beziehen; wohl aber kann er dieselbe bedeuten, weil alle seine Begriffe, abgelöst von den sinnlichen Bedingungen, etwas Unbedingtes ausdrücken. Den Begriff des Unbedingten zu fassen, ist ein dem Verstande überlegenes Vermögen erforderlich: eben dieses Vermögen ist die Vernunft.*)

*) Ebendas. Transsc. Dialekt. Buch I.: Von den Begriffen der reinen Vernunft. (Bd. II. S. 287--88.)

4. Der Vernunftbegriff als Idee.

Wir haben das Unbedingte einen Vernunftbegriff genannt. Der Name ist deshalb nicht glücklich, weil es scheinen könnte, als ob das Unbedingte unter die Gattung der Begriffe gehöre, als ob es, wie diese, ein Object voraussetze, aus dem es entweder abstrahirt ist, wie die empirischen Gattungsbegriffe, oder das es erkennbar macht, wie die reinen Verstandesbegriffe die Objecte der Erfahrung. Das Unbedingte gehört nicht zum Geschlecht der Begriffe. Ihm fehlt der Charakter, den alle Begriffe haben: die Beziehung auf ein gegebenes Dasein. Was der sogenannte Begriff des Unbedingten ausdrückt, ist nicht gegeben, sondern soll erreicht oder gegeben werden: es ist nicht, sondern soll sein, es ist kein Object, welches die Erfahrung bestimmt, sondern ein Ziel oder Zweck, den die Vernunft setzt, dem unter allen möglichen Objecten der Erfahrung keines entspricht. Diesen Begriff eines Vernunftzweckes nennt Kant Idee, indem er sich auf die alten Philosophen, namentlich Plato, beruft. Die platonischen Ideen sind die ewigen Muster oder Urbilder der Dinge, die in keinem Objecte der Erfahrung erreicht oder auch nur deutlich abgebildet werden; sie sind zugleich die Vorbilder alles sittlichen Handelns. In diesem zweiten Sinne moralischer Zwecke nimmt Kant den platonischen Ausdruck, er bezeichnet am besten die Idee im Unterschiede von aller Erfahrung: das Ding an sich, welches nicht ist, sondern sein soll. Auf diesen Unterschied kommt hier alles an. Es würde im Sinne Kants die ganze Naturwissenschaft verwirren und geradezu aufheben, wenn man die Naturerscheinungen nach Zwecken erklären wollte; es würde die ganze Sittenlehre aufheben, wenn man das menschliche Handeln nicht aus Zwecken und Motiven herleiten wollte; aber es würde ihr völlig zuwiderlaufen, wenn ihre Gesetze nach Beweggründen der erfahrungsmäßigen und gewöhnlichen Handlungen der Menschen beurtheilt würden. Jede widerstreitende Erfahrung ist eine Instanz gegen das aufgestellte Naturgesetz; keine widerstreitende Erfahrung ist eine Instanz gegen das aufgestellte Sittengesetz. Von keiner Naturerscheinung darf man sagen: sie soll nicht sein. Man darf und muß es sagen von jeder menschlichen Handlung, die dem Sittengesetze widerstreitet. In diesem Sinne erklärt Kant von den Ideen mit einem Hinblick auf die platonische Staatslehre: „Nichts kann Schädlicheres und eines Philosophen Unwürdigeres gefunden werden, als die pöbelhafte Berufung auf vorgeblich widerstreitende Erfahrung, die doch gar nicht existiren würde, wenn jene Anstalten zu rechter Zeit nach den Ideen getroffen würden

430

und an deren Statt nicht rohe Begriffe, eben darum, weil sie aus der Erfahrung geschöpft werden, alle gute Absicht vereitelt hätten".

Das Ding an sich war für den Verstand blos der Grenzbegriff der Erfahrung. Seiner positiven Bedeutung nach ist das Ding an sich das Unbedingte: das absolute Princip nicht dessen, was ist, sondern dessen, was sein soll, das Princip nicht des natürlichen, sondern des moralischen Geschehens, kein Begriff, der ein Object der Erfahrung bestimmt oder dadurch bestimmt wird, sondern eine Idee. In diesem Sinne muß der kantische Ausdruck von dem platonischen unterschieden und darf in keinem Fall in der weiten Ausdehnung gefaßt werden, in welchem die neueren Philosophen dieses Wort brauchten, die jede Vorstellung, selbst die der rothen Farbe, eine Idee nannten. Die Idee im Sinne Kants ist kein Gegenstand der Anschauung, noch macht sie einen solchen Gegenstand; sie ist kein Object der Erfahrung, noch macht sie ein solches Object: darum ist sie weder Anschauung noch Begriff, und ihr Vermögen weder Sinnlichkeit noch Verstand; sie stimmt mit den Formen der Sinnlichkeit und mit den reinen Verstandesbegriffen nur darin überein, daß sie, wie diese, unabhängig von aller Erfahrung, d. h. ursprünglich oder transscendental ist.*)

Das Ding an sich ist eine „transscendentale Idee". Verglichen mit der Erfahrung, bedeutet sie die Grenze oder das Ziel, dem die Erfahrung zustreben soll, das sie aber als solche niemals erreichen kann und darf. Die Erfahrung soll diesem Ziele zustreben: d. h. sie soll sich erweitern, und zwar unausgesetzt; sie kann und darf dieses Ziel nie erreichen: d. h. sie darf sich nie vollenden, denn es kann in ihrem Fortgange niemals der Punkt kommen, wo sie sich abschließt und aufhört. Wenn nun die Erfahrung auf diese Weise sich unausgesetzt erweitern soll, ohne sich jemals vollenden zu können, so ist das Reich und die Continuität derselben grenzenlos, wie Raum und Zeit. Wenn es ein unbedingtes oder letztes Princip der Erfahrung gäbe, so würden in diesem Principe alle Erfahrungsurtheile ihren gemeinschaftlichen Grundsatz haben, so wären hier alle Erfahrungswissenschaften nur eine Wissenschaft, und das System aller menschlichen Erkenntniß wäre hier in einer Einheit zusammengeschlossen. Die Erfahrung soll nach diesem unerreichbaren Ziele streben, sie soll bei aller Erweiterung zugleich die Einheit

*) Ebendas. Transsc. Dialekt. Buch I. Abschn. I.: Von den Ideen überhaupt. (Bd. II. S. 289—94.)

ihrer Erkenntnisse im Auge behalten und fortwährend bestrebt sein, alle ihre Theile zu einem Ganzen der Wissenschaft zu vereinigen. Diese Idee des Ganzen oder der Vernunfteinheit bildet das der Erfahrungs= wissenschaft vorgestellte, von ihr zu erstrebende, aber nie zu erreichende Ziel. Die Idee ist in Rücksicht auf die Erfahrung nie deren Object, sondern nur deren Ziel; dieses Ziel fordert die stetige Erweiterung unserer empirischen Erkenntniß und zugleich deren eben so stetige Ver= einigung zu einem wohlgeordneten Ganzen. Die Erweiterung geht auf die materiale Vollendung der Wissenschaft, die Vereinigung und syste= matische Verknüpfung der Theile geht auf ihre formale Vollendung. Unter diesem Gesichtspunkte betrachtet, verhält sich die Vernunft zum Verstande, wie dieser sich zur Sinnlichkeit verhält: der Verstand ver= knüpft die Erscheinungen zu Erfahrungsurtheilen, die Vernunft ver= knüpft die Urtheile zu einem wissenschaftlichen Ganzen, vielmehr for= dert sie diese Verknüpfung. Der Verstand bringt in die Erscheinungen Verstandeseinheit und macht dadurch die Erscheinungen zur Erfahrung; die Vernunft bringt in die Urtheile Vernunfteinheit und macht dadurch die Erfahrung zu einem Ganzen, d. h. sie fordert eine solche Vollendung.*)

5. Die Idee als Scheinobject. Der transscendentale Schein.

Die Erfahrung kann ihre Grenze deshalb nicht erreichen, weil sie selbst grenzenlos ist. Ihre unerreichbare Grenze ist die Idee der Einheit, der die Erkenntniß zustrebt, indem sie sich fortwährend erweitert und ordnet. Wenn die Erkenntniß jene Grenze für erreichbar und gegeben ansieht, wenn sie die Idee der Einheit als einen Gegenstand nimmt, den sie erfassen kann, so hört in diesem Augenblick die Erfahrung auf, sich zu erweitern: sie geht über sich selbst hinaus, sie übersteigt ihre Grenze und wird transscendent; sie hört auf Erfahrung zu sein und wird Metaphysik des Uebersinnlichen oder Ontologie. Also hier ist der Punkt, wo wir deutlich sehen, wie jene Metaphysik entsteht: sie ent= steht, indem sie für ein Object ansieht, was nicht Object, sondern Idee ist. Diese Täuschung wäre unmöglich, wenn nicht die Idee den Schein annehmen könnte, ein Object möglicher Erkenntniß zu sein; diese Täu= schung wäre nur zufällig und könnte nicht der menschlichen Vernunft als solcher zur Last fallen, wenn nicht die Idee den Schein eines Objects

---

*) Ebendas. Transsc. Dial. Buch II. Abschn. II.: Von den transsc. Ideen. (Bd. II. S. 294 flgd. S. 298.)

in gewissem Verstande haben müßte: ein Schein, der sich unabsichtlich und unwillkürlich unserer Erkenntniß aufdrängt, und dem wir folgen, bis das Licht der Kritik jenes Irrlicht überstrahlt. Und woher kommt dieser unvermeidliche, transscendentale Schein, womit die Vernunft selbst dem Dinge an sich das Ansehen eines (erkennbaren) Objects leiht? Die Sache begreift sich leicht nach dem, was wir erklärt haben. Unsere Erfahrung ist ihrer Natur nach nothwendig grenzenlos, wie Raum und Zeit; jedes ihrer Objecte ist eine Erscheinung, jede Erscheinung setzt eine andere als ihre Ursache voraus und geht selbst einer anderen als Ursache vorher; hier giebt es kein erstes und kein letztes Glied, so wenig als es einen ersten oder letzten Zeitpunkt giebt. Und doch giebt es etwas von aller Erfahrung Unabhängiges, das weder deren Bedingung ist, wie Raum, Zeit, Causalität, noch jemals deren Object sein kann, wie die Erscheinungen. Dieses Etwas ist das Ding an sich, die Idee. Also es giebt eine Grenze der Erfahrung, die doch selbst grenzenlos ist. Und jetzt entsteht der Schein, als ob die Erfahrung [und mit ihr die Erscheinungswelt nicht grenzenlos, sondern in Raum und Zeit begrenzt wäre, als ob die Erfahrungsgrenze selbst im Gebiete der Erfahrung liegen und an den Erscheinungen theilnehmen könnte; es entsteht der Schein, als ob das Ding an sich das oberste Glied in der Kette der Erscheinungen wäre und als solches selbst eine Erscheinung oder ein Object ausmachte. Dieser Schein war es, der unsern Leibniz täuschte, der die Metaphysiker von jeher getäuscht und verleitet hat, die Grenze der Erfahrung zu übersteigen. Sie sind, ohne es zu merken, über diese Grenze hinausgegangen; sie bildeten sich ein, noch im sichern Gebiete der Erkenntniß zu sein, und sahen nicht den bodenlosen Abgrund zwischen Erscheinungen und Dingen an sich.

Als Erkenntnißgrenze scheint das Ding an sich noch Erkenntnißobject zu sein, denn der Grenzbegriff führt unwillkürlich den Schein des Grenzobjects mit sich. Wir können uns die Grenze nicht anders vorstellen als in Raum und Zeit; das Ding an sich, als Grenze vorgestellt, erscheint als die Raum- und Zeitgrenze der Welt, als deren oberste Ursache, als deren nothwendiges Wesen u. s. f. Dieser Schein ist unvermeidlich, so trügerisch er ist. Die Kritik der Vernunft kann ihn erklären, aber die menschliche Vernunft kann ihn nicht los werden; sie kann sich durch Kritik belehren lassen, diesem Scheine nicht zu folgen, das Scheinobject nicht für ein wirkliches zu nehmen, die Erfahrung nicht zu übersteigen; aber sie kann mit aller Kritik nicht machen, daß der

Schein selbst aufhört. Darum nennt ihn Kant „eine unvermeidliche Illusion". So belehrt uns die mathematische Geographie, daß, wo der Himmel die Erde zu berühren scheint, an der äußersten Grenze unseres Horizontes, die Berührung nicht wirklich stattfindet, daß der Himmel dort eben so weit als in unserem Zenith von der Erde ab= steht; aber alle geographische Erklärung kann den sinnlichen Augenschein nicht zerstören, sie kann nur verhindern, daß wir diesen Augenschein nicht als Object auffassen und beurtheilen: sie berichtigt unser Urtheil, nicht unsern Sinn. So lehrt uns die Astronomie, daß der Mond im Aufgange, dicht über unserem Horizonte, eben so groß ist, als hoch am Himmel, wo er uns kleiner zu sein scheint; die Optik erklärt uns aus der Natur der Linear= und Luftperspective, warum wir den aufgehenden Mond nothwendig größer sehen. Wir werden nach diesem Scheine nicht die Größe des Mondes beurtheilen, aber niemals aufhören diesen Schein zu haben. In diesen Fällen erklärt sich der Schein aus der natürlichen Beschaffenheit unserer Erfahrung: es ist ein empirischer Schein. Aehn= lich verhält es sich mit dem transcendentalen, nur daß dieser nicht aus der Sinneswahrnehmung, sondern aus der bloßen Vernunft folgt.

Es ist ganz richtig, daß es eine Grenze der Erfahrung giebt, daß diesen Grenzpunkt der Begriff des Dinges an sich oder die Idee bildet; aber es ist ganz falsch und rein illusorisch, zu wähnen, diese Grenze sei im Felde der Erfahrung zu erreichen und liege mit diesem gleichsam in derselben Ebene. Wo das Ding an sich die Erfahrung zu berühren scheint, berührt es dieselbe nicht in Wahrheit, eben so wenig, wie der Himmel an der äußersten Grenze unseres Gesichtskreises wirklich die Erde berührt. Der unbelehrte, sinnliche Verstand könnte sich einbilden, daß er den Himmel greifen werde, wenn er die Grenze seines Horizontes erreicht hat; er weiß nicht, daß er auf jener Grenze nur im Mittel= punkte eines neuen Horizontes stehen wird. So bildet sich die unkritische Vernunft ein, an der Grenze ihrer Erfahrung das Ding an sich zu erreichen, während sich an der erreichten Stelle nur ein neues Gebiet der nirgends begrenzten Erscheinungswelt für unsere Erkenntniß auf= schließt.

Unsere Erfahrung ist begrenzt, heißt, richtig verstanden: es giebt in uns etwas, das weder jemals (wie ein Object) erfahren werden noch jemals Erfahrung machen kann und eben darum die absolute Erfah= rungsgrenze bildet. Wird dieses Etwas vorgestellt als Gegenstand, so kann es nicht anders als in Raum und Zeit vorgestellt werden, d. h. als

434

eine Erscheinung, die stets nur die relative Grenze unserer Erfahrung, nie die absolute Grenze aller Erfahrung bildet. Dadurch wird das Ding an sich in eine Erscheinung, also die Erscheinungen in Dinge an sich verwandelt. Denn sobald das Ding an sich in Raum und Zeit vor= gestellt wird, müssen Raum und Zeit als die objectiven Bestimmungen der Dinge selbst gelten, also die Erscheinungen in Raum und Zeit nicht mehr für bloße Vorstellungen, sondern für die Dinge selbst, unabhängig von unserer Vorstellung und außer unserer Vorstellungskraft, angesehen werden. Und eben hierin liegt der Grundirrthum aller vermeintlichen Erkenntniß der Dinge an sich. Die Metaphysiker ließen sich von dem transscendentalen Scheine täuschen, von dem sich der kritische Philosoph nicht täuschen läßt: sie meinten das Ding an sich greifen zu können, wie die Kinder den Himmel!*)

II. Das Princip aller Metaphysik des Ueberfinnlichen.

1. Der richtige Schluß.

Alle Metaphysik gründet sich auf einen Schluß von dem bedingten Dasein auf das unbedingte. Sie schließt: wenn das bedingte Dasein gegeben ist, so müssen auch alle Bedingungen desselben gegeben sein. Diese Bedingungen wären nicht alle, wenn nicht ihre Reihe vollendet oder ihr oberstes Glied noch weiter bedingt wäre. Sowohl die vollendete Reihe als das oberste (nicht weiter bedingte) Glied ist unbedingt. Daher lautet der Schluß, der aller Erkenntniß der Dinge an sich zu Grunde liegt: wenn das Bedingte gegeben ist, so ist auch die Reihe aller seiner Bedingungen, also das Unbedingte selbst gegeben; nun ist uns das bedingte Dasein gegeben, folglich auch das Unbedingte.

Der Schluß von dem bedingten Dasein auf dessen Bedingung ist richtig und unter allen Umständen nothwendig. Von der Bedingung wird rein logisch geurtheilt werden müssen, daß sie entweder bedingt oder nicht bedingt ist: im ersten Falle wiederholt sich der Schluß, bis er die Reihe aller Bedingungen erschöpft hat, im anderen Fall ist das Unbedingte sofort gegeben. Also gegen den Schluß ist, rein logisch ge= nommen, nichts einzuwenden. Der Begriff des Bedingten weist auf das Unbedingte hin als seine Vollendung. Aber ein anderes ist der Begriff,

---

*) Kr. d. r. V. Transsc. Dialektik. Einleitung I. Vom transsc. Scheine. (Bd. II. S. 276—79.)

ein anderes seine Beziehung auf den Gegenstand. Oder in der kanti=
schen Sprache zu reden: ein anderes ist der Begriff im logischen, ein
anderes im transscendentalen Verstande. Es kommt darauf an, auf
welchen Gegenstand der Begriff sich bezieht. Was von den Begriffen
gilt, gilt darum noch nicht von den Objecten. Die Begriffe nehmen im
logischen Verstande die Rücksicht nicht, die sie im transscendentalen
nehmen müssen. Darum kann logisch richtig sein, was unter dem trans=
scendentalen Gesichtspunkte falsch ist. So bezieht sich der Begriff eines
bedingten Daseins nur auf Erscheinungen, der Begriff des Unbedingten
nur auf Dinge an sich oder Ideen. Diese grundverschiedene Beziehung
kümmert den logischen Verstand nicht, aber sie ist die erste Rücksicht des
kritischen.

Im transscendentalen Verstande darf man schließen: wenn das
bedingte Dasein als Erscheinung gegeben ist, so ist das Unbedingte als
Idee gegeben, die nie Erscheinung oder Object ist. Auf diesen Schluß
läßt sich keine Metaphysik gründen. Im transscendentalen Verstande
darf man schließen: wenn das bedingte Dasein als Erscheinung gegeben
ist, so sind auch seine Bedingungen als Erscheinungen gegeben, aber
weil diese Bedingungen Erscheinungen oder Gegenstände möglicher Er=
fahrung sind, so ist ihre Reihe niemals als vollendet gegeben, denn es
giebt keine vollendete Erfahrung. Dieser Schluß verneint die Möglich=
keit der Metaphysik.

2. Der falsche Schluß.

Die dogmatische Metaphysik nimmt das bedingte Dasein als bloßen
Begriff, ohne Erscheinung und Ding an sich zu unterscheiden; sie nimmt
den Begriff des Bedingten unabhängig von unserer Vorstellung, bezieht
denselben nicht blos auf Erscheinungen, sondern auf Dinge überhaupt,
und jetzt lautet ihr Schluß: „wenn das Bedingte (als Ding an sich)
gegeben ist, so ist auch das Unbedingte gegeben. Nun ist das Bedingte
(blos als Erscheinung) gegeben; also ist das Unbedingte gegeben."

Hier liegt der Trugschluß, auf dem alle Metaphysik beruht, offen
vor jedermanns Augen. Der Begriff des Bedingten bildet den Mittel=
begriff des Schlusses und gilt in zwei grundverschiedenen Bedeutungen:
im Obersatz bedeutet er das Ding überhaupt, im Untersatze kann er
nur die Erscheinung bedeuten, und jetzt ist gar kein Schluß mehr denk=
bar, da der Schlußsatz nur möglich ist, wenn der Mittelbegriff in beiden
Prämissen genau dasselbe bedeutet. So ist der Schluß, der aller Meta=

28*

436

phyſik des Ueberſinnlichen zu Grunde liegt, kein Schluß, denn ſein Mittelbegriff iſt nicht e i n Begriff, ſondern zwei, die nicht verſchiedener ſein können: er iſt, was die alten Logiker eine „quaternio terminorum" nannten. Wenn man im Mittelbegriff zwei verſchiedene Bedeutungen gefliſſentlich unter e i n e m Worte verſteckt, ſo macht man eine abſicht= liche Täuſchung, einen ſophiſtiſchen Trugſchluß, der meiſtens auf ein elendes Wortſpiel hinausläuft. Ein ſolcher abſichtlicher Trugſchluß iſt der obige nicht. Die verſchiedenen Bedeutungen des Mittelbegriffs ſind in dieſem Falle Ding an ſich und Erſcheinung (Noumenon und Phä= nomenon). Dieſen Unterſchied wahrhaft und gründlich zu begreifen, dazu gehört die Einſicht, daß die Erſcheinungen lediglich unſere Vor= ſtellungen ſind; dazu gehört die Einſicht, daß Raum und Zeit reine Anſchauungen oder urſprüngliche Vorſtellungsformen unſerer Sinnlichkeit ſind: dazu gehört mit einem Worte nicht weniger, als die kritiſche Philoſophie. So lange dieſe Einſicht nicht gewonnen iſt, liegt es der menſchlichen Vernunft nahe, daß ſie Erſcheinungen und Dinge an ſich verwechſelt, daß ſie die Erſcheinungen als Dinge an ſich, dieſe als Er= ſcheinungen nimmt und nun unwillkürlich jenen Trugſchluß vollzieht, auf den alle Ontologie ihre Lehrgebäude gründet. Es iſt jener trans= ſcendentale Schein, der uns das Ding an ſich als Erſcheinung oder als ein objectives Daſein vorſpiegelt. Die darauf gegründeten Trugſchlüſſe ſind, wie ſich Kant ausdrückt, „Sophiſticationen nicht der Menſchen, ſondern der reinen Vernunft ſelbſt, von denen ſelbſt der Weiſeſte unter allen Menſchen ſich nicht losmachen, und vielleicht zwar nach vieler Bemühung den Irrthum verhüten, den Schein aber, der ihn unauf= hörlich zwackt und äfft, niemals loswerden kann".*)

Der Vernunftſchluß von einem bedingten Daſein auf ein Unbe= dingtes überhaupt hat ſeinen guten Grund, dagegen der Schluß von dem bedingten Daſein auf das Unbedingte als Daſein oder als Ob= ject hat nur einen Scheingrund: dieſer Schluß iſt die Sophiſtication der Vernunft, ein „vernünftelnder oder dialektiſcher Schluß". Die ſo= genannte dialektiſche Kunſt der Rhetoren und Sophiſten erzeugt will= kürlich und abſichtlich Scheingründe, um andere zu überreden und zu bleuden; hier dagegen haben wir eine unabſichtliche und unwillkürliche Dialektik der reinen Vernunft ſelbſt, die auf einen Scheingrund den Trugſchluß zu einer transſcendenten Wiſſenſchaft bildet. Die Entdeckung

*) Ebendaſ. Tr. Dial. Buch II.: Von den dialekt. Schlüſſen d. r. V. (Bd. II. S. 307.)

dieser Dialektik ist die letzte Aufgabe der Kritik, deren Auflösung Kant ebendeshalb „transscendentale Dialektik" genannt hat.

3. Auflösung des Trugschlusses.

Alle Metaphysik des Uebersinnlichen gründet sich auf dialektische Vernunftschlüsse, deren Grundform wir erklärt haben; wir können sogleich auch die Grundform der Auflösung hinzufügen. Wenn das bedingte Dasein gegeben ist, so darf man auf ein Unbedingtes, nicht als Ding oder Erscheinung, sondern als Idee schließen. Nun ist uns das bedingte Dasein als Erscheinung oder Object der Erfahrung gegeben, also ist die Reihe aller Bedingungen oder das Unbedingte nicht in der Erscheinung, sondern als Idee gegeben, d. h. mit anderen Worten: die Reihe aller Bedingungen ist uns nicht gegeben, sondern aufgegeben; sie bildet eine nothwendige Aufgabe der Vernunft, welche die Erfahrung nur so weit lösen kann, als sie ununterbrochen ihre Einsichten erweitert und zu einem Ganzen der Wissenschaft verknüpft. Eine vollständige Lösung jener Aufgabe ist in der Erfahrung nicht möglich, oder, was dasselbe heißt, die Erfahrung kann nie die Idee verwirklichen: weder kann sie dieselbe zum Object haben noch zum Object machen.

Der dialektische Vernunftschluß und seine Auflösung sind beide ihrer Gattung nach erkannt. Es handelt sich jetzt darum, diese Gattung in ihren verschiedenen Arten zu bestimmen. So viele Ideen oder Bestimmungen des Unbedingten möglich sind, eben so viele dialektische Vernunftschlüsse werden daraus entstehen: in so viele Arten wird sich die Erkenntniß der Dinge an sich oder die Metaphysik des Uebersinnlichen verzweigen.

III. Die Aufgabe der transscendentalen Dialektik.

1. Die psychologische, kosmologische, theologische Idee.

Wenn das bedingte Dasein gegeben ist, so darf man auf das Unbedingte als das nie zu erreichende, aber zu erstrebende Ziel, d. h. auf das Unbedingte als Idee schließen. Nun ist das bedingte Dasein in dreifacher Weise gegeben: als innere Erscheinung (Dasein in uns), als äußere Erscheinung (Dasein außer uns) und als mögliches Dasein oder Gegenstand überhaupt. Es wird also geschlossen werden dürfen auf die Idee eines Unbedingten in uns, eines Unbedingten außer uns, eines Unbedingten in Rücksicht alles möglichen Daseins. Das Unbedingte in uns ist das subjectiv Unbedingte, das unbedingte Subject, das allen inneren Erscheinungen zu Grunde liegt: die Seele. Das Unbedingte außer uns ist das objectiv Unbedingte, das unbedingte oder vollendete Object, der vollendete Inbegriff aller äußeren Erscheinungen: die Natur als Ganzes oder die Welt. Endlich das Unbedingte in Rücksicht alles möglichen Daseins ist das absolut Unbedingte, das unbedingte Wesen überhaupt, das absolut vollkommene Wesen als der Inbegriff aller möglichen Realitäten: Gott. Es wird daher erlaubt sein, von dem bedingten Dasein auf die Idee der Seele, der Welt, Gottes, oder auf die psychologische, kosmologische, theologische Idee zu schließen.*)

2. Die Ideen und die Vernunftschlüsse.

Die Verknüpfung oder Relation der Erscheinungen wurde bestimmt durch das kategorische, hypothetische, disjunctive Urtheil, und zwar wurde durch das kategorische Urtheil das Subject der Erscheinung, durch das hypothetische deren Bedingung, durch das disjunctive der Inbegriff seiner möglichen Prädicate bestimmt. Ebenso unterscheidet die Logik die Vernunftschlüsse in die Arten des kategorischen, hypothetischen, disjunctiven Vernunftschlusses: der erste sucht das unbedingte Subject, der zweite die vollendete Reihe aller Bedingungen (das Ganze), der dritte ein absolut unbedingtes Wesen als Inbegriff aller möglichen Realitäten. Der kategorische Vernunftschluß vollendet sich demnach in der psychologischen, der hypothetische in der kosmologischen, der disjunctive in der theologischen Idee. So entsprechen die Ideen den drei Arten der Vernunftschlüsse.

Kant hat es bequem gefunden, die allgemeine Logik zum Leitfaden seiner transcendentalen Untersuchungen zu brauchen. Wie er die Lehre von den Urtheilen als Leitfaden zu den Kategorien genommen hat, so braucht er die Lehre von den Vernunftschlüssen als Leitfaden zu den Ideen. Bei der transcendentalen Aesthetik konnte ihm die Schullogik nichts nützen, aber der transcendentalen Logik bietet sie hülfreich die Hand und führt diese ganze Strecken weit auf ihrem eigenen, breit getretenen Wege. Die Analytik läßt sich von der Lehre der Urtheilsformen zu den reinen Verstandesbegriffen, die Dialektik läßt sich von der Lehre der Vernunftschlüsse zu den Ideen führen.**)

---

*) Ebend. Tr. Dial. Buch I. Abschn. III. (Bd. II. S. 302 flgb.) — **) Ebend. Tr. Dial. Buch II.: Von den dialekt. Schlüssen d. r. V. (Bd. II. S. 296, S. 307.)

3. Die rationale Psychologie, Kosmologie, Theologie.

Die Vernunftschlüsse werden vernünftelnd oder bialektisch, wenn sie auf das Unbedingte schließen, nicht als Idee, sondern als Gegenstand möglicher Erkenntniß. Wenn der kategorische Vernunftschluß bialektisch wird, so schließt er nicht auf die Idee, sondern auf das Dasein der Seele als eines erkennbaren Objects, eben so der hypothetische Vernunftschluß auf das Dasein der Welt als eines gegebenen und erkennbaren Ganzen, ebenso der bisjunctive Vernunftschluß auf das Dasein Gottes als eines erkennbaren Wesens: dadurch entsteht im ersten Falle die rationale Psychologie, im zweiten die rationale Kosmologie, im dritten die rationale Theologie. Die psychologische Idee hat ihren guten Grund, die rationale Psychologie nur einen Scheingrund. Dasselbe gilt von der kosmologischen Idee in Ansehung der rationalen Kosmologie, von der theologischen in Ansehung der rationalen Theologie. Hier ist auf das Genaueste der Punkt bestimmt, wo die Wahrheit aufhört und der Irrthum beginnt.

Die Aufgabe der transscendentalen Dialektik, in ihre Haupttheile zerlegt, ist daher die Widerlegung der rationalen Psychologie, Kosmologie, Theologie. Diese vermeintlichen Wissenschaften widerlegen, heißt den bialektischen Vernunftschluß enthüllen, auf dem jede derselben beruht. Wenn sie sämmtlich widerlegt sind, so ist bewiesen, daß eine Metaphysik des Uebersinnlichen wohl als Scheinwissenschaft möglich, dagegen als wirkliche Wissenschaft durchaus unmöglich ist.

Zehntes Capitel.
Die rationale Psychologie und deren Widerlegung. Die Paralogismen der reinen Vernunft.

I. Das System der rationalen Psychologie.
1. Die psychologischen Ideen.

Die Erkenntniß der Erscheinungen oder sinnlichen Objecte ist Erfahrung, und diese unterscheidet sich in das Gebiet der äußeren und der inneren Erfahrungswissenschaft, je nachdem ihre Gegenstände dem

*) Ebendas. Tr. Dial. Buch II. (Bb. II. S. 296, S. 307.)

äußeren oder blos dem inneren Sinn angehören. Die Erfahrungswissen=
schaft ist im weitesten Umfange Naturwissenschaft (Physiologie). Die
Physiologie des äußeren Sinnes ist Körperlehre oder Physik, die des
inneren Seelenlehre oder Psychologie. Diese gründet sich auf innere
Erfahrung, auf die Beobachtung unserer inneren Vorgänge; sie ist als
solche durchaus empirisch. Ihre Objecte sind die verschiedenen Zustände
des inneren Daseins, und da wir nur das eigene Dasein, wie ein frem=
des innerlich wahrnehmen können, so sind die Sätze der Psychologie
nur in dieser Einschränkung gültig und können zu einer comparativen
Allgemeinheit erst durch Schlüsse der Analogie erweitert werden. Als
Erfahrungswissenschaft sucht die Psychologie den Zusammenhang und
die Einheit ihrer Erscheinungen. Innere Erscheinungen können nicht
durch den Begriff der Wechselwirkung verknüpft werden, denn sie sind
nicht im Raum, sondern nur in der Zeit: sie sind verschiedene Zustände,
die auf einander folgen, also Veränderungen, die nach dem Gesetze der
Causalität geschehen. Als Veränderungen setzen sie ein Subject voraus,
das ihnen zu Grunde liegt und sich zu den verschiedenen Zuständen als
zu seinen Prädicaten verhält. Dieses Subject kann nie Prädicat, son=
dern nur Subject oder Substanz sein. Wenn nun die Psychologie den
letzten Grund ihrer Erscheinungen erkennen will, so geht sie in der Form
des kategorischen Vernunftschlusses auf die Idee eines unbedingten Sub=
jects oder einer Substanz, deren verschiedene Zustände jene inneren
Erscheinungen oder Veränderungen als Objecte der inneren Wahrneh=
mung sind. Alle Veränderungen in mir erscheinen als meine Ver=
änderungen, als meine verschiedenen Vorstellungen. Die Einheit aller
inneren Erscheinungen bin Ich, das vorstellende oder denkende Sub=
ject. Nennen wir eine denkende Substanz Seele, so ist es die Idee
der Seele, welche der kategorische Vernunftschluß sucht: es ist die psycho=
logische Idee, auf welche alle innere Erfahrungswissenschaft zielt.

Um die Arten dieser Idee (die psychologischen Ideen) zu finden,
analysiren wir den Begriff der Seele oder des unbedingten Subjectes
aller inneren Veränderungen. Als Subject, welches der Veränderung
zu Grunde liegt (dem die verschiedenen Zustände der letzteren inwohnen),
ist die Seele Substanz. Als die Substanz innerer Veränderungen,
deren Zustände in Vorstellungen und Gedanken bestehen, ist sie keine
zusammengesetzte, sondern eine einfache Substanz. Als diese einfache
Substanz ist sie in allen verschiedenen Zuständen ihrer Veränderung ein
und dasselbe Wesen, d. h. numerisch identisch, sie ist sich ihrer Identität

in aller Veränderung bewußt und darum ein selbstbewußtes Wesen oder Person. Weil sie sich selbst Gegenstand ist, so ist ihr das eigene Dasein allein gewiß, dagegen das Dasein aller Gegenstände außer ihr weniger gewiß oder zweifelhaft. Die psychologischen Ideen sind demnach die Wesen= heit, Einfachheit, Persönlichkeit und Selbstgewißheit oder, um die kan= tischen Ausdrücke zu brauchen, die „Substantialität, Simplicität, Per= sonalität und Idealität" der Seele. Mit der Seelensubstanz ist zugleich das unkörperliche Dasein (Immaterialität), mit der Einfachheit auch die Unsterblichkeit (Incorruptibilität) gegeben.

Sobald nun die Idee der Seele den Schein eines Gegenstandes annimmt, als ob sie ein objectives, erkennbares Ding wäre, so wird, wie sich Kant ausdrückt, der kategorische Vernunftschluß „dialektisch", und es entsteht die vernünftelnde Seelenlehre, die rationale Psychologie, welche durch ihre Vernunftschlüsse zu beweisen sucht, daß die Seele sub= stantiell, einfach, persönlich und nur ihres Daseins allein gewiß sei. Wenn eine denkende Substanz existirt, so wird sich leicht darthun lassen, daß sie im Unterschiede von den zusammengesetzten Dingen einfach, ver= möge ihres Selbstbewußtseins persönlich ist und vermöge ihrer unmittel= baren Selbsterkenntniß ihr Dasein mit zweifelloser und unvergleichbarer Gewißheit einsieht. Ob andere Wesen existiren, ist zweifelhaft; daß sie existirt, ist absolut sicher. Daher kommt zur Begründung der rationalen Psychologie alles darauf an, die Substantialität der Seele zu be= weisen. Als Substanz ist sie ein existirendes Ding, als Seele oder als das Subject innerer Veränderungen ist sie denkend, denn die Vorgänge in uns sind Vorstellungszustände.

Daß jene vier psychologischen Ideen sämmtliche sind, die gedacht werden können, zeigt uns der Philosoph, indem er ihre Correspondenz mit den vier Hauptbegriffen seiner Kategorientafel nachweist. Sie bilden „die Topik der rationalen Seelenlehre". In Ansehung der Relation ist die Seele Substanz, ihrer Qualität nach ist sie einfach, ihrer Quan= tität d. h. den verschiedenen Zeiten nach, in welchen sie da ist, ist sie Einheit, in Rücksicht der Modalität steht sie im Verhältnisse zu mög= lichen Gegenständen im Raum. Die Substanz als Gegenstand des inneren Sinnes giebt den Begriff der Immaterialität, die Einfach= heit derselben giebt den der Incorruptibilität, die Identität oder Einheit der intellectuellen Substanz den Begriff der Persönlichkeit. Diese drei zusammen machen den Begriff der Spiritualität aus: die Seele ist als immaterielle, unzerstörbare, persönliche Substanz ein

442

spirituelles Wesen oder Geist. Die Gegenstände im Raum sind die Kör=
per; das Verhältniß der Seele zu den Körpern bildet die Gemeinschaft
beider, die den Grund der Animalität oder des beseelten Lebens aus=
macht, und dieses, eingeschränkt durch die Spiritualität, giebt den Begriff
der Unsterblichkeit oder Immortalität.

Die Widerlegung der rationalen Psychologie hat Kant dreimal
dargestellt: am ausführlichsten in der ersten Ausgabe der Kritik, am
kürzesten in den Prolegomena, in einer neuen Bearbeitung, die dem
Umfange nach die Hälfte der ersten beträgt, in den späteren Ausgaben
der Kritik. Doch ist es in der Behandlung dieses Themas nicht blos
die ungleich größere Ausführlichkeit, wodurch der Text des Hauptwerkes
vom Jahre 1781 sich auszeichnet, sondern namentlich die intensive Schärfe
und Klarheit, womit hier die idealistische Grundansicht, insbesondere die
neue Lehre von Raum und Zeit, in der Untersuchung der psychologischen
Fragen zur Anwendung gebracht wird. Wir werden deshalb in der
folgenden Darstellung uns nach der ersten Ausgabe richten, ohne die
zweite außer Acht zu lassen, aber auf die kritische Vergleichung beider
erst am Ende dieses Buches näher eingehen.*)

2. Das Scheinobject der rationalen Psychologie.

Es ist schon in der Deduction der reinen Verstandesbegriffe gezeigt
worden, daß eine objective Einheit und Verknüpfung unserer Vorstel=
lungen nicht möglich ist ohne jenes reine Bewußtsein, welches stets das=
selbe bleibt und von Kant die transscendentale Apperception genannt
wurde, ohne jenes „Ich denke", von dem der Philosoph gesagt hatte,
daß es alle unsere Vorstellungen begleite.**) Dieses Ich erkennt in der
gegenwärtigen Vorstellung die frühere, es vergleicht und unterscheidet die
Vorstellungen, d. h. es urtheilt: es ist das vergleichende, unterscheidende
Subject der Vorstellungen, daher in allen Urtheilen das Subject des
Urtheils. Eben so leuchtet ein, daß mein Ich niemals Prädicat eines
andern, sondern nur Subject sein kann. Also dürfen wir behaupten:
das Ich ist das Subject zu allen möglichen Urtheilen, es ist in keinem
Urtheile das Prädicat eines andern Subjects. Ohne Ich giebt es keine

*) Kr. d. r. V. Transsc. Dialektik. Buch II. Hptst. I. (Bd. II. S. 308—29.
Auf S. 313 ist durch die Anmerkung die Stelle bezeichnet, wo der abweichende Text
der ersten Ausgabe beginnt, das in den Nachträgen S. 660—98 zu lesen steht). Vgl.
Kehrbach: Kr. d. r. V. Text d. Ausgabe 1781. S. 293—339. — Proleg., Th. III.
§ 46—49. (Bd. III. S. 256—61.) — **) S. oben. Buch II. Cap. V. S. 365—68.

Verknüpfung der Vorstellungen, d. h. kein Urtheil. Die Verknüpfung der Vorstellungen ist die Urtheilsform: das Ich macht die Form des Urtheils. Die Form des Urtheils ist der logische Bestandtheil desselben, das rein logische Urtheil ohne empirischen oder materialen Inhalt. Das Ich ist demnach, genau ausgedrückt, das Subject aller Urtheilsformen, das logische Subject des Urtheils, das urtheilende Subject und darum der Grund auch aller urtheilenden Begriffe oder Kategorien. Es ist in Rücksicht auf das Urtheil und die Erkenntniß überhaupt deren oberste logische oder formale Bedingung. Nun setzt jedes Object einer möglichen Erkenntniß die Bedingungen der Erkenntniß, jedes Object einer möglichen Erfahrung die Bedingungen der Erfahrung voraus: also setzt jedes erkennbare Object das Ich voraus als die formale Bedingung aller Erkenntniß, als das logische Subject aller Urtheile. Mithin kann das Ich selbst nie Object einer möglichen Erkenntniß sein, da es deren Bedingung ist, oder es müßte sich selbst voraussetzen, was sich widerspricht. Schon hier zeigt sich die Unmöglichkeit, aus dem „Ich denke" ein erkennbares Object zu machen.

Jedes erkennbare Object setzt die Anschauung voraus, durch welche allein Objecte gegeben werden. Soll ein Object als Substanz erkannt werden, so muß es als eine beharrliche Erscheinung angeschaut sein; ohne das Schema der Beharrlichkeit ist der Begriff der Substanz leer und stellt gar nichts vor. Aber die beharrliche Erscheinung setzt voraus, daß verschiedene Erscheinungen zu gleicher Zeit sind, von denen die eine bleibt, während die andern gehen. Verschiedene Erscheinungen zu gleicher Zeit können nur im Raume sein: daher setzt die beharrliche Erscheinung, um angeschaut zu werden, den Raum voraus. In der bloßen Zeit, die als solche nicht beharrt, läßt sich das Beharrliche nicht anschauen: darum können innere Erscheinungen, da sie blos in der Zeit sind, niemals als beharrliche angeschaut, also auch nie als Substanzen erkannt werden.

Es ist also klar, daß jenes Ich, das denkende Subject, niemals Gegenstand möglicher Erkenntniß sein kann, weil es lediglich die formale Bedingung zu einer möglichen Erkenntniß ausmacht; daß es kein Gegenstand der Anschauung ist, weil es selbst keine Erscheinung, sondern nur die letzte formale Bedingung zur Erscheinung bildet; daß es am wenigsten der beharrliche Gegenstand einer Anschauung sein kann, weil das denkende Wesen nie im Raume, sondern nur in der Zeit angeschaut werden könnte, wenn es überhaupt anschaulich wäre. Also fehlen alle Bedingungen, um zu urtheilen: das Subject des Denkens ist eine denkende Substanz, oder die Seele ist Substanz. Es fehlen alle Bedingungen zu dem obersten Grundsatz der rationalen Psychologie. Ihr ganzer Text ist in dem Satze „Ich denke" beschlossen. Sie übersetzt dieses „Ich denke" in ein „Ich bin denkend = Ich bin ein denkendes Wesen", und damit ist sie, wo sie zu sein wünscht. Sie hypostasirt das „Ich denke", sie macht aus dem „Ich denke" eine denkende Substanz, sie macht aus dem Ich eine Substanz: sie hypostasirt das Ich, als ob es ein für sich bestehendes, selbständiges Ding, ein Ding an sich wäre.*)

II. Die Paralogismen der reinen Vernunft.

1. Der Paralogismus der Substantialität.

Nun zeige uns diese vermeintliche Wissenschaft den Schluß, auf den sie sich gründet, von dem alle ihre übrigen Schlüsse abhängen, und mit dessen Widerlegung sie daher alle widerlegt sind. Sie will beweisen, daß unser denkendes Ich unter den Begriff einer Substanz fällt. Also handelt es sich darum, den Mittelbegriff zu bestimmen, welcher das Ich mit dem Begriff der Substanz zusammenschließt. Der Schluß heißt: „Dasjenige, dessen Vorstellung das absolute Subject unserer Urtheile ist und daher nicht als Bestimmung eines anderen Dinges gebraucht werden kann, ist Substanz. Ich als ein denkend Wesen bin das ab= solute Subject aller meiner möglichen Urtheile, und diese Vorstellung von mir selbst kann nicht zum Prädicate irgend eines anderen Dinges gebraucht werden. Also bin ich, als denkend Wesen (Seele), Substanz."

Der Mittelbegriff in diesem Schluß ist „das absolute Subject unserer Urtheile". Offenbar wird dieser Begriff in beiden Prämissen genau derselbe sein müssen und nicht etwa unter demselben Worte zwei verschiedene Bedeutungen haben dürfen, sonst hätten wir gar keinen Mittelbegriff, sondern eine quaternio terminorum, welche nicht schließt. Nun kann „Subject unserer Urtheile" zweierlei heißen: das Subject im Urtheile, d. i. das beurtheilte Subject, als Gegenstand des Ur=

---

*) Kr. d. r. V. (1781). Betrachtung über die Summe der reinen Seelenlehre. (Bd. II. S. 692—97). „Nichts ist natürlicher und verführerischer als der Schein, die Einheit in der Synthesis der Gedanken für eine wahrgenommene Einheit im Subjecte dieser Gedanken zu halten. Man könnte ihn die Subreption des hyposta= sirten Bewußtseins (appperceptionis substantiatae) nennen." (S. 697.)

theils, und das Subject, welches das Urtheil macht, das urtheilende Subject als logische Bedingung: im ersten Sinne ist es das reale, im zweiten das logische Subject. Substanz kann nur das reale Subject sein als der mögliche Gegenstand eines Urtheils, als der beharrliche Gegenstand der Anschauung; das blos logische Subject ist nie Gegenstand des Urtheils, nie Object der Anschauung, es ist also nie Subject im Urtheile, nie reales Subject, darum auch nie Substanz. Jetzt liegt der Fehlschluß deutlich vor Augen. Der Obersatz sagt: „Was nur als Subject des Urtheils und nie als Prädicat gedacht werden kann, ist Substanz, wenn es nämlich reales Subject ist." Der Untersatz sagt: „Das denkende Ich kann nur als das Subject aller Urtheile gedacht werden, nämlich als logisches Subject". Offenbar ist hier kein Schlußsatz mehr möglich. Der Obersatz erklärt, Substanz sei, was nur als Subject beurtheilt werden könne; der Untersatz erklärt, daß unser Ich in allen Fällen das urtheilende Subject bilde: dies sind zwei Sätze, die gar nichts gemein haben, als ein Wort. Es giebt in dem obigen Vernunftschluß keinen Begriff, der zweimal in derselben Bedeutung vorkommt. „Substanz" bedeutet im Obersatz etwas anderes als im Schlußsatz; das Wort „Denken" braucht jede Prämisse in einem andern Sinn. Die quaternio terminorum läßt sich mithin in dem obigen Schluß in allen Begriffen nachweisen, die zweimal vorkommen.

Wenn zwei Begriffe durch einen dritten verknüpft werden, so bilden sie einen Syllogismus; wenn aber, wie in unserem Falle, der dritte Begriff die beiden andern nicht wirklich, sondern nur scheinbar zusammenschließt, so wird nothwendig fehlgeschlossen, und es entsteht der Paralogismus. Wenn der Schein oder die syllogistische Täuschung darin liegt, daß zwei verschiedene Begriffe in demselben Worte versteckt sind, so ist ein solcher Paralogismus nach dem Ausdrucke der alten Logik ein „sophisma figurae dictionis". So verhält es sich mit dem Vernunftschluß der rationalen Psychologie. Der Schein ist nicht empirisch, auch nicht absichtlich, sondern transscendental. Es scheint unwillkürlich, als ob das denkende Ich auch gedachter Gegenstand sein könne, als ob die Seele ein erkennbares Object, eine denkende Substanz sei: darum nennt Kant die Schlüsse der rationalen Psychologie sämmtlich „Paralogismen der reinen Vernunft". Es giebt so viele Paralogismen, als es psychologische Ideen giebt. Im Grunde sind mit dem Paralogismus der Substantialität auch die anderen der Einfachheit, Persönlichkeit und Idealität schon widerlegt. Ist die Seele überhaupt nicht Substanz,

446

wenigftens nicht als folche zu beweifen, fo ift fie auch keine einfache, perfönliche, ihres eigenen Dafeins allein gewiffe Subftanz. Doch ver= langt die gründliche Widerlegung der rationalen Pfychologie, daß wir fie in allen Begriffen auflöfen, womit fie Staat macht.*)

2. Der Paralogismus der Einfachheit.

Mit keinem ihrer Begriffe hat die rationale Pfychologie größeren Staat gemacht, als mit der Einfachheit der Seele: diefen Beweis nennt Kant den Achilles unter den Vernunftfchlüffen der rationalen Pfycho= logie. Wäre die Seele nicht einfach, fo müßte fie aus verfchiedenen denkenden Subjecten zufammengefetzt fein, fo müßten diefe zufammen= wirken, um einen Gedanken entftehen zu laffen, wie etwa in der Natur eine zufammengefetzte Bewegung aus der Zufammenwirkung verfchie= dener Kräfte hervorgeht. Aber verfchiedene Vorftellungen in verfchie= denen Subjecten geben fo wenig einen Gedanken, als viele einzelne Wörter als folche einen Vers. Die Einheit des Gedankens beweift die fubjective Einheit oder Einfachheit des denkenden Wefens (Seele). Der Beweisgrund ift nicht zutreffend. Weil der Gedanke nicht zufammen= gefetzt ift, foll auch das denkende Wefen nicht zufammengefetzt fein. In= deffen giebt es zufammengefetzte Gedanken, z. B. die Collectivbegriffe, die viele Vorftellungen in fich faffen. Nicht der Gedanke als folcher, fondern das „Ich denke" ift die einfache Vorftellung, die fich in keine andere zerlegen oder auflöfen läßt. Das Ich ift die einfache Vorftellung, welche die rationale Pfychologie zur einfachen Subftanz macht. Aber das Ich, wie wir ausführlich gezeigt haben, ftellt keinen Gegenftand vor, alfo die abfolute Einheit desfelben auch keinen einfachen Gegen= ftand, alfo auch keine einfache Subftanz.**)

a. Die Unkörperlichkeit der Seele.

Die rationale Pfychologie legt deshalb ein fo großes Gewicht auf die bewiefene Einfachheit der Seele, weil fie auf diefe Eigenthümlichkeit den Standesunterfchied der Seele, das große Privilegium ihrer Un= körperlichkeit gründet. Denn alles Einfache ift untheilbar, alles Körper=

*) Kr. d. r. V. (1781). Erfter Paralogismus der Subftantialität. (Bd. II. S. 660—62.) Vergl. Ausgabe (1787). Von den Paralogismen d. r. V. (Bd. II. S. 316 flgb. S. 323.) — **) Kr. d. r. V. (1781). Zweiter Paralogismus der Simpli= cität. (Bd. II. Nachtr. S. 662—66.)

liche ist theilbar, darum kann nichts Einfaches körperlich, also muß die Seele unkörperlich oder immateriell sein. Die rationale Psychologie hat die Einfachheit der Seele nicht bewiesen und kann dieselbe nicht beweisen. Aber gesetzt den Fall, sie wäre bewiesen oder beweisbar, so würde daraus in Wahrheit über den Unterschied zwischen Seele und Körper nichts folgen. Was sind denn Körper? „Wir haben in der transscendentalen Aesthetik unleugbar bewiesen, daß Körper bloße Erscheinungen unseres äußeren Sinnes und nicht Dinge an sich selbst sind."*) Körper können wir nur äußerlich anschauen, die Seele, wenn wir sie anschauen könnten, nur innerlich. Insofern unterscheidet sich die Seele von dem körperlichen Dasein, sie ist keine körperliche Vorstellnng, sie kann niemals im Raum angeschaut werden, nie Erscheinung im Raum oder Gegenstand des äußeren Sinnes sein. Oder mit anderen Worten: unter den Gegenständen der äußeren Anschauung sind uns nie denkende Objecte gegeben, nie Gefühle, Begierden, Bewußtsein, Vorstellungen, Gedanken u. s. f., sondern nur Materie, Gestalt, Undurchbringlichkeit, Bewegung u. s. f. Dieser Unterschied zwischen Seele und Körper betrifft nicht ihre Wesenseigenthümlichkeit, sondern nur die Art unserer Vorstellung. Wenn die Körper, ihre Ausdehnung und Theilbarkeit blos Erscheinungen unseres äußeren Sinnes, also unsere Vorstellungen sind, und die Seele doch der Grund aller Vorstellungen sein soll, so ist nicht einzusehen, wie sich die Seele von dem Wesen, welches den Körpern zu Grunde liegt, unterscheiden will. „Dieses unbekannte Etwas, welches den äußeren Erscheinungen zu Grunde liegt, was unseren Sinn so afficirt, daß er die Vorstellungen von Raum, Materie, Gestalt u. s. f. bekommt, dieses Etwas könnte doch auch zugleich das Subject der Gedanken sein, wiewohl wir durch die Art, wie unser äußerer Sinn dadurch afficirt wird, keine Anschauung von Vorstellung, Willen u. s. f., sondern blos vom Raum und dessen Bestimmungen bekommen. Dieses Etwas aber ist nicht ausgedehnt, nicht undurchbringlich, nicht zusammengesetzt, weil alle diese Prädicate nur die Sinnlichkeit und deren Anschauung angehen." „Demnach ist selbst durch die eingeräumte Einfachheit der Natur die menschliche Seele von der Materie, wenn man sie (wie man soll) blos als Erscheinung betrachtet, in Ansehung des Substrati derselben gar nicht hinreichend unterschieden**)."

---

*) Kr. d. r. V. (1781). Kritik des zweiten Paralogismus. (Bd. II. S. 667.) —
**) Kr. d. r. V. (1781). Kritik des zweiten Paralogismus. (Bd. II. S. 667 flgd.)

b. Die Unsterblichkeit der Seele.

Weber also ist die Einfachheit der Seele zu beweisen, noch ist die=
selbe, wenn sie bewiesen wäre, ein Unterscheidungsgrund zwischen Seele
und Körper, da der Körper mit seiner Theilbarkeit nichts anderes ist
als unsere Erscheinung oder Vorstellung. In der Einfachheit der Seele
glaubte die rationale Psychologie auch einen Beweisgrund für deren
Unzerstörbarkeit und Beharrlichkeit zu finden, welche selbst die Bedingung
der Unsterblichkeit ausmacht. Ueberhaupt hat diese vermeintliche Wissen=
schaft, wo sie auch steht, eine Aussicht auf die Unsterblichkeit oder
glaubt, eine solche Aussicht zu haben, und dies war kein geringer Grund
ihres gerühmten Ansehens bei aller Welt. Das Einfache ist untheilbar,
also kann es nie durch Zertheilung aufhören. Damit ist noch keines=
wegs bewiesen, daß es überhaupt nicht aufhören könne, denn es wäre
möglich, daß es durch Verschwinden aufhörte. Mendelssohn entdeckte
diese Lücke in dem Unsterblichkeitsbeweise und suchte dieselbe in seinem
„Phädon" zu ergänzen. Das Einfache solle auch nicht verschwinden
können, denn es erlaube, da es gar keine Vielheit in sich habe, auch
keinerlei Verminderung, also keine stetige Abnahme. Entweder es ist
oder es ist nicht. Ein Uebergang von dem Zustande des Seins in den
des Nichtseins sei nicht möglich; daher könne es nicht allmählich, son=
dern nur plötzlich verschwinden; es dürfe zwischen dem Zeitpunkte seines
Daseins und seines Nichtdaseins keine Zeit geben. Da aber zwischen
zwei Zeitpunkten immer Zeit sei, so könne das Einfache nur allmählich
oder gar nicht verschwinden; nun schließe die Natur desselben die Mög=
lichkeit der Abnahme oder des allmählichen Verschwindens aus: folglich
sei das Einfache, da es weder durch Zertheilung noch durch Verschwin=
den aufhören könne, schlechterdings beharrlich. Indessen hat Mendels=
sohn, wie man leicht sieht, die Beharrlichkeit der Seele als einer ein=
fachen Substanz keineswegs bewiesen, sondern vorausgesetzt: er hat
angenommen, daß das Einfache jede Vielheit und damit alle Unter=
schiede von sich ausschließe. Das Einfache schließt mit der Theilbarkeit
die Menge der Bestandtheile von sich aus; es ist untheilbar, d. h. es
hat keine Bestandtheile, es ist nicht zusammengesetzt, es ist keine extensive
Größe. Es kann sehr wohl eine intensive Größe sein; ja es muß
eine solche sein, wenn es eine innere Erscheinung ist. Und jede intensive
Größe, wie die Grundsätze des reinen Verstandes gelehrt haben, muß
sich continuirlich verändern im Stufengange von der Realität zur
Negation. Das Bewußtsein selbst ist eine solche intensive Größe, „denn

es giebt unendlich viele Grade des Bewußtseins bis zum Verschwin-
ben".*)

3. Der Paralogismus der Persönlichkeit.

Weder läßt sich von der Seele beweisen, daß sie Substanz, noch
von dieser Substanz beweisen, daß sie einfach ist. Auch würde aus der
bewiesenen Einfachheit nichts über den Wesensunterschied zwischen Seele
und Körper, nichts über die Beharrlichkeit oder Unsterblichkeit der Seele
folgen. Indessen scheint es, als müsse sich eine Eigenschaft der Seele
unfehlbar beweisen lassen: die Persönlichkeit. Diese setzt ein Wissen von
sich selbst voraus, ein Bewußtsein seiner verschiedenen Zustände. Dieses
Bewußtsein macht noch nicht die Person. Wenn das Bewußtsein selbst
so verschieden ist, als seine Zustände, so ist es nicht persönlich: es ist
erst dann persönlich, wenn es in allen seinen Zuständen, so verschieden
sie sind, stets dasselbe eine Subject bleibt, wenn es sich dieser seiner
Einheit oder numerischen Identität bewußt ist. Beides gehört zur Persönlichkeit: die Einheit des Subjects in allen Zuständen seiner Veränderung und das Wissen von dieser Einheit. Beides scheint von der
menschlichen Seele zu gelten. Sie ist das Subject, welches als eines
und dasselbe allen inneren Veränderungen zu Grunde liegt, sie weiß
sich als dieses eine Subject. Daher bildet die rationale Psychologie
folgenden Vernunftschluß, den Kant als „Paralogismus der Persona-
lität" aufführt: „Was sich der numerischen Identität seiner Selbst in
verschiedenen Zeiten bewußt ist, ist sofern eine Person. Nun hat die
Seele dieses Bewußtsein. Also ist sie eine Person."

Daß ein Subject in den verschiedenen Zuständen seiner Veränderung identisch bleibt, ist nur dann erkennbar, wenn wir sehen, daß es
im Wechsel seiner Zustände beharrt. Diese Beharrlichkeit ist nur ein
Gegenstand äußerer Erfahrung. Innere Veränderungen sind nie Gegenstände äußerer Erfahrung, also ist auch die Beharrlichkeit oder Identität
ihres Subjects in keiner Weise erkennbar. So fehlt die erste Bedingung,
um einzusehen, daß die Seele Person ist. Wir können ihre Identität
nicht aus ihrer Beharrlichkeit schließen. Woraus also schließen wir diese
Identität? Blos aus dem Bewußtsein derselben. Aus dem bloßen Bewußtsein: „Ich denke" (aus dem bloßen Ich) soll erhellen, daß die
Seele eine selbstbewußte oder persönliche Substanz sei. Da stoßen wir
auf denselben Punkt, der überall in den Vernunftschlüssen der rationalen

---

*) Kr. d. r. B. (1787). Widerlegung des Mendelsohn'schen Beweises. (Bd. II.
S. 319 Anmkg.).

Pſychologie den Paralogismus ausmacht. Das Ich iſt kein Object, ſon=
dern ſcheint nur eines zu ſein; es iſt zu allen Objecten blos die for=
male logiſche Bedingung. Auf dieſem Scheine beruht die ganze rationale
Pſychologie. „Ich denke“ heißt nicht: „eine Subſtanz denkt“. Ich bin
mir in allen meinen verſchiedenen Zuſtänden meiner Einheit bewußt,
bedeutet nicht: daß eine Subſtanz ſich ihrer Einheit bewußt ſei, daß es
eine perſönliche Subſtanz gebe.

Aus dem bloßen Ich, man mag es drehen und wenden, wie man
will, löſt man nie einen Exiſtenzialſatz. Aus der bloßen Einheit unſeres
Selbſtbewußtſeins folgt keine Erkenntniß von irgend einem Gegenſtande.
Daß ich mir in allen meinen verſchiedenen Zuſtänden meiner ſubjectiven
Einheit bewußt bin, iſt in der That ein ganz leeres und analytiſches
Urtheil, das über den Satz „Ich denke“ nicht hinauskommt. Ver=
ſchiedene Zuſtände in einem anderen ſind nie Gegenſtand meines Be=
wußtſeins, verſchiedene Zuſtände in mir nie Gegenſtand eines fremden
Bewußtſeins. Was alſo macht überhaupt verſchiedene Zuſtände zu meinen
Zuſtänden? Nur mein Bewußtſein. Ohne Bewußtſein können ſie über=
haupt nicht vorgeſtellt werden. In einem fremden Bewußtſein werden
ſie nicht als meine vorgeſtellt, nämlich die Zuſtände der inneren Ver=
änderung. Alſo iſt die Vorſtellung verſchiedener Zuſtände als der mei=
nigen genau ſo viel als mein Bewußtſein. „Meine verſchiedenen
Zuſtände“ d. h. „verſchiedene Zuſtände, die ich auf mich beziehe, die ich
als zu mir gehörig vorſtelle, in denen ich der Einheit meines Selbſtes
mir bewußt bin“. Was alſo ſagt der Satz, daß ich mir in allen meinen
verſchiedenen Zuſtänden meiner ſubjectiven Einheit bewußt bin? Er
ſagt: „in allen verſchiedenen Zuſtänden, deren ich mir als der meinigen
bewußt bin, bin ich mir meiner bewußt“. Er ſagt: „in allen Zuſtänden,
die ich als zu meinem Subjecte gehörig vorſtelle, ſtelle ich mein Subject
vor als zu allen jenen Zuſtänden gehörig“. Die Zeitfolge dieſer Zuſtände
iſt in mir, oder ich als daſſelbe Subject bin in dieſer Zeitfolge. Das
ſind analytiſche, alſo erkenntnißleere Urtheile, welche die Vorſtellung Ich
um gar nichts erweitern.*)

4. Der Paralogismus der Idealität.

Die rationale Pſychologie iſt aus allen ihren Stellungen vertrieben:
die Ungültigkeit ihrer Vernunftſchlüſſe iſt dargethan in Rückſicht der

---

*) Kr. d. r. V. (1781). Dritter Paralogismus der Perſonalität. (Bd. II.
S. 669—73.)

Exiſtenz (Subſtantialität), der Einfachheit, der Perſönlichkeit der Seele. Ueberall iſt ſie verführt durch das Scheindaſein des Ich, dieſer Schein iſt in allen Punkten als eine Täuſchung erwieſen. Dabei iſt dieſe ſoge= nannte Wiſſenſchaft weit entfernt, auch nur an die Möglichkeit einer ſolchen Täuſchung zu denken; vielmehr hält ſie unter allen Wiſſen= ſchaften ſich ſelbſt für die ſicherſte. Wenigſtens das Daſein ihres Objects, ſo meint ſie, ſei unter allen Objecten einer möglichen Erkenntniß nicht blos am meiſten gewiß, ſondern allein gewiß und, mit ihm ver= glichen, das Daſein aller anderen Dinge zweifelhaft. Daß es ſich ſo verhalte, glaubt ſie durch einen Vernunftſchluß beweiſen zu können.

Offenbar iſt uns das Daſein eines Objects um ſo gewiſſer, je unmittelbarer unſere Erkenntniß oder Wahrnehmung desſelben iſt. Je vermittelter dagegen die Erkenntniß, je größer die Reihe der Mittelbe= griffe und Mittelvorſtellungen zur Erkenntniß eines Objects iſt, um ſo zweifelhafter iſt deſſen Daſein. Die unmittelbare Erkenntniß hat gar keine Mittelvorſtellung, die zu jeder Erkenntniß durch Schlüſſe nöthig iſt; das Daſein, welches wir unmittelbar erkennen, iſt allein gewiß, dagegen das Daſein, das wir nur durch Schlüſſe erkennen, zweifelhaft. Nun iſt das einzige Daſein, welches wir unmittelbar erkennen, unſer eigenes Denken; dagegen werden die Dinge außer uns erſt erkannt als Urſachen unſerer Wahrnehmungen; auf das Daſein dieſer Dinge wird erſt geſchloſſen: darum iſt unſer denkendes Weſen das allein Gewiſſe, das Daſein aller anderen Dinge dagegen zweifelhaft. Bekanntlich war es Descartes, der ſeine Philoſophie auf den Satz „cogito ergo sum" gründete; der Satz erklärt: mein Denken iſt das einzige Daſein, deſſen ich vollkommen gewiß bin; er folgte unmittelbar aus dem Satze: „de omnibus dubito", wodurch erklärt wurde: alles Daſein außer meinem Denken und Vorſtellen iſt zweifelhaft.

Auf dieſen Satz gründet ſich die rationale Pſychologie, um das Daſein der Seele als das allein gewiſſe darzuthun. Ihr Vernunftſchluß lautet: „Dasjenige, auf deſſen Daſein nur als einer Urſache zu gegebenen Wahrnehmungen geſchloſſen werden kann, hat eine nur zweifelhafte Exiſtenz. Nun ſind alle äußeren Erſcheinungen von der Art, daß ihr Daſein nicht unmittelbar wahrgenommen, ſondern auf ſie als die Ur= ſache gegebener Wahrnehmungen allein geſchloſſen werden kann. Alſo iſt das Daſein aller Gegenſtände äußerer Sinne zweifelhaft." Der Realismus hält das Daſein der äußeren Erſcheinungen für gewiß, der Idealismus hält dieſes Daſein für zweifelhaft. Dieſe Anſicht nennt

29*

Kant die Idealität äußerer Erscheinungen und darum den obigen Vernunftschluß den „Paralogismus der Idealität" oder auch den „des
äußeren Verhältnisses" *).

a. Empirischer Idealismus und transscendentaler Realismus.

Aeußere Erscheinungen sind in allen Fällen Gegenstände der Er=
fahrung oder empirisch. Was ihr Dasein betrifft, so kann dasselbe
entweder für gewiß oder für zweifelhaft erklärt werden: das erste thut
der Realismus, das andere der Idealismus, beide aber beziehen sich in
ihrer Erklärung auf das Dasein empirischer Gegenstände: darum möge
der eine „empirischer Realismus", der andere „empirischer Idealismus"
heißen. Auf dem Standpunkte des letzteren steht mit ihrem obigen
Vernunftschlusse die rationale Psychologie; die Widerlegung des empiri=
schen Idealismus ist daher zugleich die Widerlegung der letzteren. Nun
ist bis zu diesem Augenblicke die ganze kritische Philosophie nichts
anderes gewesen, als die Widerlegung jenes empirischen Idealismus
durch den transscendentalen. Darum ist hier der Punkt, wo zur Wider=
legung der rationalen Psychologie der transscendentale Idealismus, der
eigentliche kritische Standpunkt, das Wort nimmt und zwar weit nach=
drücklicher und unverhohlener in der ersten Ausgabe der Kritik als in
den folgenden.

Der empirische Idealismus und mit ihm die rationale Psychologie
leugnet nicht, daß es Dinge außer uns giebt; nur für uns und unsere
Vorstellung sei das Dasein solcher Dinge ungewiß, weil wir sie nicht
unmittelbar wahrnehmen, sondern erst durch Schlüsse erkennen. Es
giebt Dinge außer uns, heißt also hier: es giebt Dinge außer unserer
Vorstellung und unabhängig von derselben, Dinge an sich, die außer
uns sind. Was außer uns ist, ist im Raum. Wenn es Dinge an sich
giebt, die außer uns sind, so giebt es Dinge an sich im Raum, so ist
der Raum eine Bestimmung, welche den Dingen an sich zukommt.

Was nun das Dasein der Dinge an sich im Raum (außer uns
befindlicher Dinge an sich) betrifft, so giebt es auch hier zwei Stand=
punkte, die sich contradictorisch widerstreiten. Entweder man bejaht
oder verneint, daß es außer uns (d. h. im Raum) Dinge an sich giebt:
jene Bejahung nennt unser Philosoph den „transscendentalen Realis=
mus", diese Verneinung den „transscendentalen Idealismus". Giebt

---

*) Kr. b. r. V. (1781). Der vierte Paralogismus der Idealität. (Bd. II.
S. 673.)

es außer uns Dinge an sich, die wir vorstellen, so ist klar, daß wir sie
nicht unmittelbar vorstellen, daß etwas anderes das Ding, etwas an=
deres unsere Vorstellung des Dinges ist: daher ist diese Vorstellung
immer zweifelhaft. Dies erklärt der empirische Idealismus, der also
mit dem transscendentalen Realismus nicht blos verbunden sein kann,
sondern folgerichtiger Weise nothwendig verbunden ist. „Dieser trans=
scendentale Realist", sagt Kant, „ist es eigentlich, welcher nachher den
empirischen Idealisten spielt und nachdem er fälschlich von Gegenständen
der Sinne vorausgesetzt hat, daß, wenn sie äußere sein sollen, sie an
sich selbst auch ohne Sinne ihre Existenz haben müßten, in diesem Ge=
sichtspunkte alle unsere Vorstellungen der Sinne unzureichend findet, die
Wirklichkeit derselben gewiß zu machen." *)

b. Empirischer Realismus und transscendentaler Idealismus. Dualismus.

Zu beiden Standpunkten bildet der transscendentale Idealismus
das Gegentheil: er hat den Beweis geführt, daß Raum und Zeit nichts
außer uns, sondern Anschauungen der reinen Vernunft, ursprüngliche
Vorstellungsformen unserer Sinnlichkeit sind, daß mithin alle Gegen=
stände in Raum und Zeit, d. h. alle Erscheinungen insgesammt, als
bloße Vorstellungen, keineswegs als Dinge an sich angesehen werden
müssen. Aeußere Erscheinungen oder Dinge außer uns sind die Dinge
im Raum, die nichts anderes als unsere Vorstellungen sein können, da
der Raum selbst nichts anderes ist. Da die Substanz im Raum die
Materie ist, so gilt dem transscendentalen Idealismus „diese Materie
und sogar deren innere Möglichkeit blos für Erscheinung, die
von unserer Sinnlichkeit abgetrennt nichts ist, sie ist bei ihm
nur eine Art Vorstellungen (Anschauung), welche äußerlich heißen, nicht
als ob sie sich auf an sich selbst äußere Gegenstände bezögen, sondern
weil sie Wahrnehmungen auf den Raum beziehen, in welchem alles
außer einander, er selbst der Raum aber in uns ist."**)
Wenn aber das Dasein der Materie und die äußeren Erscheinungen
überhaupt nichts als unsere Vorstellungen, nichts außer denselben, nicht
also Dinge an sich sind, so werden sie, wie jede andere Vorstellung,
unmittelbar erkannt und sie sind eben so gewiß als unser eigenes Da=
sein. Sie sind Vorstellungen in uns, blos solche, also von unserem eigenen

*) Kr. d. r. V. (1781). Der vierte Paralogismus der Idealität. (Bd. II.
S. 673—87, S. 675.) — **) Kr. d. r. V. (1781). Der vierte Paralogismus u. s. f.
(Bd. II. S. 675.)

454

Dasein unabtrennbar: die Wahrnehmung des letztern ist auch ihre Wahr=
nehmung. „Nun sind äußere Gegenstände (Körper) blos Erscheinungen,
mithin auch nichts anderes als eine Art meiner Vorstellungen, **deren
Gegenstände nur durch diese Vorstellungen etwas sind, von
ihnen abgesondert aber nichts sind.** Also existiren eben sowohl
äußere Dinge als ich selbst existire, und zwar beide auf das unmittel=
bare Zeugniß meines Selbstbewußtseins, nur mit dem Unterschiede, daß
die Vorstellung meiner Selbst als des denkenden Subjects blos auf den
inneren, die Vorstellung aber, welche ausgedehnte Wesen bezeichnen,
auch auf den äußeren Sinn bezogen werden. Ich habe in Absicht auf
die Wirklichkeit äußerer Gegenstände eben so wenig nöthig zu schließen,
als in Ansehung der Wirklichkeit des Gegenstandes meines inneren
Sinnes (meiner Gedanken): denn sie sind beiderseitig nichts als
Vorstellungen, deren unmittelbare Wahrnehmung (Bewußt=
sein) zugleich ein genugsamer Beweis ihrer Wirklichkeit ist."*)
Damit ist die Ungewißheit oder die zweifelhafte Existenz äußerer
Erscheinungen aufgehoben, also der empirische Idealismus widerlegt
und mit ihm die darauf gestützte rationale Psychologie. Ihr Paralogis=
mus liegt darin, daß sie Dinge außer uns für Dinge an sich ansieht.
Wir hatten oben den Standpunkt „empirischen Realismus" genannt,
der das Dasein äußerer Erscheinungen für gewiß und unzweifelhaft er=
klärt. Jetzt zeigt sich, daß dieser empirische Realismus eben so noth=
wendig und folgerichtig mit dem transscendentalen Idealismus gemein=
schaftliche Sache macht, als sein Gegner, der empirische Idealismus, mit
dem transscendentalen Realismus, dem Gegner des kritischen Lehrbegriffs
und dessen idealistischer Grundansicht.
Es wird also auf dem Standpunkte der kritischen Philosophie er=
klärt werden müssen: das Dasein der Materie und aller äußeren Er=
scheinungen ist eben so gewiß als unser eigenes Dasein, denn beides
sind Vorstellungen, deren wir uns unmittelbar bewußt sind. Es sind
verschiedenartige Vorstellungen, aber nicht verschiedenartige Dinge. Will
man es „dualistisch" nennen, daß man die Existenz sowohl der inneren
als äußeren Erscheinungen bejaht, so bekennt sich die kritische Philo=
sophie zu diesem Dualismus; sie darf beide auf gleiche Weise be=
jahen, was der empirische Idealismus nicht vermag. Gewöhnlich nennt
man Dualismus diejenige Ansicht, welche die Dinge an sich in denkende

---

*) Ebendaselbst. (Bd. II. S. 676.)

und ausgedehnte Substanzen, in Seelen und Körper unterscheidet, also den Körper nicht als eine besondere Art der Vorstellung nimmt, sondern als eine besondere, von der Seele grundverschiedene Substanz. Dieser Standpunkt setzt voraus, daß die Erscheinungen Dinge an sich sind. Lassen wir die Voraussetzung stehen, so erklärt der dem Dualismus entgegengesetzte Standpunkt: die Dinge an sich sind nicht verschiedenartige, sondern gleichartige Substanzen. Auf dieser Grundlage erheben sich zwei entgegengesetzte Ansichten: entweder sind die Dinge an sich nur geistiger (denkender) oder nur materieller (körperlicher) Natur: die erste Ansicht ist der Pneumatismus, die zweite der Materialismus.*)

Der Unterschied zwischen Descartes und Kant erhellt hieraus auf das Klarste. Beide Philosophen sind in ihrer Unterscheidung zwischen Seele und Körper Idealisten und zugleich Dualisten: der cartesianische Standpunkt ist empirischer Idealismus, der kantische transscendentaler; der dualistische Lehrbegriff Descartes' ist dogmatisch, der kantische dagegen kritisch; jener unterscheidet Seele und Körper als Dinge an sich, als verschiedene Substanzen, dieser dagegen als verschiedene Vorstellungen. Der cartesianische Dualismus fordert, daß die Vorstellung des körperlichen Daseins für eine vermittelte und darum zweifelhafte erklärt wird; der kantische Dualismus erklärt diese Vorstellung für eine unmittelbare und darum vollkommen gewisse.

Wenn Kant selbst sich jetzt als einen transscendentalen Idealisten, jetzt als einen empirischen Realisten, jetzt als einen Dualisten bezeichnet, so kommt alles darauf an, die verschiedenen Bedeutungen genau auseinanderzuhalten und ihre Vereinigung in einem und demselben Standpunkte zu begreifen, denn es ist immer derselbe Standpunkt nach seinen verschiedenen Seiten. Das Dasein der Materie, die Körper oder die materiellen Dinge sind nichts anderes als Gegenstände unseres äußeren Sinnes, als äußere Erscheinungen, Vorstellungen in uns: dieser Lehrbegriff heißt „transscendentaler Idealismus". Darum ist das Dasein dieser äußeren Erscheinungen unmittelbar wahrgenommen und darum unmittelbar gewiß: dieser Lehrbegriff heißt „empirischer Realismus". Darum ist das Dasein der äußeren Erscheinungen eben so gewiß als das der inneren, also das Dasein der Körper eben so gewiß als das unseres Denkens (der Seele): dieser Lehrbegriff heißt „Dua-

***

*) Ebendaselbst. (Bd. II. S. 681. Vgl. S. 675.)

lismus", weil er die psychischen und körperlichen Erscheinungen als zwei verschiedene Arten der Vorstellungen wohl unterscheidet.

III. Das psychologische Problem.

1. Die dogmatische Fassung.

Der Unterschied des cartesianischen und kantischen Dualismus springt in die Augen. Unter dem Gesichtspunkte des letzteren ändert sich die ganze bisherige Auffassung der Sache, das ganze bisherige Problem der Seelenlehre. Wenn nämlich, wie Descartes gelehrt hatte, Seele und Körper an sich verschiedenartige Substanzen sind, so muß gefragt werden: wie hängen diese Substanzen zusammen, wie erklärt sich ihre Gemeinschaft? Die Thatsache derselben ist durch das menschliche Leben unzweifelhaft bewiesen. Die Veränderungen der Seele oder die Vorstellungen haben unmittelbar Veränderungen des Körpers oder Bewegungen zur Folge und umgekehrt. Die Gemeinschaft zwischen Seele und Körper (commercium animae et corporis) war das große Problem, das die Metaphysiker der Seelenlehre unaufhörlich beschäftigt hatte, und damit hing die Frage nach dem Zustande der Seele vor und nach ihrer Gemeinschaft mit dem Körper unmittelbar zusammen. Nennen wir mit Kant das mit dem Körper verbundene Leben der Seele deren „Animalität", so ist ihr Zustand vor diesem animalen Dasein die Präexistenz, der Zustand nach demselben die Unsterblichkeit (Immortalität). Hier stoßen, wie in einem Punkte, alle jene Räthsel der Seelenlehre zusammen, die nicht blos den Scharfsinn der Metaphysiker, sondern das menschliche Gemüth selbst von jeher bewegt haben.*)

Unter der Voraussetzung des dogmatischen Dualismus ist das Verhältniß zwischen Seele und Körper nur auf eine der folgenden drei Arten zu erklären. Entweder man nimmt zwischen den beiden Substanzen einen solchen wechselseitigen Einfluß an, daß die Vorstellungen der Seele Bewegungen im Körper hervorbringen und umgekehrt: dann ist das Verhältniß beider der „physische Einfluß", oder, da Substanzen sich gegenseitig ausschließen und darum nicht unmittelbar auf einander einwirken können, man verneint die natürliche Gemeinschaft von Seele und Körper und setzt an deren Stelle die übernatürliche. Diese Ansicht hat einen doppelten Fall. Der Grund der übernatürlichen Gemeinschaft kann

---

*) Ebendaselbst. (Bd. II. S. 685.)

nur Gott sein, aber Gott kann dieselbe auf doppelte Weise bewirken: entweder er verbindet Seele und Körper, so oft sie verbunden erscheinen, und erneuert ihre Gemeinschaft in jedem Augenblicke, so oft eine Vorstellung die ihr entsprechende Bewegung fordert und umgekehrt, oder er verbindet Seele und Körper einmal für immer und setzt sie von vornherein in vollkommene Uebereinstimmung, die sich dann in beiden mit gesetzmäßiger Nothwendigkeit bethätigt. Im ersten Fall erfolgt die Gemeinschaft zwischen Seele und Körper unter der fortwährenden Mitwirkung oder „Assistenz Gottes", im anderen Fall ist sie eine von Gott „vorherbestimmte Harmonie".*) Diese drei Ansichten haben seit Descartes die rationale Seelenlehre beherrscht. Descartes selbst behauptete den physischen Einfluß, seine Schüler die übernatürliche Assistenz, Leibniz und seine Schule die vorherbestimmte Harmonie. Alle drei Theorien haben die Voraussetzung, daß Seele und Körper verschiedene Substanzen seien, zu ihrer gemeinschaftlichen Grundlage und sind nur unter dieser Annahme möglich.

2. Die kritische Fassung.

Diese Voraussetzung wird durch die kantische Philosophie ungültig gemacht. In der dualistischen Ansicht von dem Verhältniß zwischen Seele und Körper, wie dasselbe die dogmatischen Metaphysiker gefaßt haben, liegt das πρῶτον ψεῦδος der rationalen Psychologie, der Ausgangspunkt ihrer Probleme und Fragen. Das ganze, die Gemeinschaft zwischen Seele und Körper betreffende Problem ist von Grund aus unrichtig gefaßt. Uebersetzt man die Frage, wie Seele und Körper zusammenhängen, in die Frage, wie eine denkende Substanz mit einer ausgedehnten in demselben Subjecte verbunden sein könne, so ist dadurch der fragliche Punkt nicht getroffen, sondern verwirrt. So stand die Frage in der ganzen bisherigen rationalen Psychologie.

Körper sind nichts anderes als äußere Erscheinungen, Vorstellungen des äußeren Sinnes, Gegenstände im Raum. Gedanken sind nichts anderes als innere Erscheinungen, Vorstellungen des inneren Sinnes. Daher muß die Frage nach der Gemeinschaft zwischen Seele und Körper so gefaßt werden: wie können innere Vorstellungen mit äußeren nothwendig verknüpft sein? Nun erklären sich alle inneren Vorstellungen oder Gedanken aus dem denkenden Subject, und alle äußeren Vorstel-

---

*) Ebendaselbst. (Bd. II. S. 688.)

458

lungen aus dem Raum, als der Grundform aller äußeren Anschauung. Also lautet die Frage, nachdem die Begriffe richtig (d. h. kritisch) bestimmt sind: wie ist es möglich, daß in einem denkenden Subject überhaupt äußere Anschauung, nämlich die des Raums stattfindet? Nennen wir das denkende Subject Verstand, die Anschauung Sinnlichkeit, so wird gefragt: wie sind Verstand und Sinnlichkeit mit einander verknüpft? Dies ist das wahre Problem der Psychologie, die wohlverstandene Frage nach der Gemeinschaft zwischen Seele und Körper, deren Formel die kritische Philosophie hier entdeckt hat. In dieser Formel erwarte das Problem seine Lösung, aber nicht von der kritischen Philosophie, die unter ihrem Gesichtspunkte die gemeinschaftliche Wurzel von Verstand und Sinnlichkeit nicht finden kann und es überhaupt für unmöglich erklären muß, daß die menschliche Vernunft je dieselbe finde. Sie begnügt sich, das verworrene Problem gesichtet, aufgeklärt, in seiner richtigen Formel bestimmt zu haben. Die Formel selbst erklärt die Unauflöslichkeit des Problems innerhalb der menschlichen Vernunft. „Nun ist die Frage nicht mehr von der Gemeinschaft der Seele mit anderen bekannten und fremdartigen Substanzen außer uns, sondern blos von der Verknüpfung der Vorstellungen des inneren Sinnes mit den Modificationen unserer äußeren Sinnlichkeit, und wie diese unter einander nach beständigen Gesetzen verknüpft sein mögen, so daß sie in einer Erfahrung zusammenhängen." „Die berüchtigte Frage wegen der Gemeinschaft des Denkenden und Ausgedehnten wird also, wenn man alles Eingebildete absondert, lediglich darauf hinaus laufen: wie in einem denkenden Subject überhaupt äußere Anschauung, nämlich die des Raumes (einer Erfüllung desselben, Gestalt und Bewegung) möglich sei? Auf diese Frage aber ist es keinem Menschen möglich, eine Antwort zu finden, und man kann diese Lücke unseres Wissens niemals ausfüllen, sondern nur dadurch bezeichnen, daß man die äußeren Erscheinungen einem transscendentalen Gegenstande zuschreibt, welcher die Ursache dieser Art Vorstellungen ist, den wir aber gar nicht kennen, noch jemals einigen Begriff von ihm bekommen werden." „Gehen wir aber über die Grenze der Erscheinungen hinaus, so wird der Begriff eines transscendentalen Gegenstandes nothwendig."*)

---

*) Kr. d. r. V. (1781). Betrachtung über die Summe der reinen Seelenlehre. (Bd. II. S. 686, S. 690 flgd.)

3. Die kritische Widerlegung der dogmatischen Standpunkte.

Die rationale Psychologie ist damit vollkommen widerlegt. Ihr Problem ist nicht gelöst, sondern berichtigt. Es kann nicht gelöst werden, sonst wäre eine rationale Psychologie möglich, aber es hat sich gezeigt, daß alle ihre Vernunftschlüsse Paralogismen sind, gegründet auf jenen transscendentalen Schein, der dem Ich das Ansehen eines Gegenstandes (Dinges), den Dingen außer dem Ich (den Körpern) das Ansehen von Dingen an sich giebt. Ist aber das Ich kein erkennbares Object, so ist es auch keine Substanz, weder eine einfache noch eine persönliche; sind die Körper nicht Dinge an sich, sondern blos äußere Erscheinungen oder Vorstellungen, so ist auch ihr Dasein nicht zweifelhaft, sondern eben so gewiß als das Dasein aller übrigen Vorstellungen in uns, eben so gewiß als unser eigenes Dasein. Wenn also ein „dogmatischer Idealismus" das Dasein der Dinge außer uns verneint, so ist hier seine Widerlegung. Wenn ein „skeptischer Idealismus" dieses Dasein bezweifelt, so ist hier ebenfalls seine Widerlegung und zugleich die einzige Möglichkeit ihn zu widerlegen.*)

Die ganze Widerlegung der rationalen Psychologie, wie sie Kant ausgeführt hat, besteht darin, daß alle Beweisgründe dieser vermeintlichen Wissenschaft aufgehoben und als bloße Scheingründe dargelegt sind. Es sind überhaupt gegen jeden Lehrsatz drei Arten der Verneinung oder des Einwurfs denkbar: entweder man verneint den Satz oder blos seinen Beweis; die Verneinung, die sich auf den Satz bezieht, kann eine doppelte sein: entweder man behauptet sein Gegentheil oder man verneint beide, Satz und Gegensatz. Der erste Einwurf ist dogmatisch, der zweite skeptisch, dagegen die Verneinung, die blos den Beweis des Satzes trifft, kritisch. Der Satz heißt: die Seele ist eine einfache Substanz. Der dogmatische Einwurf lautet: die Seele ist nicht einfach, sondern zusammengesetzt, sie ist nicht Substanz, sondern ein Accidenz der Materie. Der skeptische Einwurf verneint beides, er läßt jeden Satz durch sein Gegentheil aufgehoben sein und urtheilt selbst gar nicht. Der kritische Einwurf verneint die Beweisbarkeit auf beiden Seiten, vielmehr behauptet er nicht blos, sondern beweist die Unbeweisbarkeit, er urtheilt nur über den Beweisgrund. Der dogmatische Einwurf meint das Gegentheil des Satzes beweisen zu können, der skeptische braucht die contradictorischen Sätze jeden zum Gegenbeweise des andern

---

*) Ebendaselbst. (Bd. II. S. 680.)

und schließt, daß sich in Ansehung jener Sätze nichts beweisen lasse; der kritische erklärt, daß sich etwas sehr wohl beweisen lasse, nämlich die Ungültigkeit der Beweisgründe. Wenn nun Kant die rationale Psycho= logie in allen Instanzen verneint und widerlegt hat, so waren seine Einwürfe weder dogmatisch noch skeptisch, sondern lediglich kritisch.*) Kants Widerlegung der rationalen Psychologie ist nicht dogmatisch, sie ist weit entfernt, etwa das Gegentheil der metaphysischen Seelen= lehre zu behaupten oder auch nur zu begünstigen. Wenn die rationale Psychologie in ihren Paralogismen urtheilt: die Seele sei Substanz, einfach, persönlich, ihr Dasein sei das einzig gewisse, so muß das Gegentheil behaupten: die Seele sei keine Substanz, nicht einfach, nicht persönlich, und das Dasein der Materie sei das allein gewisse. Die ersten Sätze, unter einen Begriff zusammengefaßt, können „Pneumatis= mus", ihre contradictorischen Gegentheile „Materialismus" heißen. Man sieht, der Materialismus setzt in allen seinen Behauptungen eines voraus: die Erkennbarkeit der Seele. Er ist in dieser Voraussetzung eben so metaphysisch, als die ihm entgegengesetzten Vernunftschlüsse.

Wenn nun Kant die spiritualistische Seelenlehre widerlegt hat, so folgt nicht, daß er die materialistische behauptet oder auch nur be= günstigt. Dies wäre die dogmatische Verneinung. Er hat überhaupt die metaphysische Seelenlehre widerlegt, die materialistische, wie deren Gegentheil. Wenn die rationale Psychologie als die metaphysische Stütze der Unsterblichkeitslehre besonders in Ansehen gestanden, so hat Kant der Unsterblichkeitslehre durch seine Kritik allerdings diese Stütze ge= nommen, aber deshalb nicht etwa das Gegentheil jener Lehre gestützt. Die Kritik sagt nicht: die Seele ist sterblich, sondern sie urtheilt: die Unsterblichkeit der Seele ist nicht beweisbar, das Gegentheil ist eben so wenig beweisbar. Es könnte aus ganz anderen Gründen nothwendig sein, die Unsterblichkeit der Seele zu glauben, dann wird ein solcher Glaube und alle damit verknüpften Hoffnungen niemals den Beweis der Unsterblichkeit in der Metaphysik suchen dürfen, aber sie brauchen auch von der Metaphysik nicht den Gegenbeweis zu fürchten. Der Un= sterblichkeitsglaube wird durch die kantische Kritik um einen Beweis, aber auch um eine Furcht ärmer und hat darum keinen Grund, sich über diese Kritik zu beschweren.**)

---

*) Kr. d. r. V. (1781). Betrachtung über die Summe der reinen Seelenlehre. (Bd. II. S. 687 flgb.) — **) Ebendaselbst. (Bd. II. S. 684, S. 691 flgb.)

4. Widerlegung des Materialismus.

Aber warum, so könnte man fragen, hat dann die kritische Philo=
sophie blos die spiritualistische Seelenlehre und nicht eben so gut die
materialistische widerlegt, wenn sie die letztere nicht stillschweigend be=
günstigen wollte? Warum hat sie statt der Paralogismen nicht viel=
mehr eine Antinomie aufgeführt, deren Thesis den Spiritualismus,
deren Antithesis den Materialismus der Seelenlehre behaupten würde,
wenn sie nicht eben diese Antithesis hätte schonen wollen? Aus dem
einfachen Grunde, weil sie den Materialismus schon widerlegt und
vollkommen widerlegt hatte. Der Materialismus hält die Dinge an
sich für körperliche Wesen und die Materie für ein Ding an sich. Oder
was ist der Materialismus, wenn er dieser Lehrbegriff nicht ist? Und
eben dieser Lehrbegriff ist schon durch die transscendentale Aesthetik
von Grund aus vernichtet. Die Widerlegung der rationalen Psycho=
logie gründet sich (in der ersten Ausgabe der Kritik) durchaus auf die
transscendentale Aesthetik, diese Grundlage der ganzen Vernunftkritik.*)
Das denkende Selbst als ein Ding an sich vorzustellen: dieser Gesichts=
punkt durfte noch widerlegt werden; dagegen den Körper oder die
Materie als Ding an sich vorzustellen: dieser Gesichtspunkt brauchte
keine Widerlegung mehr, nachdem einmal der kritische Lehrbegriff von
Raum und Zeit festgestellt worden. Ohne Raum keine Materie. Ohne
Sinnlichkeit und Vernunftanschauung kein Raum. Wo also bleibt die
Materie, wenn man die Vernunft, das denkende Subject, aufhebt?
Man höre Kant selbst, um sich des kritischen Standpunktes in seinem
strengen und folgerichtigen Idealismus von neuem zu versichern. Nichts
kann deutlicher und unzweideutiger sein als folgende Stelle, die dem
Materialismus jede Möglichkeit nimmt: „Wozu haben wir wohl eine
blos auf reine Vernunftprincipien gegründete Seelenlehre nöthig? Ohne
Zweifel vorzüglich in der Absicht, um unser denkendes Selbst wider die
Gefahr des Materialismus zu sichern. Dieses leistet aber der Vernunft=
begriff von unserem denkenden Selbst, den wir gegeben haben. Denn
weit gefehlt, daß nach demselben einige Furcht übrig bliebe, daß, wenn
man die Materie wegnähme, dadurch alles Denken und selbst die Exi=
stenz denkender Wesen aufgehoben werden würde, so wird vielmehr
klar gezeigt, daß, wenn ich das denkende Subject wegnehmen
würde, die ganze Körperwelt wegfallen muß, als die nichts

---

*) Vgl. Schopenhauer: Die Welt als Wille und Vorstellung. (5. Aufl.) Bd. 1.
S. 579 flgd.

ist, als die Erscheinung in der Sinnlichkeit unseres Subjects und eine Art Vorstellungen desselben."*)

5. Die rationale Psychologie als Disciplin.

Es bleibt mithin von der ganzen rationalen Psychologie nichts übrig, als ein richtig verstandenes, aber unauflösliches Problem, der deutlich bezeichnete Punkt, wo die wissenschaftliche Seelenlehre aufhört. Jede Seelenlehre ist falsch, die mit der Fassung dieses Problems nicht übereinstimmt; jede ist unmöglich, welche die Auflösung dieses Problems unternimmt. Was also von der rationalen Psychologie allein übrig bleibt, ist kein Lehrbegriff, sondern ein Grenzbegriff, der die Richtung der wissenschaftlichen Seelenlehre bestimmt und so bestimmt, daß sie nie mit dem Materialismus gemeinschaftliche Sache machen, nie zum Spiritualismus sich versteigen darf. Dieser Begriff ist daher in Absicht auf die Wissenschaft kein constitutives, sondern blos ein regulatives Princip, er vermehrt unser psychologisches Wissen nicht, sondern zügelt dasselbe durch die Hinweisung auf seine richtigen Grenzen; oder wie sich Kant ausdrückt: es giebt keine rationale Psychologie als „Doctrin", sondern nur als „Disciplin."**) Er schließt in der ersten Ausgabe der Kritik seine Betrachtung über die Summe der reinen Seelenlehre mit folgender Erklärung: „Nichts als die Nüchternheit einer strengen aber gerechten Kritik kann von diesem dogmatischen Blend= werk, das so viele durch eingebildete Glückseligkeit unter Theorien und Systemen hinhält, befreien und alle unsere speculativen Ansprüche blos auf das Feld möglicher Erfahrung einschränken, nicht etwa durch schalen Spott über so oft fehlgeschlagene Versuche, oder fromme Seufzer über die Schranken unserer Vernunft, sondern vermittelst einer nach sichern Grundsätzen vollzogenen Grenzbestimmung derselben, welche ihr nihil ulterius mit größester Zuverlässigkeit an die herkulischen Säulen heftet, die die Natur selbst aufgestellt hat, um die Fahrt unserer Vernunft nur so weit, als die stetig fortlaufenden Küsten der Erfahrung reichen, fortzusetzen, die wir nicht verlassen können, ohne uns auf einen ufer= losen Ocean zu wagen, der uns unter immer trüglichen Aussichten am Ende nöthigt, alle beschwerliche und langwierige Bemühung als hoff= nungslos aufzugeben."

---

*) Kr. d. r. V. (1781). Beir. über die Summe d. r. Seelenlehre. (Bd. II. S. 684.) — **) Kr. d. r. V. (1787). (Bd. II. S. 322 flgb.)

Elftes Capitel.

Die rationale Kosmologie und deren Widerlegung. Die Antinomien der reinen Vernunft.

I. Das System der rationalen Kosmologie.

1. Die kosmologischen Ideen.

Alle Metaphysik des Uebersinnlichen gründet sich auf den Vernunft=
schluß vom bedingten Dasein auf das unbedingte. Den Inbegriff aller
Erscheinungen nennen wir Welt oder Natur, den Inbegriff der äußeren
die Außenwelt oder die Welt im Raume. Alle Erscheinungen, welche in
derselben Zeit stattfinden, bilden zusammen den Weltzustand, der Wechsel
dieser Erscheinungen bildet die verschiedenen Weltzustände, die Folge
derselben die Weltveränderung, in welcher jedes Glied durch alle früheren
bedingt ist und selbst die nächste Bedingung aller folgenden ausmacht.
Es kann kein Zustand der Welt, also auch keine Erscheinung gegeben
sein, ohne daß die Reihe aller früheren Zustände und Erscheinungen
vorausgegangen ist. Die Reihe aller früheren Erscheinungen ist eine
vollständige, also vollendete und darum unbedingte Reihe. Wenn daher
eine Erscheinung gegeben ist, so muß auch die Reihe ihrer Bedingungen
vollständig gegeben sein: diese vollständige Reihe der Bedingungen zu
einer gegebenen Erscheinung bildet ein Ganzes, das nicht bedingt sein
kann, weil es sonst nicht alle Bedingungen enthielte: dieses vollständige
oder unbedingte Ganze heißt Welt.

Es wird daher von einer gegebenen Erscheinung auf die vollstän=
dige Reihe ihrer Bedingungen oder die Welt als Ganzes geschlossen
werden dürfen. In schulgerechter Form lautet der Schluß: „Wenn eine
Erscheinung gegeben ist, so ist auch die Reihe ihrer Bedingungen (die
Welt als Ganzes) gegeben; nun ist die Erscheinung gegeben, also auch
die Welt als deren Bedingung". Richtig verstanden fordert oder sucht
dieser hypothetische Vernunftschluß zu einer gegebenen Erscheinung die
vollständige Reihe aller ihrer Bedingungen; er will diese regressive Reihe
vollenden, er fordert die Vollendung, d. h. er stellt das Ziel oder giebt
die Idee einer solchen vollständigen Reihe: die Weltidee. Der Begriff
eines (vollständigen) Weltganzen ist eine „natürliche Vernunftidee" und
als solche richtig und nothwendig. Diese Idee kann nicht in der ab=
steigenden oder progressiven, sondern nur in der aufsteigenden oder

regreſſiven Reihe der Bedingungen geſucht werden: nicht durch den Schluß von der Bedingung auf das Bedingte, ſondern durch den vom Bedingten auf die Bedingung, denn nur in dieſer Richtung iſt die Reihe der Be= dingungen vollſtändig.

Nun iſt jede Erſcheinung als Gegenſtand der Anſchauung eine aus= gedehnte oder zuſammengeſetzte Größe, als raumerfüllendes Daſein Ma= terie, als Glied in der Reihe der Weltveränderungen eine Wirkung, als begriffen in dem Zuſammenhang aller Erſcheinungen ihrem Daſein nach von dieſem Zuſammenhang abhängig. In dieſen vier Beſtimmungen iſt uns jedes bedingte Daſein gegeben: es ſind die Beſtimmungen der reinen Verſtandesbegriffe, denen jede Erſcheinung als Gegenſtand mög= licher Erkenntniß unterliegt. Wir wiſſen, daß die Kategorien die Topik der kantiſchen Philoſophie ausmachen, ſie bilden die Topik der rationalen Seelenlehre und eben ſo die der rationalen Kosmologie. Die Weltidee drückt nichts anderes aus als die vollſtändige Reihe der Bedingungen zu einer gegebenen Erſcheinung. Daher hat ſie einen vierfachen Fall: gegeben iſt in jeder Erſcheinung bedingte Größe, bedingte Materie, Wirkung und abhängiges Daſein; alſo erklärt die kosmologiſche Idee: ſuche die vollſtändige Reihe aller Bedingungen zu einer gegebenen Er= ſcheinung als bedingter Größe, als bedingter Materie, als einer Wir= kung und als eines abhängigen Daſeins.

Als Größe iſt jede Erſcheinung zuſammengeſetzt oder ausgedehnt in Raum und Zeit. Jeder beſtimmte Raum iſt bedingt durch den ganzen Raum, jede beſtimmte Zeit iſt bedingt durch alle frühere Zeit. Mithin iſt die vollſtändige Reihe aller Bedingungen zu einer gegebenen Größe der ganze Raum und alle frühere Zeit oder die vollſtändige Zuſammen= ſetzung aller Erſcheinungen in Raum und Zeit, d. h. die vollſtändige Zuſammenſetzung der Welt in Raum und Zeit. Nennen wir die Welt in Raum und Zeit die Weltgröße, ſo geht die kosmologiſche Idee im erſten Fall auf die vollſtändige Zuſammenſetzung oder Größe der Welt. Jede Materie iſt als räumliches Daſein theilbar oder beſteht aus Theilen. Ihre Theile ſind die Bedingungen ihres Daſeins; die vollſtändige Reihe dieſer Bedingungen ſind alle Theile, deren Geſammtheit nur gefunden werden kann durch eine vollſtändige oder vollendete Theilung. Jede Wirkung iſt bedingt durch alle ihre Urſachen. Die vollſtändige Reihe dieſer Bedingungen beſteht daher in allen Urſachen, welche nöthig waren, um die Erſcheinung entſtehen zu laſſen, d. h. in der Vollſtändigkeit ihrer Entſtehung. Jedes abhängige Daſein ſetzt ein anderes voraus, von dem es abhängt. Die vollständige Reihe seiner Bedingungen besteht daher in der Totalität alles Bedingten d. i. in der Vollständigkeit des abhängigen Daseins. In allen vier Fällen geht demnach die kosmologische Idee auf eine absolute Vollständigkeit: 1. der Zusammensetzung oder Größe, 2. der Theilung, 3. der Ursachen oder der Entstehung, 4. der Abhängigkeit des Daseins. Dies sind die vier kosmologischen Ideen, die als solche richtige und nothwendige Zielpunkte der menschlichen Vernunft bilden. Es darf geschlossen werden: wenn ein bedingtes Dasein (Erscheinung) gegeben ist, so ist auch die vollständige Reihe aller seiner Bedingungen als Idee (die Idee eines Ganzen) gegeben. Aber es darf nicht geschlossen werden: wenn ein bedingtes Dasein (Erscheinung) gegeben ist, so ist auch die vollständige Reihe seiner Bedingungen als Gegenstand oder erkennbares Object gegeben. Dieser letzte Schluß beruht darauf, daß Idee und Object, Ding an sich und Erscheinung verwechselt und die Vernunft durch jenen transscendentalen Schein verführt wird, als ob die Idee ein Ding, als ob das Ding an sich eine Erscheinung und darum ein erkennbares Object wäre. Nirgends ist dieser Schein mehr verführerisch als hier, wo von der Erscheinung auf die Welt der Erscheinungen als Ganzes, auf die Sinnenwelt geschlossen, also scheinbar die Grenze der Erfahrung nicht überschritten wird. Indessen können wir den Schein, so blendend er ist, schon hier durchschauen, denn auch die Sinnenwelt als Ganzes ist uns nie als ein Object der Erfahrung gegeben. Wenn nun auf das Ganze der Welt nicht als Idee, sondern als Object geschlossen wird und jener blendende Schein die Vernunft wirklich täuscht, so wird der hypothetische Vernunftschluß „dialektisch" und die kosmologische Idee verwandelt sich in rationale Kosmologie, in eine metaphysische oder vernünftelnde Wissenschaft, deren eingebildetes Object die Welt als Ganzes ausmacht.*)

2. Die Widersprüche in den kosmologischen Begriffen.

Die rationale Kosmologie bietet uns ein ganz anderes Schauspiel und der Kritik eine weit schwierigere Aufgabe, als die rationale Psychologie. Bei der letzteren war es nicht leicht, ihre Unmöglichkeit auf der Stelle einzusehen, da sie sich selbst in keine Widersprüche verwickelt, aber es war für die Kritik weder schwer noch umständlich, die Unmög-

---

*) Kr. d. r. V. Tr. Dialektik. Buch II. Hptst. II. Antinomie d. r. V. Abschn. I.: System d. kosmol. Ideen. (Bd. II. S. 330—40.) Proleg. Th. III. § 50.

lichkeit derselben zu beweisen. Umgekehrt verhält es sich mit der ratio=
nalen Kosmologie. Es ist sehr leicht, auf der Stelle ihre Unmöglichkeit
einzusehen, schwieriger dagegen und eine sehr verwickelte und umständ=
liche Aufgabe, diese Unmöglichkeit aus ihren letzten Gründen zu erklären.
Es giebt ein Kriterium, welches sofort die Unmöglichkeit eines Begriffes
entscheidet. Wir sagen von einem Begriff, er sei möglich, wenn er sich
nicht widerspricht, wenn er nicht zugleich zwei contradictorisch entgegen=
gesetzte Merkmale in sich vereinigt. Jedem Begriffe muß von zwei con=
tradictorisch entgegengesetzten Prädicaten nothwendig eines zukommen.
Wenn das Gegentheil stattfindet, so ist der Begriff logisch unmöglich.
Diese logische Unmöglichkeit hat zwei Fälle. Jeder Begriff ist entweder
A oder Nicht=A, er ist nothwendig eines von beiden, er ist unmöglich
beides zugleich. Wenn also von irgend einem Begriffe bewiesen werden
kann, daß er weder A noch Nicht=A ist, so ist eben dadurch seine Un=
möglichkeit bewiesen: diesen Beweis nennen wir ein Dilemma. Wenn
von irgend einem Begriffe bewiesen werden kann, daß er zugleich sowohl
A als Nicht=A sei, so ist dadurch ebenfalls seine Unmöglichkeit bewiesen:
diesen Beweis nennen wir eine Antinomie. Eine Antinomie besteht
aus zwei Urtheilen von gleichem Inhalt, die sich zu einander verhalten,
wie die Bejahung zur contradictorischen Verneinung; die Bejahung ist die
Thesis, die contradictorische Verneinung die Antithesis. Damit aber die
beiden Sätze wirklich eine Antinomie ausmachen, müssen sie nicht blos
behauptet, sondern auch bewiesen werden, und zwar mit gleicher Stärke
und einleuchtendem Rechte der Beweisgründe. Sind die contradictorischen
Urtheile nicht bewiesen, so bleibt es dahingestellt, ob sie sich in der That
antinomisch verhalten. Sind ihre Beweisgründe nicht äquivalent, son=
dern auf der einen Seite stärker als auf der anderen, so haben wir
keine eigentliche Antinomie. Es sind daher die deutlichen und klaren
Beweisgründe auf beiden Seiten, welche contradictorische Urtheile zur
Antinomie machen. Wenn diese Beweisgründe nicht aus der Erfahrung,
sondern aus der reinen Vernunft selbst hervorgehen, wenn die Vernunft
selbst in die Lage geräth, denselben Gegenstand contradictorisch zu be=
urtheilen und ihre Urtheile zu beweisen, so haben wir den außerordent=
lichen Fall eines „Widerstreits der reinen Vernunft mit sich selbst",
einer „Antithetik derselben", und die so bewiesenen Widersprüche bilden
„Antinomien der reinen Vernunft".

In einen solchen Widerstreit mit sich selbst geräth nun die mensch=
liche Vernunft, wenn sie die Welt als Ganzes beurtheilt. Alle Lehrsätze

der rationalen Kosmologie sind Antinomien der reinen Vernunft, d. h.
die Bejahung derselben ist eben so richtig und eben so beweisbar als
ihre Verneinung. Alle diese Lehrsätze gelten von der Welt als einem
Gegenstande unserer Erkenntniß. Nun ist die Antinomie allemal die
bewiesene Contradiction, und diese die bewiesene Unmöglichkeit des Be=
griffes. Also sind es die Antinomien, wodurch die Unmöglichkeit der
rationalen Kosmologie bewiesen wird. Wie die rationale Seelenlehre
durchgängig auf Paralogismen beruht, durch deren Enthüllung sie wider=
legt wird, so beruht die rationale Kosmologie durchgängig auf Anti=
nomien, deren Beweis die Unmöglichkeit dieser Wissenschaft barthut.

Es wird demnach die Aufgabe der transscendentalen Dialektik sein,
die Antinomien der reinen Vernunft durchzuführen oder die Widersprüche
zu beweisen, in die auf jedem Punkte die Urtheile der rationalen Kos=
mologie sich verstricken. Indessen ist es nicht genug, diese Widersprüche
zu beweisen, sie müssen auch aufgelöst werden. Sonst würde nicht blos
die rationale Kosmologie, sondern die Vernunft selbst, aus der jene
Widersprüche hervorgehen, in denselben stecken bleiben, also nicht einmal
im Stande sein, sie zu begreifen. Ist die Einsicht in den Widerspruch
möglich, so ist auch dessen Auflösung nothwendig. Und so hat zur Wider=
legung der rationalen Kosmologie die Kritik die dreifache Aufgabe: die
Widersprüche dieser vermeintlichen Wissenschaft zu entdecken, zu beweisen,
zu lösen. Mit jedem Schritte steigt die Schwierigkeit der Sache.

8. Die contradictorischen Sätze der rationalen Kosmologie.

Die Widersprüche zu entdecken, ist leicht. Sie sind nicht versteckt,
sondern liegen offen am Tage. Die kosmologischen Systeme selbst, welche
die Geschichte der Philosophie uns zeigt, sind in einem offenen contra=
dictorischen Widerstreite begriffen, der keinen Zweifel läßt, daß in der
That jene kosmologischen Widersprüche bestehen. Schwieriger ist es,
diese Widersprüche zu beweisen, am schwierigsten, dieselben zu lösen.
Darum haben wir bemerkt, daß es weit leichter sei, die Unmöglichkeit
der rationalen Kosmologie zu erkennen, als zu beweisen. In dem con=
tradictorischen Widerstreit ihrer Systeme springt das Kriterium ihrer
Unmöglichkeit in die Augen; wenigstens wird dadurch der Verdacht gegen
die Kosmologie von vornherein rege gemacht, was bei der Psychologie
nicht der Fall war.

Das gemeinschaftliche Subject aller kosmologischen Urtheile ist die
Welt als Ganzes, d. h. die vollständige Reihe aller Bedingungen zu

einer gegebenen Erscheinung. Nun kann diese Reihe vollständig ge=
geben sein, ohne daß wir im Stande sind, dieselbe jemals vollständig
zu erkennen. Die vollständige Erkenntniß derselben setzt voraus, daß
wir die ganze Reihe in allen ihren Gliedern bis auf das erste ver=
knüpft haben, mithin muß die Reihe ein solches erstes, nicht weiter
bedingtes, also unbedingtes Glied haben. Die vollständige Reihe aller
Bedingungen ist gegeben als vollkommen erkennbar, d. h. sie ist be=
grenzt; diese Reihe ist gegeben als nicht vollkommen erkennbar, d. h.
sie ist nicht begrenzt: dies ist der durchgängige Widerspruch in den
Sätzen der rationalen Kosmologie, der geschichtlich vorhandene Gegen=
satz ihrer Systeme. Nun sind die kosmologischen Objecte, näher be=
trachtet, die vollständige Zusammensetzung aller Erscheinungen oder die
Weltgröße, die vollständige Theilung der Materie oder der Weltinhalt,
die vollständige Reihe der Ursachen oder die Weltordnung, die voll=
ständige Abhängigkeit des Daseins oder die Weltexistenz. Die Voll=
ständigkeit der Bedingungen, je nachdem sie als vollkommen erkennbar
oder als nicht vollkommen erkennbar angesehen wird, muß als eine
begrenzte oder als eine nicht begrenzte beurtheilt werden. Demnach
sind die Urtheile der rationalen Kosmologie folgende contradictorische
Sätze: 1. die Welt ist ihrer Größe nach (in Raum und Zeit) begrenzt.
Die Welt ist ihrer Größe nach nicht begrenzt (unbegrenzt); 2. die voll=
ständige Theilung der Materie ist begrenzt, d. h. die Materie oder der
Weltstoff besteht aus einfachen Theilen. Die vollständige Theilung der
Materie ist nicht begrenzt, d. h. die Materie oder der Weltstoff besteht
nicht aus einfachen Theilen, es giebt nichts Einfaches. 3. Die vollstän=
dige Reihe der Ursachen ist begrenzt, es giebt eine erste Ursache, die
nicht bedingt ist, also nicht von außen, sondern blos durch sich selbst
zum Wirken bestimmt wird: eine Causalität durch Freiheit. Die voll=
ständige Reihe der Ursachen ist nicht begrenzt, es giebt keine erste Ur=
sache, also keine Causalität durch Freiheit, sondern blos naturgesetzliche
Causalität. 4. Die vollständige Abhängigkeit des Daseins ist begrenzt,
es giebt etwas zur Welt Gehöriges, von dem alles andere Dasein ab=
hängt, das aber selbst von nichts abhängt: es giebt ein schlechthin
nothwendiges Wesen. Die vollständige Abhängigkeit des Daseins ist
nicht begrenzt, es giebt nichts zur Welt Gehöriges, das schlechterdings
unabhängig wäre, es giebt kein schlechthin nothwendiges Wesen.

Dies sind die contradictorischen Sätze. Wenn jeder von ihnen mit
gleich starken Vernunftgründen seine Geltung beweisen kann, so bilden

diese Widersprüche Antinomien der reinen Vernunft. Diese Antinomien müssen festgestellt sein, bevor sie gelöst werden. Daher ist die nächste Aufgabe, jene Widersprüche zu beweisen. Die Nothwendigkeit eines Satzes ist zugleich die Unmöglichkeit seines Gegentheils. Wenn ich die Nothwendigkeit des Satzes durch die Unmöglichkeit seines Gegentheils beweise, so ist die Beweisführung indirect oder apagogisch. Mit einer einzigen Ausnahme hat Kant zur Begründung seiner Antinomien diese indirecte Beweisführung gebraucht.*)

II. Die Antinomien der reinen Vernunft.

1. Die Weltgröße.

Der erste Widerstreit betrifft die Weltgröße. Die Weltgröße ist die Welt in Raum und Zeit. Die Thesis bejaht, die Antithesis ver= neint, daß die Welt zeitlich und räumlich begrenzt sei: „Die Welt hat einen Anfang in der Zeit und ist dem Raume nach auch in Grenzen eingeschlossen." „Die Welt hat keinen Anfang und keine Grenzen im Raume, sondern ist sowohl in Ansehung der Zeit als des Raums unendlich."

Man setze das Gegentheil der Thesis: die Welt sei ohne Anfang in der Zeit und ohne Grenzen im Raum.

Wenn die Welt keinen Anfang in der Zeit hat, so muß in dem gegenwärtigen Weltzustande (Zeitpunkte) eine unendliche Zeitfolge von Weltveränderungen d. h. eine Ewigkeit abgelaufen sein. Eine verflossene Unendlichkeit ist eine vollendete, eine solche ist unmöglich, da eine unend= liche Reihe niemals vollendet werden kann. Mithin ist die im gegen= wärtigen Weltzustande abgelaufene Zeitfolge keine unendliche oder an= fangslose, sondern eine begrenzte: also hat die Welt einen Anfang in der Zeit.

Wenn die Welt keine Grenzen im Raum hat, so bildet sie ein unendliches gegebenes Ganzes, das aus coexistirenden Dingen besteht. Ist eine Größe in anschauliche Grenzen eingeschlossen, so ist ihre Voll= ständigkeit einleuchtend. Da nun die unendliche Weltgröße in solche Grenzen nicht eingeschlossen ist, so kann dieselbe nur durch die succes= sive Auffassung ihrer Theile d. h. in einer unendlichen Zeitfolge vor=

*) Kr. d. r. V. Tr. Dialektik. Buch II. Hptst. II. Antithetik d. r. V. (Bd. II. S. 340—69.) Proleg. Th. III. § 51—52.

gestellt werden. Mithin ist die Vorstellung des unbegrenzten Weltganzen durch den Ablauf einer unbegrenzten Zeitreihe, also durch eine ver= flossene Unendlichkeit bedingt: b. h. sie ist unmöglich. Aus der Un= möglichkeit des unbegrenzten Weltalls folgt die Nothwendigkeit des be= grenzten: folglich ist die Welt der Ausdehnung im Raum nach nicht unendlich, sondern in Grenzen eingeschlossen. So wird die Thesis der ersten Antinomie durch die Unmöglichkeit ihres Gegentheils bewiesen: diese Unmöglichkeit ist die Vorstellung einer verflossenen oder abge= laufenen Unendlichkeit.

Man setze das Gegentheil der Antithesis: die Welt habe einen Anfang in der Zeit und sei dem Raume nach begrenzt.

Jeder Anfang ist ein Zeitpunkt, jeder Zeitpunkt ist bedingt durch frühere. Wenn also die Welt einen Anfang in der Zeit hat, so muß diesem Anfange eine Zeit vorhergehen, in der keine Welt, also nichts war, b. h. eine leere Zeit, in welcher kein Zeitpunkt von dem anderen unterschieden ist, was der Fall wäre, wenn in dem vorhergehenden Zeitpunkte nichts, in dem folgenden etwas existirte. Daher kann in einer leeren Zeit nichts entstehen, also auch nicht die Welt. Es ist daher unmöglich, daß dieselbe einen Anfang in der Zeit hat: es ist also noth= wendig, daß sie anfangslos ist.

Wenn die Welt dem Raume nach begrenzt ist, so muß sie von einem grenzenlosen und leeren Raume eingeschlossen sein: sie ist dann im leeren Raum, und dieser erscheint als das Gefäß oder das Ding, in welchem sich dies Weltall befindet. Nun sind, wie die transscenden= tale Aesthetik bewiesen hat, der leere Raum außer der Welt, wie die leere Zeit vor derselben Undinge, denn Raum und Zeit sind nicht Erscheinungen oder Gegenstände, sondern blos deren Formen.*) Wäre die Welt im leeren Raume, so müßte sie zu demselben in einem Ver= hältnisse stehen. Der leere Raum außer der Welt ist kein Gegenstand; ein Verhältniß zu keinem Gegenstande ist kein Verhältniß: daraus erhellt die Unmöglichkeit des leeren außerweltlichen Raumes, also die Unmöglichkeit der begrenzten und die Nothwendigkeit der unbegrenzten Welt. Der Beweis der Antithesis wird durch die Unmöglichkeit ihres Gegentheils geführt: dieser ist die leere Zeit und der leere Raum.**)

---

*) S. ob. Buch II. Cap. IV. S. 340. — **) Kr. b. r. V. Tr. Dial. Buch II. Hptst. II. Erste Antinomie. (Bd. II. S. 330—48.) Vergl. Prolegomena. Th. III. § 50—52. (Bd. III. S. 261—64.)

2. Der Weltinhalt.

Der zweite Widerſtreit betrifft den Weltinhalt. Das raumerfüllende und beharrliche Daſein, die einzig erkennbare Subſtanz iſt die Materie; dieſe iſt zuſammengeſetzt und beſteht aus Theilen. Alles Zuſammenge= ſetzte läßt ſich in ſeine Beſtandtheile auflöſen. Entweder iſt dieſe Auf= löſung (Theilung) begrenzt oder unbegrenzt: im erſten Falle giebt es letzte, nicht weiter zuſammengeſetzte, alſo einfache Theile, im zweiten Falle ſind die Theile immer wieder zuſammengeſetzt, und es giebt keine einfachen. Die widerſtreitenden Sätze lauten: „Eine jede zuſammen= geſetzte Subſtanz in der Welt beſteht aus einfachen Theilen, und es exiſtirt überall nichts als das Einfache, oder das, was aus dieſem zuſammengeſetzt iſt.“ „Kein zuſammengeſetztes Ding in der Welt beſteht aus einfachen Theilen, und es exi= ſtirt überall nichts Einfaches in derſelben.“ Nachdem die ratio= nale Pſychologie mit ihrer Lehre von der Weſenheit und Einfachheit der Seele widerlegt und ſchon ausgemacht iſt, daß uns allein die Sub= ſtantialität der Materie einleuchtet, kann nur in Anſehung der letzteren noch das Daſein einfacher Subſtanzen in Frage kommen.

Setzen wir das Gegentheil der Theſis: die zuſammengeſetzte Sub= ſtanz in der Welt ſoll nicht aus einfachen Theilen beſtehen, und es exiſtire überall nichts Einfaches. Jede zuſammengeſetzte Subſtanz beſteht aus Theilen, die aggregirt oder äußerlich mit einander verknüpft ſind; alle Zuſammenſetzung iſt ein äußeres Verhältniß, eine zufällige Relation gegebener Elemente, die ſich in Gedanken aufheben läßt. Wird alle Zuſammenſetzung in Gedanken aufgehoben, ſo iſt, was übrig bleibt, das Nichtzuſammengeſetzte oder Einfache. Wenn es nun überall nichts Einfaches geben ſoll, ſo iſt, was übrig bleibt, nichts, woraus nie etwas werden, alſo niemals eine zuſammengeſetzte Subſtanz entſtehen kann. Wenn aber die Zuſammenſetzung ſich in Gedanken nicht aufheben läßt, ſondern in endloſer Theilung fortdauert, ſo iſt ſie kein äußeres Ver= hältniß, deſſen Glieder unabhängig von dieſer ihrer zufälligen Relation ſelbſtändig für ſich beſtehen oder Subſtanzen ſind: dann giebt es auch keine zuſammengeſetzte Subſtanz, weil die Elemente derſelben Subſtanzen ſein müſſen. Es leuchtet alſo ein: daß aus der Verneinung des Daſeins einfacher Weſen die Unmöglichkeit zuſammengeſetzter Subſtanzen folgt, denn dieſe müßten unter der gemachten Annahme entweder aus nichts oder aus Nicht=Subſtanzen beſtehen. Der Beweis unſerer Theſis reſultirt aus der Unmöglichkeit des Gegentheils: dieses ist der Begriff einer ins Endlose zusammengesetzten Substanz.

Die Dinge der Welt sind demnach insgesammt einfache Wesen oder „Elementarsubstanzen", die wir als „die ersten Subjecte aller Composition" betrachten müssen. In Ansehung der Materie heißen diese einfachen Wesen Atome, in Ansehung der Dinge überhaupt Monaden: darum nennt Kant die Thesis der zweiten Antinomie „die transscendentale Atomistik" oder, um diese Bezeichnung der Molecularphysik zu vermeiden, „den dialektischen Grundsatz der Monabologie".

Setzen wir das Gegentheil der Antithesis: alle zusammengesetzten Dinge in der Welt sollen aus einfachen Theilen bestehen und überall nur Einfaches existiren. Da alle Zusammensetzung nur im Raume möglich ist, so müssen, wenn die zusammengesetzte Substanz aus einfachen Theilen besteht, diese letzteren räumlich sein, also einfache oder untheilbare Raumtheile erfüllen, was unmöglich ist. Substanzen im Raume müssen zusammengesetzt sein: daher kann kein zusammengesetztes Ding aus einfachen Theilen (Substanzen) bestehen. Und da das schlechthin Einfache jede Mannichfaltigkeit, also Raum, Zeit und Größe von sich ausschließt, so kann es niemals Object der Anschauung sein, da alle Objecte der letzteren Größen sind. Daher gilt der Satz: es existirt in der Welt gar nichts Einfaches. Der Beweis der Antithesis resultirt aus der Unmöglichkeit des Gegentheils: dieses ist der Begriff einfacher Räume oder einfacher (größenloser) Anschauungsobjecte.*)

3. Die Weltordnung. Transscendentale Freiheit und Physiokratie.

Der dritte Widerstreit betrifft die Weltordnung oder den Causalzusammenhang der Dinge. Jede Erscheinung ist eine Wirkung, die alle ihre Ursachen, d. h. die vollständige Reihe derselben voraussetzt: diese ist entweder begrenzt oder unbegrenzt. Ist sie begrenzt, so muß es ein erstes Glied der Reihe, also eine erste Ursache geben, die nicht Wirkung einer anderen ist, sondern durch sich selbst zum Handeln bestimmt wird: eine Causalität durch Freiheit. Ist sie unbegrenzt, so giebt es kein solches erstes Glied der Reihe, keine Ursache, die nicht Wirkung einer anderen vorhergehenden Ursache wäre: keine freie, sondern blos naturgesetzliche

---

*) Kr. d. r. V. Tr. Dialekt. Buch II. Hauptst. II. Zweite Antinomie. (Bd. II. S. 350—57.)

Caufalität. Die Thefis lautet: „Die Caufalität nach Gefetzen der
Natur ift nicht die einzige, aus welcher die Erfcheinungen
der Welt insgefammt abgeleitet werden können. Es ift noch
eine Caufalität durch Freiheit zur Erklärung derfelben an=
zunehmen nothwendig." Die Antithefis lautet: „Es ift keine
Freiheit, fondern alles in der Welt gefchieht lediglich nach
Gefetzen der Natur." Die Thefis verneint, was die Antithefis be=
jaht: die ausfchließende und alleinige Geltung der naturgefetzlichen
Caufalität.

Man fetze das Gegentheil der Thefis: es gebe blos naturgemäße
Caufalität; alles, was gefchieht, folge nothwendig auf einen vorher=
gehenden Zuftand. Diefer vorige Zuftand ift entweder immer gewefen
oder nicht immer. Im erften Falle müßte die Folge mit dem urfäch=
lichen Zuftande zugleich, auch immer gewefen, alfo nicht erft entftanden
oder gefolgt fein, was der Vorausfetzung widerfpricht. Daher gilt der
zweite Fall: der urfächliche Zuftand ift nicht immer gewefen, fondern
in der Zeit geworden oder auf einen vorhergehenden Zuftand gefolgt,
der ebenfalls entftanden ift und fo fort in's Endlofe. Daher giebt es
in der Caufalkette der Dinge kein erftes Glied, keinen erften, fondern
immer nur einen fubalternen Anfang, keine erfte Urfache. Ohne das
erfte Glied ift aber die Reihe der Urfachen nie vollftändig, daher find
niemals alle Urfachen gegeben, die nach dem Naturgefetz felbft zu jeg=
licher Wirkung erforderlich find. Ohne hinreichend beftimmte Urfache
gefchieht nichts. Es ift demnach die Wirkfamkeit einer erften Urfache
nothwendig, wenn überhaupt etwas gefchehen oder entftehen foll. Diefe
Urfache wirkt unabhängig von jeder anderen, d. h. blos durch fich
oder mit „abfoluter Spontaneität": fie vermag eine Reihe von
Erfcheinungen, die nach Naturgefetzen läuft, ganz von felbft anzu=
fangen. Das Vermögen einer folchen Initiative oder unbedingten Cau=
falität nennt Kant „transfcendentale Freiheit". Sie ift der ab=
folut erfte Anfang der Caufalität. Wenn fie auch der Zeit nach der
abfolut erfte Anfang ift, fo gilt fie als das Princip aller Weltverän=
derungen (Bewegungen): in diefem Sinne haben fchon die Philofophen
des Alterthums eine erfte bewegende Urfache (primum movens) an=
genommen. Indeffen braucht diefer abfolut erfte Anfang der Caufalität
nach nicht auch der Zeit nach der abfolut erfte Anfang einer Reihe
fucceffiver Zuftände zu fein. Wenn es überhaupt transfcendentale Frei=
heit giebt, fo kann diefelbe mitten im Weltlauf eine Reihe von Hand=

lungen beginnen, die zugleich eine Reihe vorhergehender Erscheinungen
fortsetzt. Wenn es aber transscendentale Freiheit überhaupt nicht giebt,
so kann auch von einem Vermögen der Freiheit in der Welt und der
Möglichkeit ihrer Vereinigung mit dem naturgesetzlichen Lauf der Dinge
keine Rede sein. Auf diese Frage werden wir später zurückkommen.
Der Beweis unserer Thesis resultirt aus der Unmöglichkeit ihres Gegen=
theils: dieses ist die Unvollständigkeit der vorhandenen Ursachen zu
jeder Wirkung, welche es auch sei, d. h. die Unmöglichkeit alles
Geschehens.

Man setze das Gegentheil der Antithesis: es gebe Causalität durch
Freiheit. Diese ist als erste Ursache absolute Spontaneität, sie beginnt
ganz von selbst eine Reihe von Begebenheiten; der Anfang ihrer Wirk=
samkeit ist, wie jeder Anfang, ein Zeitpunkt, der als solcher einem vor=
hergehenden Zeitpunkte folgt. Daher müssen in dem Dasein der ersten
Ursache zwei successive Zustände so verbunden und so unterschieden sein,
daß in dem zweiten die Handlung beginnt und eintritt, völlig unab=
hängig von dem ersten Zeitpunkt, der ihr vorhergeht: hier sind demnach
successive Zustände ohne jeden Causalzusammenhang, ein post hoc
ohne propter hoc, was dem Grundsatz der Zeitfolge nach dem Ge=
setze der Causalität widerstreitet. Daher können wir die unbedingte
Causalität in der Welt nicht bejahen, ohne den Causalzusammenhang
der Dinge, den Leitfaden aller Regeln zu zerreißen und damit die
Möglichkeit der Erfahrung von Grund aus zu verneinen. Diese gilt,
also gilt die transscendentale Freiheit nicht, sondern die durchgängige
Gesetzmäßigkeit der Natur und die endlose Causalkette der Dinge. Der
Beweis unserer Antithesis resultirt aus der Unmöglichkeit ihres Gegen=
theils: dieses ist die Ungültigkeit des Causalzusammenhanges der Dinge
und die Unmöglichkeit aller Erfahrung.

Die Thesis wollte Freiheit und Natur vereinigen, die Antithesis
beweist deren Unvereinbarkeit und läßt in der Welt kein anderes Gesetz
als das der natürlichen Causalität gelten. Diesen Grundsatz nennt Kant
„die Allvermögenheit der Natur" oder „transscendentale Physio=
kratie" im Gegensatz zu der Lehre von der „transscendentalen Frei=
heit". Gilt die natürliche Causalität als die alleinige Gesetzmäßigkeit
der Dinge, so erscheint die Freiheit als das Gegentheil der letzteren
d. h. als das Princip der Gesetzlosigkeit selbst. Unsere dritte Antinomie
enthält demnach die schwierigste aller philosophischen Streitfragen: die
zwischen Freiheit und Nothwendigkeit, deren Zusammengehörigkeit durch

die Thesis bejaht und bewiesen, durch die Antithesis verneint und wider=
legt sein will.*)

4. Die Weltexistenz.

Der letzte Widerstreit betrifft die Existenz der Welt. Jeder Welt=
zustand ist in der Reihe der Weltveränderungen ein durch alle vorher=
gehenden Zustände bedingtes Glied, also von der vollständigen Reihe
derselben abhängig; diese ist entweder begrenzt oder unbegrenzt: im
ersten Falle muß in der Welt, sei es als deren Theil oder Ursache,
ein Wesen existiren, von dem alle übrigen Dinge abhängen, das aber
selbst von nichts abhängt, also ein unbedingtes oder schlechthin noth=
wendiges Wesen; im anderen Falle giebt es überhaupt kein nothwen=
diges Wesen, weder in noch außer der Welt. Die Thesis behauptet:
„Zu der Welt gehört etwas, das entweder als ihr Theil oder
ihre Ursache ein schlechthin nothwendiges Wesen ist". Die
Antithesis: „Es existirt überall kein schlechthin nothwendiges
Wesen, weder in der Welt noch außer der Welt, als ihre
Ursache".

Der Beweis unserer Thesis ist in den Antinomien der einzige, den
Kant zum Theil direct geführt hat. Jede Veränderung in der Welt
ist durch alle vorhergehenden bedingt, deren vollständige Reihe ein
erstes und oberstes Glied haben muß, welches von keinem anderen ab=
hängt, also schlechthin unbedingt oder nothwendig existirt: mithin giebt
es etwas absolut Nothwendiges. So weit führt der directe Beweis. Daß
dieses nothwendige Wesen zur Welt gehört, entweder als ihr Theil
oder als ihre Ursache, wird aus der Unmöglichkeit des Gegentheils
bewiesen. Es ist nicht blos die Ursache, sondern auch der Anfang der
ganzen Reihe aller Weltveränderungen, der Anfang liegt als Zeitpunkt
in der Reihe der Zeit, die als solche die Form aller Erscheinungen
(der Sinnenwelt) ausmacht und nichts davon Unabhängiges ist. Wenn
nun das nothwendige Wesen außerweltlich wäre, so müßte die Zeit
außerhalb der Welt sein, was unmöglich ist.

Dieser Beweis ist rein kosmologisch, denn er überschreitet nicht die
Grenze der Welt und unterscheidet sich darin von jenem kosmologischen
Argument, womit „die transscendente Philosophie" das Dasein Gottes
beweist. Die Theologie schließt von dem zufälligen Dasein der Welt
auf ein absolut nothwendiges Wesen außerhalb der Welt, die Kosmologie

---

*) Ebendas. Dritte Antinomie. (Bd. II. S. 358—63.)

476

dagegen schließt von dem veränderlichen Dasein der Welt auf ein absolut nothwendiges Wesen innerhalb derselben. Der Unterschied aber zwischen dem veränderlichen und zufälligen Dasein ist so groß, daß Kant den Schluß von jenem auf dieses als einen „Absprung" oder eine μετάβασις εἰς ἄλλο γένος bezeichnet. Zufällig ist dasjenige Dasein, das eben so gut auch nicht existiren und in demselben Zeitpunkt, wo es A ist, auch eben so gut Nicht=A sein könnte; veränderlich dagegen ist dasjenige, welches in jedem gegebenen Momente nothwendig so und nicht anders ist, es ist jetzt A und in einem anderen Zeitpunkte (weil es sich verändert) Nicht=A. Das zufällige Dasein hat keine, das ver= änderliche eine bedingte Nothwendigkeit, die eben darum die vollständige Reihe der Bedingungen und in derselben ein unbedingtes oder schlechthin nothwendiges Wesen voraussetzt. Daher wird der theologische Schluß von der Welt auf das nothwendige Wesen transscendent, während der kosmologische immanent bleibt.

Setzen wir das Gegentheil der Antithesis: es existire ein schlecht= hin nothwendiges Wesen entweder in oder außer der Welt. Wenn es in der Welt existirte, so müßte es entweder ein Theil derselben oder das Ganze sein: im ersten Fall wäre es das erste Glied oder der un= bedingte Anfang der ganzen Reihe aller Weltveränderungen, im zweiten Fall diese ganze Reihe ohne Anfang. Nun kann es jener unbedingte Anfang nicht sein, denn dieser wäre ohne Ursache, ohne vorhergehende Zeit, also kein Zeitpunkt, darum auch kein Anfang. Die anfangslose Weltreihe kann es auch nicht sein, denn diese besteht in einer unend= lichen Menge bedingter Weltzustände; wenn aber jedes einzelne Glied bedingt oder abhängig ist, so kann der Inbegriff aller (die ganze Reihe) kein schlechthin unbedingtes oder nothwendiges Wesen ausmachen. Mithin giebt es ein solches Wesen nicht in der Welt. Außerweltlich aber kann dasselbe eben so wenig sein, weil es die Reihe der Weltverän= derungen verursachen und beginnen, also ihren Anfang bilden muß; nun fällt der Anfang in die Zeit, also in die Sinnenwelt, daher kann das nothwendige Wesen unmöglich außer der Welt existiren. Wenn es aber weder in noch außer der Welt sein kann, so ist es überhaupt nicht.

Diese vierte Antinomie unterscheidet sich von den drei vorher= gehenden darin, daß die contradictorischen Sätze dort aus verschiedenen, hier dagegen aus demselben Beweisgrunde abgeleitet werden. In der ersten Antinomie wird die Thesis aus der Unmöglichkeit einer abge= laufenen unendlichen Zeitreihe (verflossenen Ewigkeit), die Antithesis aus der Unmöglichkeit einer leeren Zeit vor und eines leeren Raumes außer der Welt bewiesen; in der zweiten Antinomie folgt die Thesis aus der Unmöglichkeit einer endlosen Zusammensetzung, die Antithesis aus der Unmöglichkeit einfacher Raumtheile; in der dritten Antinomie ist das Gegentheil der Thesis die Unmöglichkeit alles Geschehens, das der Antithesis die Unmöglichkeit aller Erfahrung. In der letzten Antinomie dagegen ist der Beweisgrund sowohl der Thesis als der Antithesis dieselbe Behauptung: daß nämlich jeder Weltzustand die Reihe aller Bedingungen in der ganzen vergangenen Zeit voraussetzt. „Also giebt es ein Urwesen": so schließt die Thesis. „Also giebt es kein Urwesen": so schließt die Antithesis. Darin besteht in dieser Antinomie, wie Kant sagt, „der seltsame Contrast". Aus demselben Beweisgrunde wird mit gleicher Schärfe Entgegengesetztes abgeleitet. „Weil alle Bedingungen gegeben sind, also die Reihe derselben vollständig ist, so muß auch das Unbedingte darin enthalten sein": so argumentirt der Beweis der Thesis. „Weil diese Bedingungen sämmtlich in der Zeit gegeben sind, so kann in ihrer Reihe nur Bedingtes, also niemals das Unbedingte gegeben sein": so argumentirt der Beweis der Antithesis. Aehnlich verhält es sich mit der Ansicht von der Achsenrotation des Mondes, die aus demselben Satz bejaht und verneint werden kann. Weil der Mond der Erde beständig dieselbe Seite zukehrt, so sind nach der Wahl des Standpunkts, aus dem man seine Bewegung beobachten will, beide Sätze beweisbar: „der Mond dreht sich um seine Achse" und „der Mond dreht sich nicht um seine Achse".*)

Zwölftes Capitel.
Erklärung und Auflösung der Antinomien.

I. Die Vernunft als Partei im Antinomienstreit.
1. Das Vernunftinteresse.

Es ist bewiesen, daß jedes Urtheil der rationalen Kosmologie in widerstreitende Sätze zerfällt, die nicht blos auf gut Glück hingeworfen werden, sondern auf Vernunftgründen ruhen; es ist bewiesen, daß die

---

*) Ebendas. Vierte Antinomie. (Bd. II. S. 364—69.)

Vernunft, sobald sie die Welt als Ganzes (als gegebenes Object) be=
urtheilt, mit sich selbst in einen Widerstreit geräth, der sich in jenen
contradictorischen Urtheilen ausspricht; es ist in den obigen Antinomien
nichts weiter dargelegt, als dieser Widerstreit der Vernunft mit sich
selbst. Ihre Antinomien sind eben so viele Probleme. Jetzt erst darf
man die Frage aufwerfen: wie muß jener Streit entschieden, wie müssen
diese Probleme gelöst werden? Die erste Bedingung, um einen Streit,
welcher es auch sei, richtig zu entscheiden, ist die Unparteilichkeit des
Richters. Dieser unparteiische Richter soll in dem gegebenen Falle die
menschliche Vernunft selbst sein, sie darf kein anderes den Gesetzen der
Erkenntniß fremdes Interesse in die Entscheidung ihrer eigenen Streit=
sache einmischen. Darum muß man vor allem sorgfältig nachsehen, ob
solche fremde Motive vorhanden sind, welche den Richter unvermerkt
zu Gunsten der einen oder andern Partei einnehmen können. Nun
haben wirklich jene kosmologischen Sätze außer ihren Beweisgründen
noch mancherlei andere Gründe für oder gegen sich, die uns beifällig
oder nicht beifällig stimmen und ihren Behauptungen geneigt oder ab=
geneigt machen. Diese durch Vernunftgründe nicht bestimmte Neigung
oder Abneigung nennt Kant das „Interesse", welches die Vernunft
an ihren Antinomien nimmt. Sobald ein solches Interesse sich in ihr
Urtheil mischt, ist die Vernunft nicht Richter, sondern Partei. Bevor
sie als Richter urtheilt, möge sie als Partei gehört werden, damit sie
ja nicht beides zugleich sei.

2. Die entgegengesetzten Vernunftinteressen.

Das Interesse der Vernunft in Rücksicht der Antinomien ist zwischen
Thesen und Antithesen getheilt und auf beiden Seiten ein ganz anderes.
Alle Thesen stimmen darin überein, daß sie das Dasein eines Unbeding=
ten bejahen, alle Antithesen darin, daß sie dieses Dasein verneinen:
dort findet sich in Ansehung derselben Sache eine gleichförmige Bejahung,
hier eine gleichförmige Verneinung.

Setzen wir den Fall der Verneinung: es gebe kein Unbedingtes,
also keinen Anfang der Welt, keine einfache Substanz, kein Vermögen
der Freiheit, kein schlechthin nothwendiges Wesen. Ohne Anfang der
Welt keine Schöpfung, ohne einfache Substanz keine Unsterblichkeit der
Seele, ohne Vermögen der Freiheit kein sittliches Handeln, ohne ein
schlechthin nothwendiges Wesen kein Gott. Nicht als ob der Weltanfang
den Begriff der Schöpfung, die Einfachheit der Substanz die Unsterb=

lichkeit der Seele u. s. f. schon enthielte, sondern weil die Weltschöpfung
den Weltanfang, das unsterbliche Wesen die Einfachheit, das sittliche
die Freiheit, das göttliche die absolute Nothwendigkeit des Daseins in
sich schließt oder als Bedingung voraussetzt. Wenn wir den Anfang der
Welt, die Einfachheit der Substanz, das Vermögen der Freiheit, die
Nothwendigkeit des Daseins verneinen, so verneinen wir auch die Mög=
lichkeit der Schöpfung, der Unsterblichkeit, des sittlichen Handelns, der
göttlichen Existenz, also die Grundlagen der Religion und Moral, wäh=
rend diese Grundlagen im entgegengesetzten Falle bejaht werden. Das
moralisch-religiöse Interesse ist nicht wissenschaftlicher Art, sondern sitt=
licher, es geht nicht auf die Erkenntniß, sondern auf die Willensrichtung;
es ist mit einem Worte nicht theoretisch, sondern praktisch: dieses prak=
tische Interesse stimmt für die Thesen und wider die Antithesen. Dazu
kommt ein zweites Interesse wissenschaftlicher Art. Unsere Erkenntniß
geht auf den Zusammenhang, auf die absolute Einheit sowohl in ob=
jectiver als subjectiver Bedeutung. Objectiv ist es der Zusammenhang
in den Dingen, subjectiv der Zusammenhang in unserer Erkenntniß,
der gesucht wird. Die Einheit als Object ist das Unbedingte als Dasein,
die Einheit als Form ist die Wissenschaft als System. Unsere Vernunft
wünscht das unbedingte Object oder die absolute Einheit der Dinge
(das Weltganze) zu erkennen und ihre Einsichten zu einem Ganzen der
Wissenschaft systematisch zu ordnen: das erste Interesse ist „speculativ",
das zweite „architektonisch", beide haben alles von den Thesen, nichts
von den Antithesen zu hoffen. Endlich ist die Erkenntniß des Unbeding=
ten keine mühselige Forschung, sondern ein leichtbegreiflicher Vernunft=
schluß; diese Einsicht verlangt keine tiefe Gelehrsamkeit, sondern nur die
Zusammenfassung weniger Gedanken. Während in der beobachtenden
Wissenschaft mit der größten Mühe immer nur wenige Schritte vorwärts
gemacht werden, so wird hier mit wenigen und leichten Schritten die
größte Bahn bis an die Grenzen der Welt, wie es scheint, mit dem
sichersten Erfolge durchmessen. Wenn aber eine Wissenschaft mit der
wenigsten Mühe das Größte zu leisten verspricht oder zu leisten scheint,
so erfüllt sie alle Bedingungen, um die günstigste Aufnahme bei der
Menge zu finden und eine sehr große Popularität zu gewinnen,
namentlich wenn sie außerdem noch die Herzensbedürfnisse auf ihrer
Seite hat. Daher sind es diese Interessen der Vernunft, welche unwill=
kürlich mit den Thesen übereinstimmen: das praktische, speculative (archi=
tektonische) und populäre.

Dagegen die Antithesen verneinen durchgängig das Dasein des
Unbedingten und gewähren dem praktischen Interesse nirgends einen
Stützpunkt; sie verneinen die vollkommene Welterkenntniß nach Form
und Inhalt und widersprechen von hier aus gänzlich jenem speculativen
(architektonischen) Interesse der Vernunft; sie erlauben keinen anderen
Weg wissenschaftlicher Einsicht, als den mühevollen und langsamen der
Erfahrung, die von Erscheinung zu Erscheinung fortschreitet; daher
haben sie keine Aussicht auf Popularität oder andern Beifall als den
des wissenschaftlichen Forschers; sie befriedigen blos den Verstand,
der sich an die Erfahrung als seine alleinige Richtschnur hält. Wenn
die Verneinung der Antithesen blos die Erkenntniß des Unbedingten
träfe, so hätten sie Recht und verhielten sich den Thesen gegenüber
kritisch. Dann würden sie erklären: das Unbedingte ist kein Gegen=
stand möglicher Erkenntniß, kein erkennbares Object, keine Erscheinung.
Aber sie verneinen nicht blos die Erkenntniß, sondern das Dasein
des Unbedingten und übersteigen damit selbst die Möglichkeit der Er=
fahrung; sie verneinen das Unbedingte nicht blos als Erscheinung,
sondern als Ding an sich und durchbrechen so die Grenze der Erfah=
rung; sie nehmen diese nicht blos zur Richtschnur der Erkenntniß,
sondern zum Princip der Dinge, denn sie urtheilen: was nicht Gegen=
stand der Erfahrung sein kann, ist überhaupt nicht. Daher ist ihr
Standpunkt nicht kritisch, sondern dogmatisch.

3. Dogmatismus und Empirismus der reinen Vernunft.

Die Thesen mit ihrer gleichförmigen Bejahung setzen die Erkenn=
barkeit der Dinge an sich voraus: ihr gemeinschaftlicher Standpunkt
ist „der Dogmatismus der reinen Vernunft". Die Antithesen
mit ihrer gleichförmigen Verneinung setzen voraus, daß es keine an=
deren Wesen gebe, als die Objecte möglicher Erfahrung: ihr gemein=
schaftlicher Standpunkt ist „der Empirismus der reinen Ver=
nunft". Um beide Standpunkte in bestimmte Systeme zu fassen, läßt
Kant den ersten durch Plato, den zweiten durch Epikur dargestellt sein.
Diese Bezeichnung ist keineswegs zutreffend. Im ganzen Alterthum
findet sich kein Philosoph, der entweder nur auf Seiten der Thesen
oder nur auf der Gegenseite der Antithesen steht. In der kosmologischen
Anschauungsweise der Alten lag es tief begründet, daß sie das Welt=
ganze als begrenzt ansahen, daß sie in der Welt die Freiheit im Sinne
einer unbedingten Causalität nicht einräumen konnten: in der ersten

Rückſicht geht die Kosmologie der Alten mit der Theſis der erſten Antinomie, in der zweiten Rückſicht geht ſie nicht mit der Theſis der dritten. Die epikureiſche Philoſophie war in ihrer Naturlehre atomiſtiſch, und die Atomiſtik iſt in jedem Falle der kosmologiſchen Bejahung der einfachen Subſtanzen näher verwandt als der Verneinung. Ueberhaupt wird unter den Metaphyſikern aller Zeiten keiner die Grenzſcheide unſerer contradictoriſchen Säße genau einhalten. Spinoza, der mit den Antitheſen das unendliche Weltall und die Ordnung der rein natür= lichen Cauſalität behauptet, leugnet mit den Antitheſen weder die Ein= fachheit der Subſtanz noch die Elementartheile der Materie und am wenigſten die Exiſtenz eines abſolut nothwendigen Weſens. Laſſen wir alſo die von Kant gewählte allgemeine Bezeichnung, ohne ſie durch beſtimmte Syſteme zu individualiſiren. Sämmtliche Antitheſen gehen in der Richtung des Empirismus, ihre Gegenſäße. in der des Dogmatis= mus, dieſes Wort ſo verſtanden, daß es die dem Empirismus entgegen= geſetzte Richtung bedeutet.

Die Intereſſen, wodurch die Vernunft in dem Streit der Antino= mien für die eine oder für die andere Richtung gewonnen wird, können die Sache nicht entſcheiden, vielmehr haben ſie nur den negativen Werth, diejenigen Gründe zu ſein, nach denen jener Streit nicht entſchieden werden darf. Die Vernunft darf nicht Partei ſein, da ſie Richter ſein ſoll. Nachdem wir gehört haben, welche Intereſſen ſich zu Gunſten der einen oder anderen Partei regen, ſoll jetzt der ganze Streit vor den unparteiiſchen Richterſtuhl der Vernunft gebracht werden.*)

II. Die Vernunft als Richter im Antinomienſtreit.

1. Unmöglichkeit der dogmatiſchen Löſung.

Man ſage nicht, daß in der vorliegenden Streitſache überhaupt kein entſcheidendes Endurtheil möglich ſei, denn es iſt ein Streit, den die Vernunft mit ſich ſelbſt führt, es ſind Probleme, die lediglich aus ihr ſelbſt hervorgehen; daher muß ſie im Stande ſein, den Streit zu entſcheiden und die ſelbſterzeugten Probleme zu löſen. Wären die kos= mologiſchen Probleme der Art, daß ſie im Wege der Erkenntniß oder Erfahrung jemals aufgelöſt werden könnten, ſo dürfte man dieſe Löſung

*) Kr. d. r. B. Tr. Dial. Buch II. Hptſt. II. Abſchn. III.: Von dem Intereſſe der Vernunft bei dieſem Widerſtreit. (Bd. II. S. 370—79.)

nicht von der reinen Vernunft, sondern nur von dem Zeitpunkte er=
warten, wo unsere Wissenschaft so weit gekommen sein wird, daß sie
das Weltganze vor sich sieht und nun ausmachen kann, was es ist
oder nicht ist. Diesen Zeitpunkt aber kann die menschliche Wissenschaft
n i e erreichen, das Weltganze kann nach der Natur unserer Erkenntniß
niemals deren Object werden: darum ist es unmöglich, die Aufgabe der
rationalen Kosmologie dogmatisch zu lösen. Mithin bleibt keine andere
Auflösung der Antinomien übrig, als die skeptische oder kritische.*)

2. Die skeptische Lösung.

Die skeptische Lösung giebt eine bestimmte Entscheidung; sie hört
beide Parteien, vergleicht ihre Gründe und findet, daß alle Thesen
durch alle Antithesen und umgekehrt widerlegt sind: daher giebt sie
beiden Parteien durchgängig Unrecht. Dieser skeptische Richterspruch hat
einen aus der Vernunft selbst geschöpften Rechtsgrund. Ueber die Mög=
lichkeit eines Urtheils entscheidet allein das urtheilende Vermögen oder
der Verstand. Was nie Verstandesobject sein kann, kann auch nie Ur=
theilsobject sein. Was der Verstand nicht zu fassen vermag, kann nie=
mals Verstandesobject sein. Wenn sich nun zeigen läßt, daß weder das
Object der Thesen noch das der Antithesen je in einen Verstandesbegriff
paßt, so ist eben dadurch die Unmöglichkeit, die Unangemessenheit oder
das Unrecht der Urtheile auf beiden Seiten bewiesen: der mögliche Ver=
standesbegriff ist der objective Maßstab, nach welchem sich der skeptische
Richter entscheidet.

Um ein Object zu begreifen, ist die vollständige Zusammenfassung
(Synthese) seiner Theile erforderlich. Setzen wir ein Object, dessen
vollständige Synthese mehr Theile erfordert als in dem Objecte gegeben
sind, so paßt dieses Object nicht in den Verstandesbegriff: es ist für
denselben zu klein. Setzen wir ein Object, dessen gegebene Theile nie
vollständig zusammengefaßt werden können, so paßt dieses Object auch
in keinen Verstandesbegriff: es ist für diesen Begriff zu groß.

Die Thesen sämmtlich setzen ein begrenztes Weltall: einen Welt=
anfang, einen begrenzten Weltraum, eine begrenzte Theilung der Ma=
terie, einen begrenzten Causalzusammenhang, eine begrenzte Abhängigkeit
des Daseins. Der Verstand muß über diese Grenze hinausgehen, er
muß vor dem Weltanfange Zeit, außer dem Weltraume Raum, zu jeder

---

*) Ebendaselbst. Abschn. IV. (Bd. II. S. 379—85.)

Urſache eine vorhergehende Urſache, zu jedem Daſein eine Bedingung fordern. Er kann ſich mit dem begrenzten Weltall nicht begnügen, er verlangt zu dem Begriffe des Weltalls mehr Theile, als in jedem be=grenzten Weltall gegeben ſind: das Object aller Theſen iſt daher für den Verſtandesbegriff zu klein. Die Antitheſen ſämmtlich ſetzen ein un=begrenztes Weltall, alſo eine Reihe, die der Verſtand niemals vollſtändig zuſammenfaſſen kann: das Object aller Antitheſen iſt für den Ver=ſtandesbegriff zu groß. Alſo iſt das Object auf beiden Seiten der Anti=nomien niemals einem Verſtandesbegriff angemeſſen, es iſt mithin kein Verſtandesobject, alſo können auch jene widerſtreitenden Sätze keine Ver=ſtandesurtheile, alſo überhaupt keine Urtheile ſein, denn ſobald es ſich um Urtheile handelt, entſcheidet über deren Möglichkeit allein der Ver=ſtand. Kein Urtheil der obigen Antinomien enthält eine Verſtandeseinſicht oder eine wirkliche Erkenntniß. Als Erkenntniſſe genommen, ſind ſämmt=liche Urtheile nichtig. So lautet die ſkeptiſche Auflöſung der Anti=nomien.*)

3. Die kritiſche Löſung.

Damit ſind die Antinomien ſelbſt noch nicht erklärt. Jetzt erſt er=hebt ſich die Frage, welche kritiſch gelöſt ſein will. Wenn nun alle jene Urtheile, mit dem Verſtande verglichen, ungültig ſind: wie war es möglich, ſie durch ſo ſtrenge und bündige Schlüſſe zu beweiſen? Wie konnten jene unbegründeten und unmöglichen Urtheile Schlußſätze ſein? Die ſkeptiſche Entſcheidung erklärt nur das Ergebniß für unmöglich und kümmert ſich nicht um den Weg, auf dem es erreicht wurde. Jetzt ſoll der Irrthum oder die Unmöglichkeit der kosmologiſchen Urtheile im Princip aufgedeckt werden. Der ſkeptiſche Geſichtspunkt ſieht nur auf den Erfolg der bewieſenen Sätze, die einander widerſtreiten; jetzt handelt es ſich um die Unterſuchung des Beweiſes, um das Urtheil über die Beweisgründe: dieſer Geſichtspunkt iſt der kritiſche. Der Skeptiker bedenkt nur das Facit der rationalen Kosmologie, er erklärt: dieſes Facit ſtimmt nicht mit den Verſtandesbedingungen, mit denen es als Erkenntniß ſtimmen müßte. Der Kritiker unterſucht die Rechnung ſelbſt und findet hier den Fehler, das $\pi\rho\tilde{\omega}\tau\text{o}\nu$ $\psi\varepsilon\tilde{\nu}\delta\text{o}\varsigma$ aller rationalen Kos=mologie.

---

*) Ebendaſelbſt. Abſchn. V.: Skeptiſche Vorſtellung der kosmologiſchen Fragen u. ſ. f. (Bd. II. S. 385—88.)

I. Der Paralogismus der rationalen Kosmologie.

Alle Sätze der Antinomien gründen sich auf folgenden Vernunft=
schluß: „wenn das bedingte Dasein gegeben ist, so ist auch die voll=
ständige Reihe aller seiner Bedingungen, also das Unbedingte gegeben;
nun ist das Bedingte gegeben, also auch die Totalität seiner Bedingungen,
d. h. das Weltall". Von diesem gegebenen Weltall beweisen die Thesen
den zeitlichen Anfang, die räumliche Begrenzung, die Einfachheit der
Bestandtheile, die unbedingte Caufalität, die absolute Nothwendigkeit.
Die Antithesen beweisen in allen Punkten das Gegentheil. Auf beiden
Seiten gilt dieselbe Voraussetzung: daß die Welt als Ganzes gegeben
und als gegebenes Object erkennbar sei. Ist diese Voraussetzung richtig,
so gelten die Beweise auf beiden Seiten; ist sie falsch, so sind sie auf
beiden Seiten ungültig. Hier ist die petitio principii der gesammten
rationalen Kosmologie, sie muß geprüft und der Schluß untersucht
werden, der sich auf diese Voraussetzung gründet.

Der Obersatz sagt: „wenn das Bedingte gegeben ist, so ist auch
die Reihe aller seiner Bedingungen vollständig gegeben". Im Begriffe
des Bedingten liegt, daß es alle seine Bedingungen voraussetzt, denn
nur so kann es gedacht werden. Ist also das Bedingte ein blos ge=
dachter Gegenstand, unabhängig von den Bedingungen der Sinnlichkeit,
so ist der Obersatz richtig. Es müssen alle Bedingungen (die Welt als
Ganzes) gegeben sein, wenn das Bedingte unabhängig von unserer
Sinnlichkeit gegeben ist. Der Untersatz sagt: „das bedingte Dasein ist
gegeben". Natürlich kann es uns nicht anders als durch Anschauung
d. h. als eine Erscheinung, die von unserer Sinnlichkeit abhängt, gegeben
sein. Nun vergleiche man die beiden Sätze, um sofort zu erkennen, daß
der Mittelbegriff zwei verschiedene Bedeutungen hat, die sich gegenseitig
ausschließen: im Obersatze bedeutet das bedingte Dasein einen Gegen=
stand, unabhängig von unserer Sinnlichkeit, ein Ding an sich, im
Untersatze dagegen einen Gegenstand, abhängig von unserer Sinnlichkeit,
eine Erscheinung, die unsere Vorstellung und sonst nichts ist. Der
Obersatz sagt: „wenn das Bedingte an sich gegeben ist (nicht als er=
scheinendes, sondern als intelligibles Object), so ist das Weltall gegeben";
der Untersatz sagt: „das Bedingte ist nicht an sich, sondern blos als
Erscheinung gegeben". Wir haben eine quaternio terminorum vor
uns, die keinen Schluß gestattet: der gemachte Schluß ist ein Para=
logismus in der Form des uns bekannten „sophisma figurae dictionis".

Auf diesem Trugschluß beruht die ganze rationale Kosmologie in allen ihren Sätzen.

Wenn uns das bedingte Dasein nur als Erscheinung oder als unsere Vorstellung gegeben ist, so folgt etwas ganz anderes, als jener Schlußsatz, auf den sich die Antinomien gründen. Mit einer Erscheinung sind uns nicht alle Erscheinungen zugleich gegeben, sondern wir gehen am Leitfaden der Erfahrung von einer zur anderen fort, wir suchen in allmählichem Regreß von Bedingung zu Bedingung den Zusammenhang der Erscheinungen, und die Bedingungen sind uns immer nur so weit gegeben, als sie entdeckt sind. Der Zusammenhang der Erscheinungen oder die Welt reicht stets nur so weit, als unsere Erfahrung. Die Welt als der Zusammenhang der Erscheinungen ist uns nicht gegeben, sondern wir machen die Welt durch die Erfahrung. Wären die Erscheinungen unabhängig von unserer Vorstellung Dinge an sich, so wäre die Welt als Ganzes gegeben, und die widerstreitenden Sätze der Antinomien hätten beide Recht. Sind dagegen die Erscheinungen nur unsere Vorstellungen, so ist uns die Welt nicht gegeben, sondern wir machen die Welt, indem wir Vorstellung mit Vorstellung verknüpfen; die Welt ist uns niemals als Ganzes gegeben, weder als ein begrenztes noch als ein unbegrenztes: daher haben die beiden widerstreitenden Sätze der Antinomien Unrecht.*)

1. **Die Antinomien als indirecter Beweis des transscendentalen Idealismus.**

Den Lehrbegriff, welcher die Erscheinungen für Dinge an sich ansieht, haben wir „transscendentalen Realismus" genannt, den entgegengesetzten Lehrbegriff, welcher die Erscheinungen blos als Vorstellungen nimmt, „transscendentalen Idealismus". Wenn der erste Lehrbegriff Recht hat, so sind Thesen und Antithesen beide wahr; wenn der zweite Lehrbegriff Recht hat, so ist der Beweisgrund beider falsch. Contradictorische Sätze können unmöglich beide wahr sein, sie würden es sein, wenn Erscheinungen Dinge an sich wären, wie jener Realismus behauptet. Aus der Unmöglichkeit dieses Standpunktes erhellt die Nothwendigkeit seines Gegentheils: d. h. die Nothwendigkeit des kritischen Idealismus.

Daß Erscheinungen nicht Dinge an sich, sondern blos Vorstellungen sind, diese idealistische Grundansicht der kritischen Philosophie läßt sich auf doppelte Art beweisen: direct und indirect. Den directen Beweis

---

*) Ebendas. Abschn. VI—VII. (Bd. II. S. 389—96.)

486

führt die transscendentale Aesthetik, den indirecten die Anti=
nomien der reinen Vernunft, denn sie beweisen die Unmöglichkeit,
daß Erscheinungen Dinge an sich sind. Wenn sie es wären, so würde
folgen, was die Antinomien behauptet haben: dann würden ihre Sätze
auf beiden Seiten gelten oder beide gleich wahr sein. Wir lassen den
Philosophen selbst diesen Zusammenhang zwischen den Antinomien der
reinen Vernunft und der transscendentalen Aesthetik erklären, damit
durch seine eigenen Worte die fundamentale Geltung seiner Lehre von
Raum und Zeit bezeugt und ihr Zusammenhang mit den Antinomien
nicht etwa, wie Trendelenburg mir eingewendet hat, blos auf die erste
bezogen werde.*) Kant redet von der Antinomie der reinen Vernunft
und sagt: „Man kann aber auch umgekehrt aus dieser Antinomie einen
wahren, zwar nicht dogmatischen, aber doch kritischen und doctrinalen
Nutzen ziehen: nämlich die transscendentale Idealität der Er=
scheinungen dadurch indirect zu beweisen, wenn jemand etwa
an dem directen Beweise in der transscendentalen Aesthetik nicht genug
hätte. Der Beweis würde in diesem Dilemma bestehen: wenn die Welt
ein an sich existirendes Ganzes ist, so ist sie entweder endlich oder un=
endlich. Nun ist das erstere sowohl als das zweite falsch (laut der oben
angeführten Beweise der Antithesis einer= und Thesis andererseits). Also
ist es auch falsch, daß die Welt (der Inbegriff aller Erscheinungen) ein
an sich existirendes Ganzes sei. Woraus denn folgt, daß Erscheinungen
überhaupt außer unseren Vorstellungen nichts sind, welches wir eben
durch die transscendentale Idealität derselben sagen wollten." „Diese
Anmerkung ist von Wichtigkeit, man sieht daraus, daß die obigen Be=
weise der vierfachen Antinomie nicht Blendwerke, sondern gründlich
waren, unter der Voraussetzung nämlich, daß Erscheinungen oder eine
Sinnenwelt, die sie insgesammt in sich begreife, Dinge an sich selbst
wären. Der Widerstreit der daraus gezogenen Sätze entdeckt aber, daß
in der Voraussetzung eine Falschheit liege, und bringt uns dadurch zu
einer Entdeckung der wahren Beschaffenheit der Dinge als Gegenstände
der Sinne."**)

Die gegebene kritische Entscheidung ist eben so summarisch, als die
vorhergehende skeptische: beide verwerfen die Antinomien in allen ihren
Sätzen. Der skeptische Gesichtspunkt, indem er die kosmologischen Lehr=

*) A. Trendelenburg: Hist. Beitr. (Bd. III. S. 232 flgb.) — **) Kr. d. r. V.
Tr. Dial. Buch II. Hptst. II. Abschn. VII.: Kritische Entscheidung des kosmologischen
Streits der Vernunft mit sich selbst. (Bd. II. S. 399—400.)

begriffe nach dem Maßstabe des Verstandes beurtheilt, spricht jedem das
Recht einer gültigen Einsicht ab; der kritische, indem er die Voraus=
setzung untersucht, erkennt in allen Schlußsätzen die Ungültigkeit ihrer
Beweisgründe. Demnach sind sämmtliche Behauptungen der rationalen
Kosmologie weder Verstandeserkenntnisse noch bewiesene Sätze.*)

2. Die Scheincontradiction.

Die Thesen wie die Antithesen sind als Erkenntnißurtheile unmög=
lich, doch können sie deshalb noch immer logische Urtheile sein, die
aber als solche, da sie contrabictorische Sätze sind, weder beide wahr
noch beide falsch sein können. In den Antinomien gelten sie beide als
wahr; nach der kritischen Auflösung der Antinomien erscheinen sie beide
als falsch. Und doch sind sie contrabictorisch! Wie löst sich dieses Räthsel?
Einfach dadurch: daß zwischen unseren antinomischen Sätzen in Wahr=
heit kein contrabictorischer Gegensatz, sondern nur der Schein desselben
besteht. Auch erhellt schon aus dem nachgewiesenen Paralogismus der
Ungrund dieser Contradiction und der Grund ihres Scheines.

Contrabictorische Gegensätze verhalten sich, wie A und Nicht=A,
zwischen beiden giebt es kein Drittes; darum muß jedem Subject von
diesen beiden Prädicaten eines zukommen: es ist unmöglich, daß es
weder A noch Nicht=A sei, es ist eben so unmöglich, daß es sowohl
A als Nicht=A sei, es ist nothwendig, daß es entweder A oder
Nicht=A ist. Der erste Fall wird durch das Dilemma, der zweite durch
die Antinomie bewiesen, der dritte ist das disjunctive Urtheil. Wenn
nun durch die Antinomie die Unmöglichkeit einer Sache bewiesen werden
kann, so braucht man blos eine unmögliche Sache gelten zu lassen, um
von derselben contrabictorische Sätze beweisen zu können und damit die
Antinomie zu erzeugen. Angenommen, es gebe einen viereckigen Cirkel,
so läßt sich von demselben in der Thesis zeigen, daß er rund, und in
der Antithesis, daß er nicht rund, sondern viereckig ist. Hier liegt die
Unmöglichkeit der Sache offen zu Tage. Indessen können die wider=
streitenden Merkmale so verborgen sein, daß ihre Entdeckung einiges
Nachdenken erfordert. In diesem Falle entstehen die Blendwerke der
Dilemmen und Antinomien, die Trugbeweise und logischen Räthsel, die
schon die sophistische Kunst der Alten ausfindig gemacht hatte.

*) Ebendaselbst. Abschn. VII. (Bd. II. S. 393—400.) Vergl. Proleg. Th. III.
§ 52 u. 54.

Ein Begriff, der weder A noch Nicht=A sein kann, ist nichts; ein Ding, von dem weder Bewegung noch deren contrabictorisches Gegentheil ausgesagt werden kann, ist unmöglich: durch ein solches Dilemma wollte man die Unmöglichkeit Gottes beweisen. Bewegung ist Veränderung des Orts, Ruhe ist Beharrlichkeit im Ort, beides ist Dasein im Raum. Alles räumliche Dasein ist entweder in Bewegung oder in Ruhe; wenn es keines von beiden ist, so ist es nichts. Also ist das Dasein Gottes nur in dem Falle unmöglich, wenn es ein räumliches Dasein ist; nur unter dieser Voraussetzung gilt jenes Dilemma, das den Begriff Gottes undenkbar machen soll. Es gilt nicht, denn jene Annahme ist unmöglich; es ist ein Scheinbilemma, denn jene unmögliche Annahme ist versteckt. Bewegung und Ruhe sind contrabictorische Prädicate nur in Rücksicht des räumlichen Daseins. Auf Gott übertragen, sind sie gar nicht mehr contrabictorisch, denn sie schließen die Möglichkeit des Dritten nicht aus, sondern ein. Wenn es zwischen Entgegengesetzten ein Drittes giebt, so ist ihr Verhältniß nicht contrabictorisch, sondern conträr, daher können conträre Gegensätze beide falsch, aber nicht beide wahr sein. In Ansehung der Körper sind Bewegung und Ruhe contrabictorische Gegensätze, in Ansehung Gottes conträre; im ersten Falle giebt es zwischen ihnen kein Drittes, im anderen Falle giebt es zwischen ihnen ein Drittes: überhaupt gar nicht im Raume sein. Ruhe ist Beharrlichkeit im Ort; das contrabictorische Gegentheil der Ruhe ist Nichtbeharrlichkeit im Ort, sei es nun, daß etwas überhaupt in keinem Orte ist, oder daß es in seinem Orte nicht beharrt, sondern denselben verändert d. h. sich bewegt. Es sind also in diesem Falle gar nicht contrabictorische Gegensätze vorhanden, sondern conträre, die blos den Schein der contrabictorischen haben. Einen solchen nur scheinbar contrabictorischen, in Wahrheit conträren Widerstreit nennt Kant „die bialektische Opposition" im Unterschiede von der analytischen, welche den gegebenen Begriff einfach verneint.

Betrachtet man unter diesem Gesichtspunkte die Antinomien, so erklärt sich leicht genug das logische Räthsel. Ihre Gegensätze sind unter einer unstatthaften Bedingung contrabictorisch, sie schließen daher das Dritte nicht aus, sondern ein. Jede gegebene Größe ist entweder begrenzt oder unbegrenzt. Hier giebt es kein Drittes. Dieser Gegensatz gilt von dem Weltganzen, wenn dasselbe eine gegebene Größe ist. Aber wenn es diese gegebene Größe nicht ist? Wenn dieser dritte Fall stattfindet, so ist der obige Gegensatz nicht contrabictorisch, sondern conträr: er ist, was Kant eine „bialektische Opposition" nennt. Die Welt ist begrenzt. Man verneine ben Satz contrabictorisch, so lautet der Gegensatz: die Welt ist ein Nichtbegrenztes (als unendliches Ur= theil), b. h. sie ist entweder gar keine gegebene Größe ober eine un= begrenzte. Hier hat das contrabictorische Gegentheil zwei Fälle, wäh= renb es in der Antinomie ben Schein annimmt, als ob es nur einen hätte; hier ist ber britte Fall nicht blos möglich, sonbern gültig: bas Weltganze ist keine gegebene Größe. Ober die Größe über= haupt müßte etwas außer unserer Anschauung unb unabhängig von ihr Gegebenes sein, Raum unb Zeit, worin allein Größen sein können, müßten unabhängig von unserer Anschauung an sich ba sein: eine Un= möglichkeit, welche die kritische Philosophie bewiesen, beren Gegentheil sie in ihrer Grundlage festgestellt hat. Daraus erklärt sich, warum die gegebene Weltgröße — biefer vierecfige Cirkel — contrabictorisch be= urtheilt werden kann, warum die contrabictorischen Urtheile beibe wahr scheinen unb beibe falsch sinb, denn sie sinb, bei Licht befehen, überhaupt nicht contrabictorisch. Genau bieselbe Bewanbtniß hat es mit allen übrigen Antinomien. Wenn die Theile der Welt eine gegebene Menge ober Größe sinb, so muß bieselbe entweder begrenzt (einfache Theile) ober nicht begrenzt (zusammengesetzt) sein. Wenn die Ursachen zu einer Erscheinung eine gegebene Reihe ausmachen, so muß biefe entweder ein erstes Glied haben (Causalität burch Freiheit), ober sie kann ein solches erstes Glied nicht haben (blos natürliche Causalität). Wenn bie Be= bingungen zu einem Dasein gegeben sinb, so muß die Reihe biefer Bebingungen entweber begrenzt sein (unbebingtes, nothwenbiges Dasein), ober sie ist nicht begrenzt (kein nothwenbiges Dasein). Ueberall stoßen wir auf bieselbe unmögliche Annahme: wenn bas Weltall gegeben ist, wenn es unabhängig von uns als Ding an sich existirt, wenn also bas Ding an sich eine Erscheinung ist, wenn bie Ibee des Weltganzen ein erkennbares Object ausmacht! Wenn man biefe Annahme einräumt, so haben bie contrabictorischen Sätze der rationalen Kosmologie beibe Recht. So erklären sich die Antinomien, die sämmtlich auf jener unmöglichen, burch ben transscenbentalen Schein erzeugten Annahme beruhen. Wenn man bie Annahme nicht einräumt unb ben Schein zerstört, ber sie macht, so haben bie contrabictorischen Urtheile beibe Unrecht, unb es gilt sowohl die skeptische als kritische Entscheidung: sie sinb nicht contrabictorische, sonbern conträre Gegensätze, bie, auch logisch genommen, beibe falsch sein können. So erklärt unb löst sich bas logische Räthsel.

3. Die Weltidee als regulatives Princip.

Das Weltall ist in keinem Falle gegeben, denn es ist kein Gegenstand der Anschauung, keine Erscheinung, sondern ein Ding an sich (Idee), es ist nicht unabhängig von uns als ein Ganzes an sich vorhanden, sondern dieses Ganze ist unsere Zusammensetzung oder Verknüpfung; wir sind es, welche die Welt als Ganzes, als Zusammenhang der Erscheinungen, als gesetzmäßige Ordnung der Dinge machen, wir machen sie durch die Erfahrung, und da wir das vollständige Ganze niemals erfahren oder das Ganze niemals vollständig erfahren können, so ist das Weltall uns nie gegeben, wohl aber stets aufgegeben, und unsere Wissenschaft, indem sie sich unaufhörlich erweitert und systematisch ordnet, ist die fortwährende Lösung dieser nie völlig zu lösenden Aufgabe.

Unsere Erkenntniß wird durch die Idee des Weltganzen nicht begründet, sondern nur fortgesetzt und auf ein unaufhörlich zu erstrebendes, obwohl nie zu erreichendes Ziel gerichtet. Mit anderen Worten: die Aufgabe des Weltalls nöthigt unsere Erkenntniß fortzuschreiten, sie ist nicht deren Bedingung, sondern Richtschnur, nämlich die Regel der beständigen Erweiterung sowohl in materialer als formaler Hinsicht. Die kosmologische Idee ist demnach für unsere Erkenntniß kein constitutives, sondern ein regulatives Princip. Der Irrthum aller Antinomien war der Gebrauch dieser Idee als eines constitutiven Princips; die Auflösung aller Antinomien ist der regulative Gebrauch der kosmologischen Idee in ihren vier Fällen. „Der Grundsatz der Vernunft also ist eigentlich nur eine Regel, welche in der Reihe der Bedingungen gegebener Erscheinungen einen Regressus gebietet, dem es niemals erlaubt ist, bei einem schlechthin Unbedingten stehen zu bleiben." „Daher nenne ich es ein regulatives Princip der Vernunft."

Die Antinomien mit allen ihren Sätzen verfallen einem verneinenden Richterspruche, sofern sie Verstandeseinsichten, bewiesene Sätze, contradictorische Urtheile sein wollen. Keines ihrer Urtheile ist eine wirkliche Verstandeseinsicht, keines ein richtiger Schlußsatz, keines eine wirklich contradictorische Verneinung seines Gegentheils. Die Entgegensetzung war in allen Fällen nur unter einer unmöglichen Annahme contradictorisch; diese Annahme aufgehoben, war sie conträr. Die kosmologische Idee ist nur eine Regel zum Fortschritte der erfahrungsmäßigen Wissenschaft, in keinem Falle deren Object. Daher ist die rationale Kosmologie von Rechts wegen unmöglich.*)

Dreizehntes Capitel.
Unterschied der Antinomien. Die Freiheit als kosmologisches Problem.

1. Die mathematischen und dynamischen Antinomien.

Das Weltganze darf nur als Idee oder Ding an sich, nie als etwas Gegebenes oder als Erscheinung betrachtet werden. Vergleichen wir mit diesem Gesichtspunkte die Antinomien, so werden wir nicht, wie bisher, dieselben summarisch behandeln und gleichförmig verneinen können. Alle Antinomien unterliegen dem gemeinschaftlichen Irrthume, daß sie das Weltganze beurtheilen, als ob es ein erkennbares Object oder eine Erscheinung wäre; aber sie unterscheiden sich darin sehr wesent= lich, daß die einen das Weltall in einer Weise vorstellen, in welcher es nie etwas anderes als Erscheinung sein kann, während die anderen dasselbe so auffassen, daß es nicht Erscheinung zu sein braucht. In die Antinomien der ersten Art werden wir deshalb, auch wenn sie ihre dogmatische Form aufgeben, gar keinen Sinn, in die der zweiten dagegen einen richtigen Sinn bringen können, sobald wir sie nicht mehr als dogmatische Erkenntnißsätze behandeln. Von jenen Antinomien werden wir urtheilen, daß ihre Sätze in jedem Sinne falsch sein müssen, von diesen dagegen, daß ihre Sätze in einem gewissen Sinne, der natürlich der dogmatische nicht ist, wahr sein können.

Die beiden ersten Antinomien beziehen sich auf die Größe der Welt und die Menge ihrer Bestandtheile, also auf die das Weltall betreffende Größenbestimmung; die beiden letzten beziehen sich auf die Ursachen der Erscheinungen, auf die Bedingungen ihres Daseins, also auf Causal= verhältnisse. Die Zusammensetzung von Größen und die Verknüpfung von Ursachen und Wirkungen sind zwei Synthesen ganz verschiedener Art: in der ersten werden gleichartige, in der zweiten ungleich=

*) Kr. d. r. V. Tr. Dialekt. Buch II. Hptst. II. Abschn. VIII.: Regulatives Princip der reinen Vernunft in Ansehung der kosmologischen Ideen. (Bd. II. S. 400—405.)

artige Vorstellungen verbunden. In dieser Rücksicht unterscheiden sich die Antinomien, wie die Grundsätze des reinen Verstandes, mit denen sie an dem Leitfaden der Kategorien parallel laufen: die beiden ersten sind „mathematisch", die beiden anderen „dynamisch". Dieser Unterschied fällt mit dem oben angedeuteten zusammen. Die mathematischen Antinomien müssen, da sie die Größenbestimmungen des Weltalls beurtheilen, die Idee desselben in eine Erscheinung verwandeln, daher können sie gar nicht berichtigt und in einem kritisch=bejahenden Sinne aufgelöst werden. Dagegen nehmen die dynamischen Antinomien das Weltall zwar auch, als ob es Erscheinung (erkennbares Object) wäre, aber sie brauchen es nach der Art ihrer Synthese nicht so zu beurtheilen, daher lassen sie sich in kritisch=bejahender Weise auflösen. Das Weltall ist nur Idee, nie Erscheinung. Größe ist immer Gegenstand oder Product der Anschauung, sie ist unabhängig von der Anschauung nichts, also immer Erscheinung. Die Größe des Weltalls ist darum ein erscheinendes Ding an sich, ein viereckiger Cirkel, ein vollkommenes Unbding. Ding an sich und Erscheinung sind grundverschieden. Eine Synthese, die nur Gleichartiges verknüpft, wie die mathematische, kann Ding an sich (Idee) und Erscheinung in keine mögliche Verbindung bringen. In den mathematischen Antinomien handelt es sich um eine solche unmögliche Verbindung: nämlich um die Weltgröße als zu beurtheilendes Object. Ursache und Wirkung sind ungleichartig. Es wäre möglich, daß sie vollkommen ungleichartig sind, daß die Wirkung eine Erscheinung ist, deren Ursache ein Ding an sich sein könnte. Eine Idee kann nie Erscheinung sein, diese Verbindung ist der handgreifliche logische Widerspruch: darum kann eine Idee (das Weltall) nie Größe sein. Aber es ist kein logischer Widerspruch, daß eine Idee Ursache einer Erscheinung, Bedingung eines sinnlichen Daseins ist. Nothwendig ist, daß jede Erscheinung eine andere Erscheinung zu ihrer Ursache hat: diese Nothwendigkeit ist das nie aufzuhebende Gesetz der natürlichen Causalität. Möglich ist, daß eine Erscheinung zugleich eine Idee zur Ursache hat, d. h. eine unbedingte Ursache oder Causalität durch Freiheit.

Weltall und Größe reimen sich nie zusammen: die Sätze der mathematischen Antinomien, welche die Weltgröße zum Gegenstande haben, sind deshalb unter allen Umständen falsch. Ihre Voraussetzung ist widersinnig. Dagegen Nothwendigkeit und Freiheit können sich wohl mit einander vertragen: die Sätze der dynamischen Antinomien können deshalb in einem gewissen Sinne, der natürlich der dogmatische

nicht ist, beide wahr fein. Mit anderen Worten: die Sätze der beiden
ersten Antinomien müssen contrabictorisch und falsch fein, weil fie Wider=
sprechendes in demselben Begriffe vereinigen; die Sätze der beiden letzten
Antinomien brauchen weder contrabictorisch noch falsch zu fein, weil fie
Vereinbares behaupten. Im ersten Falle entsteht die Antinomie, weil
Widersprechendes vereinigt, im anderen, weil Vereinbares in Widerstreit
gesetzt wird: dort ist die Antinomie nothwendig, hier ist fie es nicht.*)

II. Die Freiheit als kosmologisches Problem.

1. Freiheit und Natur.

Damit kommen wir in der Auflösung der Antinomien auf den
letzten und schwierigsten Punkt. Das Ding an fich kann niemals Größe
fein, denn Größe ist allemal Erscheinung, aber es kann in einem gewissen
Sinn Ursache einer Erscheinung fein, denn die Ursache ist von der Wir=
kung verschieden, warum soll fie nicht grundverschieden fein können?
Setzen wir, was die Erfahrung und die Grundsätze des Verstandes for=
dern, daß alle Ursachen nur Erscheinungen, also bedingte Ursachen oder
Wirkungen find, denen andere Erscheinungen als Ursachen vorausgehen,
fo ist in dieser Kette der natürlichen Caufalität jede Erscheinung voll=
kommen bedingt und das Vermögen der Freiheit ausgeschlossen. Setzen
wir, was die dogmatische Philosophie annimmt, daß alle Erscheinungen
Dinge an fich find, fo läßt fich (wie ausführlich gezeigt worden) weder
Natur noch Erfahrung erklären, aber eben fo wenig die Freiheit, denn
jedes Ding, an fich genommen, ist bedingt durch alle anderen. Die dog=
matischen Philosophen haben vermöge ihrer Grundvoraussetzung die
Freiheit niemals erklären, fondern nur verneinen können. Also steht
die Sache, wie folgt: wenn alle Ursachen lediglich Erscheinungen (be=
bingte Ursachen) find, fo giebt es nur Natur und keine Freiheit;
wenn alle Erscheinungen Dinge an fich (etwas außer unserer Vorstel=
lung) find, fo giebt es weder Natur noch Freiheit. Mithin hat die
Möglichkeit der Freiheit nur den einzigen Fall, daß die Erscheinungen
blos Vorstellungen, dagegen ihre Ursache keine Vorstellung, fondern Ding
an fich oder Idee ist. Die Bedingungen der Freiheit find demnach:

*) Kr. b. r. V. Tr. Dial. Buch II. Hptst. II. Abschn. IX.: Schlußanmerkung
zur Auflösung der mathematisch=transscendentalen und Vorerinnerung zur Auf=
lösung der dynamisch=transscendentalen Ideen. (Bd. II. S. 414—16.) Vgl. Proleg.
Th. III. § 52 c u. 53.

494

1. daß eine Idee Urſache ſein oder Cauſalität haben kann, 2. daß
die Wirkung dieſer Urſache erſcheint, alſo in das Reich der Natur
gehört, 3. daß die Cauſalität durch Freiheit und die natürliche Cau=
ſalität [Freiheit und Natur] vollkommen übereinſtimmen. Wird die
Natur aufgehoben, ſo wird die Erſcheinung in ein Ding an ſich ver=
wandelt und eben dadurch auch die Freiheit aufgehoben. So viel iſt
klar, daß die Natur die Freiheit nicht ausſchließt, daß dieſe beiden ſich
nicht contradictoriſch zu einander verhalten, daß kein Widerſtreit in dieſem
Punkte beſteht, alſo auch keine Antinomie. Oder wie ſich Kant aus=
drückt: Natur und Freiheit bilden keine Disjunction.

Zwei Dinge, die ſich nicht widerſtreiten, können vereinigt ſein.
Sie ſind darum noch nicht vereinigt. Wie alſo ſoll die mögliche Ver=
einigung beider gedacht werden? In keinem Falle iſt ſie Gegenſtand
einer möglichen Erkenntniß, denn alle Gegenſtände möglicher Erkenntniß
ſind Erfahrungsobjecte oder Erſcheinungen; die Freiheit iſt niemals
Erſcheinung. Von einer Erkenntniß der Freiheit iſt nicht die Rede,
ſondern blos von der Art und Weiſe, wie ſie in Uebereinſtimmung mit
der Natur und Erfahrung gedacht werden müſſe, nur von der mög=
lichen Verbindung zwiſchen der Freiheit als Idee und der Natur als
Erſcheinung, von dem „empiriſchen Gebrauche", der von jenem regula=
tiven Princip gemacht werden kann. Das Problem der Freiheit, dieſes
ſchwierigſte aller ſpeculativen Probleme, zerlegt ſich in folgende Fragen:
1. was iſt die Idee der Freiheit? 2. was nöthigt uns, dieſe Idee zu
behaupten, da wir ſie als Object niemals vorſtellen können? 3. wie läßt
ſich allein dieſe Idee mit der Natur in Verbindung denken? Es handelt
ſich nicht um die Erkennbarkeit, ſondern blos um die Denkbarkeit
dieſer Verbindung.

2. Die Freiheit als transſcendentales Princip.

Die Freiheit iſt als unbedingte Cauſalität erklärt worden, als eine
Urſache, welche nicht erſcheint, alſo auch nicht in der Reihe der Be=
gebenheiten angetroffen werden kann, ſondern in dem Vermögen beſteht,
eine Reihe von Begebenheiten ſchlechthin aus ſich oder ganz von ſelbſt
anzufangen. Dieſes Vermögen der Initiative oder der urſprünglichen
Handlung bezeichnet Kant als „die transſcendentale Freiheit". Negativ
ausgedrückt, iſt dieſes Vermögen unabhängig von allen natürlichen Be=
dingungen; poſitiv ausgedrückt, iſt es der vorausſetzungsloſe Anfang
einer Reihe von Begebenheiten: das Vermögen urſprünglich zu handeln.

Setzen wir, daß jede Handlung blos durch natürliche Ursachen bedingt ist, so erfolgt sie mit unwiderstehlicher Nothwendigkeit, sie kann nicht anders sein, als sie ist; es ist ungereimt, zu verlangen, daß sie anders hätte sein können oder sollen. Es giebt dann nur die Nothwendigkeit der Naturerscheinung und keine Freiheit des Handelns, keine praktische Freiheit, keinen Willen, der von sinnlichen Bedingungen unabhängig wäre. Der Wille, der an die sinnlichen Bedingungen gebunden ist und durch diese widerstandslos necessitirt wird, ist unfrei; der Wille, der von sinnlichen Bedingungen wohl bestimmt und geneigt, aber nicht gezwungen wird, ist frei: jener unfreie Wille ist das „arbitrium brutum", dieser freie das „arbitrium liberum". Der letztere hat die praktische Freiheit: er handelt so, er hätte auch anders handeln können und im gegebenen Falle vielleicht anders handeln sollen. Man sieht sogleich, daß auf dem Vermögen der praktischen Freiheit allein die Möglichkeit des moralischen Handelns beruht, wie die Möglichkeit, Handlungen moralisch zu beurtheilen. Auch leuchtet sofort ein, daß, wenn alle Causalität bedingt ist, wenn es also keine unbedingte Causalität, keine transscendentale Freiheit giebt, auch keine praktische Freiheit, kein freier Wille, kein sittliches Handeln, keine zurechnenden Urtheile möglich sind. Wenn daher die praktische Freiheit, der sittliche Werth und das moralische Urtheil gelten sollen, so muß die Freiheit im transscendentalen Sinne bejaht werden. Aber wie kann diese Freiheit mit der Natur zusammenbestehen? Wie können wir ein solches Vermögen behaupten, ohne den gesetzmäßigen Zusammenhang der Dinge, d. h. die Natur selbst, zu verneinen? Es giebt keine Natur ohne Continuität der Erfahrung, diese hört auf, wenn an irgend einem Punkte die Kette der Dinge reißt und eine unbedingte Handlung sich einmischt. Es hieße, die natürlichen Ursachen (und damit die Natur selbst) verneinen, wenn irgendwo unbedingte Ursachen an ihre Stelle treten sollen. Diese letzteren dürfen daher in den Naturlauf der Dinge nicht eingreifen und die Naturgesetze nicht intercebiren. Wenn unbedingte Ursachen überhaupt möglich sind, so können sie selbst nicht in der Zeit sein, und doch müssen sie als Ursachen wirken, doch müssen ihre Wirkungen, wie alle Wirkungen, in der Zeit auftreten, also in der Sinnenwelt, in dem gesetzmäßigen und unverletzlichen Lauf der Dinge erscheinen. In diesem Punkte liegt die außerordentliche Schwierigkeit der Sache.[*]

496

3. Der empirische und intelligible Charakter.

Die unbedingte Ursache ist keine Erscheinung, also nicht empirisch, sondern intelligibel. Jede Erscheinung hat ihre empirischen Ursachen und ist selbst eine empirische Ursache anderer Erscheinungen: diese strenge Gesetzmäßigkeit erlaubt nicht die mindeste Anfechtung, nicht den kleinsten Eintrag, ohne daß die Natur selbst und mit ihr die Möglichkeit aller Erkenntniß verneint wird. Jede Ursache wirkt nach einem bestimmten Gesetze und unterscheidet sich durch ihre Wirkungs= oder Handlungsweise von den anderen: das Gesetz, nach welchem sie wirkt, ist ihr „Charakter". Daher wird der empirische und intelligible Charakter eben so unter= schieden werden müssen, wie die empirische und intelligible Ursache. Die ganze Frage nach einer möglichen Verbindung zwischen Natur und Freiheit richtet sich auf die Vereinigung des intelligiblen und empiri= schen Charakters. In dieser Formel begreift Kant das Problem der Freiheit. Wie vorher dem psychologischen Probleme, so giebt er hier dem kosmologischen seinen richtigen und tiefsten Ausdruck.

Man kann das schwierige Problem, das Kant selbst als sehr subtil und dunkel bezeichnet, vollständig verwirren, wenn man es sofort unter den moralischen Gesichtspunkt stellt, die praktische Freiheit im Menschen ohne weiteres behauptet, die transscendentale Freiheit auf die letztere einschränkt und demnach die ganze Lehre vom intelligibeln Charakter blos auf den Menschen bezieht. So leicht und platt ist die Sache nicht, denn die praktische Freiheit kann ohne die transscendentale gar nicht angenommen werden, diese letztere aber ist kein anthropologischer oder psychologischer Begriff, sondern eine Weltidee, die als solche entweder auf gar keine oder auf alle Erscheinungen ohne Ausnahme geht. Man meine also ja nicht, daß etwa gewisse Erscheinungen nur empirische, gewisse andere dagegen (etwa die Menschen) auch intelligible Charaktere wären, als ob dieser letztere eine besondere Auszeichnung, einen Classen= unterschied der Erscheinungen enthielte und das Privilegium einer be= sonderen Gattung ausmachte. Als Gegenstände der Erfahrung oder als Erkenntnißobjecte sind alle Erscheinungen empirische Charaktere, nie in= telligible. Man würde mithin die ganze Frage verwirren und das kosmologische Problem nicht von fern verstanden haben, wenn man sich einbilden wollte, der intelligible Charakter sei die menschliche Freiheit. Kant deutet allerdings auf die letztere am sichtbarsten hin und braucht

aus ihren Ursachen. (Bd. II. S. 416—20.) Vergl. Proleg. Th. III. § 53. (Bd. III. S. 268—72.)

sie als Beispiel wie als Zeugniß, aber in der Sache selbst redet er nicht von der menschlichen Freiheit, sondern von der Welt als Frei= heit, von der Freiheit als Weltprincip, als kosmologischer Idee, die er von der psychologischen sehr wohl unterscheidet. Sollte der intelligible Charakter nur inneren Erscheinungen zu Grunde gelegt werden können, so müßte und würde Kant diesen Begriff unter den Paralogismen der reinen Vernunft und nicht unter deren Antinomien behandelt haben.*)

Soll Freiheit und Natur vereinigt sein, so muß jede Erscheinung empirischer und intelligibler Charakter zugleich sein können. Als empi= rischer Charakter ist sie nichts anderes als Naturerscheinung (causa phaenomenon), in ihren Handlungen durch natürliche Ursachen bedingt, Glied in der Kette der Dinge, in deren Zeitfolge sie entsteht und ver= geht, ein Gegenstand der Erfahrung, der als solcher nichts Unbedingtes enthält. Als intelligibler Charakter ist sie unabhängig von der Zeit, kein Vorstellungsobject, keine Erscheinung, ohne alle Zeitfolge, allen Wechsel, alles Entstehen und Vergehen, schlechthin unbedingt und ur= sprünglich in ihren Handlungen. Es muß mithin dasselbe Subject als empirischer und intelligibler Charakter, es müssen dieselben Hand= lungen als Folgen aus beiden, zugleich als Naturbegebenheiten und Thaten der Freiheit betrachtet werden können. Diese Vereinigung beider Charaktere in demselben Subjecte, diese Doppelursache aller Handlungen, läßt sich nur in einer möglichen Form denken. Offenbar können sich die beiden Charaktere nicht um dasselbe Subject streiten, sie können einander nicht widersprechen, sie treffen sich nicht auf derselben Bahn und können nicht wie concurrente Kräfte zu gemeinschaftlichen Hand= lungen zusammenwirken. Der empirische Charakter bewegt sich durch= gängig auf dem Schauplatze der Zeit, der intelligible erscheint nie auf diesem Schauplatze. Mithin kann die mögliche Verbindung beider Charaktere nur so gedacht werden, daß alles, was in dem Subjecte geschieht, die ganze Reihe seiner Handlungen als Begebenheiten in der Zeit lediglich Folgen des empirischen Charakters sind, der die gemein= schaftliche und natürliche Ursache aller dieser Handlungen bildet, selbst aber in dem intelligiblen wurzelt und aus demselben entspringt. Auf diese Weise folgen alle Begebenheiten nur aus dem empirischen Charakter, Continuität und Text der Erfahrung werden in keinem Punkte unter=

*) Kr. b. r. V. Transsc. Dialektik. II. Hptst. II. Abschn. IX. Nr. III. „Mög= lichkeit der Causalität durch Freiheit in Vereinigung mit dem allgem. Gesetze der Naturnothwendigkeit." (Bd. II. S. 420—23.)

brochen und dem Naturgesetze auch nicht der kleinste Abbruch gethan. Wenn wir dem empirischen Charakter selbst den intelligiblen als zeitlose Ursache zu Grunde legen, so wird dadurch der Zeitlauf der Begeben=heiten, also die Erfahrung, nicht gestört und jeder Widerstreit zwischen Natur und Freiheit vermieden. Es versteht sich von selbst, daß diese Verbindung des intelligibeln und empirischen Charakters nicht als ein Erkenntnißurtheil ausgesprochen wird: sie enthält nur die Regel (regu=latives Princip), wie jene Verbindung gedacht werden kann. Diese Regel sagt: die bezeichnete Form ist die einzige, in welcher Natur und Freiheit sich nicht widersprechen. Da die Natur unmittelbar gewiß ist, also unleugbar feststeht, so ist diese Fassung die einzig mögliche, um die Freiheit in der Welt zu behaupten. Die ganze Frage der Freiheit geht demnach auf diesen Punkt: wie kann der intelligible Cha=rakter den empirischen machen? Wie kann dieser durch jenen be=gründet sein? Oder mit anderen Worten: wie kann die Ursache einer Erscheinung Etwas sein, das nie erscheint; wie kann dasselbe Subject zugleich als Erscheinung und als Ding an sich gedacht werden? In dieser Form bleibe das kosmologische Problem stehen. Es entspricht genau dem psychologischen: „wie kann in einem denkenden Subject äußere Anschauung, die des Raumes, stattfinden?" Dies sind die Fas=sungen beider Probleme, deren Auflösung im Wege der Erkenntniß nicht möglich ist.*)

Aber wie ist es möglich, muß man fragen, daß unter dem kritischen Gesichtspunkte die Ursache einer Erscheinung überhaupt als Ding an sich gedacht wird? Wie ist der intelligible Charakter auch nur denkbar? Muß nicht die Ursache jeder Erscheinung selbst Erscheinung sein? Gilt der Begriff der Ursache nicht blos von Erscheinungen, von Gegenständen der Erfahrung, auf die er vermöge seines Schemas eingeschränkt werden mußte? Wie also kann ein Ding an sich als Ursache gedacht werden? Mit anderen Worten: wie kann eine Idee oder ein reiner Vernunft=begriff Causalität haben? Es ist früher erklärt worden, wie die Vernunft (Verstand) den Begriff der Causalität erzeugt und durch diesen Begriff Erfahrungen macht. Jetzt ist die Frage, wie die Vernunft selbst Cau=salität haben oder selbst Ursache sein kann? Causalität ist in allen

---

*) Ebendaselbst. Abschn. IX. Nr. III.: „Erläuterung der kosmologischen Idee einer Freiheit in Verbindung mit der allgemeinen Naturnothwendigkeit". (Bd. II. S. 421—34.)

Fällen Nothwendigkeit und Gesetzmäßigkeit: dies gilt von der unbedingten (intelligibeln) Causalität so gut als von der bedingten (natürlichen); diese schließt die Freiheit aus, während jene sie einschließt. Das Gesetz, welches die Freiheit der Handlung ausschließt, ist ein solches, von dem nicht abgewichen werden kann: das Naturgesetz, wogegen das Gesetz der Freiheit oder das Sittengesetz die Möglichkeit ihm widerstreitender und zuwiderlaufender Handlungen in sich schließt. Das Naturgesetz sagt: so muß es geschehen, das Freiheitsgesetz: so soll es geschehen. Das Sollen drückt auch die Nothwendigkeit einer Handlung aus, aber einer Handlung, deren Subject der Wille ist. Sollen ist nothwendiges Wollen. In den natürlichen Begebenheiten, in den mathematischen Ver= hältnissen hat das Sollen keinen Sinn, wohl aber gilt es in allen moralischen Handlungen: die Ursache der letzteren ist ein Gesetz der reinen Vernunft, eine Idee, eine intelligible Ursache. Moralische Hand= lungen sind mithin nur möglich, wenn die Vernunft Causalität hat. Doch können sie hier nicht als Beweisgrund, sondern nur als Beispiel dienen, um zu zeigen, wie die Vernunft Causalität haben kann, denn die intelligible Ursache soll nicht auf die moralischen Handlungen ein= geschränkt sein. Als kosmologisches Problem gilt sie von allen Er= scheinungen. Wenn nun die intelligible Ursache nichts anderes sein kann, als ein nothwendiger Wille, so ist es der Wille, der allen Erschei= nungen und Vorstellungen zu Grunde gelegt werden muß. Hier ist die Stelle der kantischen Philosophie, woraus Schopenhauer die seinige ableitet.*) Die wahre Auflösung des kosmologischen Problems, welche Kant für unmöglich erklärt und darum zurückhält, ist nach Schopen= hauer „die Welt als Wille". Raum, Zeit, Causalität begründen „die Welt als Vorstellung", der intelligible Charakter ist „die Welt als Wille". Daraus erklärt sich, warum Schopenhauer unter allen Philo= sophen auf Kant, unter allen kantischen Untersuchungen auf die trans= scendentale Aesthetik und die Lehre vom intelligibeln und empirischen Charakter das entscheidende Gewicht legt; diese letztere gilt ihm als die größte aller Leistungen des menschlichen Tiefsinnes.

Kant mußte den Begriff einer intelligibeln Ursache fassen, denn er mußte nach einem Grunde fragen, der die Vorstellungen macht. Ein anderes ist der Grund, der eine Vorstellung bedingt, indem er ihren Zeitpunkt bestimmt, ein anderes der Grund, der die Vorstellung selbst

---

*) Ebendaselbst. (Bd. II. S. 424—28.)

hervorbringt; der erste Grund ist die empirische, der zweite die trans=
scendentale oder intelligible Ursache. Die empirische Ursache ist selbst
eine Vorstellung; die intelligible Ursache ist keine. Da nun unter dem
kritischen Gesichtspunkte die Erscheinungen sämmtlich nichts anderes sind
als Vorstellungen, so mußte der Grund, welcher die Erscheinungen
macht, als intelligible Ursache bestimmt werden. Die empirische Ursache
erklärt, warum die Erscheinung im Laufe der Dinge gerade in diesem
Zeitpunkte, unter diesen Umständen u. s. f. hervortritt. Die intelligible
Ursache, wenn sie begriffen werden könnte, würde erklären, warum das
vorgestellte Dasein diese Erscheinung ist, dieser so bestimmte Charakter,
diese eigenthümliche Individualität.

In diesem Sinne fordert die kritische Philosophie zu den Erschei=
nungen intelligible Ursachen. Und nennen wir dasjenige, welches ent=
schieden Causalität hat, obwohl es nie erscheint, intelligible Ursache, so
liegt dieser Begriff der Vernunftkritik so nahe, daß sie ihn aus sich
selbst schöpfen und aus ihren eigenen Untersuchungen darstellen kann.
Was war der Grund der Größen als der Gegenstände der Mathematik?
Raum und Zeit. Und der Grund von Raum und Zeit? Die reine
Vernunft selbst, sofern sie anschaut. Raum und Zeit sind nicht Erschei=
nungen, aber Ursachen aller Erscheinungen, die Vernunft ist Ursache
von Raum und Zeit. Wie die Vernunft diese Ursache ist, das ist
schlechterdings unerklärlich. Wenn die Vernunft nicht Ursache ihrer An=
schauungen und Begriffe, wenn diese Anschauungen nicht Ursachen der
Erscheinungen, diese Begriffe nicht Ursachen der Erfahrung wären, so
wären alle Untersuchungen der Kritik umsonst und ihre ganze Arbeit
nichtig. Sie wollte die Bedingungen d. h. die Ursachen der Mathematik
und Erfahrung erklären; diese Ursachen konnten in keiner Erfahrung,
sondern nur vor aller Erfahrung gegeben sein, sie sind nicht empirische,
sondern intelligible. Also intelligible Ursachen sind es, welche die
Kritik zu entdecken sucht: ihre ganze Aufgabe ist nicht aus dem empi=
rischen, sondern nur aus dem intelligibeln Charakter der Vernunft auf=
zulösen. Warum aber die menschliche Vernunft diesen und keinen anderen
intelligibeln Charakter hat, warum die Anschauungen und Begriffe gerade
diese und keine anderen sind? Dies ist die absolute Grenze aller kriti=
schen Fragen! Soviel ist klar: entweder sind die Entdeckungen der
Vernunftkritik keine, oder was sie entdeckt hat, ist der intelligible Cha=
rakter der menschlichen Vernunft, also deren unbedingte Causalität und
in diesem Sinne deren Freiheit. Damit ist die subtile und dunkle Lehre

vom intelligibeln und empirischen Charakter aufgehellt und als wohl=
begründet im Geiste der kritischen Philosophie erwiesen.

III. Das nothwendige Wesen als außerweltlich.

Es ist gezeigt, wie die Freiheit als intelligibler Charakter der
Natur nicht widerstreitet, also die Sätze der dritten Antinomie einander
nicht entgegengesetzt sind, sondern beide bejaht werden können. Aehnlich
verhält es sich mit der letzten Antinomie. Die Bedingung und das be=
dingte Dasein sind verschiedenartig, sie können grundverschieden sein;
es ist denkbar, daß alle Erscheinungen, deren jede ihrem Dasein nach
zufällig ist, insgesammt von einem Wesen abhängen, welches nicht zu=
fällig, sondern nothwendig existirt, daher nicht Erscheinung ist, sondern
Ding an sich. Die Abhängigkeit aller Erscheinungen schließt das mög=
liche Dasein eines nothwendigen Wesens nicht aus, d. h. sie beweist
nicht dessen Unmöglichkeit; freilich beweist sie auch nicht seine Möglich=
keit. Sie verbietet nicht, daß man ein solches Wesen annimmt: das ist
alles. Da aber kein empirisches Dasein als nothwendig erscheint, so
wird das nothwendige Wesen nie als Erscheinung erkannt, auch nicht
als zur Erscheinung gehörig gedacht werden können. Darin unterscheidet
sich das nothwendige Wesen von der Causalität durch Freiheit. Diese
Freiheit, der intelligible Charakter, mußte als Grund der Vorstellungen
gedacht werden, also als zur Erscheinung und zur Welt gehörig. Das
schlechthin nothwendige Wesen dagegen kann nur gedacht werden als
zur Welt nicht gehörig, d. h. als ein außerweltliches Wesen. Wenn
die Thesis der vierten Antinomie das nothwendige Wesen nur in diesem
Sinne behauptet, und die Antithesis dasselbe in diesem Sinne nicht
verneint, so ist zwischen beiden Sätzen kein Widerstreit mehr vorhanden.

Das nothwendige Wesen, als ein schlechthin außerweltliches, von der
Welt ganz unabhängiges gedacht, bildet den Begriff Gottes. Es leuchtet
ein, daß durch diesen Begriff keine Erscheinung vorgestellt, keine Er=
scheinungen verknüpft, also keine Erfahrung oder Erkenntniß gemacht
werden kann: der Begriff Gottes ist kein Verstandesbegriff. Noch
weniger läßt sich dieser Begriff aus der Erfahrung schöpfen oder durch
Erfahrung beweisen: er ist kein Erfahrungsbegriff. Mithin kann der
Begriff Gottes nur durch bloße Vernunft gebildet, das Dasein Gottes
nur durch bloße Vernunft bewiesen werden: der Begriff Gottes ist da=
her Idee (Vernunftbegriff), und der Beweis vom Dasein Gottes, wenn

er überhaupt möglich ist, kein anderer als der ontologische. Ob ein
solcher Beweis möglich ist, steht in Frage. Diese Frage zu entscheiden,
ist die letzte Aufgabe der Kritik.

Vierzehntes Capitel.

Die rationale Theologie und deren Widerlegung. Das Ideal der reinen Vernunft.

I. Die Gottesidee als Vernunftideal.

Unter den Weltbegriffen zeigte sich zuletzt der eines schlechthin
nothwendigen Wesens. Dieser Begriff unterscheidet sich auf eine sehr
charakteristische Weise von allen anderen kosmologischen Ideen. Vergleichen wir ihn mit den Ideen der Weltgröße, des Weltinhalts, der
Welturfache, so springt dieser Unterschied sogleich in die Augen. Die
Weltgröße und die einfachen Elementarsubstanzen der Dinge waren in
sich widersprechende und darum unmögliche Vorstellungen. Einen logischen
Widerspruch dieser Art führt der Begriff eines schlechthin nothwendigen
Wesens nicht mit sich: er ist denkbar, was jene beiden Begriffe nicht
sind. Er ist eben so denkbar, wie die Idee einer unbedingten Ursache
oder der transscendentalen Freiheit. Während aber die freie Causalität
gedacht sein will als zur Welt gehörig, als inwohnender Grund der
Erscheinungen, der selbst nicht erscheint, als intelligibler Charakter, so
kann das schlechthin nothwendige Wesen nur als nicht zur Welt gehörig, als getrennt und unabhängig von der Kette der Erscheinungen,
d. h. als außerweltlich gedacht werden. Damit hört diese Vorstellung
auf kosmologisch zu sein und wird theologisch: das schlechthin nothwendige, von der Welt unterschiedene Wesen ist kein Weltbegriff mehr,
sondern enthält die Hinweisung auf den Gottesbegriff.

Jeder Begriff wird bestimmt durch seine Merkmale. Wenn diese
sämmtlich gegeben sind, so ist er vollkommen oder durchgängig bestimmt.
Alle denkbaren Prädicate schließen die Merkmale eines jeden Begriffs,
also auch die der Vorstellung Gottes in sich. Nun sind alle möglichen
Prädicate alle bejahenden und alle verneinenden; die blos logische Bejahung oder Verneinung ist lediglich formal und daher gegen die Sache

oder den Inhalt des Begriffs gleichgültig. Jede Setzung nennt man eine logische Bejahung, ohne Rücksicht auf den Inhalt des Gesetzten, der sehr wohl etwas Negatives, den Mangel eines wirklichen Seins bedeuten kann: daher unterscheidet Kant die logische Bejahung und Verneinung von der transscendentalen, welche letztere nicht blos auf die Form des Setzens, sondern auf den Inhalt der Sache geht. Was in diesem Sinne bejaht wird, ist eine wirkliche Realität, ein positives, reales Sein; was in diesem Sinn als Verneinung oder Negation gilt, ist der Mangel (die Abwesenheit oder Schranke) einer solchen Realität. Wenn es sich nun um die durchgängige Inhaltsbestimmung eines Begriffs handelt, so sind alle möglichen Prädicate, in deren Inbegriff dieselbe enthalten ist, alle Realitäten und alle Negationen nicht in der logischen, sondern in der transscendentalen oder sachlichen Bedeutung des Worts. Nun ist klar, daß ein schlechthin nothwendiges Wesen von keinem anderen abhängig, durch kein anderes bedingt sein kann; vielmehr müssen alle anderen Wesen von ihm abhängen. Daher muß das schlechthin nothwendige Wesen als der Grund aller übrigen gedacht werden, als das Urwesen, welches zu allen anderen die reale Möglich= keit ausmacht, und zu welchem die eingeschränkten und bestimmten Dinge sich verhalten, wie die Figuren zum Raum: es muß gedacht werden als der **Inbegriff aller möglichen Prädicate.** Widerstreitende Merkmale können demselben Wesen nicht zugleich zukommen; folglich kann jenes nothwendige Wesen nicht zugleich alle Realitäten und alle Negationen in sich begreifen, sondern entweder die einen oder die an= deren. Als der Inbegriff aller Negationen wäre es aus lauter mangel= haften Prädicaten zusammengesetzt: daher kann das nothwendige Wesen nur als der **Inbegriff aller Realitäten** gedacht werden: als das allerrealste oder allervollkommenste Wesen.*)

So ist der Begriff Gottes durch alle seine Merkmale bestimmt: diese sind alle Realitäten. Was durch alle seine Merkmale bestimmt ist, ist durchgängig bestimmt: das durchgängig bestimmte Object ist allemal das einzelne, nie das allgemeine. Arten und Gattungen ent= halten immer nur einen Theil der Merkmale des Individuums; je weniger sie enthalten, um so höher und allgemeiner sind die Begriffe; ihr Umfang wächst im umgekehrten Verhältniß zu ihrem Inhalt. Nur

*) Die dogmatische Metaphysik nannte es „omnitudo realitatis", „ens realis= simum", Urwesen (ens originarium, ens summum), Quelle aller übrigen (ens entium).

das Individuum ist durchgängig bestimmt, und jeder durchgängig be=
stimmte Begriff ist die Vorstellung eines Individuums. Da nun der
Gottesbegriff in allen seinen Merkmalen oder durchgängig bestimmt ist,
— denn er muß gedacht werden als der Inbegriff aller Realitäten, —
so bildet er die Vorstellung eines einzelnen Wesens oder eine „Idee in
Individuo". Eine solche Idee nennt Kant ein „Ideal". Die Gottesidee
kann nur als Ideal vorgestellt werden. Es ist nicht die Einbildungs=
kraft, welche dieses Ideal erdichtet, sondern die reine Vernunft, die es
bildet, sobald sie den Gottesbegriff denkt; und da der Inbegriff aller
Realitäten ein solches Einzelwesen ausmacht, welches schlechthin einzig
in seiner Art ist und seines Gleichen nicht hat, so ist die Gottesidee
„das Ideal der reinen Vernunft und zwar deren einziges Ideal." *)

II. Die Beweise vom Dasein Gottes.

1. Transscendentale und empirische Beweisart.

So lange nun dieses Ideal nichts anderes als eine Idee oder ein
reiner Vernunftbegriff sein will, ruht es auf gutem Grunde; sobald es
aber den Schein annimmt, ein reales Object zu sein, wird es zum
Gegenstande einer Wissenschaft: nämlich der rationalen Theologie, die
das Dasein Gottes zu beweisen unternimmt. Es ist die Aufgabe der
Vernunftkritik, diese Beweise zu untersuchen. Wenn sie zeigen kann, daß
sie falsch sind, so hat sie die rationale Theologie widerlegt oder deren
Unmöglichkeit bewiesen.

Gott muß gedacht werden als das allerrealste Wesen, welches noth=
wendig existirt. In der Verbindung dieser beiden Begriffe, des aller=
realsten Wesens und der nothwendigen Existenz liegt der Zielpunkt aller
Beweisführung in Absicht auf das Dasein Gottes. Diese Verbindung
darzuthun, steht ein doppelter Weg offen: entweder man beweist von
dem allerrealsten Wesen, daß es nothwendig existirt, oder von der noth=
wendigen Existenz, daß sie das allerrealste Wesen ausmacht. Freilich
muß man im letzteren Falle zuvor bewiesen haben, daß überhaupt ein
nothwendiges Wesen existirt, und da uns immer nur bedingtes Dasein
gegeben ist, so wird man zuvor von dem Bedingten und Zufälligen auf
das nothwendige Wesen schließen müssen, vorausgesetzt, daß ein solcher
Schluß die Probe besteht. Die Beweisführung nimmt demnach ihren

---

*) Kr. d. r. V. Tr. Dialektik. Buch II. Hptst. III. Abschn. I.: „Von dem
Ideal überhaupt." Abschn. II: „Von dem transscendentalen Ideal."

Ausgangspunkt entweder in dem Vernunftbegriffe des allerrealsten Wesens
oder in dem Erfahrungsbegriffe des bedingten Daseins: im ersten Falle ist
sie a priori oder transscendental, im zweiten a posteriori oder em=
pirisch; beide Beweisführungen zielen auf denselben Punkt und wollen
in der bewiesenen Existenz des allerrealsten Wesens zusammentreffen.
Die empirische Beweisführung selbst kann wieder einen doppelten Aus=
gangspunkt haben: entweder das erfahrungsmäßige Dasein der Welt
überhaupt oder den planmäßigen Charakter desselben: den ersten Aus=
gangspunkt bildet die Weltexistenz, den zweiten die Weltordnung; in
jenem Falle ist die Beweisführung kosmologisch, in diesem physikotheo=
logisch. Es giebt demnach in der rationalen Theologie drei Beweisarten
vom Dasein Gottes: die transscendentale (ontologische), kosmologische
und physikotheologische.

Man sieht leicht, daß die empirischen Beweise in einer Täuschung
befangen sind. Im Wege der Erfahrung treffen wir immer nur be=
dingtes Dasein, können also aus empirischen Gründen' auch nur auf
bedingtes Dasein schließen, das als solches nie schlechthin nothwendig
existirt. Wenn wir auf ein schlechthin nothwendiges Dasein schließen,
so haben wir den Weg der Erfahrung verlassen und einen reinen Ver=
nunftschluß gemacht, der nun suchen muß, wie er von dem bloßen
Begriff des nothwendigen Wesens zur Existenz desselben gelangt. Ent=
weder gehört dieses nothwendige Wesen zur Kette der Erscheinungen,
dann ist es ein Glied der Kette und bedingt, wie jedes andere Glied,
also nicht absolut nothwendig, oder es ist schlechthin unbedingt, dann
gehört es nicht zur Kette der Erscheinungen und ist kein empirischer
Begriff, sondern eine Idee, deren Existenz nur ontologisch bewiesen
werden kann. Aus dieser Betrachtung folgt, daß alle Demonstration der
Existenz Gottes in ihrem Grunde ontologisch ist, daß es überhaupt
keine andere Beweisart giebt, und daß die empirischen nicht blos im
Endziele, sondern auch in ihrem Wege mit der ontologischen zusammen=
treffen. Darum liegt hier die Entscheidung in dem Zusammenstoße der
Kritik mit der rationalen Theologie: die Kritik hat ihre Sache ge=
wonnen, wenn sie den ontologischen Beweis widerlegt hat.*)

In einer wichtigen Schrift seiner vorkritischen Periode hatte Kant
diese Schlachtordnung gegen die rationale Theologie schon aufgestellt
und vorbereitet; er hatte damals gezeigt, daß die ontologische Beweisart

---

*) Kr. d. r. V. Tr. Dial. Buch II. Hptst. III. Abschn. III. (Bd. II. S. 431—506.)

vom Dasein Gottes die einzig mögliche sei, und versucht, den Beweisgrund zu liefern. Was er als solchen aufgeführt hatte, war der Schluß
von dem nothwendig existirenden Wesen auf das allerrealste gewesen:
dieselbe Beweisform, die er jetzt in den empirischen Beweisen widerlegt. Nur darin hatte sich Kant getäuscht, daß er damals noch den
Schluß von einem empirischen Dasein auf ein schlechthin nothwendiges
für wohlbegründet gehalten hatte.*)

2. Der ontologische Beweis.

Die Widerlegung des ontologischen Beweises ist in der Kritik ganz
dieselbe als in jener noch vorkritischen Schrift. Der Beweis selbst, den
Kant den cartesianischen zu nennen liebt, der richtiger der scholastische
oder anselmische heißen sollte, schließt aus dem Begriff Gottes ohne
weiteres auf dessen reale Existenz. Im Begriff des allerrealsten oder
allervollkommensten Wesens müsse unter anderen Eigenschaften die
Existenz enthalten sein. Denn gesetzt, diese Eigenschaft sei in jenem
Begriffe nicht enthalten, so wäre in eben diesem Punkte der Begriff
selbst mangelhaft, also nicht der des vollkommensten Wesens: entweder
also existirt dieses Wesen, oder es giebt von ihm auch nicht einmal
einen Begriff. Wenn die Existenz zu den Merkmalen eines Begriffs
gehört, so ist der Beweis vollkommen richtig. Der Nerv des Beweises
liegt darin, ob die Existenz ein logisches Merkmal bildet oder nicht.
Ist sie ein solches, so folgt sie unmittelbar aus dem Begriff durch
dessen bloße Zergliederung, so ist der ontologische Beweis nichts anderes
als ein analytisches Urtheil oder ein unmittelbarer Verstandesschluß.
Die Frage ist leicht zu entscheiden. Sie ist in dieser Fassung von Kant
schon zweimal entschieden worden, in jener früheren Schrift und in
den „Postulaten des empirischen Denkens".**) Wäre die Existenz ein
logisches Merkmal, so müßte sie sich zu dem Begriff wie jedes andere
seiner Merkmale verhalten, der Inhalt des Begriffs müßte ärmer
werden, wenn wir die Existenz davon abziehen, reicher, wenn wir sie
hinzufügen. Nun aber verändert sich z. B. der Begriff eines Dreiecks
gar nicht, ob ich dasselbe blos vorstelle, oder ob es außer mir existirt:
die Merkmale, die das Dreieck zum Dreieck machen, sind in beiden
Fällen vollkommen dieselben. So verhält es sich mit jedem Begriffe,

---

*) Der einzig mögliche Beweisgrund zu einer Demonstration des Daseins
Gottes (1763). Vgl. ob. Buch I. Cap. XIII. S. 197—212. — **) S. oben Buch II.
Cap. VII. S. 401—404.

mit dem Begriffe Gottes ebenso wie mit dem eines Dreieck's. Daraus erhellt, daß die Existenz nicht zum Inhalte des Begriffs gehört, daß sie kein logisches Merkmal bildet, daß Existenzialsätze niemals analytische Urtheile sind, also in keinem Falle, auch nicht in dem der rationa= len Theologie, ein ontologischer Schluß wissenschaftlichen Grund hat. Existenzialsätze sind allemal synthetisch. Der Begriff bleibt seinem In= halte nach genau derselbe, ob er existirt oder nicht. Seine Existenz oder Nichtexistenz ändert nur sein Verhältniß zu unserer Erkenntniß. In dem einen Fall ist er ein Gegenstand nur unseres Denkens, in dem anderen ein Gegenstand unserer Erfahrung. So bleibt der Begriff von hundert Thalern in allen seinen Merkmalen derselbe, ob ich die hundert Thaler besitze oder nicht, ob sie in meinem Vermögen vorhanden oder nicht vorhanden sind; das Moment der Existenz verändert hier nicht den Begriff der Sache, sondern nur den Stand meines Vermögens. Aus dem bloßen Begriff eines Dinges folgt die Existenz desselben so wenig, als aus einer gedachten Summe ein reales Vermögen. „Es ist", so schließt Kant seine Kritik, „an dem so berühmten ontologischen (car= tesianischen) Beweise vom Dasein eines höchsten Wesens aus Begriffen alle Mühe und Arbeit verloren, und ein Mensch möchte wohl eben so wenig aus bloßen Ideen an Einsichten reicher werden, als ein Kauf= mann an Vermögen, wenn er, um seinen Zustand zu verbessern, seinem Cassenbestande einige Nullen anhängen wollte."*)

3. Der kosmologische Beweis.

Der kosmologische Beweis stützt sich auf den erfahrungsmäßigen Begriff des bedingten oder zufälligen Daseins. Es existirt etwas, das durch anderes bedingt ist, also muß zuletzt ein Wesen da sein, das nicht mehr von anderen abhängig, sondern schlechthin unabhängig oder noth= wendig existirt, und dieses nothwendige Dasein kann nur als das aller= realste (höchste) Wesen oder Gott begriffen werden: dies ist, kurz gefaßt, der Gang des kosmologischen Beweises, den Leibniz den Beweis „a contingentia mundi" genannt hat. Die Beweisführung hat gleichsam zwei Stationen oder Haltepunkte: zuerst wird von dem zufälligen Dasein auf das schlechthin nothwendige, dann von diesem auf das allerrealste oder höchste Wesen geschlossen.

---

*) Kr. d. r. V. Tr. Dialektik. Buch II. Hauptst. III. Abschn. IV. (Bd. II. S. 456—64.)

Untersuchen wir den Weg der Schlußfolgerungen im Einzelnen. Jeder Schritt, den der kosmologische Beweis macht, ist eine dialektische Anmaßung, auf jedem versinkt er ins Bodenlose. Er schließt zuerst von dem zufälligen Dasein auf ein schlechthin nothwendiges, von dem beding=ten auf ein unbedingtes; in der Erfahrung ist nur bedingtes Dasein gegeben; also schließt er von einem gegebenen Dasein auf ein nicht gegebenes, auf ein solches, das nie gegeben sein kann. Dieser Schluß ist unmöglich: das Dasein, worauf er zielt, ist kein erreichbares Object, sondern eine Idee; dieses Dasein ist nie durch Erfahrung, sondern allein durch bloße Vernunft gegeben. So ist der kosmologische Beweis auf seinem ersten Schritte durch den Schein beirrt, der ihm als ein objec=tives Dasein vorspiegelt, was nur Idee oder Vernunftbegriff sein kann. Dies ist seine erste dialektische Anmaßung. Er behauptet die Existenz eines nothwendigen Wesens, weil sonst eine unendliche Reihe von Be=dingungen gegeben wäre, und eine solche unendliche Reihe unmöglich ist. Wer sagt ihm, daß sie unmöglich sei? Womit will man diese Un=möglichkeit beweisen? Widerspricht etwa der unendlichen Reihe der Be=dingungen die Erfahrung? Im Gegentheil, sie entspricht dieser Vor=stellung; wenigstens ist unter dem empirischen Gesichtspunkte die Reihe der natürlichen Bedingungen niemals vollendet. Freilich ist damit der dogmatische Ausspruch nicht gerechtfertigt, daß die Reihe an sich unend=lich sei. Es ist unmöglich, die Unendlichkeit jener Reihe dogmatisch zu behaupten; es ist eben so unmöglich, dieselbe zu verneinen. Wenn man die Unendlichkeit der Reihe zuerst dogmatisch annimmt, um sie dann dogmatisch zu verneinen, so hat man zwei Irrthümer in einem Zuge begangen: jene Behauptung war der Irrthum in den Antithesen unserer Antinomien, diese Verneinung der Irrthum in den Thesen. Dies ist in der kosmologischen Beweisführung die zweite dialektische Anmaßung. Und gesetzt, die Reihe der Bedingungen könnte vollendet werden, so dürfte diese Vollendung doch niemals durch ein Wesen geschehen, das ganz außerhalb der Reihe selbst liegt. Der kosmologische Beweis hat kein Recht, die Reihe der natürlichen Bedingungen willkürlich zu voll=enden; die Vollendung, die er macht, ist unter allen Umständen unmög=lich; die Art, wie er sie macht, ist außerdem falsch, denn die Reihe selbst wird keineswegs durch den Begriff eines nothwendigen Wesens vollendet, welches durch eine unübersteigliche Kluft davon getrennt ist. Dies ist die dritte dialektische Anmaßung. Endlich, wenn wir den kos=mologischen Beweis auch bis zu seiner ersten Station gelangen lassen,

wie macht er den Weg zur zweiten? Wie schließt er von dem noth=
wendigen Wesen auf das allerrealste? Da das nothwendige Wesen doch
in der Erfahrung nie existirt, wie beweist er seine Existenz? Er beweist,
daß jenes nothwendige Wesen, von dem alle übrigen abhängen, alle
Bedingungen des Daseins, d. h. alle Realitäten, in sich begreifen müsse,
also auch die Existenz; also erschließt er die Existenz aus dem Begriffe
des allerrealsten Wesens, d. h. er beweist sie ontologisch; er macht
diesen falschen Schluß, ohne es zu wissen; er mündet in den ontologi=
schen Beweis, während er glaubt, noch mit dem kosmologischen Strome
zu segeln. Diese „ignoratio elenchi" ist seine vierte dialektische An=
maßung. Er verspricht einen neuen Fußsteig und führt zurück in den
alten Irrweg. Und so erscheint die kosmologische Beweisführung, nach=
dem wir sie zergliedert und mit dem Mikroskope der Kritik untersucht
haben, als „ein ganzes Nest von dialektischen Anmaßungen".*)

4. Der physikotheologische Beweis.

Es ist bereits einleuchtend, daß es von dem Dasein Gottes keine
empirische Beweisführung giebt. Der physikotheologische Beweis schließt
von der Ordnung und zweckmäßigen Einrichtung der natürlichen Dinge
auf das Dasein Gottes. Er geht von einer bestimmten Erfahrung aus
und ist in dieser Rücksicht seinem Principe nach empirisch; er schließt
von der Welt auf Gott und ist in dieser Rücksicht seinem Gange nach
kosmologisch. Was überhaupt die empirischen Beweise nicht vermögen,
wird auch dieser nicht können. Was dem kosmologischen Beweise fehl=
schlug, wird ebendeshalb auch dem physikotheologischen nicht gelingen.
Indessen hat dieser Beweis vor dem kosmologischen den Vorzug, daß
er eine erhebende Naturbetrachtung zum Ausgangspunkte nimmt. Die
Schönheit, Harmonie und Ordnung der Natur ist eine Erfahrung, die
dem menschlichen Herzen wohlthut, in der wir mit gehobener Stimmung
gern verweilen. Diese Erfahrung ist freilich mehr ästhetischer und reli=
giöser als wissenschaftlicher Art. Der physikotheologische Beweis hat vor
allen übrigen Beweisarten diese ästhetische und religiöse Betrachtungsart
voraus, die ihm von jeher die Herzen gewonnen hat und für immer
die Achtung der Welt sichert. Aber die Erhebung des Gemüthes ist noch
nicht die Ueberzeugung des Verstandes. Wir reden jetzt nicht von seiner

---

*) Ebendaselbst. Transsc. Dialektik. Buch II. Hptst. III. Abschn. V. (Bd. II.
S. 464—75.)

erhebenden, sondern von seiner überzeugenden Kraft, die mit dem Maße einer nüchternen Kritik geschätzt sein will. Verfolgen wir also den Gang des Beweises in seinen einzelnen Stadien. Er beginnt mit der Erfahrungsthatsache einer zweckmäßigen Ordnung, in welcher die natürlichen Dinge mit einander übereinstimmen und planmäßig verknüpft sind. Diese Ordnungen sind nicht aus den mechanischen Ursachen der Natur, also nicht aus den Dingen selbst zu erklären; sie sind den letzteren zufällig und setzen ein von der Welt verschiedenes, ordnendes Wesen voraus, das sie hervorbringt. Dieses ordnende Wesen kann keine blinde Macht, sondern muß Intelligenz, Verstand und Wille, mit einem Worte Geist sein; und da die Ord= nungen der Natur einmüthig sind, so kann jener weltordnende Geist auch nur als einer gedacht werden, d. h. als die höchste Welturfache oder als Gott.

Räumen wir zunächst ein, der so geführte Beweis sei unwider= sprechlich, so hat er in diesem günstigsten Falle nichts weiter dargethan als das Dasein eines weltordnenden Geistes; er hat das Dasein eines Weltbildners oder Weltbaumeisters, nicht das eines Weltschöpfers be= wiesen, also weniger, als er beweisen sollte. Er hat im günstigsten Falle seine Aufgabe nicht gelöst. Die Richtigkeit eingeräumt, so ist der physikotheologische Beweis zu eng. Sein Gott ist nur ein formgebendes, kein schaffendes Princip. Aber der Beweis selbst ist in keinem Punkte stichhaltig. Gesetzt, ein solches formgebendes Princip sei zur Erklärung der Dinge nothwendig, warum muß dieses Princip eines, warum ein intelligentes sein? Warum kann die Natur nicht selbst mit blind= wirkenden Kräften diese Ordnungen hervorbringen? Sie kann es so wenig, sagt der physikotheologische Beweis, als unsere Häuser, Schiffe, Uhren u. s. f. sich selbst gemacht haben. Diese Werke beweisen deutlich die bildende Hand des Künstlers, der sie zusammengefügt. Die Natur ist ein Kunstwerk, das auf einen Künstler außer sich hinweist, wie die menschlichen Kunstwerke. Es ist also die Aehnlichkeit oder Analogie der technischen und der natürlichen Werke, auf die sich jener Schluß gründet, der aus den Ordnungen der Natur die Einheit und Intelligenz ihres Urhebers beweisen möchte. Ein Analogieschluß aber kann selbst im günstigen Falle die Sache nur wahrscheinlich machen, aber nicht gewiß. Man darf von der Wirkung auf die Ursache schließen, und zwar auf eine der Wirkung proportionale Ursache. Der physikotheologische Be= weis behauptet, daß zu den absichtsvollen Wirkungen in der Natur

Gott allein die proportionale Ursache sein könne. Wer will aber in diesem Fall die Proportion zwischen Ursache und Wirkung messen? Wer will bestimmen, wie groß die Macht und Weisheit jener weltordnenden Ursache sein müsse, damit sie den vorhandenen Wirkungen entspreche? Denn zu sagen, daß sie sehr groß und über alles menschliche Vermögen erhaben sein müsse, wäre ein ganz unbestimmter und nichtssagender Ausdruck. Will man aber jene Ursache vollkommen und genau bestimmen als den Inbegriff aller Realitäten, als die absolute Allmacht und Weisheit, so ist diese so bestimmte Ursache dem natürlichen Schauplatze ihrer Wirkungen dergestalt entrückt, daß von einer Proportion zwischen beiden, von einer Einsicht in diese Proportion nicht mehr die Rede sein kann. Um also das Dasein eines Weltschöpfers zu beweisen, reicht der physikotheologische Beweis in keinem Falle aus. Er könnte, wenn alles gut ginge, höchstens das Dasein eines Weltbildners beweisen. Dieses Dasein zu beweisen, schließt er nach Analogie, also nach einem Beweisgrunde, dessen Tragweite unter allen Umständen nur bis zur Wahrscheinlichkeit, aber in dem gegebenen Falle nicht einmal so weit reicht, weil hier eine Ursache ohne alles Verhältniß zur Wirkung, ohne jede mögliche Einsicht in dieses Verhältniß gelten soll. Es bleibt daher dem physikotheologischen Beweise nichts übrig, als von der zufälligen Thatsache der natürlichen Ordnung in den Dingen auf eine letzte nothwendige Ursache zu schließen. Daß in der That eine solche Ordnung existirt, ist keineswegs bewiesen, sondern nur angenommen; es ist keine wissenschaftliche, sondern eine ästhetische Erfahrung, die keine logische Beweiskraft hat. Zugegeben, jene Ordnung existire, die Dinge in der Natur seien überall in zweckmäßiger Uebereinstimmung mit einander verknüpft: so könnte diese Harmonie recht wohl aus der natürlichen Anlage der Dinge selbst hervorgegangen, also in der Natur selbst begründet sein. Daher ist weder die Thatsache einer zweckmäßigen Naturordnung, noch auch die Zufälligkeit derselben bewiesen. Diese beiden ersten Ausgangspunkte des physikotheologischen Beweises sind unbewiesene und unbeweisbare Annahmen. Lassen wir sie gelten, so ist von hier an unser Argument nichts anderes als ein Schluß vom zufälligen Dasein auf ein schlechthin nothwendiges, d. h. der kosmologische Beweis, der aus dem ontologischen hervorging. In Absicht auf das menschliche Gemüth ist der physikotheologische Beweis von allen der einflußreichste und stärkste; in wissenschaftlicher Rücksicht ist er von allen der schwächste und mangelhafteste, denn er theilt alle Gebrechen der kosmologischen

und ontologischen Beweisführung und hat außerdem noch seine eigen=
thümlichen Fehler. Nachdem Kant den ontologischen Beweis widerlegt
hat, führt er auf ihn den kosmologischen zurück und auf beide den
physikotheologischen. So sind alle möglichen Beweise vom Dasein Gottes
widerlegt und der Beweis geführt, daß es keine rationale Theologie
giebt. Die letzte Aufgabe der transscendentalen Dialektik ist damit ge=
löst und die Untersuchung der Vernunftkritik in ihrem ganzen Umfange
vollendet.*)

III. Kritik der gesammten Theologie.

1. Deismus und Theismus.

Doch sieht der rationalen Theologie noch ein Ausweg offen, den
die Kritik an dieser Stelle zwar nicht näher verfolgt, wohl aber be=
merkt und bezeichnet. Sie hat bewiesen, daß es keine rationale Theo=
logie aus theoretischen Gründen giebt; es könnte sein, daß sie aus
praktischen Gründen möglich wäre. Wenn die Theologie überhaupt
die Erkenntniß Gottes zum Ziele hat, so sind dazu zwei Wege denkbar:
der eine durch übernatürliche Offenbarung, der andere durch die mensch=
liche Vernunft; den ersten Weg nimmt die geoffenbarte Theologie, den
zweiten die rationale. Wir reden hier nur von der zweiten. Die mensch=
liche Vernunft selbst kann die Erkenntniß Gottes auf doppelte Weise
versuchen: entweder schöpft sie dieselbe aus bloßen Begriffen oder aus
der Betrachtung der Natur= und Menschenwelt: im ersten Falle ist die
rationale Theologie transscendental, im zweiten natürlich. Die reinen
Begriffe, aus denen die Erkenntniß Gottes geschöpft wird, sind entweder
der Begriff des allerrealsten Wesens oder der Begriff der Welt als
eines zufälligen Daseins, dessen Ursache ein schlechthin nothwendiges
Wesen sein muß: im ersten Falle nennt Kant die transscendentale Theo=
logie „Ontotheologie", im zweiten „Kosmotheologie". Denn auch der
Begriff der Welt im Ganzen, als eines zufälligen Daseins, ist nicht
aus der Naturbetrachtung geschöpft, sondern ein bloßer Vernunftbegriff.
Welchen von beiden Begriffen man der Erkenntniß Gottes zu Grunde
lege, so wird in beiden Fällen Gott nur erkannt als die oberste Welt=
ursache, als das höchste Wesen: diesen Gottesbegriff nennt Kant „Deis=
mus". Dagegen schöpft die natürliche Theologie ihre Gotteserkenntniß

---

*) Ebendaselbst. Transsc. Dialektik. Buch II. Hptst. III. Abschn. VI. (Bd. II.
S. 475—82.)

nicht aus dem bloßen Weltbegriff, sondern aus der Betrachtung der Natur= und Weltordnung, die keineswegs ein bloßer Begriff ist. Die Ordnungen der Welt weisen auf einen Geist als ihren letzten Grund hin: auf Gott, nicht blos als Welturſache, ſondern als Welturheber, auf einen lebendigen, perſönlichen Gott. Dieſer Theismus, wie Kant den Begriff des perſönlichen Welturhebers nennt, gründet ſich auf die natür= lichen oder auf die ſittlichen Ordnungen der Welt: im erſten Falle iſt er die Grundlage der „Phyſikotheologie", im zweiten die der „Moral= theologie".*)

2. Theoretiſche und praktiſche Theologie.

Alle rationale Theologie iſt entweder deiſtiſch oder theiſtiſch; die deiſtiſche iſt in allen ihren Beweisgründen, die theiſtiſche in ihren phyſiko= theologiſchen von der Kritik widerlegt worden: es bleibt daher als der letzte noch mögliche Ausweg einer rationalen Gotteserkenntniß nur die Moraltheologie übrig. Die ſittlichen Ordnungen ſind nicht durch die Natur geſetzt, ſondern durch den Willen, ſie ſind Vernunftzwecke, die ausgeführt werden ſollen. Was geſchehen ſoll, iſt nicht aus theoretiſchen, ſondern aus praktiſchen Gründen nothwendig: der Ausdruck dieſer Nothwendigkeit iſt eine Forderung, kein theoretiſcher Satz, ſondern ein praktiſcher. Die theoretiſche Theologie gründet ſich auf Theoreme, die praktiſche auf Po= ſtulate. Nachdem der Grund der theoretiſchen Theologie widerlegt wor= den iſt, bleibt noch übrig, den Grund der praktiſchen zu prüfen.**)

3. Die theoretiſche Theologie als Kritik der dogmatiſchen.

Die Vernunftkritik iſt demnach weit entfernt, das Daſein Gottes zu verneinen: ſie verneint nur unſere Erkenntniß desſelben, und zwar nur die theoretiſche; es giebt keine rationale Theologie als Wiſſen= ſchaft, ſondern nur als Kritik. Sie darf in Rückſicht auf das Daſein und Weſen Gottes nichts bejahen oder verneinen, ſondern ſoll nur die dogmatiſchen Behauptungen einer verblendeten Metaphyſik unterſuchen, beurtheilen, widerlegen; ſie iſt durchaus nicht poſitiv, ſondern nur kritiſch. Wenn es daher eine poſitive Theologie giebt, ſo kann dieſe einzig und allein die praktiſche ſein; wenn das Weſen Gottes auf irgend eine bejahende Weiſe ausgedrückt werden kann, ſo läßt es ſich nur als Grund der moraliſchen Weltordnung, als moraliſcher Welturheber, als ſittlicher

---

*) Ebendaſelbſt. Tr. Dialektik. Buch II. Hauptſt. III. Abſchn. VII. (Bd. II. S. 483—84.) — **) Ebendaſelbſt. Tr. Dialektik. Buch II. Hptſt. III. Abſchn. VII. (Bd. II. S. 484—85.)

Weltzweck auffassen: dieser Begriff, der höchste, den es überhaupt giebt, ist das eigentliche Ziel, auf welches die theologischen Ideen hindeuten. Die Kritik hat alles gethan, um der rationalen Theologie eine solche Richtung zu geben, wenigstens hat sie ihr alle Wege genommen, die den Gottesbegriff unter anderen als moralischen Gesichtspunkten suchen; sie hat jede unächte Erkenntniß Gottes von Grund aus widerlegt und gezeigt, wie Gott nicht vorgestellt werden darf. Dieses Ergebniß ist freilich zunächst nur negativ, aber weil es alle unächten Vorstellungs= weisen erkennbar macht, so hat es die große Bedeutung, die einzig mögliche Gottesidee positiver Art vorzubereiten und (negativ) zu be= gründen. Aus theoretischen Beweisgründen darf das Dasein Gottes weder bejaht noch verneint werden: die dogmatische Verneinung ist athei= stisch, die dogmatische Bejahung entweder deistisch oder theistisch nach menschlicher Analogie, d. h. anthropomorphistisch. Darin also besteht die negative Summe der Kritik, daß in theologischer Rücksicht die atheisti= schen, deistischen und anthropomorphistischen Vorstellungsweisen in gleicher Weise als falsch und ungültig erkannt sind. Was den Anthropomor= phismus betrifft, so unterscheidet Kant den „dogmatischen" vom „sym= bolischen": jener überträgt menschliche Eigenschaften auf Gott, dieser braucht menschliche Verhältnisse moralischer Art, wie z. B. das eines Vaters zu seinen Kindern, um unter diesem Bilde das Verhältniß Gottes zur Menschheit anschaulich zu machen. Diese Vorstellung ist mit Be= wußtsein symbolisch und gilt nicht von dem Wesen Gottes an sich, son= dern blos von seinem Verhältniß zur Welt.*) Ueberall, wo die Kritik negativ verfährt, ist sie ein zweischneidiges Schwert, das die dogmati= schen Lehrbegriffe, ob sie ihren Gegenstand bejahen oder verneinen, trifft und nach beiden Seiten vernichtet. In der Seelenlehre wurde der Ma= terialismus, in der Kosmologie der Naturalismus, in der Theologie der Atheismus und mit ihm der Fatalismus eben so entschieden wider= legt und als ungültig nachgewiesen, wie die gegentheiligen Systeme.

IV. Die kritische Bedeutung der Ideenlehre.

1. Die Ideen als Maximen der Erkenntniß.

Es ist hier der Ort, um die gesammte Ideenlehre, wie sie jetzt beschlossen vorliegt, unter einem gemeinschaftlichen und endgültigen Ge=

---

*) Ebendaselbst. (Bd. II. S. 485—90.) Vergl. Proleg. Th. III. § 56—58.

sichtspunkte zusammenzufassen. Alle diese Ideen der Seele, der Welt, Gottes haben denselben Ursprung, dasselbe Schicksal, dieselbe Bestimmung. Ihr Ursprung war die Vernunft als das Vermögen der Principien, ihr Schicksal jener falsche Gebrauch, den die von einem natürlichen Scheine irre geleitete Vernunft von ihren Ideen macht, indem sie dieselben als Objecte möglicher Erkenntniß ansieht. Welches ist ihre wahre, gemeinschaftliche Bestimmung? Was gelten sie eigentlich für die menschliche Erkenntniß, da sie deren Gegenstände niemals sein können? Welcher richtige oder „immanente Gebrauch" darf in dieser Absicht von den Ideen gemacht werden?

Als Objecte angesehen, erscheinen sie als die Principien der Dinge, als deren absolute Einheit und System: die psychologische als das eine den inneren Erscheinungen zu Grunde liegende Subject, die kosmologische als das Weltganze, die theologische als der unbedingte Grund aller Dinge oder als das höchste Wesen; sie erscheinen in allen diesen Fällen als objective Einheit, zufolge jenes unvermeidlichen Scheines, der die menschliche Vernunft zu dem Unternehmen einer Metaphysik des Uebersinnlichen verleitet. Dagegen richtig angesehen, als bloße Ideen, die nicht Objecte sind und nur in unserer Vernunft existiren, verlieren sie den Schein der Objectivität, ohne deshalb gehalt- und bedeutungslose Hirngespinnste zu werden; sie hören nicht auf, Principien zu sein, welche den Begriff der Einheit ausdrücken und fordern: nur sind ihre Objecte nicht die Dinge, sondern unsere Erkenntniß der Dinge; nur bezieht sich die Einheit, die sie fordern, nicht auf das objective Dasein, sondern auf unsere Erfahrung; sie fordern die Einheit nicht der Dinge, sondern der Erkenntniß, also eine subjective Einheit, die darum nicht weniger nothwendige Geltung in Anspruch nimmt. Principien, deren Geltung lediglich subjectiv ist, nennt Kant „Maximen". Als solche gelten die Ideen, nachdem sie den falschen Schein eines objectiven Daseins abgelegt haben: als Maximen, die sich zunächst auf unser Wissen oder auf unsere Verstandeserkenntnisse beziehen. Empirisch, wie diese Erkenntnisse sind, entbehren sie der systematischen Vollendung, es ist nicht möglich, daß sich die Erfahrung jemals in einer vollkommenen wissenschaftlichen Einheit abschließt; aber das hindert nicht, daß sie unausgesetzt nach einem solchen Ziele strebt. Diese Vollendung ist ihre nothwendige Aufgabe. Setzen wir, daß die Erkenntniß ihr Ziel erreicht hätte, so wäre sie keine Erfahrung; setzen wir, daß die Erfahrung gar nicht nach systematischer Vollendung strebte, so wäre sie keine Erkenntniß. So gewiß es empirische

33*

Erkenntniß giebt, so nothwendig ist mit ihr jenes Ziel verbunden. Die Ideen, als Maximen genommen, bezeichnen dieses Ziel und richten darauf unausgesetzt unsere Erkenntniß; sie geben der letzteren keine Gesetze, wie die reinen Verstandesbegriffe, sondern nur eine Richtschnur, oder wie Kant diesen Unterschied gern ausdrückt: die Ideen sind nicht con= stitutive, sondern regulative Principien. Was sie feststellen, ist kein Gegenstand, sondern nur ein Ziel, eine Aufgabe, die zur Wissenschaft als solcher gehört und ihr beständig vorschwebt. Die letzte Lösung dieser Aufgabe wäre das in allen seinen Theilen vollendete System der mensch= lichen Erkenntniß, die vollständig entwickelte und ausgebaute Welt der Begriffe. Dieses vollendete System könnte nichts anderes sein, als was schon Plato in seiner Ideenwelt, wie in einem logischen Grundrisse, vorgestellt hatte: die Erkenntniß, die von den einzelnen Dingen anhebt und von den untersten Geschlechtern durch Arten und Gattungen empor= steigt bis zu einer obersten Einheit, die gleichsam die Spitze der Be= griffswelt bildet; dieses System, in seiner Vollendung gedacht, wäre die höchste Einheit in der höchsten Mannichfaltigkeit. Die Einheit besteht in der Gattung, die alle Arten und Individuen unter sich befaßt, die Mannichfaltigkeit in den Arten und Unterarten, in dem ganzen Reiche der Besonderheiten, in welche die Gattung zerfällt.

a. Princip der Homogeneität

Um jene Einheit zu erreichen, muß die Wissenschaft ihre Begriffe unausgesetzt vereinigen, das Gleichartige in ihnen suchen und denselben als höhere Gattung überordnen; sie muß nach der höchsten Vereinigung streben, nach einem Begriffe von absolutem Umfang. Dieses Streben ist ein nothwendiges Regulativ der Erkenntniß. Wenn wir es in der Form eines Gesetzes ausdrücken, so ist es das logische Gesetz der Gat= tungen, der Homogeneität, welches verlangt, daß man die Principien nicht unnöthig vermehre: „entia praeter necessitatem non esse multiplicanda".

b. Princip der Specification.

Um die höchste Mannichfaltigkeit zu erreichen, muß die Wissenschaft unausgesetzt ihre Begriffe unterscheiden, die specifischen Differenzen überall aufsuchen, kein Merkmal übersehen, sich ganz in den Inhalt ihrer Begriffe vertiefen und in deren letzte Besonderheiten eingehen. Diese Unterschei= dung der Begriffe giebt den Reichthum der Arten, die sich wieder in Unterarten spalten, deren keine die unterste sein darf. Die fortgesetzte

Vereinigung der Begriffe macht den Umfang und die Einheit, die fort=
gesetzte Unterscheidung und Theilung den reichen und mannichfaltigen
Inhalt des wissenschaftlichen Systems. Dieses zweite Regulativ, in der
Form eines Gesetzes ausgedrückt, ist das logische Princip der Arten,
das Gesetz der Specification, welches verlangt, daß man die Ver=
schiedenheiten in der Natur nicht leichthin übersehe und voreilig ver=
mindere: „entium varietates non temere esse minuendas".

c. Princip der Continuität (Affinität).

Von der höchsten Mannichfaltigkeit zur höchsten Einheit führt der
Weg der systematischen Erkenntniß durch die unteren Geschlechter, Arten
und Gattungen; zwischen beiden liegt das unendliche Reich der mittleren
Artbegriffe. Nach oben steigen wir empor im Wege einer immer zu=
nehmenden Einheit und Gleichartigkeit der Begriffe, nach unten steigen
wir herab im Wege einer immer zunehmenden Verschiedenheit: der Weg
nach oben ist die sich zuspitzende Einheit, der Weg nach unten die sich
ausbreitende Mannichfaltigkeit. Nun ist die Erfahrung, welche diesen
Weg beschreibt, eine in sich zusammenhängende und continuirliche; also
wird auch der Weg selbst continuirlich sein müssen, d. h. es giebt zwi=
schen je zwei Punkten des Weges, zwischen einem höheren und niederen
Artbegriffe keinen Sprung, sondern unendlich viele Mittelglieder, die
allmählich von der niederen zur höheren Stufe und umgekehrt auf= und
abwärts führen. Ohne eine solche Continuität in der Stufenleiter der
Begriffe giebt es keine systematische Ordnung und Einheit unseres Wissens.
Die Idee, welche unserer Erkenntniß die systematische Einheit und Voll=
endung zur Aufgabe macht, muß diesen continuirlichen Stufengang der
Begriffe als das nothwendige Bindeglied der höchsten Einheit und höchsten
Mannichfaltigkeit verlangen: sie muß fordern, daß die höchste Gattung
mit der untersten Art durch die Stufenleiter der Mittelarten zusammen=
hänge, daß mithin alle Begriffe, alle Arten durch dieses lebendige Band
der Gemeinschaft mit einander verknüpft seien, daß die ganze Natur
eine große Familie bilde, in der jedes Glied mit allen übrigen in
näherem oder entfernterem Grade verwandt ist. Wenn wir dieses
Regulativ grundsätzlich ausdrücken, als ob es ein Gesetz der Dinge
selbst wäre, so ist es das Princip der Affinität, das Gesetz des
continuirlichen Zusammenhanges der Naturformen: „lex continui spe-
cierum (lex continui in natura)", „datur continuum formarum".
Denn die Continuität in der Natur, das stufenartige Wachsthum der

Verschiedenheit, ist zugleich die durchgängige Affinität aller Erschei=
nungen.

Wenn diese Weltbetrachtung dogmatisch und das System unserer
Begriffe und Erkenntnisse zugleich das System der Dinge oder die ob=
jective Weltverfassung wäre, so würde die Welt in einem solchen con=
tinuirlichen Stufenreich der Dinge bestehen, welches in Gott als in seiner
höchsten und absoluten Einheit gipfelt: dann wäre jedes Ding ein be=
seeltes Wesen, das Weltall ein Ganzes und Gott dessen oberste und
höchste Ursache; dann wären die psychologische, kosmologische, theologische
Idee objective Realitäten, und das leibnizische System gerechtfertigt.
Indessen ist diese Betrachtungsweise lediglich kritisch: sie ist nicht das
System der Dinge, sondern nur das unserer Erkenntnisse; sie ist durch=
aus subjectiv, aber darum nicht willkürlich, sondern eine nothwendige
Maxime, ein regulatives Princip unseres Wissens, welches letztere immer
empirisch bleibt und darum seiner Idee nie ganz entsprechen, dieselbe
nie vollkommen erreichen kann, aber als (empirische) Erkenntniß dieses
Ziel nothwendig haben muß und sich stets nach demselben richtet. Die
Ideen beziehen sich nicht auf die Dinge, sondern nur auf unseren Ver=
stand und Willen. Jetzt ist die Rede von ihrer Beziehung auf unseren
Verstand. In dieser Rücksicht sind sie das Vorbild der Wissenschaft,
nicht deren Gegenstand, gleichsam der Archetyp nicht der Dinge, son=
dern nur unserer Erkenntniß der Dinge. Dies ist der Unterschied zwi=
schen der platonischen und kantischen Ideenlehre: jene ist dogmatisch,
während diese kritisch ist; dort sind die Ideen die Begriffe und Muster=
bilder der Dinge, hier dagegen die Ziele und Vorbilder unserer Be=
griffe.*)

2. Die theologische Idee als regulatives Princip.

Jetzt leuchtet vollständig ein, welche Bedeutung unter dem kritischen
Gesichtspunkte die theologische Idee für unsere Erkenntniß gewinnt: sie
ist kein Gegenstand unseres Wissens, kein erkennbares Object, wie die
rationale und theoretische Theologie irrthümlich meinte; aber sie be=
zeichnet die höchste Einheit und ist als solche der Leitstern der Wissen=
schaft. Die Wissenschaft darf diesem Leitsterne folgen, ohne darum je=
mals ihre empirische Grenze zu überschreiten; sie würde dieselbe über=

---

*) Vergl. Kr. d. r. V. Tr. Dial. Buch II. Hptst. III. Abschn. VII.: „Anhang
zur transs. Dial. Von dem regulativen Gebrauche der Ideen d. r. Vern." (Bd. II.
S. 490—508.)

schreiten, sobald sie entweder Gott selbst oder aus dem Wesen Gottes die Natur der Dinge erkennen und ableiten wollte. Wenn die mensch= liche Vernunft Gott zu ihrem erkennbaren Object macht, so wird sie dialektisch; wenn sie Gott zum Erklärungsgrunde der Dinge braucht und theologische Gründe vorbringt, wo sie physikalische suchen und an= wenden sollte, so verläßt sie den Faden der Forschung und macht sich die Sache bequem; diese Art der wissenschaftlichen Behandlung ist nicht blos „träg", sondern auch „verkehrt", da hier zum Ausgangspunkte der Erklärung gemacht wird, was in jedem Falle nur deren letzter und äußerster Zielpunkt sein könnte. Theologische Erklärungen in der Wissen= schaft sind allemal das Zeugniß sowohl einer „ratio ignava" als einer „ratio perversa". Wohl aber kann die Wissenschaft die Richtschnur der theologischen Idee mit den Principien der empirischen Erklärung vereinigen, denn es hindert und beeinträchtigt unsere empirische Er= klärung nicht, daß wir die Dinge nur aus natürlichen Gründen her= leiten und zugleich so betrachten, als ob sie von einer göttlichen In= telligenz abstammten; und da das göttliche Wesen als ein zweckthätiges, als der absolute Weltzweck selbst gedacht werden muß, so fällt hier die theologische Betrachtungsweise mit der teleologischen zusammen. Die kri= tische Philosophie wird bestrebt sein, die streng physikalische (mechanische) Erklärung der Dinge mit einer teleologischen Betrachtungsweise zu vereinigen.*)

3. Die Summe der gesammten Vernunftkritik.

Das Geschäft der Kritik ist vollendet und ihre Ergebnisse stellen sich einfach und übersichtlich zusammen. Sie hat das Gebiet der mensch= lichen Vernunft, so weit sich dieselbe erkennend verhält, vollständig durchmessen und deren Vermögen nach ihren ursprünglichen Bedingungen unterschieden. Diese Vermögen bestehen in der Sinnlichkeit, dem Ver= stand und der Vernunft; ihre formgebenden Principien sind die reinen Anschauungen, die reinen Verstandesbegriffe und die Ideen; jedes dieser Principien giebt nach seinem Vermögen Einheit und Verknüpfung. Was die Vernunft durch eines ihrer Grundvermögen geordnet und geformt hat, wird wieder Material und Aufgabe zu einer neuen Verknüpfung: so wird das Product der Anschauung zur Aufgabe für den Verstand, das Product des Verstandes zur Aufgabe für die Vernunft. Die An=

*) Ebendaselbst. „Von der Endabsicht der natürlichen Dialektik der menschl. Vern." (Bd. II. S. 508—32.)

schauung verknüpft die sinnlichen Eindrücke und macht daraus Er=
scheinungen: die Erscheinungen sind das Product unserer Anschauung
und das Object (Problem) des Verstandes. Der Verstand verknüpft
die Erscheinungen und macht daraus Erkenntniß oder Erfahrung: die
Erfahrung ist das Product unseres Verstandes und das Object (Prob=
lem) der Vernunft. Die Vernunft verknüpft die Erfahrungen und sucht
daraus ein Ganzes zu machen, ein wissenschaftliches System, das unauf=
hörlich und stetig fortschreitet, obwohl es sich niemals vollendet. Sinn=
liche Eindrücke können zu Erscheinungen verknüpft werden nur durch
Raum und Zeit: die Urformen unserer Sinnlichkeit. Erscheinungen
können zu Erfahrungen verknüpft werden nur durch die Kategorien:
die Urformen unseres Verstandes. Erfahrungen können zu einem wissen=
schaftlichen System verknüpft werden nur durch die Ideen: die Ur=
formen oder Ziele unserer Vernunft. In der Entwickelung der mensch=
lichen Erkenntniß sind die Eindrücke und deren Verknüpfung das Erste,
die Ausbildung des wissenschaftlichen Systems das Letzte: diesen ganzen
Entwicklungsgang der Erkenntniß zu verfolgen und zu erklären, war die
Aufgabe der Kritik.

Fünfzehntes Capitel.

Die transscendentale Methodenlehre.

Die Grundlage der kritischen Philosophie ist gelegt. Es wurde ge=
fragt, unter welchen Bedingungen synthetische Erkenntniß a priori statt=
finde? Eine solche ist nicht durch Erfahrung, sondern blos durch reine
Vernunft möglich; sie ist im Unterschiede von der analytischen oder
blos logischen Einsicht eine wirkliche oder reale Erkenntniß. Es wurde
also gefragt, ob und unter welchen Bedingungen es reale Erkenntniß
durch reine Vernunft giebt? Nachdem diese Bedingungen dargethan
sind, bleibt der kritischen Philosophie nur noch eine Aufgabe übrig:
das System der reinen Vernunfterkenntnisse darzustellen und auf der
kritisch gesicherten Grundlage ein neues Lehrgebäude zu errichten. Zu
diesem Lehrgebäude sind bis jetzt die Elemente oder Materialien ge=
geben. Bevor man zur Ausführung schreitet, ist der Entwurf oder Plan
festzustellen, gleichsam der Grundriß zu bestimmen, nach dem der Bau
geschehen soll. Vorher handelte es sich um die Bedingungen oder Ele=

mente, jetzt um die Richtschnur oder Methode unserer reinen Vernunft=
erkenntniß: die erste Aufgabe hat die „transscendentale Elementarlehre"
gelöst, die Lösung der zweiten gehört der „transscendentalen Methoden=
lehre". Diese bestimmt nicht den Inhalt der reinen Vernunfterkennt=
nisse, sondern nur deren Form und Zusammenhang; sie bezeichnet den
Weg, den die Vernunft nehmen, die Richtschnur, die sie befolgen muß,
um auf ihrer eigenen Grundlage ein haltbares und gesichertes Lehrge=
bäude zu errichten: sie giebt die leitenden Gesichtspunkte für den Ge=
brauch unserer Erkenntnißvermögen. Da nun eine unbedingte Anwen=
dung der Erkenntnißvermögen auf alle möglichen Objecte nicht frei
steht, so ist die erste Aufgabe der Methodenlehre eine doppelte: sie
wird zuvörderst alle die Gesichtspunkte genau bestimmen, welche den
falschen Vernunftgebrauch hindern und dann die Grundsätze des richtigen
feststellen. In der ersten Rücksicht giebt sie den Inbegriff der negativen
Regeln, die der Vernunft ihre natürlichen Grenzen anweisen, und deren
Nutzen lediglich darin besteht, daß sie den Irrthum verhüten; in der
zweiten giebt sie die positiven Regeln, welche den Charakter reiner
Vernunfterkenntniß bestimmen. Die negativen Regeln zügeln und discip=
liniren die Vernunft in dem Gebrauch ihrer Erkenntnißvermögen, sie
sind gleichsam die Warnungstafeln, welche der Speculation die ver=
botenen Wege bezeichnen und jede mögliche Grenzüberschreitung ver=
hüten; die positiven enthalten die Grundsätze des richtigen und gültigen
Vernunftgebrauchs. Darum nennt Kant die ersten die „Negativlehre oder
Disciplin der reinen Vernunft", die andere deren „Kanon". Wenn die
Methodenlehre diese beiden Punkte vollkommen erklärt und damit so=
wohl im negativen als positiven Verstande die Richtschnur der Ver=
nunfterkenntniß entwickelt hat, so läßt sich jetzt das systematische Lehr=
gebäude in seinem Umfange wie in seinen Theilen, d. h. in seiner
ganzen „Architektonik" bestimmen. Es ruht auf einer völlig neuen
Grundlage und unterscheidet sich darin von allen früheren Systemen
der Philosophie: hieraus erhellt die geschichtliche Stellung der Vernunft=
kritik. Diese vier Punkte machen den Inhalt der Methodenlehre: „die
Disciplin, der Kanon, die Architektonik und die Geschichte der reinen
Vernunft". So steht die Methodenlehre in der Mitte zwischen der Kritik
und dem Systeme der reinen Vernunft; sie enthält das Gesammtresultat
der ersten und die Gesammtübersicht des zweiten, daher sie vieles wieder=
holt, was die Kritik ausgemacht hat, und vieles vorwegnimmt, was
erst das folgende System ausführen und näher begründen soll. Dies

ist für uns ein doppelter Grund, unsere Darstellung dieses zweiten
Haupttheils der Vernunftkritik so kurz als möglich zu fassen.*)

I. Die Disciplin der reinen Vernunft.

1. Die dogmatische Methode.

Eine Erkenntniß der Dinge durch bloße Vernunft nennen wir
dogmatisch; jedes Erkenntnißurtheil, welches die Natur der Dinge betrifft
und sich als Lehrsatz geltend macht, ist ein Dogma. Nun entsteht die
Frage, ob die Vernunft zu einer solchen Erkenntniß befugt ist, oder ob
es einen „dogmatischen Vernunftgebrauch" giebt? Unsere Vernunft ent=
hält zwei Erkenntnißvermögen, die Sinnlichkeit und den Verstand: jene
erkennt durch Anschauung, dieser durch Begriffe; die Erkenntniß durch
Anschauung ist mathematisch, die durch Begriffe philosophisch. Alle reinen
Vernunfturtheile oder apodiktischen Sätze sind daher entweder mathe=
matisch oder philosophisch: sie sind im ersten Falle Mathemata, im
zweiten Dogmata. Daß jene möglich sind, ist klar; die Frage ist, ob
es auch diese sind? Wenn sie es nicht sind, so wird die Methodenlehre
als Disciplin den dogmatischen Vernunftgebrauch untersagen. Könnte
die philosophische Erkenntniß es der mathematischen gleich thun, so würde
es von den Dingen eben so ausgemachte und nothwendige Erkenntniß=
urtheile als von den Größen in Raum und Zeit geben, dann wäre der
dogmatische Vernunftgebrauch gerechtfertigt. In diesem Grundirrthume
hat sich die Philosophie seit Descartes befunden, sie hat sich die Mathe=
matik zum Vorbilde genommen und nach demselben ihre metaphysischen
Lehrgebäude eingerichtet; sie hat „more geometrico" demonstrirt und
sich eingebildet, dadurch der metaphysischen Erkenntniß die höchste Voll=
kommenheit zu geben. Kant hat den Irrthum entdeckt. Schon vor der
Kritik der reinen Vernunft war ihm der wesentliche Unterschied zwischen
der Mathematik und der Philosophie einleuchtend; schon in seiner aka=
demischen Preisschrift hatte er der Metaphysik gezeigt, daß sie unter
ganz anderen Bedingungen stehe als die Mathematik und die letztere
nicht zum Vorbild nehmen dürfe, ohne ihre eigenthümliche Aufgabe von
vornherein zu verfehlen.**) Die Kritik hat diesen Unterschied aus den
Elementen der menschlichen Vernunft selbst nachgewiesen. Sinnlichkeit

---

*) Kr. d. r. V. Tr. Methodenlehre. (Bd. II. S. 533—636.) — **) S. oben
Buch I. Cap. XIII. S. 212—17.

und Verstand sind ihrer Natur nach verschieden, jene ist anschauend, dieser denkend; die Begriffe der Mathematik sind durchaus anschaulich, was die philosophischen gar nicht sind; die Mathematik kann ihre Begriffe construiren, was die Philosophie nicht vermag: diese erkennt durch bloße Begriffe, die Mathematik durch Construction der Begriffe. Weil die letztere ihre Begriffe construirt, d. h. in der Anschauung zusammensetzt und darstellt, darum kann sie dieselben vollkommen definiren und Sätze aufstellen, die unmittelbar gewiß sind, sie vermag ihre Beweise anschaulich und einleuchtend zu machen, sie hat das Vermögen der Axiome und Demonstrationen. Alle diese Befugnisse und Rechte entbehrt die Philosophie bei ihrer von der Mathematik grundverschiedenen Anlage. Sie kann keinen ihrer Begriffe in der Anschauung darstellen oder construiren, ihr fehlt in Ansehung ihrer Gegenstände die Möglichkeit der Definitionen, Axiome und Demonstrationen, d. h. alles, was die mathematische Erkenntniß apodiktisch macht. Die Grundsätze des Verstandes, welche die Kritik entdeckt und durch eine Reihe der schwierigsten Untersuchungen bewiesen hat, sind von der Art der mathematischen Grundsätze verschieden: sie sind nicht, wie diese, unmittelbar gewiß, sie sind keine Axiome, sondern (ausgenommen das Axiom der Anschauung, das die mathematische Naturlehre betrifft) Anticipationen, Analogien, Postulate. Wären sie unmittelbar gewiß, so hätte man nicht nöthig gehabt, sie erst zu beweisen. Aber sie bedurften der Deduction, wie Kant die kritische Beweisführung nannte; es mußte gezeigt werden, daß sie die nothwendigen Bedingungen der Erfahrung ausmachen, daß diese unmöglich sei, sobald man einen jener Grundsätze aufhebe. Ihre Gegenstände sind nicht die Dinge, sondern einzig und allein die Erfahrung; ihre Geltung ist nicht dogmatisch, sondern blos kritisch.*)

2. Die polemische Methode.

Es giebt demnach keinen dogmatischen Vernunftgebrauch, keine Vernunfterkenntniß, die sich unmittelbar auf die Dinge selbst bezieht, keine apodiktischen Sätze über deren Wesen oder über das, was sie an sich sind. Wenn solche Sätze dennoch versucht werden, so wird sich auf der Stelle zeigen, wie unsicher sie sind, denn sie finden niemals die allgemeine und unbedingte Geltung, die wahrhaft nothwendige Sätze, wie die mathematischen, jederzeit haben. Die philosophischen Dogmata

*) Kr. d. r. V. Tr. Methodenlehre. Hptst. I. Abschn. I. (Bd. II. S. 539—56.)

rufen stets ihre Gegensätze hervor; das metaphysische Gebiet, sobald es dogmatisch bebaut wird, erfüllt sich sofort mit lauter Widersprüchen; dem bejahenden Urtheile tritt das verneinende schroff entgegen mit demselben Anspruch auf Gültigkeit, und statt einer ausgemachten und unwidersprechlichen Wissenschaft, wie die Mathematik eine solche ist und sein darf, wird die Metaphysik ein Kampfplatz 'entgegengesetzter Behauptungen und Systeme. Wer in diesem Kampfe für eine der entgegengesetzten Behauptungen Partei ergreift, verhält sich dogmatisch. Wer sich nicht dogmatisch verhalten will, dem bleibt, wie es scheint, nur zweierlei übrig: entweder von beiden Behauptungen eine anzugreifen und zu widerlegen, ohne deshalb die andere zu vertheidigen, oder beide gleichmäßig zu verneinen: im ersten Falle verhalten wir uns polemisch, im zweiten skeptisch.

Da nun ein dogmatischer Vernunftgebrauch nicht erlaubt ist, so ist die Frage, ob der polemische freistehe? Der Streit entgegengesetzter Systeme erscheint in der Metaphysik auf dem Schauplatze der rationalen Psychologie, Kosmologie und Theologie. Zwar in der Kosmologie, wo ein natürlicher Widerstreit der reinen Vernunft mit sich selbst stattfand, sind die Gegensätze aufgelöst und damit der Schein der Antinomien zerstört worden; hier waren die Widersprüche der Art, daß sie entweder gar nicht hervortreten durften oder mit einander versöhnt werden konnten. Es bleiben mithin nur die Gebiete der Psychologie und der Theologie für den Kampf der dogmatischen Systeme übrig. Dogmatisch sind diese beiden Wissenschaften, wenn sie apodiktische Sätze über das Dasein und Wesen der Seele, über das Dasein und Wesen Gottes aussprechen. Aber weil solche Sätze in Betreff solcher Objecte überhaupt nicht möglich sind, darum giebt es hier keine endgültige Behauptung, darum wird jedes bejahende Urtheil sogleich aufgewogen durch seine entgegengesetzte Verneinung. Wenn die Psychologie die Existenz, Unkörperlichkeit und Unsterblichkeit der Seele bewiesen haben will, so wird auf der anderen Seite mit so vielen Gründen das entschiedene Gegentheil davon behauptet. Eben so verhält es sich mit dem Dasein Gottes, das von den Einen aus einer Reihe natürlicher Ursachen bewiesen, von den Anderen aus einer Reihe ebenfalls natürlicher Ursachen verneint wird. So stehen einander in der Psychologie Spiritualismus und Materialismus, in der Theologie Theismus und Atheismus feindselig entgegen. Wenn in diesem Meinungsstreit die Vernunft eine Seite entschieden zu der ihrigen macht, so ist sie dogmatisch;

wenn sie keine Seite vertheidigt, aber eine von beiden angreift, so ist sie polemisch. Nun ist es die Frage, ob die wohl disciplinirte Vernunft in dieser Weise polemisch sein darf? Aus wissenschaftlichen Gründen läßt sich das Dasein der Seele und das Dasein Gottes niemals beweisen, ebenso wenig können aus wissenschaftlichen Gründen beide verneint werden: Bejahung und Verneinung sind hier gleich dogmatisch. Darum fordert die Disciplin der Vernunft, daß sich diese gleich fern von beiden halte. Indessen fällt das moralische von der Wissenschaft ganz unabhängige Interesse für den Spiritualismus und Theismus in die Wagschale. Kann auch die Vernunft weder die Unsterblichkeit der Seele noch das Dasein Gottes beweisen, so ist sie doch unwillkürlich geneigt, beide zu behaupten; wenn sie sich daher polemisch verhält, so wird die Zielscheibe ihrer Angriffe der Materialismus und Atheismus sein. Giebt es wider die letzteren einen richtigen polemischen Vernunftgebrauch? Hier kann die polemische Absicht nur sein, den Gegner zu widerlegen und zu entwaffnen, nicht aber die eigne Sache zu vertheidigen, denn eine solche Vertheidigung wäre dogmatisch; vernünftigerweise dürfen wir die wissenschaftlichen Gründe des Gegners nur wissenschaftlich widerlegen wollen und uns nicht etwa auf unser moralisches Interesse berufen, noch weniger dasselbe wider den Gegner feindselig richten. Moralische Gründe beweisen wissenschaftlich nichts. Die Polemik ist falsch, sobald sie moralisch wird und gegen die wissenschaftlichen Gründe des Gegners moralische aufbietet; sie überschreitet mit der Grenze der Vernunft zugleich jedes Maß eines erlaubten Streites, wenn sie, statt die Gründe des Gegners wissenschaftlich zu widerlegen, die Person desselben moralisch angreift. Diese Gefahr liegt gerade in dem gegebenen Falle sehr nahe. Das moralische Interesse, das unsere Vernunft an der Unsterblichkeit der Seele und dem Dasein Gottes nimmt, hängt mit den Lehren der Religion, diese mit dem öffentlichen Glauben und dadurch mit dem Gemeinwesen so genau zusammen, daß es ein sehr leichtes Spiel ist, den Gegner als unmoralisch, religionsfeindlich, staatsgefährlich darzustellen und ihn zu verderben, statt ihn zu widerlegen. Bei einer solchen Polemik, wenn alles nach Wunsch geht, kann der Gegner sein bürgerliches Wohl verlieren, aber die Vernunft kann nichts dabei gewinnen. Bei dem wissenschaftlichen Streite gewinnt sie wenigstens so viel, daß der Gegner, der für sein Dogma keine moralischen und populären Gründe aufzubieten hat, um so mehr bemüht sein muß, wissenschaftliche Gründe noch unbekannter Art aufzusuchen und, da ihm alles Ansehen der Autorität fehlt, sich mit dem größten Scharfsinne zu waffnen. Man kann vollkommen überzeugt sein, daß es dem Materialisten und Atheisten niemals gelingen wird, seine Sache zu beweisen, und doch sehr begierig sein, die Gründe zu hören, die er vorbringt. Der folgende Ausspruch unseres Philosophen diene zum Denk= mal seiner Forschungslust, wie seiner Freiheits= und Gerechtigkeitsliebe. „Wenn ich höre, daß ein nicht gemeiner Kopf die Freiheit des mensch= lichen Willens, die Hoffnung eines künftigen Lebens und das Dasein Gottes wegdemonstrirt haben solle, so bin ich begierig, das Buch zu lesen, denn ich erwarte von seinem Talent, daß er meine Einsichten weiter bringen werde. Den dogmatischen Vertheidiger der guten Sache gegen diesen Feind würde ich gar nicht lesen, weil ich zum voraus weiß, daß er nur darum die Scheingründe des anderen angreifen werde, um seinen eigenen Eingang zu verschaffen, überdem ein alltäglicher Schein doch nicht so viel Stoff zu neuen Bemerkungen giebt, als ein befremdlicher und sinnreich ausgedachter." Ueber die Gefahren, welche die Lehren der Materialisten und Atheisten mit sich führen sollen, ist Kant wenig besorgt: „Nichts ist natürlicher, nichts billiger, als die Entschließung, die ihr deshalb zu nehmen habt. Laßt diese Leute nur machen; wenn sie Talent, wenn sie tiefe und neue Nachforschung, mit einem Worte, wenn sie nur Vernunft zeigen, so gewinnt jederzeit die Vernunft. Wenn ihr andere Mittel ergreift, als die einer zwangslosen Vernunft, wenn ihr über Hochverrath schreiet, das gemeine Wesen, das sich auf so subtile Bearbeitungen gar nicht versteht, gleichsam als zum Feuerlöschen zusammenruft, so macht ihr euch lächerlich, denn es ist sehr was ungereimtes, von der Vernunft Aufklärung zu erwarten und ihr doch vorher vorzuschreiben, auf welche Seite sie nothwendig aus= fallen müsse. Ueberdem wird die Vernunft schon von selbst durch Ver= nunft so wohl gebändigt und in Schranken gehalten, daß ihr gar nicht nöthig habt, Schaarwachen aufzubieten, um demjenigen Theile, dessen besorgliche Obermacht euch gefährlich scheint, bürgerlichen Widerstand entgegenzusetzen."

Die vernunftgemäße Polemik bewahrt ihre richtigen Grenzen, wenn sie in dem Streite der dogmatischen Ansichten nicht Partei nimmt, sondern sich darauf beschränkt, die wissenschaftlichen Beweisgründe des Gegners wissenschaftlich zu entkräften. Aber ein solches Verhalten können wir kaum mehr Polemik nennen: es ist nicht polemisch, sondern kritisch. Ich soll für keine der entgegengesetzten Ansichten (für kein philosophisches

Dogma) Partei nehmen, alfo ift auch keine von beiden meine Gegen=
partei, daher kann ich auch zu keiner mich im eigentlichen Sinne pole=
mifch verhalten. Polemik ift Krieg. Krieg ift nur möglich zwifchen
feindlichen Parteien, von benen bie eine zuletzt ben Sieg haben will
unb foll. Wenn aber zwei Parteien einanber fo entgegengefetzt finb,
baß ein wirklicher, bauernber Sieg weber auf ber einen noch auf ber
anberen Seite jemals ftattfinben kann, fo ift unter folchen Umftänben
kein entfcheibenber, fonbern nur ein enblofer Krieg, wie im Natur=
zuftanbe, möglich. Unb fo verhält fich bie Sache in ber bogmatifchen
Philofophie. Die entgegengefetzten Syfteme können keines bas anbere
wiberlegen, keines kann über bas anbere ben Sieg bavontragen, wenig=
ftens nicht mit bem Rechte ber Vernunft. Wenn aber ber Kampf ber
Syfteme niemals zum Siege führt, fo bleibt nur ein enblofer Krieg
übrig, jener feinbfelige Naturzuftanb, in bem bas Recht bes Stärkften
gilt, alfo nicht bas Recht bauernb, fonbern bie Fauft zeitweilig bie
Sache entfcheibet. Daher wirb in bem gegebenen Falle ber Sieg auf
ber einen unb bie Nieberlage auf ber anberen Seite allemal burch bas
Anfehen einer äußeren Macht herbeigeführt, bie anbere Gewichte als
Vernunftgründe in bie Wagfchale wirft. Wer eine folche Macht für fich
hat, ift bann ber Stärkfte im Kampf unb behanbelt ben Gegner nach
bem Naturrechte bes Stärkften. Darum giebt es im Grunbe auch keinen
polemifchen Vernunftgebrauch, benn alle Polemik läuft zuletzt wieber
auf Dogmatik hinaus. Vielmehr ift jener Kampf ber Syfteme, richtig
unb unparteiifch angefehen, ein Kampf um Vernunftrechte, alfo ein
Rechtsftreit, ber nur burch eine genaue Unterfuchung unb einen barauf
gegründeten Rechtsfpruch, b. h. richterlich ober kritifch, entfchieben fein
will. Die Streitenben können mit einanber nicht Krieg, fonbern nur
Proceß führen; bie letzte Entfcheibung ift kein Sieg, fonbern eine
Sentenz. Alfo keine Polemik, fonbern Kritik! Unb ba bas kritifche
Verhalten ber Vernunft fchlechterbings nothwenbig ift, müffen auch alle
Bebingungen freiftehen, unter benen allein Kritik geübt werben kann,
b. h. ber ungehinberte Ibeenverkehr in ber öffentlichen Mittheilung ber
Gebanken.*)

3. Die fkeptifche unb kritifche Methobe.

Wenn es nun weber einen bogmatifchen noch polemifchen Vernunft=
gebrauch giebt, fo möchte bas vernunftgemäße Verhalten bei bem Streite

*) Ebenbafelbft. Tr. Methobenl. Hptft. I. Abfchn. II. (Vgl. befonbers Bb. II.
S. 556—68. S. 561, 562 u. 566.)

der dogmatischen Systeme wohl darin bestehen, daß wir weder für noch wider Partei ergreifen, sondern uns gleichmäßig von beiden abwenden und, wie es in der Kriegssprache heißt, den Grundsatz der Neutralität annehmen, d. h. allen dogmatischen Ansichten gegenüber den skeptischen Standpunkt behaupten. Dieser verneint alle Vernunfterkenntniß und setzt an die Stelle der eingebildeten und vermeintlichen Wissenschaften von dem Wesen der Dinge die Ueberzeugung von unserer Unwissenheit. Aber worauf stützt sich diese Ueberzeugung des Skeptikers? Er will dieselbe entweder aus der Erfahrung oder aus der Vernunft begründen: im ersten Fall ruht der Skepticismus auf keinem allgemeinen und noth= wendigen Grunde, auf keinem Princip, sondern ist ein bloßer Erfah= rungssatz, der, unsicher und ungewiß, wie alle empirischen Sätze, selbst wieder dem Zweifel verfällt und sich damit auflöst. Im zweiten Falle folgt die skeptische Ueberzeugung aus der Einsicht in die Natur der menschlichen Vernunft, also aus Principien: dann ist sie eine Wissen= schaft von den Grenzen der menschlichen Vernunft, eine wirk= liche Erkenntniß und als solche nicht skeptisch, sondern kritisch. Entweder also ist der Skepticismus unwissenschaftlich und darum unbegründet, oder wenn er wissenschaftlich ist, so ist er nicht mehr skeptisch, sondern kritisch. Man kann sich diesen Unterschied des skeptischen und kritischen Standpunktes durch folgende Vergleichung augenscheinlich machen. Beide behaupten, daß die menschliche Vernunft begrenzt sei; diese Grenzen begründet der eine durch die Erfahrung, der andere durch die Natur der Vernunft selbst. Auch unser sinnlicher Gesichtskreis ist stets beschränkt, unser jedesmaliger Horizont umfaßt immer nur einen sehr kleinen Theil der Erdoberfläche. Wenn es sich nun darum handelt, die Grenzen des menschlichen Horizontes zu begründen, so sind zwei Erklärungen denk= bar: die eine ist rein empirisch, die andere dagegen geographisch; jene erklärt die Grenzen des Horizontes aus der Erfahrung, die uns täglich überzeugt, daß unsere Gesichtsgrenze nicht auch zugleich die Erdgrenze ist, daß jenseits des äußersten Horizontes sich die Erde weiter ausbreitet, wogegen uns der Geograph die nothwendige Begrenzung unseres Ge= sichtskreises aus der Natur und Kugelgestalt der Erde erklärt, auf deren Oberfläche wir einen Punkt einnehmen. Die empirische Erklärung zeigt uns nur die Grenze unserer jedesmaligen Erdkunde, die geogra= phische dagegen die Grenze der Erde und der Erdbeschreibung überhaupt. Wie sich der Empiriker und der Geograph zu der Erklärung des mensch= lichen Horizontes verhalten, so verhält sich der skeptische und kritische

Philosoph zu der Erklärung der menschlichen Erkenntniß. Der kritische Philosoph ist der Vernunftgeograph, er kennt den Durchmesser der Vernunft, deren Umfang und Grenzen, während der skeptische nur auf ihre äußeren Schranken achtet und von ihrer wahren Verfassung so wenig Einsicht hat, wie jener Empiriker, der die Grenzen des Hori= zontes blos aus der sinnlichen Erfahrung zu erklären weiß, ohne Erkennt= niß der wahren Gestalt der Erde. Daß unser Horizont in allen Fällen begrenzt ist, darin stimmen die empirische Wahrnehmung und die geo= graphische Wissenschaft überein, aber ihre Erklärungsgründe sind ver= schieden. So können auch der skeptische und kritische Philosoph in der gleichen Behauptung zusammentreffen, obwohl sie dieselbe auf verschiedene Art begründen. Man vergleiche Kant mit Hume, den er selbst als den „geistreichsten unter allen Skeptikern" bezeichnet. Bei beiden gilt die Causalität als ein Begriff, der nur empirische, nie metaphysische Gel= tung hat; aber der skeptische Philosoph läßt den Begriff der Causalität durch Erfahrung gemacht werden, der kritische dagegen die Erfahrung durch diesen Begriff. Die skeptische Methode ist der dogmatischen ent= gegengesetzt: in diesem Gegensatze liegt ihre Bedeutung; aber sie ver= neint die dogmatische nur, um die kritische vorzubereiten; sie bildet den Durchgangspunkt von der einen zur anderen. Wenn also die Vernunft sich selbst richtig erkannt hat, so darf sie sich weder dogmatisch noch polemisch noch skeptisch, sondern nur kritisch verhalten.*)

4. Die Hypothesen und Beweise der reinen Vernunft.

Das dogmatische Verfahren ist von der philosophischen Erkenntniß ausgeschlossen: es ist der Vernunft nach dem Maße ihrer Vermögen nicht erlaubt, über die Natur der Dinge Urtheile von unbedingter Geltung zu fällen. Wenn aber die Vernunft aus eigener Machtvoll= kommenheit nicht apodiktisch urtheilen darf, so wird sie vielleicht hypo= thetisch urtheilen dürfen; wenn von ihren Sätzen keiner unbedingt oder unmittelbar gewiß ist, so werden diese Sätze bewiesen sein wollen und beweisbar sein müssen. Welches also sind die vernunftgemäßen Hypo= thesen und Beweise? Oder welcher Art müssen die Hypothesen und die Beweise der reinen Vernunft sein, wenn sie dem kritischen Gesichts= punkte nicht widersprechen sollen? Diese beiden Fragen sind noch übrig, um den wissenschaftlichen Vernunftgebrauch vollkommen zu bestimmen und seine Richtschnur in ihrer ganzen Ausdehnung zu entwickeln.

---

*) Ebendas. Tr. Methodenlehre. Hpst. I. Abschn. II. (Bd. II. S. 568—77.)

Eine wissenschaftliche Hypothese ist eine zur Erklärung einer Thatsache angenommene Ansicht. Als Annahme macht sie Anspruch nur auf vorläufige und bedingte Geltung. Wir verlangen von der Hypothese nicht, daß sie feststehe, sondern nur daß sie möglich und brauchbar sei: diese beiden Merkmale entscheiden über ihre Zulässigkeit. Sie ist möglich, wenn der Gegenstand, den sie setzt oder annimmt, unter die wirklichen Erscheinungen gehört oder gehören kann; jede Hypothese dagegen, die von etwas ausgeht, das selbst niemals Gegenstand der Wissenschaft sein kann (also von einem unmöglichen Gegenstande), ist selbst unmöglich und wissenschaftlich vollkommen werthlos. Sie ist brauchbar, wenn sie erklärt, was sie erklären will, wenn sie also in Absicht auf die fragliche Thatsache deren zulänglichen Erklärungsgrund ausmacht; sie ist nicht zulänglich und darum nicht brauchbar, wenn sie die fragliche Thatsache entweder nicht oder nicht vollständig erklärt und noch andere Hypothesen gleichsam als Hülfstruppen annehmen muß. Wir erklären z. B. die zweckmäßigen Ordnungen in der Welt durch die Annahme einer zweckthätigen Welturfache; nun zeigen sich in der Welt so viele Abweichungen von dieser Ordnung, so viele Unregelmäßigkeiten und Uebel; jetzt ist eine neue Hypothese nöthig, um die Uebel in der Welt zu erklären; also war die erste Annahme nicht ausreichend. Wissenschaftliche Objecte sind allemal empirische. Was nicht Erscheinung ist oder sein kann, ist kein Object wissenschaftlicher Erkenntniß und darf deshalb niemals Inhalt einer möglichen Hypothese sein. Ideen sind darum niemals wissenschaftliche Erklärungsgründe, sie dürfen als solche auch nicht hypothetisch gelten. Mit anderen Worten: wissenschaftliche Hypothesen dürfen nicht transscendental oder hyperphyfisch sein. In der Naturwissenschaft giebt es keine Berufung auf die höchste Instanz, auf die göttliche Allmacht und Weisheit. Nur in der Widerlegung eines philosophischen Dogmas, welches selbst auf unmöglichen Annahmen beruht, haben solche transscendentale Hypothesen einen begrenzten Spielraum. Sie sind hier erlaubte Kriegswaffen gegen die Anmaßungen auf der anderen Seite. Wenn der Materialist die unkörperliche und geistige Natur der Seele verneint, indem er sich auf ihre Abhängigkeit von den körperlichen Organen beruft, so darf man ihm die Hypothese entgegenstellen, nach welcher dieses ganze Sinnenleben der Seele nur eine Vorstufe und Vorbedingung ihres geistigen Lebens sei? Wenn er die Unsterblichkeit der Seele leugnet und auf den zeitlichen, durch so viel zufällige Umstände bedingten Anfang des Lebens hinweist, so darf man ihm die Hypothese entgegenhalten: daß unser Leben anfangslos, ewig und „eigentlich nur intelligibel sei, den Zeitveränderungen gar nicht unterworfen, und weder durch Geburt angefangen habe noch durch Tod geendigt werde: daß dieses Leben nichts als eine bloße Erscheinung, d. h. eine sinnliche Vorstellung von dem rein geistigen Leben, und die ganze Sinnenwelt ein bloßes Bild sei, welches unserer jetzigen Erkenntnißart vorschwebt und, wie ein Traum, an sich keine objective Realität habe; daß wenn wir die Sachen und uns selbst anschauen sollen, wie sie sind, wir uns in einer Welt geistiger Naturen sehen würden, mit welcher unsere einzig wahre Gemeinschaft weder durch Geburt angefangen habe noch durch den Leibestod aufhören werde u. s. w."*). Darf ich einen Augenblick von dem Ort absehen, an dem Kant diese Hypothese vorbringt, so ist ihr Inhalt mit den tiefsten Gedanken unseres Philosophen näher verwandt, als man glaubt, denn sie hängt genau zusammen mit seiner Lehre vom intelligibeln Charakter.

Die Vernunftsätze wollen bewiesen sein. Jeder Beweis fordert zu seiner Begründung Principien, die Principien der reinen Vernunftbeweise sind die Grundsätze des Verstandes, und zwar, wenn es sich um wissenschaftliche Beweise handelt, nur diese, denn die Grundsätze der Vernunft sind blos regulativer Art und haben keine wissenschaftliche Beweiskraft. Aber die letzten logischen Beweisgründe haben ihre Geltung nicht darin, daß sie die Principien der Dinge, sondern daß sie die Principien der Erfahrung oder der Erkenntniß der Dinge sind. Alle Beweise der reinen Vernunft münden in ihre Grundsätze, und diese selbst werden dadurch bewiesen, daß sie die alleinigen Bedingungen der Erfahrung ausmachen. Daher beziehen sich alle Beweisführungen der reinen Vernunft nicht auf die Dinge, sondern blos auf die Erfahrung: sie sind nicht dogmatisch, sondern kritisch; sie haben nur diesen einzigen Beweisgrund. Die Sache gilt, weil sie eine schlechterdings nothwendige Bedingung unserer Erfahrung bildet. Wenn sie mehr als einen Beweisgrund vorbringen, so verrathen sie, daß sie den einzigen, in dem alle Beweiskraft liegt, entbehren, daß sie falsch und sophistisch oder, wie Kant sagt, advocatisch sind. So kann man den Satz der Causalität nie dogmatisch, sondern nur kritisch beweisen; der Satz hat nur den einen Beweisgrund: daß es blos vermöge des Begriffs der Causalität objective Zeitbestimmung und dadurch Erfahrung giebt. Die

*) Ebendaselbst. Tr. Methodenl. Hptst. I. Abschn. III. (Bd. II. S. 577—85.)
34*

Beweisführung selbst hat nur eine einzige Form: daß sie ihren Satz als eine nothwendige Bedingung der Erfahrung nachweist und diese aus ihm ableitet. Daher kann die Form der Beweisführung nie apagogisch, sondern nur „ostensiv oder direct" sein.*)

Was die Erkenntniß betrifft, so giebt es keinen Vernunftsatz, kein reines Vernunfturtheil, das sich unabhängig von aller Erfahrung oder, genauer gesagt, ohne Rücksicht auf dieselbe behaupten läßt. Nicht als ob die Grundsätze des Verstandes aus der Erfahrung abgeleitet wären, vielmehr sind sie es, die unsere Erfahrung bedingen, sie gelten vor der Erfahrung, aber auch nur für alle Erfahrung und sind in diesem Sinne von der letzteren nicht unabhängig. So ist die Möglichkeit der Erfahrung die kritische Richtschnur, der die wohldisciplinirte Vernunft in ihren Erkenntnissen, Hypothesen und Beweisen folgt.

II. Der Kanon der reinen Vernunft.

1. Die theoretische und praktische Vernunft.

Der Inbegriff der Principien oder Grundsätze, die den Gebrauch unserer Erkenntnißvermögen bestimmen und regeln, heißt „Kanon". So enthält die allgemeine Logik den Kanon für die richtige Form unserer Urtheile und Schlüsse; so geben die Grundsätze des reinen Verstandes den Kanon für unsere reale oder empirische Erkenntniß. Es giebt keine Erkenntniß der Dinge durch bloße Vernunft, d. h. keinen dogmatischen oder speculativen Vernunftgebrauch, also auch keinen Kanon, der einen solchen Gebrauch erlaubt und regelt. Wenn nun die Vernunft überhaupt im Stande ist, etwas unabhängig von aller Erfahrung und ohne alle Rücksicht auf diese zu behaupten, wenn sie im Stande ist, etwas apo= diktisch zu setzen, so wird dieser Vernunftgebrauch in keinem Falle spe= culativ oder dogmatisch sein dürfen. Es wird dann einen Kanon der reinen Vernunft (im engeren Sinne) geben, aber dieser Kanon wird in keiner Weise die Erkenntniß betreffen. Aller theoretische Vernunftgebrauch ist auf die Erfahrung und damit auf den Kanon des Verstandes ein= geschränkt.

Nun giebt es außer dem theoretischen Vernunftgebrauche nur noch den praktischen. Die theoretische Vernunft (Verstand) hat keine Grund= sätze, die ohne Rücksicht auf die Erfahrung gelten. Wenn solche Grund= sätze möglich sind, wenn es einen Kanon der Vernunft im Unterschiede

---

*) Ebendaselbst. Tr. Methodenl. Hptst. 1. Abschn. IV. (Bd. II. S. 586—94.)

vom Verstande giebt, so ist das einzig mögliche Gebiet seiner Grundsätze der praktische Vernunftgebrauch, so gehört dieser Kanon einzig und allein der praktischen Vernunft an.*)

Das Gebiet der praktischen Vernunft sind die menschlichen Handlungen. Wenn die letzteren nichts weiter als Naturerscheinungen sind, die, wie alles natürliche Geschehen, dem Gesetze der mechanischen Causalität folgen, so gehören sie ganz in die Kette der natürlichen Begebenheiten, so fällt ihre Erklärung ganz unter den Gesichtspunkt des Verstandes, sie haben dann keine anderen Erklärungsgründe, als die mechanischen Ursachen, die alle Naturerscheinungen bestimmen, und die Annahme einer praktischen Vernunft ist überflüssig und nichtig. Die praktische Vernunft ist entweder ein leeres Wort ohne Inhalt, oder sie ist ein Vermögen der Freiheit, das allen menschlichen Handlungen zu Grunde liegt und dieselben von den mechanischen Begebenheiten der Natur unterscheidet. Sind die menschlichen Handlungen frei, so setzen sie einen Willen voraus, der nicht durch den Zwang der Dinge, also nicht durch das Naturgesetz, sondern durch Vorstellungen und Gründe, d. h. durch die Vernunft unmittelbar bestimmt wird, der sich also zu seinen Bestimmungsgründen oder Motiven nicht blos leidend, sondern urtheilend und wählend verhält: dieser wählende Wille ist das „arbitrium liberum“ oder die Willkür, dieser so bestimmbare Wille ist die praktische Freiheit. Die praktische Freiheit ist nicht die transscendentale: diese war die Freiheit als Weltprincip, jene ist die Freiheit als menschliches Vermögen, d. h. die Vernunft, die sich durch selbstgewählte Gründe zum Handeln bestimmt.

Die Bestimmungsgründe des Willens können doppelter Art sein: entweder sind sie aus der Erfahrung oder aus der bloßen Vernunft geschöpft, entweder sind sie empirisch oder rein. Sie sind empirisch, wenn sie aus der sinnlichen Erfahrung oder Natur abstammen: in diesem Falle ist ihr einziger Zweck das sinnliche Wohl oder die Glückseligkeit. Was wir thun, geschieht, damit wir uns so wohl als möglich befinden, damit unser irdisches und sinnliches Wohl auf das beste besorgt werde; wir handeln nicht nach Grundsätzen oder Principien, sondern wie es eben die Umstände und die jedesmaligen empirischen Verhältnisse mit sich bringen. Unser Zweck ist einzig unsere Glückseligkeit; die Mittel, welche diesen Zweck am sichersten erreichen, sind die besten, die Wahl

---

*) Ebendaselbst. Tr. Methodenlehre. Hptst. II. (Bd. II. S. 594—96.)

dieſer beſten Mittel iſt lediglich eine Sache der Klugheit. Wenn wir ſo klug als möglich handeln, damit wir ſo glücklich als möglich werden, ſo handeln wir im gewöhnlichen Sinne des Wortes praktiſch oder nach „pragmatiſchen Geſetzen". Sind dagegen die Beſtimmungsgründe aus der reinen Vernunft geſchöpft, unabhängig von aller Erfahrung und ohne alle Rückſicht auf unſer ſinnliches Wohl, ſo handeln wir nach Grundſätzen, nicht bedingt durch die Natur der Umſtände, ſo iſt unſer ein-ziges Ziel die Tugend, unſer praktiſches Verhalten die Sittlichkeit: wir handeln dann nicht nach pragmatiſchen, ſondern nach moraliſchen Ge-ſetzen.*)

2. Die moraliſche Welt und Weltordnung.

Wenn es alſo einen Kanon der praktiſchen Vernunft giebt, einen Inbegriff von Grundſätzen, nach denen wir handeln, ſo kann dieſer Kanon nur moraliſche Geſetze enthalten. Die pragmatiſchen Geſetze ſind Klugheitsregeln, deren Ziel unſere Glückſeligkeit iſt; die moraliſchen ſind Sittengeſetze, deren Ziel die ſittliche Vollkommenheit iſt oder unſere Würdigkeit glückſelig zu ſein. Es giebt einen Kanon der praktiſchen Vernunft, wenn es moraliſche Geſetze giebt. Die transſcendentale Me-thodenlehre hat nicht den Beweis zu führen, daß moraliſche Geſetze in der That vorhanden ſind; aber ſie darf eine ſolche vorläufige Annahme machen und unter dieſer erlaubten Vorausſetzung ihren Kanon entwerfen; ſie darf ſich zur Befeſtigung ihrer Annahme auf die Thatſache berufen, daß wir die Menſchen moraliſch beurtheilen, daß wir ihren inneren Werth nie nach dem Maße ihrer Klugheit, ſondern nach dem ihrer Sittlichkeit ſchätzen, daß dieſe Schätzung moraliſche Geſetze verlangt, die alſo jeder Menſch anerkennt, indem er andere nach dieſer Richt-ſchnur beurtheilt.

Wenn es moraliſche Geſetze giebt, ſo tragen ſie nichts bei zu der Erkenntniß der Dinge; ſie ſagen uns nicht, was geſchieht, ſondern nur, was durch uns geſchehen ſoll, was wir thun ſollen: ſie erlauben alſo keinen ſpeculativen, ſondern einen lediglich praktiſchen Gebrauch. Was wir im Sinne der moraliſchen Geſetze thun ſollen, das ſollen wir un-bedingt und unter allen Umſtänden thun. Aus der Natur dieſer Ge-ſetze folgt mithin zweierlei: 1. ſie erklären keine Thatſache, ſondern ſie gebieten eine Handlung; ſie beziehen ſich nicht auf ein Object, das iſt, ſondern auf etwas, das ſein oder geſchehen ſoll, und 2. ſie gebieten

---

*) Ebendaſ. Tr. Methodenl. Hptſt. II. Abſchn. I. (Bd. II. S. 594—600.)

nicht, daß etwas unter gewissen Bedingungen geschehen solle, sondern daß es unbedingt geschehe: d. h. sie gebieten schlechterdings. Was un=
bedingt geschehen soll, hat eine Nothwendigkeit, die jeden Widerspruch ausschließt, und muß eben deshalb geschehen können; es muß möglich sein, daß die geforderten Handlungen in der Erfahrung stattfinden, also Gegenstände der Erfahrung werden. Mögliche Handlungen sind mögliche Erfahrungen. Die moralischen Gesetze, indem sie mögliche Handlungen gebieten oder als nothwendige fordern, sind eben deshalb zugleich Prin= cipien der Erfahrung. Sie fordern, daß die Erfahrung ihnen entspreche. Nennen wir den Inbegriff möglicher Erfahrungen „Welt", so fordern die moralischen Gesetze, daß die Welt ihnen gemäß sei: sie fordern eine „moralische Welt".

Moralisch kann nur eine solche Welt sein, welche den sittlichen Zweck verwirklicht und vollendet. Nun war der sittliche Zweck die Würdigkeit glückselig zu sein: die Glückseligkeit als Folge der Würdig= keit. Die Glückseligkeit ist das natürliche Gut, das wir suchen, die Würdigkeit das moralische Gut, das wir erstreben. Wenn sich beide vereinigen, so besteht in dieser Vereinigung das höchste Gut, dessen Realität die sittliche Idee fordert. Wenn diese Idee in Individuo vollendet gedacht wird, so ist sie das Ideal des höchsten Gutes. Die moralische Welt steht daher unter der Bedingung und Herrschaft dieses Ideals.

Man kann die moralische Welt nicht fordern, ohne zugleich eine sittliche Weltregierung zu verlangen; es wäre sinnlos, etwas unbedingt zu fordern und die Bedingungen, unter denen es allein möglich ist, nicht zu fordern. Was aber ist eine moralische Weltregierung anders als die Welt, gerichtet auf einen sittlichen Zweck, der sie unbedingt beherrscht und leitet, also die Welt, entsprungen aus einer moralischen Ursache, die jene sittliche Richtung bewirkt? Moralische Weltgesetze ver= langen einen moralischen Weltgesetzgeber, einen Weltschöpfer. Man kann die moralische Welt nicht fordern, ohne zugleich als deren noth= wendige Bedingung das Dasein Gottes zu fordern.

Wir sollen das höchste Gut erreichen, d. h. diejenige Glückseligkeit, welche die Folge der Würdigkeit ist. Diese sittliche Vollkommenheit können wir nie in dem gegebenen irdischen Zustande unseres Daseins, sondern nur in unserer fortgesetzten und zunehmenden Läuterung er= reichen: also müssen wir einen künftigen Zustand, eine Fortdauer nach dem Tode, die Unsterblichkeit der Seele als die Bedingung fordern,

536

unter der wir den sittlichen Zweck allein erfüllen können. Wenn es moralische Gesetze giebt, so müssen diese schlechterdings gebieten und fordern; sie müssen eine sittliche Weltordnung und darum zugleich die Existenz Gottes und die Unsterblichkeit der Seele unbedingt verlangen. Unsere Würdigkeit soll unser eigenes Werk sein, sie soll in jener sitt= lichen Vollkommenheit bestehen, die jeder sich selbst erringen muß, da sie kein anderer für ihn haben oder erstreben kann. Aber die Glück= seligkeit, die aus der Würdigkeit hervorgeht, ist ni ch t unser eigenes Werk; vielmehr setzt dieses höchste Gut eine moralische Weltordnung voraus, die nicht in unserer Hand liegt, sondern ihren ewigen Ursprung in Gott hat. Die Glückseligkeit zu verdienen, ist das Ziel unseres Thuns; sie zu genießen, ihrer in der That theilhaftig zu werden, ist das Ziel unserer Hoffnung. Wie nun der moralische Werth es ist, der jene Glückseligkeit bedingt und zur Folge hat, so ist es unser Handeln und unsere Gesinnung allein, worauf sich jene Hoffnungen gründen. Und hier stehen wir an der äußersten Grenze des Vernunftreiches, das mit dieser Aussicht in die Ewigkeit seinen Umkreis vollendet. Es sind drei Sphären, die unsere Vernunft beschreibt: die erste umfaßt die Erkenntniß, die zweite das Handeln, die dritte die Hoffnung. Von diesen Sphären ist die erste die engste, denn sie bewegt sich nur inner= halb der Erfahrungsgrenzen, dagegen die letzte die weiteste, denn sie er= hebt sich in die Unendlichkeit. Es sind darum drei Fragen, die sich die Vernunft in ihrer Selbstprüfung vorlegt: was kann ich wissen? was soll ich thun? was darf ich hoffen? Auf die erste antwortet die Kritik der reinen Vernunft, auf die zweite die darauf gegründete Sitten= lehre, auf die dritte die darauf gegründete Glaubenslehre. Denn die Hoffnung, welche auf der moralischen Gewißheit beruht, ist Glaube.*)

3. Meinen, Wissen und Glauben.

Wenn die Vernunft in ihrem Kanon auf Grund ihrer moralischen Gesetze das Vermögen der Freiheit, das Dasein Gottes, die Unsterb= lichkeit der Seele apodiktisch behauptet, so nimmt sie diese drei Sätze mit einer Sicherheit an, die jeden Zweifel ausschließt. Und doch hat sie selbst gezeigt, daß diesen Sätzen gar keine wissenschaftliche Geltung zukommt, daß sie eigentlich nicht Behauptungen, sondern nur Forde= rungen sind, nicht Dogmen, sondern Postulate. Es muß also in der

---

*) Ebendaselbst. Tr. Methodenl. Hptst. II. Abschn. II. (Bd. II. S. 601—11.)

Vernunft eine Ueberzeugung geben, die ohne alle wissenschaftlichen Gründe, die sie völlig entbehrt, doch mit aller Sicherheit feststeht. Jede Ueber= zeugung ist ein Fürwahrhalten, das sich auf Gründe stützt; diese Gründe können in Rücksicht sowohl ihrer Zulänglichkeit als ihres Ur= sprungs sehr verschieden sein: in der ersten Rücksicht sind sie entweder zureichend oder nicht, sie begründen entweder vollkommen oder nur mangelhaft; in der zweiten Rücksicht sind sie entweder nur persönlicher oder auch sachlicher Art (blos subjectiver oder auch objectiver Natur). Hieraus folgt, daß jedes Fürwahrhalten auf drei verschiedene Arten begründet sein kann: entweder zureichend oder nicht zureichend, und die zureichenden Gründe sind entweder blos subjectiv oder auch objectiv. Dies sind eben so viele Arten oder Stufen der Ueberzeugung. Setzen wir, daß die Gründe unserer Ueberzeugung in keiner Hinsicht zureichende sind, so schließt die Ueberzeugung den Zweifel nicht aus, so ist unser Fürwahrhalten ein bloßes Meinen, das sich im besten Falle nur als ein hoher Grad der Wahrscheinlichkeit, in keinem Falle als Wahrheit geben darf. Sind aber die Gründe unserer Ueberzeugung vollkommen zureichend und ausgemacht, so meinen wir nicht, sondern wir sind gewiß, und hier kann ein doppelter Fall stattfinden: entweder sind diese zu= reichenden Gründe nur subjectiver oder zugleich objectiver Natur. Wenn sie beides sind, so ist unsere Ueberzeugung wissenschaftlich begründet und vollkommen beweisbar: in diesem Falle meinen wir nicht, sondern wir wissen; wenn aber die zureichenden Gründe lediglich subjectiv oder persönlich sind, so ist unsere Ueberzeugung zwar gewiß, aber nicht beweisbar: sie ist nicht Meinung, auch nicht Wissenschaft, sondern Glaube.

Alles Fürwahrhalten hat eine dieser drei Formen: es ist entweder Meinen oder Glauben oder Wissen. Wenn es sich um einen reinen Vernunftsatz handelt, so sind dessen Gründe stets allgemeine und noth= wendige. Eine Ueberzeugung aus reinen Vernunftgründen ist deshalb nie Meinung, sie ist entweder Wissenschaft oder Glaube. Nun bezieht sich alles Erkennen durch bloße Vernunft auf die Möglichkeit der Er= fahrung; es giebt keine Vernunftgründe, die unabhängig von aller Er= fahrung zur Erkenntniß oder wissenschaftlichen Ueberzeugung führen. Wenn es also eine Vernunftüberzeugung unabhängig von aller Er= fahrung giebt, so kann eine solche Ueberzeugung nie Wissenschaft sein, sondern nur Glaube. Nun sind die einzigen Vernunftsätze, die unab= hängig von der Erfahrung und ohne alle Rücksicht auf dieselbe gelten,

die Forderungen der praktischen Vernunft, unsere moralischen Ueber=
zeugungen. Darum hat der Vernunftglaube keinen andern Inhalt als
einen rein moralischen und die moralische Ueberzeugung keine andere
Form des Fürwahrhaltens als den Glauben.*)

Wir nehmen das Wort „Glaube" in sehr verschiedenen Bedeu=
tungen. Der Vernunftglaube ist lediglich moralische Gewißheit, er ist
als solche blos praktisch und unterscheidet sich von allem Fürwahrhalten
theoretischer Art. Gewisse Lehrmeinungen, die einen Grad von Wahr=
scheinlichkeit beanspruchen, aber keinen Beweis ihrer Wahrheit haben,
werden angenommen und geglaubt. Man darf nicht sagen: „ich weiß,
daß sich die Sache so verhält", denn zur wissenschaftlichen Ueberzeugung
fehlen die zureichenden Beweisgründe; doch hat man Gründe genug,
um die Sache für wahr zu halten und bis auf weiteres anzunehmen.
In diesem Falle sagt man: „ich glaube, daß es sich so verhält". So
darf man glauben, daß auch andere Planeten bewohnt sind, indem
man sich auf ihre Analogie mit der Erde beruft, oder aus den be=
kannten physikotheologischen Gründen glauben, daß ein Gott existirt
u. s. f.; man darf es nur glauben, weil die Gründe in beiden Fällen
zum Wissen nicht ausreichen. Dieser Glaube, der nichts anderes ist
als eine Meinung, unterscheidet sich von dem eigentlichen Vernunft=
glauben in zwei Punkten: 1. er ist ungewiß, während dieser vollkommen
gewiß ist; 2. er ist nicht praktisch, sondern „doctrinal".

Wir reden hier nur vom praktischen Glauben. Nicht jeder
Glaube praktischer Art ist deshalb auch schon moralisch, nicht jeder
praktische Glaube ist gewiß. Daher muß innerhalb des praktischen
Glaubens der moralische näher bestimmt werden. Alles praktische Ver=
halten richtet sich auf einen Zweck, der erreicht werden soll, also zu=
gleich auf die dazu erforderlichen Mittel. Ob er wirklich durch diese
Mittel erreicht wird? Ob diese Mittel wirklich die zweckmäßigen sind?
Ob sie unter allen Umständen den gewünschten Erfolg haben? Wenn
sich Zweck und Mittel verhalten, wie die Wirkung zu ihrer mechanischen
Ursache, so ist der Zusammenhang beider der natürliche Causalnexus
und fällt als solcher unter den Gesichtspunkt der Wissenschaft. Wenn
aber die Mittel solche mechanische Ursachen nicht sind, die mit natur=
gesetzlicher Nothwendigkeit den gewünschten Zweck ausführen, so ist auch
ihre Zweckmäßigkeit kein Gegenstand wissenschaftlicher Einsicht, sondern

---

*) Ebendaselbst. Tr. Meth. Hpst. II. Abschn. III. (Bd. II. S. 611—14.)

eines praktischen Glaubens. Und hier läßt sich ein doppelter Fall unter=
scheiden: entweder meine Mittel sind der Art, daß sie den Zweck un=
bedingt erreichen, dann gilt ebenso unbedingt ihre Zweckmäßigkeit, ich
bin von der letzteren vollkommen überzeugt, mein praktischer Glaube ist
in diesem Falle ganz sicher, obwohl diese Gewißheit auch nur Glaube
und nicht wissenschaftliche Erkenntniß ist; oder die Mittel sind der Art,
daß sie nur bedingter Weise gelten, daß ihre Tauglichkeit von Um=
ständen abhängt und erst der Erfolg über ihre Zweckmäßigkeit end=
gültig entscheidet, dann ist mein praktischer Glaube selbst ungewiß und
so unsicher als der Erfolg. Es kommt also darauf an, ob die praktische
Verbindung zwischen Mittel und Zweck problematisch oder apodiktisch
ist, ob der Erfolg der Mittel feststeht oder schwankt, ob ich einen be=
dingten oder unbedingten Zweck verfolge. Nun giebt es nur einen ein=
zigen unbedingten Zweck der menschlichen Vernunft: die Würdigkeit
glückselig zu sein oder die Sittlichkeit, die ihres Erfolges vollkommen
sicher ist. Diese Gewißheit ist der moralische Glaube. Die praktische
Vernunft war entweder pragmatisch oder moralisch. Eben so ist unser
praktischer Glaube, wenn er nicht moralisch ist, nur pragmatisch. Dem
pragmatischen Glauben fehlt die Gewißheit, er glaubt an den Erfolg
seiner Mittel, er rechnet auf diesen Erfolg mit der größten Bestimmt=
heit, doch kann er sich verrechnen und ist daher immer der Täuschung
ausgesetzt, also selbst auf dem höchsten Grade seiner Wahrscheinlichkeit
unsicher. Die Grenze der Wahrscheinlichkeit überschreitet er nie: diese
Grenze scheidet den pragmatischen Glauben von dem moralischen. Und
da sich die Wahrscheinlichkeit niemals zur Gewißheit steigern läßt, also
zwischen beiden kein Gradunterschied stattfindet, so ist auch der prag=
matische Glaube vom moralischen nicht dem Grade, sondern der Art
nach verschieden. Die Wahrscheinlichkeit des pragmatischen Glaubens ist
von dem Grade der Klugheit abhängig, womit die Vernunft rechnet
und sich vorsieht; die Gewißheit des moralischen Glaubens ruht in der
Gesinnung, die keinen Grad hat: entweder sie ist moralisch oder sie ist
es nicht, es giebt offenbar keine Gradfolge von der Sittlichkeit zu ihrem
Gegentheil. Der pragmatische Glaube, z. B. der Glaube eines Arztes
an den guten Erfolg seiner Mittel oder seiner Methode, ist nie sicher,
selbst wenn er noch so sicher thut. Er rechnet auf den Erfolg, er möchte
auf ihn wetten, aber dieses Wagniß hat seine Grenze; schon eine höhere
Wette macht ihn stutzig. „Bisweilen zeigt sich, daß er zwar Ueberredung
genug, die auf einen Ducaten an Werth geschätzt werden kann, aber

540

nicht auf zehn, besitze. Denn den ersten wagt er noch wohl, aber bei zehnen wird er allererst inne, was er vorher nicht bemerkte, daß es nämlich doch wohl möglich sei, er habe sich geirrt."*)

So ist der reine Vernunftglaube auf das moralische Gebiet begrenzt und von allem Meinen und Wissen, von allem doctrinalen und pragmatischen Glauben genau unterschieden. Der moralische Glaube ist der einzige, der vollkommen gewiß ist; diese Sicherheit theilt er mit der wissenschaftlichen Ueberzeugung. Aber seine Gewißheit ist nur subjectiv, so sehr, daß er streng genommen nicht einmal den Schein einer objectiven Formel zu seinem Ausdrucke annehmen darf. Er darf nicht sagen: „es ist gewiß, daß ein Gott existirt, daß die Seele unsterblich ist u. s. f.", sondern seine Formel heißt: „ich bin gewiß, daß sich die Sache so verhält". Freiheit, Gott, Unsterblichkeit sind die kantischen „Worte des Glaubens", welche in dem Gedichte Schillers ihren poetischen Ausdruck gefunden.

Dieser moralische Glaube bildet die Grundlage und den Kern des religiösen. Wenn es nun die Aufgabe der Theologie ist, den religiösen Glauben zu begründen, so giebt es nach dem Kanon der reinen Vernunft nur eine Moraltheologie: nicht eine Moral, die auf Theologie (theologische Moral), sondern eine Theologie, die auf Moral beruht. Und dies war die einzige Theologie, welche die Vernunftkritik als den letzten möglichen Ausweg übrig gelassen hatte. So trifft hier die Methodenlehre mit dem Schluß der Elementarlehre zusammen.

III. Die Architektonik der reinen Vernunft.*)
1. Die philosophische Erkenntniß.

Die Vernunft ist jetzt darüber im Reinen, was sie wissen kann, thun soll, hoffen darf. Das Gebiet ihrer Erkenntniß und ihres Glaubens liegt hell vor ihrem Auge, jedes in seinen deutlichen und scharf bestimmten Grenzen. Die Grenzen des einen hat die Disciplin, die Grenzen des anderen der Kanon bestimmt. Jetzt sind alle Gesichtspunkte gegeben, um das Lehrgebäude der reinen Philosophie in seinem Umfange und in seinen Theilen zu entwerfen. Unterscheiden wir zuvörderst die philosophische Erkenntniß von aller anderen. Nicht alle Erkenntniß ist rational, nicht alle rationale Erkenntniß ist philosophisch. Alle Erkenntniß

*) Ebendaselbst. Tr. Meth. II. Abschn. III. (Bd. II. S. 614—19.) — **) Ebendaselbst. Tr. Meth. Hptst. III. (Bd. II. S. 619—32.)

setzt Gründe voraus, aus denen sie folgt: diese letzteren können reine Vernunftgründe oder Principien, sie können Thatsachen oder historische Data sein; die Erkenntniß aus Principien ist rational, die andere ist historisch. Die historische Erkenntniß ist nur ein Abbild gegebener That= sachen, es kann auch von einem philosophischen System eine solche Er= kenntniß geben, die sich zu ihrem Object wie ein Gipsabbruck zu einem lebenden Menschen verhält. Wir reden hier nur von der rationalen Erkenntniß. Die Principien oder Vernunftgründe, auf denen sie beruht, sind entweder Anschauungen oder Begriffe. Also wird auf rationalem Wege entweder durch bloße Begriffe oder durch Construction der Begriffe erkannt: im ersten Falle ist die Erkenntniß philosophisch (im engeren Sinn), im anderen mathematisch. Wir reden hier von der specifisch philosophischen Erkenntniß, d. h. von der rationalen Erkenntniß durch bloße Begriffe. Nun sind diese reinen Vernunftbegriffe Gesetze, die ihrer Natur nach für ein bestimmtes Gebiet gelten, für dieses Gebiet aber unbedingt gelten. In dieser Rücksicht dürfen wir die Philosophie erklären als die Gesetzgebung der menschlichen Vernunft. Die beiden Ver= nunftgebiete sind das theoretische und praktische: jenes ist die Erkenntniß, welche in Mathematik und Erfahrung besteht, dieses die Freiheit.

2. Die reine Philosophie oder Metaphysik.

Was die Erkenntnißprincipien betrifft, so müssen wir zwei Arten unterscheiden: Erfahrung begründende und in der Erfahrung begründete; jene sind durch die reine Vernunft gegeben, diese sind empirisch. Es giebt auch empirische Principien, z. B. Naturgesetze, aus denen eine Reihe natürlicher Erscheinungen abgeleitet und erklärt werden können; diese Ableitung ist auch eine rationale Erkenntniß durch Begriffe, also auch eine philosophische Erkenntniß. Von Seiten ihrer Principien unterscheidet sich deshalb die Philosophie in eine reine und empirische. Wir reden hier von der reinen Philosophie, von der Erkenntniß der reinen Prin= cipien. Diese Wissenschaft ist die Metaphysik; nur in diesem Sinne ist bei Kant von der Metaphysik die Rede, sie umfaßt ein ganz bestimmtes Erkenntnißgebiet, dessen Grenzen nicht schwanken und keinem Angriffe von Seiten einer anderen Wissenschaft ausgesetzt sind. Diese sichere und wohlbegrenzte Stellung hat die Metaphysik vor Kant niemals gehabt. Bei Aristoteles gilt sie für die Wissenschaft der ersten Principien, bei Kant für die Wissenschaft der reinen Principien. Nichts ist unbestimm= ter als jene Bezeichnung der ersten Gründe. Wo hört in der Stufen=

folge der Principien der erste Rang auf und wo fängt der zweite an? Eine sogenannte Wissenschaft der ersten Principien ist eben so wenig bestimmt, wie eine Geschichte der ersten Jahrhunderte. Wie viele Jahrhunderte sind die ersten? Und die Sache wird nicht etwa dadurch bestimmt, daß man die Grenze setzt, denn die gesetzte Grenze ist willkürlich. Warum sollen etwa nur zwei oder drei Jahrhunderte die ersten sein, warum nicht eben so gut vier oder fünf? Es ist hier kein Streit um Worte. Sondern es handelt sich in diesen Worten um den ganzen Unterschied der dogmatischen und kritischen Philosophie. Was sind denn erste Principien? Solche, die in der Ordinalreihe der Principien oder Gründe das erste Glied bilden, die sich also zu den übrigen verhalten wie die oberste Stufe zu den niederen, die sich demnach von den übrigen nur dem Grade nach unterscheiden. Reine Principien dagegen sind transscendental, sie sind die Bedingungen der Erkenntniß, also vor dieser oder a priori. Alle Principien, die nicht a priori sind, sind empirisch oder a posteriori. Die empirischen Principien gründen sich auf Erfahrung, diese selbst gründet sich auf die reinen Principien. Die ersten Principien liegen mit allen übrigen, die ihnen folgen, in derselben Erkenntnißrichtung; dagegen fordern die reinen Principien eine ganz andere Erkenntnißart als die empirischen: diese werden durch Erfahrung, jene durch bloße Vernunft erkannt; ihr Unterschied ist specifisch, ein Unterschied der Art, nicht des Grades.

Die ersten Principien sind von den letzten nur dem Grade nach verschieden, also ist auch die Wissenschaft der ersten Principien nur dem Grade nach von der Wissenschaft der letzten verschieden, sie ist keine wesentlich andere Wissenschaft. Warum also nennt sie sich Metaphysik? Aristoteles hatte Recht, daß er die Wissenschaft der ersten Principien nur „erste Philosophie (πρώτη φιλοσοφία)" nannte. Dagegen die Wissenschaft der reinen Principien ist wesentlich verschieden von aller Erfahrungswissenschaft; sie hat Recht, daß sie sich auch dem Namen nach davon unterscheidet. Somit wird die Metaphysik eine Wissenschaft auf selbständiger und eigenthümlicher Grundlage; so ist sie zum erstenmale durch Kant begründet worden. Die Kritik der reinen Vernunft stellt und beantwortet die Frage: wie ist Metaphysik möglich? Nachdem sie diese Frage in ihrer ganzen Ausdehnung gelöst hat, wird das System der reinen Vernunft die Metaphysik, so weit sie möglich ist, ausführen.

Im Unterschiede von dem System, das sie begründet und einführt, möge die Kritik als „Propädeutik" gelten. Doch lasse man sich durch diesen Namen über das wahre Verhältniß beider nicht irre machen. Die Kritik ist die Untersuchung der reinen Vernunft, also die Einsicht in deren ursprüngliche Verfassung: sie ist die Erkenntniß der Principien, welche die reine Vernunft in sich begreift. Daher bildet sie die Grundlage aller Metaphysik, und die Grundlage gehört zum Gebäude. Die Kritik möge Propädeutik genannt werden; ihrem wissenschaftlichen Charakter nach ist sie Metaphysik, und Kant selbst sagt ausdrücklich, daß „dieser Name auch der ganzen reinen Philosophie mit Inbegriff der Kritik gegeben werden kann".*) Wir heben diese Erklärung besonders hervor, damit uns das Verhältniß der Kritik zum System nicht verwirrt werde. Denn in einer späteren kantischen Schule, welche den Sinn der kantischen Lehre am richtigsten gefaßt haben will, gilt die Kritik für die psycho= logische Grundlage der Metaphysik. Da es nun keine andere Psycho= logie giebt als die empirische, so wird die Grundlage der Metaphysik eine Erfahrungswissenschaft. Auf diese Weise kommt folgende Ungereimt= heit zu Tage: daß Kant die Metaphysik von aller Erfahrungswissenschaft der Art nach unterschieden und zugleich eine Erfahrungswissenschaft zur Grundlage der Metaphysik gemacht habe!

Die reinen Principien waren die Bedingungen möglicher Erfahrung und die Gesetze des sittlichen Handelns. Nennen wir den Inbegriff aller Erfahrungsobjecte Natur, den Inbegriff des sittlichen Handelns die Sitten, so wird das System der reinen Vernunft in einem Lehrgebäude der „Metaphysik der Natur" und der „Metaphysik der Sitten" bestehen. In der ersten handelt es sich um die Gesetzgebung für das Reich der Natur, in der anderen um die Gesetzgebung für das Reich der Freiheit: dies sind die beiden Reiche, welche die menschliche Vernunft in sich schließt; ihre Metaphysik ist daher philosophische Natur= und Sittenlehre.

IV. Die Geschichte der reinen Vernunft.**)

Die kritische Philosophie hat ihren Charakter vollkommen bestimmt und damit ihre geschichtliche Eigenthümlichkeit im Unterschiede von allen früheren Systemen festgestellt. Sie fällt mit keiner Richtung zusammen, welche die Philosophie vor ihr gehabt hat. Diese Richtungen waren einander entgegengesetzt in den drei Hauptpunkten, welche den Charakter

---

*) Ebendaselbst. Tr. Methodenl. Hptst. III. (Bd. II. S. 626.) — **) Eben= daselbst. Tr. Methodenl. Hptst. IV. (Bd. II. S. 633—36.)

einer Philosophie bezeichnen: in ihrer Ansicht vom Object, vom Ur=
sprung und von der Methode der Erkenntniß. Als Object der Erkenntniß
galt den Einen die sinnliche Erscheinung, den Andern das intelligible
Wesen der Dinge: jene sind „die Sensualisten", diese „die Intel=
lectualphilosophen", die sich nach Kant wie Epikur und Plato zu
einander verhalten sollen. Als Ursprung der Erkenntniß galt entweder
die sinnliche Wahrnehmung oder der bloße Verstand: so unterschieden
sich „Empirismus" und „Noologismus"; jener findet in Aristoteles
und Locke, dieser in Plato und Leibniz seinen typischen Ausdruck. Was
endlich die Methode der Erkenntniß betrifft, so hat es von jeher Philo=
sophen gegeben, die den Grundsatz hatten, keine zu haben, sondern den
sogenannten gesunden Menschenverstand zur alleinigen Richtschnur der
Erkenntniß zu nehmen. Man könnte diese Methode die naturalistische
und ihre Repräsentanten die Naturalisten der reinen Vernunft
nennen. Sie finden es unbegreiflich, daß man zur Lösung der philo=
sophischen Fragen so viele schwierige Untersuchungen anstellt; sie müssen
es ebenso unbegreiflich und zweckwidrig finden, daß man so viele
mathematische Berechnungen macht, um die Größe des Mondes zu be=
stimmen. Dieser gesunde Menschenverstand verhält sich zur philosophischen
Erkenntniß, wie das natürliche Augenmaß zur astronomischen Beobach=
tung. Die naturalistische Methode ist so gut wie gar keine. Es handelt
sich allein um die wissenschaftliche oder scientifische Methode der Er=
kenntniß, diese kann drei verschiedene Wege einschlagen, von denen wir
ausführlich gehandelt haben: den dogmatischen, skeptischen und kritischen.
Sie ist bisher entweder dogmatisch oder skeptisch gewesen: dogmatisch
in Wolf, skeptisch in David Hume. Aber sie kann bei richtiger Selbst=
prüfung weder den einen noch den andern Weg festhalten, es bleibt
mithin als die einzige Methode die kritische übrig. „Der kritische Weg",
sagt Kant am Schlusse seines Hauptwerks, „ist allein noch offen. Wenn
der Leser diesen in meiner Gesellschaft durchzuwandern Gefälligkeit und
Geduld gehabt hat, so mag er jetzt urtheilen, ob nicht, wenn es ihm
beliebt, das Seinige dazu beizutragen, um diesen Fußsteig zur Heeres=
straße zu machen, dasjenige, was viele Jahrhunderte nicht leisten konnten,
noch vor Ablauf des gegenwärtigen erreicht werden möge: nämlich die
menschliche Vernunft in dem, was ihre Wißbegierde jederzeit, bisher
aber vergeblich beschäftigt hat, zur völligen Befriedigung zu bringen."
　　Wir waren in diesem Werke ausgegangen von der dogmatischen
und skeptischen Philosophie, welche letztere den Durchgangspunkt zur

kritiſchen bildet. Wir hatten gezeigt, wie Kant in ſeinem Entwicklungs= gange eben dieſen Weg zurücklegt. Es gab einen Punkt, wo er mit Hume übereinſtimmte, von dem er ſich dann allmählich entfernte. Jetzt, in dem Schlußpunkte ſeiner Kritik und im Rückblick auf deren Vollen= dung, ſieht ſich Kant in der größten Entfernung von Wolf und Hume, in gleicher Höhe über der dogmatiſchen und ſkeptiſchen Richtung. Unſer Urtheil über die kritiſche Philoſophie und deren geſchichtliche Stellung, womit wir in dieſem Werke unſere Darſtellung der kantiſchen Lehre begonnen, findet hier in dem Urtheile des kritiſchen Philoſophen über ſich ſelbſt ſeine vollſte Beſtätigung. Die erſte Hälfte unſerer Aufgabe iſt gelöſt: ſie umfaßte die ganze Entwicklung Kants von ihren dogma= tiſchen und ſkeptiſchen Ausgangspunkten bis zur Grundlegung und Aus= führung der Vernunftkritik.

Sechszehntes Capitel.

Die verſchiedenen Darſtellungsformen der Vernunftkritik.

I. Die kritiſchen Fragen und die „Kantphilologie".

Am Schluſſe dieſes zweiten, der Grundlegung der kritiſchen Philo= ſophie und der ausführlichen Entwicklung ihres Hauptwerkes gewidmeten Buches kommen wir nun auf jene Punkte zurück, die ſchon wiederholt berührt, gelegentlich auch erörtert, aber noch nicht zum Gegenstand einer beſonderen Betrachtung gemacht worden ſind: ſie betreffen die ver= ſchiedenen Darſtellungsformen der Vernunftkritik und fragen, ob die= ſelben auch in der Sache verſchiedene Entwicklungsformen ſind? Solche Unterſuchungen müſſen, um angeſtellt und verſtanden zu werden, die deutlichſte Kenntniß des Gegenſtandes vorausſetzen, weshalb ſie der Betrachtung der Werke Kants nicht vorhergehen, ſondern nur nachfolgen dürfen. Ihr Thema gehört in die Entwicklungsgeſchichte der kantiſchen Philoſophie, da ſie ein Problem der letzteren enthalten, und es wäre ſehr thöricht, die Entwicklungsgeſchichte des Philoſophen davon abſondern und als eine Sache für ſich nehmen zu wollen, da ſie in ihrem wich= tigſten und weſentlichſten Theil nur aus den Werken einleuchten kann und mit dem Gange derſelben zuſammenfällt.

Die Werke eines Philosophen wollen philosophisch, d. h. aus ihren Grundideen und in ihrem Zusammenhange erklärt sein, wozu freilich als die erste und elementarste Bedingung die Feststellung und Ordnung der Texte, wie das richtige Verständniß der Worte und Sätze erforderlich ist; nur sollten in unserem Falle solche Bemühungen nicht als eine besondere Kunst oder Wissenschaft unter dem ungeheuerlichen Namen „Kantphilologie" auftreten und thun, als ob es sich hier um eine Erfindung handle, wodurch erst der Schlüssel zum Verständnisse Kants gewonnen und die deutsche Philosophie über den Gang ihres letzten Jahrhunderts orientirt werden solle: dieses Jahrhundert geht von Kants Philosophie zur „Kantphilologie", wie einige der heutigen „Neukantianer" die Art ihrer Industrie bezeichnen.

II. Die Vernunftkritik und die Prolegomena.

1. Die Entstehung der Vernunftkritik.

Wir haben an der Hand seiner Schriften den Entwicklungsgang des Philosophen während der vorkritischen Periode von Schritt zu Schritt verfolgt und die Epoche erkannt, welche die Jnauguraldissertation (1770) von den früheren Werken scheidet und mit den späteren verknüpft. In dieser Schrift ist der Gesichtspunkt gegeben, auf dem die kritische Betrachtungsweise ruht und sich der dogmatischen entgegenstellt; das Kriterium jeder falschen Metaphysik ist schon dargethan, es besteht in der Uebertragung der Beschaffenheiten sinnlicher Objecte auf die intelligibeln (Dinge an sich), welche Verwirrung daher rührt, daß man die Grenzen der beiden Erkenntnißvermögen nicht einsieht und deshalb vermischt; von den Grundproblemen der Vernunftkritik ist die transscendentale Aesthetik bereits ausgeführt, das Gebiet der transscendentalen Dialektik erleuchtet und die Richtschnur zur Behandlung ihrer Themata, wie zur Lösung ihrer Probleme bezeichnet; nur die Frage nach der intellectuellen und metaphysischen Erkenntniß der Dinge steht zwar schon aufgerichtet, aber noch ungelöst. Die endgültige Entscheidung ging, wie wir wissen, dahin, daß eine solche Erkenntniß in Rücksicht der sinnlichen Objecte bejaht, in Rücksicht der intelligibeln verneint oder, was dasselbe heißt, daß die Metaphysik der Erscheinungen begründet, die der Dinge an sich widerlegt wurde. Dieses Ergebniß brachte erst die Kritik der reinen Vernunft, die in ihrer transscendentalen Analytik die Möglichkeit einer Metaphysik der Erscheinungen d. h. den allgemeinen und

nothwendigen Charakter der Erfahrungserkenntniß begründete oder, was
dasselbe heißt, die rationale Erkenntniß der Objecte auf die Erfahrung
einschränkte. Der Schwerpunkt dieser Untersuchung lag, wie gezeigt
wurde, in der „transscendentalen Deduction der reinen Verstandes=
begriffe".*)

Wohlgemerkt: diese Deduction enthält den Schwerpunkt der trans=
scendentalen Analytik, keineswegs den der Vernunftkritik überhaupt.
Wir sind unter den heutigen „Neukantianern" und „Kantphilologen"
einer solchen grundfalschen Behauptung begegnet, die dann für die
schiefsten Auffassungen der Lehre Kants zur Grundlage dienen soll.
Denn es ist eine völlig schiefe und falsche Meinung, daß die Deduction
der reinen Verstandesbegriffe „den werthvollsten Bestandtheil der Ver=
nunftkritik" ausmache, als ob die übrigen Bestandtheile, insbesondere
die transscendentale Aesthetik, weniger werthvoll und am Ende entbehrlich
wären. Es ist weiter schief und falsch, von einer „empiristischen Lösung"
des in der Deduction enthaltenen Erkenntnißproblems zu reden, denn
der ganze Sinn der kantischen Lehre besteht darin, daß die Erfahrung
auf unsere rationalen Vernunftbegriffe, nicht aber diese auf jene ge=
gründet werden. Die im Sinne Kants zu begründende Erfahrung ist
die nothwendige und allgemeine Erkenntniß der Erscheinungen: daher
setzt sie das Dasein der Erscheinungen voraus. Wie diese entstehen,
lehrt die transscendentale Aesthetik: daher bildet die letztere die noth=
wendige und unentbehrliche Grundlage der transscendentalen Analytik
und einen gleich werthvollen Bestandtheil der Vernunftkritik. Ein an=
deres ist der Theil, ein anderes das Ganze. Die Deduction der reinen
Verstandesbegriffe ist ein Theil der transscendentalen Analytik, diese ein
Theil der Vernunftkritik. Etwas anderes ist der „werthvollste Bestand=
theil" des Ganzen, etwas anderes die wichtigste und schwierigste Unter=
suchung in einem Theile des Ganzen. Solche Unterschiede muß man
kennen und beachten, bevor man es unternimmt, einen Philosophen
wie Kant „philologisch" zu interpretiren, mit der angenommenen Miene,
auf solchem Wege zum erstenmale der Welt die Augen über den Ideen=
gang dieses Denkers zu öffnen. Wenn man jene Unterschiede nicht
beachtet, so hat man es leicht, überall und fortwährend in der Lehre
Kants „Verschiebungen der Begriffe" zu sehen. Solche „Verschiebungen"
waren nicht im Kopfe eines Kant, sondern sind nur in einer Auf=

*) Vgl. ob. Buch II. Cap. IV. S. 311—28 (insbef. S. 312—14, S. 327 flgb.).
35*

faffung möglich, der diefer Kopf als ein Kaleidoskop erscheint, das man beliebig rütteln kann, um gleich wieder eine neue „Verschiebung" zu bemerken. Man vergleiche Kants eigene Erklärungen mit diefer eben bezeichneten Art, ihn zu interpretiren und feine Deduction der reinen Verstandesbegriffe zu würdigen. Der Philosoph fagt in der Vorrede zur ersten Ausgabe der Vernunftkritik: „Ich kenne keine Unterfuchungen, die zu Ergründung des Vermögens, welches wir Verstand nennen, und zugleich zu Bestimmung der Regeln und Grenzen feines Gebrauchs wich= tiger wären, als die, welche ich in dem zweiten Hauptstücke der trans= fcenbentalen Analytik unter dem Titel Deduction der reinen Ver= ftandesbegriffe angestellt habe; auch haben fie mir die meiste, aber, wie ich hoffe, nicht unvergoltene Mühe gekostet. Diefe Betrachtung, die etwas tief angelegt ist, hat aber zwei Seiten, die eine bezieht sich auf die Gegenstände des reinen Verstandes und foll die objective Gültigkeit feiner Begriffe a priori barthun und begreiflich machen, eben barum ist fie auch wefentlich zu meinen Zwecken gehörig; die andere geht barauf aus, ben reinen Verstand felbst nach feiner Möglichkeit und feinen Er= kenntnißkräften, auf benen er felbst beruht, mithin in fubjectiver Be= ziehung zu betrachten, und obgleich diefe Erörterung in Anfehung meines Hauptzweckes von großer Wichtigkeit ist, fo gehöret fie doch nicht wefent= lich zu bemfelben; weil die Hauptfrage immer bleibt: was und wie viel kann Verstand und Vernunft, frei von aller Erfahrung, erkennen? und nicht: wie ist das Vermögen zu benken felbst möglich?"*)

Seit der Jnauguralschrift und in Folge berfelben lag die Auf= gabe Kants in einer neuen und ficheren Begründung der Metaphyfik, die einst als „die Königin aller Wiffenschaften" despotisch geherrscht hatte, dann unter den Skeptikern, diefen Nomaden im Gebiete der Philosophie, einer völligen Anarchie verfallen und zuletzt nach Lockes „Physiologie des menfchlichen Verstandes" für eine ufurpatorische Herr= fcherin erklärt war, die nicht von königlicher Herkunft fei, fondern „aus bem gemeinen Pöbel der Erfahrung" abstamme; nun lebe fie als eine

---

*) J. Kants Werke (Ausg. Hartenstein 1838) Bb. II. S. 8. Mit diefer Er= klärung des Philosophen vergleiche man B. Erbmann: J. Kants Prolegomena, herausg. u. historisch erklärt (Leipzig 1878). Einleit. S. IV. S. XCI. a. a. O. Der= felbe: Kants Kriticismus in der ersten und zweiten Aufl. b. Kr. b. r. V. Eine hist. Unterfuchung (Leipzig 1878). S. 12, 19 a. a. O. Gegen die erstgenannte Schrift desfelben Verfaffers vgl. als treffenbe Wiberlegung Emil Arnoldt: „Kants Pro= legomena nicht doppelt redigirt". (Berl. 1879. S. 11—18.)

verstoßene und verlassene Matrone, die alle Welt mit Geringschätzung und Gleichgültigkeit behandle. Dieser gänzliche Indifferentismus sei in dem Reiche der Erkenntniß „die Mutter des Chaos und der Nacht", aber zugleich mitten in dem gegenwärtigen Flor aller Wissenschaften das Vorspiel eines neuen Tages; er ist „offenbar nicht die Wirkung des Leichtsinnes, sondern der gereiften Urtheilskraft des Zeitalters, welches sich nicht länger durch Scheinwissen hinhalten läßt, und eine Aufforderung an die Vernunft, das beschwerlichste aller ihrer Geschäfte, nämlich das der Selbsterkenntniß, aufs Neue zu übernehmen und einen Gerichtshof einzusetzen, der sie bei ihren gerechten Ansprüchen sichern, dagegen aber alle grundlosen Anmaßungen nicht durch Machtsprüche, sondern nach ihren ewigen und unwandelbaren Gesetzen abfertigen könne, und dieser ist kein anderer als die Kritik der reinen Vernunft selbst. Ich verstehe aber hierunter nicht eine Kritik der Bücher und Systeme, son-dern die des Vernunftvermögens überhaupt in Ansehung aller Erkennt-nisse, zu denen sie unabhängig von aller Erfahrung streben mag, mithin die Entscheidung der Möglichkeit oder Unmöglichkeit einer Meta-physik überhaupt und die Bestimmung sowohl der Quellen als des Umfanges und der Grenzen derselben, alles aber aus Principien."*)

Diese Begründung der Metaphysik aus rationalen Principien und die dadurch bedingte Einschränkung derselben auf das Gebiet der Erscheinungen war eben das Thema der Deduction der reinen Ver-standesbegriffe. Es handelte sich hier, wenn man alte Bezeichnungen brauchen will, vielmehr um „die Neubegründung des Rationalismus", wie Paulsen sagt, keineswegs um die des Empirismus.**) Auch erkennen wir wohl, warum gerade diese Arbeit dem Philosophen die meiste Mühe gekostet und eine so lange Zeit erfordert hat, um ins Reine zu kommen und den Weg von der Inauguralschrift zur Vernunftkritik zu vollenden. Er begegnete auf diesem Wege einem gewissen Widerstreit mit den Resultaten seiner transcendentalen Aesthetik und machte eine Entdeckung, die nicht etwa die idealistische Grundansicht der ersteren, wie man kurz-sichtiger und unkundiger Weise gemeint hat, änderte oder verließ, son-dern tiefer und umfassender, als bisher, gestalten mußte. Die trans-scendentale Aesthetik wollte gelehrt haben, wie die Erscheinungen aus zwei Factoren entstehen: aus dem Material der Sinneseindrücke und

---

*) Vorrede zur ersten Ausgabe der Kr. b. r. Vern. (Bd. II. S. 4—6). —
**) Fr. Paulsen: Versuch einer Entwicklungsgeschichte der kantischen Erkenntniß theorie, S. 211 flgb.

ben synthetischen Anschauungsformen von Raum und Zeit, ohne alle
Mitwirkung des Verstandes und der intellectuellen Vermögen überhaupt.
Und nun fand der Philosoph, daß jene beiden Factoren keineswegs
ausreichen, um diejenigen Erscheinungen zu geben, deren nothwendige
und allgemeine Verknüpfung die objective Erfahrung sein sollte; er fand,
daß die sinnlichen Gegenstände (Erscheinungen), die jedes Bewußtsein
immer auf dieselbe Art vorstellt, b. h. unsere Erfahrungsobjecte (Sinnen=
welt) gar nicht zu Stande kommen, wenn nicht ihre Elemente durch
nothwendige und allgemeine Formen von intellectueller Art ver=
knüpft werden; er fand, daß Sinneseindrücke, Raum und Zeit im Grunde
nur Vielheit und Mannichfaltigkeit von Empfindungs= und An=
schauungselementen liefern können, nicht aber deren Zusammenfassung
und Einheit; daß ohne „Apprehension, Einbildung und Recognition"
auch nicht die einfachste Größe, wie die gerade Linie a b, vorgestellt
werden könne. Daher blieb die Sache nicht so, wie sie der Philosoph
zunächst gestellt hatte: daß die Erscheinungen in angeschauten Empfin=
dungen bestehen und die Erfahrung in (den durch die Kategorien) ver=
knüpften Erscheinungen. Die transcendentale Aesthetik hatte in der
Begründung der Erscheinungen ein Deficit gelassen, welches die trans=
scendentale Analytik in der Deduction der reinen Verstandesbegriffe
decken mußte, ohne die Scheidung der beiden Erkenntnißvermögen zu
beeinträchtigen. Kant mußte in seine Lehre von der Entstehung der
Erscheinungen den dritten Factor der intellectuellen Vermögen auf=
nehmen und dadurch seine idealistische Grundansicht vertiefen und er=
weitern, ohne das Resultat der transscendentalen Aesthetik in Rücksicht
auf die Erscheinungen zu ändern. Die Sache blieb nicht so, wie sie
der Philosoph zunächst gestellt hatte, aber er ließ dieselbe so stehen.
Daher kann man nicht oberflächlicher und unrichtiger urtheilen, als
wenn man meint, daß Kant jenes Deficit in der Erzeugung der sinn=
lichen Objecte durch seine Voraussetzung und Lehre von den Dingen
an sich gedeckt und darüber seine idealistische Grundansicht im Stich
gelassen habe. Dies wäre, um sich aus der Schwierigkeit zu ziehen, eine
leichte und völlig nichtssagende Art gewesen. Vielmehr nahm er seinen
schwierigen Weg durch die Erforschung der menschlichen Vernunft, um
in der geheimen und unbewußten Werkstätte ihrer intellectuellen Ver=
mögen, insbesondere der Einbildungskraft, diejenige Entstehungsart der
Erscheinungen, welche die transscendentale Aesthetik nicht erklärt hatte,
zu ergründen. So erwuchs in der Deduction der reinen Verstandes=

begriffe jene Arbeit, die ihm begreiflicher Weise die meiste Mühe gekostet; sie ist nach seinem eigenen Ausspruch die wichtigste Untersuchung in der transscendentalen Analytik und „das Schwerste, das jemals zum Behuf der Metaphysik unternommen werden konnte".*) Sie war es für Kant und ist es auch für seine Leser. Daher suchte der Philosoph durch eine Umarbeitung in der zweiten Ausgabe der Kritik das Verständniß dieses Abschnittes zu erleichtern. Indessen mußten wir in unserer Darstellung dem Ideengange der ersten Ausgabe folgen.**)

2. Die Entstehung der Prolegomena.

Wir haben in der Lebensgeschichte Kants erzählt, wie die Prolegomena zu einer jeden künftigen Metaphysik entstanden sind.***) Der Verfasser der Kritik der reinen Vernunft war sich der epochemachenden Bedeutung seines Werkes, wie der darin enthaltenen Schwierigkeiten, die das Verständniß und die Verbreitung desselben hemmen mußten, sehr wohl bewußt und brauchte über die Anstrengungen, womit die Vernunftkritik durchdrungen sein wollte, nicht erst Klagen oder Beschwerden von außen zu hören. „Man wird sie unrichtig beurtheilen, weil man sie nicht versteht; man wird sie nicht verstehen, weil man das Buch zwar durchblättern, aber nicht durchzudenken Lust hat; und man wird diese Bemühung darauf nicht verwenden wollen, weil das Werk trocken, weil es dunkel, weil es allen gewohnten Begriffen widerstreitend und überdem weitläufig ist." Die Weitläufigkeit machte, daß man die Hauptpunkte der Untersuchung nicht deutlich genug übersehen konnte, und daher rührte eine gewisse Dunkelheit des Werkes. Diesem Uebelstande wollte Kant durch seine Prolegomena abhelfen.†) Schon in der Vorrede zur Vernunftkritik hatte der Philosoph bemerkt, daß man mit gutem Recht sagen könne: „manches Buch wäre viel deutlicher geworden, wenn es nicht so gar deutlich hätte werden sollen". Denn die Ausführlichkeit in den Theilen hindere die Ueberschauung des Ganzen.††) Diese Bemerkung galt seinem eigenen Werk. Die Kritik der reinen Vernunft war ein solches Buch. Die Ueberschauung des Ganzen in der kürzesten Fassung und in der verständlichsten (analytischen) Lehrart sollten die Prolegomena geben: sie sind, was die didaktische Kunst betrifft, Kants Meisterstück.

*) Vorr. zur ersten Ausgabe der Kr. d. r. V. (Bd. II. S. 8) und Vorr. zu den Prolegomena (Bd. III. S. 171). — **) Vgl. ob. Buch II. Cap. V. S. 360—76. — ***) Vergl. oben Buch I. Cap. IV. S. 72—76). — †) Vorr. z. Prolegomena (Bd. III. S. 172). — ††) Vorr. zur ersten Ausgabe d. Kr. d. r. V. (Bd. II. S. 10).

Um die Metaphysik zu begründen, muß man wissen, worin die Eigenthümlichkeit der metaphysischen Erkenntniß besteht, ob und wie dieselbe möglich ist? Daher lauten die Fragen der Prolegomena: Was ist Metaphysik? Ist überall Metaphysik möglich? Wie ist sie möglich? Die letzte Frage theilt sich in die vier Hauptfragen: 1. Wie ist reine Mathematik möglich? 2. Wie ist reine Naturwissenschaft möglich? 3. Wie ist Metaphysik überhaupt möglich? 4. Wie ist Metaphysik als Wissen= schaft möglich? Die Lösung dieser Probleme geschieht so, daß die That= sache der Erkenntniß in ihrer allgemeinen Grundform, wie in ihren besonderen Arten festgestellt und daraus die Bedingungen, aus denen sie folgt, hergeleitet werden.

Vergleichen wir die Stellung, Ordnung und Lösung dieser Fragen der Prolegomena mit den Ausführungen der Vernunftkritik, so leuchtet ein, daß sie die Quintessenz der letzteren in der übersichtlichsten Fassung und in einer Lehrart enthalten, die nicht deutlicher und populärer sein kann, als sie ist. Daher können die Prolegomena recht wohl ein erläu= ternder oder populärer Auszug aus der Vernunftkritik genannt werden. Mit einer solchen Arbeit finden wir den Philosophen beschäftigt, sobald sein Hauptwerk erschienen war. In den gleichzeitigen Briefen Hamanns an Herder und Hartknoch ist von einer unter Kants Feder befindlichen Schrift die Rede, die bald ein „populärer Auszug aus der Kritik", bald ein „Lese= oder Lehrbuch" über Metaphysik", dann „Prolegomena einer noch zu schreibenden Metaphysik", zuletzt kurzweg „Prolegomena" genannt wird.*) Es ist nicht mit Gewißheit auszumachen, ob unter diesen verschiedenen Bezeichnungen immer dieselbe Schrift zu verstehen ist, ob die Prolegomena der erläuternde Auszug oder das Lehrbuch oder beides oder keines von beiden sind.**) Hamanns Berichte haben keine diplomatische Genauigkeit und gehen nach Hörensagen; nennt er doch dieselbe Schrift jetzt einen populären Auszug aus der Kritik, jetzt einen „kleinen Nachtrag" zu derselben. In Wahrheit hängt sehr wenig von der Entscheidung dieser Fragen ab, da aus Kants eigenen Erklä=

---

*) Br. Hamanns an Herder vom 5. August, 11. August, 15. September 1781 und 20. April 1782, an Hartknoch vom 14. September, 23. October, November 1781, vom 11. Januar, 8. Februar, 21. December 1782. — **) B. Erdmann hält den erläuternden Auszug für die erste Redaction der Prolegomena; E. Arnoldt hält die Prolegomena für das „Lehrbuch über Metaphysik" und glaubt, daß Kant den erläuternden Auszug fallen und später durch Joh. Schulz zu dessen Erläuterungen über die Vernunftkritik (1784) verwenden ließ.

rungen feststeht, wie und aus welchen Motiven die Prolegomena aus der Vernunftkritik hervorgingen. Nach meiner Ansicht sind sie jener erläuternde Auszug, den Kant im August 1781 begonnen und im September 1782 vollendet hat; sie sind n i c h t das „Lehrbuch" über Metaphysik", da Kant den 18. August 1783 an Mendelssohn schreibt, er beabsichtige ein solches Lehrbuch „nach und nach auszuarbeiten und in einer nicht zu bestimmenden, vielleicht noch ziemlich fernen Zeit fertig zu schaffen."*)

Während Kant noch mit jenem „erläuternden Auszug" beschäftigt war, der die Quintessenz der Kritik geben und verdeutlichen sollte, erschien (anonym) den 19. Januar 1782 in der „Zugabe zu den göttingischen Anzeigen von gelehrten Sachen" jene erste, von Garve verfaßte, von Feder verkürzte und modificirte Recension der Vernunftkritik, worin die idealistische Grundansicht der letzteren verkannt und der Lehre Verkeleys gleichgesetzt wurde. Es hieß, daß der Verfasser der Vernunftkritik wohl die Schwierigkeiten der Speculation zu zeigen, aber nicht den rechten Mittelweg, der zwischen den Extremen des Skepticismus und Dogmatismus zur natürlichen Denkart zurückführe, zu finden gewußt habe. Wider eine solche Auffassung sah unser Philosoph sich zu einer energischen Abwehr genöthigt, die er in den dem ersten Theile seines Werkes hingefügten „Anmerkungen" und namentlich in einem „Anhange" zum Ganzen einleuchtend und nicht ohne Erbitterung ausführte. Er nahm die Beurtheilung als eine aus Unkenntniß und übler Absicht entstandene Mißdeutung seines Werkes und ließ sie im Anhange als die „Probe eines Urtheils über die Kritik, das vor der Untersuchung vorhergeht", erscheinen.**) Die Recension hatte gleich in ihrem ersten Satz die Kritik der reinen Vernunft als „ein System des höheren oder, wie es der Verfasser nennt, des transcendentellen Idealismus" bezeichnet. Die Worte, womit Kant diese Bezeichnung zurückweist, sind lehrreich und höchst charakteristisch: „Bei Leibe nicht des h ö h e r e n. Hohe Thürme und die ihnen ähnlichen metaphysisch großen Männer, um welche gemeiniglich viel Wind ist, sind nicht für mich. Mein Platz ist das frucht-

---

*) B. Erdmann berichtet in seiner histor. Einleit. z. d. Ausg. d. „Prolegomena": daß Kant zur Zeit des eben erwähnten Briefes an Mendelssohn im Aug. 1783 „eben an dem letzten Theil seiner Prolegomena schrieb" (S. III.) und ein Jahr vorher, den 24. August 1782, „eben an den letzten Abschätzen der Prolegomena schrieb" (S. XVI. Anmtg. 2). Dies ist kein Druckfehler, sondern eine durch die Hast und Flüchtigkeit des Schreibers entstandene Confusion. — **) S. ob. Buch I. Cap. IV. S. 74—76.

554

bare Bathos der Erfahrung, und das Wort „transscendental", dessen
so vielfältig von mir angezeigte Bedeutung vom Recensenten nicht einmal
gefaßt worden, bedeutet nicht etwas, das über alle Erfahrung hinaus=
geht, sondern was vor ihr (a priori) zwar vorhergeht, aber doch zu
nichts Mehrerem bestimmt ist, als lediglich Erfahrungserkenntniß mög=
lich zu machen. Wenn diese Begriffe die Erfahrung überschreiten, dann
heißt ihr Gebrauch transscendent, welcher von dem immanenten, d. i.
auf Erfahrung eingeschränkten Gebrauch unterschieden wird. Allen Miß=
deutungen dieser Art ist in dem Werke hinreichend vorgebeugt worden;
allein der Recensent fand seinen Vortheil bei Mißdeutungen."*)

Daß Kant die ihm gemachten Einwürfe anmerkungs= und an=
hangsweise behandelt hat, zeigt, wie wenig die Aufgabe seiner Prole=
gomena durch jene Recension bedingt und ihre Ausführung dadurch
veranlaßt war. Sie sind aus keiner polemischen, sondern aus einer
rein bidaktischen Absicht entstanden und binnen Jahresfrist vollendet
worden. Schon aus diesem Grunde ist nicht daran zu denken, daß
Kant dieses Werk aus zwei verschiedenen, innerlich heterogenen, früheren
und späteren Bestandtheilen zusammengeschweißt habe: den ursprünglichen
Erläuterungen und den späteren (durch die Recension hervorgerufenen)
Zusätzen. Und will man diese Zusätze gar so weit ausdehnen, daß
sie nicht blos in den unverkennbaren Hinweisungen auf jene Recension
bemerkt, sondern bald da bald dort gewittert werden, ganze Para=
graphen in Beschlag nehmen, in der Mitte einzelner bald mehr bald
weniger Zeilen enthalten und in ihrer Totalsumme fast die Hälfte
des ganzen Werkes ausmachen sollen, so ist ein Verfahren solcher Art
nicht mehr eine gewagte Hypothese, sondern ein leeres Spiel, dem
nicht die mindeste wissenschaftliche Berechtigung zukommt. Nur sollte
der Spaß eines solchen Chorizonten nicht so weit gehen, daß er, wie
der jüngste Herausgeber der Prolegomena, nach seinem Belieben das
typographische Bild des kantischen Textes ändert und in einer anderen
Schrift die vermeintlichen „Erläuterungen", in einer anderen die ver=
meintlichen „Zusätze" drucken läßt. Dies heißt, ein kantisches Werk
nicht herausgeben, sondern, wie schon von anderer Seite treffend be=
merkt ist, verunstalten und verderben.**)

---

*) Prolegomena u. s. f. Anhang. (Bd. III. S. 304, Anmlg.) — **) J. Kants
Prolegomena u. s. f., herausgeg. und historisch erklärt von B. Erdmann (Lpzg. 1878).
Emil Arnoldt: „Kants Prolegomena, nicht doppelt redigirt. Widerlegung der
B. Erdmann'schen Hypothese." (Berl. 1879.) S. 6 u. a. O.

Aber diese vermeintlichen Bestandtheile sollen auch innerlich heterogen und aus verschiedenen Tendenzen entsprungen sein, was zwar der Philosoph selbst keineswegs beabsichtigt, auch nicht gemerkt, sondern erst er, der jüngste Herausgeber des Werkes, ein Jahrhundert später entdeckt habe. Kant habe nämlich seine Vernunftkritik in den Prolegomena nicht blos erläutert, sondern auch „verschoben"; in den Erläuterungen sei die Klärung, in den späteren Zusätzen die Aenderung der Lehre enthalten. Wo nun dem Herausgeber eine „Verschiebung der Begriffe" erscheint, da bemerkt derselbe einen „Zusatz", und wo er einen Zusatz zu sehen wünscht, da erscheint ihm auch eine „Verschiebung". Diese Entdeckung begründet seine neue Art der Herausgabe des kantischen Werkes und ist das durchgängige Thema der dazu gehörigen Einleitung, die auf dem Titel als historische Erklärung figurirt. Die entdeckte „Verschiebung" wird dann in der zweiten Ausgabe der Kritik noch weiter „verschoben", weshalb der Entdecker genöthigt war, auch seine Herausgabe der Vernunftkritik mit einer „historischen Untersuchung" zu begleiten, die wieder dasselbe Thema ausführt.*) In der ersten Ausgabe der Vernunftkritik soll die unbezweifelte und selbstverständliche Voraussetzung herrschen, daß „eine Mehrheit wirkender Dinge an sich existirt"; in den vermeintlich späteren Bestandtheilen der Prolegomena wird „die Existenz der Dinge an sich, die anfangs eine als selbstverständlich in dem Begriff der Erscheinung mitgedachte Voraussetzung war, zu einem specifischen Merkmal"; in der zweiten Ausgabe der Kritik ist „die Wirklichkeit der Dinge an sich nicht mehr selbstverständliche Voraussetzung, wie in der ersten Auflage, und nicht mehr blos nothwendiges Merkmal, wie in den Prolegomena, sondern ein Problem, das zu seiner realistischen Lösung einen besonderen Beweis fordert und aus dem Zusammenhang des Systems heraus auch mit unbedingter Sicherheit erhalten kann".**) Kurz gesagt: was in der ersten Ausgabe der Kritik nur Voraussetzung ist, nämlich das Dasein vieler wirksamer Dinge an sich, wird in den Prolegomena specifisches Merkmal des Begriffs und in der zweiten Ausgabe der Kritik realistisch gelöstes Problem. Diese Behauptungen sind nicht blos leer und nichtssagend, sondern grundfalsch, sie sind in Kants kritischen Schriften unnachweisbar, denn

---

*) B. Erdmann: Kants Kriticismus in der ersten und zweiten Auflage der Kr. d. r. V. Eine historische Untersuchung (1878). — **) Ebendaselbst. S. 94 flgb. S. 202, 208 a. a. O. Derselbe: Kants Prolegomena u. s. f. Hist. Einleit. S. XLV, IL, LII, LXV, LXXI, LXXIII a. a. O.

sie sind in Kants kritischen Gedanken unmöglich. Er konnte das Dasein vieler wirksamer Dinge an sich nicht voraussetzen, weil Dasein, Viel= heit und Wirksamkeit nach seiner Lehre Kategorien, diese aber auf die Dinge an sich nicht anwendbar sind; er konnte das Dasein der Dinge an sich nicht zu dem specifischen Merkmal eines Begriffes machen, weil nach seiner Lehre das Dasein nie das Merkmal eines Begriffes sein kann; er konnte das Dasein der Dinge an sich nicht realistisch be= weisen oder bewiesen haben wollen, weil er die Unbeweisbarkeit dieses Daseins bewiesen hat und bewiesen haben wollte. Die Schwerpunkte der Kritik haben sich nicht in dem Kopfe Kants, sondern nur in dem eines „Kantphilologen" verschoben, der, von einer gewissen dogmatischen Selbsttäuschung geblendet, diesen verworrenen Vorgang in sich für eine Entwicklungsgeschichte Kants gehalten hat. Im Uebrigen verweise ich auf E. Arnoldt's wiederholt erwähnte, treffliche Widerlegungsschrift, der dem Gegner nicht blos eine durch die Klarheit der Schreibart und Sachkenntniß überlegene Kraft bewiesen, sondern auch gezeigt hat, daß es Leute giebt, die sich durch den Dunst von Großsprecherei und Schein= gründlichkeit nicht blenden lassen.*)

Es gehört zu den verdienstlichen Geschäften der „Kantphilologie", daß sie die Werke des Philosophen von Druckfehlern zu säubern be= müht ist. Freilich braucht man zu einer solchen Arbeit keine Philologie, aber das Kind braucht einen Namen. Nur darf auch mit Kants Worten so wenig nach Willkür verfahren werden, als mit dem Gange seiner Untersuchungen und der Composition seiner Schriften. Wenn der Philo= soph z. B. in der zweiten Ausgabe der Kritik das Wort „Scharfsichtig=

*) Emil Arnoldt: Kants Proleg. nicht doppelt redigirt u. s. f. Hier heißt es (S. 42): „Diese Darstellung des Verf. der Einleitung würde nur lächerlich sein, wäre sie nicht lächerlich durch ihre Leichtfertigkeit. Doch ist der Verf. der Einleitung nicht ungeschickt darin, seine Leichtfertigkeit mit dem Schein der Gründlichkeit zu umkleiden. Und er würde hierin sehr geschickt zu nennen sein, wenn er nicht durch seine Selbstberühmung und Prätension vorweg Bedenken gegen die Solidität seiner Forschung einflößte". Vgl. S. 44—49, S. 53 u. a. O. Eine verdiente Zurückweisung wird dem Gegner S. 71 ertheilt: „Schulz, der, wie der Verf. d. Einleit. sagt, eine verkürzte Darstellung der kantischen Ausführungen „„in wenig beneidenswerther Selbstäußerung geliefert hat!"" „O, wenn der neidlose Verf. d. Einl. doch den wenig beneidenswerthen Schulz recht inniglich beneidet hätte! Er hätte so manches von ihm lernen können" u. s. f. Wie flüchtig der Herausgeber der Prolegomena seine historische Einleitung hingeworfen, die eigenen Aeußerungen vergessen und sich selbst widersprochen, wie unrichtig er Kants Worte interpretirt hat, zeigt Arnoldt durch schlagende Beispiele: vgl. S. 16—18, S. 58—60.

keit" in „Scharfsinnigkeit" verbessert hat, weil es sich an der betref=
fenden Stelle um das Erkennen verschiedener Begriffe handelt, so ist
deshalb in den Prolegomena das Wort „Scharfsichtigkeit" an einer
Stelle, wo es Kant gebraucht und beibehalten hat, weil hier vom
„Aufspähen" und „Sehen" die Rede ist, nicht in „Scharfsinnigkeit" zu
verschlimmbessern. So hat es dem jüngsten Herausgeber gefallen. Nach
seinem Verfahren zu urtheilen, erscheint die „Kantphilologie" als eine
Kunst, Druckfehler nicht blos zu finden, sondern auch zu machen.*)
Wehe aber jedem andern Herausgeber, der sich an der Stellung eines
unbedeutenden Wörtchens versündigen sollte und, wie es dem trefflichen
Hartenstein in seiner Ausgabe der Vernunftkritik begegnet ist, z. B.
„etwa nur" lesen läßt, wo Kant „nur etwa" geschrieben hat.**) Ist
doch an dieser Stelle die richtige Lesart so bedeutungsvoll: der Philo=
soph hat von den Aushängebogen seines Werkes nicht „etwa nur",
sondern „nur etwa die Hälfte zu sehen bekommen." Aus den gegebenen
Proben und Pröbchen möge der Leser erkennen, was es in einem ihrer
ruhmredigsten und betriebsamsten Werkzeuge, das neue Wege zu bahnen
verspricht und auf völlig unbetretenen Pfaden einherzuschreiten prahlt,
mit dieser Kantphilologie für eine Bewandtniß hat. In ihren richtigen
Grenzen kann sie mit ihrem Kleinkram eine nützliche Arbeit sein; als
Grünbergeschäft getrieben, ist sie lächerlich.

3. „Nachträge zur Vernunftkritik."

Auf dem Wege von den Prolegomena zu der zweiten Ausgabe der
Kritik bemerken wir, daß uns aus dem Nachlaß des Philosophen „Nach=
träge" zur ersten geboten werden.***) Es sind handschriftliche Bemer=
kungen, die Kant in ein Exemplar seines Hauptwerkes eingetragen und
nach letztwilligen Verfügungen mit den anderen beschriebenen Hand=
büchern zur Vernichtung bestimmt hatte. Die herausgegebenen Blätter
sollen, wie es in dem Vorworte heißt, „in dem Kranze, den das Ju=
biläumsjahr der Kritik der reinen Vernunft darbietet nach dem Ver=
dienst, das dem sie bindenden Kärtner gebührt, die bescheidensten sein".

---

*) B. Erdmann: Kants Prolegomena S. 19 u. S. 146. Vergl. E. Arnoldt,
S. 74 Anmkg. — **) Vgl. Karl Kehrbach: „Replik gegen des Hrn. Privatdocenten
B. Erdmanns Recension meiner Ausgabe der kantischen Kr. d. r. V. Zugleich eine
kurze Charakteristik des allerneuesten Stadiums der sogenannten Kantphilologie."
(Zeitschr. f. Philos. u. philol. Kritik. Bd. 72. S. 310—22.) — ***) B. Erdmann:
Nachträge zu Kants Kr. d. r. V. Aus Kants Nachlaß. (Kiel 1881.)

Sie müßten mehr sein, wenn sie, wie das Vorwort verheißt, für das Verständniß des Hauptwerkes „von nichts weniger als unerheblichem Nutzen" wären. Unter den 184 Bemerkungen, die der Herausgeber mit= getheilt hat, sind auch solche, die er selbst nicht hat lesen können; keiner der mitgetheilten Säße ist dazu angethan, das Verständniß der Kritik zu fördern oder uns eine neue Belehrung zu liefern. Am Schluß gesteht der Herausgeber selbst, daß von jenen 184 Bemerkungen nur ein einziger Saß „eine wirklich neue Strömung zeige". Dieser Saß lautet: „Der reine Idealismus betrifft die Existenz der Dinge außer uns. Der kritische läßt sie unentschieden und behauptet nur, daß die Form ihrer Anschauung blos in uns sei." Wenn unter den „Dingen außer uns" die „Dinge an sich" verstanden sein sollen, so wäre nach dieser Aeußerung der kritische Idealismus skeptisch, was nicht blos dem Lehrbegriffe des Phi= losophen, sondern auch jener Behauptung des Herausgebers widerstreitet, daß Kant die Existenz einer Mehrheit wirkender Dinge an sich niemals bezweifelt, vielmehr bewiesen habe. Auch in diesem einzigen Sätzchen ist daher nichts von dem wahrnehmbar, was der Herausgeber „Strö= mung" nennt, geschweige eine „neue". Was seine „Nachträge" bieten, ist eine für Kants Buchstabenverehrer willkommene, für uns werthlose Beschreibung eines beschriebenen Handbuches. Ich möchte wissen, wie es die Leser anfangen werden, um den letzten Wunsch des Herausgebers zu erfüllen: nämlich diese Nachträge immer nur in dem doppelten Sinn benußen, den der Spruch des tiefsinnigen Philosophen „ὁδὸς ἄνω κάτω μίη" fordere. Ich möchte wissen, was sich der Herausgeber selbst bei dieser Phrase gedacht hat, die heraklitisches Gold in das Blech leerer Worte verwandelt.*)

III. Die erste und zweite Ausgabe der Vernunftkritik.

1. Die fraglichen Differenzen.

Wir kommen zu der Frage, die in der vergleichenden Untersuchung der verschiedenen Darstellungsarten der kantischen Kritik die wichtigste ist und seit langer Zeit den Gegenstand eines vielstimmigen und beharr= lichen Streites über die Differenzen zwischen der ersten und zweiten Ausgabe der Vernunftkritik ausmacht.**) Die Meinungen darüber zeigen

---

*) B. Erdmann: Nachträge u. s. f. S. 59. Vgl. S. 4. S. 18 (XXVI.) S. 58. — **) S. oben Buch 1. Cap. IV. S. 76.

die größten Abweichungen. Es wird gestritten: ob die in der Darstellung vorhandenen Differenzen die Grundlagen der kantischen Lehre treffen oder nicht? Wenn sie als Veränderungen der Lehre selbst gelten, so wird gestritten: ob der wahre Charakter derselben in der ersten oder in der zweiten Ausgabe der Kritik am reinsten gewahrt sei, ob die letztere eine widerspruchsvolle Entstellung oder eine richtige Fortbildung der Lehre enthalte?

Die Differenzen, abgesehen von ihrem Werth und ihrer Tragweite, afficiren in dem Texte der ersten Ausgabe die Einleitung, einige Stellen der transscendentalen Aesthetik, die „Deduction der reinen Verstandes= begriffe", die „Analytik der Grundsätze", die Abhandlung „von dem Grunde der Unterscheidung aller Gegenstände überhaupt in Phänomena und Noumena", und die „Paralogismen der reinen Vernunft". Sie bestehen in Erweiterungen und Kürzungen, Hinzufügungen und Weg= lassungen, gänzlicher und theilweiser Umarbeitung. Erweitert sind in der zweiten Ausgabe die Einleitung und einige Punkte der transscen= dentalen Aesthetik; völlig umgearbeitet ist die Deduction der reinen Verstandesbegriffe, theilweise der Abschnitt vom Unterschiede der Noumena und Phänomena; hinzugefügt sind in der Analytik der Grundsätze die „Widerlegung des Idealismus" und die „Allgemeine Anmerkung zum System der Grundsätze"; umgearbeitet und durch ausgedehnte Weg= lassungen gekürzt sind die Paralogismen der reinen Vernunft. Von diesen Differenzen sind die wichtigsten und fragewürdigsten die veränderte Darstellung der Deduction der reinen Verstandesbegriffe und der Lehre vom Unterschiede der Erscheinungen und Dinge an sich, die hinzu= gefügte „Widerlegung des Idealismus" und die Weglassungen in den Paralogismen der reinen Vernunft.*) In ihrer größten Spannung erscheint die Differenz der beiden Ausgaben, wenn man die „Wider= legung des Idealismus", die Kant in der zweiten Ausgabe hinzu= gefügt hat, mit dem „Paralogismus der Idealität" und der „Be= trachtung über die Summe der reinen Seelenlehre", die hier weggelassen sind, vergleicht.**)

*) Vgl. oben Buch II. Cap. V. S. 362—76 (Deduction der reinen Verstandes= begriffe nach der ersten Ausgabe), Cap. VII. S. 406—10 (Widerlegung des Idealis= mus nach der zweiten Ausgabe), Cap. X. S. 442—62. (Die Paralogismen der reinen Vernunft nach der ersten Ausgabe.) — **) Vgl. ob. S. 406—409 mit S. 450—54 und S. 461 flgb.

2. Kants eigene Erklärung.

Vor allem ist über die Art der fraglichen Differenz der Philosoph selbst zu hören. Er hat in der Vorrede zur zweiten Ausgabe verneint, daß ihre Abweichungen von der ersten den Charakter seiner Lehre betreffen; er habe in den Sätzen und ihren Beweisgründen, wie in der Form und Vollständigkeit des Plans nichts zu ändern gefunden, und er hoffe, daß dieses System in dieser Unveränderlichkeit sich auch fernerhin behaupten werde. Es habe keine Widerlegung, sondern nur Mißdeutungen zu fürchten, die zum Theil durch die Mängel der Darstellung verschuldet sein können; daher seien alle Veränderungen in der zweiten Ausgabe nur Verbesserungen in Absicht der Deutlichkeit, wobei der Philosoph auf die falsche Auffassung der transfcendentalen Aesthetik, namentlich im Begriffe der Zeit, auf die Dunkelheit der Debuction der Verstandesbegriffe, auf die vermeintlich mangelhafte Evidenz in den Beweisen der Grundfäße des reinen Verstandes und auf die Mißdeutung der Paralogismen hinweist. Um nun den Umfang des Werkes durch die faßlicher gemachte Darstellung nicht zu sehr zu vergrößern, seien Weglassungen und Kürzungen nöthig gewesen, wodurch der Leser einen „kleinen Verlust" erleide, den er durch die Vergleichung mit der ersten Ausgabe leicht ersetzen könne. Nur in einem einzigen Punkte, der nicht die Sache und die Beweisgründe, sondern blos die Beweisart angehe, habe er durch die „neue Widerlegung des psychologischen Idealismus", das Werk vermehrt; denn es sei „ein Skandal der Philosophie und allgemeinen Menschenvernunft, das Dasein der Dinge außer uns blos auf Glauben annehmen zu müssen und, wenn es jemand einfällt es zu bezweifeln, ihm keinen genugthuenden Beweis entgegenstellen zu können". Dieser Beweis erschien unserem Philosophen so wichtig, daß er denselben in einer Anmerkung der Vorrede noch einmal auszuführen und zu verdeutlichen suchte.*) Schon einige Jahre früher hatte Kant im Anhange der Prolegomena erklärt, daß er mit seinem Vortrage in einigen Stücken der Elementarlehre nicht völlig zufrieden sei, weil eine gewisse Weitläufigkeit in denselben die Deutlichkeit hindere: er hatte als solche verbesserungsbedürftige Abschnitte die Debuction der Verstandesbegriffe und die Paralogismen der reinen Vernunft genannt.**)

---

*) Vorw. z. zweiten Ausgabe d. Kr. d. r. V. (Bd. II. S. 30—34). — **) Prolegomena u. s. f. Anhang. (Bd. III. S. 313.)

3. Jacobis Ansicht.

Daß die Existenz der Dinge außer uns vollkommen gewiß, aber unbeweisbar sei und nur dem Gefühl oder Glauben unmittelbar ein= leuchte, hatte Fr. H. Jacobi in seinen Briefen über die Lehre Spinozas (1785) und in dem Gespräch „David Hume über den Glauben oder Idealismus und Realismus" (1787) erklärt und seine Standpunkte dem Rationalismus Spinozas wie dem transscendentalen Idealismus Kants entgegengesetzt. Das Gespräch erschien einige Monate früher als die zweite Ausgabe der Kritik. Kant brachte hier seine förmliche Widerlegung des Idealismus, die im Text wider die Idealisten die Realität der Dinge außer uns beweisen und in der Vorrede wider Jacobi die Beweisbarkeit dieser Realität darthun sollte. Indessen fand der letztere, daß Kant in seiner neuen Widerlegung des Idealismus diesen nicht widerlegt und in gewissen weggelassenen Stellen der ersten Ausgabe seine idealistische Grundansicht auf das Deutlichste ausgesprochen habe, aber seit den Prolegomena den Namen des Idealismus zu vermeiden suche. In der Beilage „über den transscendentalen Idealismus", die Jacobi in der Sammlung seiner Werke jenem Gespräche später hinzufügt, beklagt er den Verlust, der in der zweiten Ausgabe der Vernunftkritik durch gewisse Weglassungen entstanden sei. „Ich halte diesen Verlust für höchst be= deutend und wünsche sehr durch dieses mein Urtheil Leser, denen es um Philosophie und ihre Geschichte Ernst ist, zu einer Vergleichung der ersten Ausgabe der Kritik der reinen Vernunft mit der verbesserten zweiten zu bewegen." „Zu ganz besonderer Erwägung empfehle ich den Abschnitt der ersten Ausgabe: Von der Recognition im Begriff. Da sich die erste Ausgabe schon sehr selten gemacht hat, so sehe man doch wenigstens in öffentlichen und auch größeren Privatbüchersamm= lungen, daß die wenigen davon noch erhaltenen Exemplare nicht zuletzt ganz verschwinden. Ueberhaupt wird es nicht genug erkannt, welchen Vortheil es gewährt, die Systeme großer Denker in den frühsten Dar= stellungen derselben zu studiren."*) Das Urtheil Jacobis über die Dif= ferenz der beiden Ausgaben lautet ganz anders, als das des Verfassers: jener hält die Weglassungen für einen „höchst bedeutenden", dieser für einen „kleinen Verlust", der blos geschehen sei, um Raum zu sparen und einer faßlicheren Darstellung Platz zu machen.

*) Fr. H. Jacobis Werke. Bd. II. (1815). S. 38 flgb. und S. 291 flgb. Vgl. meine Gesch. der neuern Philosophie. Bd. V. S. 190 flgb.

4. Schopenhauers Ansicht.

Weit schroffer, als Jacobi, nimmt A. Schopenhauer den Unterschied der beiden Ausgaben und spannt ihn bis zum völligen Gegensatz. Er hatte seinem Hauptwerk „die Welt als Wille und Vorstellung" (1819) als Anhang eine „Kritik der kantischen Philosophie" hinzugefügt, die auf den Text der zweiten Ausgabe gegründet war und in dem Charakter der Lehre Kants Widersprüche nachwies. Mit der idealistischen Grundansicht streite die Art, wie das Ding an sich eingeführt, nach dem Causalitätsgesetz begründet und als die äußere Ursache der Sinnesempfindungen gefaßt werde. Als nun Schopenhauer später die erste Ausgabe kennen lernt, findet er zu seinem Erstaunen in ihr jene Widersprüche nicht, die in der zweiten Kants Lehre unverständlich gemacht und entstellt haben. Dieser Ausgabe sind die späteren gefolgt. Die Welt habe ein halbes Jahrhundert hindurch die Vernunftkritik in einem „verstümmelten, verdorbenen, gewissermaßen unächten Texte" vor Augen gehabt; kein Wunder daher, daß nach Kant die Periode der Mißverständnisse seiner Lehre gekommen sei. Der Verlust, den die erste Ausgabe durch die Weglassungen, namentlich in den Paralogismen, erlitten, verhalte sich zu dem Ersatz, den die zweite Ausgabe dafür gebracht habe, wie das amputirte Bein zum hölzernen. Die neue Widerlegung des Idealismus sei „grundschlecht", „offenbare Sophisterei" und im Text wie in der Vorrede „confuser Gallimathias". Als fünfzig Jahre nach der zweiten Ausgabe der Vernunftkritik in Königsberg die erste Gesammtausgabe der Werke Kants unternommen wurde, empfahl Schopenhauer, auf die angeführten Gründe gestützt, dem philosophischen Herausgeber in der eindringlichsten Weise, daß er die Vernunftkritik vom Jahre 1781 zum Grundtexte nehmen solle.*)

Ob Schopenhauer die Differenz der Ausgaben richtig beurtheilt hat, ist eine Frage. Daß er über die Beweggründe Kants im höchsten Maße ungerecht abspricht, ist keine. Er hat die Manie, stets die schlechtesten Motive für die besten Erklärungsgründe zu halten, und selbst die Bewunderung und Verehrung, die er für Kant hegte, hinderte ihn nicht, die Veränderungen in der zweiten Ausgabe der Kritik aus einer unwürdigen, durch Altersschwäche entstandenen Menschenfurcht des Philosophen zu erklären. Dieser habe durch den Vorwurf, daß seine Lehre

---

*) Brief Schopenhauers an K. Rosenkranz vom 24. August 1837. J. Kants S. W. (Rosenkranz und Schubert). Bd. 11. Vorr. S. X—XIV. Vgl. Schopenhauer: die Welt als Wille und Vorstellung. (5. Aufl.) S. 516 flgb.

berkeleyſcher Idealiſmus ſei, die Anerkennung ſeiner Originalität und
durch die Bedenken, die ſeine Zerſtörung der rationalen Pſychologie
hervorgerufen, ſeinen Kredit bei den Machthabern gefährdet geſehen;
darum habe er eiligſt den Idealismus widerlegt und ſeine frühere Wider=
legung der rationalen Pſychologie bei Seite gelaſſen. Wenn ſolche Be=
ſorgniſſe unſeren Philoſophen wirklich beunruhigt hätten, ſo würde damit
die Altersſchwäche nichts zu thun haben. Schopenhauer war um ſeinen
Ruhm und die Anerkennung ſeiner Originalität vierzig Jahre hindurch
täglich beſorgt. Es iſt nicht wahr, daß Kant altersſchwach war, als er
die Kritik zum zweiten male herausgab. In demſelben Jahre, wo er
dieſe Ausgabe vorbereitete und mit dem Plane der Veränderungen ſchon
im Reinen war, ließ er ſeine „Metaphyſiſchen Anfangsgründe der Natur=
wiſſenſchaft" erſcheinen (1786), ein Werk, das Schopenhauer hochſchätzt.
Und drei Jahre nach jenem Erzeugniß des ſchwachgewordenen und ein=
geſchüchterten Alters erſcheint ſeine auch nach Schopenhauers Urtheil
bewunderungswürdige „Kritik der Urtheilskraft". Es iſt nicht wahr,
daß er aus Angſt vor dem Nachfolger Friedrichs des Großen ſeine
Kritik der rationalen Pſychologie zurückgezogen habe, denn er hat fünf
Jahre ſpäter, als die preußiſche Reaction in Blüthe ſtand, durch die
Maßregeln, die ihn bedrohten und trafen, ſich nicht hindern laſſen, ſeine
Religionslehre herauszugeben. Die Beſchaffenheit der ihm zugeſchriebenen
Motive ſchmeckt nicht nach dem Charakter Kants, aber die Erfindung
derſelben riecht nach Schopenhauer. Es hat mir niemals einfallen können,
eine ſolche Erklärungsart zu bejahen oder zu theilen. Wenn daher einer
der jüngſten Herausgeber der Vernunftkritik in ſeiner „hiſtoriſchen Unter=
ſuchung" über den Unterſchied der beiden Ausgaben auch mir die Be=
hauptung andichtet, daß Kant durch die ſpätere Bearbeitung ſein Werk
„aus feiger perſönlicher Rückſichtnahme" verunſtaltet habe, ſo iſt
dieſer Bericht unwahr.*) Ich habe geſagt, daß die wichtigſten Ver=
änderungen in der zweiten Ausgabe der Kritik aus dem Beſtreben Kants,
ſeine Lehre dem Faſſungsvermögen des gewöhnlichen Bewußtſeins ſo
viel als möglich anzupaſſen, hervorgegangen ſeien. Dieſe Behauptung
widerſtreitet nicht den eigenen Erklärungen des Philoſophen. Ob da=
durch der Charakter der Lehre ſelbſt modificirt worden iſt, und wie
dieſe Veränderung zu beurtheilen ſei, iſt eine andere Frage, in deren

---

*) B. Erdmann: Kants Kriticismus u. ſ. f. (Eine hiſtoriſche Unterſuchung.
Einl. S. 1 flgb. Vergl. meine Geſch. d. n. Phil. Bd. III. (2. Aufl.) S. 479: wo das
Gegentheil ſteht.

Beantwortung ich mit denen nicht übereinstimme, die eine solche Ver=
änderung entweder gänzlich verneinen oder für eine Verbefferung halten.

5. Der heutige Ausgabenstreit.

Wie man auch über die Art und den Werth der beiden Ausgaben
urtheilen möge: die Thatsache ihrer Verschiedenheit steht fest. Wer heute
die Vernunftkritik herausgiebt, darf uns weder blos den Text der erften
noch blos den der zweiten liefern, sondern muß mit dem einen die Ab=
weichungen des andern in seiner Ausgabe vereinigen. Auf welche Art
diese Vereinigung am besten einzurichten sei, ist eine Frage der Zweck=
mäßigkeit, die wir nicht unterfuchen. Nun wird gestritten, ob in den
heutigen Ausgaben die erste oder die zweite Form der Vernunftkritik
den Grundtext bilden soll? Für die Wahl der erften spricht, daß sie
den urfprünglichen Text enthält, und daß man den chronologischen
Gang einhält, wenn man die Abweichungen der zweiten nachfolgen läßt.
So hat es in der erften Gesammtausgabe der Werke Kants Rofen=
kranz gehalten, der nach dem Rathe Schopenhauers die erste Ausgabe
der Vernunftkritik zum Grundtext genommen.*) Für die Wahl der
zweiten spricht, daß sie den endgültigen Text enthält, den der Phi=
losoph selbst für eine verbefferte Darstellung erklärt und nicht mehr
geändert hat. Daburch hat in seinen beiden Gesammtausgaben der Werke
Kants Hartenstein sich bestimmen laffen, die spätere Ausgabe der
Vernunftkritik zum Grundtext zu machen und die Abweichungen der erften
theils in Anmerkungen theils in Nachträgen hinzuzufügen, welche letztere
die Deduction der reinen Verstandesbegriffe und die Kritik der rationalen
Pfychologie in der urfprünglichen Ausführung geben.**) Neuerbings
sind zwei Separatausgaben der Vernunftkritik erschienen, deren eine
in der Wahl des Grundtextes dem Beispiele von Rofenkranz, die
andere dem von Hartenstein gefolgt ist.***)

---

*) J. Kants fämmtliche Werke. Th. II. (1838). Vorr. S. VI—X. Die Ab=
weichungen der zweiten Ausgabe enthalten die Supplemente I—XXVIII. S. 661
—814. — **) J. Kants Werke. Bb. II. (1838). Die Nachträge: I. Zur Deduction
der reinen Verstandesbegriffe. S. 637—60. II. Zu der Lehre von den Paralogismen
b. r. B. S. 660—98. — J. Kants fämmtl. Werke. In chronologifcher Reihenfolge
herausg. von G. Hartenstein. Bd. III. (1867). Vorr. S. III—VI. Nachträge aus
der erften Ausgabe vom Jahre 1781. S. 563—619. — ***) Karl Kehrbach: Kr.
b. r. B. von J. Kant. Text der Ausgabe 1781 mit Beifügung fämmtl. Abweichungen
der Ausgabe 1787. II. verb. Aufl. — B. Erdmann: J. Kants Kr. b. r. B. II. Ausgabe.
(Leipzig 1880.)

Hartenstein hat in der Vorrede ausdrücklich erklärt, daß sein Ver=
fahren als Herausgeber von seiner Ansicht über den boctrinellen Un=
terschied der beiden Ausgaben unabhängig sei. Dieselbe Erklärung muß
auch einem Herausgeber zustehen, der die Vernunftkritik vom Jahre 1781
zum Grundtext nimmt und ihr diesen Vorzug nicht aus philosophischen
Gründen, sondern als der editio princeps ertheilt, als der ursprüng=
lichen Form des Werkes, die der Leser in ihrer Einheit vor Augen
haben und nicht erst aus zerstreuten Gliedern sich zusammenstückeln soll.
Indessen halte ich den Ausgabenstreit für müßig und zwecklos. Was
ist denn zu vermissen oder zu fordern, wenn uns der Text der Ver=
nunftkritik nach der ersten Recension mit den Varianten der zweiten
oder nach der zweiten Recension mit den Varianten der ersten geliefert
wird? Aus philosophischen Gründen ist nichts zu vermissen, und über
Gründe anderer Art ist nicht zu streiten und wird nicht gestritten. Ob
die zweite Ausgabe in der Entwicklung der kantischen Lehre etwas we=
sentlich Neues enthält, ob dieses Neue einen Rückschritt oder Fortschritt
bildet, ist eben die philosophische Frage, von der Hartenstein sein Ver=
fahren als Herausgeber in der Wahl des Grundtextes ausdrücklich nicht
abhängig gemacht hat. Aehnlich verhält sich bei entgegengesetztem Ver=
fahren Kehrbach. Beide handeln vollkommen richtig. Nur der Rival des
letzteren in den heutigen Separatausgaben der Vernunftkritik nimmt für
sein Verfahren das alleinige Recht in Anspruch, weil die zweite Ausgabe
die fortgeschrittene Lehre Kants enthalte und fünfzig Jahre hindurch
der allein gelesene und wirksame Text der Kritik gewesen sei. Als ob
man diesen vermeintlichen Fortschritt und dieses vermeintlich allein ge=
lesene Buch aus dem ursprünglichen Grundtext mit Hinzufügung der
späteren Abweichungen nicht eben so gut kennen lernte, als aus einer
umgekehrt eingerichteten Ausgabe! Indessen soll der Leser glauben, wie
„doch darüber bei den Kundigen kein Zweifel mehr obwalten kann, daß
allen wissenschaftlichen Ausgaben des kantischen Hauptwerkes die zweite
Auflage zu Grunde zu legen ist", d. h. er soll glauben, daß dieser
Herausgeber in dieser Sache der allein Kundige ist. Eine grundlose und
nichtige Behauptung, die keinen Leser irre leiten wird, der zwischen
besonnenem und blindem Wetteifer, zwischen der Sprache des Forschers
und der Industrie eines Anfängers zu unterscheiden versteht!*)

*) B. Erdmann: Kr. d. r. V. (2. Ausg. 1880.) Vorr. S. VI—VIII. Derselbe:
J. Kants Prolegomena. Vorr. S. VI. — K. Kehrbach. Replik u. s. f. (Zeitschr. f.
Phil. u. phil. Kr. Bd. 72. S. 318.

6. Die philosophische Frage.

Ich habe gefunden, daß die kritischen, in unserem Thema enthal=
tenen Fragen vielfach in einander gemischt und dadurch die Frage=
stellungen verwirrt worden sind; deshalb habe ich sie sorgfältig zu
scheiden gesucht, um die letzte und wichtigste, die den philosophischen
Werth der beiden Ausgaben betrifft, für sich zu behandeln. Auch hier
sind gewisse Punkte genau zu sondern, um Unklarheiten in der Frage=
stellung zu verhüten. Das streitige Hauptthema liegt seit Schopenhauers
scharfsinniger Beurtheilung in der Frage: ob Kant den neuen und epoche=
machenden Grundcharakter seiner Lehre, den er selbst durch den Namen
des „transscendentalen Idealismus" bezeichnet, in der ersten Aus=
gabe der Vernunftkritik in seiner vollen Reinheit gewahrt und ausgeführt,
dagegen in der zweiten durch eine andere Art der Auffassung und Be=
gründung des Dinges an sich verleugnet und bis zur Unkenntlichkeit
entstellt habe? Diese Frage enthält eine Reihe von Fragen. Man kann
bestreiten, gleichviel ob mit Recht oder Unrecht, daß der Grundcharakter
der kantischen Kritik transscendentaler Idealismus sei. Daher ist zu
fragen: ob die Vernunftkritik durchgängig d. h. in jedem ihrer Haupt=
abschnitte diesen Charakter habe? Wenn sie ihn hat, so ist zu fragen:
ob und in welcher Fassung die Lehre von den Dingen an sich diesem
transscendentalen Idealismus widerstreite? Und wenn der idealistischen
Grundansicht die Lehre von den Dingen an sich in einer gewissen Fas=
sung widersprechen sollte, so ist zu fragen: ob diese Fassung sich in der
ersten Ausgabe gar nicht und nur in der zweiten finde?

1. Schon Jacobi wollte bemerkt haben, daß Kant seit den Prolego=
mena den Namen des Idealismus zu vermeiden suche; seine Lehre sollte
„durchaus nicht mehr Idealismus heißen, sondern kritische Philosophie".
Jacobi hatte sich geirrt. In jener Stelle der Prolegomena, die er an=
führt, will Kant seine Lehre lieber „kritischen Idealismus" genannt
wissen, als „transscendentalen". Der Name Idealismus ist hier weder
vermieden noch geändert.*)

Kant versteht unter dem transscendentalen Idealismus die Lehre
von der „transscendentalen Idealität aller Erscheinungen" d. h. die Lehre,
nach welcher die Erscheinungen und die Sinnenwelt, die sie insgesammt
in sich begreift, nicht Dinge an sich selbst sind, sondern Vorstellungen.
Nun hat man neuerdings entdecken wollen, daß dieser Name keineswegs

---

*) Fr. H. Jacobis Werke. Bd. II. Einl. S. 38 flgd.

ben Charakter ber ganzen Vernunftkritik, fonbern blos ben ber trans=
fcenbentalen Aefthetik bezeichne, ja baß ber Philofoph ben Namen felbft
erft in ber Dialektik brauche, wo er ben transfcenbentalen Ibealismus
als Schlüffel zur Auflöfung ber „kosmologifchen Dialektik" einführe
unb bie Antinomien als ben inbirecten Beweis besfelben gelten laffe.*)
Da Kant in ber Aefthetik „bie transfcenbentale Ibealität bes Raumes
unb ber Zeit" ausbrüdlich lehrt, fo kann hier bas Wort „transfcen=
bentaler Ibealismus" nur bann vergebens gefucht werben, wenn man
Silben vermißt. Der Philofoph beweift bie Unerkennbarkeit ber Dinge
an fich baburch, baß unfere wirklichen Erkenntnißobjecte blos bie Er=
fcheinungen finb; er beweift bie metaphyfifche (allgemeine unb noth=
wenbige) Erkennbarkeit ber Erfcheinungen burch beren Entftehung.
Sie entftehen aus bem Stoff ber Sinnesempfinbungen, ben finnlichen
Formen ber Anfchauung (Raum unb Zeit) unb ben intellectuellen For=
men ber Einbilbung unb bes Verftanbes. Ihre Entftehung aus ben
Sinneseinbrüden unb ben finnlichen Vernunftformen lehrt bie trans=
fcenbentale Aefthetik; ihre Entftehung aus ben intellectuellen Vernunft=
formen lehrt bie transfcenbentale Analytik in ihrer Debuction ber reinen
Verftanbesbegriffe. Da nun „bie transfcenbentale Ibealität aller Er=
fcheinungen" nichts anberes bebeutet als bie völlig fubjective unb noth=
wenbige (vernunftgemäße) Entftehungsart berfelben, fo leuchtet ein,
baß ber Name bes transfcenbentalen Ibealismus ben Grunbcharakter
ber gefammten Vernunftkritik bezeichnet.

Hier bemerken wir, baß bie Lehre von ber Entftehung ber Erfchei=
nungen burch bie intellectuellen Factoren ber Einbilbung unb bes Ver=
ftanbes in ihrer ganzen Schwierigkeit unb fachlichen Ausbehnung nur
in ber erften Ausgabe ber Vernunftkritik enthalten ift, wogegen bie
Prolegomena unb bie zweite Ausgabe hauptfächlich ben Theil jener
Lehre erleuchten, ber von ber Verknüpfung ber Erfcheinungen burch bie
Begriffe bes reinen Verftanbes hanbelt. Dort ift bas burchgeführte
Thema bie Entftehung ber Erfahrungsobjecte unb bes Erfahrungs=
urtheils kraft fämmtlicher babei wirkfamer intellectueller Vermögen; hier
ift bas Hauptthema bie Entftehung ber objectiven Erfahrung burch bie
Functionen bes reinen Verftanbes (Kategorien) ober burch bas reine
Bewußtfein, als ber Bebingung, unter ber allein es einen objectiven
Zufammenhang ber Erfcheinungen, b. h. eine gemeinfame Sinnenwelt

---

*) B. Erbmann: Kants Prolegomena u. f. f. Einl. S. XLIV flgb.

ober eine Natur nicht als Ding an sich, sondern als Inbegriff aller
Gegenstände einer möglichen Erfahrung giebt.

Diese Differenz der beiden Ausgaben in den Ausführungen der
Analytik ist sehr bemerkenswerth, aber sie trifft nicht den Charakter des
transscendentalen Idealismus, den Kant in seiner Deduction der Ver=
standesbegriffe so wenig aufhebt oder einschränkt, daß er denselben hier
vielmehr ergänzt und vollendet. Auch hat sich Kant über diesen seinen
Standpunkt in der Vorrede zur zweiten Ausgabe der Kritik mit unver=
kennbarer Entschiedenheit ausgesprochen. Es giebt für die Metaphysik
b. h. für unsere allgemeine und nothwendige Erkenntniß der Dinge zwei
denkbare Fälle: entweder richtet sich unsere Erkenntniß nach den Gegen=
ständen oder diese richten sich nach jener. Im ersten Fall ist die Meta=
physik unmöglich: daher sind alle ihre bisherigen Versuche vergeblich
gewesen, denn sie ruhten auf der Annahme, daß unsere Erkenntniß sich
nach den Dingen richte. Im zweiten Fall ist sie möglich, aber erst neu
zu begründen. Nun richten sich die Gegenstände nur dann nach unserer
Erkenntniß, wenn sie von den Bedingungen und der Einrichtung unserer
Vernunft abhängen, d. h. wenn sie durch die Factoren der letzteren
entstehen oder, was dasselbe heißt, wenn sie Erscheinungen sind und
nicht Dinge an sich. Daher ist die Kritik der Vernunft die Lehre von
der Entstehung der Objecte oder Erscheinungen aus den in unserer Ver=
nunft enthaltenen materialen und formalen Bedingungen: diese Lehre
nennt man transscendentalen oder kritischen Idealismus. „Es ist hiemit",
sagt Kant, „eben so als mit den ersten Gedanken des Kopernikus
bewandt, der, nachdem es mit der Erklärung der Himmelsbewegungen
nicht gut fort wollte, wenn er annahm, das ganze Sternenheer drehe
sich um den Zuschauer, versuchte, ob es nicht besser gelingen möchte,
wenn er den Zuschauer sich drehen und dagegen die Sterne in Ruhe
ließ."*)

2. Alle Erscheinungen sind, wie aus ihrer Entstehungsart einleuchtet,
nichts anderes als Vorstellungen in uns, nicht zufällige und will=
kürliche, sondern nothwendige und allgemeingültige, die aus der Beschaf=
fenheit und Einrichtung unserer Vernunft erklärt werden. Diese durch=
gängige Idealität aller Erscheinungen ist die Entdeckung und das Thema

*) Vorr. z. zweiten Ausgabe der Vernunftkritik (Bd. II. S. 17—18). Ueber
die Vergleichung zwischen Kant und Kopernikus s. meinen Aufsatz: „Die hundert=
jährige Gedächtnißfeier der Kritik der reinen Vernunft". (Monatsschrift: Nord und
Süd. (Bd. XVII. S. 325—28).

des transscendentalen Idealismus, mit dessen Lehrbegriff die kantische Kritik steht und fällt.

Aber die Beschaffenheit und Einrichtung unserer Vernunft ist nicht das Letzte. Ihr und damit allen Erscheinungen überhaupt muß etwas zu Grunde liegen, das als solches nicht erscheint, vielmehr von allen Erscheinungen, von allen Vernunftformen, also auch von Raum und Zeit völlig unabhängig, darum auch unerkennbar ist und von Kant mit dem Worte „Ding an sich" bezeichnet wird. Die Realität eines solchen Urgrundes hat der Philosoph niemals verneint, so wenig ihm je einfallen konnte, diesen Urgrund zu einem Merkmal im Begriff der Erscheinungen machen oder sein Dasein aus denselben Bedingungen, woraus er die Erscheinungen und deren Erkennbarkeit herleitet, beweisen zu wollen. Da die Begriffe der Existenz und Vielheit Kategorien sind und nur in der Erfahrung gelten, so kann durch solche Begriffe etwas, das kein mögliches Erfahrungsobject ist, nicht bestimmt werden. „Ding an sich" bedeutet daher keine numerische Einheit, „Dinge an sich" keine numerische Vielheit. Kant hat mit gutem Grunde die „transscendentale Objectivität" von der „empirischen" unterschieden, aber er hat nie von einer „transscendentalen Mehrheit" geredet.

Was nun die Dinge an sich betrifft, so hat der Philosoph ihre (transscendentale) Wirklichkeit stets bejaht, ihre Erkennbarkeit verneint, ihre Unerkennbarkeit aus theoretischen Gründen bewiesen; er hat ihre Denkbarkeit in Ansehung der Freiheit festgestellt und die Realität der letzteren aus praktischen Gründen gefordert. Welche Schlüsse hieraus zu ziehen sind, ist eine Frage der Kritik und Fortbildung der kantischen Philosophie, aber gehört nicht in die Darstellung ihres Lehrinhalts. Die Bejahung der Dinge an sich widerstreitet weder dem Lehrbegriff des transscendentalen Idealismus, noch besteht in diesem Punkte ein Widerstreit zwischen den beiden Ausgaben der Kritik. Vielmehr ist sie durch jenen Lehrbegriff gefordert. Denn wenn alle Realität durch die Erscheinungen erschöpft wäre, die sich aus unseren Empfindungen und Vorstellungen zusammenfügen, so würde die Sinnenwelt eine bloße Scheinwelt sein, und die Ansicht, welche Kant den „träumenden Idealismus" nennt, wäre im Recht. Der Philosoph unterscheidet die Sinnenwelt von der Scheinwelt, die Erscheinungen vom Schein durch ihren nothwendigen Zusammenhang, der auf einen Urgrund zurückweist. Ihr Zusammenhang folgt aus den nothwendigen Vorstellungsarten unserer Vernunft, der Urgrund desselben ist das Ding an sich. Daher gehört das Ding an sich zwar keineswegs in die Erscheinung, wohl aber zum Charakter derselben, da durch die Bejahung eines solchen unbedingten Urgrundes die Erscheinungen vom Schein unterschieden und fundirt werden, ohne diese Realität aber nur ein Traum wären, wenn auch ein zusammenhängender. Ding an sich und Erscheinung gehören dergestalt zusammen, daß jenes nicht verneint werden kann, ohne diese mitzuverneinen d. h. in Schein zu verwandeln, und daß beide nie vermengt werden dürfen, wenn nicht eine Confusion entstehen soll, die jede Möglichkeit der Erkenntniß aufhebt. Daher hat der Philosoph das Ding an sich in Rücksicht auf die Erscheinungen als „das transscendentale Object", in Rücksicht auf unsere Vorstellungen als deren „Correlatum", in Rücksicht auf die Beschaffenheit und Einrichtung unserer Vernunft als deren unerforschlichen Grund bezeichnet: „als das unbekannte Etwas, welches den äußeren Erscheinungen zu Grunde liegt, was unseren Sinn so afficirt, daß er die Vorstellungen von Raum, Materie, Gestalt u. s. f. bekommt". „Dieses Etwas", so fährt er fort, „könnte doch auch zugleich das Subject der Gedanken sein, wiewohl wir durch die Art, wie unser äußerer Sinn dadurch afficirt wird, keine Anschauung von Vorstellung, Willen u. s. f., sondern blos vom Raum und dessen Bestimmungen bekommen. Dieses Etwas aber ist nicht ausgedehnt, nicht undurchbringlich, nicht zusammengesetzt, weil alle diese Prädicate nur die Sinnlichkeit und deren Anschauung angehen."*) Es ist der unerforschliche Grund der Beschaffenheit und Einrichtung unserer Vernunft: der Grund, warum wir so und nicht anders anschauen, so und nicht anders denken. „Wie in einem denkenden Subject überhaupt äußere Anschauung, nämlich die des Raumes (eine Erfüllung desselben, Gestalt und Bewegung) möglich sei? Auf diese Frage ist es keinem Menschen möglich, eine Antwort zu finden, und man kann diese Lücke unseres Wissens niemals ausfüllen, sondern nur dadurch bezeichnen, daß man die äußeren Erscheinungen einem transscendentalen Gegenstande zuschreibt, welcher die Ursache dieser Art Vorstellungen ist, den wir aber gar nicht kennen, noch jemals einigen Begriff von ihm bekommen werden."**) Ist aber das Ding an sich der unerforschliche Grund unserer Vernunftbeschaffenheit und damit aller Erscheinungen, so muß es auch als der unserer Sinnesempfindungen gelten, die ja den Stoff der

---

*) Tr. Dialekt. Paralogismus der Einfachheit. S. oben Buch II. Cap. X. S. 447. — **) Tr. Dialekt. Betr. über die Summe der reinen Seelenlehre. S. oben S. 458. (Kr. d. r. V. I. Ausgabe.)

Erscheinungen ausmachen. Es ist hier nicht der Ort zu untersuchen, ob eine solche Ansicht von den Dingen an sich mit der Lehre von ihrer Unerkennbarkeit übereinstimmt, und ob hier die kantische Kritik nicht in einen Widerspruch gerathen ist, den sie nicht gelöst noch zu lösen vermocht hat. Dieser Widerspruch, wenn er stattfindet, ist fundamental und trifft die erste Ausgabe der Kritik nicht weniger als die zweite, wie auch Zeller mit vollem Rechte bemerkt.*) Indessen steht die fragliche Differenz nicht so, daß Kant in der ersten Ausgabe das (transscendentale) Dasein der Dinge an sich verneint, in der zweiten dagegen bejaht haben soll. Nicht darin liegt der Fehler, den Schopenhauer ihm vorwirft. Dieser rühmt vielmehr in der kantischen Lehre die Anerkennung des Dinges an sich und die Unterscheidung desselben von der Erscheinung; er schreibt seiner eigenen Lehre das große Verdienst zu, daß sie das kantische Räthsel gelöst und in der Enthüllung jenes unbekannten und unerkennbaren Etwas den wichtigsten Schritt der nachkantischen Philosophie gethan habe. Was er an Kant tadelt, ist nicht die Bejahung der Dinge an sich und ihre Unterscheidung von den Erscheinungen, sondern die Vermengung beider, die nicht der ersten, sondern nur der zweiten Ausgabe der Kritik zur Last falle.**)

3. Es giebt in der Bejahung der Dinge an sich eine gewisse Art, die dem Lehrbegriffe des transscendentalen Idealismus schnurstracks zuwiderläuft: wenn nämlich dieselben so gefaßt werden, daß sie in oder hinter jeder Erscheinung stecken sollen, wie der Kern in der Schale oder das Bild hinter dem Vorhang. Dann entstehen Widersprüche mit der idealistischen Grundansicht, wo man nur hinblickt. Der transscendentale Idealismus lehrt: Raum und Zeit sind die Grundformen aller Erscheinungen und nur dieser; daher sind die Dinge an sich nicht in Raum und Zeit. Wenn sie aber in oder hinter den Erscheinungen irgendwo verborgen sein sollen, so müssen sie auch in Raum und Zeit sein. Der transscendentale Idealismus lehrt: die Erscheinungen sind unsere Vorstellungen und nichts anderes. Wenn aber die Dinge an sich irgendwo in den Erscheinungen enthalten sind, so sind diese nicht blos Vorstellungen, sondern bestehen aus Ding an sich und Erscheinung, aus dem vorgestellten Object und dem unvorstellbaren. Der transscendentale Idealismus lehrt: die Erscheinungen sind erkennbar. Wenn aber in denselben

*) Ed. Zeller: Geschichte der deutschen Philosophie seit Leibniz. 2. Auflage. (München 1875.) S. 351—53. — **) A. Schopenhauer: Die Welt als Wille und Vorstellung. Bd. I. (5. Aufl.) S. 516—17.

etwas völlig Unbekanntes und Unbegreifliches steckt, so sind sie n i ch t erkennbar. Der transscendentale Idealismus lehrt: die Erscheinungen sind nach Abzug unserer Empfindungen, Anschauungen und Begriffe gleich nichts. „Wenn ich das denkende Subject wegnehme, so muß die ganze Körperwelt wegfallen, als die nichts ist, als die Erscheinung in der Sinnlichkeit unseres Subjects und eine Art Vorstellungen desselben."*) Sind aber die Dinge an sich i n den Erscheinungen, so müssen sie von denselben nach Abzug jener subjectiven Factoren übrig bleiben; dann treten, wenn wir das denkende Subject wegnehmen, an die Stelle der Körperwelt die entschleierten Dinge an sich, wie bei Leibniz die Mo= naden nach Abzug unserer sinnlichen oder verworrenen Vorstellung.

Diese Ansicht nun, wonach die Dinge an sich in oder hinter den Erscheinungen stecken und gleichsam den innersten verborgenen Kern derselben ausmachen sollen, gilt bis zum heutigen Tage bei den meisten, die von dem königsberger Philosophen gehört, vielleicht sogar etwas von ihm oder über ihn gelesen haben, als kantische Lehre. In dem Lichte einer solchen Auffassung ist dieselbe eine populäre Größe geworden und den Leuten als eine höchst verständliche, erbauliche und behagliche Lehre erschienen; eine solche Interpretation der Vernunftkritik hat sich, nur mit weniger Klarheit, aber vielem Gerede bis in die Einleitungen fortgepflanzt, womit heutige Herausgeber die Werke Kants ausstatten.

Daß diese Auffassung dem transscendentalen Idealismus d. h. der Grundansicht der gesammten Vernunftkritik widerspricht, ist nach unseren Ausführungen nicht mehr fraglich, sondern einleuchtend. Wenn Kant selbst diese schiefe und falsche Auffassung verschuldet haben sollte, so würde diese Schuld nicht dem Charakter seiner Lehre, sondern einer gewissen Darstellungsart derselben zur Last fallen, womit der Philosoph die Mißdeutungen seines Idealismus, denen er begegnet war, entkräften und das Verständniß seiner Lehre dem gewöhnlichen Bewußtsein, mit dem er Fühlung suchte, annähern wollte. Daß er in der zweiten Aus= gabe seiner Kritik Mißdeutungen aus dem Wege zu räumen und das Verständniß seiner Lehre durch eine in dieser Absicht „verbesserte" Dar= stellung zu erleichtern gewünscht hat, sagt er selbst in der Vorrede. Wenn nun diese veränderte Darstellung in irgend welchem Punkte, sei es durch Hinzufügung oder durch Weglassung, jener falschen Auffassung

---

*) Transsc. Dialekt. Betr. über die Summe der reinen Seelenlehre. (Bd. II S. 684.) S. ob. S. 461 flgd.

Vorschub geleistet hat, so müßten wir hier die Differenz der beiden Ausgaben bemerken und sie zum Nachtheil der zweiten beurtheilen.

Daß die Dinge an sich und die Erscheinungen auf das Sorgfältigste zu unterscheiden und nie zu vermengen sind, wird durch den transscendentalen Idealismus gefordert und gehört zu den Grundlehren der sichtenden Vernunftkritik. Nun sind die Dinge außer uns äußere Objecte oder Erscheinungen, sie sind als solche Vorstellungen und nichts anderes; die Dinge an sich dagegen sind unabhängig von aller Vorstellung. Wenn daher die Dinge an sich als Dinge außer uns oder diese als jene behandelt werden, so entsteht jene Vermengung, die dem Charakter des transscendentalen Idealismus widerstreitet.

Der berkeleysche Idealismus hat verneint, daß es Dinge an sich giebt, er hat diese mit den Dingen außer uns d. h. mit den Körpern identificirt und darum (was in seiner Lehre die Hauptsache war) verneint, daß Körper und Materie Dinge an sich sind. Dies hat Kant ebenfalls verneint, wie er es mußte. In der ersten Ausgabe der Kritik steht zu lesen: „Wir haben in der transscendentalen Aesthetik unleugbar bewiesen, daß Körper bloße Erscheinungen unseres äußeren Sinnes und nicht Dinge an sich selbst sind". „Ich verstehe unter dem transscendentalen Idealismus aller Erscheinungen den Lehrbegriff, nach welchem wir sie insgesammt als bloße Vorstellungen und nicht als Dinge an sich selbst ansehen." „Weil der transscendentale Idealist die Materie und sogar deren innere Möglichkeit blos für Erscheinung gelten läßt, die, von unserer Sinnlichkeit abgetrennt, nichts ist, so ist sie bei ihm nur eine Art Vorstellungen (Anschauung), welche äußerlich heißen, nicht als ob sie sich auf an sich selbst äußere Gegenstände bezögen, sondern weil sie Wahrnehmungen auf den Raum beziehen, in welchem alles außer einander, er selbst der Raum aber in uns ist." „Aeußere Gegenstände (Körper) sind blos Erscheinungen, mithin auch nichts anderes, als eine Art meiner Vorstellungen, deren Gegenstände nur durch diese Vorstellungen etwas sind, von ihnen abgesondert aber nichts sind."*) „Es wird klar gezeigt, daß, wenn ich das denkende Subject wegnehme, die ganze Körperwelt wegfallen muß, als die nichts ist, als

*) Tr. Dialekt. Kritik des zweiten Paralogismus (Bd. II. S. 667). Kritik des vierten Paralogismus (S. 675 flgb.). Betr. über die Summe der reinen Seelenlehre (S. 684).

die Erscheinung in der Sinnlichkeit unseres Subjects und eine Art Vorstellungen desselben."*)

Ich rücke dem Leser diese Sätze noch einmal dicht vor Augen, damit er sich überzeuge, daß Kant die äußeren Gegenstände oder Körper für bloße Erscheinungen, diese für bloße Vorstellungen erklärt hat, die in keiner Weise Dinge an sich selbst sind. Alle jene Sätze stehen in der ersten Ausgabe der Kritik. Es ist sehr fragewürdig, warum sie nicht in der zweiten stehen, warum diese Kritik der Paralogismen hier weg= gelassen wurde?

Daß Materie und Körper nicht Dinge an sich, sondern blos Er= scheinungen oder Vorstellungen sind: in diesem Punkte stimmt Kant mit Berkeley völlig überein. Zugleich unterscheidet er sich völlig von ihm in seiner Lehre von Raum und Zeit, von der Entstehungsart der Erscheinungen, von der nothwendigen Anerkennung und Bejahung der Dinge an sich. Aber Kant fürchtete die Mißdeutungen seines Idealismus, wie der Gebrannte das Feuer; er wollte jetzt seine Lehre von der Berkeleys durchaus unterschieden wissen und seinen Standpunkt, den man mit Berkeleys Lehre verglichen und verwechselt hatte, der letzteren durchaus entgegensetzen, auch da, wo er mit ihr einverstanden war. Er wollte ausdrücklich bejahen und beweisen, was Descartes bezweifelt und Berkeley verneint hatte: die Realität der Dinge außer uns, ihre von unserer Vorstellung unabhängige Realität. In dieser Absicht schrieb Kant jene „Widerlegung des Idealismus", die, wie schon gezeigt worden, ihr Ziel verfehlt hat.**)

Um Berkeley und den Idealismus überhaupt zu widerlegen, mußte Kant beweisen, · daß die Materie unabhängig von unserer Vorstellung existirt, also keine bloße Vorstellung oder Erscheinung ist. Er hat diesen Beweis durch die Grundsätze des reinen Verstandes zu führen gesucht, insbesondere durch den von der Beharrlichkeit der Substanz. Ohne be= harrliches Dasein ist der Wechsel der Erscheinungen unerkennbar, also weder äußere noch innere Erfahrung, daher auch kein empirisches Be= wußtsein unseres eigenen Daseins möglich. Nun ist die einzige Substanz, die uns als solche d. h. als beharrliches Dasein einleuchtet, die Ma= terie; daher ist die Materie (Körperwelt) die Bedingung unserer äußeren und inneren Erfahrung, wie unseres empirischen Bewußtseins, also ist sie nicht in uns, sie ist keine Vorstellung, sondern ein Ding außer derselben: mithin existiren wirkliche Dinge außer uns, was zu beweisen war. Es heißt wörtlich: „Die Wahrnehmung dieses Beharr= lichen ist nur durch ein Ding außer mir und nicht durch die bloße Vorstellung eines Dinges außer mir möglich".*) Kant widerlegt den Idealismus, indem er seine Beweisführung von den Grundsätzen des reinen Verstandes umkehrt. Er hat die Beharr= lichkeit der Substanz b. h. das Dasein der Materie auf die nothwen= digen Bedingungen einer möglichen Erfahrung gegründet; jetzt gründet er die Möglichkeit der Erfahrung auf das Dasein der Materie. Dieser Beweis ist falsch, denn er besteht in einem fehlerhaften Cirkel. Kant hat bewiesen, daß in der Erscheinungswelt etwas beharren müsse, daß die beharrliche Substanz eine nothwendige Erscheinung, die Materie eine nothwendige Vorstellungsart und nichts anderes ist. Wenn er mit diesen Gründen den Idealismus widerlegen will, so ist sein Beweis falsch, denn der Idealismus hat nie geleugnet, daß die Materie Erscheinung oder Vorstellung ist. Kant hat ausdrücklich erklärt, daß „die Materie und sogar deren innere Möglichkeit blos Erscheinung und von unserer Sinnlichkeit abgetrennt nichts sei", daß die Dinge außer uns oder die äußeren Gegenstände blos unsere Vorstellungsart und diese Gegen= stände „nur durch diese Vorstellungen etwas, von ihnen abgesondert aber nichts sind". Wenn er jetzt zur Widerlegung des Idealismus be= hauptet, daß die Wahrnehmung der Materie „nur durch ein Ding außer mir und nicht durch die bloße Vorstellung eines Dinges außer mir möglich sei", so ist dieser Beweis falsch, denn er widerstreitet der eigenen und fundamentalen Lehre des Philosophen.

Es ist undenkbar, daß solche Widersprüche zusammen in demselben Buch stehen. Dies ist auch nicht der Fall, sondern die Widerlegung des Idealismus steht in der zweiten, die ihr widerstreitenden Sätze in der ersten Ausgabe der Kritik: jene hat Kant in der zweiten Ausgabe hinzugefügt, diese hat er weggelassen. Daher ist es unmöglich, die philosophische Differenz beider Ausgaben wegzureden. Es wird schwer sein, in dem ursprünglichen Text der Vernunftkritik Sätze nachzuweisen, die nach genauer Prüfung diese Art einer Widerlegung des Idealis= mus bekräftigen; dagegen sind in dem späteren Text, wie es nicht anders sein konnte, die Grundlehren stehen geblieben, die mit jener Widerlegung streiten. Aus diesem Grunde kann ich die veränderte Darstellung der zweiten Ausgabe nicht für eine verbesserte halten.

*) Kr. b. r. V. (2. Ausgabe.) Widerlegung des Idealismus. (Bd. II. S. 224.)

Kant hat in keinem seiner Aussprüche den Text und Lehrinhalt der ersten Ausgabe verleugnet. Wenn er zwölf Jahre nach der zweiten (den 7. August 1799) öffentlich erklärt hat, daß „die Kritik nach dem Buchstaben und blos aus dem Standpunkte des gemeinen, nur zu solchen abstracten Untersuchungen hinlänglich cultivirten Verstandes zu verstehen sei", so erkennen wir hieraus von neuem das Bestreben des Philosophen, das Verständniß seines Werkes dem gewöhnlichen Bewußtsein anzu= nähern. Aber es ist, wenn wir die beiden Ausgaben der Kritik mit einander oder auch nur die zweite mit sich selbst vergleichen, unmöglich, seiner Forderung zu gehorchen und die Kritik buchstäblich zu ver= stehen. Denn was Kant an gewissen Stellen, die wegbleiben konnten, buchstäblich behauptet hat, widerstreitet den buchstäblichen Grundlehren, die nicht weggelassen werden durften und nicht weggeblieben sind.

Er hat gelehrt, daß die Erscheinungen aus der Organisation un= serer Vernunft ohne Rest hervorgehen und darum erkennbar sind, daß aber von den Erscheinungen die Dinge an sich völlig zu unterscheiden und eben deshalb gar nicht erkennbar sind. Der Standpunkt dieses Idealismus ist der einzig mögliche, aus dem die Kritik zu verstehen und zu beurtheilen ist. Dies hat Sig. Beck in einer Reihe commen= tirender Schriften erklärt und durchgeführt, die er „auf das Anrathen" des Philosophen selbst herausgegeben hat (1793—96). Wenn Kant in jener öffentlichen Erklärung drei Jahre später auch von diesem Com= mentator, den er selbst bestätigt hat, nichts mehr wissen wollte, so finden wir ihn hier in einem ähnlichen Widerspruch mit sich selbst, als die beiden Ausgaben seiner Kritik mit einander.

www.ingramcontent.com/pod-product-compliance
Lightning Source LLC
Chambersburg PA
CBHW021935110726
47901CB00003B/845